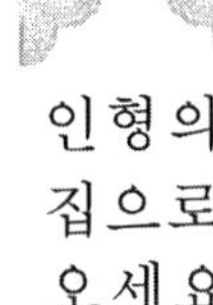

인형의
집으로
오세요

인형의 집으로 오세요

ⓒ 이서정 2013

초판1쇄 인쇄 2013년 11월 15일
초판1쇄 발행 2013년 11월 18일

지은이 이서정

펴낸이 박대일
편집 이문영 · 임수진 · 손수지 · 임유리 · 신지연
교정 박준용
마케팅 송재진
표지디자인 김은희

펴낸곳 파란미디어
출판등록 2004년 9월 14일 제313-2004-00214호

주소 121-897 서울시 마포구 성지1길 32-36 (합정동)
전화 02. 3141. 5589(영업부) 070. 4616. 2012(편집부)
팩스 02. 3141. 5590
전자우편 paranbook@gmail.com
카페 http://cafe.naver.com/paranmedia
트위터 @paranmedia

ISBN 978-89-6371-118-8(03810)

이서정 장편소설

파란

늘 우아하고 귀여우셨던 호델리 여사께
이 글을 바칩니다.
엄마, 사랑해.

1. 구상

당신은 현실에 없는 어떠한 존재를 상상하고, 그것을 창조하기로 결심했습니다. 당신이 앞으로 해야 할 작업은 까다롭고도 지루합니다. 숱한 난관들이 당신의 인내심을 시험하고자 기다리고 있습니다. 당신은 중도에 포기해 버리고 싶어질지도 모릅니다. 당신의 상상 속에서만 존재하는 그것을 무사히 현실로 이끌어 내기 위해, 이 첫 작업은 매우 중요합니다.

구상은 앞으로 이루어질 모든 작업의 바탕입니다. 이 작업은 평면적인 이미지에 부피와 질감을 더하여 상상 속의 그것을 입체화하는 과정입니다. 별다른 재료는 필요치 않습니다. 오로지 당신의 머릿속에서만 이루어지는 작업이기 때문입니다.

당신의 내면에 잠재된 상상력과 집중력, 섬세함을 고도로 발휘하십시오. 그러기 위해서 우선 즐기십시오. 이 작업을 수행함에 있어서 당신에게 무엇보다도 요구되는 것은 '그 존재를 만나고 싶다는 당신의 강렬한 열망'입니다.

0

나는 다시 상주가 되었다.

엄마와의 만남은 네 번째였다. 살아 있을 때 두 번, 죽은 다음에 두 번.

그래서 염할 때 나는 꼭 모르는 사람을 앞에 둔 것처럼 무덤덤했다. 내가 느꼈던 약간의 슬픔이나 씁쓸함은 죽음 자체에 관한 것일 뿐, 그게 엄마의 죽음이기 때문은 아니었다. 나는 엄마가 하나의 흰 덩어리가 되어 가는 과정을 지켜보면서도 눈물 한 방울 흘리지 않았다.

내가 그렇게 담담할 수 있었던 건 어쩌면 남편 덕분인지도 모르겠다. 곁에 누군가가, 내가 온전히 사랑하고 의지할 수 있는 누군가가 있다는 사실이 나는 새삼 기쁘고 자랑스러웠다.

특히나 엄마 앞에서는 더더욱.

1

빈소는 썰렁했다. 아무도 찾아오지 않았고, 누가 찾아오기를 기대하지도 않았다. 계면쩍은 웃음을 짓고 있는 엄마의 영정 사진은 그 썰렁한 빈소에 썩 잘 어울렸다.

나는 머리를 벽에 기댄 채 맥없이 앉아 있었다. 남의 빈소에서 흘러나오는 울음소리와 수다 떠는 소리가 아까부터 줄곧 나를 자극하고 있었다. 현기증이 일었다. 낯선 소리들, 낯선 사람들, 낯선 공간 속에 생뚱맞게 끼어 앉아 있는 나.

기시감이라는 단어를 본 적이 있다. 나는 언젠가 이와 똑같은 꿈을 꾸었을지도 모른다. 엄마의 죽음을 예지하기라도 했던 걸까? 끔찍한 일이다.

"피곤하지 않아?"

버릇처럼 휴대폰만 들여다보고 있던 남편이 입을 열었다. 나긋나긋 속삭이는 목소리에는 나에 대한 걱정과 안타까움이 가득했다.

"어젯밤에 잠은 좀 잔 거야? 이런 일이 생겼으면 곧바로 나한테 전화를 했어야지. 쯧쯧, 하긴 그럴 정신이나 있었겠냐. 어리기만 한 네가 얼마나 놀랐으면 이 먼 데를 혼자서 다 왔어."

나는 어제 오후, 엄마가 어느 병원 응급실에서 죽었다는 연락을 받았다. 내게 전화한 사람은 어떤 법무사였다. 엄마의 소지품 중 '연락처'라 할 만한 것은 그 사람의 명함뿐이었기에 병원에서는 그에게 먼저 연락을 취했다고 한다. 그 법무사가 어떻게 내 휴대폰 번호를 알고 있었는지는 의문이었다. 아니, 엄마가 도대체 무슨 수로 내 휴대폰 번호를 알아내어 그 법무사에게 가르쳐 줬는지가 의문이었다.

내가 놀란 건 그 정도다. 남편한테 전화할 정신도 없으리만치 엄마의 죽음이 놀랍고 황망하진 않았다. 나는 일부러 혼자서 왔다. 엄마가 어떤 옷차림으로 죽었을지 모르니까.

그래도 나를 그처럼 마음 여린 여자애로 봐 주는 남편을 실망시키고 싶지는 않았다.

"어떻게 왔는지도 모르겠어요. 눈앞이 깜깜해서……. 그래도 그 법무사가 미리 장례식장을 알아봐 줘서 다행이었어요."

그 법무사는 '여보세요.'로 시작해서 통화가 끝날 때까지 시종일관 국어책을 읽었다. 말투는 그렇게 딱딱한 사람이 의외로 오지랖은 넓었다. 그는 아주 저렴하다며 이 장례식장을 알선해 주었다. 엄마의 장례식을 치러야 한다는 데에 생각이 미친 순간, 나는 정녕 눈앞이 깜깜했었다. 병원에서 받아만 준다면 엄마의 시신을 기증하고픈 마음뿐이었다. 나는 엄마의 장례식을 치를 자신이 없었다. 엄밀히 말하자면 돈이 없었다.

그런데 그 법무사와의 통화가 끝나자마자 기다렸다는 양 장례식장 직원으로부터 전화가 왔다. 알고 보니 그 법무사는 장례식장에 먼저 의뢰한 후 내게 연락을 했던 것이다. 장례식장 직원은 형식적인 빈말을 필두로 자신들이 얼마나 합리적인 가격에 정성을 다하여 고인을 모시는지 열심히 광고를 했다. 그러다가 내가 내 통장의 잔고를 말하자 직원은 '아, 그러세요.' 하더니 약 10초 동안 말이 없었다.

"병원에 도착했더니 벌써 여기 운구차도 와 있고, 여기 직원도 와서 많이 도와주더라고요. 가격도 잘 맞춰 주고. 그래 봐야 화장 비용 내고 나면 12만 원도 안 남던데, 이번 달 어떻게 살아요? 월세도 못 내고 다 연체하게 생겼어요."

"한두 달 정도는 다들 봐줄 거야. 에이, 그냥 회사에 말할걸 그랬나? 그랬으면 조의금이라도 들어올 텐데."

남편이 우리 집안의 경조사를 회사에 알릴 만한 처지는 아니다. 그 점에 대해서는 남편이 더 잘 알 터였다.

알면서도 아쉬워하는 남편에게 나는 말귀 못 알아먹은 사람처럼 돈 핑계를 댔다.

"식대를 빼서 그 정도라도 남는 거예요. 기본이 30인분이래요. 그렇다고 밥하고 국만 줄 수도 없잖아요. 여기 직원이 말하는 기본 다 시켰다가는 화장장엘 못 가게 생겼는데 어떡해요."

"그래서 밥도 안 시키고 어제부터 계속 이렇게 땅콩만 먹고 있었던 거야?"

남편이 옆에 놓인 땅콩 캔을 흔들어 보더니 한숨을 쉬었다. 나는 가능하면 이 이상의 지출은 삼가고 싶었다. 어떻게든 그 땅콩 하나로 내일까지 버텨 볼 작정이었다.

"견과류가 몸에 좋대요."

"그거야 다 상술이지. 그게 그렇게 몸에 좋으면 햄스터 평균 수명이 왜 3년밖에 안 되냐."

하여튼 순진해서 누가 무슨 말만 하면 곧이곧대로 믿고 속는다며 남편이 핀잔을 주었다. 그 뒤로는 늘 이어지는 잔소리.

그렇게 속고도 또 세일한다면 정말로 싸게 파는 줄 알고 기웃거리느라 공연히 진만 빼는 게 문제다. 노래방 아르바이트만 해도 그러지 않았느냐. 돈 받고 가게만 지키면 된다는 말에 속아서 갔다가 노래방 도우미가 될 뻔했다. 피시방 아르바이트는 오후에만 하면 된다더니, 허구한 날 야간까지 떠맡는 바람에 부부 사이에 금이 갈 뻔했다. 야간 타임에 술 취한 패거리가

들이닥쳐 혼쭐나고 그만둔 게 불행인지 다행인지. 커피숍 아르
바이트는 또 어땠는가. 평소보다 매출이 줄었다며 근거도 없이
날뛰는 주인 성화에 속아 넘어가서 도둑 취급만 받고 일당도
못 챙겼다. 유부녀라도 상관없다는 회사를 만나 웬일로 제대로
된 직장을 구했나 싶었더니만, 사장이 알 거 다 아는 유부녀라
고 아주 대놓고 집적거렸다지.

그러니까 남편의 결론은 항상 똑같다.

"진짜 나 안 만났으면 어쩔 뻔했어? 네가 이렇게 순진하니
까 내가 이 풍진 세상에 널 내놓을 수가 없는 거야."

내가 궁한 살림에도 전업주부로 들어앉게 된 까닭은 내가
순진해서라기보다는 운이 좀 나빴기 때문이다. 좀 많이, 연속
적으로.

그래도 나는 남편의 잔소리에 딱히 불만이 없었다. 남편이
이렇듯 나를 마음 여리고 순진해 빠진 여자애로 봐 줄 때면 은
근한 희열까지 느낀다. '어디서 돼먹지도 않은 거짓말이야, 이
독한 년!' 소리를 듣는 것보다야 훨씬 더 기쁘지 않은가.

좋은 게 좋은 거랬다. 있는 그대로의 진실을 말하여 그런 욕
을 듣느니, 차라리 가끔씩 거짓말도 해 가며 피차 편하게 사는
편이 낫다.

"그러게 말이에요. 그런 거 보면 제가 확실히 사모님 팔자인
가 봐요."

"사모님 소리가 그렇게 좋냐. 후훗, 솔직히 말해 봐. 너 사모
님 소리 듣고 싶어서 나랑 결혼했지?"

나는 땅콩 캔을 열면서 피식 웃었다. 입관을 끝내고부터 묘하게 일렁이던 속이 그제야 겨우 가라앉았다. 한 알을 입에 넣고 남편에게 캔을 내밀자 남편이 고개를 저었다.

"난 밥 먹고 왔어. 그런데 장모님은……, 정말 아무도 안 오는 건가?"

부고를 알리지 않았으니 아무도 안 오는 게 당연하다. 식대도 문제였지만 기실 엄마의 죽음을 알려야만 할 사람이 마땅히 떠오르지 않았다. 생각나는 사람이 몇 있긴 했으나, 그들의 얼굴을 다시 보기 끔찍해서 그만두었다. 하지만 지금 남편이 기다리고 있는 사람은 그들이 아닐 터였다.

나의 부모님은 결혼을 약속한 사이였다. 그런데 결혼식을 앞두고 아빠가 교통사고로 돌아가셨다. 나는 그때 이미 엄마의 뱃속에 있었다. 엄마는 아빠 없이도 꿋꿋이 나를 낳아 키우려고 했으나, 어쩌다가 괜찮은 남자를 만나게 되었다. 그래서 나를 외갓집에 맡긴 채 그 남자랑 결혼해 버렸다. 그 뒤로 엄마와는 자연히 연락이 끊겼다.

이 빤한 드라마 같은 스토리를 남편은 여태껏 믿고 있었다. 그러니 그 '괜찮은 남자'가 나타나리라 기대하고 있겠지만 그 남자는 오지 않을 것이다. 아니, 애초에 없는 사람이므로 올 수가 없다.

"엄마는 그동안 혼자였나 봐요. 이혼한 것도 몰랐네. 연락이 끊긴 지 오래라……."

나는 결혼시켰던 엄마를 뒤늦게 이혼시키곤 가슴을 졸였다.

남편은 내 말에 아무런 대답 없이 고개만 끄덕였다.

너무 티 나는 거짓말이었나? 불안해졌다. 단지 곁에 있는 것만으로도 힘이 되었던 남편의 존재가 문득 버거워졌다.

"저녁에 회사 갈지도 모른다면서요. 그만 올라가 봐요. 어차피 올 사람도 없는데."

"그래도 어떻게 그러냐. 장모님 상에 사위 체면이 있지."

말은 그렇게 하면서도 남편은 썰렁한 빈소를 돌아보곤 자신의 휴대폰을 들여다보았다. 그는 바쁘다. 언제나 바쁜 '김 부장님'이기에 나는 홀로 있는 것에 익숙하다.

"참, 전에 말했던 그 회사는 어떻게 됐어요?"

내 질문이 떨어지기 무섭게 남편은 한숨을 푹 쉬었다.

"안 그래도 그놈들 때문에 오늘 밤엔 회사에 붙어 있어야 되는데 말이지."

남편은 당장에라도 회사로 달려가고 싶은 마음이 굴뚝같아 보였다. 내가 일어나 남편의 서류 가방을 챙겨 들자, 남편은 못 이기는 척 따라나섰다.

나는 장례식장 입구까지 남편을 배웅했다. 현관 모퉁이의 재떨이를 본 남편이 잠시 멈춰 서 담뱃불을 붙였다. 셔츠 윗주머니에 라이터를 도로 넣으면서 나른한 얼굴로 길게 첫 모금을 내뿜는다. 혈관이 불거진 손끝에 빨간 불빛이 반짝거린다. 그 순간의 남편 모습은 늘 근사해서, 나는 남편에게 담배 끊으라는 말을 할 수가 없다.

"미안해. 오늘은 같이 밤새울까 했는데 요즘 회사 사정이 영 그러네."

"괜찮아요. 저도 잘 건데요, 뭐."

"밥도 제대로 못 먹고 고생한다. 이럴 땐 용돈이라도 줘야 되는데."

"한 3만 원쯤 달아 놓을게요. 걱정 마요."

하얀 연기 사이로 남편이 윙크하듯 한쪽 눈을 찡긋하며 웃었다. '나 너무 미안해서 이젠 말도 안 나와. 좀 봐줘.' 그런 눈웃음이다.

나보다 열여덟 살이나 많은 남편이 이런 표정을 짓는 순간, 우리 사이의 모든 문제는 해결된다. 나는 오늘도 기꺼이 남편의 애교를 받아들였다.

"프랑스랬지요, 아마?"

"응. 아무래도 수상해. 까딱하면 몇 억 날리게 생겼다. 계속 이딴 식으로 연락 두절이면 직접 프랑스로 날아가 봐야지."

"그럼 또 출장이네."

"제발 안 그랬으면 좋겠어."

남편은 수입 가구 회사에 다닌다. 나도 결혼하기 전에 잠시 그 회사에 적을 두었었다. 그 회사에서 받은 첫 월급으로 인해 내 인생은 완전히 바뀌었고, 나는 결국 이렇게 김 부장님의 사모님이 되었다.

남편 말마따나 나는 '김 부장님의 사모님'이라는 명칭이 꽤 마음에 든다. 남편의 잦은 야근이나 출장 따위를 불평할 생각은 눈곱만치도 없다.

"전에 사 왔던 그 과자 맛있었어요. 가운데 딸기잼이 든 거 있잖아요."

"그건 이탈리아에서 샀던 것 같은데."

"아……."

내 기억력은 형편없다. 예를 들면 얼마 전 마트에서 우연히 중학교 2학년 때의 짝을 만났는데 전혀 알아보지 못했을 정도다. 그녀는 쌍꺼풀 수술만 했다고 했지만 코도 살짝 의심스러웠다. 하긴 못 알아본 것보다도 내가 끝까지 기억해 내지 못했다는 데에 문제가 있다. 나는 그녀의 얼굴이나 이름뿐만 아니라 그녀와 함께 보냈을 중학교 시절이 거의 기억나질 않았다.

"후훗, 혹시 가게 되면 비슷한 걸로 사다 줄게."

그래도 뭐가 걱정이람. 남편은 내 형편없는 기억력을 트집 잡을 만큼 쩨쩨한 사람이 아니다. 사실 질풍노도의 시기는 차라리 기억나지 않는 편이 나한테 이로울 수도 있고.

"약속."

약속을 핑계로 새끼손가락을 쑥 내민다. 담배를 비벼 끈 남편이 웃으면서 손가락을 맞걸었다. 나보다 따뜻하지도 차지도 않은 남편의 체온에 언제나 그러하듯 적잖이 안도한다.

"그럼 수고하십시오, 사모님. 김 기사는 이만 돈 벌러 갑니다."

언젠가 사모님 소리가 듣기 좋다고 했더니만 그 뒤로 남편은 나를 종종 사모님이라고 불러 준다. 내가 좋아하는 건 '김 부장님의 사모님'이지만 그래도 넉살 좋게 김 기사를 자칭하는 남편이 귀여워서 오늘도 그저 웃으며 넘겼다. 열여덟 살이나 어린 여자애가 자신을 귀여워하고 있다는 사실을 알면 남편이 기뻐할지는 미지수다.

＊

남편을 보낸 뒤, 나는 어쩐지 맥이 빠져서 터덜터덜 빈소로 돌아왔다. 빈소는 여전히 썰렁했다. 다만 한 남자가 조의함 근처를 기웃거리고 있었다. 장례식장 현관 앞에 큼지막하게 붙어 있던 부의금 털이범에 대한 경고 문구를 떠올리다가 나는 그만 피식 웃고 말았다. 그 조의함은 텅 비어 있다.

"혹시 박은아……, 씨?"

남자가 은테 안경을 올리며 나를 보더니 내 이름을 댔다. 부의금 털이범은 아니었나 보다. 나는 뜻밖의 문상객을 맞이하여 잠시 바빠졌다.

그 남자는 방명록에 한자로 장 뭐라고 이름을 썼다. 이어서 빈소로 올라선 그는 장례식장의 안내문에 적힌 수순을 그대로 밟았다. 그리고 역시나 장례식장의 안내문에 적힌 인사말 중 하나를 읊으며 옆으로 나와 앉았다. 그는 완벽하고도 신속하게 그 모든 절차를 행했다. 이 남자는 도대체 문상을 몇 번이나 다녔을까 궁금해질 정도였다.

나는 땅콩을 줘야 되는지 말아야 되는지 갈등하면서 일단 땅콩 캔을 상 위에 올렸다. 그 남자는 거들떠보지도 않고 오로

지 내가 마주 앉기만을 기다렸다는 양 곧장 명함을 건넸다.

"전화로 말씀 나눴지요. 법무사 장형섭입니다."

그가 건넨 명함은 엄마의 핸드백 속에 들어 있던 것과 똑같았다. 올 리 없는 문상객이 온 바람에 의아하게 여겼던 나는 그제야 고개를 끄덕였다. 그가 이 장례식장을 잡은 장본인이다. 알아서 찾아올 만도 했다.

장형섭은 가방에서 서류 봉투 하나를 꺼냈다. 봉투를 열면서 그는 전화상에서처럼 지극히 사무적인 어조로 말했다.

"고인께서 살아생전에 유언장을 작성하셨습니다. 확인해 보시지요."

엄마의 유언장이 서류 봉투를 벗어나 내 앞에 놓이는 그 짧은 동안, 나는 영문 모르게 긴장하여 굳어졌다. 그러나 유언장은 '공정증서'라는 표지가 달린 몇 쪽짜리 인쇄물일 뿐이었다. 그곳에서 볼 수 있는 엄마의 흔적이라고는 '박경술'이라는 이름 석 자의 서명이 전부였다.

유언장은 편지가 아닌 것이다. 나는 엄마의 유언장에 도대체 무슨 말이 적혀 있기를 기대했던 걸까?

나는 유언장을 뒤적거리다가 그만 덮어 버렸다. 그러자 장형섭이 표지를 넘기더니 확인해야 할 부분을 찾아서 손으로 짚어 주었다.

유언자는 다음의 수증자에게 별지 1. 기재 부동산 및 별지 2. 기

채 예금을 유증하였다.

분명히 한글로 적혀 있건만 꼭 무슨 암호 같았다. 어쨌거나 '다음의 수증자'는 나였다. 그 문장 밑에는 내 이름과 주소, 주민등록번호가 차례로 적혀 있었다. 맨 마지막 항목은 '유언자와의 관계'였는데 거기에는 놀랍게도 '자녀'라고 적혀 있었다. 즉, 나는 엄마의 자녀였던 것이다. 그야말로 풀리지 않는 암호였다.

장형섭은 이내 '별지 1'과 '별지 2'에 해당하는 뒷장을 차례로 넘겨 보여 주면서 말했다.

"사실상 이 두 가지가 고인의 전 재산이라고 보셔도 무방합니다. 또 어차피 박은아 씨가 유일한 상속인이기 때문에 고인의 채무는 부담하셔야 되는 부분입니다. 불법 사채는 확인이 안 됩니다만……."

암호처럼 보이는 활자를 멍하니 들여다보고 있던 나는 뒤늦게 정신이 화들짝 났다. 유산을 상속받으려면 빚도 갚아야 한다는 소리는 나도 어디선가 들어 본 적이 있었다.

장형섭은 경기도로 시작하는 주소가 적힌 '별지 1'을 삘치너니 말을 이었다.

"……서류상으로 현재 이 집에 걸린 게 없기 때문에 크게 우려하실 필요는 없을 것 같고요, 지금으로서는 임대 보증금만 염두에 두시면 되겠습니다. 이 집 2층이 임대 중이거든요. 보증금 천에 월세 백만 원. 세입자한테 확인해 본 바로는 11개월 남았다니까 실질적인 부채는 없는 걸로 보시면 되겠습니다. 유언 포기, 상속 포기, 한정 승인, 모두 가능합니다만 상식적으로 볼 때 이런 경우에는 해당이 없지요. 그냥 절차 밟으시면 됩니다.”

우리 부부가 지금 사는 오피스텔이 보증금 천에 월세 50만 원짜리다. 나는 다달이 그 월세를 내느라 허리띠를 졸라매고 있었다. 누군가가 내게 월세로 백만 원을 내준다면 가계에 크나큰 보탬이…….

오오! 그리고 보니 앞으로는 월세를 낼 필요도 없겠다. 방금 나에게 집이 생겼다, 집이!

나는 내가 집을 상속받았다는 사실을 뒤늦게 실감했다. 그 제야 엄마의 삭막한 유언장이 퍽 대단하게 느껴지기 시작했다. 내가 도로 유언장의 앞 페이지를 들춰 보자 장형섭이 말했다.

“아까도 말씀드렸다시피 고인께 배우자가 안 계시고 박은아 씨가 유일한 상속인이기 때문에, 사실상 이 유언장은 별 의미 가 없습니다. 벌써 박은아 씨에게 상속이 된 상태거든요.”

나는 의아한 눈초리로 장형섭을 바라보았다. 장형섭은 무표 정한 얼굴로 연이어 국어책을 읽었다.

“주택은 아직 등기를 안 해서 매매가 불가능하지만, 실질적 인 소유자는 박은아 씨입니다. 지금 당장 박은아 씨가 이 집에 들어가서 사셔도 법적으로 아무런 문제가 없다는 얘기죠. 고인 께서 이 유언장을 작성하신 이유는 저를 유언집행자로 지정하 기 위해서였습니다. 따님과는 연을 끊으셔서, 박은아 씨가 상 속을 받더라도 잘 모를 거라고 말씀하시더군요.”

나는 슬그머니 눈길을 돌렸다. 이 법무사의 눈에는 내가 유일한 가족인 엄마랑 연을 끊고 살았던 한심한 딸로 비칠 게 빤했다. 민망하고 불쾌했다.

장형섭은 아랑곳없이 사무적인 어조로 일관하고 있었다.

"통상 그럴 리는 없지만 그래도 만일의 경우라는 게 있으니까요. 그리고 상속등기에는 기한이 없어도 상속세와 취득세 납부 기한은 6개월입니다. 박은아 씨의 경우 상속재산 총액이 5억 원 미만이기 때문에 상속세는 일괄 공제로 빠집니다만 취득세가 걸리지요. 때를 놓치면 기한 초과한 시점에서 신고불성실로 20퍼센트, 납부불성실로 하루에 0.03퍼센트씩 가산세가 붙습니다. 무주택이라도 이 집은 면적 초과라 감면만 들어가지 비과세는 안 되거든요. 저는 개인적으로 고인께서 대단히 현명한 선택을 하셨다고 보고 있습니다."

나야 어찌 느끼든 간에 이 법무사는 은근히 기뻐하는 눈치였다. 그는 꺼내 놓았던 유언장을 다시금 서류 봉투에 챙겨 넣고, 다른 서류 봉투를 꺼내어 내게 건넸다.

"앞으로 준비하셔야 할 목록입니다. 간단하고요, 예금은 적혀 있는 서류만 들고 가면 통장이나 인감 없이도 곧바로 찾으실 수 있습니다. 혹시 현재 무주택이십니까?"

"예."

"그럼 안에 들어 있는 1가구 1주택 확인서를 반드시 작성해 주시기 바랍니다. 서류 준비 되는 대로 언제 시간 날 때 연락 주십시오."

자리에서 일어나 신발을 신으면서 장형섭은 여전히 사무적인 어투로 한마디 덧붙였다.

"물론 이 건 외에도 계약을 비롯해서 각종 문서 관련 대행 서비스까지, 연락만 주시면 친절하고 저렴하게 도와 드립니다."

내게 저렴한 장례식장을 소개했던 그는 이번에도 '친절'보다는 '저렴'에 더 힘을 주었다. 그러고는 부담 갖지 말고 연락하라는 인사를 끝으로 장례식장을 떠났다.

장형섭을 보낸 다음, 나는 긴장이 풀려서 푹 주저앉았다. 누런 서류 봉투를 양손에 쥔 채 나는 한동안 넋을 놓고 있었다. 그러다가 미친 듯이 휴대폰을 꺼내 들었다.

– 지금 버스 안.

"듣기만 해도 돼요."

– 어.

"우리 집 생겼어요! 이제 아이 가질 수 있는 거죠?"

– 어?

"그때 약속했잖아요. 집만 사면 곧바로 2세 만들자고."

나는 나만큼이나 얼떨떨해하는 남편에게 신이 나서 떠들어 댔다.

이야기가 아직 생기지도 않은 아이의 유모차 색깔에까지 이르렀을 때, 남편이 피곤한 목소리로 회사에 도착했다며 전화를 끊었다. 나 혼자만 너무 흥분했나 싶어서 잠깐 반성하고 있는데 남편으로부터 문자가 왔다.

노란색X 유모차는 세탁기에 안 들어가

나는 키득거리면서 휴대폰을 도로 집어넣었다.

그때까지만 해도 엄마의 집은 그 정도 의미였다. 나는 사지도 않은 복권에 당첨된 기분으로 마냥 들떠 있었다.

그때 그가 나타났다.

그는 엄마의 빈소에 도착하기도 전부터 울어서 이미 눈이 벌겋게 충혈되어 있었다. 그의 몸을 흐르듯 감싼 고가의 검정색 슈트는 엄마의 장례식에 오기 위해 새로 산 것이었다. 그는 엄마가 죽었다는 사실을 알고 어찌나 정신이 없었던지, 가격표가 목 뒤로 삐져나온 것도 모른 채 급하게 찾아왔다.

그는 장례식장에 난생처음 온 사람처럼 엄마의 영정에 성큼 손을 뻗었다. 나는 놀라서 다가갔다. 그는 그대로 무릎을 꿇더니 엄마의 영정을 껴안고 말없이 울기 시작했다. 엄마의 죽음이 슬퍼서 견딜 수 없는 것처럼. '무어라 드릴 말씀이 없습니다.' 하는 형식적인 인사가 아니라 정말로 슬퍼서 아무 말도 나오지 않는 것처럼. 말없이도 내가 그의 슬픔을 다 이해하리라 믿는 것처럼. 그는 그렇게 말없이 울었다.

신기하게도 나는 영정을 끌어안고 우는 그의 슬픔을 이해했다. 살아 있던 사람이 사라지고 사진 한 장 덜렁 남은 그 슬픔이 얼마나 시리고 절망적인지, 내 가슴은 이미 알고 있었다. 구멍이 뻥 뚫린 것 같은 그 황량함.

그래서 나는 더욱더 당황스러웠다. 올 리 없는 문상객이 갑자기 들이닥치고, 커다란 남자가 서슴없이 내 앞에 무릎을 꿇은 채 울고 있다. 엄마의 영정은 지켜야 할 자리를 떠나 낯선 문상객의 눈물로 젖고 있었다. 그러나 그 무엇보다도 당황스러운 건, 그가 내 엄마의 죽음을 나보다 더 슬퍼한다는 사실이었다. 엄마의 죽음은 내게 눈물을 흘릴 정도로 슬픈 일이 아니었다. 그런데도 나는 울고 있었다. 그의 눈물이 너무도 뜨겁고 그의 슬픔이 너무도 열정적이어서, 나는 나도 모르게 그만 따라 울고 말았다.

2

그의 이름은 이준환이었다.

그는 끝끝내 말없이 울다가 떠났다. 내게 정중하게 엄마의 영정을 돌려주면서 무슨 말인가 하려는 듯싶었지만, 우는 나를 보고는 위로할 말이 없었던지 목례만 건네고 떠났다. 나는 그의 슬픔에 전염되어 울었을 뿐인데 말이다.

그의 이름을 알게 된 건 법무사 장형섭을 통해서였다. 발인이 끝난 다음 날, 내게 전화를 건 장형섭은 형식적인 인사를 건네곤 다짜고짜 그의 이름을 입에 올렸다.

— 이준환 군이 문상 갔다가 정신이 없어서 부조를 잊고 왔답니다. 큰 키에 표준 체형, 미남형 얼굴인데 기억나십니까?

장형섭은 마치 경찰서 앞에 붙은 수배자 전단을 읽듯이 설명했다. 구태여 그런 설명을 하지 않더라도 나는 그를 기억하고 있었다. 장형섭을 제외하면 그가 유일한 문상객이었으니까.

"예."

- 조의금 대신에 상속세라도 자기가 대신 내겠다기에 그러지 말라고 했습니다.

"아, 예."

- 없는 상속세로 때우면 피차 민망하잖아요. 그래서 보수를 포함한 제반 비용 일체를 그쪽에 청구하기로 했습니다.

"예?"

- 그럼 그렇게 아시고 서류 준비 되는 대로 연락 주십시오.

"아니, 그 사람이 누구……."

전화가 딸깍 끊겼다. 나는 도로 전화를 걸어 물어보려다가 그만두었다.

이준환이 누군지는 몰라도 엄마와 친밀한 관계였음에는 틀림없었다. 혹시 내가 몰랐던 내 형제일 수도 있다. 예를 들면 엄마가 어떤 유부남과 관계를 가져서 이준환을 낳은 후 그 집 아이로 출생신고를 했다든가……. 그런 막장 드라마 같은 얘기를 장형섭의 국어책 읽는 말투로 전해 듣고 싶지는 않았다.

어쨌거나 이 소식을 들은 남편은 돈 굳었다면서 그저 기뻐했다.

*

당장 생활비가 없어서 쩔쩔매던 내게 엄마의 예금은 가뭄 끝에 내리는 단비와도 같았다. 단비라는 게 꼭 푸지게 내리지는 않는다. 그래도 11만 원 있을 때와 164만 원 있을 때의 기분은 확연히 다르다. 나는 겨우 숨통이 트였다.

마음이 편해지니까 은행에 있는 컴퓨터도 눈에 들어왔다. 나는 청원 경찰의 눈치를 슬쩍 보곤 이내 컴퓨터 앞으로 다가가 엄마의 집 주소를 검색해 보았다. 경기도…….

나는 경기도가 그렇게 넓은 줄 몰랐다. 기가 막혔다. 거긴 내가 생각하는 경기도, 즉 수도권의 이미지가 아니었다. 논밭과 공장 사이에 약간 있는 주거지. 게다가 멀기는 또 엄청 멀었다. 주소에 읍과 리가 들어갈 때부터 알아봤어야 했는데.

"내 사전에 경기도는 분당하고 판교밖에 없어. 아니, 일산까지만 해도 내가 말을 안 한다. 거긴 말로만 경기도지 완전 시골이야. 전원주택이라고, 전원주택. 차라리 팔고 요 근처 아파트로 전세 들어가자. 마트도 코앞이고 좋잖아, 응?"

남편도 엄마의 집을 검색해 본 모양이었다. 그날부터 시작된 남편의 아파트 타령은 일주일 내내 계속되었다.

일요일 아침, 내가 엄마의 집을 치우러 간다고 하자 남편은 또 그놈의 아파트 타령이었다. 나는 못 들은 척하고 나갈 채비만 했다.

"너, 사람들이 괜히 아파트에 못 살아서 환장하는 거 아니다. 단독주택이 얼마나 살기 불편한데. 무조건 집 생겼다고 좋아하지만 말고 생각을 좀 해 봐. 우리 계속 이 동네에서만 살았잖아. 여길 떠나서 살 자신 있어?"

솔직히 나는 자신이 없었다. 엄마의 집에서 산다는 것 자체가 내겐 부담스러운 일이었다. 하지만 엄마에 대해 거의 모르는 남편이 나를 위해서 이런 말을 할 것 같지는 않았다. 나는 남편이 그 집을 팔자고 하는 이유를 짐작할 수 있었다. 집 생기면 아이를 갖자고 약속했건만, 갑자기 집이 생겨 버린 바람에 남편은 내심 난감할 터였다.

집 생기면 아이를 갖자는 말은 아이를 갖지 말자는 말이나 다름없었다. 남편은 아이를 원하지 않는다. 그에게는 전처와의 사이에서 낳은 아이가 셋이나 된다. 다달이 그 아이들의 양육비를 주고 나면 남편의 월급은 정확히 백만 원이 남는다. 엄밀히 말하자면 양육비로 얼마를 준다기보다는 백만 원만 제하고 전부 주는 셈이다. 남편은 차 한 대와 월급 백만 원만 챙긴다는 조건으로 전처와 협의이혼을 했다.

우리 부부는 지금 보증금 천에 월세 50만 원짜리 오피스텔에서 살고 있다. 월세와 관리비, 각종 공과금을 떼고 나면 생활비는 하루에 만 원도 안 된다. 설날과 가정의 달과 추석과 연말, 이렇게 연 네 차례 50만 원씩 지급되는 상여금 덕분에 그나마 그동안 저축도 하고 엄마의 장례식도 치를 수 있었던 것이다. 그렇지만 그 상여금을 평생 모아 봐야 집은 살 수 없다. 내가 어느 날 갑자기 '다음의 수증자'가 되어 엄마의 집을 유산으로 받으리라고는 남편도 예상치 못했을 것이다. 나도 그랬으니까.

이어지는 남편의 아파트 타령에 묵묵부답으로 일관하던 나는 한숨을 쉬며 구두를 신었다.

"집을 팔든 아니면 들어가서 살든 일단은 그 집을 치워야지요. 등기권리증 같은 것도 찾아야 되고. 다녀올게요.”

“그럼 좀 있어 봐. 같이 가게.”

“괜찮아요. 혼자서 다녀올게요.”

나는 내 엄마의 유품을 남편에게 보여 주고 싶지 않았다. 남편은 아랑곳없이 일어나서 옷을 갈아입기 시작했다.

“얘기했잖아요. 그동안 엄마가 어떻게 살았는지도 모르고 지냈다고. 정리하면서 혼자서 생각도 좀 하고 싶어요.”

남편이 티셔츠를 벗으려다 말고 멈췄다.

“그럼 데려다 주기만 할게. 그렇게 먼 데를 혼자서 어떻게 가.”

“어떻게든 가겠죠. 그냥 집에서 쉬어요. 다녀올게요.”

나는 친절한 남편을 뒤로하고 집을 나왔다. 남편은 굳이 따라 나오지 않았다. 데려다 준다고 해 봤자 교통비만 두 배로 들 뿐이다.

우리 부부에게는 차가 없다. 남편이 이혼할 때 챙겼던 차는 작년 여름에 완전히 고물이 되어 폐차 처분했다. 덕분에 차 보험금도 안 내고 기름값도 안 들어서 살림에는 조금이나마 여유가 생겼다.

나는 엄마의 집에 가는 방법이 적힌 메모지를 확인하면서 지하철역으로 향했다. 지하철을 한 번 갈아타고 고속버스를 탔다가 다시금 버스로 바꿔 타야 하는 험난한 여정이었다. 나는 10년 전에도 엄마의 집에 한 번 가 본 적이 있다. 그 집이 지금 내가 상속받은 집과 같은 집인지는 알 수 없으나, 아무튼 그때도 나는 고속버스를 타고 갔었다. 고속버스 안에서 외할머니가 사 주신 천하장사 소시지를 아껴 먹었던 기억이 났다.

고속버스 터미널에 이르러 나는 천하장사 소시지를 충동구매 했다. 소시지를 먹는 동안 10년 전의 일들이 조금씩 기억나기 시작했다.

마음이 복잡해졌다. 내 기억 속에 있는 엄마의 집은 당장이라도 귀신이 튀어나올 듯 흉흉한 곳이었다. 그러나 생각해 보면 그건 이후로 만들어진 기억일지도 모른다. 기억이라는 건 별로 믿을 만한 것이 못 된다. 그때그때 생각에 따라 변할 수도 있고 지워질 수도 있는 게 기억이다. 나는 경험상 내 기억을 자신하지 않는다.

어쨌거나 나는 그런 집에서는 아이를 낳아 키우고 싶지 않았다. 하지만 남편 말을 따라 그 집을 팔아 버리면 아이를 가질 기회는 또다시 사라진다.

세 아이의 양육비에 허덕이는 남편의 심정을 이해는 하지만, 그렇다고 해서 내 아이를 가질 기회를 포기하고 싶지는 않다. 세상에서 가장 행복한 아이의 엄마가 되는 게 나의 오랜 꿈이다. 좋은 엄마가 된 나를 보면서 지난날의 과오를 뼈저리게 뉘우쳐야 했을 엄마가 벌써 죽었다는 사실이 새삼스레 안타까웠다.

나는 고속버스에서 내려 일반 버스로 갈아탔다. 금세 시내를 빠져나온 나온 버스는 좌우로 논밭이 펼쳐진 시골길을 한동안 달렸다.

드디어 버스에서 내렸을 때, 나는 정류장 건너편에 있는 ‘남서울아파트’를 보았다. 한숨이 나왔다.

‘할머니, 고속버스를 타고 왔는데 왜 아직도 서울이에요?’

나는 10년 전에 저 아파트를 보고 외할머니에게 그렇게 물었었다. 엄마의 집은 아무래도 흉흉한 예전의 그 집인 듯했다.

10년 전에 한 번 왔던 길을 기억해서 다시 찾아갈 만큼 내 머리가 좋지는 않기에, 나는 정류장 근처의 부동산으로 들어갔다.

부동산 아저씨는 주소를 보더니 벽에 붙은 지도의 한 지점을 짚었다. 나도 은행에서 검색할 때 지도는 봤다. 내가 지도만 보고도 어디든지 찾아갈 수 있는 사람이라면 애당초 이 부동산에 들어오지 않았을 터였다.

“저 앞으로 가다가, 그다음에 어느 쪽으로 가면 되는 거예요?”

나는 자신 없이 물었다. 지도를 보고 있던 아저씨가 고개를 갸우뚱했다.

“있어 봐라. 요 근처면 박 보살네 같은데.”

“거기 맞아요.”

얼른 대답한 나는 이내 한마디 덧붙였다.

“점을 잘 본대서요.”

부동산 아저씨는 나를 위아래로 훑어보더니 다시금 고개를 갸우뚱했다.

"그 사람은 얼마 전에 산에 갔다가……. 흠, 그건 다른 사람이었나? 저 길로 쭉 가다 보면 슈퍼가 나오는데 거기서 한번 물어봐요. 그 집이 자주 다닌다고 그러니까."

산에 갔다가 죽은 사람 맞다. 엄마는 무슨 고행자인 양 암자에서 단식기도를 하다가 죽었다. 진짜 보살이라도 될 작정이었나 보다. 내키는 대로 나를 낳고, 내키는 대로 나를 버렸던 엄마의 삶에 비하면 지나치게 진지한 죽음이었다.

그 얼토당토않은 사망 경위를 전해 들으면서 나는 내심 불쾌했었다. 어쩌면 나는 엄마가 대책 없이 막 살았기를, 그래서 내가 마음껏 엄마를 비난할 수 있기를 은근히 바라고 있었는지도 모른다.

나는 꾸벅 인사를 하고 부동산을 나왔다. 나오는데 아저씨가 문가까지 따라 나오면서 괜한 잔소리를 했다.

"보아하니 이 동네 살지는 않는 것 같은데, 젊은 아가씨가 너무 늦게까지 헤매지 말고 얼른얼른 일 보고 가요."

나는 엉거주춤 다시금 목례를 하곤 길을 건넜다. 그러고는 잠시 멈춰 서서 스스로의 차림새를 훑어보았다.

내 옷이 야해 보이나? 별로 그런 것 같지도 않은데 웬 잔소리람.

아무래도 여기가 시골이라서 그런 것 같았다.

어쨌거나 부동산 아저씨가 가리킨 길을 따라가니 아저씨 말대로 슈퍼가 있었다. 장판으로 덮인 평상을 가게 앞에 내놓은 전형적인 시골 마을의 '슈퍼'였다. 나는 쓰레기봉투를 사면서 슈퍼 아저씨에게 지나가는 말처럼 물었다.

"그런데 혹시 근처에 박 보살이라고 아세요? 점을 잘 본다던데."

어쩐지 엄마를 홍보하는 듯한 기분이었다. 썩 달갑지는 않았지만, 엄마의 집이라서 찾아간다고 말하는 것보다야 백배 낫다. 대뜸 눈살을 찌푸리는 슈퍼 아저씨를 보고 나는 거짓말하길 천만다행이라고 생각했다.

"그 여편네는 얼마 전에 죽었을걸. 아닌가? 아무튼 가 봐야 허구한 날 돈 내놓으라는 소리나 하지. 학생이 뭣하러 그런 델 다녀?"

아무래도 이 아저씨는 엄마의 단골이 아닌 듯했다.

"그게……, 제가 스물세 살인데 아직도 대학을 못 가서요."

어쨌거나 진실이었다. 아저씨는 딱하다는 눈초리로 나를 보더니, 공부나 열심히 하라는 잔소리를 늘어놓는 대신 친절하게 길을 알려 주었다.

"그래도 부적은 잘 쓴다니까 한번 가 봐요. 설마 올해는 붙겠지."

졸지에 오수생이 된 나는 고맙다는 인사를 건네고 슈퍼를 나왔다. 슈퍼 아저씨는 역시나 공부하라는 잔소리를 잊지 않았다.

"그쪽은 길도 외지니까 괜히 늦게까지 그 여편네랑 붙어 앉아서 시시덕거리지 말고, 부적만 딱 써 가지고 얼른 가서 공부하라고. 여학생이 늦게까지 돌아다니면 위험하니까."

만나는 사람마다 잔소리인 걸 보니 이 동네가 시골은 시골인가 보다.

슈퍼 아저씨가 가르쳐 준 길은 간단했다. 골목을 쭉 따라가다가 왼쪽, 굴다리 앞에서 또 왼쪽.

양옆으로 집이 빼곡 들어찬 골목은 그 끝이 차도로 연결되어 있었다. 한적한 차도를 따라서 조금 걷다 보니 왼편으로 길이 나 있었다. 집이 한 채도 없는 외딴길이었다. 그 길을 지나자 굴다리가 나타났다.

나는 굴다리 앞에서 왼쪽 길로 접어들었다. 저만치에 나부끼는 희고 빨간 깃발들이 보였다. 좁은 길에 주차된 검정색 고급 밴이 내 시야를 가로막았으나, 이내 그 깃발 달린 집의 입간판도 눈에 들어왔다. '卍 계룡산 박 보살'이라 쓰인 빨간 간판이었다.

"여기 차 좀 빼 주세요."

나는 밴 앞에서 통화하는 아저씨의 말소리를 흘려들으며 그 집을 향해 걸어갔다.

마침내 대문 앞에 이르러서 나는 기억해 냈다. 엄마의 집 대문은 예전 그대로였다. 니스를 칠한 두꺼운 목제 대문이다. 어릴 때 살던 외갓집 대문과 똑같아서, 10년 전에도 이 대문을 보고 반가워했던 기억이 있다.

하지만 반가움도 잠시, 나는 기가 차서 헛웃음을 지었다. 대문 한쪽에 조그맣게 달린 적잖이 황당한 간판때문이었다.

계룡산 박 보살

이 집은 계룡산 박 보살의 집이다. 앞에 계룡산이나 지리산

따위가 붙고, 뒤에 보살이나 선녀, 또는 동자 같은 게 붙으면 주로 점집이다. 타로 카드나 별점을 보는 그런 세련된 점집이 아니라 무당집이다. 그런데 도대체 무슨 생각으로 간판을 이렇게 만들어 붙였는지 모르겠다.

간판 자체만 보자면 어디 근사한 커피숍 간판 같았다. 빨간 덩굴장미 모양의 테두리가 둘러진 도자기 간판이다. 거기에 양장 동화책 제목처럼 앤티크한 글씨체로 '계룡산 박 보살'이라니. 이런 간판을 주문받은 사람도 나만큼이나 황당했으리라.

하나부터 열까지 자기 내키는 대로만 살았던 사람.

엄마에게는 어울리지 않았던 죽음을 떠올리자 한숨이 나왔다. 나는 머리를 절레절레 흔들며 눈길을 돌렸다. 대문 위쪽에 붙은 초인종이 눈에 띄었다. 요즘엔 어디서 구경하기도 힘들 성싶은 동그란 꼬마 초인종이었다. 눌러 보고 싶은 충동이 일었다.

나는 엄마의 핸드백 속에서 꺼내 온 열쇠 한 벌을 만지작거리다가 곧 검지를 뻗어 초인종을 눌렀다. 비단 유치한 충동 때문만은 아니었다. 갑자기 문을 열고 들어가면 2층의 세입자가 놀랄 것 같았기 때문이다.

초인종에서 '딩동' 하고 경쾌한 소리가 울렸다. 곧바로 문이 열렸다. 2층의 세입자가 문을 열어 주리라 기대하고 있었던 나는 예상보다도 문이 빨리 열린 바람에 약간 당황했다. 문 앞에 서 있는 사람을 보고는 더더욱 당황했다.

큰 키에 표준 체형, 미남형 얼굴.

그 남자였다. 이준환.

"아……."

"어……."

우리는 잠시간 말없이 마주 보고 서 있었다. 그를 보면서 나는 수배자 전단 문구를 연상케 하던 장형섭의 설명이 약간 틀렸다고 생각했다. 이준환은 마른 체형이었다. 그의 얼굴은 수척하고 파리해 보였다. 아니, 그는 장례식장에 왔을 때보다 더 마르고 핏기를 잃었다. 틀림없다. 그날 보았던 그의 얼굴은 이렇게까지 야윈 느낌이 아니었다. 머리를 쓸어 올리다가 귓가에서 멈춰 버린 그의 손은 쏟아지는 봄볕 아래, 기이하리만치 창백해 보였다. 어쩌면 손목을 덮은 셔츠의 검정색 소매가 대조를 이루어 손이 한층 더 하얗게 보였는지도 모른다. 머리에 흰 리본조차 꽂지 않은 나와는 달리 그는 여전히 전신을 검정색으로 휘감고 있었다.

잠시 후 그가 고개를 숙였다.

"늦게나마 삼가 조의를 표합니다. 그날은 실례가 많았습니다."

나는 와 줘서 고마웠다고 해야 할지, 그 성노 실례는 괜찮다고 해야 할지 갈등하느라 대답을 못 했다. 그러자 그가 잠긴 목소리로 사과했다.

"망극하실 텐데 죄송하게 됐습니다."

"괜찮습니다."

"어디로 모셨는지 여쭤 봐도 될까요?"

세련된 헤어스타일이나 도회적인 차림새와는 어울리지 않게, 그는 망극 운운하면서 거듭 조선 시대 말투로 격식을 차렸다. 나는 그 격식의 수준을 맞춰 줄 재간이 없었다. 그러고 싶은 기분도 아니었다.

"화장장에서 산골했어요. 여러모로 형편이 안 돼서."

나는 엄마의 유골을 마치 쓰레기통에 쓰레기 버리듯 합동 유골함에 쏟아 부었다. 엄마의 유골에 분풀이라도 하고자 일부러 심술을 부린 것은 아니었다. 산골이 유골을 뿌리는 것이라기에, 나는 드라마의 한 장면처럼 엄마가 바람에 흩날려 자유로이 떠나는 모습을 상상했다. 엄마는 평생을 그러했듯 내키는 대로 가 버릴 테고, 훌훌 손을 털 때쯤이면 나도 필경 후련한 마음이 되어 '안녕.' 한마디 정도는 해 줄 여유가 생기겠지. 이 이상 우리에게 어울리는 이별이 또 있을까. 더군다나 비용도 무료라서 나는 주저 없이 산골을 택했다.

하지만 드라마는 종종 현실과 다르다. 막상 산골하는 곳에 가 보니 드라마와는 한참 거리가 멀었다. 합법적으로 엄마의 유골을 처리하고 돌아오는 길에, 나는 후련하기는커녕 자꾸만 뒤가 켕겨서 몇 번이고 엄마가 남은 곳을 돌아보았다.

엄마의 죽음을 나보다 더 슬퍼했던 그는 그 합법적인 장례 방식에 대해서도 나보다 더한 아쉬움을 느낀 듯했다. 유감스러운 기색이 역력한 그에게 이번엔 내가 물었다.

"그런데 엄마랑은 어떻게 아시는 분이신지……."

나는 그가 엄마의 숨겨 둔 아들은 아닐까 생각하며 빤히 뜯어보았다. 내 오빠라고 하기엔 나와 닮은 구석이 별로 없어 보였지만.

"아, 인사가 늦었네요. 제가 이준환입니다."

그가 오른손을 내밀었다. 나는 악수를 하면서 그의 뒷말을 기다렸다. 나도 그의 이름 정도는 알고 있다. 내가 궁금한 건 그와 엄마와의 관계다.

나는 손을 놓고 되물었다.

"엄마랑 어떤 관계이신데요?"

이준환은 뜻밖의 질문이라도 받은 양 눈을 크게 떴다. 그러더니 희미한 미소를 지으며 집 위쪽을 가리켰다.

"여기 2층에 살아요. 어머니와는 2년 넘게 같이 살아서 정이 많이 들었는데 안타깝게 됐습니다."

아, 맞다. 하긴 그가 왜 이 집에 있겠는가. 당연히 세입자가 문을 열어 주려니 기대해 놓고는, 막상 문 열어 준 사람한테 엄마랑 어떤 관계냐고 캐묻다니. 나도 참 맹할 때가 있다. 그렇지만 그의 첫인상은 집주인의 장례식에 온 세입자 같지 않았는데…….

아마노 엄마랑 2년 넘게 같이 살아서 그런가 보나. 엄마가 살아 있을 때 두 번밖에 못 본 나는 할 말을 잃고 고개만 끄덕였다. 곧 그가 옆으로 한 발짝 비켜섰다.

"들어오세요. 집 보러 오셨나 봐요?"

"집도 치울 겸, 겸사겸사요."

"혹시 이 집 파실 건가요?"

세입자인 그로서는 궁금하기도 할 터였다. 나는 대문 문턱을 넘으면서 대답했다.

"모르겠어요. 남편하고 얘기는 하고 있는데……."

"남편이요?"

이준환이 놀란 소리로 물었다. 나는 그를 흘깃 쳐다보았다. 그는 납득이 안 된다는 표정을 짓고 있었다. 하긴 우리 오피스텔에만 해도 서른 넘어 보이는 싱글들이 우글거리고 있으니, 그가 내 남편 얘기를 듣고 놀라는 것도 무리가 아니다.

"결혼을 좀 일찍 해서요."

그때 그의 휴대폰 진동이 '징' 하고 울렸다. 발신 번호를 확인한 그는 급히 대문 밖으로 나가면서 말했다.

"죄송합니다, 잠깐 일이 있어서……. 둘러보고 계세요."

나는 대문을 닫아야 할지 열린 채로 놔둬야 할지 고민하다가 조금만 열어 놓았다.

마당에는 네모난 보도블록이 깔려 있었다. 담장 쪽에는 흙을 두둑이 올린 화단이 있었다. 저만치 담장에 붙어 선 영산홍한 그루가 시선을 끌었다. 나는 화사하면서도 튀지 않는 영산홍의 붉은빛을 좋아한다. 옛날에 살던 외갓집 담장 밑에는 해마다 빨간 땅처럼 영산홍이 무리 지어 피곤 했다.

이 집 마당은 전체적으로 외갓집 마당과 비슷한 구조다. 마음에 든다.

나는 마당 왼쪽의 낮은 계단을 올라가 현관문을 열었다. 우산꽂이에 우산 세 개가 꽂혀 있었다. 긴 우산과 1회용 비닐우산, 3단 자동 우산까지 종류별로 골고루 갖추었다. 개중 일부는 세입자의 것일 터였다. 나는 어느 게 엄마의 것인지 알 수 없어서 우산 버리기는 포기했다.

그래도 신발은 한눈에 구분이 되었다. 엄마의 신발은 고작 두 켤레밖에 안 되면서 네 칸짜리 신발장의 두 칸을 차지하고 있었다. 위 칸에는 갈색 털이 든 검정색 고무 단화, 아래 칸에는 앞이 막힌 파란색 고무 슬리퍼. 나는 그 슬리퍼를 쓰레기봉투에 집어넣다가 기억해 냈다. 10년 전 현관에 있었던 엄마의 신발도 이것과 똑같이 생긴 파란색 고무 슬리퍼였다. 이 슬리퍼 회사는 망하지도 않는 걸까?

현관 안쪽의 미닫이문은 거의 닫힌 채였다. 문을 열자 확 트인 거실과 주방이 나타났다. 내부 구조가 딴판으로 바뀌어 있었다. 10년 전에 여기 왔을 때에는 주방 구경도 못 하고 그냥 돌아갔었다. '어찌 물 한 잔도 안 먹여 보낸다니.' 하시던 외할머니의 쓸쓸한 중얼거림이 아직도 귓가에 생생하다.

뒤이어 밀려들던 우울한 감정은 깨끗한 마룻바닥을 밟는 순간 씻은 듯이 사라졌다. 리폼을 한 지 몇 넌 인 된 듯했다. 새하얀 싱크대가 여태 새것처럼 눈부셨다. 그 가운데에 기름때 한 점 없이 검정색으로 미끈하게 반짝거리는 것은 무려 전기오븐레인지였다. 식기세척기와 음식물 쓰레기 처리기, 드럼세탁기까지 완비된 시스템키친이 단박에 내 마음을 사로잡았다.

나는 결심했다. 이 완벽하고 청결한 주방에서 우리 아이의 이유식을 만들고야 말리라. 남편에게는 미안하지만, 이 집을 팔고 아파트에 전세로 들어가는 일은 절대로 없을 것이다.

올 때만 해도 엄마의 물건을 깡그리 버릴 작정이었던 나는 금세 마음을 고쳐먹었다. 현실적으로 생각하자. 지금 우리 부부가 사는 곳은 빌트인 오피스텔이다. 거길 떠나려면 당장 가전제품부터 장만해야 한다. 우리 형편에 멀쩡한 입식 에어컨과 디스펜서형 냉장고를 버리고 새로 사는 건 바보짓이다. 구입한 지 얼마 안 된 듯한 4인용 테이블과 3인용 가죽 소파도 남기는 편이 낫겠다. 싱크대 구석의 전기압력밥솥을 두고 잠깐 고민하던 나는 그냥 내 밥솥을 버리고 이 밥솥을 갖기로 했다. 식구가 늘면 이 정도 크기의 밥솥이 필요할 터였다.

그렇다고 해서 엄마가 먹던 밥그릇까지 남길 의향은 없었다. 이윽고 초심을 되찾은 나는 '싹 다 버려야지!' 다짐하면서 기세 좋게 찬장을 열었다. 그런데 냄비나 식기들이 하나같이 고급이었다. 중앙에 빨간 동그라미가 박힌 프라이팬은 아직 밑바닥이 그을지도 않은 새것이었다. TV 홈쇼핑 속에 '뿅' 하고 들어온 듯한 기분이었다. 심지어 국자나 체조차 근사했다! 엄마의 물건이라는 이유만으로 무작정 버리기에는 심히 아까웠다. 가난한 주제에 갖고 싶은 것만 많은 나는, 엄마가 먹던 밥그릇에 밥을 먹어도 상관없다는 결론을 내리고 찬장 문을 닫았다. 어차피 엄마는 나랑 상관없는 사람이었으니까.

그러면서도 나는 뭔가를 버리고 싶어서 안달이었다. 그러나 대형 냉장고 속은 텅텅 비어 있었다. 냉동실마저도 휑했다. 나는 냉장고 문을 닫고 거실 쪽으로 눈을 돌렸다. 소파와 에어컨만 덩그러니 놓인 거실은 깔끔하다 못해 썰렁했다. TV도 없건만 책 한 권, 잡지 한 권이 없었다. 하다못해 그 흔한 액자 하나 없었다. 엄마는 이 소파에 앉아서 창문 너머 마당만 구경했던 걸까?

거실에서 볼 만한 것이라곤 소파 뒤쪽 벽에 걸린 달력이 전부였다. 날짜만 크게 인쇄된 흰 달력이었다. 4월인데도 달력은 여전히 2월에 머물러 있었다. 엄마는 2월 말에 암자로 갔다가 이 집에 돌아오지 않은 채 죽었다. 냉장고 속을 텅 비워 놓고 살던 사람이 단식기도를 하러 구태여 산에까지 가다니, 그건 또 무슨 생고생인지 이해할 수가 없었다.

하긴 그 사람을 이해하려고 애쓰는 것 자체가 무의미한 일이지. 나는 머리를 설설 흔들며 달력을 떼어 냈다. 그러고는 달력 윗부분을 힘껏 반으로 접어서 구깃구깃 쓰레기봉투에 쑤셔 넣었다. 봉투가 자꾸만 벌어져서 홧김에 아예 묶어 버렸다.

나는 잠시 2층으로 가는 계단을 흘끔거리다가 이내 그 옆쪽 문으로 시선을 돌렸다. 열어 보니 욕실이었다. 역시나 리폼을 한 지 얼마 안 되어 깨끗한 편이었다. 나는 새 쓰레기봉두 하나를 벌리곤 세면대 위에 붙은 거울 장부터 열었다.

"아⋯⋯."

면도기가 들어 있었다. 나는 도로 장을 닫았다. 이어서 세면대 위에 꽂힌 두 개의 칫솔을 보며 고민에 빠졌다. 아무래도 세 입자와 욕실을 같이 쓰는 것 같았다. 그건 곤란하다. 더구나 세입자는 남자인데…….

하지만 다달이 들어올 백만 원의 수입을 고려해 보니 충분히 감수할 수 있는 불편이었다. 잠시간 미적거린 나는 별수 없이 빈 쓰레기봉투를 들고 욕실에서 나왔다.

열어 볼 문은 이제 저 앞에 보이는 방문밖에 남지 않았다. 아마도 엄마의 방이었을 것이다. 나는 엄마의 방 앞에서 나도 모르게 긴장하여 심호흡을 했다. 그리고 조용히 문을 열었다.

나는 그 자리에서 굳어졌다.

내가 전에 왔던 엄마의 집과 이 집은, 같은 집이지만 전혀 달랐다. 10년 전 기억 속의 흉흉하고 음산했던 집은 리폼을 통해 쾌적한 분위기로 바뀌었다. 그러나 온 집 안을 바꾸어도 엄마의 방만은 바꿀 수 없었던 모양이다. 나는 문고리를 붙든 채 한동안 얼어붙어 있었다.

엄마는 무당이었다. 내가 그 사실을 알게 된 건 열 살 때였다. 그 전까지 나는 나의 부모님이 교통사고로 돌아가신 줄로만 알았다.

내게 진실을 말해 준 사람은 외삼촌이었다. 외할머니는 애한테 왜 그런 말을 하느냐며 펄쩍 뛰었다. 그러자 외삼촌은 얼른 말을 바꿨다.

'아니, 누가 진짜로 무당이래요? 무당은 뭐 개나 소나 다 하는 줄 아나. 미친년이 아무하고나 붙어서 애새끼 까질러 놓고, 키우기 싫으니까 저 지랄을 떠는 거지. 그년 말 믿으실 거 하나도 없어요. 어머니도 좀 작작 하세요.'

3

"내장을 새로 한 거 있죠. 전기오븐레인지에 음식물 쓰레기 처리기까지 있더라고요. 비데도 있고요. 하여튼 있을 건 다 있어요. 단독주택이라도 어지간한 아파트보다 훨씬 낫지 않아요? 게다가 마당도 있는데."

집으로 돌아온 나는 남편에게 무턱대고 엄마의 집에 대한 찬사만 늘어놓았다. 엄마의 방에 있던 물건들은 다 정리된 거나 마찬가지였다. 이사 가기 전 엄마의 방에 도배만 하면, 그 집은 실로 흠잡을 데 없는 우리 가족의 보금자리가 될 것이다.

묵묵히 듣던 남편이 불쑥 물었다.

"가는 데 얼마나 걸렸어?"

"한……."

나는 잠시 고민했다. 금방 들킬 거짓말을 하느니 차라리 진실을 말하는 편이 낫다.

"……세 시간쯤."

"헉!"

"초행길이었잖아요. 좀 헤맸어요. 고속버스 시간도 제대로 못 맞추고……."

"아니, 고속버스를 타고 갔단 말이야?"

남편이 이렇게 나올 줄 알았다. 나는 서둘러 변명했다.

"고속버스라도 그냥 일반 버스나 마찬가지예요. 20분마다 한 대씩 다니던데."

"어휴! 그런 데서 회사를 어떻게 다녀?"

"검색해 봤는데, 시간만 잘 맞추면 두 시간 정도래요."

"두 시간이면 왕복 네 시간이야. 생각을 해 봐. 일주일에 하루를 그냥 길바닥에다가 버리는 거잖아."

나도 그 계산은 했다. 하지만 시간이 아깝다는 이유만으로 아이 가질 기회를 포기하고 싶진 않았다. 나는 너무한다는 둥 자기 생각만 한다는 둥 투덜거리는 남편의 불평을 흘려들으며 달그락달그락 화장대만 정리했다.

문득 잠잠해져서 나를 보던 남편이 물었다.

"아이 때문에 그래?"

나는 화장대만 들여다보면서 고개를 끄덕였다. 나도 모르게 눈물이 났다. 다급히 훔쳤으나 남편에게 들키고 말았다.

한숨을 쉰 남편이 나를 끌어당겨 안았다.

"그렇게 내 애를 낳고 싶냐. 나 이거 감동받아야 되는 거지?"

나는 남편의 품속에서 또 고개를 끄덕였다. 남편이 다시금 한숨을 쉬었다. 그러고는 한동안 말없이 나를 감싸고 있다가 혼잣말하듯 물었다.

"차라리 평일에는 회사에서 지낼까?"

아, 그것도 좋은 생각이에요!

나는 하마터면 방실방실 웃으면서 그렇게 대답할 뻔했다. 조심스레 남편의 눈치를 살핀 나는 마음에도 없는 소리를 했다.

"힘들지 않겠어요?"

"회사에서 숙식한 게 하루 이틀인가. 알면서 뭘 묻고 그래."

남편이 윙크하듯 찡긋 눈웃음을 지었다. '미안해 죽겠어.' 하는 남편만의 제스처다.

전처에 관한 얘기만 나오면 남편은 아직도 내게 미안한 모양이다. 미안해할 건 하나도 없는데 말이다. 만약 남편이 회사에서 한두 달씩 숙식하던 이른바 '자숙의 시간'이 없었다면, 내가 김 부장님의 사모님이 되는 일도 없었을 것이다.

그런 생각을 하다 보니 약간 불안해지기 시작했다.

"괜히 무리하지 마요."

"내가 세탁기만 있으면 서울역에서도 살 수 있는 사람이야. 나도 이참에 요일 팬티 한번 사 보자. 우리 사모님은 이제 주말마다 빨래하느라 바쁘시겠구나."

자신만만한 남편의 표정에 나는 금세 안심하여 키득키득 웃었다.

"그럼 우리 주말부부 되는 거예요?"

"어째 좋아하는 것 같다?"

"아니, 그냥 엄마가 될 수 있다는 거니까……."

"어, 맞다! 주말부부 되기 전에 빨리 만들어 버리자. 이번만큼은 꼭 아들로다가!"

이제 보니 남편도 아이를 갖는 것에 대해 긍정적으로 생각하기 시작한 모양이다. '꼭 아들이어야 돼요?'라든가 '엄마 장례 치른 지 얼마 안 됐는데 괜찮을까요?'라는 질문 따위로 김 빠지게 굴 생각은 없었다. 아들이든 딸이든 내게는 상관없다. 딸만 셋인 남편이 그나마 아들 볼 욕심으로라도 아이를 원해 준다면 나로서는 반가운 바였다. 그리고 엄마는 애당초 나랑은 상관없는 사람이다.

남편은 나를 번쩍 들어다가 침대에 던지다시피 눕혔다. 그러더니 무척 성질 급한 사람처럼 불을 끈 다음에야 '불 끈다!'라고 외쳤다.

그게 그날 밤 내가 들었던 마지막 소리였다.

*

나는 남편과 침대에서 보낸 시간을 기억하지 못한다. 불 끄고 침대에 누우면 그걸로 끝이다. 처음부터 그랬던 건 아니었다. 드문드문 일부만 기억나지 않을 뿐이었는데, 언제부턴가 정도가 부쩍 심해졌다. 작년부터였던가, 이제는 마치 중고등학교 시절의 기억이 송두리째 사라진 것처럼 그렇게 완전히 깜깜하다.

그래도 다음 날 아침 남편이 별말 않는 걸 보면, 기억하지 못하는 사이에 내가 무슨 이상한 짓을 하지는 않는 모양이다. 그래서 나는 그 사실을 여태껏 남편에게 비밀로 하고 있다. 긁어 부스럼 만들지 말자는 게 내 생활신조다.

그런데 오늘 아침에는 남편이 곁에 없었다. 머리맡에 붙은 포스트잇뿐이었다.

나 간다. 도착하면 전화할게.

어지간히 바빴나 보다. 나는 마구 휘갈겨 쓴 글씨를 한참 동안 해독했다. 포스트잇은 한 장이 아니었다.

딸기잼 과자 꼭 찾겠습니다! 충성! 김 기사.

남편이 프랑스로 가 버렸다는 메모인데도 쿡 웃음이 터졌다.

사랑해♡

나야말로 남편을 사랑하지 않을 수 없다. 그는 나에게 있어서 세상 전부다. 과장하는 게 아니라 현실이 그렇다.

내게는 남편 외에 달리 가족이라 부를 만한 사람이 없다. 형편없는 기억력 탓에 친구도 없다. 결혼해서는 직장 그만두고 전업주부가 되어 버렸다. 결혼을 했다는 이유로 회사에서 잘린 건 아니었다. 다만 회사 사람들이 김 부장님의 사모님 얼굴을 다 아는 터라 내가 김 부장님의 '새로운' 사모님으로서 그 회사에 붙어 있기가 곤란했다.

이후로 여기저기 일자리를 알아봤으나, 남편이 나를 순진한 애로 여길 만한 일련의 사건들 때문에 나는 어영부영 집에 눌러앉았다. 그러다 보니 어느덧 남편은 나를 세상과 연결시켜 주는 유일한 끈이 되어 있었다.

그래서 별표까지 붙은 마지막 메모를 본 나는 심히 당황했다.

☆숙제 : 1층 부동산에 집 내놓을 것

"으아, 나더러 어쩌라고!"

나는 그런 중대한 일을 혼자서 할 자신이 없었다. 이 오피스텔을 계약할 때도 나는 남편 옆에서 그저 기웃거리기만 했을 뿐이다.

그래도 남편 말을 잘 듣는 나는 허둥지둥 1층의 부동산으로 내려갔다. 그런데 문제가 감당할 수 없을 정도로 커져 버렸다.

부동산에는 때마침 오피스텔을 보러 온 예비 신혼부부가 있었다. 나는 곧 그들과 함께 우리 집으로 올라왔다.

"어머, 여기도 신혼집인가 보다."

예비 신부가 남편 될 사람에게 우리 부부의 결혼사진을 가리키며 말했다.

"그러게. 둘이 살기엔 딱 좋네. 생각보다 넓은 것 같다."

예비 신랑이 서랍장과 화장대 앞쪽으로 훤히 트인 공간을 둘러보며 만족스러운 표정을 지었다. 그 사람이 얼마나 좁은 집을 상상했던가는 알 수 없는 노릇이나, 좌우간 나는 그 의견에 반대였다.

이 집은 둘이 살기에도 비좁다. 넓다고 느껴지는 이유는 순전히 우리 집에 가구가 부족하기 때문이다. 예컨대 온 국민이 다 가진 컴퓨터가 이들에게도 있다면 그것을 놓을 책상, 그리고 책상에 딸린 책장과 의자가 빈 공간의 대부분을 채우게 될 것이다. 더불어 중간 사이즈의 TV와 DVD플레이어까지 갖춘다면 발 디딜 틈이나 있을지 모르겠다. 만일 대형 TV를 놓으려거든 컴퓨터나 화장대나 침대 중 하나를 포기해야만 한다.

그런데도 부동산 아줌마는 예비 신혼부부의 오해를 풀어 주지 않았다.

"원래 이 오피스텔이 다른 데보다 평수가 좀 넓게 나온 편이에요."

"아하, 어쩐지……."

고개를 끄덕이며 우리 집을 휘 둘러본 예비 신랑이 예비 신부의 옷자락을 슬쩍 잡아당겼다.

"괜찮지 않아?"

"어, 괜찮은 것 같아. 두어 군데 더 보고 웬만하면 여기로 하자."

"그럴 거면 그냥 여기로 하지? 돌아다녀 봤자 거의 비슷할걸."

"그래도 어떻게 한 곳만 보고 딱 결정을 해?"

나도 예비 신부의 말에 동감했다. 하다못해 두부를 한 모 사더라도 이것저것 보고 골라야 미련이 없는 법이다. 그렇지만 부동산 아줌마는 예비 신랑의 편이었다.

"이 평수 오피스텔은 어딜 가나 똑같아요. 여긴 그래도 관리가 잘된 편이죠. 그냥 계약하세요. 이렇게 단번에 성사되는 것도 다 집하고 연이 닿아서 그런 건데. 이런 집에 들어가면 일도 술술 잘 풀려요."

부동산 아줌마는 엘리베이터를 타면서부터 그들을 밀어붙였다. 더불어 내게도 커피나 한 잔 하고 가시라며 친절하게 권하더니만, 부동산에 돌아가 커피를 타 주면서 불쑥 물었다.

"근데 집은 왜 빼시려고요? 디 씬 데로 가시게?"

"아뇨. 집이 생겨서요."

"어쩜! 재주도 좋네, 요즘 같은 때에!"

부동산 아줌마는 환호하며 다시금 예비 신혼부부를 압박했다.

"거보세요! 전세도 아니고 집을 사서 나간다잖아요. 이렇게

운 좋은 집이 가끔 가다가 하나씩 있다니까. 이런 집 만나기가 쉬운 일이 아니에요. 있을 때 빨리빨리 잡아야지, 이런 집은 내놓으면 또 금방 나간다고. 보세요! 내놓기도 전부터 집 보러 와서 기다리고 있었잖아요.”

내가 듣기에도 실로 그럴싸하게 들렸다. 그 말을 듣자마자 예비 신혼부부는 곧바로 결정을 내렸다. 나는 구태여 상속받았다는 말로 부동산 아줌마의 영업을 방해하지 않았다.

“집은 언제 빼시려고요?”

“아…….”

그 대답을 하기 위해서는 남편의 전화를 받아야 한다. 새벽에 프랑스로 출발한 남편이 도착해서 전화하려면 아마 빨라도 오후쯤일 것이다. 혹시 어딘가를 경유하는 비행기를 탔다면 더 오래 걸릴 수도 있다.

“저희는 빠르면 빠를수록 좋은데요. 예식 날짜가 얼마 안 남아서요. 저는 좀 여유를 두고 찬찬히 준비할 생각이었는데 그날이 그렇게 좋다더라고요. 가능하시면 다음 달 안으로 어떻게 안 될까요?”

예비 신부가 은근히 압력을 가했다.

나는 결혼할 때 혼인신고하고 사진 한 장 박는 것으로 끝냈다. 결혼하고 나서도 몇 달 동안은 이집 저집 구경만 다녔다. 같이 사는 집이니 둘이서 같이 보러 다니는 게 당연하다는 남편의 주장에 나는 기꺼이 찬성했었다. 남편의 휴일이 일요일뿐일지라도 말이다. 그 결과 우리 부부는 결혼 후 몇 달간을 찜질방에서 숙식했더랬다. 생각해 보면 내 인생에서 제일 오래 버텼던 일자리가 그 찜질방의 매점 아르바이트였다. 이래저래 우리 부부에게는 소중한 추억이다.

그렇지만 그게 남한테 권할 만한 경험은 아닌 듯했다. 나는 결혼식을 코앞에 둔 예비 신부의 심정을 이해하기로 했다. 더군다나 지금 엄마의 집은 비어 있다. 심술궂게 괜히 꾸물거리면서 예비 신혼부부의 단꿈을 방해할 필요는 없었다.

"그럼 좋으신 날짜로 하세요."

내 말이 끝나기 무섭게 예비 신혼부부는 서로 손을 꼭 마주 잡았다. 나는 어쩐지 어깨가 움츠러들었다.

"아유! 그동안 안녕하셨어요. 대성부동산이에요."

부동산 아줌마가 한껏 들뜬 목소리로 집주인에게 전화를 걸었다. 그 목소리를 듣고 있자니 미미한 두통이 일기 시작했다.

"이번 달 월세가 안 들어왔다고요? 어디가요?"

녹색 파일을 뒤적이던 부동산 아줌마가 나를 힐끗 돌아보았다.

"아, 602호요? 안 그래도 지금 월세 뺀다고 오셔서 전화 드린 거에요. 집을 사셨다고 그러네요. ……그러게요. 요새는 원, 들쭉날쭉해서 건드릴 데가 없어요. 어디요? ……아휴, 사모님, 지금은 함부로 투자하실 때가 아니에요. 선거철이잖아요. 이런 때에는 그냥 가진 거나 잘 굴리시는 게 최고예요. ……누가 아니래요. 공약이라는 게 원래 공수레 공수표잖아요. 지키지도 않을 건데 빈 수레만 요란하다니까……."

부동산 아줌마의 수다는 예상 외로 길어졌다. 예비 신혼부부는 자기들끼리 단꿈에 빠져 있었다. 그동안 내 두통은 점점 더 심해졌다. 처음에는 콕콕 쪼는 것처럼 아프더니, 이제는 아예 못으로 유리를 북북 긁는 듯한 느낌이었다. 맑은 정신으로도 벅찬 일을 이토록 끔찍한 두통 속에서 할 수는 없을 것 같았다.

나는 결국 법무사 장형섭에게 전화를 걸어서 도움을 청했다. 부동산 아줌마는 기껏 월세 내놓으면서 무슨 법무사까지 부르느냐며 혀를 내둘렀지만, 나는 못 들은 척하고 집으로 올라왔다. 그런데 집에 들어온 순간 억울하게도 두통이 씻은 듯이 사라졌다. 그 바람에 나는 '저렴'한 수수료를 상기하며 조금 후회했다.

그래도 두 마리 토끼를 한꺼번에 잡았다는 점에 있어서는 만족할 만했다. 나는 집으로 찾아온 장형섭의 직원에게 월세 계약을 맡긴 동시에, 내가 준비했던 서류들을 건네고 위임장을 작성했다. 이로써 내 이름으로 된 집문서를 갖기 위해 내가 할 수 있는 일은 다 마친 셈이었다. 이제 곧 그 집은 완벽한 내 집이 될 터였다.

난생처음 가져 보는 내 집. 한때 엄마의 집이었던 집.

설레는 마음의 저변에는 근원적인 동질감이 꿈틀거리고 있었다. 그 집도 자기가 원해서 무당집이 되지는 않았을 것이다. 아마도 여느 집들처럼 엄마와 아빠와 아이가 행복하게 사는 평범한 집이 되고 싶었을 텐데.

문득 그 집을 사랑하고 싶어졌다.

그래, 어쩌면 내 집에서는 청소도 즐거운 일이 될지 모른다. 구석구석 말끔히 때를 벗기고 공들여 가꿔야겠다. 조금씩 돈을 모아서 차근차근 리폼도 하자. 첫 목표는 담장이 좋겠다. 빨간 덩굴장미가 둘레둘레 피어나는 담장. 대문 앞에 붙어 있던 그 황당한 간판처럼 빨간 덩굴장미 테두리를 집 전체에 둘러야겠다. 그런 담장을 가진 집이 한때 무당의 집이었다고는 누구도 짐작하지 못할 테니까.

*

그날 오후 장형섭으로부터 전화가 왔다. 그는 역시나 사무적인 어투로 보고했다.

— 보내 주신 서류 잘 받았고요, 월세 건은 다 처리됐습니다. 집주인하고 얘기도 끝났고, 날짜는 5월 10일로 잡았습니다.

"아, 예."

— 이삿짐도 예약해 드릴까요? 이건 수수료 안 받습니다.

장형섭은 수수료를 안 받는 일에 대해서도 여전히 사무적이었다. 나는 소리 죽여 웃고는 목청을 가다듬었다.

"예."

— 이사는 언제 하실 겁니까? 그쪽 도배는 하셨어요?

"아뇨, 아직."

— 그것도 예약해 드려요? 수수료 없이.

이번만큼은 몰래 웃을 수가 없었다. 나는 풋 웃음을 터뜨렸다. 그는 수화기 건너편에서 불편한 듯 센 숨을 내쉬었다.

"죄송해요. 그게……."

— 해 드려요?

"예."

— 무슨 색 좋아하십니까?

"저요?"

— 벽지 색깔이요.

"아, 너무 튀지만 않으면……."

— 무난한 색. 그럼 나중에 다시 연락드리겠습니다.

"고마……."

인사를 다 하기도 전에 전화가 딸깍 끊겼다. 혹시 기분 나쁘게 했나 싶어서 마음이 편치 않았다. 그렇다고 전화를 걸어서 뭐라고 해명할 수도 없었다. '천생 모범생같이 생기신 분이 안 그런 척하면서 은근히 웃기시네요.'라고 말했다간 보나 마나 더 기분 나빠질 게 빤했다.

잠시 후 다시 전화벨이 울렸다.

— 4월 29일이 손 없는 날이라기에 그날로 잡았습니다. 혹시 곤란하십니까?

나는 달력을 보았다. 정확히 2주 뒤였다. 빌트인 오피스텔이라서 큰 짐도 별로 없고, 남편도 그때쯤이면 돌아올 성싶었다.

"괜찮을 것 같네요."

— 그럼 이사 잘하십시오.

이번에도 인사를 못 한 채로 전화가 끊겼다. 그러고 보니 이 사람한테 고맙다는 말을 제대로 한 적이 없는 것 같다. 장형섭과의 통화는 항상 이런 식이었다. 맨 처음 통화했을 때도 그는 자기 할 말만 마치곤 냅다 전화를 끊었다. 아무래도 그냥 버릇인 것 같았다. 나는 이내 어깨를 으쓱하며 달력에 날짜를 표시해 두었다.

남편으로부터 전화가 온 건 밤 11시가 지나서였다. 나는 휴대폰을 쥔 채 불편한 자세로 깜빡 졸다가 깨어나 남편의 전화를 받았다.

남편은 같이 간 여직원이 비행기에서 끊임없이 와인을 마시더니 지금 공항 벤치에서 큰대 자로 뻗어 자고 있다며 험담을 늘어놓았다. 그 여직원을 챙겨서 호텔로 갈 일이 심히 걱정이라고 했다. 그 와중에도 남편은 내게 묻는 걸 잊지 않았다.

– 숙제 다 했어?

"머리도 아프고 도저히 못 할 것 같아서……."

– 쟤 봐라. 코 골고 있다. 미쳐.

"……전에 그 법무사한테 맡겼어요. 집은 벌써 나갔어요."

– 오, 그래? 법무사기 힜으면 확실하시겠네. 살했어.

"참, 이삿짐도 예약했어요. 4월 29일."

– 이야, 이삿짐까지! 나 막 감동 먹으려고 그래.

그것도 법무사가 해 줬다는 사실은 말하지 않기로 했다. 나는 칭찬을 받고 마냥 들떠서 한마디 덧붙였다.

"도배도 예약했어요."

- 어우! 김 기사는 우리 사모님 없으면 팍 쓰러집니다. 근데 나 그날까지 못 갈걸.

잠이 확 깼다.

"헉! 그럼 이사를 혼자서 해요?"

- 요즘은 돈만 주면 다 해 주잖아. 왜, 싼 걸로 예약했어?

나는 장형섭이 어떤 걸로 예약했는지 알 수가 없었다. 거짓말은 이런 점이 나쁘다. 진실을 말하지 않는 것도 엄연한 거짓말이다. 나는 울상이 된 채로 혼자 할 수 있다고 대답했다.

- 워워! 쟤 막 스트립쇼 하고 난리 났다. 나중에 또 전화할게. 사랑해.

"저도요."

남편은 정신없이 전화를 끊었다.

공항에서 술에 취해 곯아떨어진 채로 스트립쇼를 하는 여직원이라니, 남편도 번번이 머리가 아플 듯했다. 남편하고 같이 출장 가는 여직원들은 대개들 그랬다. 어쩌면 전부 동일 인물인지도 모르겠다.

남편은 여자 문제, 특히나 같은 회사 여직원과의 관계로 의심받는 걸 질색한다. 때문에 나는 남편한테 여직원에 대해서는 묻지 않는다. 그건 그의 전처와 관련된 얘기이기도 해서 우리 부부 사이에서는 금기다.

4

이삿날을 받은 다음 날, 나는 아침부터 장형섭에게 전화를 걸었다. 어떤 이사로 예약했는지 알아보기 위해서였다.

  - 오피스텔 구조를 알아보니까 짐이 별로 없을 것 같아서 그냥 저렴한 곳으로 예약했습니다. 안 그래도 오늘 그쪽에서 견적 뽑는다고 연락을 할 텐데요, 그 전에 바꿔 드릴까요?

  "아뇨, 괜찮아요."

  - 가끔은 수수료 안 받는 일도 있으니까, 도움이 필요하실 때면 부담 갖지 말고 연락 주세요. 그럼 등기 되는 대로 보내 드리겠습니다.

  "고맙……."

  장형섭은 이번에도 어김없이 자기 할 말만 마치곤 전화를 딸깍 끊었다. 앞으로 이 사람한테 전화할 일이 생기면 먼저 고맙다는 인사부터 하고 용건을 말하는 편이 좋을 듯했다.

  장형섭과 전화를 끊은 지 얼마 되지 않아 이삿짐센터로부터 연락이 왔다. 거기 직원은 에어컨 탈부착 서비스가 필요한지부터 물었다. 그러더니만 이 오피스텔의 평수를 번연히 알면서도 장롱이 몇 자인지, 그랜드피아노가 있는지 따위를 확인했다. 빌트인 오피스텔에 사는 우리 부부의 이삿짐은 그 직원이 원하는 '추가 옵션' 사항에 하나도 해당되지 않았다. 그 결과 실로 저렴한 가격의 견적이 나왔다.

  - 보통 오전 오후 두 타임을 뛰는데, 이사 가시는 곳이 멀어서 하루를 다 쓰셔야 되거든요. 그리고 손 없는 날에는 원래 좀 더 주셔야 돼요.

  그 저렴한 가격조차도 이삿짐센터 직원이 느끼기에는 비싼

편인 듯했다. 나는 이사 비용이 한 백만 원은 되지 않을까 예상했던 터라, 그 절반에도 못 미치는 가격이 더 싸질 수도 있다는 데에 오히려 놀랐다.

박스 개수를 확인해서 다시금 연락을 주기로 약속하고 전화를 끊었다. 이사같이 큰일을 혼자서 할 수 있을까, 뒤늦게 걱정이 되기 시작했다.

"혼자서 하는 거야. 왜 못 해?"

남편은 프랑스에 있다. 나를 도와줄 수 없다. 그래도 나는 할 수 있을 것이다. 혼자서 엄마 장례식도 치렀는데, 그깟 이사를 못 할 게 뭐람. 하물며 이사는 장례식보다도 훨씬 더 저렴한 일 아닌가.

나는 이내 일어나 비좁은 오피스텔을 마구 어지럽히며 수선을 피웠다. 옷이며 살림살이를 모조리 꺼내어 박스 한 개 분량씩 어림잡아 모았다. 그러다가 아예 일찌감치 짐을 싸 놓기로 작정하고 마트로 나갔다.

빈 박스들을 몇 개 가져온 나는 옷부터 쌌다. 싸다 보니까 남편 옷만 잔뜩 있고 내 옷은 거의 없었다. 속옷을 제외하면 교복처럼 입고 다니는 데님 스커트와 청바지, 티셔츠 몇 벌과 블라우스 두 벌, 그 외에는 면접용 정장 한 벌과 남편이 혼인신고를 하러 가던 날 입으라고 사 준 시폰 원피스가 전부였다. 겨울에 내 것처럼 입고 다녔던 파카도 실제로는 남편 것이고, 하다못해 내가 지금 입고 있는 헐렁한 티셔츠와 추리닝조차 남편 것이었다. 처음 만났을 때 빌려 입던 게 버릇이 돼서 그동안 남편 추리닝은 사면서도 내 추리닝은 산 적이 없었다.

"엔간하면 좀 사자."

나는 내 자신에게 신물이 나서 시비조로 중얼거렸다. 집주인 체면이 있지, 세입자도 있는 집에서 남편 추리닝을 입고 돌아다니기는 뭐하지 않은가.

이어서 속옷을 챙기다가 깃털 달린 끈팬티를 발견한 나는 화들짝 놀라서 아무도 없는 집을 괜히 한번 둘러보았다. 남편이 생일 선물로 사 준 야한 속옷이었다. 노란색 병아리 같은 깃털이 앞쪽에 붙어 있는 끈팬티인데, 아직까지 입어 본 적은 없었다. 이걸 볼 때마다 남편이 혹시 변태는 아닐까 의심스럽다.

"차라리 앞치마나 사다 줄 것이지, 뭐 이런 입지도 못할 것을……."

괜스레 남편한테 짜증이 난 나는 남편의 옷들 중에 허름한 것을 과감하게 버리기로 했다. 그런데 작정을 하고 남편의 옷들을 보니 거개가 새것이었다. 가격표를 안 뗀 옷도 수두룩했다. 이참에 요일 팬티 한번 사 보자고 하더니만, 세 장씩 포장된 새 팬티가 세 박스나 되었다.

나는 대체 무슨 생각으로 이렇듯 남편 옷만 사다 날랐는지 모른다. 덕분에 버릴 것을 골라내기는 아주 쉬웠다. 나는 가격표가 있는 것만 남기고 나머지는 모조리 현관에 내놨다.

현관으로 간 김에 신발장을 열어 보니 신발장도 비슷했다. 죄다 남편 신발뿐이었다. 박스에 고이 묵혀 둔 새 운동화가 두 켤레씩이나 된다. 내 운동화는 한 켤레도 없는데! 그 운동화들을 남편이 샀다면 불공평하다고 남편을 원망할 터이나, 그것들을 산 사람은 분명히 나였다. 왜 세일할 때 남편 운동화 살 생각은 들면서 내 운동화 살 생각은 못 하는 걸까?

"좀 사라, 좀!"

나는 스스로에게 버럭 화를 내곤 남편의 새 운동화 두 켤레와 새 구두 한 켤레를 박스째 쌌다. 헌 신발들은 물론 쓰레기로 분류했다.

뒤이어 주방 찬장의 그릇과 냄비들을 싸려다가 나는 그것들도 버리기로 했다. 내 살림살이를 전부 들고 가자면 엄마의 집 찬장에 있는 것들을 일부 처분해야만 한다. 그러느니 차라리 내 것을 버리는 편이 나았다. 남편이 집에 없는 동안에는 늘 컵라면만 먹는 터라, 나는 당장 필요한 주전자 한 개와 물컵 하나만 놔두고 모두 버렸다.

혼자서 끼니를 때우기에 컵라면이 제일 싸게 먹히는 이유는 반찬이 필요 없기 때문이다. 김치를 같이 먹는 사치를 부리지 않는다면 설거지도 생략된다. 세상에 컵라면처럼 훌륭한 발명품이 또 있을까? 여덟 개밖에 안 남았으니 이삿날까지 버티려면 한 박스 더 사 와야겠다.

주방 용품까지 내놓자 쓰레기가 너무 많아서 현관이 꽉 차고 말았다. 나는 두 차례에 걸쳐 쓰레기를 내다 버리곤 이윽고 떨리는 심정으로 냉장고를 열었다. 꽤 오랫동안 냉장고 정리를 한 기억이 없다. 아니나 다를까 냉장고 속은 가관이었다. 반찬통 여기저기에 곰팡이가 올라와 있었다. 이대로라면 집에서라도 페니실린을 제조할 수 있을 것 같았다.

반찬통도 엄마의 집 찬장 속에 많았기에 나는 그것들을 통째로 쓰레기봉투에 집어넣었다. 기실 그것들을 열어 볼 엄두가 나지 않았다. 그러다가 냉장고 제일 구석진 자리에 있는 것을 꺼내 보고 나는 까무러칠 뻔했다. 유통기한이 9개월이나 지난 두부였다.

"아니, 이걸 왜 이제야 봤지?"

나는 마치 내 자신에게 '난 이제야 처음 봤어!'라고 주장이라도 하듯 중얼거렸다. 두부를 무척 자주 먹었던 듯한데 참 희한한 일이다. 그동안 나는 집에 두부를 놔두고도 마트에 가서 두부를 사 왔던 건가?

그나저나 유통기한이 9개월이나 지났는데도 두부는 멀쩡해 보였다. 그러나 그걸 뜯어서 먹어 볼 용기는 도무지 나지 않았다. 나는 그 팩도 그대로 쓰레기봉투에 집어넣었다.

어쩐지 냄새가 날 것만 같은 쓰레기를 후딱 갖다 버린 다음, 나는 욕실을 정리했다. 이제 보니 남편의 면도기에 녹이 슬어 있었다.

"녹이 슬었으면 진즉에 말을 하지. 그깟 면도기가 얼마나 한다고……."

안타까운 마음이 일어서 나는 잠시간 녹슨 면도기를 가만히 내려다보았다. 새 옷과 새 신발 때문에 여태껏 남아 있던 앙금이 스르르 풀어져 버렸다.

남편이라고 해서 월급 백만 원만 남기고 모조리 전처에게 양육비로 뜯기는 이 생활을 달갑게 여기지는 않을 터였다. 그래도 애가 셋씩이나 되니까 차마 조정을 못 하고 어영부영 살고 있을 따름이다. 그렇게 착한 사람이라서 나랑 결혼해 줬던 것이다. 나랑 결혼해서 이렇게 궁핍한 처지가 되었던 것이고.

내가 남편한테 투정을 부릴 만한 주제가 못 된다.

녹슨 면도기와 2~3년 전의 잡지 등까지 전부 버리고 나니, 실제로 싸 놓은 이삿짐은 얼마 되지 않았다. 이삿짐센터 직원에게 전화하여 박스 개수를 알려 주자 가뜩이나 저렴하던 이사 비용이 한층 더 저렴해졌다.

나는 무척이나 기분이 좋아져서 남은 빈 박스 세 개를 들고 다시금 마트로 갔다. 박스를 원래 자리에 꽂은 뒤, 잊지 않도록 우선 컵라면 한 박스부터 카트에 실었다. 집에 있는 이삿짐 박스들을 봉할 두꺼운 테이프도 찾아 넣었다. 지나가다가 '1+1'이 붙은 면도기를 발견하곤 냉큼 두 개를 집어넣었다. 그러고는 들뜬 걸음으로 의류 코너로 향했다. 나는 일전에 달아 놓았던 용돈 3만 원 전액을 실내복에 투자할 작정이었다.

매장은 넓고 실내복은 많았다. 이것도 좋아 보이고 저것도 좋아 보였다. 특히나 흰 줄무늬가 언밸런스하게 들어간 티셔츠와 같은 색 바지로 된 세트가 마음에 쏙 들었다. 가격도 흡사 나를 위해서 책정된 것처럼 29900원이었다. 나는 검정색과 감색 두 세트를 양손에 들고 고민에 빠졌다.

그런데 한참을 그러고 망설이다 보니 점점 우울해졌다. 그동안 기껏 29900원이 없어서 이런 걸 못 사 입고 살았나 싶었

다. 그러다가 이거야말로 진짜 아줌마 같은 푸념이라는 생각이
들어서 조금 더 우울해졌다. 너무나도 우울해진 바람에 나는
충동적으로 두 세트를 몽땅 다 카트에 넣어 버렸다.

"잠깐 미쳤었나 봐요."
— 그러게. 똑같은 걸 두 세트 산 건 좀 그렇다.
"제 말이 그 말이에요. 근데 둘 다 예쁘더라고요. 가까운 데
는 입고 나가도 될 것 같고……. 진짜 미쳤었나 봐요."
나는 진심으로 반성했다. 다행히도 남편은 휴대폰 너머로
희미하게 웃었다.
— 이사 비용에서 빠졌다고 생각해. 이야, 넌 어떻게 알고 그
렇게 싼 델 다 찾아냈냐.
장형섭 덕분이었지만 지금에 와서 고백하기에는 늦었다. 게
다가 그놈의 실내복 두 세트 때문에 시기도 좋지 않았다. 나는
실내복 건을 무마할 겸 한껏 생색을 냈다.
"이삿짐을 제가 직접 쌌잖아요. 그날이 손 없는 날이라는데
도 그 정도밖에 안 나오더라고요."
— 그레도 손 없는 날이면 웃논 줬겠네. 넌 그런 것도 다 따
지는구나.
일순 나는 덜컥했다.
아니, 꼭 나만이 그런 걸 따지지는 않을 터였다. 그렇게 치
면 애당초 내게 손 없는 날을 권했던 장형섭도 무당의 아들이
란 말인가.

"좋은 게 좋은 거죠. 여기 이사 들어올 사람들은 결혼식 날
도 다 따져서 잡은 것 같던데요."

— 그래 봤자 그게 그거야.

"참, 트렁크가 집에 있더라고요."

나는 얼른 화제를 바꿨다.

"서류 가방만 들고 갔던 거예요?"

— 어, 지난번처럼 금방 돌아갈 줄 알고 하루치밖에 안 가져
왔거든. 미치겠다, 지금.

"언제 오는데요?"

— 이놈의 자식들을 잡아야 가지. 어휴, 피곤해. 아니, 근데
애는 일할 생각은 않고 허구한 날 와인을 종류별로…….

또 그 여직원 얘기가 시작되었다. 나는 잠시 귀를 닫다시피
한 채 건성으로 들어 주었다. 그러고는 한숨을 삼키며 말했다.

"그럼 전화 끊고 좀 쉬어요."

— 그러자. 난 진짜 휴식이 필요해. 너도 좀 쉬어라. 이삿짐
도 쌌다면서.

"안 그래도 이제 쉴 일밖에 안 남았어요."

— 그래, 사랑해.

"저도요."

전화를 끊고 나서야 나는 소리가 나도록 크게 한숨을 쉬었다.

남편은 지금 프랑스의 어떤 거래처를 찾아 나선 길이다. 예
전에 내가 잠시 그 회사에 다닐 때도 이와 비슷한 일이 있었다.

거래처가 외국에 있다 보니 일일이 상대 회사를 확인하지

못하는 경우가 있다. 당시 그 거래처는 가구 박람회에서 보고 처음으로 거래를 튼 회사였다. 하지만 막상 상품을 받고 보니, 가구 박람회에서 봤던 샘플과는 달리 품질이 엉망이었다. 그래서 항의하려고 전화를 했으나 사흘 넘도록 전화가 불통이었다. 그 바람에 상대 회사가 사기를 쳤다는 둥 유령회사라는 둥 억측하며 회사 전체가 술렁였었다.

다행히도 그때는 약간의 오해가 있었을 뿐이었기에 금방 해결이 되었다. 그쪽에서 회사를 이전했다며 새로운 주소와 연락처를 팩스로 보냈던 것이다. 그 팩스를 받기 하루 전에 프랑스로 날아갔던 '김 부장님'은 결국 일없이 비행기 타고 오락가락하기만 했다.

'회사를 이전하려면 이전하기 전에 팩스를 보내는 게 상식 아니야? 사장님도 참, 어디서 후진 것들하고 거래를 터 가지고.'

당시 '김 부장님'은 돌아오자마자 그렇게 불평했었다.

그나저나 한 번 그런 일을 당했다면 조심할 만도 한데, 또 이런 일이 터지다니. 아무래도 그때 그 일이 너무 쉽게 풀렸었나 보다.

남편의 출장에 대해서 생각하고 있자니 자꾸만 그 와인 좋아하는 여직원이 누군지 궁금해졌다. 나는 머리를 설설 흔들었다. 누군지 안들 어찌할 텐가. 골치 아픈 생각은 집어치우는 게 신상에 이롭다.

뭐든 다른 생각에 골몰하려고 핸드백 속을 정리하는데 엄마의 통장 주머니가 눈에 띄었다. 지난번 엄마의 집에 갔을 때 가져왔던 것이다. 안에는 엄마의 통장과 도장, 그리고 사진 일곱 장이 들어 있었다. 일곱 장 가운데 여섯 장은 똑같이 생긴 엄마의 증명사진이다. 함께 뽑았을 사진 한 장이 엄마의 지갑 속에도 들어 있었다. 나는 이 사진으로 엄마의 영정을 만들었었다. 그 영정은 산골한 곳 어딘가에 놔두고 왔다. 집에 영정을 둘 만한 공간도 없고, 영정을 보면서 곱씹을 만한 추억거리도 없기 때문이다.

엄마의 증명사진을 제외한 나머지 한 장은 어느 낯선 남자의 사진이었다. 지난번 엄마의 집에서 이 사진을 처음 봤을 때, 나는 사진의 주인공이 내가 아니라는 점에 적잖은 충격을 받았었다. 엄마에게 있어서 나라는 존재가 아무것도 아니라는 사실은 진즉에 알고 있었다. 나는 엄마가 원체 자기중심적인 사람이기 때문에 딸조차 안중에 없는 줄로만 알았다. 차라리 사진 일곱 장이 전부 엄마의 증명사진이었다면 '역시 엄마는 자기밖에 모르는 사람이었군.' 하고 수긍할 만했다. 그런데 다른 사람의 사진을 갖고 있었다니. 대관절 이 남자가 누구기에.

오늘에 와서야 나는 충격받은 마음을 가라앉히고 남자의 사진을 찬찬히 들여다보았다. 증명사진처럼 인물만 덩그러니 찍힌 사진이다. 스포츠머리의 남자는 20대 초반 내지는 10대 후반쯤으로 보인다. 무표정한 얼굴 탓일까, 남자 뒤로 펼쳐진 하늘색 배경이 유달리 썰렁한 느낌이었다. 사진은 잡지처럼 얇고 반들거리는 종이에 인쇄된 것으로, 남자를 중심으로 하여 타원형으로 오려져 있었다. 모양이나 크기만 봐서는 딱 졸업 앨범 사진인데, 앨범치고는 종이가 퍽 얇은 편이었다. 어느 학교인지는 몰라도 앨범 제작비를 아끼느라 고심한 흔적이 역력했다. 아니면 옛날 졸업 앨범들은 대개 이런 재질이던가.

나는 거울을 한 번 보고 다시금 사진을 들여다보았다. 어쩐지 닮은 듯도 했으나, 어디가 어떻게 닮았다고 꼬집어 말할 만큼 확연히 닮지는 않았다. 그래도 혹 모를 일이다. 어쩌면 이 사람이 내 아빠일지도.

나는 사진을 내 핸드백 안주머니에 잘 챙겨 넣었다. 아빠의 사진이 아닐 수도 있지만, 어쨌든 사진 한 장 정도는 보관할 만한 여유가 있었다. 아빠일지도 모르는 사람의 사진을 챙겨 넣는 김에 엄마 사진도 같이 넣었다. 엄마는 내 사진을 간직하지 않았지만 나는 보란 듯이 간직해 줄 테다. 나는 엄마 같은 사람이 아니니까.

이어서 나는 엄마의 통장을 들고 첫 장부터 차근차근 훑었다. 반년 전에 연장한 통장이었기에 내용은 얼마 되지 않았다. 첫 기록은 작년 10월 2일, 백만 원을 인출한 기록이었다. 그달 말일에 18만 원가량을 입금했다. 다음 달 1일에 '이준환'의 이름으로 백만 원이 입금되었다. 그 백만 원은 바로 다음 날 인출되었다. 그달 말일에는 15만 원가량이 입금되었고, 또다시 백만 원이 들어왔다가 2일에 빠져나갔다.

가끔 한 번씩 50만 원을 인출한 기록을 빼면 엄마의 통장은 처음부터 끝까지 그런 식이었다. 엄마가 어떤 생활을 했는지 대강 짐작이 갔다. 엄마는 이준환으로부터 받은 월세를 즉시 인출해서 생활비로 쓰고, 월말이 되면 남은 돈을 도로 은행에 넣었던 듯했다.

그랬다면 혼자서 매달 80만 원 이상의 생활비를 썼던 셈이다. 아니, 엄마는 간판을 세워 놓고 영업을 했으니 별도의 수입도 있었을 터였다. 아무리 장사가 안 됐다고 해도 최소한 10만 원 이상은 벌지 않았을까? 그렇게 따지면 혼자 살면서 생활비를 백만 원 가까이 썼던 셈이 된다. 딸은 29900원이 없어서 남편의 추리닝을 입고 지냈는데 말이다.

그 돈을 어디다가 다 썼는지 도통 모를 일이었다. 병원 응급실에서 봤던 엄마의 옷이나 신발, 핸드백 등을 떠올려 보면 엄마는 사치와는 거리가 먼 생활을 하고 있었다. 엄마의 옷장 속에 걸려 있던 옷들도 결코 비싸 보이진 않았다.

아, 그러고 보니 엄마의 옷장만큼은 꽤 좋아 보였다. 테이블이나 주방 용품들도 상당히 비싼 것들이었다. 게다가 이준환의 말로는 엄마가 영업을 할 때 쓰던 도구들 역시 '되게 비싼' 것이라고 했다. 엄마는 주로 그런 것들을 사 모으는 데에 돈을 썼나 보다.

간간이 인출한 50만 원의 행방은 알 수가 없었지만 대개 비슷한 용도로 쓰이지 않았나 싶었다. 마지막으로 50만 원을 인출한 때가 올해 2월 초다. 엄마가 2월에 암자로 갔으니 그런 부류의 비용일지도 모른다. 그 암자가 엄마의 것이 아닌 이상, 죽도록 굶으면서 기도를 하는 데에도 비용을 지불해야 했을 테니까.

돈을 참 허망하게도 썼다. 생각해 보면 엄마의 옷장에서 제일 비싸 보이는 옷은 무당들이 굿할 때 입는 도포 따위였다. 나는 엄마가 그런 옷을 입은 채로 죽었을까 봐 남편한테 전화도 못 하고 혼자서 그 먼 곳에 있는 병원 응급실까지 갔었건만, 그게 엄마의 옷 중에 가장 좋은 옷이었다니.

이해가 안 된다. 아니, 내가 왜 지금 그런 사람을 생각하고 있는지도 이해할 수 없는 일이다. 그 사람은 생면부지의 타인이나 다를 바 없다. 심지어 이미 죽은 사람이다.

"내가 잠깐 미쳤던 거지."

중얼거리면서 나는 실내복 두 세트의 가격표를 뜯어냈다. 그러고는 감색 실내복으로 갈아입은 후 입고 있던 남편의 추리닝을 과감히 내다 버렸다. 버리러 간 김에 가격표도 '종이류' 분리함에 넣었다. 엄마의 통장도 죽 찢어서 함께 버렸다.

✳

이삿짐을 이미 다 싸 버린 나는 매일 빈둥거리는 게 일과였다. 첫 일주일은 서점에서 살았으나, 그 뒤로 이틀간은 나가기도 귀찮아져서 TV 앞에만 붙어 있었다. 요즘엔 굉장히 보기 드문 어항 TV다. 중고 가게에서조차 버림받을 상황에 놓였던 것을 침대 사면서 공짜로 받았다. 그 볼록하고 조그마한 브라운관을 이틀 동안 온종일 들여다봤더니 눈이 아파졌다.

결국 TV마저도 꺼 버린 나는 정녕 아무 일도 안 하고 침대에서 뒹굴뒹굴 구르기만 했다. 몸이 근질근질할 정도로 집이 더러웠지만 못 본 척 무시했다. 어느 책에선가 봤던 '잉여인간'이란 바로 나 같은 사람인가 보다 하는 자괴감도 모른 척 무시했다. 이제 곧 이사 갈 집을 청소하는 일이야말로 잉여노동이라 할 것이다.

결혼하고도 몇 달간 찜질방에서 숙식하다가 드디어 이 집으로 들어오게 되었을 때만 해도 매일 쓸고 닦느라 여념이 없었건만, 이사를 갈 때가 되자 남의 집인 것만 같았다. 원래 화장실에 들어갈 때 마음과 나올 때 마음은 다른 법이다. 나는 이 집으로 이사 올 신혼부부한테 샘이라도 내는 양 굴러다니는 먼지와 쌓여 가는 물때를 잠자코 구경만 했다.

그런데 손가락 하나 까딱 않고 게으름만 피우다 보니 심심해서 견딜 수가 없었다. 심심하고도 또 심심했다. 나는 슬슬 정신 차리고 일어나서 부지런을 좀 떨었어야만 했다. 글피가 이삿날이니 그 전에 침대 시트도 빨아야 하고, 63빌딩처럼 고이 쌓아 올린 빈 컵라면 용기도 갖다 버릴 때가 되었다. 그런데도 계속 빈둥거린 탓에 미치도록 심심해진 나머지, 나는 급기야 또 엄마 생각을 하고 말았다.

10년 전 내가 처음이자 마지막으로 엄마를 찾아갔을 때, 엄마는 대뜸 나한테 만 원을 주면서 말했다.

"옜다. 가는 길에 맛있는 거나 사 먹고 가라."

그 만 원은 내 손에 닿기도 전에 할머니 손으로 넘어갔다. 할머니는 그 만 원짜리를 인정사정없이 북북 찢어 버렸다. 나중에 할머니로부터 들은 얘기로는 그 만 원이 저승 가는 노잣돈이란다. 죽을 사람한테 주는 돈이기 때문에 함부로 받는 게 아니란다.

할머니는 당신의 주머니에 반듯하게 접어 뒀던 3만 원을 꺼내어 엄마 앞에 펼쳤다. 엄마는 못마땅한 표정으로 웅얼웅얼 투덜거렸다.

"아이고, 갑갑해라! 성이 나서 못 보겠네. 백 년에 하나 나올까 말까 한 그릇이라고 좋아했더니만, 뚜껑을 탁 덮어 버리는 멍충이가 다 있어. 그러니 막혔지. 꽉꽉 막혔어! 첩첩산중에 갇힌 꼴인데 그 산이 북망산이라. 살긴 살되 북망산에서 살고 있으니 이게 사람이야, 귀신이야? 어찌 살아야 잘사는지는 묻지 마라. 이 명은 잘 죽는 것이 복이다. 명줄은 길어야 10년. 늦어도 스물셋에는 기필코 죽을 테니, 그 전에 죽어야 이꼴 저꼴 안 보고 편히 죽겠구나. 그러게 살 길을 끊는 게 아니래도, 쯧쯧. 아까워도 뭐 어째? 그저 운이 나쁜가 보다 해야지."

3만 원 받고 그런 악담이나 하는 게 무당이라면 세상에 무당 못 할 사람 아무도 없겠다. 나는 그때 이미 외삼촌으로부터 엄마 욕을 들을 만큼 들었던 터라, 은근히 엄마에 대한 반감을 품고 있었다. 그래도 그때는 아직 어렸기에 엄마를 만나러 가는 길에 무척이나 가슴이 설렜더랬다. 하지만 막상 만난 엄마는 내 반감만 더 키워 주었다.

내가 정말로 엄마한테 실망하게 된 까닭은 그 어린 나이에도 엄마의 속셈이 빤히 보였기 때문이다. 외삼촌 말마따나 엄마는 진짜 무당이 아닌 것 같았다. 나한테 실컷 죽는다고 말해 놓고 나서, 엄마는 자기가 나를 살릴 수 있다고 주장하기 시작했다.

"어라? 이제 보니 동아줄이 있었네. 에그, 그러면 그렇지. 딴 년 머리맡에 놓였구먼. 그년이 먼저 잡겠다. 정히 이 애를 살리고 싶거든 나 통돼지 한 마리만 잡아 줘. 그럼 내가 그 줄 뺏어다가 얘한테 줄게. 생각 잘해야 돼. 이 명을 잇는다는 건 결국 저 명을 끊어서 갖다 붙이는 거야. 죽어야 될 놈을 잘못 살려 냈다가는 온 집안이 화를 입는단 말이지. 하물며 딴 년한테 내려온 천복을 가로채 달라는 짝이니, 이 계집애야 그 복을 누리며 평생 호강하겠지만 그걸 사주한 기주는 그 업을 받아서 일신이 무사치 못하리라."

어린 내 귀에도 통돼지를 잡아 달라는 말은 돈 내놓으라는 소리로밖에 안 들렸다. 아니나 다를까 그 말은 큰돈을 내고 큰굿을 하라는 뜻이었다. 기필코 죽는다고 겁을 잔뜩 줘 놓고는 자기가 살려 주겠다며 돈을 내놓으라니. 전형적인 상술이었다.

어쨌거나 엄마는 틀렸다. 그때 할머니는 돈이 없어서 굿을 못 했다. 그런데도 나는 잘만 살고 있다.

사실 죽고 싶다는 생각을 한 적은 있었다. 한때는 정말 죽어 버릴 작정으로 아파트나 학교 옥상에도 여러 번 올라가 봤다. 그런데 뛰어내리려고 발을 바깥쪽에 걸칠 때마다, 내가 늦어도 스물셋에는 기필코 죽을 거라던 엄마의 말이 떠올랐다. 그 바람에 나는 번번이 오기가 생겨서 끝내 못 죽고 이렇게 살아남았다.

　게다가 나는 굿을 안 했는데도 이미 그 동아줄을 덥석 잡았다. 그 동아줄이 딴 년 머리맡에 놓인 줄이라 그년이 먼저 잡는다는데 아마도 그 '딴 년'이 남편의 전처인 것 같다. 그러니까 남편이 그 동아줄임에는 틀림없다. 생각해 보면 엄마의 말 중에 맞는 말은 오로지 그 한마디밖에 없었다. 나머지는 다 틀렸다.

　그러고 보니 결혼식을 올려서 엄마를 부를걸 그랬다. 만약 그랬다면 엄마는 도대체 뭐라고 했을까? 괜히 사진관에서 사진 한 장 찍는 걸로 끝냈다는 후회가 뒤늦게 들었다.

　엎드려 있던 나는 발랑 돌아누워 결혼사진을 쳐다보았다. 사진 속의 남편은 미안해 어쩔 줄 모르는 그 눈웃음이고, 나는 '사진사 아저씨가 웃으라고 그랬어요.' 하는 얼굴이다. 겨우 3년 전인데 왜 저렇게 어리고 바보같이 보이는지 모르겠다.

　하긴 열여덟 살 연상의 남편하고 같이 살아서 그런지, 나는 내가 느끼기에도 그동안 꽤 성숙해졌다. 얼마 전에 만났던 중학교 2학년 때의 짝 오민선의 말로는 내가 그때부터도 굉장히 어른스러웠다고 한다. 세상 다 산 사람 같은 분위기라서 함부로 말 걸기도 어려웠다니. 한마디로 나랑 별로 친하지 않았다는 얘기다.

　지금도 나는 오민선과 새삼스레 친해질 생각이 없다. 연락처조차 주고받지 않고 헤어졌으니, 그녀도 나랑 친하게 지낼 마음은 없는 게 분명했다. 그리고 우리는 달라도 너무나 달라서 친구가 되기는 힘들 것이다. 그때 오민선은 개강 MT 준비로 마트에 온 대학생이었고, 나는 장 보러 마트에 온 아줌마였으니까.

그런 생각을 하던 나는 발딱 일어나 모자를 뒤집어쓰고 지갑을 챙겨 들었다.

그래, 마트에 가면 적어도 한두 시간은 덜 심심하게 보낼 수 있다. 왜 진작 그 생각을 못 했을까.

2. 도안

　당신의 최종적인 목표는 형상화된 실재와의 만남입니다. 만남에는 최소한 두 개체 이상의 존재가 필요합니다. 그러므로 당신과 그 존재의 만남은, 당신으로부터 그 존재가 완전히 분리됨을 전제로 합니다.

　도안은 그 존재를 당신으로부터 분리해 내는 최초의 작업입니다. 이 과정에서 당신은 몇 가지 현실적인 문제들을 고려하게 됩니다. 예컨대 당신이 원하는 사이즈로 작품을 완성하기 위해서는 그보다 약 20퍼센트가량 확대된 도안이 요구됩니다. 내외의 구조를 결정하십시오. 관절 부위 및 심재의 지침이 될 내선도 도면상에 표시해 둡시다.

　이 작업에서 당신은 끊임없이 '그 존재가 현실로 나오기 위혜 진징 필요로 하는 것'이 무엇인지를 고민해야만 합니다. 지금 당장 당신의 눈에 이상하게 보일지라도 자신감을 갖고 그대로 진행하십시오.

포장이사가 아님에도 불구하고 이사하는 동안 나는 별로 할 일이 없었다. 짜장면 시키는 일밖에는 할 게 없었는데, 중국집에 전화한 사람도 이준환이라서 나는 정말로 한 일이 없었다. 내가 뭘 해 봐야 오히려 방해만 되는 눈치였다. 예를 들어 침대 놓는 일만 해도 그랬다.

내가 네 쪽짜리 창문 밑에 침대를 놓아 달라고 하자 이삿짐 센터 아저씨는 대번에 손사래를 쳤다.

"그렇게 두면 머리가 서쪽이잖아요. 남쪽으로 놔야지."

"저 창문 밑에 놓고 싶은데요."

"이쪽에도 창문이 있는데 왜 굳이 저 창문 밑으로 놔요?"

"이 창문은 폭이 너무 좁잖아요. 저쪽 창문이 침대 폭이랑 딱 맞을 것 같은데."

"에이, 어려서 뭘 잘 모르나 본데 그렇게 놓으면 꿈자리가 뒤숭숭해서 안 돼."

만약 이 아저씨한테 딸이 있다면 아마도 내 나이와 비슷할 성싶었다. 때문에 어리다고 무시하거나 은근히 반말하는 것에 대해 딱히 화가 나지는 않았다. 다만 나는 침대를 꼭 그 창문 밑에 놓고 싶었다. 그래서 무심결에 약간 언성을 높였다.

"아저씨, 저는 저 창문 밑에……."

“집주인이 저기에 놓겠다잖아요. 안 들어가는 것도 아니고, 문제가 뭡니까?”

홀연히 나타난 이준환이 끼어들었다. 아저씨는 난감한 듯 입맛을 쩍쩍 다시더니 대꾸했다.

“서쪽은 원래 귀신이 다니는 길이라고. 밤새도록 머리맡에 귀신이 지나다니는데 잠을 어떻게 자요. 그러니까 남쪽으로 놓으라는 거지.”

나는 그 말을 듣자마자 냉큼 그 창문 밑을 포기했다. 그렇지만 불쑥 끼어든 나의 세입자는 나처럼 귀가 팔랑팔랑 얇은 사람이 아니었다.

“하하, 아저씨가 아까 입간판 치우셨잖아요. 못 보셨어요? 계룡산 박 보살. 이 집에서 귀신 안 나오면 그게 더 문제예요. 그냥 집주인이 원하는 대로 해 주세요.”

이준환은 웃으면서 말했지만 나는 소름이 쫙 끼쳤다.

안 그래도 지난번 이 집을 치우러 왔을 때, 나는 엄마의 방을 보자마자 얼어붙었다. 나는 10년 전에도 그랬었다. 엄마의 유품들은 결코 평범하지 않았다. 천장에 빼곡 매달린 연등과 온 방을 꽉 채운 불상과 신상들. 벽에는 밝은 색조로 그렸지만 까닭 없이 섬뜩한 그림들과 목적을 알 수 없는 부적들이 더덕더덕 붙어 있었다. 하나하나 뜯어봐도 기괴한 느낌을 주는 그것들이 한꺼번에 우르르 몰려 있는 그 광경이란.

단지 기억을 더듬는 것만으로도 꿈자리가 뒤숭숭할 성싶다.

생각해 보면 그때도 이준환은 엄마의 유품들에 대해 별다른 감흥이 없었다. 지난번 내가 엄마의 방문 앞에 멍청히 서 있을 때, 어느 틈엔가 집으로 돌아온 이준환이 내게 말했다.

'버릴 건 그냥 놔두세요. 제가 분리수거할게요.'

'저런 불상 같은 것도 수거해 가나요?'

'저런 것까지 다 버리시게요? 저거 되게 비싼 건데.'

그는 귀신의 존재를 믿지 않는 게 틀림없었다. 하긴 그런 걸 무서워하는 사람이라면 이런 집에서 2년씩이나 세 들어 살지도 못했을 터였다.

나로 말할 것 같으면, 나도 귀신의 존재를 100퍼센트 믿지는 않는다. 그렇지만 딱 부러지게 안 믿는다고 말하기도 어렵다. '숙인 채로 머리를 감을 때 머리숱이 많은 것처럼 느껴지면 귀신의 머리가 섞여 있는 것'이라는 말이 꺼림칙해서 나는 샤워할 때 반드시 머리를 꼿꼿이 세우고 감는다.

그러고 보니 그 얘기를 오민선이 했던가?

"아저씨, 죄송한데요, 침대 그냥 남쪽으로 놔 주세요."

"아, 그럴 거면 빨리 얘기를 했어야지. 벌써 화장대까지 다 들어갔는데."

"죄송해요."

이삿짐이라 봐야 얼마 되지도 않건만 아저씨는 툴툴 화를 냈다. 그러더니만 엄마의 옷장을 현관 밖으로 내가기 전에 퉁명스레 물었다.

"이거 빼는 거 확실하죠? 나중에 다시 넣어 달라고 하지 말고."

"확실해요. 그건 버릴 거예요."

"아니, 옷장도 없으면서 이 멀쩡한 걸 왜 버려요? 암만 봐도 신삥이구먼."

나도 그 옷장이 아깝긴 했다. 전에 살던 오피스텔에는 붙박이장이 있었기에 내겐 옷장이 없었다. 엄마의 옷장을 놔둔다면 당장에 아주 요긴하게 쓸 터였다. 하물며 그 옷장은 내 침대와 색깔도 비슷했다. 그래도 기필코 버리고야 말겠다.

옷장은 지극히 사적인 물건으로 냉장고나 에어컨과는 다른 것이다. 나는 지난번 그 옷장을 처음 열었을 때도 완전히 기가 질려 있었다. 이 세상에 있어서는 안 될 무언가가 옷장 속에 시커멓게 도사리고 있을까 봐. 내가 옷장 옆에 딱 붙어서 살그머니 문을 열고 곁눈질로 들여다보았을 때, 내 뒤에서 엄마의 '되게 비싼' 유품을 정리하던 이준환은 나지막이 나를 비웃었다.

"그냥요. 디자인이 별로 마음에 안 들어서요."

이삿짐센터 아저씨도 나를 비웃었다. 그러더니 필요한 사람한테 주겠노라며 그 옷장을 트럭에 실었다.

이삿짐센터 사람들이 돈을 챙겨 떠닌 후에아 비로소 나에게도 일할 기회가 주어졌다. '방금 이사 온 집'이라고 광고라도 하듯이 온 집 안이 어수선했다. 이사 오기 전에 일찌감치 정을 뗀 오피스텔에서 며칠간 빈둥거렸던 데 대한 보상이라도 하듯, 나는 바야흐로 내 소유가 된 집에서 대청소를 시작했다.

그런데 방 정리를 아무리 해도 성에 차지 않았다. 이사 오기 전에 남편의 헌 옷들을 죄다 버렸기에 대부분의 옷들은 네 단 짜리 서랍장에 족히 수납되었다. 여름옷 몇 벌과 겨울옷은 남편의 트렁크에 넣어서 깔끔하게 정리했다. 문제는 남편의 코트와 양복 두 벌, 그리고 나의 정장이었다. 그 옷들마저 서랍장이나 트렁크에 넣을 수는 없는 노릇이었다. 나는 결국 옷걸이에 걸린 옷들을 트렁크 위에 차곡차곡 뉘여 놓았다. 새 옷장을 사기 전까지 엄마의 옷장을 며칠만 쓸걸 그랬나? 그 부분 때문에 방이 전체적으로 어수선해 보여서 나는 언짢은 기분으로 방을 나왔다.

거실에는 방금 이사한 집답게 여기저기 흔적이 남아 있었다. 주방과 욕실도 마찬가지였다. 이렇게 넓은 집에서 살려면 진공청소기가 필수임을 통감하면서 나는 등골 빠지게 집 안을 쓸고 닦았다.

나는 청소를 결코 즐기지 않는다. 그렇지만 막상 청소를 하기 시작하면 끝장을 봐야 마음이 놓인다. 더구나 나는 이사 오기 전부터도 이 집 구석구석에 낀 때를 말끔히 벗기리라 아주 작정을 한 터였다.

청소 막바지에 이르러 나는 배수구마다 트래펑을 붓고, 욕실 곳곳에 곰팡이 제거제를 뿌렸다. 그리고 욕실에서 나와 고무장갑을 벗었다. 뒤이어 마스크를 벗으려 할 때, 계단에서 발소리가 들렸다. 곧 이준환이 모습을 드러냈다.

습관처럼 집에는 나 혼자뿐이라고 생각하던 나는 깜짝 놀랐다. 그는 오히려 놀란 듯 걸음을 멈췄다가 천천히 내려오며 물었다.

"욕실 써도 돼요?"

"지금은 좀……."

대답하면서 나는 뒤늦게 마스크를 벗었다.

"곰팡이 제거제를 뿌렸거든요. 한 30분 정도는 기다리셔야 될 것 같은데요."

"아, 그래요?"

그는 양손을 앞에 늘어뜨린 채 주방의 싱크대 쪽으로 향했다. 나는 급히 그를 불러 세웠다.

"저기, 지금 물 쓰시면 안 되거든요. 트래핑을 부어 놔서요."

이준환이 의아하다는 표정으로 나를 돌아보았다.

"막혔어요? 아까만 해도 잘 내려갔는데."

"예. 그렇긴 한데 청소를 하다 보니까……."

그가 고개를 갸웃했다. 나도 안다. 이게 얼마나 이상한 버릇인지.

멀쩡한 배수구에 트래핑을 부을 때마다 나는 '환경 파괴의 주범'이라는 상용구를 떠올리곤 한다. 하지만 거기까지 하지 않으면 불안해서 견딜 수가 있다. 좀처럼 고쳐지지 않는 이놈의 버릇 때문에 나는 일하던 곳 여기저기서 결벽증 환자로 오해받은 적이 있다.

나는 주저주저 변명을 둘러댔다.

"이사 와서 대청소를 하느라고요. 속속들이 청소를 하지 않으면 어쩐지 끝난 것 같은 기분이 안 들어서……."

“흐음.”

그는 이해가 안 된다는 듯한 표정으로 나를 바라보았다. 당장이라도 그의 입에서 ‘혹시 결벽증이에요?’라는 소리가 튀어나올 것만 같았다. 이사 오기 전에 그 오피스텔이 얼마나 더러웠는지 증거 사진이라도 찍어 둘걸.

“2층은 좀 더러워도 돼요? 지금 청소를 할 만한 상황이 아니거든요.”

“괜찮아요. 제가 2층에 올라갈 일도 없고……..”

뜻밖의 질문에 나는 다급히 대꾸했다. 그는 인상을 굳힌 채 말없이 2층으로 올라갔다.

나는 겨우 한숨 돌리곤 소파에 풀썩 앉았다. 그런데 잠시 후 계단 쪽에서 이상한 소리가 들리기 시작했다. 무슨 소린가 하고 귀를 기울인 찰나, 이번에는 무언가로 벽을 치는 소리가 들려 왔다. 딱딱, 딱딱. 그는 한 대여섯 번쯤 벽을 치다가 멈추곤 금세 또 딱딱거리길 반복했다.

생기기는 멀쩡하게 잘생긴 이 세입자가 물 못 쓰게 한다고 화가 나서 애꿎은 벽에 분풀이라도 하는 것 같았다. 몇 차례 참고 넘기다가 나는 급기야 계단 쪽으로 다가갔다. 이준환은 계단 중간의 꺾어진 부분에 서 있었다.

세상에나! 그는 청소기를 들고 계단을 청소하는 중이었다.

“제가 해도 되는데…….”

미안해서 중얼거린 말에 그가 흘깃 돌아보았다. 그는 나를 결벽증 환자로 오해한 게 틀림없었다. 하물며 내가 했던 말도

‘당신이 해 봤자 더러울 테니까 내가 하겠어!’라는 식으로 오해한 듯했다. 그는 한 발 뒤로 물러나 청소기를 움직이면서 나를 안심시켰다.

“걱정하실 것 없어요. 스팀에 헤파 필터 진공이라 확실하게 멸균이 되거든요.”

“아…….”

멸균씩이나. 뭔가 대단한 청소기처럼 보였다. 가끔 빌려 달라고 하면 빌려 줄까?

나는 우두커니 서 있기도 뭐해서 그에게 말을 걸었다.

“그런데 헤파 필터가 뭐예요?”

“무균실에서 사용하는 필터라던데요.”

“아아, 예.”

나는 할 말을 잃고 멍하니 그가 청소하는 모습을 지켜보았다. 그러다가 언뜻 깨달았는데 그는 그새 도로 ‘표준 체형’이 되어 있었다. 지난번 내가 이 집에 왔을 때는 하도 사람이 수척하고 해쓱해 보여서 은근히 걱정이 될 정도였는데 말이다. 어쩌면 그때 그는 엄마의 죽음을 슬퍼하느라 끼니를 챙겨 먹을 여유조차 없었는지도 모른다. 2년씩이나 같이 살아서 정이 많이 들었다더니만, 엄마처럼 단식기도라도 할 작정이었나?

불현듯 불쾌한 기분이 들었다. 그가 마지막 계단을 멸균하고 있을 때, 나는 사뭇 감정을 실어서 단언했다.

“저 결벽증 같은 거 아니에요.”

그가 나를 돌아보며 청소기를 껐다. 그러더니 가벼운 한숨을 쉬며 대답했다.

"괜히 긴장했네요. 저도 아니거든요."

내 기분에는 아랑곳없이 이준환은 무덤덤한 얼굴로 청소기를 들고 2층으로 올라가 버렸다.

30분이 지나 욕실의 곰팡이 제거제 묻은 휴지들을 떼어 내고 말끔히 물을 부신 뒤, 나는 도로 기분이 좋아져서 욕실을 나왔다. 그러고는 2층으로 가는 계단 위쪽을 흘끔거렸다. 욕실 써도 된다고 불러야 할지, 알아서 쓰게 내버려둬야 할지 가늠이 되지 않았다.

잠깐 서성이던 나는 이내 어깨를 으쓱하며 주방으로 향했다. 아무래도 세입자와는 일정한 선을 그어 둬야 할 것 같았다. 세입자와 너무 친해져 버리면, 혹시나 월세를 밀렸을 때 달라고 하기도 곤란할 테니까.

문득 배가 고파져서 시계를 보니 벌써 9시가 다 된 시각이었다. 뭔가 먹을 게 있을까 생각하다가 나는 한숨을 쉬었다. 오늘 아침에 나는 마지막 컵라면을 먹어 버렸다. 그리고 이 집 냉장고는 텅텅 비어 있다.

나는 지난번에 왔을 때 이 집 찬장들을 죄다 확인해 놓고도 괜히 찬장 문을 열어 보았다. 혹시 모른다. 유통기한이 9개월씩이나 지나도록 눈에 띄지 않았던 두부처럼, 이 집 찬장 어느 구석에 참치 캔이라도 하나 숨어 있을지.

그때 계단을 내려오는 이준환의 발소리가 들렸다. 나는 못 들은 척 찬장 여기저기를 여닫았다. 욕실 문소리가 들린 후에야 나는 욕실 쪽을 흘긋 돌아보았다. 손 씻는 소리가 희미하게 들려왔다. 남하고 같이 산다는 건 은근히 신경 쓰이는 일이다.

나는 욕실로부터 시선을 돌리면서 앞에 있던 냉장고 문을 무심코 열었다. 그러고는 화들짝 놀랐다.

텅 비었던 냉장고 속에 음식물이 생겨났다!

오렌지 한 개, 계란 두 알, 우유와 크림치즈. 그밖에도 오이나 양상추 같은 야채들이 들어 있었다. 계란프라이와 샐러드를 먹을까, 아니면 오렌지 한 개로 때울까. 호사스러운 갈등을 하던 찰나 의아한 생각이 들었다.

죽은 엄마가 장을 봤을 리 없잖은가. 이 냉장고에 음식을 넣어 놓은 사람은 2층의 세입자다. 2층에는 냉장고가 없나 보다. 아까 손 씻으러 1층까지 내려왔으니 필시 주방도 없을 터였다. 욕실뿐만 아니라 주방마저도 세입자와 공동으로 사용해야 되는 것이다. 그건 심히 곤란한데…….

그렇지만 냉장고 속을 보고 있자니, 이 세입자가 냉장고를 같이 써 준다는 게 어쩐지 행운처럼 느껴지기 시작했다. 냉장고나 보존 용기의 광고를 볼 때마다 나는 늘 '냉장고 속을 저렇게 해 놓고 사는 사람이 과연 있을까?' 하는 의구심을 품었는데 이제 보니 나의 세입자가 그런 사람이었다. 그는 뚜껑에 파란 고무 패킹이 달린 보존 용기 회사의 열렬한 팬인 듯했다. 자체 용기가 없는 모든 음식물이 그 회사 제품에 들어 있었다. 유사 상표는 한 개도 없었다. 제품도 각양각색이었다. 개중에 계란 넣는 제품은 나도 본 적이 있는데 그걸 진짜로 사서 쓰는 사람이 있을 줄은 몰랐다. 아니, 계란도 계란이지만 왜 오렌지 같은 것까지 용기에 넣어서 보관하는지는 이해가 되지 않았다.

"장 볼 때가 돼서 먹을 게 별로 없을 텐데."

별안간 들리는 이준환의 목소리에 나는 흠칫하며 돌아보았다. 그러나 그는 그 말만 남기곤 2층으로 올라가 버렸다.

나는 저 세입자야말로 결벽증 환자가 아닐까 생각하며 냉장고 문을 닫았다. 버스 정류장 근처에 작은 마트가 있던데, 가서 컵라면이나 한 박스 사 와야겠다.

기운이 쭉 빠진 나는 비칠비칠 방으로 돌아왔다. 도로 옷을 갈아입고 나오면서 방의 불을 껐다. 깜깜했다. 9시가 지났으니 당연한 바였다. 거실의 큰 창문 너머로 내 모습과 함께 비치는 바깥 풍경이 유달리 을씨년스러워 보였다. 이 근처에 가로등이나 제대로 있던가?

어쩐지 나갈 엄두가 나지 않아서 나는 잠깐 소파에 앉아 휴대폰을 들여다보았다. 남편하고 전화라도 하면서 가면 덜 무서울 텐데, 내가 전화를 걸 수 없으니 답답한 노릇이었다. 남편은 왜 하필이면 이런 때에 출장을 갔담.

계속 휴대폰을 본다고 해서 전화가 올 리도 없건만 나는 간절한 마음으로 잠시간 휴대폰을 뚫어지게 바라보았다.

휴대폰 벨소리 대신 이준환의 발소리가 들렸다. 나는 아랑곳 않고 휴대폰만 주시했다. 그런데 발소리가 어중간하게 멈추었다. 내가 흘깃 쳐다봤을 때, 그는 눈썹을 찡그린 채 내 뒤쪽을 빤히 보고 있었다. 나는 엉겁결에 뒤를 돌아보았다. 그가 물었다.

"결혼사진이에요?"

하도 당연한 걸 물어서 되레 답이 나오지 않았다. 턱시도 차림의 남편과 웨딩드레스 차림의 내가 어정쩡하게 붙어서 찍은 사진은 물론 결혼사진이다. 우리 부부의 결혼사진에 무슨 불만이라도 있는 건가?

내 생각이 얼굴에 훤히 드러났던 모양이다. 이준환은 변명조로 말했다.

"몇 년이나 됐는지 궁금해서요. 지금과는 꽤 달라 보여서."

"3년 됐어요."

"흐음."

고개를 끄덕인 그는 냉랭한 분위기를 싱긋 웃음으로 무마하며 현관 쪽으로 향했다. 그 순간 나는 반사적으로 경직되다 못해 숫제 소파의 일부가 되어 버릴 뻔했다.

나는 그와 똑같이 웃는 사람을 안다. 한동안 같이 살았던 사촌 언니였는데, 그녀는 자신이 대단히 예쁘다는 착각에 빠져 있었다. 그 예쁜 얼굴로 생글생글 웃기만 하면 모든 잘못이 용서 되고 모든 사람들이 자기를 좋아하리라고 믿는 눈치였다.

그래, 인정할 건 인정하자. 솔직히 그녀는 예뻤다. 생긴 것도 그랬지만 특히 웃을 때는 어딘가 모르게 사랑스러운 구석이 있었다. 그녀의 착각이 아니라 실제로 그녀가 그렇게 웃기만 하면 외숙모는 잔소리를 그쳤고 외삼촌은 지갑을 열었다. 그래서 부모의 사랑을 듬뿍 받고 자란 사람들은 그런 버릇이 몸에 배나 보다. 오민선과 이준환도 그런 타입 같다.

난 그런 사람들을 별로 좋아하지 않는다. 그런 사람들을 보면 괴롭히고 괴롭혀서 절망 속에 빠뜨린 다음에, 그래도 그따위로 웃을 수 있는지 실험해 보고 싶은 충동이 든다. 나한테 그런 식으로 웃어서 통하는 사람은 오로지 남편뿐이다.

"나가실 거죠? 저도 저녁 먹으러 가요. 같이 가시지요."

웃기만 해도 모든 사람들이 자기를 좋아할 만큼 자기가 잘생겼다는 사실을 익히 알고 있는 이 세입자와 마주 앉아서 밥 먹을 생각은 추호도 없었다. 나는 서둘러 어떻게 거절하면 좋을지 궁리하기 시작했다. 그는 독심술이라도 배운 양 눈치가 빨랐다.

"여기는 바른생활 동네라 이 시간에 문을 연 가게가 거의 없거든요. 시내까지 나가야 돼요. 냉장고도 비었고, 내일 아침거리라도 사게 같이 나가시죠."

지난번 내가 이 집에 다녀갔을 때에도 그는 나를 이 도시의 터미널까지 바래다주겠다며 오지랖 넓은 친절을 베풀었다. 계속 한집에서 살아야 할 세입자의 제안을 무 자르듯 자를 수는 없는 노릇이라, 나는 그때도 사양하느라 애를 먹었더랬다. 그때는 길이 한적하고 날씨도 좋아서 좀 걷고 싶다는 핑계를 댔었다. 그러나 이 으슥한 시각에 그런 핑계를 댔다간 정신 나간 사람으로 비치기 십상이다.

"괜찮아요. 좀 쉬다가 혼자서 나갈게요."

나는 한참을 머뭇머뭇 더듬거린 끝에 그 짧은 말을 겨우 짜냈다. 그는 현관 안쪽의 미닫이문에 한쪽 손을 얹은 채 잠자코 내 말이 끝나기를 기다렸다. 그동안 그의 긴 손가락은 줄곧 일정한 속도로 까딱거리고 있었다. 그의 손은 파우더라도 바른 것처럼 새하얬다. 그는 아직도 엄마의 죽음을 애도하는 듯 블랙의 얇은 니트 차림이었다.

지금 그의 손이나 감상하고 있을 때가 아니라는 생각이 뒤늦게 들었다. 나는 다급히 눈을 들었다. 그가 옅은 미소를 지으며 바깥쪽을 향해 고개를 까딱했다.

"차 없으시죠?"

"예."

그는 여전히 미소 띤 얼굴로 다시 한 번 고개를 까딱했다. 나는 그제야 내가 왜 여태 못 나간 채 소파에 앉아 남편의 전화를 기다리고 있었는지 상기했다. 그러고는 자리에서 발딱 일어났다.

이곳은 가게 주인들마저 일찍 자고 일찍 일어나는 바른생활 동네다. 평범한 동네로 나가기 위해 버스 정류장에 가려면 가로등도 없는 외딴길을 지나가야 한다. 거길 피해서 다른 길로 돌아갈라치면 음침한 굴다리가 버티고 있다. 여기서 이 늦은 시각에 어디론가 나가려면 차는 필수였다.

2

이준환은 이 동네와는 전혀 어울리지 않는 사람이었다. 그의 차도 마찬가지였다. 지난번 왔을 때 집 근처에 검정색 고급 밴이 서 있었는데, 알고 보니 그 차가 바로 이준환의 차였다.

흠집 하나 없을 듯 매끈하게 번쩍거리는 검정 밴에 올라탈 때 나는 상당히 부담스러웠다. 문까지 열어 주는 그의 친절도 내 부담을 가중시키는 데에 한몫했다. 아울러 생판 남이나 다름없는 사람의 차를 얻어 탄다는 것 자체가 썩 마음 편한 일은 아니다.

그렇지만 막상 차에 탄 나는 언제 그랬냐는 양 호기심에 가득 차서 차 안을 기웃거리느라 정신이 없었다. 내 무릎 위에는 조수석을 차지하고 있던 도자기 인형이 놓여 있었다. 내 눈앞 에는 움직일 때마다 목을 끄덕거리는 남자아이와 여자아이 인 형이 나란히 붙어 있었다. 그 와중에 뒷좌석 한 자리를 차지한 인형 하나가 유독 눈길을 끌었다.

약간 크고 호리호리한 몸집의 그 인형은 차 문에 한 팔을 걸 치고 턱을 괸 채 건너편 창문을 나른하게 바라보고 있었다. 섬 세하게 만들어진 무표정한 얼굴은 어떻게 보면 희미하게 웃는 것 같기도 하고 또는 사색에 잠긴 것 같기도 했다. 흔히 볼 수 있는 그런 인형이 아니었다. 뒷좌석 아래쪽 중앙에 놓인 기이 한 모양의 도자기처럼, 예술하고는 거리가 먼 내가 보기에도 예술품에 가까운 것이었다.

"마음에 드세요, 저 아가씨?"

운전석에 올라탄 그가 내 시선을 따라 뒤쪽의 인형을 돌아 보며 물었다. 그러더니 내게 몸을 바짝 기울여서 속삭였다.

"실은 퇴짜 맞아서 갈 데가 없어요. 저 아가씨가 신경이 예민해서 낯을 좀 가리거든요. 그런 타입은 아무한테서나 사랑받기 힘들잖아요."

나는 잠깐 혼란에 빠졌다. 이준환은 틀림없이 인형에 대해서 말하고 있었다. 이 사람, 제정신일까?

"후훗, 정상이 아닌 것 같죠?"

그가 내게서 휙 떨어져 시동을 걸면서 웃었다. 역시나 내 생각을 고스란히 읽는 게 틀림없었다.

"인형을 좋아하시나 봐요."

나는 할 말이 없어서 그렇게라도 그를 위로해 주었다.

하긴 다 큰 남자가 인형을 좋아할 수도 있다. 인형을 하도 좋아해서 인형이 살아 있다고 착각할 수도 있다. 혼자서만 착각하는 게 아니라 남한테까지 그렇게 말할 수도 있다.

맙소사! 그는 아무래도 정상이 아닌 것 같다!

하지만 차는 이미 출발했고 달리는 차에서 뛰어내릴 수는 없었다. 나는 빳빳하게 굳은 채로 눈동자만 쓱 돌려 그의 눈치를 살폈다. 집 앞부터 이어진 비포장도로를 지나 반반한 큰길로 나온 다음에야 그는 나와 눈을 맞추곤 고개를 끄덕였다.

"좋아해요. 그러니 계속 만들고 있겠지요."

나는 내 귀를 의심하며 차 안의 인형들을 주욱 둘러보았다.

"이걸 직접 다 만드신 거예요?"

"처음에는 여자 친구 주려고 하나 만들어 봤는데……. 아, 지금 안고 계신 그거예요. 개한테 주질 못했어요. 헤어졌거든요. 대신 이 세계에 빠졌지요. 저런 거 만들어서 사람 골치 아프게 하는 것보다 훨씬 더 재미있어요. 저걸 보고 뭔가 느낌이 와요?”

뒤쪽 중앙에 놓인 구불구불 배배 꼬인 도자기도 그의 작품인가 보다. 나는 눈을 심하게 깜빡거리면서 그 요상한 도자기로부터 뭔가를 느끼려고 애썼다. 뭔가 예술적인 그런 필 말이다. 하지만 나는 역시 예술하고는 거리가 멀었다.

“저는 잘 몰라서요. 만들 때 엄청 힘들었겠다, 그 정도?”

그가 큰 소리로 웃음을 터뜨렸다. 한동안 웃다가 겨우 진정한 그는 나를 흘깃 보며 설명했다.

“저건 뫼비우스의 띠를 고차원적으로 응용함으로써 무한한 순환성과 쌍방향성을 특징으로 하는 소셜 네트워크를 형상화한 작품이에요.”

나는 ‘뫼비우스의 띠가 뭐 어쨌다고요?’라고 묻고 싶은 걸 꾹 참았다. 그는 책 한 구절을 읊듯이 또박또박 말하더니 피식 실소했다.

“그런 해석을 듣고 보니까 좀 더 거창해 보이지 않나요?”

그의 질문에 나는 그 요상한 도자기를 다시금 돌아보았다. 그러나 내 감상에는 별다른 변화가 없었다. 그건 다만 하도 복잡해서 한 3분쯤 보고 있어도 지루하지는 않을 성싶은 모양새였다. 저 도자기와 소셜 네트워크가 대체 무슨 상관인지는 아무리 봐도 잘 모르겠다.

“글쎄요. 평소에 소셜 네트워크 같은 생각은 해 본 적이 없어서…….”

미적지근한 내 대답에 그는 또다시 웃음을 터뜨렸다.

“후훗, 안 속으시네요. 저는 솔직히 저걸 보고 어떻게 소셜 네트워크 같은 생각을 해내는지 모르겠어요.”

“저도요!”

나는 반가운 마음에 대뜸 맞장구를 치곤 의아한 눈초리로 그를 돌아보았다. 그는 미소 띤 얼굴로 고개를 끄덕였다.

“실은 그냥 놀다가 만든 거예요. 놀다 보니까 선이 예쁘게 빠져서 뭉개기엔 아깝더군요. 그런데 저걸 만들자마자 어떤 새끼가 훔쳐 가…….”

지난번 내게 조선 시대 말투로 격식을 차렸던 건 내숭이었음에 틀림없다. 이준환은 나를 흘깃 보더니 민망한 양 헛기침을 한 후 말을 바꿨다.

“크흠, 어떤 불우한 학우가 저걸 들고 가서 자기 이름으로 팔아먹었어요. 나중에 어느 갤러리 브로셔를 보다가 우연히 찾았죠. 걔를 끌고 가서 다시 가져왔는데, 소셜 네트워크는 그쪽에서 붙인 거래요. 후훗, 일개 학부생이 놀다가 만들었다고 하자니 폼이 안 났나 봐요.”

나는 그를 따라 키득키득 웃었다. 그러다가 문득 그를 돌아보았다. 그는 어느 틈엔가 웃음을 거둔 채 나를 빤히 곁눈질하고 있었다. 내 웃음은 순식간에 사그라졌다.

“그건 어때요? 마음에 드세요?”

그는 내 무릎 위에 놓인 인형을 눈짓으로 가리키며 물었다.

그가 여자 친구를 위해 만들었다던 인형이었다. 카드나 동화책 삽화 같은 데서 볼 수 있을 법한 전형적인 도자기 인형이다. 금발에 장밋빛 뺨과 입술, 프릴이 나풀대는 원피스는 눈동자와 똑같은 하늘색이다. 나는 그 인형을 찬찬히 뜯어보다가 치마 끝을 살짝 들췄다. 긴 양말 끄트머리에까지 레이스가 붙어 있었다.

"옷도 직접 만드신 거예요?"

"그 옷은 우리……, 흠, 어머니가 만드신 거예요. 의류업에 종사하시거든요. 어릴 때 방구석에 앉아서 인형 옷만 만드셨대요. '내가 왕년의 실력을 보여 주마!' 그러시더니 이틀 만에 만들어 주시더군요. 덕분에 여자 친구랑 헤어지고 나서 한 대 얻어맞았죠."

"여자 친구랑은 왜 헤어지셨는데요?"

그는 잠깐 고개를 돌려 정색하고 나를 보았다. 내가 생각해도 주제넘은 질문이었다. 그의 시선이 떠난 후 나는 급히 말을 돌렸다.

"예뻐요, 이거. 누가 봐도 좋아할 것 같아요."

그래서 나는 그 인형이 마음에 들지 않았다. 그는 놀랍게도 콕 집어 물었다.

"은아 씨가 보기에도 좋아요?"

"아……."

"그냥 그렇죠?"

"아뇨. 좋아요. 좋긴 좋은데, 실은 뒤에 있는 게 더 마음에 들어요.”

“그래요? 왜요?”

“글쎄요, 잘 모르겠어요. 그냥 좋아요. 부담스럽지도 않고.”

그는 말없이 차를 세웠다. 어느덧 식당 앞이었다.

그를 따라 식당에 들어가면서 나는 어쩐지 기분이 묘했다. 그와 마주 앉은 후에는 좀 더 묘해졌다. 그가 권하는 대로 버섯전골을 시켜 함께 먹기 시작하자 참을 수 없이 묘해졌다. 뭔가가 잘못된 것 같았다.

“어때요? 입맛에 맞아요?”

그동안 이준환은 끊임없이 내게 질문을 던지고 있었다. 어느 쪽에 앉겠는지부터 시작해서 젓가락을 놓을 때 냅킨을 깔 건지 말 건지, 온수와 냉수 중 어느 게 더 좋은지, 계란말이를 케첩에 찍어 먹는지 아닌지 등등. 정말 오만 걸 다 묻고 있었다. 그래서 나는 내 기분이 왜 이토록 이상한지 도무지 생각해 낼 틈이 없었다. 어쨌거나 버섯전골은 내 입맛에 딱 맞았다.

“예, 맛있네요.”

내 말이 떨어지기 무섭게 그는 씩 웃었다. 그러더니 돌연 자세를 바로잡고 먹는 데에 열중하기 시작했다. 겨우 그의 질문으로부터 해방된 나는 이내 뭐가 잘못되었는지 생각해 냈다.

나는 이제까지 남녀를 막론하고 남편 외의 다른 사람과 단둘이 식당에 온 적이 없었다. 다른 사람이 운전하는 차의 조수석에 탄 것도 처음이었다. 다른 남자와 한 냄비에 담긴 버섯전골을 같이 떠먹는다는 건 상상조차 해 본 적이 없는 일이었다.

내가 세입자와 이러고 있는 걸 알면 남편은 도대체 뭐라고 할까?

그나저나 이삿날인 줄 알 텐데도 남편은 여태 전화가 없었다. 하긴 통화를 해도 절반 이상은 같이 간 여직원 얘기일 것이다. 프랑스로 가는 비행기에서부터 이미 와인에 취했던 그 여직원은 요새 밤마다 아주 살판났다고 한다. 대신 낮에는 판다 같은 얼굴로 축 늘어져 있는 바람에, 남편은 그 여직원이 해야 할 업무까지 도맡아 하느라 피곤해 죽을 맛이라고 했다.

남편의 출장은 번번이 그랬다. 문제는 남편이 지나치게 착하다는 것이다. 남편은 곤란한 지경에 놓인 사람, 특히 곤란한 지경에 놓인 여자를 그냥 내버려두지 못한다. 아마도 그렇기에 오갈 데 없는 처지였던 나와 결혼해 줬을 테지만, 나는 남편의 그 착한 성미 때문에 종종 불만이었다. 남편이 애당초 그 여직원을 도와주지 않았더라면 그 여직원도 일찌감치 정신 차리고 와인을 적당히 마셨을 것이다.

남편이 고생하고 있을 생각을 하자 갑자기 입맛이 싹 달아났다. 나는 반쯤 비운 밥공기의 뚜껑을 덮었다. 그와 동시에 나의 세입자도 식사를 마쳤다. 그는 기다렸다는 듯 입을 열었다.

"어머니도 여기 버섯전골을 좋아하셨거든요."

"이 근처에 사세요?"

의류업에 종사하신다니, 어쩌면 길 건너편에 보이는 옷가게 주인일지도 모른다. 그렇지만 어찌 되었건 내 알 바 아니었다.

그는 세입자고 나는 집주인이다. 우리는 서로 지나친 관심을 가질 필요도 없고 가져서도 안 되는 관계다.

나의 세입자가 화날 만큼 잘생긴 얼굴로 대답 없이 나를 물끄러미 보는 동안, 나는 그런 생각을 하고 있었다. 그러다 냉수 먹고 속 차리자는 심정으로 컵을 들어 올렸다. 그때 그가 비로소 답했다.

"은아 씨 어머니요."

내 컵은 입 앞에서 그대로 멈췄다.

잠깐 잊고 있었다. 이준환은 단순한 세입자가 아니다. 나의 엄마를 나보다 더 좋아하는 세입자다. 내가 살아생전 두 번밖에 보지 못했던 엄마와 2년씩이나 함께 살았던 세입자다.

이준환은 처음부터 그 말을 하기 위해 여기로 온 걸까? 내 입맛에 딱 맞는 버섯전골이 엄마의 입맛에도 딱 맞았다는 사실을 알려 주려고?

불현듯 입안이 텁텁했다. 나는 컵을 마저 기울여 물을 마시고 최대한 침착하게 내려놓았다. 눈길 둘 곳이 없어서 무작정 상 위를 훑어보다가 마침 끄트머리에 놓여 있던 계산서를 발견했다.

"제가 계산……."

미처 피할 틈도 없었다. 그는 덥석 내 손을 잡았다.

"제가 낼게요."

아니, 그는 계산서를 잡았다. 흠칫 놀라 손을 뺀 나는 얼떨결에 그에게 계산서를 넘겨준 꼴이 되고 말았다.

그때부터 다시 차에 올라타서 마트에 갈 때까지의 어색함이란 이루 표현할 수 없을 정도였다. 우리는 그 어색한 침묵 속에서 장을 봤다. 그는 말없이 내 짐을 들어다 차에 실었고, 나도 말없이 그의 차에 올라탔다. 그 뒤로도 어색한 침묵은 계속되었다.

집에 도착할 즈음에야 겨우 깨닫게 된 사실인데, 그가 내게 뭔가를 묻지 않으면 우리는 서로 말할 일이 없었다. 그가 먼저 입을 열지 않으면 내가 장단 맞출 일도 없었다. 남편과 함께 산 3년 동안 말이 꽤 많아지기는 했지만 나는 여전히 말수가 적은 편이었다. 누군가와 이야기를 나눌 때면, 말해도 되는 것과 말하면 안 되는 것을 가늠하느라 내 머릿속은 항상 분주하다.

어느덧 부드러운 진동을 끝으로 차가 멈췄다. 시동이 꺼지자 자동으로 실내등이 들어왔다.

"잠시만 얘기해요. 중요한 얘기예요."

드디어 어색한 침묵을 깨고 이준환이 입을 열었다. 나가려던 나는 도로 앞을 향해 몸을 돌렸다. 전면의 유리창을 통해 그가 보였다. 노랗고 희미한 실내등 불빛 밑으로 짙게 드리운 그늘 탓일까, 그의 얼굴은 상당히 심각해 보였다.

"은아 씨를 더 깊이 알게 되면 이런 얘기 어려울 것 같아서요."

"말씀하세요."

나는 엄마 같은 사람이 아니다. 그러니 그가 나를 깊이 알게 될 일은 없다. 설령 그가 2년 넘게 나와 같이 살더라도 나와 정이 드는 일은 결코 없을 것이다. 이 사람과 함께 식사를 하는 것도, 내가 이 사람의 차에 타는 것도 이번이 마지막이다.

"아까는 미안하게 됐어요. 어머니 얘기, 그렇게까지 불편해하실 줄 몰랐어요."

의외로 선선히 사과부터 하는 바람에 나는 맥이 탁 풀려 버렸다.

하긴 이 세입자가 무슨 잘못이람. 그는 단순히 친절을 베풀었을 따름이다. 내가 평범한 딸이었다면, 엄마가 생전에 즐겨 먹던 음식을 알게 되었을 때 필시 엄마를 추억하며 기뻐했을 것이다. 그에게 고마워해도 모자랄 판국에 분위기 싸하게 입꾹 다물고 있었으니 아마 그로서는 오히려 황당할 터였다.

나는 누그러진 목소리로 변명하듯 말했다.

"그런 거 아니에요. 이제 와서 새삼 불편할 것도 없고요. 그냥 남한테서 듣고 싶지 않을 뿐이에요."

"난 은아 씨가 남 같지 않은데. 얘기 많이 들었거든요."

엄마와 나는 남남이나 다름없었다. 남이 남에게 남에 대해서, 도대체 무슨 얘기를 그렇게 많이 했을까? 무심결에 코웃음이 흘러나왔다.

"아, 실수. 미안해요."

다시금 사과하는 그에게 나는 반사적으로 대답했다.

"괜찮아요."

"그래도 마지막으로 한 번만 더 할게요. 어머니 얘기."

내가 하지 말라고 해도 그는 할 것 같았다.

"그러세요, 그럼."

유리창 속의 그가 실제의 나를 돌아보았다. 나는 창에 비친 그의 옆얼굴을 꼿꼿이 바라보았다. 곧은 콧날 밑으로 굳게 다물린 입술이 열리기를 고집스럽게 기다리면서. 그러나 그의 고집도 만만치 않았다.

나는 결국 그를 향해 고개를 돌렸다. 눈과 눈이 마주친 다음에야 그는 비로소 입을 열었다.

"은아 씨 어머니께서 저한테 말씀하시기로는……."

입술이 약간 열린 채 그의 말이 끊겼다.

그는 가만히 나를 들여다볼 뿐이었다. 어쩌면 나처럼 내 눈 속에 비친 자신의 모습을 보고 있었는지도 모르겠다. 잠시, 혹은 한참 동안.

어느 틈엔가 시동 꺼진 차 안에 스멀스멀 습기가 차고 있었다. 숨이 막혔다.

"아, 이게 아닌데."

그가 문득 시선을 돌리면서 떨리는 소리로 중얼거렸다. 볼록거울에서처럼 우스꽝스럽게 비치던 내 모습도 순식간에 사라졌다.

그는 그대로 차 문을 열었다.

"무슨 얘긴데요?"

"나중에 천천히……. 아무래도 지금은 어려울 것 같아요."

차 문을 닫기 직전에 그는 나를 향해 씁쓸히 웃었다.

내가 찜찜한 기분으로 미적미적 차에서 내리는 동안, 그는 이미 트렁크에서 내 짐까지 꺼내 들고 집 앞에 서 있었다. 미안한 마음에 서둘러 대문을 열었다. 대문을 열다가 아직도 붙어 있는 간판을 보고 나는 불쑥 물었다.

"혹시 이 간판도 직접 만드신 거예요?"

"예. 제가 뗄까요?"

지난번 엄마의 물건을 버리러 왔을 때 나는 깜빡 잊고 이 간판과 장대를 남기고 갔다. 그는 내가 이사 오기 전에 알아서 담 모퉁이의 깃발 달린 장대를 치웠다. 그런데도 간판은 그대로 남겨 두었다. 어쩌면 그는 자신의 작품이기도 한 이 간판을 계속 대문 앞에 전시하고 싶은지도 모른다.

그렇게 생각하면서도 나는 꽁하게 대답했다.

"그래 주시면 고맙겠어요."

우리는 도로 어색한 침묵에 잠겨 집으로 들어왔다. 그는 식탁 위에 짐을 놓고 보존 용기가 가지런히 수납된 찬장부터 열었다. 그 회사 제품을 기어이 애용하고야 말겠다는 그의 결연한 의지가 느껴졌다. 내가 내 짐을 골라내려 하자 그는 대놓고 제동을 걸었다.

"제가 넣어 둘게요. 먼저 들어가시죠."

"아……."

그는 턱 끝으로 욕실 쪽을 가리켰다.

"가끔 밤에도 작업을 하거든요. 새벽에 물소리 나도 괜찮죠? 괜찮아야 되는데."

아차! 그러고 보니 나는 이 세입자와 욕실을 같이 써야만 한다. 괜찮아야 된다기에 괜찮다고 대답했지만, 나는 별로 괜찮지 않았다.

나는 방으로 들어가 갈아입을 옷을 챙겨 들고 쭈뼛쭈뼛 나왔다. 그는 팩에 든 방울토마토를 씻어서 자신이 사랑하는 보존 용기 안에 넣고 있었다. 그러다가 나를 보곤 싱긋 웃어 보였다. 자신은 지금 몹시도 즐거우니 방해하지 말라는 뜻 같았다.

나는 나 좋을 대로 해석하고 욕실로 쏙 들어갔다. 샤워를 마치고 밖으로 나오다가 나는 다시 그와 마주쳤다.

이준환은 그새 냉장고 정리를 끝내고 2층으로 올라가려던 길이었다. 잠시 걸음을 멈춘 그가 나를 돌아보며 물었다.

"참, 아까부터 궁금했는데 남편분은 이삿날에 어딜 가신 거예요? 집 보러 오신 날도 혼자 오시더니."

그날은 내가 일부러 남편을 떼어 놓고 왔을 뿐이다. 남편은 아무런 이유도 없이 나를 혼자 내버려두는 냉혈한이 아니다.

"프랑스로 출장 갔어요."

"언제 오세요?"

"저도 잘 몰라요. 일 끝나면 오겠죠."

"흐음."

그는 고개를 끄덕였다. 그러고는 내게 예의상 짓는 듯한 미소와 함께 인사를 건넸다.

"잘 자요."

밤에도 작업을 한다는 사람에게 잘 자라고 할 수도 없어서 나는 어정쩡하게 고개만 꾸벅 숙이곤 방으로 들어왔다.

*

잠자리가 바뀌어서 그런지 피곤해 죽겠는데도 잠이 오지 않았다. 나는 한참을 뒤척거리다가 뒤늦게 깨달았다. 나는 잠이 안 온다기보다도 잠을 자고 싶지 않은 것이다. 이 방에서 혼자 자기 싫다. 내가 무방비하게 잠들어 버린 틈에, 엄마랑 같이 살던 귀신들이 얼씨구나 나한테 들러붙을 것만 같다.

나는 손을 뻗어 TV를 켰다. 치직 소리와 함께 회색 줄무늬 화면이 나타났다. 볼륨을 낮추고 채널을 돌려 보았다. 이 집은 오피스텔과 달리 케이블이 설치되어 있지 않아서 그나마 흐릿하게 보이는 채널이라곤 KBS가 전부였다.

공익광고 화면이 나오고 있었다. 모처럼 교양이나 쌓자는 심정으로 나는 다큐멘터리 따위가 나오기를 기대하며 작고 볼록한 브라운관을 주시했다. 그러나 곧 애국가가 나왔다. 이제는 정말로 자야 할 시간이다.

한숨을 쉬는데 TV 앞에 놓인 휴대폰이 짧게 진동했다. 혹시 남편이 전화를 했다가 끊었나 싶어서 얼른 들여다보았다. 메시지가 와 있었다.

이사 잘하셨습니까?

문자에서조차 사무적인 느낌이 물씬 풍겼다. 장형섭이었다.

덕분에 잘 끝났어요. 고맙습니다.

답을 찍고 '메시지 전송 요청 중' 화면을 보다가 나는 멈칫했다. 이런 시간에 문자를 주고받는 건 피차 생각해 봐야 할 일이 아닐까?

아직 안 주무셨군요. 내일 댁에 계십니까?

장형섭으로부터 다시금 메시지가 왔다. 그는 이미 내가 깨어 있는 걸 알고 있고, 내게 묻고 있다. 나는 꺼림칙한 기분으로 최소한의 답문자를 보냈다.

네.

내일 3시까지 댁으로 등기필증을 배달해 드리겠습니다. 좋은 꿈 꾸십시오. 그럼 이만.

그 문자에는 어떠한 답문자도 보낼 수 없었다. 내 걱정은 노파심 내지는 시쳇말로 '도끼병'에 불과했다. 장형섭은 문자마저도 전화처럼 제 할 말만 하고 끝냈다.

나는 그새 애국가조차 끝나 버린 TV를 껐다. 한때 엄마의 방이었던 방에서 자려니 도무지 잠을 이룰 수가 없었다. 귀신들이 지나다닌다는 서쪽 창문을 노려보다가 나는 그예 반대편으로 돌아누웠다. 방문 틈으로 희미한 불빛이 새어 들고 있었다. 아무래도 세입자가 거실 불을 안 끄고 그냥 2층으로 가 버린 모양이었다. 전기세를 얼마나 물려고.

나는 물도 마실 겸 일어나서 밖으로 나갔다. 뜻밖에도 이준환은 1층에 있었다. 그는 이 오밤중에 커피를 내리느라 온 거실에 커피 향을 폴폴 풍기고 있었다.

그가 커피를 기다리며 뚫어지게 보고 있던 건 우리 부부의 결혼사진이었다. 아까 나가기 전에도 그러더니만 정말 무슨 불만이라도 있는 것 같았다. 나도 그 결혼사진이 대단히 만족스럽지는 않았으나 적어도 나는 사진에 찍힌 당사자였다. 남의 결혼사진을 보면서 저런 표정을 지을 이유는 없지 않나?

"안 주무셨네요?"

그가 내게 말을 걸었다.

"예. 물 좀 마시려고요."

주방 쪽으로 가는데 그가 내게 컵 하나를 내밀었다. 나는 말없이 고개만 까딱하곤 컵을 받아서 냉장고 쪽으로 향했다.

냉장고 문 앞에 대고 컵을 밀자 물이 나왔다. 원한다면 얼음도 넣을 수 있다. 아마도 맨 처음 수도가 생겼을 때 옛날 사람들이 느꼈을 감동과 환희가 바로 이런 기분이 아닐까 싶다.

나는 단순하게도 금세 기분이 좋아져서 뒤로 돌아섰다. 그런데 이준환의 뒤통수가 보였다. 그는 여태 우리 부부의 결혼사진을 응시하는 중이었다.

"사진이 어딘가 이상한가요?"

물을 마시고 컵을 싱크대에 놓으면서 나는 그에게 날카로운 어조로 물었다. 궁금해서 물었다기보다는 그렇게 빤히 보지 말라는 뜻으로 주의를 준 것이다.

"아뇨, 전혀. 그냥……."

그가 대답하는 사이에 커피가 다 내려졌다. 그는 돌아서서 커피를 따르면서 대수롭지 않은 투로 말을 이었다.

"……사진은 잘 나왔는데, 두 분이 별로 안 어울려서요."

응?

나는 잠깐 내 귀를 의심했다. 내가 잘못 들은 게 아니었다.

"남편분, 어떻게 봐도 중년 아저씨잖아요. 은아 씨는 동안이고. 꼭 원조교제 같아요."

오오! 이 말을 남편이 듣지 않아서 천만다행이다.

내 얼굴이 화끈거리거나 말거나, 그는 자기가 하고 싶은 말만 주르르 쏟아 내고는 머그잔을 집어 들었다. 그러더니 계단으로 향하면서 아무 일도 없었다는 양 천연덕스럽게 인사를 건넸다.

"잘 자요."

"아……."

내가 지나치게 당황해서 무슨 말을 어떻게 쏘아붙여야 할지도 모르고 어정쩡하게 서 있는 사이에 그는 냅다 2층으로 도망가 버렸다.

나는 방으로 돌아온 다음에도 기가 막혀서 잠이 오질 않았다. 우리 부부가 어떻게 보이든 그가 상관할 바 아니라고 말해 줬어야 했다. 남의 일에 관심 끄라고 말해 줬어야 했다. 무슨 말을 했든 최소한 화가 났다는 사실만이라도 분명하게 전달했어야만 했다.

불쌍한 나의 남편은 자기가 세입자로부터 무슨 소리를 들었는지도 모른 채 피곤에 전 목소리로 전화를 했다.

– 어, 금방 받네? 잠들었으면 어쩌나 했는데.

"방금 물 먹고 왔어요."

― 나 없이도 이사 잘했지?

이사는 잘했다. 남편을 원조교제 따위나 하는 중년 아저씨로 보는 이 세입자랑 공동으로 욕실과 주방을 쓰며 살아야 할 앞으로가 문제일 뿐이다.

"예. 언제 와요?"

― 여기 사정이 복잡하다니까. 그 회사 진짜 유령회사인가 봐. 암만 뒤져도 없어서 다른 루트로 알아보는 중이야.

남편은 고장 난 축음기처럼 했던 얘기만 되풀이하고 있었다. 나는 지지난번 통화 때부터 들었던 얘기를 또 한 차례 잠자코 들어 준 후 다시 물었다.

"오는 티켓은 날짜가 며칠인데요?"

― 그 날짜는 벌써 연기했지. 사장님이 그놈들 잡기 전까지는 돌아오지 말래. 그래도 체류 기간이 90일이니까 그 전까지는 가지 않겠어?

사장님이 어떤 사람인지는 나도 알고 있다. 그 사장님은 원래 시장에서 수입 인테리어 소품 장사를 하다가 수입 가구 회사를 차린 사람이었다. 사업이 성공 가도를 달려 이제는 청담동에 회사 겸 매장을 지니게 되었지만, 실제로는 여선히 돈 아끼느라 점심을 거의 김밥으로만 때우는 악바리였다.

내가 그 사장님을 지긋지긋해하는 이유는 그 사장님이 항상 내게 김밥 심부름을 시켰기 때문이다. 그냥 김밥 한 줄 사 오라고 시킨 정도라면, 나는 고등학교 갓 졸업한 막내 사원 입장에서 아무런 불만 없이 김밥 심부름을 했을 터였다. 하지만 그건 단순한 김밥 심부름이 아니라 숫제 전쟁이었다.

돈 아끼려고 김밥만 먹는 걸 누구나 다 아는데도 그 사장님은 꼭 제일 비싼 모듬김밥을 시켰다. 그래 봤자 3천 원짜리지만 어쨌거나 사장님에게는 그 가게의 김밥 중에서 제일 비싼 김밥이었다. 사장님은 자신이 그 분식집의 'VIP 고객'이기 때문에 단무지와 김치, 장국이 당연히 서비스로 포장되어야 한다고 믿었다. 분식집 아줌마의 말로는 김밥 자체가 서비스 메뉴라 단무지까지밖에 포장이 안 된다고 했다. 나는 그 회사에서 일하는 동안 분식집 아줌마한테 너무나 많이 혼나서, 그 사장님 얘기라면 듣고 싶지도 않았다.

나는 얼른 화제를 바꾸었다.

"그……."

그 여직원은 또 와인에 취했느냐고 물어보려다가 나는 또다시 말을 돌렸다.

"세입자랑 욕실을 같이 써요. 주방도 같이 쓰고요."

나는 남편이 이사를 반대할까 봐 일부러 욕실을 같이 쓴다는 얘기는 하지 않았었다. 그럼에도 불구하고 남편은 의기양양하게 대답했다.

― 내 그럴 줄 알았어. 견적이 딱 나오더라니.

"그런데 왜 아무 말 안 했어요?"

― 말해 봤자 어차피 그 집으로 들어갔을 거잖아.

"그야 그렇지만……."

― 왜, 무슨 문제라도 생겼어?

그 세입자가 남편을 중년 아저씨로 보는 문제와 우리의 부부 관계를 원조교제로 보는 문제가 있었으나, 욕실이나 주방과는 무관한 일이었다.

"아뇨. 그냥 신경 쓰이잖아요."

— 뭘 그런 걸로 까칠하게 굴고 그래. 그 친구는 이제까지 계속 그렇게 살았을 텐데.

남편은 속 편해서 참 좋겠다. 괜히 나 혼자만 안달복달하고 있는 것 같아서 은근히 심술이 났다.

"근데 제가 그렇게 동안이에요?"

— 왜? 너더러 동안이래?

"아, 지나가는 말로……."

— 동안이 아니라 실제로도 어리다고 해 주지 그랬어?

"그런 얘기가 아니었어요."

— 뭐야, 설마 너한테 관심 있대?

"그럴 리가요."

대답하고 생각해 보니 어째 어감이 좀 묘했다.

"근데 그게 왜 설마예요? 관심이 있을 수도 있는 거죠. 제가 그렇게 별로예요?"

— 아이, 그냥 네가 유부녀인 줄 알면서도 관심 있냐는 거지.

"흠. 그런 건 아니에요."

— 아니야, 아무래도 수상해. 우리 사모님 관리 좀 들어가야겠다.

"그럼 이제까진 관리 안 하고 있었어요?"

— 잡은 물고기한텐 먹이를 안 주는 법이거든.

또 그 바람둥이 같은 소리. 남편이 간혹 이런 말을 할 때마다 나는 불현듯 전처의 심정을 이해하곤 한다.

"있잖아요, 혹시…….."

— 혹시 뭐?

"아니에요. 피곤한 것 같아서."

— 어떻게 알았어? 진짜 피곤해. 나 그만 들어가 봐야겠다. 여유 생기면 또 전화할게. 사랑해.

"저도요."

하고 싶은 말은 산더미 같건만 하나도 못 한 채로 전화를 끊었다. 그래도 그러길 잘했다. 혹시라도 남편이 원조교제를 해봤을 리는 없지 않은가. 그 부분에 있어서만큼은 내 경험상 자신할 수 있다.

나는 휴대폰을 충전기에 꽂고 침대에 누우면서 한숨을 내쉬었다. 이사 오기 직전에야 부지런 떨며 세탁했던 남편의 베개를 괜스레 힘주어 끌어안았다. 남편의 체취는 온데간데없고 세제 향기만 코를 찔렀다. 문득 외로워졌다.

3

이삿짐센터 아저씨의 말을 듣고 침대를 남쪽으로 놓길 잘했다. 어쩌면 장형섭의 덕담 때문이었는지도 모른다. 나는 비록 좋은 꿈은 못 꿨지만 그렇다고 해서 악몽이나 현몽을 꾸지도 않았다. 아무런 꿈도 꾸지 않았으니 무의식중에라도 귀신을 보지는 않은 것이다.

자기 싫어서 뜬눈으로 밤을 새울 기세였건만, 막상 잠이 든 나는 푹 자고 기분 좋게 눈을 떴다. 일어나자마자 싱크대를 보지 않아도 된다는 사실이 무척 감격스러웠다. 흰 바탕에 베이지색 줄무늬가 들어간 '무난한' 벽지도 마음에 들었다. 사방이 벽으로 둘러싸여 있다는 점만으로도 이 방은 내게 완벽했다.

나는 대강 침대를 정리하고 욕실로 가기 위해 방문을 열었다. 그렇다. 이제 욕실로 가려면 방문과 욕실 문, 두 개의 문을 열어야 하는 것이다. 원룸 오피스텔 생활은 어제부로 끝났다. 만세!

"잘 잤어요?"

"헉!"

"그 반응은 칭찬이라고 생각해 둘게요."

나의 세입자가 웃으면서 돌아서서 토스터에 식빵을 집어넣었다.

아이보리색 티셔츠와 빛바랜 진에 맨발로 서 있는 그의 뒷모습은 그가 차렸을 아침상만큼이나 칭찬받을 만했다. 길고 곧은 다리와 평평하고 넓은 등, 그 위로 드러난 목덜미는 샤워한 지 얼마 안 된 듯 촉촉하게 젖은 머리카락에 반쯤 가려져…….

아무래도 내가 아직 잠에서 덜 깼나 보다.

나는 곧바로 눈과 몸을 함께 돌려 욕실로 향했다.

차가운 물로 세수하고 정신을 차린 후, 비누에 묻은 거품을 닦아 냈다. 세면대에 떨어진 머리카락도 모두 모아 쓰레기통에 버렸다. 잠깐 거울을 보다가 거울도 닦았고, 내친김에 세면대 바깥쪽의 물기까지 말끔하게 훔쳤다. 그리고 마지막으로 옹기종기 모여 있던 세 개의 칫솔 중 하나를 멀찌감치 떼어 놓았다. 세입자와 함께 욕실을 쓰는 건 꽤 불편한 일이다.

하지만 그가 차린 2인분의 아침상은 그러한 불편을 감수하고도 남을 만큼 근사했다. 메뉴는 토스트와 오믈렛, 샐러드로 그다지 대단스럽진 않았다. 그러나 음식 담기에 아까워 보이는 식기들과 군데군데 장식된 꽃잎이나 잎사귀들로 인해, 그 평범한 음식들이 별것 아닌데도 별것인 양 보였다. 생김새도 예술적인 이 세입자는 직업뿐만 아니라 하다못해 차려 놓은 아침상마저 예술적이었다.

"어젯밤에……, 미안해서요."

이준환이 의자를 빼면서 말했다. 나는 한심하게도 그제야 '원조교제'를 기억해 냈다. 그가 말하지 않았더라면 그대로 까먹을 뻔했다. 이놈의 박약한 기억력.

어쨌거나 내 기억을 일깨워 준 그의 솔직함에는 후한 점수를 줄 만했다. 기실 난 이미 그가 차린 아름다운 아침상에 격한 감동을 받은 터였다. 나는 링컨의 아버지가 된 기분으로 간밤에 그가 지은 모든 죄를 사하였다.

"괜찮아요."

그는 매너 좋게 내 의자를 밀어 넣어 주곤 자리에 앉았다. 잠깐 나를 가만히 바라보던 그가 물었다.

"아직도 화났어요?"

“아뇨.”

“드세요, 그럼.”

그가 싱긋 웃으며 권했다. 나는 뒤늦게 포크를 들었다.

샐러드 맨 위를 장식한 방울토마토는 지난밤 마트에서 반짝 세일을 하기에 샀던 것이었다. 이렇게 맛있을 줄 알았더라면 한 팩 더 살걸 그랬다. 계란과 버섯도 괜히 한 팩씩만 샀다. 오믈렛이 이토록 고급스럽고 맛있는 음식인 줄은 처음 알았다. 포크가 닿는 순간부터 부들부들 흔들리던 오믈렛은 씹을 것도 없이 입안에서 사르르 녹았다.

“저 오믈렛 잘 만들죠?”

칭찬받고 싶어서 안달 난 아이처럼 눈을 동그랗게 뜬 그를 향해 나는 주저 없이 엄지를 치켜들었다.

“남편분 오시면 또 만들어 드릴게요.”

“아…….”

글쎄, 별로 좋은 생각은 아닌 것 같다. 가뜩이나 ‘다른 건 다 잘하는데 밥만 못해.’라는 농담 같지 않은 농담을 입에 달고 사는 남편에게 내가 이 남자보다도 요리 실력이 형편없다는 사실을 들키고 싶지 않았다.

어쨌거나 그는 자신이 만든 오믈렛을 만족스러운 표정으로 음미하면서 물었다.

“남편분도 가끔 요리하세요?”

“아마 할 줄 모를걸요.”

나는 남편이 싱크대 주변에 있는 모습을 본 적이 없다. 심지어 물조차도 자기 손으로 갖다 마신 적 없는 사람이 요리라니, 상상이 안 된다.

"그럼 청소 같은 건요?"

"제가 남편한테서 제일 많이 칭찬받는 게 청소예요."

"아하."

그가 수긍하는 표정으로 고개를 끄덕였다. 나는 그가 여태 오해하고 있는 듯해서 몇 마디 부연했다.

"사실 여기 이사 오기 전에 한 2주일 동안 청소를 한 번도 안 했어요. 남편도 출장 가서 없는데 곧 이사 갈 집을 치우면 뭐하나 싶어서. 제가 정말 결벽증하고는 거리가 멀거든요. 남편 없으면 청소 같은 건 절대로 안 하고 살 텐데, 청소만 갖고 칭찬하는 걸 보면 어쩐지 남편한테 그걸 들킨 것 같아요."

풋 웃음을 터뜨린 그는 금세 정색하고 나를 보았다. 그러나 다시금 웃음을 흘리면서 머리를 설설 흔들었다.

"왜 이렇게……. 후훗, 은아 씨 몇 살이에요? 아, 이런 거 물어봐도 되나."

"스물세 살이요."

그는 스물일곱 살이다. 지난번 이 집에 왔을 때 나는 엄마의 통장과 함께 임대차 계약서를 발견했다. 해지된 통장은 찢어버렸지만 아직 기한이 한참 남은 임대차 계약서는 소중히 보관 중이다. 거기에 그의 주민등록번호가 적혀 있다.

"결혼한 지 3년 됐다면서요. 그럼 결혼을 스무 살에 하셨단 말이에요?"

“어쩌다 보니까 그렇게 됐어요.”

“우와.”

그는 김빠진 탄성을 흘렸다. 그러더니 아무것도 바르지 않은 토스트를 한 조각 느릿느릿 씹어 삼키고 물었다.

“그럼 결혼해서 학교를 그만둔 거예요?”

“고등학교 졸업하자마자 취직했어요. 거기서 남편이랑 만났고요.”

한마디로 원조교제는 아니라는 뜻이다.

“사내 커플이었구나. 결혼식 때 사장님도 오셨겠네요?”

“식은 안 올렸어요. 혼인신고 직전에 회사도 그만뒀고.”

“왜요? 사내 연애 금지였어요?”

“그런 건 아닌데 그냥……. 왠지 말들이 많을 것 같아서요.”

“요샌 취직하기도 힘들다던데, 회사 그만둘 때 아깝지 않았어요?”

나는 애당초 무슨 원대한 포부를 지니고 입사한 게 아니었다. 그저 현실에서 벗어날 일념으로 돈을 벌었고, 그러다가 결혼을 하게 되어 어영부영 그만뒀을 뿐이다.

“남편한테 취직했죠, 뭐.”

“혹시 남편분이 첫사랑이었어요?”

“아마 그럴 거예요.”

“첫사랑은 안 이루어진다던데.”

그가 혼잣말처럼 중얼거렸다. 그 말이 만고불변의 진리라면 내 첫사랑은 남편이 아닐 터였다. 기억 저편으로 사라져 버린 나의 학창 시절에 짝사랑하던 선생님이라도 있었나 보다. 여중과 여고를 나온 내가 친구나 선배를 사랑하지는 않았을 터. 첫사랑인데도 잘 기억나지 않는 걸 보면, 구태여 애쓰고 기억해 봤자 시시할 게 빤했다. 자주 쓰지 않는 기억들을 깊숙이 수납해 둔다고 해서 일상생활에 불편할 일은 하나도 없다.

나는 말없이 오믈렛 접시를 비웠다. 이준환이 또 물었다.

"남편분이 직속상관이었어요?"

"직속은 아니지만 회사가 그렇게 크지 않아서요. 다들 알고 지냈어요."

"어쩌다가 사랑하게 되셨어요?"

"글쎄요. 그냥……, 같이 살다 보니까……."

"사랑해서 결혼하셨던 게 아니에요?"

딱히 그런 건 아니다. 남편은 착해서 나랑 결혼해 줬던 것이고, 나는 당시 남편이 말했던 대로 남편에게 '기댄' 것이었다.

"그때는 어려서 잘 몰랐는데, 아무튼 지금은 사랑해요."

이준환이 남은 토스트 조각을 입에 넣으면서 씁쓸한 눈초리로 나를 보았다.

"하긴 사랑하시겠죠."

그 말은 마치 '잘하는 짓이다.'라든가 '좋기도 하겠다.' 하는 식의 빈정거림처럼 들렸다.

단지 내 자격지심일 뿐이었을까, 그는 이내 샐러드 접시로 시선을 내리며 중얼거렸다.

"이다음에 남편분 만나면 부인한테 사랑받는 비결에 대해서 좀 물어봐야지.”

그새 토스트에 크림치즈를 바른 나는 통을 내려놓았다. 크림치즈 통 옆면에 쓰인 ‘부드럽고 담백한’이라는 문구가 눈에 들어왔다. 어쩌면 남편 말마따나 내가 괜히 까칠하게 굴고 있는지도 모른다.

나는 부드럽고 담백하게 말했다.

“비결 같은 거 없어요. 그냥 착해요.”

이준환이 눈을 들어 나를 보았다.

“그것뿐이에요?”

그의 포크 위에 얹혀 있던 양상추 조각이 떨어졌다.

“예. 계속 착해요. 처음에도 착했었는데, 지금은 더 착해졌어요.”

그는 도로 시선을 내리고 말없이 샐러드 접시를 비웠다. 그러는 동안 두어 차례 고개를 갸웃거렸다. 착하다는 말이 어려워서 이해가 안 된다는 양.

내가 마지막 남은 토스트 조각을 입에 넣었을 때, 이준환이 물었다.

“요리도 안 하고 청소도 안 하고. 그럼 도대체 뭐가 어떻게 착한 거예요?”

방금 입속으로 들어간 토스트가 뻣뻣해서 제대로 넘길 수가 없었다. 우리 부부의 결혼사진을 보고 있던 그가 내게로 시선을 돌리며 말을 이었다.

“따지자는 건 아니고, 정말로 궁금해서 그래요. 저도 착해지고 싶거든요."

그는 미소를 머금고 있었다. 나는 겨우 토스트를 넘기고 대꾸했다.

"착하신 것 같은데요."

"그렇다고 해서 은아 씨가 저를 사랑하는 건 아니잖아요."

이게 웬 자다가 봉창 두들기는 소리람. 그는 원조교제나 할 것처럼 보이는 아저씨가 착하다는 말에 어떻게든 반박을 하고 싶은 모양이었다. 하지만 그런 식으로 아무거나 다 아니라고 우긴들 반박이 되지는 못한다.

나는 어쩐지 그가 딱해져서 다시금 부드럽고 담백하게 대꾸했다.

"그야 당연하죠. 전 벌써 결혼했으니까요."

"흐음."

고개를 끄덕이면서 그는 빙긋이 의미 모를 미소를 지었다.

식사를 마친 후 그는 착해지겠다며 설거지까지 자기가 하겠다고 우겼다. 그 바람에 나는 싱크대 주변에는 얼씬도 못 한 채, 못된 집주인이 된 기분으로 어슬렁어슬렁 창밖 마당이나 구경했다.

이 집 마당은 어릴 때 살던 외갓집 마당과 놀랄 만큼 닮았다. 어쩌면 저쪽 구석에 있는 나무는 대추나무일지도 모른다. 외갓집 마당에는 저쯤 되는 자리에 대추나무가 서 있었다. 나는 그 나무 밑에서 시간 가는 줄 모르고 놀았었다. 국수 삶았다고 부른 외할머니가 내 손을 씻어 주시면서 '하도 까매서 까마

귀가 보면 형님이라고 하겠다.'라고 핀잔주시던 기억이 아직도 생생하다.

뭘 하고 그렇게 놀았는지는 모르겠지만 아무튼 그때는 날마다 즐거웠다. 그때만 해도 나는 노부부의 사랑을 독차지하는 외손녀였다. 내가 혼자 마당에서 놀고 있을 때면, 외할아버지는 종종 내게 다가와 내 다리에 붙은 개미나 팔에 앉은 모기를 쫓아내며 호통을 치시곤 했다.

'어디 감히 내 새끼한테 달려드누!'

그러면서 외할아버지는 웃고 계셨다. 그렇게 웃는 얼굴이 그대로 영정에 박혀, 내 기억 속의 외할아버지는 항상 웃는 모습이다.

그 집에는 지금 누가 살고 있을까? 나는 그 집이 어딘지도 몰라서 찾아갈 수가 없다.

외할아버지가 돌아가시자마자 외삼촌은 그 집을 팔아 버렸다. 외삼촌은 그 돈으로 방 두 칸짜리 아파트에서 방 네 칸짜리 아파트로 이사했다. 나와 외할머니에게는 늘어난 방 두 칸 중 한 칸이 주어졌다. 나머지 한 칸은 그동안 사촌 오빠와 한방을 썼던 사촌 언니의 차지가 되었다.

외할아버지의 빈소에서 잠깐 봤던 엄마가 무당이라는 사실을 알게 된 게 그때쯤이었다. 그 전까지만 해도 나는 교통사고로 부모를 잃은 아이였다. 때문에 엄마를 처음 봤을 때, 외할머니는 그 사람이 내 이모라고 했다. 차라리 이모였더라면 좋았을 뻔했다.

엄마는 나더러 운이 나쁘다고 했지만, 결혼 전에 내 운이 나빴던 건 순전히 엄마 탓이었다. 결혼도 안 하고 낳은 아이. 신내림을 받은 친척의 아이. 그런 아이가 운이 좋을 리 없었다.

외삼촌 내외는 나를 귀찮아했다. 사촌 오빠는 나를 송충이 보듯 보며 피해 다녔다. 그러다가 기분 나쁜 일이 생기면 그제야 내게 와서 말을 걸었다. 너 때문에 재수 옴 붙었다든가, 당장 나가 뒈지라든가, 대개 그런 말이었다. 그 말끝에는 꼭 주먹이나 발이 날아왔다.

당시 나와 함께 구박을 받던 외할머니가 언젠가 내 손을 잡고 엄마를 찾아갔었다. 그때 엄마는 나더러 죽는다는 둥 운이 나쁘다는 둥 하더니만, 왜 애를 데려오느냐며 고래고래 소리를 질렀다. 엄마는 그래 놓고 후회했던 것 같다. 그 뒤로 얼마 안 가 외할머니가 돌아가셨는데, 엄마는 외할머니의 빈소에서 너무 많이 울다가 기절까지 하는 바람에 외숙모를 고생시켰다고 한다. 나는 집 지키느라고 그 모습을 보지도 못했건만 어쨌거나 엄마 딸이라는 이유로 외숙모한테 괜히 몇 대 얻어맞았다.

하긴 외할머니가 돌아가신 후부터 외숙모가 별것 아닌 이유로 날 쥐어박는 일은 비일비재했다. 외삼촌이나 사촌 오빠가 나를 때리는 일도 잦아졌고 때리는 시간도 길어졌다. 지금에 와서 생각해 보면 그나마 내게 제일 잘해 줬던 사람이 사촌 언니였다. 아니, 딱히 잘해 준 건 없었지만 적어도 나를 때리거나 내 머리채를 잡아당기지는 않았다.

그런데도 나는 그녀를 증오했다. 나는 아무리 노력해도 그녀의 발랄하고 붙임성 좋은 성격이나 평균 90점 이상을 유지하는 성적, 전국 사생 대회에서 입상한 재능 등을 따라갈 수는 없을 것 같았다. 때문에 그녀와 수시로 비교되어 매를 맞고 '천생 부엌데기밖에 할 게 없는 년'으로 찍혀서 걸핏하면 온 집 안 대청소를 해야 한다는 데에 완전히 질려 버렸다. 곰팡이를 제거하고 트래펑까지 부어야만 끝나는 그 지긋지긋한 청소를 할 때마다, 나는 그녀를 곰팡이나 배수구에 엉킨 머리털 뭉치로 여기며 적대감을 키웠다.

가끔 그녀가 그 붙임성 좋다는 성격으로 내게 와서 무당에 대해 이것저것 묻는 것도 짜증났다. 모른다고 대답하면 '무당 딸은 무당이 되게 되어 있대. 근데 넌 아무것도 몰라서 어떡하니?'라며 걱정스럽게 말하는 것도 짜증났다. 그렇지만 무엇보다도 나를 짜증나게 만들었던 건 발랄하다는 그녀의 발랄하기 그지없는 옷들이었다. 그녀의 옷들은 결국 내 차지가 되었기 때문이다.

나는 아직도 그 형광 연두색 원피스를 잊을 수가 없다. 그 옷은 가슴팍 전체에 쪼글쪼글 주름이 잡힌 끈소매의 타올지 원피스였다. 그 옷을 입고 있으면 꼭 한 마리의 거내한 배추흰나비 애벌레가 된 기분이었다. 나는 형광색도 싫고 끈소매도 싫고 쪼글쪼글 잡힌 주름도 싫었다. 그 모든 걸 한꺼번에 갖춘 그 원피스는 정말이지 끔찍했다. 사실 내가 구역질 날 정도로 그 옷을 싫어하게 된 이유는 따로 있지만, 아무튼 그 형광 연두색 원피스는 그 자체만으로도 결코 좋아할 수 없는 옷이었다.

"커피 드세요?"

어느덧 설거지를 마친 이준환이 붙임성 좋게 물었다.

"아뇨. 괜찮아요."

"오전 중에 차 쓰실 일 있으세요?"

"없을 것 같은데요."

그는 꺼냈던 커피메이커를 도로 제자리에 밀어 넣고 욕실로 들어갔다. 커피를 마신다고 했더라면 나는 조금 더 못된 집주인이 될 뻔했다.

내가 잠깐 그의 과도한 친절에 대해 생각하고 있는 사이, 그는 어느새 욕실에서 나와 내게 손을 흔들더니 2층으로 올라갔다. 나는 그제야 간밤에 작업을 할 거라던 그의 말을 떠올렸다. 그는 밤을 새우고 샤워를 하고 두 사람 분의 식사를 준비하여 설거지까지 한 후 잠이 든 것이다. 그는 그러고도 나를 위해 커피를 내리고 운전을 해 줄 의향이 있었다.

지난 저녁의 일까지 생각해 보면 나는 그로부터 넘칠 만큼 받고 있었다. 우리는 단순히 집주인과 세입자의 관계일 뿐인데 말이다. 계속 이렇게 받기만 하면 안 될 것 같았다. 점심때 그에게 국수라도 삶아 줄까 보다.

나는 대강 집 청소를 마치고 근처 마트로 나갔다. 사실 국수는 내가 먹고 싶었다. 외갓집과 꼭 닮은 마당을 보고 있노라니, 외할머니가 만들어 주시던 국수 생각이 간절했다.

마트로 가는 길에 슈퍼가 있었다. 슈퍼 앞 평상에 주인으로 보이는 아줌마가 앉아 있었다. 슈퍼 아저씨는 계룡산 박 보살에 대한 반감만 갖고 있었으니, 아마도 저 아줌마가 엄마의 단골이었을 터였다.

그런 생각을 하면서 나는 나도 모르게 그 아줌마를 빤히 보았다. 그 바람에 슈퍼 아줌마의 오해를 샀다.

"어서 오세요."

아줌마가 기우뚱 일어나서 가게 안으로 들어갔다. 나는 얼마 안 가면 나올 마트 쪽을 바라보다가 하는 수 없이 아줌마를 따라 슈퍼로 들어갔다. 다행히도 나를 오수생으로 알고 있을 슈퍼 아저씨의 모습은 보이지 않았다. 어차피 그 아저씨가 내 얼굴을 기억할 리는 없지만.

나는 비좁고 어두운 슈퍼 안에서 간신히 소면을 찾아냈다. 장사가 잘 안되는 모양이었다. 구석에 진열된 소면 위에는 고운 먼지가 쌓여 있었다. 스티커로 붙인 가격표를 보니 '4000'이라고 찍혀 있었다. 비싸게 파니까 장사가 안될 수밖에 없다. 그래도 나는 그 소면을 집어 들었다.

"새로 이사 왔나 봐요?"

슈퍼 아줌마는 내가 살 물건보다도 나한테 더 관심이 있는 것 같았다.

"예."

"어디?"

"저기 굴다리 쪽에……."

"아하! 학생이 박 보살 딸인가 보다."

아줌마는 엄마의 단골답게 단박에 알아맞혔다.

"예."

나는 순순히 대답했다. 비록 학생은 아니었지만, 슈퍼 아줌마에게 나에 대해 미주알고주알 말할 필요는 없을 듯했다.

"내가 내 친구랑 같이 증인 서 줬잖아. 그 유언장 쓸 때."

"아, 예."

"그 집 좋죠? 재작년이었나, 무슨 바람이 들었는지 갑자기 집을 싹 뜯어고치더라고. 나는 2층 세놓느라고 그런 줄 알았는데, 이제 보니까 딸내미가 들어와서 살 줄 알았나 봐."

"아……."

나는 엄마가 리폼을 한 이유가 세입자 때문이라는 데에 만원을 걸 수 있다. 돌연 슈퍼 아줌마가 눈을 빛내며 말했다.

"근데 그 총각 참 잘생기지 않았어요?"

"세입자요?"

아줌마의 눈빛이 심히 번들거려서 나는 웃음을 터뜨릴 뻔했다.

"그래, 그 총각은 도대체 뭐 하는 사람이래요?"

"잘 모르겠어요. 예술 하는 사람 같던데요."

"오오, 예술!"

이준환은 이 동네에서 2년씩이나 살지 않았던가? 내가 고개를 갸웃하자 아줌마는 금세 웃으면서 내 팔을 톡 쳤다.

"호호호! 난 그 총각이 고시생인 줄 알았거든. 자기 입으로는 놀고먹는다는데 암만 봐도 백수 같지는 않더라고. 느낌이 있잖아요, 느낌이.”

“아, 예.”

“내가 우리 조카딸 좀 소개시켜 주고 싶어도, 걔가 지금 고시생이라서 영 걸리더라고. 요새는 어떻게 된 게 애들이 죄다 고시생 아니면 백수야. 학생은 뭐 해요? 졸업은 했어요?”

“저는 백수예요.”

“으음, 있어 봐라. 4천 원에다가 만 원이니까 6천 원.”

만일 내가 주부라고 대답했다면 그 아줌마는 계속 나를 붙들고 이것저것 꼬치꼬치 캐물었을지도 모른다.

아줌마는 내게 돈을 거슬러 주면서 어색한 분위기를 무마하려는 양 말했다.

“혹시 그 얘기 들었어요? 얼마 전에 또 한 명 없어졌다고.”

내가 고개를 갸우뚱하자 아줌마는 흥분한 어조로 떠들었다.

“벌써 세 명째야. 여기에 사람이 살아 봤자 얼마나 산다고, 1년도 안 돼서 셋씩이나 실종된다는 게 말이 돼요? 것도 젊은 여자들만. 그러니까 동네가 이렇게 흉흉하지. 이번에 없어진 애는 재수생이래요. 뭐, 걔야 진짜 가출일 수도 있지만.”

“아…….”

“근데 그렇게 가출이라고 그냥 넘길 일이 아니라니까. 경찰이 수사나 제대로 하는지 몰라. 없어진 사람 하나는 단골이었거든요. 그 새댁이 가출을 할 사람이 아니에요. 성격도 그렇게 참할 수가 없어. 아니, 그리고 결혼한 지 얼마 되지도 않은 새댁이 무슨 바람이 나서 가출을 해? 안 그래요?”

“그러게요. 좀 꺼림칙하네요. 아, 전 점심을 해야 돼서…….”

어쩐지 섬뜩해서 기분이 나빠졌다. 나는 얼른 아줌마의 말을 끊고 슈퍼를 나왔다. 아줌마가 뒤에서 혼잣말로 투덜거리는 소리가 들려왔다.

“그래도 딸이 낫네. 흥! 예술 하는 게 뭐 대단한 비밀이라고 그렇게 끝까지 안 가르쳐 주냐.”

아줌마는 이제야 이준환의 직업을 알게 된 게 못내 못마땅한 모양이었다.

나는 아줌마가 말하던 ‘느낌’으로 이 아줌마와 엄마가 그렇게까지 친하지는 않았을 거라 짐작했다. 나도 저렇게 남의 얘기 많이 하는 아줌마와는 친하게 지내고 싶지 않다. 저런 사람은 남한테 내 얘기도 많이 할 테니까.

엄마보다 낫다는 말을 듣고도 별로 기분이 좋지 않아서, 이상했다.

4

집에 돌아왔을 때, 나는 대문 앞에서 이준환과 마주쳤다. 그는 손에 삽을 들고 있었다.

“아……, 주무실 줄 알았는데.”

“자려고 했는데 쓰레기가 하도 많아서요. 좀 묻느라고.”

나는 그가 걸어 왔던 집 뒤쪽을 흘끔거렸다. 쓰레기 불법 투기는 말 그대로 불법이다. 그가 내 시선을 따라 집 뒤쪽을 돌아보며 말했다.

"같은 흙이라서 상관없어요. 한 번 구웠던 것일 뿐이니까."

"아하, 도자기요?"

"예. 어머니께는 허락받았는데. 저 언덕 밑까지는 여기 땅이라고."

"그래요? 저는 담 안쪽만 우리 집인 줄 알았는데."

"용적률이 있으니까요. 저기 중간에 빨간 거 보이죠? 그게 표식이에요."

"그렇구나. 아, 먼저 들어가세요. 저는 좀 보다가 갈게요."

"그래요."

이준환이 집으로 들어간 후, 나는 드문드문 땅에 박힌 표식을 쫓아다니며 확인했다. 의외로 넓었다. 집을 서너 채쯤 더 지어도 될 것 같았다.

돈이 모이면 아무래도 여기에 놀이터부터 만들어야겠다. 저 나무 밑에 그네를 놓고 그 옆에 미끄럼틀을 놓자. 세발자전거를 탈 수 있도록 바닥에 블록도 깔고 말이다. 자기만의 전용 놀이터가 있다니, 우리 아이 멋지다.

이준환은 2시 반쯤 되어서야 1층으로 내려왔다. 나는 아침 먹었던 빚을 갚고자 그를 기다리고 있었다. 욕실로 향하는 그에게 나는 용기를 내어 물었다.

"저기, 국수 삶아 놨는데 드실래요?"

"와! 은아 씨는 드셨어요?"

그는 자다 깨서 약간 부은 얼굴로 환히 웃으면서 되물었다.

꼭 어린애처럼 귀여운 느낌이었다. 하도 귀여워 보여서 내 자신에게 은근한 죄책감이 들 지경이었다. 나는 일부러 그가 먹을 분량까지 삶아 놓고도 괜히 마음 한구석이 켕겨 머뭇머뭇 대답했다.

"예. 조금 넉넉하게 삶아져서요."

"감동적이네요. 요리를 안 해도 먹을 수 있다니."

그는 들뜬 목소리로 말하곤 욕실로 들어갔다.

도로 육수를 데우면서 나는 그에 대한 연민에 젖었다. 엄마는 그에게 한 번도 밥을 해 주지 않았었나 보다. 하긴 자길 보러 찾아온 딸한테 물 한 모금도 안 먹여 보냈던 사람이다. 세입자한테 밥을 해 줬을 리 없다.

한데 그런 생각을 하고 있자니 의문이 들었다. 왜 이준환은 이런 동네에서, 것도 집주인하고 욕실과 주방을 공동 사용하는 조건으로 월세를 백만 원씩이나 내고 사는 걸까? 세 끼 밥이 나오는 하숙집이라도 그보다는 싸겠다. 임대차 계약서를 보면 원래 월세는 30만 원이었다. 그 정도라면 수긍할 만하다. 집주인이 어느 날 갑자기 계약서를 펼쳐 30만 원에 줄을 짝짝 긋고 백만 원이라 고쳐 적는다고 해서 순순히 월세를 올려 낼 사람은 아무도 없을 것이다. 혹시 이준환은 이 집에 사는 동안 엄마한테 무슨 약점이라도 잡혔던 게 아닐까? 도통 알 수 없는 노릇이었다.

그새 육수가 끓어서 나는 레인지를 껐다. 미리 찾아 두었던 세련된 대접에 국수를 담으려 할 때, 초인종 소리가 들렸다. 아마도 장형섭이 보낸 등기일 터였다.

나는 반가운 마음으로 뛰어나가 대문을 열었다.

“아…….”

“등기필증 배달하러 왔습니다.”

나는 택배 직원이나 장형섭의 직원이 오리라 예상했건만, 뜻밖에도 장형섭이 직접 왔다.

“그동안 안녕하셨습니까?”

“아, 안녕하세요.”

그는 등기필증을 주는 대신 뭔가를 기다리는 사람처럼 나를 보고 서 있었다. 나는 뒤늦게 옆으로 물러났다.

“들어오세요.”

“그럼 실례하겠습니다.”

성큼 들어온 장형섭은 곧바로 몸을 돌려 현관문 쪽으로 향했다. 그러더니 마치 자기 집인 양 현관문을 열고 내가 들어오기를 기다렸다.

“오셨어요?”

이준환은 장형섭과 구면인 듯 그를 보자마자 꾸벅 인사를 건넸다.

“왔다. 사람이 왔으면 차라도 한 잔 내놔 봐라.”

나는 슬리퍼를 벗다가 멈칫했다. 장형섭의 말투를 들어 보니 두 사람은 단순한 ‘구면’ 정도가 아닌 듯했다.

장형섭은 편하게 식탁 한 자리를 차지하고 앉았다. 그리고 이준환은 장형섭의 명령에 따라 커피메이커로 향했다. 둘이 도대체 무슨 관계인지 모르겠다.

나는 두 사람의 눈치를 보며 쭈뼛쭈뼛 주방 안쪽으로 들어갔다. 그러자 장형섭이 나를 말렸다.

“그런 건 이준환 군한테 맡겨 두시고 일단 등기필증부터 받으시지요.”

“아……..”

국수를 담으려던 그릇 앞에 어정쩡하게 서 있는 내게 이준환도 권했다.

“그러세요. 제대로 나왔는지 확인을 해 보셔야죠.”

그 말이 장형섭의 귀에는 상당히 거슬렸나 보다. 내가 자리에 앉자 장형섭은 등기필증을 꺼내어 놓고 여기저기 짚어 가며 ‘틀림없습니까?’라는 질문을 열 번쯤 했다. 그러더니 이준환이 커피잔을 대령하자마자 대뜸 시비를 걸었다.

“너는 손님 접대를 이따위로 하냐? 가서 과일이라도 좀 사 와라.”

말하면서 장형섭이 지갑을 꺼내어 만 원짜리 지폐 한 장을 이준환에게 내밀었다. 꼭 조카한테 심부름시키는 삼촌 같았다.

“오렌지 드려요?”

두 남자를 지켜보는 나는 거북했지만 정작 이준환은 아무렇지도 않은 듯 장형섭에게 물었다. 그러자 장형섭이 고루한 인상과는 어울리지 않는 대답을 했다.

“파인애플이 좋겠다.”

“오렌지는 있는데.”

"없으면 가서 사 와."

이준환은 만 원짜리 지폐를 받아 뒷주머니에 넣었다. 그러더니 턱 끝으로 등기필증을 가리키면서 물었다.

"이것 때문에 오신 거예요?"

"내가 오면 안 될 데를 왔냐?"

"그럼 저 보러 오셨어요?"

"내가 그렇게 할 일 없는 사람인 줄 아냐?"

나는 반문에 반문으로 거듭되는 두 사람의 대화를 들으면서 미궁에 빠졌다. 어쨌거나 이준환은 착한 조카처럼 파인애플을 사 오겠다며 밖으로 나갔다. 나는 그가 나가자마자 장형섭에게 물었다.

"서로 잘 아시나 봐요."

"제 조카입니다. 누님이 일찍 돌아가셨는데……. 잠깐만요."

전화가 온 바람에 장형섭은 말을 끊었다. 그는 발신 번호를 보며 슬며시 인상을 썼다.

"왜?"

퉁명스레 전화를 받은 장형섭이 또 한 차례 '아, 왜?' 하고 물었다. 그러더니 내게 목례를 건네곤 2층으로 올라갔다. 내가 있는 곳에서는 전화 받기가 곤란한 모양이었다.

거실에 홀로 남은 나는 커피를 홀짝이며 고개를 끄덕거렸다. 역시나 내 짐작대로 두 사람은 삼촌과 조카 사이였다. 성이 다르니 외삼촌이다. 이준환도 외삼촌한테 꽤 시달리며 사는 듯 보여서 어쩐지 동질감이 느껴졌다. 세상의 모든 외삼촌들이 조카한테 고약하게 굴 리 없건만, 우리의 외삼촌들은 왜 저런지 모른다. 그래도 장형섭은 내 외삼촌보다 훨씬 양호한 편이다. 그 인간은 악랄하고 비열한 폭군이자 위선자였다.

그런 생각을 하며 잠시간 장형섭의 끝말을 곱씹다가 나는 흠칫했다. 장형섭이 말한 '누님'은 아마도 이준환의 어머니일 터였다. 이준환과 상관없는 누님에 대해서 내게 얘기하진 않았을 테니까. 나는 이준환의 어머니가 의류업에 종사하신대서 아직도 살아 계신 줄로만 알았다.

하긴 그때 이준환은 그 어머니라는 말을 쉽게 하지 못하고 뜸을 들였었다. 나는 '어머니라는 말이 금방 나오지 않는 걸 보니, 이 사람도 평소에는 엄마라고 부르는구나.' 하고 단순하게만 생각했었다. 이제 보니 돌아가신 어머니라서 어머니라는 말이 그토록 힘들게 나왔나 보다. 그가 헤어진 여자 친구에게 주려고 만들었다는 인형을 여태 차에 싣고 다니는 이유도 알 만했다. 아마도 옛 여자 친구가 아니라 그 인형 옷을 만들어 주신 어머니를 추억하기 위해서 가지고 다니는 것이겠지.

비록 내 엄마에 대해서는 별다른 감흥이 없지만, 그래도 나는 대부분의 사람들이 자신의 어머니에 대해 어떠한 감정을 갖고 있을지 얼마간 짐작한다. 엄마는 언제나 자기편인 보호자고 도시락이고 우산이고 반창고다. 그런 만능의 존재를 갖고 있다가 잃어버리면 어떤 기분일까? 필시 나처럼 무덤덤하지는 않을 것이다.

나는 내게 버섯전골을 권하던 이준환을 생각하며 씁쓸한 커피가 담긴 잔을 마저 비웠다. 어쩌면 그는 나를 보면서 어머니를 잃어버렸던 당시의 자신을 떠올렸는지도 모른다. 모종의 동질감. 그렇게 생각하면 내 의문은 간단히 풀린다. 그래서 그는 내게 과도한 친절을 베푸는 것이고, 또한 그렇기에 내 남편을 마치 사위나 매제라도 보듯이 깐깐한 잣대로 재는 것이다.

사실 남편과 같이 다니면서 이상한 시선을 한두 번 받은 게 아니기에, 나도 우리 부부가 남들 눈에 어떻게 보이는지 정도는 알고 있다. 그래도 이준환이 그토록 정겹기 그지없는 마음으로 원조교제 같은 발언을 한 것이라면 불쾌하다기보다는 약간 위안이 된다. 나도 은연중에 '누군가가 나의 결혼을 말려 줬더라면……' 하는 생각을 품은 적이 있으니까.

지금이야 차가 없으니 망정이지, 남편이 차를 갖고 다녔을 때만 해도 월말마다 눈앞이 깜깜했었다. 오죽했으면 내가 노래방 도우미로 전락할 뻔하고, 피시방에서 술 취한 아저씨한테 따귀를 맞고, 커피숍 주인에게 도둑 누명을 쓰고, 코딱지만 한 회사 사장의 세컨드가 될 뻔했겠는가. 매달 25~26일부터 월급날인 다음 달 2일까지의 약 일주일가량이 내게는 늘 보릿고개였다. 그때가 되면 사랑도 필요 없고 남편에 대한 원망과 불만만 한가득했었다.

이렇게 궁한 살림에 꼭 차를 굴리고 싶을까? 애들 셋의 양육비가 과연 그렇게까지 많이 필요할까? 조정 신청만 하면 법원에서 양육비를 월급의 50퍼센트 이하로 깎아 준다던데 도대체 왜 신청을 안 할까? 나보다도 애들이 우선인 걸까? 이 사람이 정말로 나를 사랑하기는 하는 걸까?

이런 생각을 하다 보면 어느새 저절로 '누군가가 나의 결혼을 말려 줬더라면…….' 하는 식의 결론이 나는 것이다. 결혼할 당시의 나는 결코 제정신으로 뭔가를 판단할 만한 상태가 아니었으므로.

다시금 커피를 한 모금 마시려고 커피잔을 들어 올릴 때, 2층으로부터 내려오는 장형섭의 모습이 보였다.

우리 부부의 결혼사진에 꿀이라도 발린 걸까, 장형섭도 이준환처럼 우리 부부의 결혼사진을 빤히 쳐다보면서 계단 밑에 멈췄다.

"남편분 되십니까?"

"예."

"결혼하신 지는 얼마나……."

"3년 됐어요."

"그럼 지금 부군께서는 어디에……."

"프랑스로 출장 갔어요."

"아, 프랑스……."

장형섭은 잠시 더 우리 부부의 결혼사진을 쳐다보더니 이윽고 성큼성큼 와서 자리에 앉았다. 날씨가 별로 더운 것 같지도 않은데 그는 손수건을 꺼내서 땀을 닦았다.

분위기가 영 어색해서, 나는 있지도 않은 사교성을 발휘해 보았다.

"결혼하셨어요?"

“저는 이혼했습니다.”

괜히 물어봤다는 후회가 들었다. 그래도 혹시 아이 얘기라도 하면 분위기가 나아지지 않을까 싶어서, 나는 쭈뼛쭈뼛 용기를 냈다.

“아이는…….”

“아들이 하나 있습니다.”

“몇 살이에요?”

“올해 초등학교 들어갔을 겁니다.”

어쩐지 대화가 술술 잘 풀리는 듯했다. 나는 은근히 자신감을 얻었다.

“엄마랑 같이 사나 봐요?”

“예, 집사람이 데려갔습니다.”

“보고 싶으시겠어요.”

“글쎄요. 유전자 검사를 해 보니 내 애가 아니더군요. 그래서 이혼했습니다.”

“아…….”

차라리 입 다물고 앉아서 커피나 마실걸.

“죄송해요.”

“죄송하실 것 없습니다. 박은아 씨가 간통을 하신 것도 아니고.”

나는 머쓱해져서 그의 눈치만 살피며 커피잔을 들었다. 장형섭은 정녕 더운지 또다시 땀을 닦더니 식은 커피를 단숨에 마셔 버렸다. 그는 곧바로 서류 가방을 챙겨 들고 자리에서 일어섰다. 나는 주춤주춤 따라 일어서면서 물었다.

"가시게요?"

"이만 가 보겠습니다."

"파인애플은……."

"괜찮습니다. 많이 드십시오."

굳이 파인애플을 사 오라며 이준환을 부려 먹었던 건 언제고, 장형섭은 냉큼 구두를 신었다.

"그리고 혹시나 연락할 일이 있으시면, 앞으로는 이준환 군을 통해서 연락 주십시오. 그럼 이만. 나오실 것 없습니다."

아무래도 내가 엄청나게 큰 실수를 했나 보다. 장형섭은 그야말로 사교적인 미소를 짓더니 현관문을 꽉 닫고 사라졌다. 나는 곧 그의 뒤를 따라 현관문을 열었다. 담 너머로 그가 뒤도 안 돌아보고 횡허케 가는 모습이 보였다.

나는 힘이 쭉 빠져서 집 안으로 돌아왔다.

"설마 애 때문에 이혼했을 줄은 몰랐지."

변명처럼 중얼거렸지만 들을 사람도 없었다.

나는 어깨를 축 늘어뜨리곤 테이블을 치웠다. 그러다가 등기권리증을 한 번 더 들여다보았다. 언제는 저렴하다면서 애용해 달라고 하더니만, 말 몇 마디 잘못한 걸로 삐쳐 가지고 '앞으로는 이준환 군을 통해서 연락 주십시오.'라니.

나는 장형섭의 소심함과 더불어 내 부족한 사교성을 원망하면서 등기권리증을 다시 서류 봉투 안에 집어넣었다. 방으로 들어가 어디에 놓을까 잠깐 고민하다가 화장대 서랍을 열었다.

안에 들었던 물건을 모조리 꺼낸 뒤, 그 밑에 서류를 깔고 도로 정리했다.

방에서 나와 커피잔을 막 씻어 올려놨을 때 이준환이 돌아왔다. 그의 손에는 파인애플 통조림이 들려 있었다.

"뭐예요? 외삼촌 갔어요?"

그는 황당하다는 양 물었다.

"갑자기 가시더라고요. 이혼한 얘기를 하시더니."

"아하!"

그는 금세 수긍했다. 장형섭은 원래부터 이혼 얘기만 하면 꽁하는 사람인가 보다.

이준환은 이내 씩 웃으면서 들고 있던 통조림을 흔들었다.

"파인애플 못 찾아서 캔으로 사 왔어요. 먹을래요?"

"아뇨. 참! 국수 다 불겠다."

나의 세입자는 무진장 기뻐하면서 국수 그릇에 달려들었다. 국수는 이미 불어 있었지만 그는 한마디 불평 없이 맛있게도 먹어 주었다. 어쩐지 안쓰러워 보였다.

"왜요? 무슨 일 있었어요?"

문득 이준환이 밑도 끝도 없이 물었다. 나는 반문했다.

"무슨 일이요?"

"아무 일도 없었으면 됐고요. 얼굴이 좀 어두워 보여서."

"아……."

나는 그의 어머니에 대해 물어보고 싶은 마음이 굴뚝같았지만, 좀 전에 장형섭에게 괜히 사교성을 발휘해 보았다가 큰코

다친 터라 묻기가 꺼려졌다.

내가 망설이는 동안 이준환은 국수를 다 먹고 설거지를 하려고 자리에서 일어섰다. 나는 그가 싱크대를 향해 돌아선 후에야 그의 등을 보며 가까스로 용기를 냈다.

"어머니는, 언제 돌아가셨어요?"

설거지하던 그의 손이 잠시 멈추었다. 그는 곧 도로 손을 움직이면서 태연하게 되물었다.

"우리 어머니요?"

"법무사님 말씀으로는 누님이 일찍 돌아가셨다던데……."

"예, 맞아요. 어머니는 옛날에 돌아가셨어요. 난 기억도 안 나요."

"그럼 그 인형 옷 만들어 주신 분은……."

"새어머니라고 봐야겠죠?"

그는 나를 돌아보지 않은 채 대답 비슷한 걸 했다. 그러고는 아무 말도 하지 않았다.

나는 또 괜한 걸 물어봤다고 후회하면서 내 방으로 들어왔다. 역시 내게 사교성이라고는 눈곱만치도 없나 보다.

그래도 괜찮다. 그깟 사교성 좀 없다고 굶어 죽는 것도 아니다. 그리고 어차피 서로 너무 깊이 알아 봤자 좋을 거 없다. 집주인과 세입자의 관계란 그렇게까지 친밀하지 않은 법이다.

3. 원형 제작

　세계 신화 속의 많은 창조신들이 진흙으로 인간을 빚었습니다. 이 작업도 그와 유사합니다. 단, 당신은 효율성과 작품의 완성도를 고려하여 진흙보다는 한층 더 개량된 재질을 쓰게 될 것입니다.

　일부 유기화합물로 이루어진 재질들은 당신의 건강에 해를 끼칠 수 있습니다. 그럼에도 불구하고 많은 제작자들이 그러한 재질을 선호하는 이유는 그만큼 작업이 편리하며 결과물에 대한 만족도가 크기 때문입니다. 각 재질에 대한 주의 사항을 충분히 숙지하여 당신이 입을 피해를 최소화하십시오.

　이 작업의 중반에 이르면 당신은 아마도 완성에 가까운 희열을 느끼게 될 것입니다. 그 존재가 거의 완전한 형태로 당신의 눈앞에 놓이기 때문입니다. 그래서 원형의 관절을 절단하고 다듬는 과정에 대한 거부감을 느낄 수도 있습니다. 잊지 마십시오. 이와 같은 '단절과 해체의 과정을 거쳐야만 그 존재는 비로소 자유를 얻게 될 것'입니다.

집주인과 세입자의 관계는 그다지 친밀하지는 않을지 몰라도 아무튼 한솥밥을 먹는 관계다. 이사 왔던 첫날, 나는 이준환과 함께 저녁을 먹었다. 이튿날도 그와 함께 식사를 했다. 다음 날도, 또 그다음 날도 그랬다.

그와 함께 식사하는 일은 어느덧 당연한 일상이 되어 가고 있었다. 먼저 먹어 버릴까 하는 생각이 들 때도 있었으나, 어쩐지 나 자신이 야박한 사람처럼 느껴져서 차마 실천에 옮기지는 못했다. 남편이 오면 식사를 어떻게 해야 할지 모르겠다.

식사 도중에 이준환은 종종 우리 부부의 결혼사진을 불만스러운 눈빛으로 흘끔거리곤 했다. 그의 불만은 지나친 간섭이었다. 그렇지만 원조교제라는 말을 재차 삼차 듣고 싶지 않았기에, 나는 그의 불만스러운 눈빛을 못 본 척 넘기고 있었다.

오늘 아침에도 그는 몇 번이고 우리 부부의 결혼사진에 시선을 주었다. 그렇다고 해서 딱히 무슨 불평을 한 것은 아니지만, 당사자인 나로서는 불쾌해할 만한 시선이었다. 나는 참다못해 결혼사진의 관람료라도 요구할 뻔했다. 그러나 그가 의기양양하게 냉장고에서 꺼내 온 디저트 때문에 또 참고 말았다.

"이게 뭐예요?"

"레몬치즈케이크. 어제 샐러드 장식하고 어중간하게 남았거든요. 정리가 안 돼서 만들어 봤어요. 어때요?”

이준환은 냉장고 정리에 공을 들인다. 거의 강박적이다. 며칠 전에는 하도 궁금해서 물어봤었다. 왜 그렇게 냉장고 정리를 열심히 하느냐고. 그의 대답은 간단명료했다. ‘예쁘잖아요.’

그는 레몬치즈케이크 한 조각을 내게 권하면서 자신의 앞에도 한 조각을 놓았다. 그러고는 한입 먹더니 급히 내게 손을 뻗었다. 내가 고개를 갸웃하며 바라보자 그는 인상을 잔뜩 찌푸린 채 말했다.

“실패다. 너무 시어요.”

“아……, 그래도…….”

어쩐지 한입 정도는 먹어 주는 것이 만든 사람에 대한 예의일 것 같았다. 나는 이미 포크 위에 얹힌 케이크 조각을 입에 넣었다. 각오를 단단히 하고 먹었는데 의외로 괜찮았다. 새큼한 레몬 향이 치즈케이크의 느끼한 뒷맛을 없애 주는 듯했다.

“괜찮은데요.”

그는 조금 더 인상을 찌푸리곤 도저히 믿기지 않는다는 투로 물었다.

“진짜요? 너무 시지 않아요?”

나는 케이크를 또 한 조각 크게 자르며 말했다.

“그냥 상큼한 정도? 맛있어요.”

“은아 씨, 신 거 좋아해요?”

“아뇨. 딱히…….”

대답하다가 나는 흠칫했다. 남편이 출장 간 뒤로 생리를 한

적이 있던가? 아침 먹고 약국에 다녀와야겠다고 생각하며 나는 말을 이었다.

"실은 맛에 좀 둔감해요. 어지간한 건 그냥 다 먹어요. 제가 뭘 가려서 먹을 처지도 아니고. 그래서 요리를 못하나 봐요."

"난 은아 씨가 만들어 주는 건 다 맛있던데. 원래 자기가 한 건 그저 그래요. 밥은 남이 해 주는 밥이 제일 맛있죠."

칭찬인지 뭔지 모르겠다. 나는 할 말을 잃고 케이크만 우물우물 먹었다.

아침 내내 일이 손에 잡히지 않았다. 볕 뜨거워지기 전에 마당 청소를 해야 할 텐데, 나는 게으르게 침대에 앉아서 이 방이 왜 이다지도 허전해 보이는 걸까 고민만 했다. 그러다 거실로 나와서는 또 게으르게 소파에 앉아서 어떻게 하면 거실이 덜 썰렁해 보일까 궁리했다.

9시가 다 될 때까지 나는 결국 아무것도 못 하고 가만히 앉아만 있었다. 약국으로 가는 길에도 괜히 발걸음이 조심스러웠다. 임신 테스트기를 사서 조신하게 집으로 돌아오다가 못 견디게 설레어 박스를 뜯었다. 인적이 드문 골목을 걸어오는 동안, 나는 공부하듯 설명서를 꼼꼼하게 읽었다.

그대로 별생각 없이 임신 테스트기 설명서와 박스를 손에 쥔 채로 집에 돌아왔는데, 현관에서 이준환과 딱 마주쳤다. 그는 내 손에 들린 걸 보더니 이내 '어…….' 하며 민망한 듯 고개를 돌렸다. 그에게 무어라 딱히 할 말도 없을뿐더러 마음도 급해서 나는 곧장 화장실로 직행했다.

초조하게 기다렸으나 결과는 한 줄, 음성이었다. 있던 아이가 없어진 것도 아니건만 공연히 기운이 쭉 빠졌다.

나는 허전한 마음을 달래려 청소를 했다. 청소를 마치고 시계를 보니 오전 11시가 조금 지난 시각이었다. 말끔하게 닦인 거실 바닥이 반짝반짝 윤나고 있었다. 그러나 마음이 휑뎅그렁해서 그런지, 깨끗하다기보다는 썰렁한 느낌만 더했다.

나는 또 할 일을 찾으려 거실을 둘러보다가 유리창을 닦기로 했다. 그러다가 깨달았는데 집에 커튼이 없었다. 아무래도 거실이 썰렁해 보이는 이유는 커튼이 없기 때문인 듯했다. 커튼이나 한번 만들어 볼까 보다.

나는 거실 소파에 잠시 앉아 쉬면서 창문을 관찰했다. 엄마는 집에 커튼도 안 달고 도대체 뭘 했을까? 내가 예전에 살던 오피스텔에는 작은 창문이 하나 있었는데, 거기에는 원래부터 달려 있던 블라인드가 있었다. 나는 블라인드 말고 커튼을 달고 싶다. 인테리어 잡지에 나오는 것 같은, 그런 근사한 커튼 말이다.

그런 생각을 하며 앉아 있는데 이준환이 다 마신 커피잔을 들고 1층으로 내려왔다. 나는 마침 잘됐다 싶어서 그에게 줄자가 있느냐고 물어봤다. 그는 '잠깐만요.' 하더니 도로 2층으로 올라가 줄자를 손에 들고 내려왔다.

"빌려 드리기만 하면 돼요? 뭐 재시게요?"

이준환은 망치를 빌려 줄 때처럼 친절하게 물었다. 내 방에서 나오자마자 보이는 벽시계는 그가 박아 줬던 못에 걸려 있다. 그가 즐겨 보는 우리 부부의 결혼사진도 마찬가지고.

"커튼을 만들어 볼까 해서요."

내 자신 없는 대답에 이준환이 물었다.

"이 창문이요?"

그는 줄자를 든 손 엄지로 거실 창문을 가리켰다. 나는 머뭇머뭇 고개를 끄덕였다. 그는 커튼을 만들 줄은 아느냐는 질문으로 가뜩이나 부족한 내 자신감을 뭉개지는 않았다. 대신에 선선히 줄자 끝을 뽑아서 내게 건넸다. 나는 소파 쪽으로 가서 줄자를 붙들고 있었다.

"306이요."

창문 끝에서 숫자를 부른 그는 곧 내 쪽으로 다가와 소파 위로 올라섰다.

"243. 306에 243."

그는 줄자를 챙기면서 내가 메모지에 써 넣는 숫자를 확인했다. 그러고는 뒤늦게 나에게 물었다.

"그런데 이 근처에 천 파는 데가 있어요?"

나도 그게 궁금했다. 사실 나는 거실 창문 크기를 재기 전에 그에게 먼저 물어볼 참이었다. 한데 어쩌다 보니 우물쭈물 그에게 질문을 받는 처지가 되고 말았다.

난감한 내 심정이 얼굴에 그대로 드러났나 보다. 이준환은 피식 웃으며 말했다.

146

“싸게 파는 델 알아요. 같이 갈까요?”

그래 준다면 이번 달 월세를 10퍼센트 할인해 줄 의향이 있다! 나는 냉큼 방실방실 비굴하게 웃었다. ‘심심한데 커튼이라도 만들어 볼까.’로 시작된 나의 대책 없는 계획은 이렇게 해서 실행에 옮겨졌다.

그 즉시 서울로 출발한 우리는 점심때가 조금 지난 시각, 동대문시장에 도착했다. 내가 동대문시장에 처음 와 봤다고 했더니 이준환은 화들짝 놀라면서 물었다.

“그럼 남대문시장은 가 봤어요?”

“아뇨.”

“부르주아구나.”

나는 명색이 집주인인지라 그냥 입 다물고 부르주아 행세를 하기로 했다. 세입자에게 내가 동대문시장에 가 볼 여유조차 없었다는 변명을 할 필요는 없을 것 같았다. 시장에서 사면 같은 물건이라도 더 싸게 살 수 있다는 것쯤은, 시장에 와 본 적이 없는 나도 짐작할 수 있다. 그렇지만 기본적으로 뭘 사야 의미가 있는 것이다. 나는 대체로 사지 않기 때문에, 굳이 차비를 낭비하면서까지 시장에 와야 할 필요성을 못 느끼고 살았을 뿐이다.

이준환은 대로변의 고층 빌딩 안으로 나를 이끌었다. 백화점보다 더 빡빡하게 배치된 점포들이 옷을 잔뜩 늘어놓고 성황 중이었다. 나는 붐비는 사람들 사이로 부지런히 이준환을 따라

갔다. 그는 그 많은 점포들 중 어느 점포에도 눈길을 주는 일 없이 빌딩의 뒷문으로 빠져나갔다.

대로변을 차지한 빌딩에 비해 뒤편에 있는 건물들은 보다 더 '시장'이라는 말이 어울릴 법했다. 이준환은 자못 촌스러운 느낌을 주는 간판이 달린 낡은 건물로 들어갔다.

그 건물의 2층에는 손님보다 점포 주인의 수가 더 많은 듯이 보였다. 그곳의 점포들은 옷 대신 천이나 버튼, 레이스와 리본 따위를 늘어놓고 있었다. 당장 아무 점포에서라도 내가 원하는 것들을 충분히 살 수 있을 듯했으나, 나는 그래도 말없이 이준환을 따라갔다. 그는 한 사람밖에 다니지 못할 좁은 통로를 걷다가 마침내 어느 구석진 점포 앞에 이르러 걸음을 멈추었다.

"커튼 하시게?"

점포 주인아저씨가 묵직한 책을 내밀면서 물었다. 책 안에는 샘플 천들이 가지런히 붙어 있었다.

"예."

내가 대답하자마자 이준환이 옆에서 끼어들었다.

"맞출 게 아니라 만들 거예요."

"만들어 본 적은 있고?"

나는 커튼을 만들어 본 적이 있다. 언제 만들었는지 정확히 기억나지는 않지만, 아무튼 만들어 보긴 했다. 내가 즉각 대답을 못 하자 아저씨는 프로다운 비웃음을 지었다.

"이왕 하려면 제대로 해야지. 돈 좀 더 주고 맞추는 게 나을 걸요."

“맞춰서 갖고 가면 F 맞는대요.”

옆에서 느긋하게 커튼 샘플을 들춰 보던 이준환이 대구했다. 그를 한번 돌아본 아저씨가 이내 내게 호기심 어린 시선을 던졌다.

“무슨 과인데 커튼을 다 만들어 오래? 가정학과 같은 덴가?”

“얘가 되게 가정적이거든요.”

이번에도 나를 대신하여 이준환이 대답했다. 아저씨가 킬킬 웃으면서 샘플 책 두 권을 더 꺼냈다.

“사진 보면서 골라 봐요. 재료는 여기에 다 있으니까. 그런데 학생, 친구는 없나?”

“얘 친구들은 다 의상 한대요. 여기도 많이 왔을 텐데.”

“안 그래도 아까 한 떼거리 다녀가더구먼. 여학생들은 어째 그렇게 시끄러운지, 원.”

아저씨가 김샌 표정으로 입맛을 다셨다. 졸지에 시끄러운 여학생들과 같은 가정학과 학생이 된 나는 안 시끄럽게 조용히 입 다물고 샘플 책 쪽으로 손을 뻗었다.

수단이야 어찌 됐든 목적은 달성했다. 나는 커튼 사진만 백 장노 넘을 것 같은 엄청난 샘플 책을 손에 넣었다. 이것도 좋아 보이고 저것도 좋아 보였다. 나는 그 많은 사진들 중에서 가장 무당집 같지 않은 커튼을 고르느라 애를 먹었다.

“어이구, 뭘 이렇게 복잡한 걸 골라? 학교에 낼 거 아닌가?”

내 시선이 한동안 머물러 있던 페이지를 들여다본 아저씨가 혀를 끌끌 찼다. 이준환이 또 끼어들었다.

"얘가 원래 A가 아니면 상대를 안 해요."

"여자 친구가 욕심이 너무 많네. 아니, 무슨 과제를 한다면서 이중에 커튼 집까지 붙이나."

이준환은 아랑곳없이 내가 펼쳐 둔 페이지를 보곤 엄지를 치켜들었다.

"나라면 A+ 준다."

이어서 나를 돌아본 그가 손을 들어 내 머리를 북북 쓰다듬었다.

"아이, 센스쟁이."

그의 손길과 애교스러운 말투는 내 머릿속까지 사정없이 엉클어뜨렸다. 내 정신이 혼미해진 틈을 타서 그는 들고 있던 휴대폰으로 샘플 사진을 찍었다. 동시에 그는 천연덕스럽게 아저씨에게 말했다.

"아저씨, 이대로 만들려면 재료는 어떻게 돼요? 사이즈 306에 243이요."

"생각보다 크네. 어떻게, 레일 같은 것도 필요해요?"

"그럼요. 우리 애기 작품인데 과제만 내고 버릴 수는 없죠. 제 방에다가 달아 놓으려고요."

이준환의 말에 아저씨가 눈을 휘둥그레 떴다.

"이런 걸 학생 방에다가 달겠다고?"

"디자인이 중요한 게 아니라 누가 만들었는지가 중요한 거잖아요."

아저씨는 또다시 킬킬 웃었다.

"크크, 본인이 좋다면 좋은 거지, 뭐. 내일 와요. 요대로 재료 맞춰 놓을 테니까."

뒤이어 나는 선금으로 5만 원을 지불했다. 이준환은 끝까지 내 남자 친구 역할에 충실하여 내 어깨를 감싸 안고 점포를 떠났다. 그는 건물 1층으로 내려오자마자 내 어깨에 올렸던 손을 곧바로 치웠다. 그러고는 유유히 자신의 휴대폰을 꺼내어 내게 보여 주었다.

"혹시나 커튼 만드는 방법 잊어버렸을까 봐 몇 장 찍어 놨어요. 필요해요?"

그가 내 어깨에 손까지 올릴 필요가 있었을까 생각하던 나는 단순하게도 금세 그에 대해 잊어버리곤 그가 찍은 사진들을 보는 데 열중했다. 내가 샘플 책만 들여다보고 있었던 사이, 그는 책뿐만 아니라 그 점포에 걸려 있던 샘플 커튼들을 구석구석 찍어 두었다. 고리를 연결할 커튼 윗부분의 주름이나 커튼 밑단의 모서리, 커튼 집 안쪽의 이음새에 이르기까지. 그가 찍은 사진들은 완벽한 교과서였다.

"와, 진짜 센스쟁이다."

사진을 나 본 나는 순순히 감탄할 수밖에 없었다. 그는 씩 웃으면서 휴대폰을 집어넣었다.

"내일 출력해 줄게요."

"고마워요."

"기대돼요, 후훗. 꽤 로맨틱한 취향이던걸요."

나는 장미꽃 무늬가 대담하게 프린트된 커튼을 골랐다. 사실 골랐다기보다는 예뻐서 한참을 들여다보고 있었다. 꽃무늬인데도 전혀 촌스럽게 느껴지지 않는다는 점이 신기했다. 그런데 하도 열심히 들여다보고 있었던 탓에 아저씨의 오해를 샀을 뿐이었다.

"역시 꽃무늬는……, 남자가 보기엔 아무래도 좀 그렇죠?"

차에 이르렀을 때 나는 주저주저 물었다. 이준환이 웃으며 고개를 가로저었다.

"꽃무늬도 꽃무늬 나름이죠. 전 마음에 들어요."

같이 사는 남자 둘 중에 한 명의 마음에라도 든다니 그나마 다행이었다. 나는 안도의 한숨을 내쉬며 차에 올랐다. 뒤이어 차에 탄 이준환은 나를 위해서 남편한테 할 변명까지 마련해주었다.

"혹시라도 남편분이 뭐라고 하면, 그게 요즘 트렌드라고 하세요."

나는 두말없이 엄지를 치켜들었다.

*

이준환은 커튼 봉과 레일을 간단히 달았다. 하도 잘 달아서 마치 간단한 작업인 양 보였다. 혹시나 인형이 잘 안 팔리면 커튼 장사를 해도 될 것 같았다.

반면에 나는 재단에서부터 애를 먹었다. 왜 내가 이중 커튼을 만들기로 했는지, 내 자신에게 화가 치밀었다. 안쪽에 달 레이스 커튼부터 만들기 시작한 나는 곧바로 벽에 부딪혔다. 얇고 부들부들한 망사 천을 일직선으로 자르는 것처럼 어려운 일은 세상에 다시없을 것 같았다. 더군다나 그 천은 스타킹처럼 올이 죽죽 나가는 천이라 바느질하기도 쉽지 않았다. 가장 끔찍한 사실은, 커튼이란 두 쪽이 한 세트라는 점이었다. 나는 한 쪽을 만들고 난 뒤에 두손 두발 다 들었다. 두 번 다시는 그 망사를 쳐다보고 싶지 않은 심정이었다. 그래서 나는 나흘 만에 과감하게 레이스 커튼을 포기했다.

장미꽃 무늬의 화사한 바깥쪽 커튼과 커튼 집만 있어도 분위기 전환에는 충분할 것이다. 그래야만 한다. 나는 그렇게 생각하기로 결심하곤 망사 천을 방구석으로 치워 버렸다.

바깥쪽 커튼은 한결 만들기 쉬웠다. 그 천은 원래가 커튼용으로 제작된 천이라서 적당히 두껍고 빳빳했다. 나는 아무 생각 없이 커튼 만들기에 몰두했다. 늘 마음 한편에 자리한 영문 모를 찜찜한 기분이나 머릿속에 몽롱하게 남아 있는 어두운 기억의 파편들을 완전히 잊어버린 채, 단순히 박음질에만 열중했다. 그러면서도 뭔가 생산적인 일을 하고 있다는 뿌듯함에 희열이 느껴졌다. 커튼을 만드는 동안 나는 무척 즐거웠다.

날씨 화창한 5월의 토요일, 전날 드디어 바깥쪽 커튼을 다 만든 나는 커튼 집을 만들기에 앞서서 나에게 하루 동안 휴식을 주기로 했다. 내가 방구석에서 천을 붙잡고 씨름하는 동안, 우리 집 화단에는 작은 변화가 생겼다. 영산홍이 거의 시든 대신에 빨간 장미 봉오리가 오늘내일하며 맺혀 있었다. 장미꽃이 핀 화단에 장미꽃 커튼! 이 집을 처음 보는 사람들은 이 집이 한때 무당집이었음을 짐작조차 못 하게 될 것이다.

나는 공연히 들뜬 마음으로 휴대폰을 쥔 채 화단을 바라보았다. 남편에게 전화가 오면 장미와 장미 무늬의 커튼 얘기를 해 줄 작정이었다. 그러나 남편은 그 와인 좋아하는 여직원 때문에 바빠서인지 요즘 통 전화가 없었다.

나는 설레는 마음으로 장미 봉오리를 보다가 또 힐끔 휴대폰을 들여다보았다. 그때 이준환이 거실 창문 밖으로 상반신을 내밀고 물었다.

"저녁에 파티가 있어서 가는데, 같이 안 가실래요?"

돌아봤던 나는 일순 멍해져서 되물었다.

"파티요?"

예전에 나는 종종 현실로부터 도피하기 위해 몽상에 빠지곤 했다. 사춘기 시절, 나는 주로 테이블이나 침대나 소파 따위가 되는 몽상에 빠져 있었다. 내가 도피할 만한 곳이라곤 주변의 가구들밖에 없었기 때문이다.

내가 맨 처음으로 되어 본 가구는 테이블이었다. 그때 테이블 위에 있던 물컵이 넘어졌다. 물이 주르르 흘러 유리판 사이로 스며들었다. 내 영혼도 물처럼 주르르 흘러내려 테이블 속으로 스며들었다. 미끄럽고 서늘한 유리판을 통해 내 자신의 체온이 미지근하게 전해져 왔다. 나의 목소리도 어렴풋이 들리는 것 같았지만 나는 테이블이었기에 마냥 먹먹하기만 했다. 나는 그 막연한 느낌이 좋았다. 그래서 꽤 오랫동안 가구가 되는 몽상에 빠져 지냈다. 가죽 냄새가 풍기는 소파 속의 퍽퍽한 스펀지도 편했다. 매트리스 속으로 숨어들어 연거푸 삐걱거리는 녹슨 스프링 소리를 듣고 있을 때면, 마치 따뜻한 방에 앉아 창밖에서 내리는 빗소리를 무심히 듣는 것처럼 아늑한 기분이 들곤 했다.

내 몽상은 대체로 그런 종류였다. 어느 날 갑자기 내게 재벌 아빠가 나타난다거나, 아니면 유명한 스타가 길을 가다가 우연히 나를 보고 반한다거나 하는 식의 꿈 많은 소녀 같은 몽상에 잠기기에는 내가 내 주제를 무척이나 잘 알았다. 그래서 나는 어릴 때도 대통령이 되고 싶다는 꿈은 꾸지 않았고, 학창 시절에도 서울대에 가겠다는 결심은 하지 않았다. 때문에 이제까지 살아오면서 파티 같은 것에도 별다른 관심을 두지 않았다. 나하고는 거리가 먼 단어다, 파티는.

내 멍한 표정을 보고 있던 이준환이 멋쩍은 얼굴로 말했다.

"그냥 한번 물어본 거예요. 커튼 만드느라 바쁘면 안 가셔도 돼요. 저 혼자 가도 상관은 없는데, 은아 씨가 밤에 혼자 있을 걸 생각하니까 어쩐지 걱정이 돼서요. 내일 새벽에나 돌아올 것 같거든요. 귀신 무서워하시잖아요."

"아, 저도 갈게요."

나는 냉큼 대답했다. 유부녀로서 외박을 해도 되는지는 고민하지 않았다. 남편은 출장 중이고, 어차피 나는 대망의 커튼 집을 만들기에 앞서서 하루 쉬기로 한 참이었다. 무엇보다도 이 집에는 엄마가 살아생전에 불러 놨을 귀신들이 아직도 돌아다니고 있을지 모른다. 물론 내가 귀신의 존재를 확신하지는 않지만, 혹시나 있을지도 모르는 귀신들 생각에 뜬눈으로 밤을 지새우는 건 사양하고 싶었다.

그의 제안을 덥석 받아들인 나는 서둘러 집 안으로 들어왔다. 이준환은 나와 처음 만났을 때처럼 검정색 슈트를 입고 있었다. 나는 뒤늦게 걱정이 되기 시작했다. 우리는 파티에 갈 것이다. 입을 만한 옷이 있을까?

내 걱정이 얼굴에 훤히 드러났던가 보다. 이준환이 빙그레 웃으며 말했다.

"헤어 메이크업은 가서 하면 되니까 대충 준비하고 나오세요. 어차피 그 파티의 드레스 코드에 맞는 옷은 은아 씨 옷장에 없을 거예요."

나도 그럴 거라고 생각은 했다. 그럼에도 불구하고 나는 기분이 팍 상해서 방으로 들어왔다.

구석에 쌓아 둔 옷들을 보자니 한숨이 나왔다. 기실 내겐 옷장 자체가 없었다. 나는 아직까지도 옷장을 사지 않았다. 옷장처럼 큰 물건은 남편과 같이 사야 할 듯했다. 그러니 앞으로도 한동안 옷장은 못 산다.

나는 겹겹이 쌓인 옷들이 흐트러지지 않도록 조심스레 옷을 골랐다. 남편 옷을 제외하면 내 옷은 정장 한 벌에 원피스 두 벌. 세 벌 모두 '파티'에 어울릴 옷은 아닐 성싶었다.

나는 별수 없이 그의 조언에 따랐다. 머리도 대충 빗고 화장은 생략했다. 옷도 그냥 청바지에 티셔츠로 대충 입었다. 그렇다고 해서 내 모든 옷들을 가뿐하게 무시해 버린 그의 발언을 용서한 건 아니었다.

나는 볼이 잔뜩 부어서 말없이 그의 차에 올라탔다. 이준환은 반성하는 기미조차 없이 평화롭게 떠들며 차를 몰았다.

"아는 누나가 인형 작가예요. 아버지, 그러니까 그 누나 아버지랑 우리 어머니가 친구죠. 집안끼리 아는 사이라서 어릴 때부터 친했어요. 계속 일본에 있다가 이번에 들어왔는데, 아는 사람들끼리 조촐하게 귀국 환영회를 연대서요."

그는 그 어머니 친구 딸에 대해서 얼마간 더 이야기했다. 그 여자는 말 그대로 '엄친딸'이었다. 유명한 대학교를 다니다가 일본으로 유학을 가고, 특이한 직업이긴 하지만 성공도 하고.

그런 사람들만 모이는 파티에 내가 끼어도 될지 의문이 들기 시작했다. 가기도 전부터 열등감에 숨이 막혀 왔다.

"왜 이렇게 말이 없어요?"

문득 이준환이 물었다.

"예? 아뇨. 제가 무슨 말을 하겠어요. 아는 사람도 아니고."

"인형 좋아해요?"

"어릴 때는 낳이 가지고 놀았어요."

"어떤 인형?"

"그냥 이런저런……."

"미미, 바비, 쥬쥬. 어떤 거예요?"

그는 집요하게 물었다. 그때까지도 은근히 토라져 있던 나는 그예 웃음을 터뜨리고 말았다. 나이 스물일곱에 손도 크고 키도 큰 남자가 마론인형 이름을 종류별로 알고 있다는 게 여간 신기하지 않았다.

"다 있었어요, 어릴 때는. 할아버지 할머니가 사 달라는 대로 다 사 주셨거든요. 근데 이사 가면서 짐을 줄여야 한다기에, 하나만 남기고 다 버렸어요. 어린애였는데 이름이 뭐더라?"

"켈리요?"

"아, 그런 이름이었던 것 같아요. 아무튼 바비의 딸이었어요. 어쩐지 엄마가 필요한 아이 같아서 버릴 수가 없었어요."

"음."

듣고 있던 이준환이 양미간을 좁혔다. 그는 엄마랑 2년씩이나 살았으니 내가 엄마에 대해서 어떤 감정을 품고 있는지도 짐작할 것이다. 그의 짐작이 맞다. 나는 선선히 말을 이었다.

"그때 처음으로 엄마가 내 엄마라는 사실을 알았거든요. 그전엔 엄마가 교통사고로 죽은 줄 알았어요. 엄마 아빠가 다 죽어서 외갓집에서 사는가 보다 생각했는데, 알고 보니까 엄마는 멀쩡히 살아 있잖아요. 엄마한테 버려졌다는 게 싫어서 그 아이만큼은 끝까지 지킬 작정이었어요. 지금에 와서 생각해 보면 좀 우습죠. 내가 엄마 하겠다고 걔네 엄마를 버린 셈이니까."

이준환이 난감한 표정으로 나를 흘깃 돌아보았다. 잠자코 차를 몰던 그는 잠시 후에야 머뭇머뭇 입을 열었다.

"이 상황에서 이런 얘기를 해도 될지 모르겠는데……."

"말씀하세요."

"켈리는 바비의 동생이에요."

“아…….”

멍해졌던 나는 이내 반박했다.

“설마요. 켄이랑 결혼해서 낳은 애 아니었어요?”

“바비는 싱글이에요. 켄은 남자 친구죠. 남편이 아니라.”

“결혼을 안 해도 애는 낳을 수 있겠죠. 켄이랑 켈리랑 이름도 비슷하잖아요. 켄 딸이라서 켈리인 줄 알았는데.”

“물론 현실적으로는 가능한 얘기지만 켈리는 엄연한 동생이에요. 본명은 첼시아. 전혀 안 비슷하죠. 바비, 스키퍼, 스테이시, 첼시아, 크리시. 그 집안이 이렇게 다섯 자매거든요.”

“아니, 동생이 그렇게 많았단 말이에요?”

“게다가 다들 어리죠. 알고 보면 바비가 소녀 가장이에요.”

나는 쿡 웃음을 터뜨렸다. 그도 웃음 섞인 목소리로 설명을 이었다.

“그거 알아요? 인류 역사상 바비처럼 다양한 직종에 도전한 인형이 없어요. 외모 지상주의라는 비난을 피하려다 보니 직업여성으로 만들게 됐대요. 회사 측에서는 여자애들한테 꿈과 희망을 주기 위해서라고 열심히 광고를 하지만요. 그런데 제가 보기에는 둘 다 아니에요. 바비는 소녀 가장이잖아요. 동생들 먹여 살리려면 아무 일이나 닥치는 대로 해야겠죠.”

우리는 인류 역사상 가장 다양한 직종에 도전한 인형에 대한 이야기를 하면서 키득키득 웃어 댔다. 그렇게 한동안 웃다가 그는 뜬금없이 본론으로 돌아왔다.

“후훗, 그러니까 은아 씨가 켈리네 엄마를 버린 건 아니라고요. 그 얘길 하고 싶었어요.”

나는 어안이 벙벙한 채로 그를 돌아보았다. 그러고는 다시금 웃음을 터뜨리고 말았다.

“아니, 남자가 바비에 대해서 어쩜 그렇게 잘 알아요?”

“왜요? 게이 같아요?”

“예?”

“오해하지 마요. 직업적인 상식일 뿐이니까.”

그가 문득 날 선 소리로 불편한 심기를 내비쳤다. 나는 그런 오해를 하지도 않았고, 이제까지 살아오면서 누군가가 게이 같다는 생각을 해 본 적도 없었다. 남의 성적 취향까지 궁금해하기에는 내 삶이 원체 팍팍하다.

“그런 오해는 안 해요. 저보다 더 잘 아니까 신기했을 뿐이죠. 직업이 그러니까 당연한 일이긴 하지만, 사실 그 직업도 신기하거든요.”

그는 이내 누그러진 표정으로 고개를 끄덕였다.

“파티에 가서 보면 알겠지만 나는 신기한 축에도 못 들어요. 그 누나야말로 신기한 사람이죠. 전에 한 번은 나더러 시체를 구해 달라는 거예요. 해부를 해 봐야겠다고.”

맙소사! 나는 지금 어떤 파티에 가고 있는 걸까.

나는 태연해 보이고자 안간힘을 쓰면서 겨우 입을 열었다.

“그래서 구해 줬어요?”

“그걸 무슨 수로 구해요? 그리고 만에 하나, 구해 준다고 쳐도 어차피 그 누나는 해부 못 해요. 아마 시체를 보면 제일 먼저 도망갈걸요. 은아 씨는 시체 본 적 있어요?"

"예. 엄마 염할 때."

그는 입을 다물었다. 나도 입을 다물었다.

엄마의 시체는 무섭거나 끔찍하지 않았다. 나는 엄마의 시체를 바로 눈앞에 두고 보면서도 별다른 느낌이 없었다. 단지 낯설다고 생각했을 뿐. 엄마는 아무런 상처도 없이 잠든 것처럼 눈을 감고 있었다. 방금 나온 냉동고의 냉기를 사방에 풍기면서 조용히 누워 있을 따름이었다.

안치실의 냉동고는 성능이 꽤 좋을 것이다. 나는 예전에 피투성이로 죽은 사람을 본 일이 있는데, 그 사람의 벌어진 상처가 새빨간 색이었던 게 아직도 기억에 생생하다. 그 전까지 나는 사람이 죽으면 피도 갈색이나 푸르죽죽한 색으로 변색이 될 줄 알았다. 그렇지만 그 사람의 상처는 완연한 선홍색이었다. 냉동실에서 갓 꺼낸 고기처럼 싱싱한 선홍색.

시체 생각을 하고 있자니 머리가 지끈지끈 아파 왔다. 종종 나를 괴롭히는 두통이다. 어쩌면 멀미가 났는지도 모르고.

나는 창문을 조금 열었다. 거센 바람이 차 안으로 휘몰아쳤다. 숨이 막힐 정도로 강한 바람이었다. 숨 좀 쉬자고 쩔쩔매는 틈에 머리 아픈 것도 깜빡 까먹었다. 그러고 보니 헷갈리네. 두통을 잊어버린 게 아니라 멀미가 가라앉은 건가?

2

이준환은 청담동으로 차를 몰았다. 남편이 다니는 수입 가구 회사도 매장을 겸하여 이 동네에 자리 잡고 있다. 옛 기억을 떠올리며 창밖을 보던 나는 다시금 미미한 두통을 느꼈다. 나는 조금 열려 있던 창문을 마저 활짝 열었다.

그때 이준환이 내 쪽 창문 너머를 흘깃 보더니 다음 신호에서 유턴을 했다. 그는 가다가 다시금 같은 쪽을 확인한 후 유턴을 하고, 또다시 내 쪽을 보고 유턴을 했다. 그는 그런 식으로 몇 번이나 같은 길을 오락가락했다.

"어디 찾으세요?"

가뜩이나 멀미에 시달리던 나는 급기야 물었다.

"아뇨. 그냥……."

그는 말끝을 흐리면서 또 내 쪽을 확인했다. 그러더니 두 바퀴를 더 돈 다음에야 드디어 차를 댔다. 나는 간신히 멀미에서 해방되었다.

이준환이 차를 세운 곳은 2층짜리 건물 앞이었다. 'the Galaxy'라 쓰인 하얀 간판이 큼직하게 붙어 있었다. 1층 전면이 쇼윈도로 된 그곳은 의상실이었다.

그의 새어머니는 의류업에 종사하고 있다. 어쩌면 이 의상실 주인일지도 모른다. 만일 그렇다면 그가 왜 우리 집에 세 들어 살고 있는지가 의문이었다. 하지만 달리 생각해 보면, 딱히 밥벌이도 없어 보이는 이 배고픈 예술가가 도대체 어디서 돈이 나서 다달이 백만 원이라는 큰돈을 월세로 내고 있는지도 의문이었다. 그 유명한 바비 인형도 비싸 봤자 3만 원가량이다. 인형 한 개에 3만 원이라 치면 한 달에 서른네 개를 만

들어야만 백만 원의 월세를 낼 수 있다. 사실 그는 나의 엄마한테 바가지를 단단히 쓴 셈이다. 설령 약점을 잡혔더라도 그렇지 그런 동네에서 월세 백만 원이라니, 시세를 몰라도 너무 모른다.

나는 이 세입자에게 일말의 죄책감을 느끼면서 그를 따라 의상실 안으로 들어갔다. 은회색 고급스러운 원단의 정장을 입은 여직원이 정중하게 인사를 했다.

"어서 오십시오."

매장은 황량해 보일 정도로 넓었다. 그 안쪽에 놓인 응접세트가 내 시선을 끌었다. 나는 그 응접세트를 한눈에 알아봤다. 그건 소위 명품 브랜드인 F사의 제품으로 남편 회사에서 취급하는 상품 중 하나였다. 나는 예전에 그 회사에서 경리 보조 수습으로 일했기에 저 소파의 수입 원가가 대략 얼마쯤 되는지 알고 있다. 거기에 경비로 1.5를 곱하고 마진으로 3을 곱한 다음에 끝자리를 올려서 49만 원이나 99만 원으로 맞추면, 비로소 청담동을 오가는 손님들이 자부심을 갖고 구입할 만한 명품 응접세트의 가격이 된다.

아마 이 의상실 주인도 그런 식으로 산출된 가격에서 '특별한 고객'이라는 이유로 몇십만 원가량 할인받고 매우 만족했을 것이다. 예컨대 700원짜리가 3199원의 가격표를 달고 있대도, 내가 살 때 3120원에 사면 나로서는 이득 본 느낌이 들게 마련인 것이다.

나처럼 매장 안을 두리번거리던 이준환이 직원에게 물었다.

“이 선생님은 안 계십니까?”

바가지를 왕창 쓰고 저 응접세트를 구입했을 억울한 소비자가 그의 새어머니는 아닌 듯했다. 직원은 곤혹스러운 표정으로 대답했다.

“어쩌죠? 방금 나가셨는데……. 오늘은 안 들어오실 거예요. 기다리지 말고 퇴근하라고 하셨거든요.”

“아, 그래요? 조금만 더 일찍 올걸.”

그는 애석하기 짝이 없다는 양 말했다. 그의 말투나 표정만 보자면, 요 앞에서 몇 바퀴고 뺑뺑이 돈 적 없는 사람 같았다. 사정 모르는 직원의 얼굴은 한층 더 곤혹스러운 빛을 띠었다.

“선생님 뵈러 오신 거예요?”

“아니 뭐, 괜찮아요. 안 계시면 할 수 없지요. 파티 가는데 준비도 할 겸 들렀어요.”

직원이 그제야 직업적인 미소를 지으며 나를 위아래로 쭉 훑어보았다.

“어떤 파티 가시는데요?”

“밑에요.”

“아, 예.”

직원이 몸을 돌려 매장 안쪽으로 들어갔다. 데스크로 가서 전화기를 든 직원은 내선 버튼을 누르더니 ‘두 분 들어가십니다.’ 한마디만 한 후 전화를 끊었다. 그러고는 데스크 오른편의 커튼을 열었다.

금장의 엘리베이터가 있었다. 직원이 내려가는 버튼을 눌러

문을 열었다. 나와 이준환이 엘리베이터에 올라타자 직원은 안쪽으로 손을 뻗어 'B1' 버튼을 눌렀다.

"또 뵙겠습니다."

인사하면서 허리를 숙인 직원은 엘리베이터 문이 닫힐 때까지 그 자세로 벌을 섰다.

겨우 문이 닫혔다. 직원의 모습이 사라졌다. 안까지 번쩍거리는 금장 엘리베이터 문에 이준환의 모습이 비쳤다. 우리는 문을 통해 서로 눈을 마주쳤다. 그가 겸연쩍은 미소를 지으며 말했다.

"미리 사과할게요."

"왜요?"

그는 이유를 밝히는 대신에 사과를 했다.

"미안해요."

지하 1층에 도착하자 문이 열렸다. 웬 양치기 소녀가 푸른 리본이 달린 흰색 양치기 지팡이를 가로든 채 우리를 반가이 맞이했다. 봉긋한 소매에 항아리처럼 푹 퍼진 하늘색 원피스. 그 밑에 겹쳐 입은 속치마엔 밖으로 드러난 프릴만 3단이다. 앞치마와 모자도 프릴로 뒤덮여 있었다. 목 아래쪽으로 모자를 당겨 묶은 리본이 그녀의 얼굴보다도 더 컸다.

어찌 봐도 양치기 소녀인 그녀는 1층의 직원처럼 허리 숙여 인사를 하는 대신, 고개를 45도 옆으로 까딱하면서 동시에 같은 쪽 발을 치켜들고 발랄하게 외쳤다.

"어서 오세요!"

파격적이리만치 깜찍한 인사법이었다. 난생처음 보는 사람 앞에서 낯빛 하나 안 변하고 그런 동작을 취하는 그녀의 직업 정신만큼은 높이 살 만했다. 하긴 그 양치기 소녀 복장으로 머리에 흰 프릴 나풀대는 모자까지 쓴 채 1층 직원처럼 정중하게 인사한다면 오히려 괴상해 보일 터였다.

하늘과 땅 차이처럼 엄청난 1층과 지하의 갭 때문에 나는 멍하니 얼이 빠졌다. 명품 응접세트가 놓인 청담동의 고급 의상실로 들어온 손님들 중에 과연 몇 명이나 이 지하 매장을 이용하는지 궁금해졌다. 아니, 자신들의 발밑에 이런 세계가 존재한다는 사실을 알기나 할까?

나는 지하실에 펼쳐진 파스텔 톤의 메르헨 세상을 보자마자 이준환이 내게 미리 사과한 이유를 깨달았다. 나는 곧 이 매장에 걸린 옷 중 한 벌을 몸에 걸치게 될 것이다. 저 양치기 소녀처럼! 하물며 집에서 혼자 보고 몰래 즐기는 것도 아니다. 저런 차림새로 파티에까지 가야만 한다.

'어차피 그 파티의 드레스 코드에 맞는 옷은 은아 씨 옷장에 없을 거예요.'라던 이준환의 말이 떠올랐다. 이제 보니 그는 결코 나를 무시한 게 아니었다. 그는 어디까지나 상식적인 선에서 짐작했을 따름이다. 이런 옷들을 옷장에 걸어 두는 사람이 대한민국에 몇이나 되겠는가.

이준환이 양치기 소녀에게 카드를 건네면서 말했다.

"처음이시니까 될 수 있으면 무난한 걸로 추천해 주세요."

어처구니없는 부탁이었다. '무난한 걸' 원한다면 도로 엘리베이터 타고 1층으로 올라가는 편이 빠르다.

그런데도 그는 나를 양치기 소녀에게 떠넘긴 채 혼자서만 엘리베이터에 올라탔다.

"그럼 2층에서 기다리고 있을게요."

기가 막혔다. 그러나 우리는 집주인과 세입자였다. 그가 나의 쇼핑을 지켜봐야 할 의무는 없다.

결국 나는 용감하게 이 메르헨 세상에 홀로 남았다. 아니, 양치기 소녀가 나와 함께했다. 어쨌거나 상냥한 그녀는 나를 위해 고심하며 '무난한 걸' 고르기 시작했다. 살갑게 달라붙어 내 팔에 팔짱을 끼고선 말이다.

"리사가 보기엔요, 얘가 제일 무난한 것 같은데, 어떠세요?"

그녀는 지팡이 머리 부분으로 옷걸이를 뒤적여 큼직한 핑크색 꽃무늬가 줄줄이 새겨진 노란색 원피스를 보여 주었다. 나는 쪼글쪼글 주름 잡힌 옷을 싫어하지만, 이 원피스는 그 단점을 덮고도 남을 만큼 사랑스러워 보였다. 윗부분을 동그랗게 부풀린 소매에 여기저기 리본이 넘실대고 끝단마다 프릴이 몇 단씩 붙어 있다. 만일 내가 유치원생이나 초등학생이었다면 몹시도 기뻐하며 입었을 디자인이었다.

"이건 좀⋯⋯."

내가 난색을 표하자 그녀는 다시금 옷 몇 벌을 더 추천했다. 색깔이나 패턴만 조금씩 다를 뿐 대개 비슷했다. 내 눈에는 주름과 리본, 프릴과 레이스의 집합체로만 보였다. 아무래도 양치기 소녀 리사는 자신의 기준에서 '무난한 걸' 고르고 있는 듯했다.

"저기, 혹시 프릴이 안 달린 건 없을까요?"

옹알옹알 혀 짧은 소리로 즐겁게 떠들던 그녀가 돌연 숨을 헉 들이켰다. 내가 너무 무리한 요구를 했나 보다.

리사는 상처받은 얼굴로 나를 잠깐 보더니 옷들이 걸린 안쪽 벽으로 향했다. 그러면서 당장이라도 울음을 터뜨릴 아이처럼 말했다.

"프릴이 하나도 안 달린 애는요, 지금 애밖에 없는데요, 사실 리사 생각에는 너무 밋밋한 것 같지만요, 일반적으로 보기엔 이런 걸 무난하다고 할 수도 있을 것 같아요."

그녀는 다시금 지팡이 머리 부분을 활용하여 흰 칼라가 달린 하늘색 원피스를 보여 주었다. 확실히 프릴은 없었다. 그렇다고 해서 밋밋하거나 무난해 보이지는 않았다. 다만 어디서 많이 본 듯한 디자인이었기에 친숙한 느낌이 들었다.

잠깐 보던 나는 이내 깨달았다. 이 하늘색 원피스에 흰 앞치마를 두르고 검정 구두를 신으면 '이상한 나라의 앨리스'다.

나는 리사에게 또다시 상처를 주고 싶지 않았기에 머뭇머뭇 말을 고르며 입을 열었다.

"죄송하지만 디자인보다도 색깔이 좀 무난했으면 좋겠는데요. 베이지나 검정 같은 거 없을까요? 별로 안 튀는 거."

"아하, 그런 거요?"

일순 양치기 소녀 리사의 얼굴에 20대 중후반의 아가씨가 나타났다가 사라졌다. 코웃음을 치며 짜증스레 한마디 뱉었던 그녀는 이내 도로 상냥한 양치기 소녀가 되어 나를 구석으로 인도했다.

"프릴 안 달린 애로는 베이지가 없고요, 블랙으로 하나 있긴 한데요, 걔는 고스[1] 계열이거든요. 사실 리사는요, 고스 쪽은 무서워서 별론데요, 그래도 블랙에 프릴 안 달린 애는 얘밖에 없어요."

그녀는 그제야 내 앞에 무난한 옷을 내놓았다. 단추가 일렬로 붙은 차이나 칼라의 긴 옷이었다. 그 옷에는 프릴뿐만 아니라 주름도 없었다. 파티에 가기는커녕 십자가 목걸이 걸고 수도원으로 직행해야 할 것 같은 옷이었지만, 나는 두말없이 그 옷을 골랐다.

그러자 리사가 내게 최소한 15센티미터는 될 법한 굽 높이의 구두를 내밀었다. 내가 별로 까다로운 사람도 아니건만 나는 구두를 고르면서도 한동안 그녀를 애먹였다. 이 구두 저 구두 권하던 그녀는 더 권할 구두가 없었던지 이 봄에 롱부츠까지 권했다. 그러나 결국 자신의 취향을 포기하곤 그나마 사람이 신을 만한 구두를 내놓았다.

그래도 양치기 소녀 리사는 철두철미한 직업 정신으로 무장한 직원이었다. 내가 고른 옷과 구두가 그녀의 마음에 들지 않을 게 빤한데도, 그녀는 내가 탈의실에서 나오자마자 예쁘다며 호들갑스럽게 탄성을 질렀다.

---

1 '고딕 앤 로리타(Gothic & Lolita)'의 준말.

그녀는 내가 대충 걸치고 왔던 옷과 신발을 물방울무늬 종이에 싼 다음 정성스레 박스에 넣어서 포장하고, 그걸 다시 리본 달린 쇼핑백에 넣어 주었다.

내가 엘리베이터에 올라타자 그녀는 상큼하게 인사를 했다.

"또 오세요!"

그녀도 1층 직원처럼 엘리베이터 문이 닫힐 때까지 벌을 섰다. 고개를 45도 옆으로 꺾은 채 같은 쪽 손바닥을 흔드는 자세였다.

나는 2층으로 올라갈 때까지 엘리베이터의 금장 문에 비친 내 모습을 마주하고 서 있었다. 무난하긴 한데 어쩐지 암울해 보였다. 한 번쯤은 미친 척하고 그런 옷들을 입어 봤어도 좋았으련만.

그런 후회는 엘리베이터 문이 열리자마자 사라졌다. 나는 양치기 소녀가 끊임없이 유혹하는 메르헨 세상을 무사히 탈출하여 현실 세계로 귀환했다.

"어서 오십시오."

1층 직원과 똑같은 은회색 정장의 유니폼을 입은 직원이 내 쇼핑백을 받아 들면서 정중하게 인사했다. 커튼 밖에는 정체가 불분명한 공간이 펼쳐져 있었다. 띄엄띄엄 사각 기둥이 있을 뿐, 벽이나 파티션 없이 확 틔어 있는 공간이었다. 오른편의 안쪽만 보자면 작업실 같았다. 인체 모형 몇 개가 늘어선 가운데 재봉틀 두 대가 있었는데, 개중 한 대에는 머리를 아무렇게나 묶은 여자가 앉아서 재봉질을 하고 있었다. 오른편 중앙에는 뜬금없이 침대가 놓여 있었다. 천장에서부터 망사 휘장을 늘어뜨린 공주 침대다. 침대 건너편은 서재처럼 꾸며져 있었는데, 거기서부터 그 반대편에 이르기까지 창가를 따라 잡지들이 즐비하게 쌓여 있었다. 그리고 왼편 벽의 대부분은 거울이었다. 이준환은 그 앞에 놓인 의자에 앉아 있었다.

무릎 위에 잡지를 펼쳐 놓고 있던 이준환이 나를 돌아보았다. 그는 뜻밖이라는 듯 눈을 크게 뜨며 물었다.

"여기에 그런 옷도 팔아요?"

나는 기가 차서 대답 없이 그에게 카드만 건넸다.

직원의 안내에 따라 나는 그의 곁에 있는 의자에 앉았다. 앞쪽 벽면 거울을 통하여 그의 얼굴이 정면으로 보였다.

내가 메르헨 세상에서 헤매는 사이, 그는 이곳에서 헤어와 메이크업을 하고 있었다. 화장한 남자의 얼굴을 실제로 보는 건 처음이라 나도 모르게 자꾸만 눈길이 갔다.

립스틱을 바른다든가 하지는 않았지만, 전체적으로 황금빛 펄을 발라서 얼굴이 은은하게 빛났다. 자세히 보니까 아이라인도 그린 듯했다. 나는 그와 비슷하게 화장한 남자를 어딘가의 광고판에서 본 적이 있다. 그래서인지 영 현실감이 없었다.

거울을 통해 눈을 맞춘 그가 대뜸 물었다.

"좀 이상해 보이지 않아요?"

나는 여러모로 심정이 복잡해서 그에게 정직하게 '광고 모델 같아요.'라며 칭찬해 줄 기분이 아니었다.

"그냥 그렇게 느껴지는 거겠죠. 화장을 안 하다가 하니까."

“그런가?”

그는 고개를 갸웃거리며 벽면의 거울을 돌아보았다. 잠시 보다가 중얼거렸다.

“꼭 투탕카멘 같은데…….”

*

우리는 투탕카멘과 수도사의 몰골로 파티에 갔다. 나는 드라마에서나 볼 법한 호텔의 웨딩홀 같은 분위기를 상상했으나, 실제로 간 곳은 서울 외곽에 자리한 누군가의 집이었다. 아마도 ‘엄친딸’ 윤이정의 집일 터였다. 아니면 별장이든가.

어쨌거나 그 집의 정원도 드라마에서나 볼 법한 파티 분위기를 내고 있긴 했다. 불을 환히 밝힌 잔디밭에 카나페와 펀치 등이 얹힌 테이블과 현악 4중주단이 있었다. 고용인으로 보이는 사람들은 유럽의 메이드 같은 유니폼을 맞춰 입고 있었다. 의외로 사람이 많았다. 아는 사람들끼리 조촐하게 모이는 귀국 환영회라기에 나는 한 열 명 남짓 모이려니 예상했었다. 고용인 숫자만 해도 열 명이 넘을 듯했다.

모인 사람들은 저마다 인형이 든 투명한 케이스나 그 정도 크기의 가방을 끼고 있었다. 여자가 월등히 많았다. 간혹 여자인지 남자인지 분간이 안 되는 사람들도 섞여 있었다. 모두들 각양각색의 차림이었으나, 양치기 소녀 혹은 그녀가 무서워하는 ‘고스’에서 크게 벗어나지 않았다. 나와 이준환은 하도 무난한 나머지 오히려 튀는 듯했다. 아니면 이준환이 워낙 눈에 띄는 외모라서 사람들의 시선을 끌고 있거나.

"어머, 오빠!"

누군가가 이준환의 등을 치면서 그를 불렀다. 그녀의 첫인상은 핑크색과 흰색, 주름과 프릴이었다. 그녀의 얼굴을 정면으로 보기가 어쩐지 민망해서 나는 그녀의 인형만 바라보았다. 은발의 바가지머리 소년이 그녀의 팔에 안긴 투명 케이스 속에서 인사하듯 한 손을 들고 있었다.

"정배 오빠는요? 오빠 혼자 왔어요?"

그녀는 이준환이 혼자 오지 않았다는 사실을 알 터였다. 나는 그녀의 품에 안긴 인형을 보고 있다가 뒤늦게 그녀의 얼굴을 쳐다보았다. 나와 마찬가지로 그녀도 눈을 가늘게 뜨고 있었다.

"은아야."

"어어, 안녕."

나는 어설프게 손을 흔들었다. 설마 오민선을 이런 데서 보게 될 줄은 몰랐다.

"어머머! 웬일이니! 너도 이쪽인 줄은 몰랐어."

이쪽저쪽으로 나눠야 되는 건지는 모르겠지만, 아무튼 나도 동감이었다. 오민선은 내가 '이쪽'이라는 사실에 어찌나 놀랐던지 나를 툭 치면서 투정을 다 부렸다.

"야, 뭐야. 너 결혼했다면서."

"아……."

별안간 오민선이 눈을 휘둥그레 뜨며 경악했다.

"오 마이 갓! 오빠, 결혼했어요?"

이준환도 나만큼이나 당황한 눈치였다.

"으음, 둘이 친구야?"

오민선이 나를 한 번 쳐다보더니 대답했다.

"우리야 뭐, 어릴 때 동네 친구? 근데 어떻게 된 거야? 오빠 진짜로 결혼한 거예요? 우리도 모르게? 와, 이거 완전 배신인데!"

"아냐, 그냥 동거하고 있어."

이준환이 대수롭지 않다는 양 말했다. 그건 사실이지만 이 상황에서 '동거'라고 말하면 안 될 성싶었다. 그의 말을 듣고 오민선은 연거푸 '오 마이 갓!'을 외쳐 댔다. 그러다가 내 팔짱을 끼더니 나를 옆으로 끌고 갔다.

"오빠, 나 잠깐 친구랑 얘기 좀 할게요."

그는 잠자코 고개를 끄덕이곤 그 자리에 서 있었다.

오민선은 그를 흘깃 보더니 내게 다급하게 속삭였다.

"야, 너 어떻게 된 거야? 진짜 저 오빠랑 동거해? 그럼 결혼했다는 얘기는 뭐야?"

"아니야. 같이 살기는 하는데 동거 같은 건 아니야. 그냥 세들어서 살고 있어."

"에이, 괜히 놀랐네. 너 내 얘기 안 했지?"

"무슨 얘기?"

"나 중학교 중퇴잖아. 비밀이거든."

"아……, 난 몰랐는데."

오민선이 허탈한 눈초리로 나를 바라보았다.

"하긴 넌 옛날에도 나한텐 관심 없었지."

"그랬나?"

"넌 왕따를 당한 게 아니라 반 전체를 너 혼자서 따돌렸잖아. 난 네가 혼자 있는 걸 좋아하는 줄 알았어. 근데 그런 애를 학교 옥상에서 봤으니 내가 얼마나 황당했겠냐. 네 말이 더 쇼크였지. 네가 그때 나한테 뭐라고 말했는지 기억은 나니?"

"내가 죽나 봐라."

그건 비단 그날만 읊조렸던 말이 아니었다. 나는 어느 건물의 옥상에 올라가든지 간에 그 말을 되풀이하며 내려왔다. 나는 무심코 답을 뱉은 후, 그날 일을 기억해 냈다.

"기억하네?"

"기억났어. 너 그때 막 울고 그랬던 것 같은데."

"그래, 이 지지배야. 죽으려고 올라갔더니만 네가 먼저 죽겠다고 그러고 있잖아."

나는 그날 죽으려던 사람이 나 혼자뿐인 줄로만 알았다. 민선이도 자살을 생각한 적이 있다니, 도무지 믿기지 않는 일이었다.

"아……, 그럼 나 때문에 못 죽었던 거야?"

"헤헤, 그게 억울해서 울었나 보다. 그런데 네 말 듣고 나서, 나도 그런 생각이 들었거든. 내가 죽나 봐라. 그래서 학교 때려치우고 검정고시 쳐서 고등학교 간 거잖아."

"왜 그랬는데?"

"너야말로 왜 그랬는데?"

다 지난 옛일이라고 해도 쉽게 말할 수 없는 일들이 있다. 나는 입을 다물었다. 민선이가 피식 웃더니 나를 툭 쳤다.

"하여튼 너 비밀이다. 우린 그냥 어릴 때 동네 친구야. 오케이?"

나는 선선히 고개를 끄덕였다. 민선이는 그제야 나를 도로 이준환의 옆에 붙여 놓았다.

"동거는 무슨 동거야. 같이 산다고 다 동거예요?"

민선이가 투덜거리자 이준환은 씩 웃으며 대꾸했다.

"그럼, 같이 살면 동거지."

"쳇. 근데 정배 오빠는 안 온대요?"

"나야 모르지."

"아, 전화라도 해 봐요, 좀."

"내가 부른다고 올 녀석은 아니잖아."

"아이, 진짜 도움이 안 된다니까."

투덜거린 민선이는 휴대폰을 꺼내더니 방싯 웃는 얼굴로 내게 손을 흔들면서 멀어졌다. 나는 그녀를 마주 보고 웃으며 손을 흔들다가 곧 손을 내렸다. 생각해 보니 우리는 이번에도 서로의 연락처를 주고받지 않았다. 어쩌면 나는 민선이에게 있어서 지우고 싶은 기억일지도 모른다.

어쨌거나 민선이 덕분에 나는 잊고 있었던 중학교 시절의 기억을 몇 가지 더 떠올렸다.

＊

"정성만 있으면 누구나 만들 수 있는 게 커튼이야."

중학교 2학년 초, 우리 담임선생은 환경 미화를 앞두고 우리에게 그렇게 말했다. 그러고는 '커튼 조'를 뽑아서 교실 뒤 게시판 언저리에 붙일 장식용 커튼을 만들도록 했다. 내가 처음으로 커튼을 만들어 봤던 때가 바로 그때였다.

그 선생은 가정 선생으로 별명이 '트위티'였다. 그녀는 키가 아주 작고 약간 통통한 체구였다. 그래서인지 중년 아줌마인데도 퍽 귀여운 구석이 있었다. 우리가 갓 입학했을 즈음에 그녀는 손수 짠 노란색 카디건을 주로 입고 다녔는데, 그 모습이 영락없는 트위티였다. 우리의 선배들은 그녀를 '얼큰이'라고 불렀다지만 우리는 그 전통을 따르지 않았다.

온화하고도 깔끔한 인상의 트위티는 천생 여자였다. 그녀가 늘 손목에 달고 다니는 퀼트 주머니에는 가느다란 코바늘과 뜨다 만 레이스가 들어 있었다. 그 퀼트 주머니도 그녀가 직접 만든 것이었다. 그녀는 가정 선생 혹은 가정주부가 되기 위해 태어난 사람 같았다. 그녀의 집은 어쩐지 인테리어 잡지에 나오는 집처럼 잘 꾸며져 있을 듯했고, 그녀가 차린 식탁은 요리책의 한 페이지처럼 근사할 성싶었다. 그녀의 아이들은 틀림없이 행복할 것만 같았다. 나는 얼굴도 모르는 그 아이들이 부러웠고, 트위티가 좋았다.

　1학년 1학기 때만 해도 트위티는 나의 우상이었다. 나는 정규 가정 시간만으로는 성에 차지 않아 특활도 수예부에 들었더랬다. 그녀는 우리에게 박음질을 시켜 놓곤 자를 들고 다니면서 일일이 잴 정도로 깐깐한 선생이었지만, 그 자가 우리의 손바닥이나 머리 위로 날아오는 일이 없다는 점만으로도 그녀는 충분히 사랑받을 만한 자격이 있었다. 나는 당시 트위티의 눈에 들어 보려고 무던히 애를 썼던 터라 지금도 일정한 간격으로 박음질하는 것만큼은 자신이 있다. 이력서에 쓸 만한 기술이 아니기에 안타까울 따름이다.

　그런데 그때가 아마도 10월이었던가. 가을 소풍날인데 비가 왔다. 우리는 소풍 갈 준비를 다 하고선, 막판에 소풍이 취소되었다는 연락을 받고 책가방을 챙겨 학교에 온 터였다. 학교 측에서는 하루라도 아까워서 수업을 강행했지만 그런 날 수업이 제대로 될 리 없다. 우리는 첫 시간부터 줄기차게 선생님들의 첫사랑 이야기로 수업의 절반을 때워 먹었다.

　그날 4교시가 가정 시간이었다. 트위티가 들어오자 아이들은 어김없이 첫사랑 이야기를 해 달라고 졸랐다. 트위티는 우리를 놀리듯 웃으면서 말했다.

　"어허, 첫사랑이라니! 애들이 큰일 날 소리를 하네. 너희가 아직 1학년이라서 뭘 잘 모르는구나. 첫사랑 얘기는 결혼 안 한 총각 선생님한테나 물어보는 거야. 나 같은 아줌마가 들어오면 첫날밤 얘기를 물어봐야지."

　지레 '에이!' 하고 아우성치던 아이들은 첫날밤이라는 말을 듣자마자 일제히 환호성을 질렀다.

트위티는 선선히 첫날밤 이야기를 해 주었다. 엄밀히 따지자면 그건 첫날밤이 아닌 둘째 날 아침 이야기였다. 신혼여행엘 가서 무사히 첫날밤을 치른 것까지는 좋았는데, 다음 날 아침에 일어나 보니 호텔 침대에 첫날밤의 흔적이 떡하니 남아 있더란다. 트위티는 그걸 지우느라고 애를 먹었다. 그래서 다음번엔 미리 수건이라도 깔아 두자고 다짐했다.

"근데 생각을 해 보니까 다음번엔 그럴 필요가 없더라고. 아유, 그것 때문에 난 지금도 신혼여행이라고 하면 호텔에서 빨래한 생각밖에 안 난다. 너희는 이다음에 꼭 수건 깔아라."

트위티는 농담 같은 조언을 끝으로 이야기를 마쳤다. 아이들이 여기저기서 키득거렸다. 한데 아이들의 웃음소리가 한순간 잦아든 찰나, 친구에게 진지하게 묻는 누군가의 질문이 확 튀는 소리로 교실에 울렸다.

"다음번엔 왜 필요가 없다는 거야?"

졸기라도 했던 걸까. 혼자서만 이해 못 한 것 같은 그 질문 때문에 교실은 웃음바다가 되었다. 아이들이 너도 나도 대답하느라고 교실이 소란스러워진 가운데, 이윽고 트위티가 나서서 아이들의 답변을 뭉뚱그려 정리해 주었다.

"그렇지. 이제 처녀막이 없으니까 다음번에는 피가 안 나겠지."

그러자 아이들이 초롱초롱 눈을 빛내며 트위티에게 질문을 던지기 시작했다. 처녀막이 터지면 진짜 그렇게 피가 나요? 터질 때 어떤 느낌이에요? 터지고 있다는 게 막 느껴져요? 그냥 아픈 것밖에 없어요? 그럼 생리통이랑 처녀막 터지는 거랑 둘 중에 뭐가 더 아파요? 자전거 타면 처녀막이 터진다던데 정말로 터져요? 처녀막, 처녀막, 처녀막……. 그게 도대체 어떻게 생겨 먹은 막이기에 그다지도 아이들의 호기심을 자극했는지 모른다.

하긴 나도 처녀막에 대해서라면 한 가지 궁금한 점이 있긴 했다. 왜 그것은 꼬리처럼 퇴화되지 않고 여태 인류에게 남아 있는 걸까? 그만큼 불필요한 것도 없을 텐데 말이다. 그것은 음식물로부터 영양분을 흡수하기 위한 기관도 아니고, 외부의 세균으로부터 몸을 보호하기 위한 기관도 아니다. 그것은 몸에 붙어 있는 동안에는 존재감조차 없다. 배 째라는 양 터져 버리는 순간에 이르러서야 비로소 '아, 내 몸에 이런 것도 있었구나.' 하는데, 막상 그 사실을 깨닫고 나면 그것은 이미 터져서 없다. 참 변변치 않은 막이다. 이름만 야릇한 그따위 막보다는 차라리 꼬리가 낫겠다. 인류에게 길고 튼튼한 꼬리가 있었다면 효자손이나 목욕탕 때밀이 대용으로 제법 유용하게 쓰였을 것이다. 나는 처녀막이 인류에게, 특히나 그것을 소유한 여자들에게 대관절 무슨 쓸모가 있는지 알 수가 없었다. 그러나 트위티의 생각은 나와 달랐다.

그날 우리는 가정 시간을 통째로 날려 먹었다. 트위티는 수업 시간이 끝날 때까지 장장 30분이 넘도록 우리에게 설교를 했다. 아이들의 부질없는 질문에도 성의껏 대답해 주던 트위티가 갑자기 돌변하여 설교를 시작한 까닭은, 역시나 아이들의 부질없는 질문 때문이었다.

"그런데 선생님은 왜 그때까지 처녀였어요? 결혼할 때까지 남자 친구가 한 명도 없었어요?"

"어떻게 그럴 수가 있어요? 선생님 인기가 너무 없었던 거 아니에요?"

트위티는 입술이 거의 보이지 않을 정도로 입을 꽉 다물면서 미소를 지었다. 화를 참는 미소였다. 그녀는 곧 머리를 설설 흔들며 한탄했다.

"하여튼 드라마가 문제다. 툭하면 이혼녀에 미혼모에. 그런 여자들이 총각이랑, 심지어 재벌에 꽃미남이랑 결혼한대지. 그게 현실에서 가능한 얘기면 인간극장에 나오지 왜 드라마에 나오겠니. 처녀는 처녀인 게 정상이야. 결혼도 안 했는데 처녀가 아니면 그게 비정상이지."

뒤이어 트위티는 반론의 여지를 없애 버렸다.

"물론 그렇게 말하는 사람들도 있지. '지금이 조선 시대냐. 혼전 순결 같은 건 지킬 필요가 없다.' 그런 말 하는 사람치고 처녀인 사람을 못 봤다. 자기가 순결을 못 지켰으니까 그런 소리를 하지. 행여나 누가 그런 말을 하거든 들은 척도 하지 마. 학생이 공부를 잘해야 인정을 받듯이 처녀도 처녀여야 대우를 받는 거야. 그런 여자들도 실제로는 다 알고 있어. 알면서도 일부러 그렇게 말하는 거지. 생각을 해 봐라. 자기는 실컷 놀아나서 벌써 더러워졌는데, 그런 여자들이 너희처럼 순수하고 깨끗한 처녀를 보면 얼마나 심술이 나겠니.”

이후로 30분 넘게 그녀의 설교가 이어지는 동안, 우리는 아무도 그녀의 말에 토를 달지 않았다. 그녀에게 반박하는 사람은 순결을 못 지킨 여자, 실컷 놀아나서 벌써 더러워진 여자, 순수하고 깨끗한 중학교 1학년 여학생들에게 심술이 난 여자일 터였다.

나는 트위티의 구태의연하고 구구절절한 설교보다도 그녀가 반론을 제압하는 방식이 마음에 안 들었다. ‘내 말에 반대하는 놈은 무조건 빨갱이’라는 식의 전제가 붙으면, 제아무리 옳은 말일지라도 옳게 들리지 않는다. 오죽 틀렸으면 입부터 틀어막을까 하는 의구심만 들 뿐이다.

물론 트위티는 옳은 말을 했을 수도 있다. 실제로 당시 중학교 1학년이었던 우리 반 아이들 중 상당수는 그녀의 설교에 도취되었다. 그들은 자신이 처녀라는 사실에 자긍심을 넘어서 모종의 우월감마저 느끼게 된 듯했다. 아이들은 점심시간 내도록 삼삼오오 모여서 트위티가 했던 이야기에 살을 붙이며 떠들어 댔다. 어디선가 주워들은 ‘놀아난’ 여자의 이야기를 할 때, 아이들의 얼굴에 비치는 경멸 어린 표정은 트위티의 그것과 많이도 닮아 있었다. 신물이 났다.

현실을 감당하는 것이 벅차게만 느껴지던 그 사춘기 시절, 내가 학교에 다니는 유일한 낙은 트위티였다. 그러나 나는 그 날부로 그녀에게 관심을 끊었다. 아마도 그때부터였던 것 같다. 나는 학교에서 대부분의 시간을 내가 책상이라는 몽상에 빠져 지냈다. 남들과 열을 맞춘 채로 나란히, 그리고 조용히.

그래서인지 나는 학창 시절이 잘 기억나지 않는다. 그렇지만 2학년에 올라온 첫날 우리 반 담임이 누구인지 알게 되었을 때, 내 입에서 불쑥 튀어나왔던 불평만큼은 기억이 난다.

"왜 하필 얼큰이야."

3

내가 머릿속 깊숙이 수납해 두었던 옛 기억을 더듬는 동안, 이준환은 나를 끌고 정원을 가로질러 갔다. 우리는 '전시장'이라는 나무 팻말이 세워진 가건물로 들어갔다.

전시장 안은 메르헨 세상과 닮았으면서도 어딘가 모르게 그로테스크한 분위기였다. 수많은 눈동자들이 공허한 빛을 발하고 있었다. 사람은 얼마 없고 인형만 가득했다. 화사한 빛깔의 프릴과 레이스가 넘실대는데도 나는 괜스레 오싹해져서 주위를 흘끔거렸다. 그러다가 문득 전시장 한구석에 앉아 있는 어린아이를 발견했다.

초등학교 3학년쯤 되었을까. 단발머리에 리본 머리띠를 한 여자아이는 프릴이 잔뜩 달린 새하얀 원피스를 입고 얌전히 앉아 있었다. 고개를 약간 기울인 채 건너편에 놓인 인형을 관찰하는 듯했다. 미동도 않고 새침하게 앉아 있는 모습이 어쩐지 기묘한 느낌을 주었다.

이준환이 그 아이 쪽으로 다가가며 중얼거렸다.

"실리콘 인형도 만드나?"

"인형이에요?"

물으면서 나는 그 여자아이의 앞에 섰다. 나는 이내 답을 알아냈다. 눈을 깜빡이지 않는 이 여자아이는 인형이다.

"여러 면에서 봤을 때 사람에 가장 근접한 인형이죠. 사진 찍어 놓으면 감쪽같아요. 그래 봤자 실제로 보면 이렇게 어쩔 수 없는 인형이지만, 원래 인형이라는 게 애착을 가진 사람 눈에는 무생물로 보이지 않거든요. 그래서 어떤 부모는 죽은 아이의 사진을 갖다 주고 똑같이 만들어……."

이준환이 문득 입을 다물었다. 내가 귀신을 싫어한다는 점이 마음에 걸렸던 모양이다. 그는 나를 흘깃 보더니 말을 돌렸다.

"이쪽에서는 리얼 돌(Real doll)이라는 브랜드가 워낙 유명하다 보니까 흔히들 그렇게 부르는데, 개념을 떠나서 이건 그런 종류는 아닌 것 같네요. 말 그대로 실리콘 인형이겠죠. 옷 갈아입히고 인형놀이하는, 순수한 의미의 인형."

그의 설명을 듣다가 나는 슬쩍 인형의 뺨을 만져 보았다.

"어머!"

미지근하고 말랑말랑했다. 내가 기대하던 인형의 느낌이 아니었다. 그는 내가 놀란 까닭을 짐작했는지 한마디 부연했다.

"감촉도 사람 같고 무게도 꽤 나가요."

말하던 이준환이 뒤쪽에서 '쭌!' 하고 외치는 소리에 고개를 돌렸다.

"어, 저기 온다. 아까 말했던 그 누나요."

나는 '엄친딸' 윤이정을 돌아보았다. 그녀는 벽돌 같은 구두 위에 올라탄 채 용케 안 넘어지고 잘도 뛰어왔다. 내가 듣기로 그녀는 스물여덟 살이었다. 시체를 구해 달라던 스물여덟 살짜리 잘 나가는 '엄친딸'이다. 나는 촐랑촐랑 뛰어오는 그녀의 깜찍함에 기가 질려서 뻣뻣하게 굳어졌다.

프릴로만 이루어진 듯이 보이는 블라우스와 올리브색 점퍼 스커트를 입은 그녀는 마치 여덟 살배기 어린애 같은 목소리로 외치면서 팔짝 뛰어 이준환의 목에 매달렸다.

"보고 싶었어, 쭌!"

"보고 싶었다면서 왜 보자마자 죽이려고 그래? 아, 무거워. 목 졸려."

이준환이 투덜거리자 그녀는 금세 팔을 풀고 그의 팔에 팔짱을 꼈다.

"어우, 야! 나 살 빠졌어. 이번에 엄마가 나 관리 들어갔잖아. 나 7킬로만 빼면 선도 보기로 했다."

윤이정이 자랑하듯 말꼬리를 올리며 말했다. 그는 한심하다는 눈초리로 보며 물었다.

"선 보는 게 그렇게 좋아?"

"응! 나도 재벌가 며느리 될래! 아는 애가 그거 됐는데 좀 있어 보이고 좋더라."

그녀는 재벌가 며느리 되기를 꿈꾸는 사람답지 않게 천진난만한 표정으로 말했다. 혹시 그녀는 이런 표정으로 이준환에게 '나도 해부해 볼래! 시체 좀 구해 줘.'라고 말하지 않았을까? 이준환의 말마따나 그녀는 시체를 보면 제일 먼저 도망갈 사람 같았다.

윤이정이 이내 나를 눈짓으로 가리키며 물었다.

"근데 이쪽은 누구?"

"내 주인."

"어머나! 너 위험한 세계에 발 들였구나."

화들짝 놀란 그녀가 냉큼 그로부터 떨어져 나갔다.

"그럴 만한 사정이 있었어. 그런데 누나, 이거 여기서 작업했어?"

이준환은 이번에도 오해받기 딱 좋게 말하고는 실리콘 인형을 가리키며 말을 돌렸다. 윤이정이 오만상을 찌푸렸다. 뒤이어 속사포처럼 쏟아지는 그녀의 말에 나는 내 귀를 의심했다.

"아니. 나 이거 개 사이코에 변태 취급 받으면서 데려온 거야. 국내 반입 금지라더라. 실리콘 인형이 미풍양속을 저해한단다. 인형도 인형 나름이지. 그냥 딱 보면 몰라? 얘가 어딜 봐서 리얼 돌로 보여? 아니, 그리고 애한테 성기가 왜 달렸는지는 나한테 왜 물어봐? 애라고 없어? 그게 어른 돼서 뿅 하고 생기는 거야?"

"워워, 누나! 흥분하지 말고."

그가 내 눈치를 살피면서 황급히 윤이정을 말렸다. 그 깜찍한 차림새에 전혀 어울리지 않는 말도 깜찍한 목소리로 쏟아 낸 그녀는 나를 돌아보더니 배시시 웃었다.

"헤헤. 애더러 자위 기구라잖아요."

"누나!"

그는 어쩔 줄을 몰라 하더니 손에 들고 있던 쇼핑백을 윤이정에게 안기다시피 건넸다.

"제발 이상한 소리 좀 그만하고, 이거나 봐."

그 쇼핑백 안에는 그가 내도록 차에 싣고 다니던 인형이 들어 있다. 윤이정은 인형만 꺼내고 쇼핑백은 그대로 바닥에 흘려 버렸다.

"우와!"

환호성을 지른 그녀는 이내 난감한 표정을 지었다.

"쭌, 이거 설마 네가 만든 거야?"

"예전에 누나 작업실 빌린 적 있잖아. 그때 만들었던 거."

"오오! 네 처녀작?"

"응. 누나가 보고 싶대서 가져왔어. 누나한테는 보여 줘야 될 것 같아서."

그건 이준환이 여자 친구를 위해 만들었다던 인형이었다. 윤이정은 그제야 인형을 꼼꼼히 들여다보았다. 그녀도 이 인형이 만들어진 목적을 아는 모양이었다. 그녀는 단 한마디로 평했다.

"너 진짜 걔랑 잘 헤어졌다."

"그걸 지금 말이라고 해?"

"걔랑 계속 만났으면 이 아이가 그대로 묻힐 뻔했잖아. 이건 이슈다, 이슈. 이걸 네가 만들었다면 누가 믿겠어. 하긴 피카소도 10대 때는 클래시컬하더라. 나 이거 여기다가 전시해도 되지? 참, 이 선생님도 오시기로 했는데."

"아니, 왜?"

"저기 오시네. 이 선생님!"

윤이정이 폴짝폴짝 뛰면서 부르자 '이 선생님'이 손을 흔들며 우아하게 걸어왔다.

이 선생은 180센티미터는 족히 넘을 법한 장신으로 팔다리가 길고 호리호리한 체형의 중년 부인이었다. 성형 수술을 과도하게 한 연예인들이 으레 그러하듯 이 선생도 나이를 가늠하기가 쉽지 않았다. 그래도 40대는 넘겼을 성싶었다. 체형으로 보나 얼굴로 보나, 젊은 시절의 직업이 어쩐지 모델이었을 것 같았다. 그래서인지 나랑 똑같은 옷을 입고 있는데도 나와는 옷거리가 영 달랐다. 아무튼 내 눈에는 여러모로 신기해 보였다. 이런 수도사 복장이 흔치도 않을 테고.

"애, 너 정말 오랜만이다! 왜 이렇게 예뻐졌어? 늙지도 않았네. 너도 광채 쓰니?"

이 선생은 윤이정을 보자마자 숨 쉴 겨를도 없이 좌르르 인사를 쏟아 냈다. 그러더니 그 곁에서 목례를 건네는 이준환을 향해 가볍게 고개를 까딱했다.

"응, 자기도 오랜만. 걔도 오랜만이네."

잠시 윤이정의 손에 들린 인형을 향했던 이 선생의 시선이 이번에는 내게 꽂혔다.

"어머! 나랑 똑같은 옷 있다."

"거기서 샀거든요."

이준환이 심드렁하게 말했다. 어쨌거나 이 선생은 중저음의 코맹맹이 소리로 기뻐했다.

"어우, 그래? 이거 신상인데. 내가 쓰는 애랑 사이즈가 똑같나 봐. 피트 죽이네. 어쩜 좋아. 이 금욕적인 라인! 내가 만들었지만 참, 재단이 예술이다. 이 디자인을 이렇게까지 매력적으로 뺄 수 있는 사람은 나밖에 없을 거야. 반가워요. 내가 이은하예요."

이 선생이 도도하게 오른손을 내밀었다. 큰 키만큼이나 손도 무척 컸다. 악수를 하면서 나는 그제야 이 선생이 우리가 들렀던 의상실 주인임을 알아챘다. 그러고 보니 그 의상실 이름이 'the Galaxy'였던가. 솔직담백한 작명이다.

"안녕하세요. 저는 박은아라고……."

"이름도 똑같네! 우리 무슨 인연인가 보다. 그치?"

지나치게 반가워하는 이 선생에게 이준환이 말했다.

"이쪽은 은아예요. 은, 아."

"한 끗 차이는 별것 아니야. 꼭 공부 못하는 애들이 그런 걸로 걸고넘어지더라. 안 그래요?"

나는 할 말이 없어서 겸연쩍은 미소만 지었다. 다행히도 윤이정이 끼어들었다.

"맞다. 저도 들었어요. 청담동에 내셨다면서요?"

이 선생이 멋쩍은 양 윤이정의 팔을 톡 쳤다.

"엊그제 귀국한 애가 소문도 빠르네. 그건 또 언제 들었어?"

"제가 원래 이 선생님 광팬이잖아요. 근데 어쩌다가 청담동에 내셨어요? 홍대로 나가시지."

“안 그래도 거기 가서 동네 한 바퀴 했어. 나 같은 늙다리는 아니더라, 얘.”

“그래도 다들 홍대로 갈 텐데.”

“그런 고정관념이 문제야. 내가 나이 먹은 것도 서러운데 구태여 거길 가서 발려야겠니? 말도 마라. 거기 매장 하나 있기에 들어가 봤더니 날 무슨 노망 난 노땅 보듯이 구경을 하더라. 이거 왜 이래? 레이스는 본능이야. 나이 먹는다고 본능이 사라지니? 어디서 스티치도 아방가르드하게 박는 것들이 사람을 무시하고 있어, 쯧. 내가 더럽고 치사해서 아예 일본으로 진출하려고.”

“우와! 진짜요? 대박 멋지다!”

그때 문득 이준환이 내 소맷자락을 끌어당기면서 윤이정에게 말했다.

“그럼 얼굴도 봤으니까 난 이만 가 볼게.”

“어머, 왜?”

윤이정과 이 선생이 동시에 물었다. 그는 윤이정에게만 대답했다.

“바빠서. 나중에 연락할게. 그만 가죠.”

“가려면 너만 가. 우리 은아 씨는 놔두고. 은아 씨도 더 놀고 싶죠?”

이 선생이 코맹맹이 소리로 내게 물었다.

이준환은 내게 이 파티에서 밤을 새울 거라는 식으로 말했었다. 아울러 그는 이 선생을 피하고자 의상실 앞에서 몇 바퀴

나 뺑뺑이를 돌았었다. 나는 그가 이 선생 때문에 가려고 하는 것임을 짐작할 수 있었다.

"죄송해요. 저도 집이 멀어서 일찍 출발해야……."

"그런 건 괜찮아. 아유! 아직도 이렇게 참한 아가씨가 다 있네. 번호 불러 봐요. 내가 부모님한테 전화해 줄게."

이 선생이 대뜸 휴대폰을 꺼내 들었다. 말문이 막힌 나를 대신해서 이준환이 대꾸했다.

"집이 멀어서 제가 데려다 줘야 돼요."

"내가 데려다 주면 되지, 왜?"

"제가 데려다 주고 싶거든요. 가요, 은아 씨."

나는 몇 번이나 그들에게 고개를 꾸벅이면서 이준환을 따라 나갔다. 뒤에서 이 선생이 큰 소리로 투덜거렸다.

"아니, 어떻게 된 남자애가 저렇게 매너가 없니! 저러고 다니는데 도대체 누가 좋아해? 내 기준이 너무 높은 거니? 응?"

이준환은 차에 올라타서 한숨을 쉬었다.

"휴. 얘기하기가 난감한데, 개인적으로 사정이 좀……."

"괜찮아요."

"미안해서 어쩌죠? 우리끼리라도 어디 갈까요?"

"그냥 집에 가지요."

"그래도 모처럼 나왔는데. 토요일이고."

"집으로 가는 게 좋지 않을까요? 우리 투탕카멘하고 수도사 잖아요."

그는 풋 웃음을 터뜨렸다. 그러더니 머리를 설설 흔들면서 차를 뺐다.

가다가 나는 살며시 고개를 돌려 뒷좌석을 바라보았다. 짝을 잃은 인형은 아직도 건너편 창밖만 내다보고 있었다. 하긴 저 인형은 그 화려한 인형과는 별로 친하지 않았을 것이다.

운전에만 몰두하고 있던 이준환이 물었다.

"왜요? 혹시 저 아가씨가 말 걸어요?"

실제로 그런다면 무서울 성싶다. 나는 도로 앞을 향해 고개를 돌렸다.

"아뇨. 그냥 잘 있는지 봤어요."

"늘 보면서도 잘 있는지 궁금하고 자꾸만 눈길이 가죠."

그가 내게 흘깃 눈길을 주며 애매모호하게 말했다. 내게 질문을 던지는 건지, 저 인형에 대한 자신의 느낌이 그렇다는 건지 알 수 없었다. 나는 질문으로 받아들이고는 뒷좌석을 돌아보며 대답했다.

"첫인상이 외톨이라서 그런가, 옆에 다른 인형이 앉아 있을 때는 영 불편해 보이더니, 다시 혼자가 되니까 이제야 저 인형다워요."

"감상이 쓸쓸하네요. 외톨이, 어감부터 쓸쓸하네."

"외톨이라고 해도 아마 쓸쓸하지는 않을 거예요. 저 인형을 보고 있으면, 외로움이 아무것도 아닌 것처럼 느껴지거든요. 그래서 끌려요. 어쩐지 비밀이 많을 것 같아요. 비밀이 많으면 외로움을 즐기게 되잖아요."

"비밀이 많다……. 그럴 수도 있겠군요. 언뜻 보기엔 공허해 보이는데."

"공허해요?"

"잘 포장된 상자 같아요. 작고 가벼운 상자. 안에 뭐가 들어 있는지 몰라요. 어쩌면 텅 비어 있을 것 같기도 한데 포장이 아주 예뻐요. 그래서 정말로 비어 있는 건지 확인을 해 볼 수가 없어요. 그대로 놔둬도 충분히 괜찮은 걸 내가 괜히 망가뜨릴까 봐. 그래서 보고 있으면 안달이 나죠. 사람을 못 견디게 만들어요. 궁금해서 미치겠다, 뜯어보고 싶다, 속에 든 것까지 다 내 걸로 하고 싶다, 그렇게. 은아 씨 말대로라면 그 상자 안에는 비밀이 가득 들어 있겠군요."

나는 다시금 인형을 돌아보았다. 그리고 고개를 끄덕였다.

"그럴 거예요, 아마."

"저 아가씨, 마음에 들면 가져요."

인형은 무심한 얼굴로 창밖을 물끄러미 보고 있었다. 창 너머 휙휙 지나치는 가로등 외에는 흥미로운 게 없다는 듯, 처음부터 저 자리가 제자리라는 듯. 인형은 우리의 대화를 못 들은 척 가만히 앉아 있을 따름이었다.

나는 앞쪽으로 고개를 돌렸다.

"저기가 저 인형이 있을 자리인 것 같아요. 저 인형을 제 방에 둔다는 게, 어쩐지 상상이 안 돼요."

이준환이 나를 곁눈질하더니 피식 웃었다.

"혹시 남편분한테도 그런 식이에요?"

나는 그 질문이 정확히 어떤 의미인지 이해할 수가 없었다. 내가 대답을 않자, 그는 조금 더 상세히 물었다.

"남편분이 밖에서 뭘 하든지 간에 별로 신경 안 쓰는 타입?"

"솔직히 신경은 쓰이죠. 그런데 바가지 긁기는 싫으니까."

"후훗, 바가지 안 긁어요?"

"어지간한 일은 그냥 넘어가려고 노력해요."

"외박해도?"

"회사에 일이 많아요. 그리고 그 회사가 주로 유럽 쪽이랑 거래를 해서, 가끔 밤에 일해야 될 때가 있어요. 그쪽은 우리 시간으로 4~5시가 지나야 출근해서 전화를 받거든요."

"흐음, 무슨 회사인데요?"

"수입 가구 회사요."

"같은 회사 다녔다면서요. 그럼 은아 씨 직장도 거기였어요?"

또다시 그의 질문 공세가 시작된 듯했다. 그는 별걸 다 궁금해한다. 그리고 서슴없이 질문을 던진다. 그의 질문은 명확하고, 어떠한 선을 넘지 않는 경우가 대부분이다. '내가 왜 그런 것까지 이 세입자한테 가르쳐 줘야 하지?' 하는 경계심은 좀처럼 들지 않는다.

그래서 그와 한참 이야기를 하다 보면 어쩐지 손해 본 듯한 기분이 든다. 우리의 대화는 거의 그가 묻고 내가 대답하는 식이기 때문이다.

그럼에도 불구하고 나는 이번 역시 순순히 대답했다.

"예."

“원래부터 가구에 관심이 많았어요?”

“글쎄요. 관심이랄 것까지는 없고, 저는 그냥 경리였어요. 경리 보조.”

“그렇구나.”

고개를 끄덕인 그는 잠시 침묵을 지켰다. 그러더니 도저히 믿기지 않는다는 투로 물었다.

“수학을 좋아했어요?”

“아뇨.”

“그런데 왜 경리가 됐어요?”

나는 얕은 한숨을 쉬었다. 고급 밴을 몰고 다니는 이 예술가는, 사람이 밥벌이를 하기 위해서라면 싫은 일도 해야만 한다는 진리를 모르는 눈치다.

나는 경리가 아니라 경리 보조였고 하물며 수습이었다. 경리 보조 수습이란 한마디로 사환이다. 회사에서 잔심부름을 시키기 위해 채용하는 사람이란 말이다. 내가 고등학교 취업반에서 뭘 배웠거나 말았거나 그들은 전혀 개의치 않는다. 그저 싼값에 다용도로 적당히 부려먹을 수 있으면 그만이다.

“계산은 계산기랑 엑셀이 거의 다 해 줘요. 그리고 고졸을 뽑는 데가 많지 않아요. 그래도 저는 고졸이라서 붙었죠. 싸니까.”

“에이, 설마. 급료는 정해져 있는 거잖아요.”

“저도 그럴 거라고 생각했는데, 아니더라고요. 면접 볼 때 저한테 얼마쯤 생각하느냐고 물었어요. 그날 저랑 같이 면접 보러 온 사람이 있었거든요. 4년제 대학 나온 사람이라서 전 떨어질 줄 알았는데, 그 사람이 월급을 좀 많이 불렀나 봐요.”

그가 쿡쿡 웃더니 딴소리를 했다.

“남편분이 은아 씨 되게 귀여워하죠?”

남편 생각을 하자 나도 모르게 미소가 떠올랐다.

“제가 남편을 귀여워하죠.”

그는 경악했다. 입을 떡 벌리고 나를 돌아봤던 그는 황급히 앞을 보며 핸들을 고쳐 잡았다.

“아니, 어쩌다가 그렇게 됐어요?”

그는 사고 난 사람 병문안이라도 온 듯한 투로 물었다.

“남편은 애교가 많은 편이거든요. 작정하고 일부러 애교를 떠는 건 아닌데 그냥 보고 있으면 기분이 좋아져요. 그런 사람 있잖아요. 뭘 해도 예뻐 보이는 사람. 남편이 그래요.”

“그건 은아 씨도 마찬가지잖아요.”

이준환은 원조교제나 할 것 같은 중년 아저씨가 예뻐 보인다는 사실에 동의하기 싫은 눈치였다. 나는 할 말을 잃고 앞에 가는 차들의 빨간 불빛만 바라보았다. 그러다가 어느 순간 깜빡 졸았다.

나는 우리 동네로 통하는 톨게이트에 이르러 눈을 떴다. 운전하는 사람 놔두고 졸았다는 게 미안하기도 하고 창피하기도 해서, 나는 마치 존 적 없다는 양 가볍게 헛기침을 했다. 이준환은 내가 졸았다는 사실을 아는지 모르는지 아까 하던 얘기를 계속하듯 태연하게 물었다.

"그런데 은아 씨는 꿈이 뭐였어요?"

"꿈이요?"

"처음부터 경리가 되고 싶지는 않았을 거 아니에요. 수학도 안 좋아했다면서."

꿈도 안 꾸고 졸다가 깬 나는 잠시간 멍했다. 어릴 때 뭐가 되고 싶었더라? 아니, 뭔가가 되고 싶기는 했던가?

"별로 생각나는 게 없는데……."

"혹시 현모양처라든가, 뭐 그런 거였어요?"

"아, 어쩌면 비슷할 것도 같아요. 좋은 엄마가 되고 싶다는 생각은 많이 했거든요."

그는 나를 돌아보더니 이내 앞쪽으로 시선을 돌렸다. 묵묵히 차를 몰던 그는 집 근처에 차를 세운 다음에야 말했다.

"좋은 엄마라는 건, 생각하기 나름 아닌가요?"

"글쎄요. 아이가 행복하면 좋은 엄마겠죠."

이준환은 양미간을 좁혔다. 그러나 곧 수긍하듯 고개를 끄덕이며 차에서 내렸다.

그는 내가 행복했었는지 불행했었는지 알지 못한다. 그러니 그가 아무리 내 엄마를 나보다 더 좋아했다고 해도, 엄마가 나에게 있어서 좋은 엄마였다는 억지를 부릴 수는 없을 것이다.

4. 몰드 제작

불행은 행운처럼 예고 없이 찾아옵니다. 당신은 중병에 걸릴 수도 있고 뜻하지 않은 사고를 당할 수도 있습니다. 당신은 불행을 막을 수는 없지만 적어도 그 피해를 최소화할 수는 있습니다. 그러기 위해서 보험에 들어야 한다고, 보험 회사 사람들은 말합니다.

이 작업은 필수 불가결한 과정인 동시에 일종의 보험입니다. 비단 같은 개체를 여러 개 제작할 목적만으로 몰드를 만드는 것은 아닙니다. 인생과 마찬가지로 창조의 작업에 있어서도 언제 닥칠지 모르는 불행에 대한 대비책은 필요합니다.

다행히도 이 작업은 비교적 간단한 축에 속합니다. 틀 한 가운데에 원형을 설치한 뒤 재료를 붓고 기다립니다. 자, 저절로 완성되었습니다. 문제는 원형이 여러 피스로 나뉘어 있다는 것, 그래서 이 귀찮고도 지루한 과정을 수십 차례 반복해야 한다는 사실입니다. 창의성이나 순발력, 감수성 따위는 아무래도 좋습니다. 이 장시간의 작업에 있어서 '당신에게 요구되는 것은 인내심'입니다.

우리는 다시금 일상으로 돌아왔다. 나는 금세 그 메르헨 세상을 잊어버리고 커튼 만들기에 골몰했다. 두 번 다시는 레이스 커튼을 쳐다보지 않을 결심이었건만, 막상 커튼 집을 완성하고 나니 욕심이 나기 시작했다. 나는 결국 나머지 한쪽의 레이스 커튼을 마저 만들고야 말았다.

"우와! 설마 이렇게까지 똑같이 만들 줄은 몰랐어요. 재봉틀도 없이! 꼭 재봉틀로 박은 것 같아요!"

거실 창문에 커튼을 다는 내내 이준환은 열광적으로 감탄해 주었다. 내가 원래 박음질을 좀 잘한다.

나는 마음만 먹으면 뭐든지 할 수 있을 것 같다는 근거 없는 자신감에 사로잡혀서 어깨를 으쓱거리며 방으로 들어왔다. 구석진 자리에 얹힌 수도사의 옷을 보니 또 웃음이 나왔다. 그 옷만 보면 괜히 미소가 떠오르곤 한다. 이준환은 보면 볼수록 신기한 세입자였다.

"어, 수박이다! 2만 원씩이나 하네."

오후에 장 보러 근처 마트에 나간 그는 고급 차를 끌고 다니면서 월세를 백만 원씩이나 내는 사람답지 않게 풀이 죽었다.

"넣으세요. 제가 살게요."

내가 그에게 수박 정도는 사 줄 만도 했다. 커튼을 성공적으로 완성할 수 있었던 데에는 그의 공이 컸다. 게다가 마트에서 같이 장을 보거나 밥을 먹으러 갈 때, 그는 거의 대부분 자신이 계산을 했다. 나는 이제 월세를 받는 입장인데다 그에게 맨날 얻어먹는 덕분에 생활비가 남아돌고 있었다.

그런데도 그는 내키지 않는 표정으로 사양했다.

"괜찮아요. 참죠, 뭐. 금방 싸질 테니까."

그는 이내 카트를 밀고 수박 앞을 떠났다. 나는 잠깐 수박을 돌아보다가 얼른 그를 따라갔다.

오늘도 그는 자신이 계산을 하곤 집으로 돌아왔다. 그래서 나는 오늘 역시도 가계부에 쓸 게 없었다. 이사 온 뒤로 내 가계부는 띄엄띄엄하다. 남편이 도대체 뭘 먹고 살았느냐고 물으면 뭐라고 대답해야 좋을지 모르겠다. 하긴 남편은 그저 돈 굳었다고 기뻐하겠지.

— 야, 미치겠다. 왜 이렇게 바쁘냐. 출장 두 번만 왔다가는 사람 잡겠어.

남편은 피곤에 찌든 목소리로 전화를 했다. 생각해 보니 이삿날 전화한 후로 처음이었다. 그때가 언젠가. 국제전화가 아무리 비쌀지라도 최소한 일주일에 한 번 정도는 전화를 해야 하는 게 아닐까? 남편이라는 사람이 마누라 혼자 떨어뜨려 놓고 걱정도 안 되느냔 말이다.

나는 커튼에만 정신이 팔려서 남편이 전화를 하는지 마는지 관심도 없었던 주제에, 뒤늦게 화가 났다. 그렇지만 남편이 먼저 바쁘다고 선수를 친 바람에 아무런 불평도 할 수 없었다.

“먹는 건 잘 먹고 있어요?”

― 그거야 말하면 숨 가쁘지. 어제 저녁에는 철갑상어 알도 먹었다. 너 그게 얼마나 비싼 건지 아냐?

“1그램에 만 원도 넘는다면서요. 지난번 출장 갔을 때도 자랑했었잖아요. 나는 명란젓만 먹어도 좋겠는데.”

― 아이, 또 왜 이러시나. 알았어. 먹고 명란젓이라고 써 놔. 뭐라고 안 할게.

됐다. 수박을 사고 명란젓이라고 쓰면 되겠다. 남편이 가계부 점검할 때마다 긴장하는 걸 보면, 나는 그 회사에 계속 다녔더라도 좋은 경리가 되지는 못했을 것이다. 주부로서도 살림의 여왕까지 되기는 힘들 것 같고.

그래도 내가 아주 형편없는 주부는 아니다.

“참, 저 커튼 만들었어요.”

― 이야! 그런 것도 만들 줄 알아? 무슨 색?

“무슨 색이라고 한마디로 말하기는 좀 그렇고요. 아무튼 장미꽃이 그려져 있는데…….”

― 꽃무늬야?

남편은 비명을 지르다시피 하며 물었다. 나는 황급히 이준환이 가르쳐 줬던 변명을 읊조렸다.

“그게 요즘 트렌드래요.”

― 미치겠다. 다들 나한테 왜 이래. 나 엄청 피곤해. 요새는 매일 기절하고 있다고.

남편이 피곤하다는 건 새삼스러운 얘기가 아니었다. 나는 시무룩하게 대꾸했다.

"그런 것 같았어요. 요즘 통 전화가 없어서."

– 피곤해. 아, 진짜 피곤해.

남편은 피곤하다면서 또 한참 동안 같이 간 여직원의 험담에 열을 올렸다. 내 꽃무늬 커튼을 비난하는 것보다야 여직원을 비난하는 편이 낫긴 하다. 그렇지만 듣고 있는 사이에 자꾸만 의구심이 들었다.

그래, 그 여직원은 와인을 좋아한다. 와인의 천국 프랑스에서 날이면 날마다 새로운 와인을 맛보느라 이튿날 업무에 대한 걱정은 눈곱만치도 하지 않는다. 아무리 봐도 그 여직원은 직업을 잘못 택한 것 같다. 소믈리에가 되었더라면 크게 성공했을 사람이다.

나는 이제 그 이야기를 외우고 있었다. 그건 비단 이번 출장 때만 들은 이야기가 아니었다. 남편과 함께 출장을 간 여직원들은 누구나 그랬다.

정말일까? 나는 와인을 별로 안 좋아하는데. 세상의 모든 여직원들이 하나같이 와인을 좋아할 리도 없는데.

남편이 줄곧 했던 이야기만 되풀이하고 있는 것 같다는 느낌을 떨칠 수가 없다. 불현듯 어떤 영화가 떠올랐다. 그 주인공은 시간에 갇혀서 똑같은 하루를 쳇바퀴 돌듯이 살고 또 산다.

나는 점점 머리가 아파 왔다. 습관적인 두통이다. 쇠못처럼 날카로운 것에 끽끽 긁히는 유리가 된 느낌. 신경이 곤두선다. 이럴 때면 소름 끼치게 아프다.

- 왜 대답이 없어? 자?

"아니에요. 머리가 좀 아파서요."

- 나도 그래! 역시 부부는 일심동체라니까. 그럼 우리 전화 끊고 같이 쉬자. 나는 네가 꽃무늬 커튼을 만들어도 사랑해. 진심이야.

내가 처음이자 마지막으로 김치를 담갔을 때, 남편은 그때도 비슷한 말을 했었다. '나는 네가 배추로 샐러드를 만들어도 사랑해. 진심이야.'라고.

나는 남편의 전처가 사는 집에 달린 커튼은 어떤 디자인일까, 쓸데없는 호기심을 품은 채 건성으로 대답했다.

"저도요."

내 두통을 반가워하던 남편은 냅다 전화를 끊었다. 나는 전화를 끊은 다음에야 생각해 냈다. 마당에 장미가 피었다는 얘기를 했어야 했는데.

나는 관자놀이를 누르며 일어나 거실로 나갔다. 이즈음 우리 집 마당은 장미 두 송이 덕분에 외갓집 마당보다도 조금 더 근사해 보인다. 잠자코 마당을 보고 있노라니 어느덧 두통이 거짓말처럼 사라졌다. 나는 곧 지갑을 챙겨서 밖으로 나갔다.

내가 수박을 사 오자 이준환은 어린애처럼 기뻐했다. 그러더니 진짜 어린애라도 된 양 손뼉을 짝짝 치면서 흥분한 소리로 외쳤다.

"아! 우리 저녁에 치킨 먹을래요?"

나는 수박과 치킨이 무슨 상관관계인지 알 수 없었다. 어쨌거나 우리는 커튼의 완성도 축하할 겸 치킨을 먹기로 했다.

이준환은 치킨과 함께 배달된 생맥주를 잔에 따르면서 마당을 흘깃 보았다.

"꼭 여름밤 같다. 여름에는 역시 생맥주죠."

수박은 여름, 여름엔 생맥주. 알고 보니 그런 공식이 있었다. 그가 진정으로 원했던 건 치킨이 아니라 생맥주였나 보다.

그가 생맥주를 따르는 동안 나는 치킨 박스를 열었다. 이어서 그와 건배를 하고는 날개 한 조각을 집었다.

"어, 무의식이 막 나온다, 은아 씨."

"예?"

"남편하고 치킨 먹을 때도 날개부터 먹죠? 남편이 못 먹게."

"아니······."

생각해 보니 그랬다. 나는 언제나 날개부터 먹는다. 하지만 남편이 못 먹게 일부러 심술을 부릴 의도는 없었다.

"못 먹게 하려는 게 아니라 다리를 양보하는 거예요. 남편이 다리를 좋아하니까."

"그건 너무 불공평하지 않아요? 다리는 두 쪽이잖아요. 장애 닭도 아니고."

"다리는 남편이 다 먹고 날개는 제가 다 먹으면, 그것도 공평한 거죠."

"에이, 아닌 것 같은데. 남편이 날개 먹고 바람피울까 봐, 은아 씨가 아예 다 먹어 버리는 거 아니에요?"

살다 살다 닭 날개로 시비 거는 사람은 처음 봤다.

"저는 남편 만나기 전에도 날개부터 먹었는데요."

이준환이 남은 날개를 집어 들면서 물었다.

"그럼 원래부터 닭 다리는 안 먹었단 말이에요?"

"드시고 싶으면 드세요. 다리엔 관심 없으니까."

나는 맥주를 한 모금 마시고 날개를 베어 물었다. 그는 나를 보며 고개를 갸우뚱거렸다.

"이상하다. 보통 다리를 더 좋아하지 않나?"

"그런 것 같더라고요. 그래서 안 먹어요."

그의 눈초리가 점점 더 의아한 빛을 띠었다.

"혹시 남들이 다 좋아하는 건 별로 매력 없다고 생각하는 타입이에요?"

내가 그렇게까지 특이한 사람은 아닐 거라고 나는 믿고 있었다.

엄마랑 2년 넘게 같이 살았던 세입자를 보다가 나는 이윽고 대답했다.

"그런 건 아니고 그냥 버릇이 그렇게 들었어요. 예전에 친척 집에 얹혀살았었는데 다들 다리를 좋아했거든요. 치킨 두 마리 시키면 다리가 네 쪽 나오잖아요. 그 집 식구가 넷이라서 저한 테까지 올 다리가 없었어요. 그래서 날개라도 먹다 보니까 그 게 습관이 됐나 봐요."

이준환은 어정쩡하게 날개를 든 채 연민 어린 시선으로 나를 보고 있었다. 내가 이래서 남들한테 이런 얘기를 함부로 하지 못하는 것이다. 치킨은 어차피 다 똑같은 치킨이다. 날개나 다리 같은 건 나한테 하등 중요한 문제가 아니었다. 그리고 외삼촌네 식구들이 다리를 못 먹게 한 적도 없었다. 나는 단지 알아서 기었을 뿐이다.

세입자의 동정을 받고 한심해진 나는 맥주나 한 모금 마셨다. 그때 갑자기 이준환이 내가 먹던 날개를 가로채 가서는 한 입에 쪽 빨아 먹었다. 그러더니 다른 손에 들고 있던 자신의 날개도 단숨에 해치우곤 만족스러운 미소를 지었다.

"자, 내가 날개 다 먹었으니까 은아 씨가 다리 다 먹어요. 공평하게."

"아니……."

"얼른요."

그가 양손에 한 쪽씩 닭 다리 두 쪽을 집어서 내 앞에 들이댔다. 나는 한숨을 쉬었다. 닭 다리 두 쪽이 또 한 차례 공중에서 흔들렸다.

"알았어요. 그냥 놔두세요. 제가 알아서 먹을게요."

"이렇게 한 손에 한 쪽씩 들고 먹어 봐요. 닭 다리 그렇게 먹을 때 얼마나 행복한지 모르죠?"

닭 다리에 무슨 행복씩이나.

나는 눈 뜨고 사기당하는 기분으로 닭 다리를 건네받았다. 그런데 막상 양손에 닭 다리를 한 쪽씩 쥐고 보니, 그저 그렇게 닭 다리 두 쪽을 한꺼번에 들고 있다는 사실만으로도 어쩐지 뿌듯한 기분이 들기 시작했다.

"왼쪽 한입 오른쪽 한입 번갈아 가며 먹는 게 포인트예요."

이준환이 동작까지 취해 보이며 조언했다. 나는 그의 친절한 조언을 받아들이기로 했다. 하긴 지금 아니면 언제 또 이렇게 먹어 보겠는가. 나는 만화 같은 데 나오는 원시인처럼 닭 다리를 양손에 든 채 왼쪽 한입 오른쪽 한입, 번갈아 먹었다.

우습고, 행복해졌다.

"제 말 맞죠?"

나는 키득키득 웃으며 고개를 끄덕였다. 그가 흡족한 얼굴로 맥주를 마시곤 말했다.

"제가 어릴 때 치킨을 좋아했거든요. 그러다가 간에 지방이 끼는 바람에 집에서 치킨이 금지됐어요. 그런 거 있잖아요. 이 짐승에게 먹이를 주지 마시오."

나는 크게 웃음을 터뜨렸다. 그는 치킨에 딸려 온 무를 먹더니 다시금 맥주를 마셨다.

"참는 것도 한계가 있죠. 하루는 치킨이 너무 먹고 싶은 거예요. 그래서 아버지 카드를 훔쳐 갖고 치킨집에 갔어요. 나중에 계산하는데 당당하게 아버지 카드를 긁었죠. 사인도 똑같이 그리고. 그런데 그 가게 아저씨가 카드 어디서 났느냐고 묻기 시작하더니, 아버지 연락처를 내놓으라는 거예요. 카드 도둑으로 112에 신고한대서 결국엔 아버지한테 들켜 버렸어요."

그는 또다시 무를 아삭아삭 먹었다. 무만 먹는 그 모습이 어쩐지 그의 과거사에 썩 잘 어울렸다. 나는 웃음을 그칠 수가 없었다.

“그래도 한 마리 먹기는 먹었거든요. 그때 은아 씨처럼 그렇게 한 손에 한 쪽씩 들고 닭 다리를 뜯었어요. 아직도 그 기분을 잊을 수가 없어요. 세상을 다 가진 것처럼 행복하더군요. 단식원에 끌려갈 뻔했지만.”

나는 도로 웃음을 터뜨렸다. 그러고는 어린 시절의 그가 그러했듯 다시금 왼쪽 한입 오른쪽 한입, 닭 다리를 먹었다. 확실히 행복한 기분이다.

무만 먹던 이준환이 이윽고 치킨 한 조각을 집었다. 손등의 뼈가 적당히 튀어나온 손을 보다가 나는 물었다.

“어릴 때는 뚱뚱했었나 봐요?”

“뚱뚱한 건 둘째 치고 내장 지방이 많았대요. 그때부터 관리 들어가서 지금은 정상이에요.”

“다행이네요.”

“남편분은 어때요? 아, 남편분은 연세가 어떻게 되세요?”

“마흔한 살이요.”

이준환이 한숨을 푹 쉬었다. 그는 곧 탐탁지 않은 표정으로 말했다.

“40대면 걱정 많으시겠어요.”

“그렇진 않아요. 아직 배도 별로 안 나왔고.”

이준환이 내 뒤쪽에 걸린 결혼사진을 잠시간 응시했다. 그러더니 의아한 눈초리로 나를 돌아보았다.

“스무 살에 결혼하셨다면서요.”

“예.”

“그럼 남편분은 서른여덟 살까지 싱글이었어요?”

“이혼했어요.”

“은아 씨 때문에?”

그렇긴 하지만 꼭 그렇게 볼 수만은 없다. 나랑 만나기 전에도 남편은 이미 이혼 중이었다.

협의이혼을 할 때에는 3개월간의 숙려 기간이라는 게 있다. 그 기간을 거쳐야만 정식으로 이혼이 된다. 그 기간 중에는 언제든지 이혼 신청을 철회할 수 있고, 그 기간을 거쳤다 할지라도 법원에 출석하지 않으면 이혼은 무효가 된다.

그 숙려 기간 동안 남편은 빈털터리로 쫓겨나 회사에서 숙식을 하고 있었다. 그러면서 매일 반성문 쓰듯 꼬박꼬박 전처에게 미안하다는 문자를 보냈다. 그 모습을 본 회사 사람들은 ‘나라에서 아예 법적으로 자숙의 시간을 만들어 줬네.’라며 농담조로 숙덕거렸다. 남편은 숙려 기간이라는 제도가 생기기 전에도 종종 그와 유사한 ‘자숙의 시간’을 갖곤 했던 것이다.

예전에는 그러다가 전처에게 용서받고 무사히 집으로 돌아갔다고 한다. 그러나 남편 인생에 있어서 마지막 자숙의 시간을 보내고 있을 무렵, 내가 외삼촌의 집을 나와 회사에서 숙식할 처지가 되고 말았다. 남편은 곤란한 지경에 빠진 여자를 내버려두지 못하는 성미다. 그리고 당시의 내 상황은 실로 절박했다. 그예 남편은 자숙의 시간 동안 자숙하지 못하고 이혼 절차를 완벽하게 밟아 버렸다.

그러니까 따지고 보면 남편은 나 때문에 이혼한 것이다. 하지만 실제로 남편이 이혼 신청을 하게 되었던 계기는, 내가 입사하기 전 내 자리에 앉아 근무했던 경리 여직원 때문이었다.

나는 나조차도 답을 알 수 없는 질문을 받고 잠시간 고민에 빠졌다. 그러다가 이윽고 결론을 내렸다. 이 세입자에게 그런 것까지 알려 줘야 할 의무는 없다.

"글쎄요. 그런 얘기는 좀……."

"어, 미안해요."

이준환은 싹싹하게 사과했다. 그는 사과를 잘한다. 금방 실수를 인정하고 사과하지만, 쉽게 하는 것 같지는 않다. 진심으로 미안해하고 있다는 게 눈에 보인다.

그는 이내 겸연쩍은 미소를 지으며 변명했다.

"어쩌다가 말이 이상하게 나와 버렸는데, 제 말뜻은 은아 씨가 어떻다는 게 아니라 그냥 남자 입장에서……. 아니, 솔직히 내가 유부남이라도 은아 씨를 보면……. 으음, 아무튼 나쁜 뜻은 아니니까 오해는 하지 않으셨으면 좋겠어요."

나는 잠자코 눈만 깜빡거렸다. 그가 하다가 잘라먹은 말들 때문에 나는 되레 더 엉뚱한 오해에 빠졌다.

갈증 난 사람처럼 단숨에 잔을 비운 이준환이 별안간 벌떡 일어섰다.

"아, 맞다. 수박! 수박을 먹어야죠. 지금쯤이면 시원해졌을 텐데."

그러고 보니 수박을 깜빡 잊고 있었다. 그래, 우리는 수박을 먹어야 한다. 여름 기분을 즐기며 생맥주도 마셨으니까 이제는 바야흐로 수박을 먹을 차례다. 이왕이면 뭔가를 보면서 먹는 편이 낫겠다. 어색하게 서로 얼굴만 들여다보지 말고.

아차, 우리 집 거실에는 그 흔한 TV도 없다. 그렇다고 내 방에 들어가서 어항 TV로 잘 나오지도 않는 공영방송을 보자고 할 수도 없는 노릇이다.

수박 써는 세입자의 늘씬한 뒷모습을 보다가 나는 바삐 주위를 두리번거렸다.

"밖에 나가서 먹을까요? 장미라도 보면서."

"그거 참 좋은 생각이네요!"

이준환은 흔쾌히 동의했다.

우리는 어둑어둑한 마당에서 수박을 먹었다. 그러면서 주로 수박에 대한 이야기를 했다.

5월에 수박을 사면 비싸다. 그러나 비싼 값에 사 먹을 만한 가치는 있다. 실제로 여름이 되면 지금처럼 밖에서 수박을 먹기 힘들다. 여름밤 마당에 나와서 수박을 먹자면 모기들에게 왕창 헌혈할 각오를 해야만 한다. 수박은 마당에서 즙을 줄줄 흘리며 먹어야 제맛인데 말이다.

봄밤의 서늘한 마당에서 수박 반의반 조각을 둘이 나눠 먹는 동안, 우리는 유부남이니 유부녀니 하는 말은 입에 담지 않았다. 오직 수박과 모기와 마당에 대한 이야기에만 열을 올렸을 뿐이다.

그리하여 우리는 이 수박이 맛있다는 소소한 결론을 내렸다. 더불어 여름이 되기 전, 반반씩 투자하여 야외용 테이블 세트를 하나 구입하기로 했다.

＊

　이튿날 오전, 또 한 일주일은 지나야 전화를 하나 싶었던 남편으로부터 전화가 왔다. 남편은 어떤 몰골일지 눈에 훤히 보일 듯한 목소리로 피곤해 죽겠다는 말을 되풀이했다. 나는 잠깐 빤한 얘기를 듣다가 조심스레 운을 떼었다.
　“저기, 저 아직도 옷장을 안 샀어요.”
　─ 옷장?
　“오피스텔에는 붙박이장이 있었잖아요.”
　─ 아, 그렇구나. 옷장이 없겠네.
　“예. 엄마 옷장이 있긴 했는데…….”
　귀신이 숨어 있을까 봐 버렸다고 정직하게 말하느니 차라리 거짓말을 하는 편이 낫다. 그걸 사실대로 말하자면 엄마가 무당이었다는 얘기부터 해야만 한다.
　“……너무 오래돼서 버렸거든요.”
　─ 그럼 옷장을 새로 사야지.
　“그렇죠. 근데 그런 건 혼자서 사면 안 될 것 같아서…….”
　─ 아이, 왜? 꼭 김 기사가 같이 가야 돼?
　“제가 고른 게 마음에 안 들 수도 있잖아요.”
　─ 그런 거 없어. 난 무조건 좋아. 우리 사모님의 안목을 믿는 거지. 혼자서 사, 응?

“알았어요.”

머쓱해져서 뒷목을 만지작거리던 나는 불현듯 남편한테 하려던 말을 생각해 냈다.

“참, 마당에 장미꽃이 피었어요.”

ㅡ 이야! 장미꽃씩이나. 하긴 단독주택이 그런 건 좋아. 마당 넓어?

“그냥저냥. 답답한 느낌은 없어요.”

대답하다가 나는 은근슬쩍 말을 꺼냈다.

“야외용 테이블 하나 놓으면 괜찮을 것 같기도 하고요.”

ㅡ 헐. 꽃무늬 커튼에 야외용 테이블까지? 너무 분위기 잡는 거 아니야?

나는 괜스레 뜨끔해서 입을 다물었다. 남편이 이내 말을 이었다.

ㅡ 이왕 분위기 잡는 김에 파라솔 딸린 걸로 하지그래. 그게 내 로망인데.

“아……. 그럼, 그럴까요?”

ㅡ 일요일에 대낮부터 거기서 와인 한 잔 하는 거지. 우리 사모님이랑. 러브샷하자, 러브샷.

예전에도 남편은 비슷한 얘기를 한 적이 있었다. 혼인신고를 한 직후 어떤 커피숍에 갔을 때였다. 테라스의 파라솔 딸린 테이블에 앉아 있었는데, 남편이 아이스커피를 마시다 말고 뜬금없이 러브샷을 하자고 했다. 당시 나는 남편의 성화에 못 이겨 아이스커피로 러브샷을 했었다. 그리고 나서 남편은 흡족한 표정으로 자신의 로망에 대해 이야기했다.

그때 들었던 남편의 로망은 상당히 구체적이었다. 그 로망은 반드시 일요일 대낮에 이루어져야만 한다. 낮에 술을 마셔야만 휴일이라는 해방감을 제대로 만끽할 수 있기 때문이란다. 밖에서 술을 마시는 이유도 마찬가지다. 쨍쨍 내리쬐는 태양을 보면서 진정 대낮임을 실감하기 위해서다. 그렇지만 실제로 뙤약볕 아래 앉아 있자면 고역이기에 파라솔 딸린 테이블이 필요하다.

그 로망에서 나는 에이프런을 두른 채 남편의 무릎 위에 앉아 있는 역할이다. 로망에 돈이 드는 것도 아니건만 이왕이면 드레스같이 예쁜 옷 좀 입혀 줄 일이지, 고작 에이프런이라니. 영어로 말해 봤자 에이프런이 앞치마라는 사실은 변하지 않는다. 실제로는 돈이 없어서 앞치마를 사 입을 엄두조차 못 내지만, 로망에서 앞치마를 입어 봤댔자 기쁠 리 없다. 로망인데도 나한테 사 줄 옷이 기껏해야 앞치마뿐인가 싶어서 화가 날 따름이다.

남편은 그 로망에서 내가 왜 굳이 에이프런을 입어야만 하는지에 대해서는 별말이 없었다. 그러나 나는 능히 그 까닭을 짐작할 수 있었다. 테이블 위에 있을 안주를 만드는 사람은 필경 나인 것이다.

어쨌거나 그 시절에 했던 얘기를 고대로 하는 걸 보면, 그게 진짜 남편의 로망임에는 틀림없었다. 나는 남편이 야외용 테이블 사는 데에 반대하지 않았다는 것만으로도 마음이 놓여서 키득키득 웃으며 대답했다.

"알았어요. 러브샷."

— 으이그. 내 로망은 그건데, 나는 왜 여기서 엉뚱한 애랑 이러고 있어야 돼. 나 진짜 쟤 때문에 돌아 버리겠다. 쟤 좀 어 따 갖다 버리면 안 될까?

남편은 울다시피 하며 같이 간 여직원에 대한 불평을 터뜨 렸다. 왠지 이번만큼은 실로 남편이 불쌍하게 여겨져서, 나는 이미 다 외운 레퍼토리인데도 열심히 맞장구치면서 들어 주었 다. 한동안 넋두리를 늘어놓은 남편이 변명조로 말했다.

— 이러니 내가 바쁜 거야. 내가 전화를 하기 싫어서 안 하는 게 아니라니까.

"이해해요. 너무 무리하지 마요."

— 그래, 무리하지 말고 쉬자. 아, 그리고 좀 비싸더라도 꼭 파 라솔 딸린 걸로 사. 이제 월세도 안 내는데 돈 뒀다가 뭐 해.

"걱정 마요."

— 그럼 김 기사는 이만 뻟습니다. 사랑해.

"저도요."

전화를 끊은 뒤, 나는 휴대폰을 들여다보며 실없이 웃었다.

역시 남편만 한 사람이 없다. 남편을 만나지 못했더라면 어 떻게 살았을지 모르겠다. 남편은 여전히 나에게 있어서 세상 전부다.

비록 이제는 나를 세상과 연결시켜 주는 끈이 또 하나 생겼 지만, 그래도 남편과는 비교가 안 된다. 남편과 세입자를 비교하는 것 자체가 무리다.

2

나는 세입자와 함께 시내로 나가 야외용 테이블을 샀다. 그 전에 옷장부터 샀다. 이준환은 그제야 내게 옷장이 없다는 사실을 상기했나 보다.

"아, 맞다. 그 옷장 버렸었죠."

유감스러운 듯 말한 그는 이내 풋 웃음을 터뜨렸다.

"그렇게 무서웠어요?"

"아니, 그냥 기분이 나빴을 뿐이에요. 냉장고나 세탁기도 아니고 옷장은 좀 그렇잖아요."

그는 싱겁게 웃어 댔다. 내가 샐쭉 노려본 다음에야 그의 웃음이 멎었다. 그는 곧 곁에 있던 옷장 쪽으로 시선을 돌리더니 노래하듯 중얼거렸다.

"난 봤는데."

"뭘요?"

옷장 옆에 찰싹 달라붙은 그가 옷장 문을 열고 안을 빠끔 들여다보았다.

나는 한숨을 쉬었다. 기억났다. 내가 주저주저 엄마의 옷장 속을 확인할 때, 그는 내 뒤에 있었다.

"그때도 비웃더니만."

나는 억울함을 참지 못하고 볼멘소리로 중얼거렸다. 이준환이 눈을 휘둥그레 뜨고 돌아보았다.

"비웃은 건 아니죠. 꼭 어린애처럼 귀신 무섭다고 그러고 있으니까……."

나를 빤히 보던 그가 곧 시선을 돌리고 다른 옷장 쪽으로 걸어갔다.

"아무튼 비웃은 건 아니에요. 그건 확실하게 해 두자고요."

그는 틀림없이 비웃었다. 그때도 비웃었고 방금 전에도 비웃었다. 그러나 끝내 반박할 말을 찾지 못했던 나는 멀어져 가는 그의 등을 향해 신경질적으로 외쳤다.

"이걸로 할 거예요!"

홧김에 옷장을 사 버린 다음, 우리는 야외용 테이블을 보러 갔다. 거기서도 우리는 의견이 나뉘었다. 그는 흰색의 철제 테이블이 마음에 든 눈치였다. 오밀조밀한 문양으로 이루어진 고전적인 형태의 야외용 테이블이었다. 솔직히 나도 그 테이블이 좋아 보이긴 했다. 그렇지만 그 테이블에는 파라솔이 없었다.

"전 파라솔 딸린 게 좋은데요."

"파라솔이요?"

"그게 남편의 로망이거든요."

그는 어이없다는 양 코웃음을 쳤다.

"파라솔 같은 게 로망이라고요?"

"엄밀히 말하자면 파라솔은 아니고……."

나는 그에게 남편의 로망에 대해 이야기했다. 기실 이 자유로운 예술가가 남편의 로망을 곧이곧대로 이해하리라고는 기대하지 않았다. 남편의 소박한 로망은 어디까지나 '휴일이라는 해방감을 제대로 만끽하기' 위한 것이었다. 그러니 남편처럼 매일 회사를 다니고 일에 찌든 사람들이 아니라면 남편의 로망에 공감하기 힘들지도 모른다.

"……그리고 제가 에이프런을 입고 남편 무릎 위에 앉아서 같이 러브샷을 하는 거예요."

가뜩이나 딱딱하던 이준환의 얼굴이 완전히 굳어졌다.

"에이프런을 입어요?"

나도 그 대목이 마음에 들지 않는다.

"흠, 한마디로 안주는 저더러 만들라는 얘기죠."

"아니, 그런 얘기가 아닌 것 같은데."

"그런 얘기예요."

말하다가 짜증이 치밀었다. 남편은 로망에서조차 싱크대 근처에는 가기 싫은 것이다. 이 세입자를 보고 조금이라도 본받으면 좋으련만.

"저도 그 로망에서 제가 에이프런을 입고 등장한다는 게 마냥 좋지만은 않아요. 실제로 입기나 하면 몰라. 사실 돈 아까워서 못 입는 게 앞치마거든요. 그렇지만 로망은 돈 드는 거 아니잖아요. 왜 겨우 앞치마냐고요. 어떤 땐 정말 밉다니까."

나는 그동안 꾹꾹 눌러 왔던 불만을 애먼 세입자에게 터뜨렸다. 부부간의 갈등에 괜히 끼어들었던 그는 본전도 못 건지고 허탈한 한숨만 흘렸다.

기실 나는 남편이 평생 싱크대 근처에 안 갈 것 같다는 예감

보다도, 나한테 에이프런을 입으라는 식으로 에둘러 말한 데에
더 화가 났다. 고작 구정물이나 받아 내는 밋밋한 천 쪼가리가
얼마나 비싼지 남자들은 모를 것이다. 남편에게 로망이 있다
면, 나에게도 청결한 주방에서 예쁜 앞치마를 두르고 내 아이
에게 이유식을 만들어 먹이고 싶다는 꿈이 있다. 그동안 체념
하고 있었을 뿐이다. 남편이 펑펑 퍼 주는 남편 아이들의 양육
비 때문에.

그놈의 양육비를 생각하다 보면 동화 속 악랄한 계모들의
심정이 저절로 이해가 된다. 알아보니 양육비는 새로 조정할
수도 있는 것이었다. 그리고 법적으로 책정을 해도 월급의 50
퍼센트를 넘기지는 않는 모양이었다. 나는 그렇게까지 많이 바
라지도 않는다. 20만 원, 아니, 딱 10만 원만 더 있어도 살 만
할 것 같으니까. 하지만 그건 어디까지나 남편이 알아서 해야
할 문제였다. 내가 남편에게 양육비를 깎으라고 할 처지는 아
니니까. 그 절박한 상황에서 내게 선뜻 손을 내밀어 줬던 남편
에게 그렇게 야박하게 굴 수는 없다.

나는 잠시 테이블 세트의 가격을 보다가 앞치마도 하나 사
기로 마음먹었다. 남편 말마따나 이젠 월세도 안 내니까 앞치
마 한 장쯤 살 여유는 있다.

그때 이준환이 손을 흔들어 직원을 불렀다. 그는 둥근 테이
블 한복판에 뚫린 구멍을 가리키며 말했다.

"파라솔 꽂을 수 있죠?"

"그럼요, 물론이죠! 당장은 없지만 주문만 하시면 이번 주

안으로 옵니다. 한번 보시죠?"

우리는 직원이 찾아 내민 카탈로그에서 파라솔을 골랐다.

나는 더 볼 것도 없이 흰색이 마음에 들었다. 그러나 때가 잘 탈 듯해서 포기했다. 내가 파란색을 고르자 이준환이 고개를 갸우뚱했다.

"저 테이블에는……. 하긴 파란색도 괜찮겠네요."

'하긴'이라는 말이 상당히 귀에 거슬렸다.

"흰색이 예쁘긴 한데, 때가 탈 것 같아서요."

그가 웃는 얼굴로 나를 보며 물었다.

"그게 역사라고 생각하지 않아요?"

나는 때 타고 칙칙해진 파라솔을 '우리의 소중한 역사'로 여기며 즐길 자신은 없었다. 그렇지만 예술가인 이준환의 안목을 존중하여 흰색 파라솔로 결정을 내렸다. 애초에 흰색이 마음에 들기도 했고.

야외용 테이블을 산 후 나는 이준환에게 말했다.

"온 김에 앞치마 좀 살게요."

"그러세요."

그는 선선히 대답하곤 에스컬레이터에 올랐다. 그러더니 잠시 후 못마땅한 표정으로 나를 돌아보며 시비를 걸었다.

"꼭 앞치마로 사세요. 에이프런 말고."

앞치마나 에이프런이나 그게 그거 아닌가. 그는 단지 내 남편의 로망에 심술을 부리고 있을 뿐이다. 대체 무슨 자격으로 남의 로망에 이러쿵저러쿵 토를 다는지 모른다. 내 대신 안주를 만들어 줄 의향이라도 있는 걸까. 그렇다면 고마울 일이건 만, 나는 유치하게도 그의 시비에 걸려들어서 빈정거렸다.

"앞치마나 에이프런이나, 아이스커피나 냉커피나."

"아이스커피랑 냉커피는 엄연히 다르죠."

"뭐가 달라요? 영어인지 우리말인지 차이일 뿐이지."

"아이스커피는 원두 갈아서 뽑는 거고, 냉커피는 인스턴트 예요."

들고 보니 그런 것도 같았다. 말문이 막힌 나는 앞치마와 에 이프런의 차이점에 대해 골똘히 궁리하며 앞치마 파는 코너에 이르렀다. 그러나 꼬리표를 들여다봐도 답은 나오지 않았다. 어떤 건 앞치마고 어떤 건 에이프런이다. 그 둘을 나누는 기준 은 한마디로 엿장수 마음이었다.

"이거 어때요?"

이준환은 내 머릿속을 복잡하게 만들어 놓고는 혼자서 희희 낙락 앞치마를 고르고 있었다. 단순한 형태의 까만 앞치마는, 적어도 그에게는 썩 잘 어울렸다. 그는 그 앞치마를 내게도 대 보더니 싱글벙글 웃으면서 고개를 끄덕였다.

"오, 괜찮네요. 이걸로 우리 둘이 맞춰 입을까요?"

왜 우리가 앞치마를 커플룩으로 맞춰 입어야 하느냐고 퉁명 스레 반문했다면 꼴이 우스워질 뻔했다. 그는 장난기 어린 미 소를 머금은 채 한마디 덧붙였다.

"시크하잖아요. 커피숍 알바 같고."

나는 맥이 풀려서 실소했다.

우리는 '커피숍 알바' 같은 앞치마 두 벌을 사 들고 차에 올랐다. 잠시 가다가 그가 길가에 차를 세웠다.

"저기 봐요! 우리 거랑 똑같은 앞치마죠."

그는 내 옆쪽 창 너머에 있는 커피숍을 가리켰다. 가게 전면의 통유리를 닦고 있는 아르바이트생의 앞치마는 정말로 우리가 샀던 것과 비슷했다.

"이거 입고 가면 혹시 공짜로 주지 않을까요? 같은 알바인 줄 알고."

그가 웃음 섞인 목소리로 말했다. 하지만 나는 그가 혹시나 그 말을 실천에 옮길세라 염려스러워서 웃음이 나오지 않았다.

"설마요. 일하는 사람들끼리는 서로 얼굴 알겠죠."

그는 내 진지한 대답에 웃음을 터뜨렸다. 역시 그의 말은 농담이었나 보다.

"후훗, 그럼 공짜로 먹긴 어렵겠네요. 제가 살게요. 아이스커피로 드실래요, 아니면 냉커피?"

농담인 양 이어지는 그의 제안에 나는 그제야 쿡쿡 웃었다. 그 커피숍은 어떻게 봐도 냉커피 따위는 팔지 않을 듯했다.

"아이스커피로 할게요."

우리는 불법 주차를 하고 커피숍으로 들어갔다. 이준환이 주문을 하러 간 사이에 나는 1인용 소파가 세 개 놓인 창가의 테이블로 자리했다. 그리고 그의 뒷모습을 보다가 흠칫했다.

그러고 보니, 나는 몹시도 자연스럽게 그에게 이끌려 커피숍에 와 있었다. 그 사실을 깨닫자마자 나는 벌떡 일어났다. 때

마침 이준환이 주문을 마치고 음료 받는 곳으로 가는 길에 나를 돌아보았다. 그는 빙그레 미소를 던지며 나에게 앉아서 기다리라는 양 까딱까딱 손짓했다.

나는 도로 엉거주춤 자리에 앉았다. 그래, 하긴 식당도 같이 가는 마당에 커피숍만 못 가란 법은 없다.

그렇게 스스로를 합리화시킨 것도 잠시, 과연 그런지 의구심이 들기 시작했다. 밥을 같이 먹는 우리가 식당 정도는 같이 갈 만도 했다. 우리 중에 누군가는 밥을 해야만 하기 때문이다. 둘 다 밥하기 귀찮을 때 눈치껏 뭔가를 먹으러 가자고 하는 건 서로에 대한 예의고 배려였다. 그러나 밥과 커피는 다르다. 예컨대 주방을 공동으로 쓰는 세입자와 함께 마트에 갈 수는 있지만, 영화관에 가는 건 생각해 볼 문제란 말이다.

내가 안절부절못하고 손가락을 빙빙 돌리고 있을 때, 이준환이 아이스커피 두 잔을 들고 와 자리에 앉았다. 아무래도 나 혼자만 이 분위기가 어색하다고 느끼는 듯했다. 그는 아무렇지도 않은 듯 즐거운 표정으로 나를 칭찬했다.

“자리 좋네요. 창가 소파.”

나는 얼떨결에 커피숍 안을 둘러보았다. 소파 자리가 넣 군데 없었다. 창가 쪽은 다 차 있었다. 커피숍으로 들어오자마자 아무 생각 없이 자리를 잡았는데, 이제 보니 일등석이었다.

나는 뿌듯해져서 무심코 회심의 미소를 지었다. 그러다가 아이스커피를 마시려고 정면으로 고개를 돌린 순간 그와 눈이 마주쳤다. 그는 유리잔을 든 채 나를 보며 소리 없이 웃고 있었다. 나는 급히 입술을 말아 넣었다가 스트로를 물었다. 그가 아이스커피를 한 모금 마시더니 운을 떼었다.

"아, 저 얼마 전에 일 새로 시작했어요. 어제도 그것 때문에 나갔다 왔고. 집에서만 할 수 있는 작업이 아니거든요. 앞으로도 외출할 일이 종종 있을 거예요."

어제 그는 새벽부터 자취를 감추었다가 저녁 느지막이 돌아왔다. 나는 호기심에 물었다.

"무슨 일인데요?"

"돈벌이 안 되는 일이요. 그래서 요즘 골치가 아파요. 제가 원래 돈 안 되는 일에는 본능적으로 주도면밀하거든요."

그는 옅은 미소를 머금고 있었다. 농담인지 진담인지 가늠할 수가 없었다. 어쨌거나 그의 말을 듣는 동안 내 호기심은 증폭되었다. 나는 묻기 꺼림칙한 질문인 줄 알면서도 궁금해서 좀이 쑤신 나머지 기어이 묻고야 말았다.

"평소에는 무슨 일 하시는데요? 계속 인형만 만드시나요?"

"음, 거의 그렇다고 봐야죠. 인형을 빙자한 인테리어 소품도 하고. 그런 게 의외로 돈이 되거든요."

"그런 거 만들면 얼마나 벌어요?"

나는 진심으로 궁금했다.

"왜요? 배워 보게요?"

그가 빙글빙글 웃으며 되물었다. 장난스러운 미소와 달리 그의 눈은 진지했다. 배우겠다면 당장이라도 가르쳐 주겠다는 양 의욕으로 가득 찬 눈빛이었다. 인형 만드는 일이 어지간히도 좋은가 보다.

열의에 불타는 그의 시선을 피해 나는 눈을 내렸다. 투명한 얼음이 커피 속으로 기연미연 녹아들고 있었다. 그가 곧 웃음 섞인 목소리로 대답했다.

"월세 내고도 은아 씨한테 아이스커피 사 줄 만큼은 벌어요."

"그렇게 많이 벌어요?"

나는 또다시 호기심을 못 참고 눈을 동그랗게 뜨며 물었다. 그가 창 쪽으로 고개를 돌리면서 웃음을 터뜨렸다. 그러더니 머리를 절레절레 흔들곤 나를 돌아보았다.

"아, 진짜 왜 이렇게……."

짤그락 소리와 함께 그의 잔이 옆으로 밀려났다. 한순간에 그의 얼굴이 내 앞으로 바짝 다가왔다.

더웠다. 나는 테이블이 너무 작다는 생각을 했다. 입가에 닿는 그의 숨결이 뜨거웠다. 창을 타고 들어온 햇볕이 우리 테이블 위로 쏟아지고 있었다. 5월의 햇살은 눈부시고 그는 반짝거렸다. 나는 그예 눈을 감고 말았다.

"아무래도 우리 여기 잘못 온 것 같아요."

그의 속삭임이 입술을 핥았다. 나는 퍼뜩 눈을 떴다.

순식간에 멀어진 그는 잔을 쥔 채 소파의 낮은 등받이에 몸을 털썩 기댔다. 녹아내린 얼음 조각이 또 짤그락 소리를 내며 커피 속으로 가라앉았다.

나는 그의 말에 십분 동의하면서 눈을 내리깔고 스트로를 물었다. 차가운 커피를 빨리 마셨더니 머리가 어지러웠다.

"참, 남편분은 키가 몇이에요?"

그는 방금 전에 무슨 일이 있었냐는 양 지나가는 말처럼 가볍게 물었다. 날씨만큼이나 적절한, 분위기 전환에 그만인 화제였다. 나는 냉큼 대답했다.

"176이요."

"그럼 은아 씨는요?"

"160."

반사적으로 대답했다가 나는 곧 이실직고했다.

"……실제로는 158이에요. 으음, 반올림해서 158."

이어지는 질문이 없었다. 다시금 분위기가 굳어졌다. 이쯤에서 나도 뭔가를 물어봐야 할 것만 같았다.

"그런데 키는 왜요?"

물어 놓고 나는 아차 싶었다. 가뜩이나 어색한 분위기를 아예 얼려 버리려고 작정을 했나 보다. 차라리 그의 키가 몇인지 물어봤으면 좋았을걸.

그래도 그는 망설임 없이 의기양양한 투로 대답했다.

"키 크다고 자랑하려고요. 전 180이 훨씬 넘거든요."

나는 어이가 없어서 그를 쳐다보았다. 그는 장난기 어린 미소를 머금고 있었다. 덕분에 분위기가 한결 나아졌다. 나는 쿡쿡 웃곤 조금 편해진 마음으로 또 한 모금 커피를 마셨다.

"그 반지가 결혼반지예요?"

그가 잔을 쥐고 있는 내 손을 턱 끝으로 가리키며 물었다.

"예."

“남편분 반지도 똑같은 디자인?”

나는 고개만 끄덕였다. 이번엔 반지 자랑을 하려는가 싶어서 그의 손을 봤지만 그의 손에는 반지가 없었다. 그는 내 눈길을 의식하곤 자신의 손을 들어 보였다.

“솔로인 거 자랑하려고요. 아, 이건 자랑이 아닌가?”

어쨌거나 그의 시도가 나를 웃기기에는 충분했다. 내가 웃다가 그를 바라보았을 때, 그는 미소만 띤 채 나를 가만히 지켜보고 있었다. 어쩐지 멋쩍어져서 웃음이 쉬 그쳤다. 나는 도로 스트로를 물고 눈길을 내렸다.

“웃는 모습, 보기 좋아요.”

스트로에서 드르륵 소리가 났다. 잔에는 이제 얼음만 남았다. 나는 초조해졌다.

나는 잔이라도 갖다 놓을 요량으로 일어섰다. 이 자리를 피하고 싶은 마음이 컸다. 그도 비슷한 생각이었던지 이내 나를 따라 자리에서 일어섰다.

“갈까요?”

나는 두말없이 잔을 치우고 커피숍을 나왔다.

우리는 커피숍에 들어가서 정말로 커피만 마시고 나왔다. 그런데도 나의 묘한 죄책감은, 사라지기는커녕 들어갔을 때보다 더 심해졌다. 집으로 돌아오는 차 안에서 나는 내도록 ‘남편이 알면 뭐라고 할까?’ 하는 생각만 했다.

그러다가 집 근처 외딴길로 접어들었을 때쯤에야 나는 겨우 서먹한 침묵을 깨고 물었다.

"그런데 앞치마랑 에이프런이 정말로 달라요?"

"계속 그 생각 하고 있었어요?"

"궁금하잖아요."

"잊어버려요. 어차피 지난 일인데."

그건 지난 일이 아니라 앞으로 닥쳐 올 미래다. 파라솔 딸린 테이블과 앞치마를 샀으니, 이제 와인만 사면 남편의 로망을 이루기 위한 준비물은 전부 다 갖춰지는 셈이다. 앞치마와 에이프런이 다르지 않다면 말이다.

그는 나를 곁눈질하며 말을 이었다.

"벌써 앞치마 샀잖아요. 이제 와서 에이프런으로 바꾸기라도 할 거예요?"

"그러니까 그 둘이 도대체 뭐가 다르냐고요."

이준환은 긴 한숨을 쉰 끝에 대답했다.

"앞치마는 일할 때 필요하니까 부수적으로 입는 거예요. '앞'치마잖아요. 에이프런은 다르죠. 단독으로 입을 수도 있으니까. 간단한 예로, 이런 디자인은 에이프런으로 보기엔 무리가 있겠지요."

나는 무릎 위에 놓인 앞치마를 내려다보았다. 그걸 보면서 잠깐 생각한 다음에야 나는 '단독으로' 입는다는 말을 완벽하게 이해했다.

"아……."

얼굴이 화끈거렸다. 나는 민망해서 앞치마 두 벌을 꽉 움켜

쥔 채 창 쪽으로 고개를 돌렸다.

이 엉큼한 변태 중년 아저씨 같으니라고! 전화 오기만 해 봐라. 가만두지 않을 테다!

나는 차에서 내려 집에 들어갈 때까지 한마디도 하지 않았다. 화가 나고 낯부끄러워서 입이 떨어지질 않았다.

내 남편의 음흉한 로망을 이미 다 아는 세입자는 2층에 올라가기 직전, 남편을 위한 변명을 했다.

"그렇게까지 실망하실 거 없어요. 남자들 로망이라는 게, 뭐 다 그렇죠. 건강해서 그런 거예요. 그냥 좋게 생각하세요."

듣고 보니 병 주고 약 주자는 심보였다. 나는 그동안 내 나름대로 좋게 생각하고 있었다. 적어도 남편을 변태 중년 아저씨로 생각하지는 않았단 말이다. 구태여 앞치마와 에이프런의 차이점을 강조한 사람은 바로 이 세입자였다.

3

남편은 내게 들볶이리라 짐작이라도 했는지 한동안 전화가 없었다.

그새 옷장이 도착했다. 나는 드디어 트렁크 위에 널브러져 있던 옷들을 제대로 걸었다. 트렁크 안에 넣어 두었던 옷도 깔끔하게 수납되었다. 나는 빈 트렁크를 옷장 위에 올려 두는 것으로 방 정리를 마무리했다. 완벽했다.

파라솔과 함께 받기로 했던 테이블은 그 주의 일요일에 배달되었다. 나는 야외 테이블에서의 기념할 만한 첫 식사를 무슨 메뉴로 하면 좋을지 열심히 고민했다. 그러나 이준환이 작업 때문에 외출했다가 늦게 돌아온 바람에, 아쉽게도 첫날은 야외 테이블을 개시하지 못하고 그냥 지나갔다. 그리고 다음 날은 비가 왔다. 그다음 날도, 또 그다음 날도 비였다. 6월 초부터 벌써 장마가 지려는지 줄기차게 비가 내렸다.

간혹 비 내리는 풍경을 한참 내다보고 있으면 눈앞이 빨개질 때가 있다. 꼭 하늘이 찢어져서 핏방울이 툭툭 떨어지는 것처럼 온 세상이 빨갛게 변하곤 한다. 그럴 때면 나는 끔찍한 두통에 시달린다. 습관적인 두통은 늘 비슷한 느낌이다. 아무렇게나 끼적거리는 못에 무방비하게 긁히고 있는 유리가 된 느낌. 심할 때면 귀에서 끼익, 소름 끼치는 금속성이 들리는 것 같다. 두통약을 먹어도 낫지 않는다. 방법은 날이 개기를 기다리는 것뿐이다.

다행히도 오후 들어서부터 날씨가 맑게 개었다. 괴이하리만치 빨갛게 보이곤 했던 젖은 하늘도 본연의 푸른빛을 되찾았다. 나는 공연히 들떠서 온 집 안의 창문들을 있는 대로 활짝 열었다.

"정말 비 때문이었나 보죠?"

필요 없다는데도 나한테 두통약을 통째로 빌려 줬던 이준환이 약통을 도로 받으면서 고개를 갸웃거렸다.

"기압이 낮아서 그런가? 어릴 때부터 그랬어요?"

"글쎄요. 어릴 때는 안 그랬는데 작년부터였나, 갑자기 그러네요."

“아하! 그럼 노화 현상인가 보다.”

물론 그럴 수도 있겠지만, 그는 농담으로 한 말이었던 양 소리 내어 웃었다.

그가 2층으로 올라간 후 나는 곧장 마당으로 나갔다. 우리 집에 오자마자 비바람에 시달린 야외용 테이블부터 닦고, 마당에 온통 널브러진 잎사귀와 꽃잎들도 쓸어 냈다. 그러고도 기운이 남아돌아서 괜스레 골목 산책도 했다.

맑은 날도 좋지만 비가 막 갠 날씨야말로 최고다. 이런 날은 아무렇게나 발길 닿는 대로 쏘다니고 싶어진다. 공기는 습하고 바람은 건조하다. 나무 근처를 지날 때면 맑은 날에는 쉽사리 맡아 보기 힘든 싱그러운 향기가 난다. 지나가는 차가 흙탕물을 흠뻑 튀기고 가는 불상사만 없다면 아마도 언제까지고 산책을 계속할 수 있을 것이다.

나는 허리까지 흙탕물을 듬성듬성 묻힌 채 집에 돌아왔다.

대문을 열고 들어섰을 때, 활짝 열린 거실의 큰 창 너머로 이준환의 말소리가 들려왔다. 그는 누군가와 통화 중이었다.

“스토커? 하하, 그 말도 오랜만이다. 걔랑 끝난 게 언젠데.”

어쩐지 그의 옛날 여자 친구에 대한 이야기인 듯했다.

“그래, 속에서고 밖에서고 다 정리했어. ……이 자식이 백만 년 만에 전화해서 엉뚱한 소리만 하네. 그건 또 누구한테서 들었냐? 애들 입 진짜 싸요.”

그의 말투는 나랑 얘기할 때와는 딴판이었다. 다른 사람과 얘기하는 걸 듣고 있자니 그가 ‘젊은 남자’라는 사실이 확연히 실감 났다.

"그 누나가 그럴 줄 알았어. 아주 신 났구나. ……너 지금 소설 쓰냐? 제발 그런 거에 의미 좀 부여하지 마라. 그건 나 혼자 한 작품이 아니니까 못 버리는 거지. 이 선생님이 자기 일본 진출 성공하면 경매 붙이라잖아. 잘 팔리면 동업하잔다. 성공할까 봐 겁나요. ……하하하! 그러게, 당신이 무슨 밥 맥키(Bob Mackie)[2]냐고. ……아, 끝났다니까. 걔 얘기는 왜 자꾸 물어?"

나는 현관으로 들어왔다. 그의 통화를 계속 엿들을 생각은 없었다. 그렇다고 해서 그의 통화를 방해하고 싶지도 않았다. 현관 안쪽의 미닫이문 앞에서 나는 이러지도 저러지도 못한 채 멀뚱히 서 있었다.

"텐프로? 호랑이 디제이 보던 시절 얘기하네. 거기 간 게 자랑이다, 인마. 얼마나 궁했으면 여자 만나러 술집엘 가냐. 누구 소개시켜 줄까? ……헐, 접대씩이나! 자식, 못 본 사이에 출세했는걸. ……뭐? 걔가 거기에 왜 있어? 네가 잘못 본 거겠지."

그가 말하는 '걔'는 여전히 그의 옛날 여자 친구일까? 혹시 옛날 여자 친구가 술집에서 일한다는 얘긴가?

"자기 입으로 오랜만이래? 거기 어디야? 넌 지금 어디냐? 시간 돼? ……어, 일단 얼굴 보고 얘기하자."

말소리가 가까워지나 싶더니 별안간 미닫이문이 팩 열렸다.

---

2 미국의 패션 디자이너. 셰어와 다이애나 로스 등의 무대의상 제작자였으며, 바비 인형 중에는 그의 이름을 걸고 나온 시리즈가 있다.

그는 멈춰 서서 나를 빤히 내려다보았다. 나는 본의 아니게 엿 듣다가 들킨 통에 숨도 제대로 못 쉴 정도로 굳어져 버렸다. 그 는 내게 시선을 고정한 채로 통화를 계속했다.

"걔를 못 잊어서 이러는 게 아니지. 너 같으면 걱정 안 되겠 냐? 걔가 그런 데서 그러고 있었다면 무슨 사정이 있다는 거 아니야."

휴대폰 너머로 어떤 남자의 목소리가 희미하게 들려왔다.

"절대로 그런 거 아니고, 난 지금 사귀는 사람도 있거든."

그가 돌연 나를 향해 싱긋 웃었다. 티가 확 나도록 억지로 짓는 웃음이었다.

"네 눈으로 직접 보면 되지. 같이 갈게. 차 막히면 서너 시간 쯤 걸린다. 가서 보자."

전화를 끊은 그는 그 억지웃음을 유지한 채 내게 물었다.

"다 들으셨어요?"

찰나의 순간 나는 심각하게 갈등했다. 그리고 겨우 기어들 어 가는 목소리를 짜냈다.

"예."

"제가 왜 이 친구한테 가는지도 들으셨어요?"

나는 도저히 말이 안 나와서 고개만 한 번 끄덕였다.

"그럼 같이 가 주실 거죠?"

"저요?"

"가서 그냥 저랑 사귀는 척만 해 주시면 돼요. 혹시 오늘 바 쁘세요?"

아마도 그는 내가 전혀 바쁘지 않다는 사실을 알고 있을 것이다. 빤히 드러날 거짓말을 할 수도 없고, 달리 그의 부탁을 거절할 만한 구실도 찾지 못했다.

나는 미적미적 방으로 들어가 옷장 문을 열었다. 그의 여자 친구 행세를 하는 게 과연 옳은 일인지 고민하고 있는데, 때마침 남편으로부터 전화가 왔다. 내가 머리 붙들고 앓아누워 있을 때는 전화 한 통 없더니만!

생각해 보니 그동안 나는 그놈의 에이프런 때문에 남편이 전화하기를 단단히 벼르고 있었다. 그러나 대뜸 따질 분위기가 아니었다. 남편의 목소리는 며칠 전보다 훨씬 더 피곤에 찌들어 있었다.

– 으어! 죽을 것 같아. 세상이 나를 미워해. 나도 세상이 미워!

피해망상에 빠진 남편한테 야한 생각 좀 했다고 투정을 부리자니 영 내키지 않았다. 게다가 나는 어엿한 '김 부장님의 사모님'이다. 김 부장님이 사모님을 대상으로 엉큼한 환상을 품었다고 해서, 사모님이 바가지를 긁어도 되는 걸까?

어쨌거나 오랜 출장으로 피곤한 남편에게 전화로 닦달할 일은 아닐 성싶었다.

"언제쯤 올 수 있어요?"

– 묻지 마. 90일 채울 것 같다니까.

기실 나도 그러려니 포기하고 있었다. 그래도 90일이 지나면 오긴 올 터였다. 아무리 중대한 출장일지라도 불법 체류를 할 수는 없을 테니까.

"옷은 어떻게 하고 있어요? 짐도 안 들고 가 놓고."

― 죽어라 빨아 입고 있지. 그걸 이제야 물어보냐? 요샌 어떻게 나한테 관심이 없어.

"그럴 리가요. 전화가 뜸하니까 물어볼 틈이 없었던 거죠."

나는 괜스레 뜨끔해서 변명했다. 사실 요즘엔 전처럼 남편을 중심으로 모든 걸 생각하지 않는다. 엄마의 집을 받게 된 다음부터 내 머릿속은 여러 가지 생각들로 붐비게 되었다. 엄마로부터 비롯되는 옛날 생각이나 외갓집 생각, 또는 나도 곧 엄마가 될 수 있다는 생각이나 세입자 생각 등등.

― 너야 매일 노니까 그렇게 말할 수 있는 거지. 내가 괜히 전화를 안 하는 게 아니라고.

전에도 한번 이런 말을 했다가 부부 싸움을 대판 했건만, 남편은 또 잊어버린 눈치였다. 내가 노는 이유는 절반이 남편 때문이다. 고졸 유부녀로서 제대로 된 직장을 구하기는 힘들어도 내가 마음만 먹으면 하다못해 마트에 나가 청소라도 할 수 있다. '푼돈 벌려고 나가느라 옷 사 입고 화장하는 게 오히려 낭비야.'라고 주장했던 사람이 누구더라.

남편은 뒤늦게 그 사실을 떠올렸는지 어영부영 말을 돌렸다.

― 그나저나 새 집은 어때? 커튼까지 만들어 붙일 정도면 이젠 완전히 적응 됐겠네.

"그렇죠, 뭐."

― 어디 불편한 덴 없고?

오늘 오전까지만 해도 머리가 무척 아팠었는데 말이다.

"괜찮아요."

— 그 친구는?

"누구요?"

— 누구긴 누구야, 세입자지. 주방하고 욕실 같이 쓴다고 싫어했었잖아.

"까칠하게 굴지 말라면서요. 그러려고 노력하고 있어요."

— 응, 거기까진 좋은데 너무 잘해 주진 마라.

"예?"

— 나 없는 사람 아니잖아. 바람나지 말라고.

남편이 쉰 목소리로 진지하게 말하는 바람에 나는 덜컥 놀라 손을 멈췄다. 그때 나는 남편의 얘기를 건성으로 흘려들으면서, 이준환의 여자 친구 역할에 어울릴 법한 옷을 고르고 있었기 때문이다.

"바람 안 나요."

나는 옷장 문을 닫았다.

— 그래, 이만 끊을게. 오늘은 네가 먼저 사랑한다고 해.

"사랑해요."

— 나도. 들어가.

정녕 나를 의심하기라도 하는 걸까?

나는 휴대폰을 잠깐 들여다보다가 거울을 보았다. 그리고 도로 옷장 문을 열었다. 아무리 그래도 흙탕물 범벅으로 가는 건 너무 심하다.

나는 바람난 것도 아니고 바람피울 의향도 없다. 그저 이준환과 사귀는 척만 해 줄 따름이다. 이준환도 커튼 재료를 살 때 내 남자 친구 행세를 해 준 적이 있다. 그건 어디까지나 '척'에 불과했을 뿐 일상으로까지 연결되지는 않았다. 그리고 사실 다른 여직원의 업무까지 떠맡아 하는 남편을 생각해 보면, 내가 이준환의 부탁을 들어주는 것쯤은 뭐 그리 대수로운 일도 아니다. 그 정도는 아마도 괜찮을 것이다.

어쩐지 꺼림칙해서 남편한테 솔직하게 말하지는 못했지만.

＊

내가 바람난 건 아니라고, 나는 그렇게 믿고 있었다. 하지만 하늘하늘한 시폰 원피스를 입고 제멋대로 흐느적거리는 치맛자락에 자꾸 신경을 쓰는 사이에 내 자신에 대한 의구심이 들기 시작했다.

남편이 하는 말은 대부분 옳았다. 어쩌면 난 진짜로 바람이 났는지도 모른다. 큰일이다.

"이 친구한테 거하게 한턱내야겠는데요."

내 걱정을 아는지 모르는지 나의 세입자는 내도록 희희낙락이었다. 내가 방에서 나온 순간부터 그는 말 그대로 나를 뚫어지게 바라보고 있었다. 내 착각일 거라고 넘기기에는 지나치게 분명한 눈빛이었다. 심지어 차에 올라탄 다음, 그는 그걸 아예 말로 했다.

"예뻐서 눈을 못 떼겠어요. 운전이 안 된다. 뭐라도 듣자."

그는 이제껏 운전할 때 음악이나 라디오를 튼 적이 없었다. 그렇다고 해서 그의 카스테레오가 고물은 아니었던 모양이다.

곧 나른한 분위기의 음악이 흘러나왔다. 반주와 달리 여자 가수의 목소리는 거칠고도 솔직했다. 꾀꼬리 같은 목소리로 노래 부를 생각은 없는 듯이 들렸다. 남편 취향에 따라 걸그룹의 귀엽고 발랄한 댄스음악에 젖은 내 귀에는 그게 꽤 신선하게 들렸다.

"어떤 음악 좋아하세요?"

"이거 좋은데요."

그는 만족스러운 표정으로 고개를 끄덕였다. 그 질문을 끝으로 그는 한동안 말없이 운전만 했다. 간혹 리듬에 맞춰 손가락을 까딱거리거나, 나와 흘깃 눈이 마주치면 공연한 웃음을 지을 뿐이었다.

한참을 달려 시내 번화가로 들어섰을 때, 그가 비로소 볼륨을 줄이고 입을 열었다.

"전에 물으셨죠? 여자 친구랑 왜 헤어졌느냐고."

"예."

"저도 그게 궁금했어요. 걔가 갑자기 학교를 휴학하고 연락을 끊었거든요."

"같은 학교였어요?"

"같은 학교 같은 과 후배예요. 군대 갔다가 복학하고 만났는데 그때 걔가 신입생이었어요. 옷도 잘 입고 화장도 잘하고, 새

내기 같지 않았죠. 확 튀는 스타일이었어요. 성격도 그렇고.”

신호를 기다리던 그는 좌회전을 한 후 말을 이었다.

“걔 성격에 잠수 타는 건 있을 수 없는 일이라고 생각했어요. 제가 걔를 몰랐던 거죠. 아무것도 몰랐어요. 걔네 아버지 돌아가셨다는 얘기도, 걔가 살던 아파트 경비 아저씨한테서 들었거든요. 걔는 아버지 장례식에 저를 부르지도 않았던 거예요. 상식적으로 이해가 되세요?”

결혼할 사이가 아니라면 그럴 수도 있다. 하지만 헤어진 여자 친구 얘기를 하는 그에게 그렇게 냉정한 말은 할 수 없었다. 나는 그저 ‘무슨 사정이 있었겠지요.’라고 조심스레 대답했다. 그러자 그가 내게 흘깃 시선을 주었다.

“저도 그럴 거라고 생각했어요. 그래서 물고 늘어졌어요. 다신 안 볼 사람처럼 연락도 끊고 이사까지 가 버렸는데, 그래도 찾아냈어요. 그땐 완전히 스토커였거든요.”

그는 잠시 말을 멈추고 떨리는 소리로 한숨을 내쉬었다.

“한심했지요. 별짓을 다했어요. 사귈 때 걔가 교회 한번 같이 가자고 졸랐는데, 전 교회 별로 안 좋아하거든요. 집안이 교회라면 질색을 해서. 걔가 없어지고 난 다음에야 갔어요. 걔 찾으러. 그런데 거기도 발길 끊었더라고요. 결국엔 돈 주고 불법으로 찾았어요.”

그는 어느 빌딩의 주차장으로 들어갔다.

“그때는 그런 거 신경 안 썼죠. 걔만 찾을 수 있다면 무슨 짓이든 상관없었어요. 그런데 내가 그 사람들한테 돈을 좀 과하게 줬나, 걔네 집안에 대해서 한꺼번에 너무 많은 걸 알게 됐어요. 그제야 이해가 됐죠. 내가 걔라도 아마 잠적하고 싶었을 거예요."

주차장에 차를 세우고 그는 느린 어조로 말을 이었다.

"걔가 일부러 날 피한 줄 알면서도 찾아갔어요. 집안 사정 때문에 잠적한 거니까, 내가 걔랑 결혼하기만 하면 다 해결될 줄 알았어요. 아버지한테 손 벌리는 한이 있어도 내가 다 해결해 주고 싶었어요. 그런데 걔는 내가 무슨 말을 해도 '됐어, 됐어.' 그 말밖에 안 하더라고요. 나는 아무것도 된 게 없는데, 돌아 버릴 것 같은데."

그는 양손에 얼굴을 묻고 한동안 말이 없었다. 이윽고 나를 돌아봤을 때, 그는 희미하게 웃고 있었다. 애써 짓는 그 웃음 때문에 나는 오히려 가슴이 더 먹먹해졌다.

"되게 심각했던 것 같죠? 그랬는데도 지금은 다 잊었어요. 시간이 다 해결해 줬나 봐요. 모르겠어요. 은아 씨는 어떻게 생각할지 모르겠는데, 솔직히 은아 씨 어머니 도움을 많이 받았어요. 어머니를 보고 있으면 너무 가슴이 아파져서…… 후훗, 사람들은 남의 불행을 보면서 자기를 위로하는 나쁜 버릇이 있잖아요."

나는 그 말에 동조할 수 없었다. 사람들이 어떻고를 떠나서 엄마가 불행했다는 얘기가 곧이곧대로 들리지 않았다. 엄마는 결혼도 안 한 채 자기 마음대로 나를 낳았고, 내게 물어보지도 않고 자기 마음대로 나를 버렸다. 그렇게 자기 마음대로만 산 사람이 도대체 뭐가 불행했다는 건지 도무지 알 수가 없었다.

"덕분에 지금은 깨끗이 잊었어요. 내가 미련 못 버렸다고 걔 쫓아다니는 것도 생각해 보니까 민폐더라고요. 걔한테 내가 소중한 존재였다면 어떤 상황이든 그런 식으로 잘라 내진 않았겠죠. 성격이 쿨하질 못해서 그걸 깨닫기까지 시간이 좀 오래 걸렸어요. 오늘 여기 온 것도 걔한테 미련이 남아서는 아니에요. 다시 잘해 볼 생각 같은 것도 없어요. 그럴 수도 없을 것 같고. 그래도 아는 애니까, 한때는 사랑했던 사람이니까 최소한 불행하지는 않았으면 좋겠어요. 제가 이러는 거, 이해가 되세요?"

엄마 문제를 떠나서 그의 마음만은 충분히 이해가 됐다.

내가 고개를 끄덕인 순간, 그는 내 손을 잡았다. 그러고는 놀라서 굳어진 내 손가락에서 결혼반지를 뺐냈다.

"여자 친구가 유부녀면 곤란하잖아요."

"아……."

그는 내 결혼반지를 잠깐 들여다보더니 자신의 주머니 속에 넣었다. 내가 그걸 돌려 달라고 할까 말까 고민하는 동안에도 그의 오른손은 줄곧 내 손을 잡고 있었다. 그러더니만 손 군데군데를 만지작거리면서 숫제 관찰을 하기 시작했다.

"손 예쁘다. 이다음에 한번 떠도 돼요? 손 모형 만들면 좋겠는데."

"제 손 안 예뻐요. 거칠고."

나는 억지로 손을 빼내려고 했다. 거친 손이 창피해서 그런 건지, 내가 유부녀라서 그런 건지는 나도 잘 모르겠다. 어쩌면 둘 다였다. 어쨌거나 그가 놔주지 않는 바람에 내 시도는 실패했다.

"좋은 손인데요. 인생을 아는 손처럼 보여요. 여자 손 중에는 이런 손을 찾기가 힘들어요. 혹시 어딘가 출품하게 되면 모델료 드릴게요. 작품 팔리면 모델료랑 별도로 50 대 50. 그 정도면 파격적인 조건인데."

그는 진지하기 그지없는 눈빛으로 내 손을 세심하게 관찰하고 있었다. 정말로 작품을 만들기라도 하려는 눈치였다.

나는 나도 모르는 사이에 그에게 말려들어 내 손을 유심히 들여다보았다. 아무리 봐도 작품 같은 게 될 손은 아닌 듯 보였지만, 예술가의 눈으로 보기엔 뭔가 좀 다른 모양이었다. 약간 우쭐해진 나는 남편한테 자랑할 생각부터 했다.

그랬다. 나는 그에게 손을 잡힌 채로 안이하게도 그런 생각이나 하고 있었던 것이다.

"자, 우리 이제 손잡은 사이예요."

그가 내 손을 놓자마자 하는 말에 나는 당황해서 말문이 막혔다. 그는 웃으면서 농담인지 진담인지 모를 어조로 말을 이었다.

"오늘은 사귀는 척만 해 주시면 되고, 실제로는 손만 잡은 사이라고요."

나는 심하게 눈을 깜빡거리며 그럼 '손만 잡은 사이'는 대체 어떤 사이인지에 대해 고민했다. 그는 내 생각을 훤히 읽은 듯 한마디 덧붙였다.

"손만 잡은 사이는 말 그대로 손만 잡은 사이예요."

별로 도움 되는 말은 아니었다.

그 뒤로 내 신경은 온통 내 왼손에 집중되었다. 엘리베이터에 탔을 때 그는 내 왼손을 스치듯 건드렸고, 엘리베이터에서 내리면서 내 왼손을 잡았다. 그리고 '심 공방'이라는 작은 간판이 달린 유리문을 열면서 내 손가락 사이사이에 자신의 손가락을 슬며시 끼워 넣어 깍지를 꼈다.

남편과는 다른, 나와도 다른 그의 피부와 그의 뼈와 그의 체온이 지나칠 정도로 선명하게 느껴졌다. 나는 그제야 손만 잡은 사이가 어떤 사이인지 깨닫게 되었다.

그건 그의 말처럼 '말 그대로 손만 잡은 사이'다. 그 이상의 어떠한 사이도 아니며, 또한 집주인과 세입자 사이도 아니다.

4

이준환의 친구이자 심 공방의 주인인 심정배는 이제 곧 여름이건만 복슬복슬 털실로 뜬 모자를 쓰고 있었다. 공방 안은 꽤 시원했으나 난 그 모자를 볼 때마다 더워지는 느낌이었다.

"진짜로 모시고 왔구나. 나 염장 지르려고 일부러 이러는 거지?"

그렇게 투덜거리면서도 심정배는 하트 모양의 커플 머그잔에 커피를 따라 우리에게 건넸다. 그러더니 커피 마실 틈도 안 주고 곧바로 이준환을 파티션 안쪽으로 끌고 갔다.

나는 문가의 긴 소파에 앉은 채 잠깐 공방 안을 둘러보았다.

심 공방의 위치는 번화한 대학가다. 심정배와 이준환은 이 대학 출신일까? 만일 그렇다면 내 사촌 언니와 동창일 터였다. 사촌 언니도 미대생이니까 어쩌면 서로 아는 사이일 수도 있다. 세상은 넓고도 좁으니까.

'아! 정배 오빠…….'

나는 문득 민선이가 그토록 찾던 '정배 오빠'를 기억해 냈다. 설마 심정배?

민선이가 이준환과 아는 사이라면 심정배와도 아는 사이일 가능성이 컸다. 역시나 세상은 넓고도 좁은가 보다. 나는 어쩐지 친숙한 기분이 들어 심 공방을 다시금 찬찬히 둘러보았다.

심 공방은 그다지 크지 않았다. 볼거리도 많지 않은 곳이었다. 공방이라는 장소에 걸맞은 볼거리는 벽에 쭉 걸린 액자들뿐이었다. 그 액자들은 사진을 넣을 용도로 만든 게 아니었다. 차라리 사진 액자였다면 하다못해 쓸모라도 있었을 것이다. 안에 기괴한 모형이 들어 있는 그 액자들의 유일한 쓸모는, 내가 예술을 전혀 이해하지 못한다는 사실을 일깨워 주는 정도였다. 그래도 이해할 수 없을 만큼 괴상망측해서 자꾸 눈길은 갔다.

하지만 그것들이 아무리 얄궂고 신기할지라도, 그것들을 보면서 혼자 있는 데에는 한계가 있었다. 얼마나 그러고 있었을까. 커피를 다 마신 나는 심심해지기 시작했다. 게다가 에어컨 바람이 하필 소파 쪽에 직통으로 쏟아져서 무진장 추웠다. 몸이 덜덜 떨렸다. 입도 안 댄 이준환의 커피가 들어 있는 머그잔을 슬쩍 만져 봤으나 별로 따뜻하지 않았다.

　　나는 조용히 일어나서 안쪽으로 다가갔다. 에어컨 바람을 피하는 동시에 파티션에 빼곡 붙은 사진들을 좀 더 자세히 보려는 심산이었다. 그러나 나는 그 근처에서 흠칫 멈췄다. 소파에 앉아 있을 때까지만 해도 웅얼웅얼 낮은 소리로 뭉개져 들리던 두 남자의 대화가 그곳에서는 선명하게 들려오고 있었다.

　　"……그 교수가 우리 J.J.한테 작정하고 물을 먹였던 거지. 결과적으로 나만 덤터기 썼다니까."

　　심정배의 목소리였다. 뒤이어 이준환의 목소리가 들렸다.

　　"이제 더 할 얘기 없지? 말 좀 작작 돌리고 불어라. 걔 어디 있는지."

　　"내가 너 또 폐인놀이 할까 봐 무서워서 못 가르쳐 주겠다고. 너 잊었다 잊었다 하지만 못 잊었잖아. 도대체 어디서 저렇게 닮은 애를 찾았냐?"

　　"누가? 은아 씨가? 닮긴 뭐가 닮아. 전혀 다른데."

　　"분위기야 다르지. 생긴 게 똑같잖아. 걔 화장 지우고 저런 옷 입혀 봐라. 판박이지."

　　"그건 네가 자세히 못 봐서 그런 거고. 얼굴 윤곽부터 딴판인데 뭘."

　　"너 요새 작업 격하게 하냐? 눈이 잘 안 보여?"

　　"이따가 다시 한 번 잘 뜯어봐. 안 닮았어."

　　"내 눈이 강재진 교수 공식 인정 신의 눈이거든. 똑같이 생겼다."

　　"은아 씨가 그 얘기 들으면 기분 나빠할 텐데."

"당연히 기분 더럽겠지. 자기 남자 친구가 엑스 걸프렌드랑 똑같이 생겨서 자기랑 사귄다는데, 좋아할 여자가 어디 있냐?"

"그래서 사귀는 것도 아니고, 닮았으면 사귀지도 않았다. 은아 씨는 심재부터가 달라. 굉장히 특별해. 누구하고도 닮을 수 없는 사람이야, 은아 씨 자체가."

나는 그 말의 어디부터 어디까지가 진심인지 궁금했다.

그를 믿지 못하는 건 아니었으나, 나는 방금 처음 만난 심정배의 말에 더 신뢰가 갔다. 아마도 나는 그의 옛날 여자 친구와 닮았을 것이다. 그리고 그는 아직도 그 여자 친구를 잊지 못했다. 그가 여자 친구를 위해서 만들었다던 인형은 지난번 파티에 갈 때까지만 해도 줄곧 차에 있었다. 설마 새어머니를 추억하기 위해서는 아닐 테니, 옛날 여자 친구를 못 잊어서 갖고 다녔던 게 분명하다.

그렇지만 심정배는 이준환의 말을 믿기 시작한 것 같았다. 사실 우리는 사귀지도 않는데 말이다.

"너 완전히 빠진 것 같다?"

"어. 나도 내가 이럴 줄은 몰랐다. 보는데 가슴이 뛰더라."

"자식, 장하다. 가슴도 뛰고."

"진짜 장하지. 3년 만이다. 가슴 뛴 거."

"3년? 오, 그러네. 걔랑 깨진 지 벌써 그렇게 됐구나. 으이그! 장한 게 아니라 징하다, 징해. 난 그동안 열 명도 넘게 사귀었는데."

"그리고 아무도 없었다. 그런 거지."

“괜찮아. 너무 오랜만에 솔로가 되다 보니까 것도 나름대로 즐길 만하더라고.”

“아, 그래? 소개팅은 필요 없구나.”

“아이, 왜 이러세요. 그러지 말고 좀 해 줘.”

“급비굴이네.”

“이런 게 사회성이라는 거야, 인마. 한 번만 해 주라, 응?”

“가르쳐 줘. 걔 어디 있는지.”

“이야, 이 자식이 거래를 하네? 맨입에 해 줄 것이지.”

“너야말로 맨입에 가르쳐 주면 어디 덧나냐? 이건 뭐야?”

“거기 명함. 내가 또 네 생각 나서 얼른 챙겼잖아. 난 참 성격도 좋아. 아무래도 요샌 나쁜 남자가 대세라서 내가 인기가 없는 것 같아. 여자애들 진짜 이상하지 않냐? 하여튼 그 종족은 이해가 안 돼요.”

“은아 씨는 착한 남자가 좋다던데.”

“지랄. 그럼 나 줘!”

이준환의 말들은 진실과 거짓이 뒤죽박죽 엉켜 있어서 도무지 종잡을 수가 없었다.

내가 소파로 돌아와 앉았을 때 그들이 파티션 바깥쪽으로 나왔다. 이준환의 손에는 검은색 명함이 들려 있었다. 심정배는 그의 곁에 찰싹 달라붙어서 흥분한 어조로 떠들고 있었다.

“야야, 나 너희 패밀리 중에서 하나 골라도 돼?”

“지금 쇼핑해?”

“에이, 해 줘. 걔 있잖아, 왜. 머리 보라색인 애.”

“선영이?”

“어. 난 그렇게 불량스러운 언니들 보면 막 짜릿짜릿하더라.”

“걔 하나도 안 불량한데.”

“하여튼 해 줘.”

“안 돼.”

“왜!”

“걔는 애인 있어.”

“이것 봐. 이래서 내가 솔로라니까. 내 마음에 드는 애들은 어떻게 꼭 애인이 있어요. 세상이 이렇게 불공평해도 되는 거예요?”

소파 쪽으로 의자를 끌어다 앉은 심정배가 호들갑스럽게 물으면서 내 얼굴을 빤히 바라보았다. 나는 안다. 이 사람이 내 얼굴을 이토록 뚫어지게 보는 이유는 이준환의 옛날 여자 친구와 닮은 구석을 찾기 위함이다.

점점 더 내 쪽으로 몸을 기울이던 심정배가 아예 내 앞에 쭈그리고 앉았다. 털모자가 바로 내 눈앞이었다. 나는 잠깐 그 연두색 털 방울을 만져 보고 싶은 충동에 시달렸다.

“은아 씨라고 했나. 느낌 상당히 독특하시네요.”

“아…….”

닮았다는 말일까, 닮지 않았다는 말일까?

어쨌거나 곧이곧대로 들리지는 않았다. 나는 평범함을 지나서 수수한 편이다. 초여름에 털모자 쓴 사람으로부터 독특하다는 말을 들을 수준은 결코 아니었다.

"평소에 주로 무슨 생각을 하세요?"

그건 오히려 내가 묻고 싶은 말이었다.

"그냥 이런저런……. 별로 특별한 생각은 안 하는데요."

"혹시 도 닦으신 적 있어요?"

"도요? 아뇨, 전혀."

나는 너무도 사람들 눈에 안 띄어서 '도를 아십니까?' 하는 질문조차 받은 적이 없었다. 딱 세 번 그런 질문을 받을 뻔했는데, 세 번 모두 내 바로 뒤에 오던 사람한테 기회를 빼앗겼다. 맨 처음엔 다행이라고 생각했으나 세 번씩이나 같은 상황이 반복되자 이상한 생각이 들었다. 혹시 내가 투명인간처럼 누구의 눈에도 보이지 않는 건 아닐까 하고.

물론 그럴 리는 없었다. 나는 그저 늘 사람들의 관심 밖에 있었을 뿐이었다. 나한테 관심을 보인 사람은 일생을 통틀어 봐야 열 손가락으로 꼽을 정도다. 거기에 엄마는 포함되지 않는다.

그들 중 네 명은 나를 괴롭힐 구실을 찾기 위한 악의적인 관심만 갖고 있었다. 그 네 명 중 한 명과 또 다른 두 명은 죽었다. 그리고 나는 지금 나를 싫어하는 사람들과는 무관하게 살고 있다.

결과적으로 내게 관심 가진 사람은 둘밖에 남지 않은 셈이다. 남편과 이준환.

"거참 희한하네. 네가 굳이 심재라고 표현한 이유를 알겠다."

심정배가 도로 의자에 앉으면서 이준환에게 말했다.

“심재? 내가 그랬나?”

이준환은 고개를 갸웃했지만 나도 그가 ‘심재’라고 말한 걸 들었다. 심정배가 그의 발끝을 툭 찼다.

“무의식중에 그렇게 말한 거면 되게 위험한 거다, 그거. 너 아까 분명히…….”

심정배가 나를 흘긋 보더니 별안간 빙글빙글 웃었다.

“아까 준환이가 뭐랬는지 알아요? 은아 씨가 뼛속부터 다르대요. 굉장히 특별해서…….”

“야!”

심정배는 그에게 한 팔로 목을 졸리면서도 쿡쿡거리면서 말을 이었다.

“……보기만 해도 가슴이 막 뛴대요. ㅎㅎㅎ.”

“이 자식이 진짜!”

“야야, 왜 이래!”

“뭘 왜 이래! 얌전히 죽어라.”

“은아 씨는 권태기인가 봐. 놀라지도 않는데?”

놀라지 않은 건 당연한 일이다. 아까 벌써 들었던 얘기고 그건 ‘사귀는 척’의 일부였을 뿐이니까.

그래도 이쯤에서나마 놀란 척을 하는 게 좋을 듯했다.

“아, 너무 놀라서 정신이 없었어요.”

“그래, 그런 거다. 우리 이런 사이거든.”

그는 심정배의 목을 놓고 내게 손을 내밀었다. 그 위에 손을 얹고 그의 손이 따뜻하다고 느끼면서 나는 혼란스러워졌다. 그가 말하는 '이런 사이'는 사귀는 척을 하는 사이일까, 아니면 손만 잡은 사이일까?

그때 그가 내 어깨를 감싸 안듯 자기 쪽으로 끌어당기는 바람에 지금은 '척'이라는 걸 알았다.

"추워요?"

"아, 조금. 에어컨이 이쪽으로 불어서요."

실은 무척 추웠다. 심정배는 털모자를 쓰고 있으니까 모르겠지만 이 공방은 무지무지 춥다.

"아니, 제가 일부러 명당자리로 드렸는데. 어떻게, 뜨끈한 커피라도 한 잔 더 하실래요?"

"커피가 무슨 국물이냐, 뜨끈하게."

"몰랐냐? 커피 이렇게 마시면 더 맛있어. 속이 아주 개운해, 크크."

심정배는 꼭 대접 들듯이 머그잔 속에 엄지를 넣어서 들어 올린 채 여유작작하게 농담을 했다. 다행히도 이준환은 그 이상 농담 따먹기 할 생각은 없는 듯 공방 문을 열었다.

"기온차가 너무 심하다. 너 벌써부터 이러고 살면 냉방병 걸린다."

"으으, 더워. 문 닫고 빨리 가라."

"왜? 밥 사러 왔는데."

"내가 미쳤어? 커플 사이에 껴 가지고 밥이 목구멍으로 넘어가겠냐? 너나 많이 먹고 힘내서 열심히 생각해 봐라. 우리 멋진 정배한테는 어떤 여자가 잘 어울릴까, 이런 거."

“너한테 잘 어울리는 애 있잖아. 민선이.”

“크허! 걔 얘기는 꺼내지도 마. 어우, 걔는 무슨 오빠 귀신이 붙었어. 오빠, 오빠, 오빠, 오빠! 얼굴이나 예쁜 게 그러면 귀엽기라도 하지.”

“주제 파악을 해라. 민선이가 좋아하니까 어울린다고 해 주는 거지, 솔직히 너한테 대면 걔는 천사다.”

“천사 좋아하시네. 걔는 인간도 아니야. 꽃돼지지. 어떻게 알고 꼭 핑크색만 입어요. 걔 때문에 내가 아주 학교 갈 때마다 미션 임파서블을 찍는다.”

“그리고 보니까 너 좀 닮았다. 미션 임파서블 구도가 딱 나오네.”

“와우! 이거 빅뉴스인걸. 어디, 어디? 구체적으로 어디가 닮았는데?”

“구체적으로……, 키?”

“이게 죽고 싶나. 아, 꼴 보기 싫어. 빨리 가!”

그때 마침 엘리베이터가 도착해서 우리는 인사도 제대로 못 하고 쫓기듯 엘리베이터에 탔다. 이준환은 엘리베이터 문이 닫힌 후에도 내 어깨에 얹은 손을 치우지 않았다.

“큼.”

이제 더는 사귀는 척을 할 필요가 없었다. 내가 낮게 헛기침을 했지만 그는 못 들은 것 같았다.

“큼큼.”

나는 좀 더 분명하게 신호를 보냈다. 그제야 그가 나를 돌아보았다.

"목 아파요? 감기 걸린 거 아니에요?"

그는 손 치울 생각은 않고 내 이마에 다른 손을 엊기까지 했다. 나는 잠자코 내 어깨 쪽으로 흘긋 시선을 주었다. 그는 벌서듯 양손을 들어 올렸다.

"아, 그렇죠. 손만 잡은 사이."

그러더니 그는 다시 내 왼손을 잡아 깍지를 꼈다. 솔직히 나는 그것도 불편했다. 그의 손이 따뜻하게 느껴질수록 마음 한 구석이 심하게 켕겼다.

"저기……."

"아까 저 친구가……."

동시에 입을 열었던 우리는 엘리베이터를 내리면서 서로 몇 번인가 눈짓했다. 마침내 그가 먼저 말을 꺼냈다.

"아까 저 친구가 했던 얘기요."

"어떤……?"

"가슴 뛴다든지 그런 거."

"아, 알아요. 사귀는 척하고 있었으니까."

"그렇게 생각하실 줄 알았어요."

그는 조수석 쪽의 차 문을 열었다.

"그런데 진심이에요."

차 문이 닫혔다.

그가 차체를 빙 돌아 운전석에 오르기까지, 나는 짧지도 길지도 않은 시간 동안 혼자서 어쩔 줄 몰라 하고 있었다. 그가 내 옆에 탄 다음에도 도저히 그의 얼굴을 볼 수가 없어서 아래쪽만 흘끔거렸다. 그러다가 문득 생각났다.

"제 반지, 돌려주세요."

그의 손이 은회색 바지의 주머니 속으로 들어갔다. 매끈하고 섬세해 보이는 저 손은 사실 꽤 단단하다. 아니, 그런 건 아무래도 상관없다. 나와는 무관한 손이다.

도로 나온 그의 손에는 내 결혼반지가 들려 있었다.

"사람이 사람을 좋아할 수는 있잖아요."

물론 그럴 수 있다, 결혼반지를 끼지 않은 사람들끼리는.

"저는 아니에요."

반지를 왼손 네 번째 손가락에 밀어 넣으면서 나는 그렇게 대답했다.

"안 돼요?"

"예."

뭐가 안 된다는 건지 정확히 알 수는 없지만 무조건 안 된다. 아무것도 안 된다.

'나 없는 사람 아니잖아. 바람나지 말라고.'

남편의 슬픈 듯 들리던 쉰 목소리가 거듭 귓속에서 울렸다. 얼마간 침묵을 지키던 나는 결국 못 참고 한마디 덧붙였다.

"손만 잡은 사이도 안 돼요."

그가 핸들을 휙 틀어 차를 길가에 세웠다. 끼이익, 소름 끼치는 소리 때문에 주눅이 들었으나 그뿐이었다. 나는 이사 왔던 첫날부터 그의 차에 타지 말았어야 했다.

“이유가 뭐예요?”

몰라서 묻는 걸까?

나는 대답하기도 구차해서 결혼반지만 만지작거렸다.

“남편분 때문에 그래요?”

“예.”

“다른 이유는 없어요? 그것뿐이에요?”

“예.”

그 이상 무슨 이유가 더 필요한지 모르겠다.

그는 어이없다는 듯 허탈한 소리로 웃었다. 그때 나는 그가 나와 전혀 다른 세계에 속해 있는 사람임을 느꼈다. 남편이 있다는 건, 그에게 아무런 이유가 되지 않는 것이다.

어쩐지 그가 무서워졌다. 그의 세계는 2층으로 올라가는 계단처럼 활짝 열려 있을지 몰라도, 내 세계는 사방이 벽으로 둘러싸여 있다. 그 벽은 유리같이 얇고 투명해서 하루하루 공들여 닦고 조심스럽게 다뤄야 한다. 언젠가 그가 그 벽을 산산조각 내 버릴 것 같다는 예감에 온몸이 오그라들었다.

차들이 시끄럽게 클랙슨을 울리며 우리 곁을 지나가고 있었다. 그는 도로 출발했다.

집에 도착할 때까지 우리는 서로 아무 말도 하지 않았다. 음악도 듣지 않았다. 그리고 집에 도착했을 때, 그가 내 손을 잡았다. 결혼반지를 끼고 있는 왼손이었다.

“얘기 좀 해요.”

“저는 할 얘기 없는데요.”

“전에 하려다가 못 했던 얘기예요.”

나는 바로 앉아 내 왼손 위에 얹힌 그의 손을 치웠다.

“은아 씨 남편분 말이죠.”

“알아요, 중년 아저씨인 거. 그래서 그게 뭐요?”

나는 그를 똑바로 쳐다보며 그의 말을 끊었다. 남편의 나이는 내게 아무런 문제가 되지 않는다.

“남들 눈에 어떻게 보이든 우리는 부부예요. 3년을 같이 산 부부라고요. 이제 집도 생겨서 드디어 아이를 가질 수 있게 되었는데…….”

간혹 몹시도 간절한 소망은, 단지 입에 올리는 것만으로도 벅차서 눈물이 나곤 한다.

나는 급히 창 쪽으로 얼굴을 돌렸다. 이준환의 얼굴이 사라지자 말하기가 한결 수월해졌다.

“……좋은 엄마가 될 거예요. 그러니까 나한테 이러지 마요. 나를 잘 알지도 못하면서.”

“은아 씨는 은아 씨 자신에 대해서 잘 알아요?”

나는 말문이 막혀 그를 돌아보았다.

“자기 자신도 잘 모르는 게 인간이잖아요. 중요한 건 아는 게 아니죠. 알고 싶어 하는 거지. 난 은아 씨를 알고 싶어요.”

그래서 그는 틈만 나면 내게 시시콜콜 질문을 던지는 걸까?

나는 도로 고개를 돌렸다. 심장이 벌렁거렸다. 나를 보고 가슴이 뛰었다고? 나도 그를 보면 가슴이 뛴다. 몰래 나쁜 짓을 하다가 들킨 애처럼 얼굴이 다 화끈거린다. 나는 중언부언 부정했다.

"전 그러고 싶지 않아요. 괜히 오해받기도 싫고요. 안 그래도 오늘 전화가 와서……."

"남편분한테서요?"

"예. 저한테 바람나지 말라던데요."

어두운 창 건너편에서 그가 놀란 듯 눈을 휘둥그레 떴다.

나도 남편으로부터 그 얘기를 들었을 때에는 덜컥했었다. 이준환을 실제로 본 적도 없는 남편이 갑자기 그런 말을 할 줄은 몰랐다. 어쩌면 우리가 부부고 일심동체이다 보니, 남편이 그 만리타향에서도 뭔가 이상한 낌새를 느꼈을지 모른다.

남편 말마따나 요즘 내가 남편에게 관심이 덜한 건 사실이었다. 그 관심이 이 세입자에게 쏠렸던 것도 부정할 수 없는 사실이다. 남편과 단둘이 살다가 새로운 사람과 살게 되었으니 그럴 만도 하다고, 나는 그동안 스스로를 합리화하고 있었다.

"와우."

이윽고 이준환이 공허한 감탄사를 뱉었다. 그는 곧 낮게 웃음을 터뜨렸다.

"거기까지는 바라지도 않았는데. 의외로 노골적이시네요, 후훗."

나는 그의 말뜻을 생각하다가 뜨끔해서 고개를 돌렸다.

남편이 옳았다. 나는 바람이 났다. 이준환에게 아니라고, 안 된다고 했던 말은 내 자신에게 던진 경고에 불과하다. 방문을 열 때마다 나는 그가 거실에 있을까 설레고, 그가 있으면 내 눈은 몰래몰래 그를 좇느라 바쁘다. 그를 처음 봤을 때부터 품었던 호기심은 그에 대해 알면 알수록 자꾸만 더 커져 간다. 그와 이야기를 하면 말수가 많아지고, 싱거운 그의 농담에도 큰 소리로 웃고 만다. 그와 눈이 마주칠 때면 별다른 이유도 없이 웃어 보인다. 웃는 모습이 보기 좋다는 그에게 잘 보이고 싶어서.

내 마음은 이미 그 커피숍에서 그에게 입술을 허락해 버렸다. 마음일 뿐이라고 넘겨 버리는 건 너무 비겁하다.

그러니까 이제 그만.

정말로 안 된다. 아무것도 안 된다. 내 남편은 '없는 사람'이 아니다.

"바람을 피우자거나 그런 게 아니에요. 은아 씨는 계속 남편 분하고 잘 지내셨으면 좋겠어요. 그래야 은아 씨가 행복하잖아요. 전 제가 좋아하는 사람이 행복하면 그걸로 만족해요. 아니, 뭐, 사실은 질투심에 절어 있지만 어쩔 수 없는 거죠. 남편분이 은아 씨를 먼저 만났으니까."

그는 제법 쿨하게 말했다. 나는 그제야 냉정을 되찾고 그를 돌아보았다.

마음을 닫아걸 작정이었건만, 말과는 달리 아스라이 미련을 드러낸 그의 눈동자가 무척이나 예쁜 모양새라 나는 나도 모르게 연민을 느끼고 말았다. 옛날 여자 친구를 미치도록 사랑했던 그는 여전히 내 얼굴에서 그 여자 친구의 환영을 보고 있을 터였다. 알면서도 기분이 나쁘다거나 찜찜하지는 않았다. 그러기엔 그의 눈동자가 못내 예쁘고, 평소 그가 내게 베풀었던 호감 어린 친절이 새삼 또 살가웠다.

내가 만일 결혼을 하지 않았더라면, 나는 기꺼이 이 남자의 옛날 여자 친구 대역이 되어 주지 않았을까?

얼핏 스친 생각에 스스로가 한심해졌다. 얼토당토않은 가정이다.

"아까 하시려고 했던 말씀이 뭐예요? 제 남편이 뭐요?"

나는 공연히 날 선 소리로 그에게 물었다. 그래 놓고 금방 후회했다. 도대체 그에게 무슨 말을 듣고 싶은 걸까?

"말 안 하기로 했어요. 이제 은아 씨 마음을 알았으니까."

"제 마음이 어떤데요?"

나는 또다시 후회했다. 그는 자신의 옛날 여자 친구와 닮은 내가 남편과 행복하게 사는 모습을 지켜보고 싶을 뿐이다. 같이 바람을 피우자고 유혹하는 것도 아니건만, 뭐가 그리 못마땅하여 내 입에서는 가시 돋친 말만 튀어나오는지 모른다.

"은아 씨는 남편분을 사랑하고 있어요. 그렇지만 제가 싫지만도 않지요. 제가 세입자로서는 꽤 괜찮은 사람이거든요. 안 그래요?"

영문 모를 반항심에 사로잡혀 있는 나에게 이 영리한 세입자는 도저히 반박할 수 없는 말로 응수했다. 그는 세입자로서 꽤 괜찮은 사람임에 틀림없었다. 또한 그가 앞서 말한 부분도 흡사 내 마음을 들여다보기라도 한 듯이 정확했다.

그러나 나는 까닭 없이 밸이 꼴려서 그에게 가타부타 대답하지 않은 채 차에서 내렸다.

　하여튼 내 성격 참 못됐다. 그걸 엄마 탓으로 돌리는 것부터가 못됐다. 그런데 못된 주제에 고집만 세서 성격을 고칠 생각도 않는다. 구제불능으로 못된 거지, 뭐.

5. 슬립캐스팅

많은 어린이들이 시도했지만 대부분 실패로 끝난 일들이 있습니다. 첫째, 달걀을 21일 동안 품어서 병아리를 부화시킨다. 둘째, 학교 앞에서 파는 병아리를 사다가 닭이 될 때까지 기른다. 여기서 조금만 더 난이도를 높여 봅시다. 우리는 빈 달걀 껍데기 안에 흰자와 노른자를 채워 넣는 작업부터 시작할 것입니다.

몰드가 달걀 껍데기라면 슬립은 흰자와 노른자에 비유할 만합니다. 몰드 속에 슬립을 채울 때는 요기와도 같은 평정과 고요를 유지하십시오. 그게 어렵다면 죽지 않는 한도 내에서 숨을 참으십시오. 표면에 생긴 작은 기포 하나가 고된 노력을 허사로 만들곤 합니다. 조심해서 슬립을 채운 다음에는 몰드가 어긋나지 않도록 주의하면서 병아리가 나올 때까지 인내심을 발휘합시다. 이 작업은 처음부터 끝까지 조심하고 조심하고 또 조심해야만 합니다.

만일 작업이 순조롭게 진행되었다면, 당신은 최초에 만들었던 원형과 똑같은 형태의 결과물을 얻을 수 있을 것입니다. 이 결과물은 갓 태어난 병아리만큼이나 연약합니다. 몰드에서 꺼내는 순간부터 가마 속에 안착시키는 순간까지 한시도 긴장을 늦추지 마십시오. 머리카락이나 손톱, 지문에 이르기까지 '당신의 모든 것이 이 연약한 존재에게는 치명적인 위협'이 될 수 있습니다.

나는 그날 저녁을 먹지 않았다. 이준환도 먹지 않은 것 같았다. 그리고 다음 날은 아침부터 모습을 보이지 않았다.

작업을 하러 갔나 보다.

그렇게 생각한 것도 잠시, 이내 한숨이 나왔다. 오늘 하러 간 작업은 아마도 평소의 그 '작업'이 아닐 터였다. 보나 마나 그는 옛날 여자 친구를 만나러 갔을 것이다. 술집에서 일한다는 그 여자 친구의 근무 시간에 맞추자면, 오늘 밤 안으로 돌아오기는 힘들 성싶었다.

지난번에는 귀신을 무서워하는 내가 걱정된다며 파티에 같이 가자더니만…….

공연히 치민 서운한 감정은 이내 사라졌다. 파티라면 몰라도 그의 옛날 여자 친구를 만나러 가는 길에 동행할 생각은 없었다. 더군다나 나는 그의 옛날 여자 친구와 판박이인 사람이다. 내가 만일 그녀의 옛날 남자 친구와 함께 그녀가 일하는 술집에 찾아간다면, 필시 그녀 쪽에서 나를 반기지 않을 터였다.

그래도 나는 그날 저녁, 혹시나 하는 마음에 밥을 해 놓고 기다렸다. 그래 봤자 반찬의 대부분은 이준환이 만들어 둔 것들이었지만. 나는 된장찌개를 끓이고 삼치 두 토막을 굽는 정도로 식사 준비를 마쳤다. 그가 오면 바로 데워 먹을 수 있도록 레인지 위에 놔둔 채 나는 소파에 앉아 창밖을 내다보았다.

노을이 지고 있었다. 물끄러미 마당을 보고 있노라니 외갓집 생각이 났다. 떠올리면 언제고 마음이 따뜻해지는……. 추억이란 아마도 그런 것이리라. 지금이라도 마당에 나가서 흙을 만지며 놀고 있으면, 외할머니와 외할아버지가 저녁 먹으라고 부르러 올 것만 같다. 두 분이 여태 살아 계셨다면 내 어린 시절은 온통 행복한 추억으로만 가득했을 것이다. 만일 그랬다면 나는 지금쯤 오민선처럼 대학생이 되어 MT를 가거나, 취미 생활에 열중하거나, 혹은 이제야 겨우 취직자리를 알아보고 있을지도 모른다.

내가 대학교에 갔다면 무슨 과를 지원했을까? 지적이고 세련된 여자가 다닌다는 영문과? 하긴 '제인 에어'를 원서로 읽어 보고 싶은 욕심도 난다. 나는 그 책을 초등학교 6학년 때 처음 읽었다. 처음에는 사촌 언니의 방에서 몰래몰래 훔쳐 읽었다. 외숙모와 사촌들이 일요일이면 아침부터 집을 비웠다가 오후 늦게야 돌아왔기에, 나는 그 책을 읽기 위해 일요일이 되기만을 손꼽아 기다렸다.

그렇게 조마조마하며 훔쳐 읽는 와중에도 나는 그 책을 성급히 훌훌 읽어 버리지 못했다. 나는 그 책을 손에 든 첫날부터 여주인공인 제인 에어에게 완전히 빠져 버렸다. 그녀는 나와 마찬가지로 외삼촌 집에 얹혀사는 더부살이였다. 그녀도 나처럼 외숙모에게 구박을 받고 사촌 오빠로부터 괴롭힘을 당하곤 했다. 다만 나와 달리 그녀에게는 외삼촌이 없었다. 그녀는 외삼촌이 있었다면 자신의 형편이 조금은 더 포실했으리라 아쉬워하는 눈치였는데, 내 경험상 외삼촌은 없는 편이 낫다. 만약 외삼촌까지 있었다면 그녀의 인생은 한층 더 꼬였을 것이다.

나는 그녀에게 푹 빠져서 일요일마다 그녀의 말 한마디 한마디를 새기고 곱씹었다. 그러던 어느 주엔가, 그녀와 로체스터의 결혼식이 파탄 난 찰나에 책 주인인 사촌 언니가 돌아왔다. 남은 분량으로 미루어 보건대 그대로 허무하게 끝나지는 않을 성싶었다. 중요한 순간에 내용이 뚝 끊겨 버린 나는 결국 일주일을 못 참고 외할머니에게 그 책을 사 달라고 졸랐다.

외할머니께서 사 주신 그 책은 나의 보물이었다. 월급 통장만 들고 외삼촌의 집을 뛰쳐나오던 날, 나는 그 보물을 잃어버렸다. '제인 에어'는 사려고 마음만 먹으면 언제든지 살 수 있지만 그 보물은 다시 구할 수 없다. 그건 외할머니께서 마지막으로 사 주신 선물이었다.

외갓집에서 살던 시절의 행복한 추억을 그리면서, 나는 어스름이 질 때까지 마당을 내다보았다. 외할머니와 외할아버지를 보고 싶다는 생각에 젖어 있다가 문득 오싹해졌다. 돌아가신 분들이 실제로 보이면 끔찍할 성싶었다.

나는 괜스레 불안한 마음에 거실과 주방 불을 환히 켰다. 어제 남편과 통화했으니 또 한 일주일쯤은 전화가 오지 않으려니 체념하면서도 하릴없이 휴대폰을 손에 쥐었다. 나는 휴대폰에서 눈을 떼지 못했다. 아니, 이 집 안의 그 어디로도 시선을 돌리지 못했다.

내 간절한 소망이 통했던 걸까, 천만다행으로 벨이 울렸다.

"여보세요."

― 나야.

남편이었다. 이렇게 반가울 데가!

― 문 열어.

"예?"

― 대문 열라고.

"어머!"

나는 얼결에 전화를 끊고 총알같이 뛰어나갔다. 대문을 열자 정말로 남편이 서 있었다.

"아니, 어떻게……."

"깜짝 놀랐지? 놀라게 해 주려고 일부러 그냥 왔어. 엄청 반갑지 않아?"

남편은 지친 몰골로도 싱글벙글 웃으며 앞장서서 집 안으로 향했다. 나는 반가워서 꼬리 흔드는 애완견인 양 졸래졸래 따라 들어왔다. 그러다가 남편의 말에 심장이 덜컥 내려앉았다.

"어? 내가 올 줄 어떻게 알고 밥을 딱 맞춰서 차려 놨어?"

남편은 현관에 서류 가방을 내려놓는 동시에 빨리노 식탁을 훑어보았다. 그러더니 곧장 주방 쪽으로 가서 삼치 두 토막이 든 프라이팬을 들여다보았다.

"어라? 것도 정확히 2인분이네."

"내일 아침에 먹을 것까지 같이 했어요."

나는 바삐 레인지를 켜면서 둘러댔다. 오랜 출장에서 돌아

온 남편에게 1인분은 세입자를 위한 것이라고 정직하게 말하기
는 아무래도 껄끄러웠다.

"하하하! 내가 역시 먹을 복은 타고났다니까. 이게 그 커튼
이구나. 생각보다 괜찮네."

장장 3주에 걸쳐 만든 커튼에 대한 남편의 감상은 그게 끝이
었다. 그나마 당장 떼라고 하지 않은 게 다행이라면 다행이다.

"여기가 우리 방이야?"

남편은 용케도 우리 방을 단번에 알아맞혔다.

"방 넓고 좋네."

방을 한번 쓱 둘러본 남편은 금세 문을 닫고 다른 문 쪽으로
향했다.

"그럼 여기가 욕실이겠네? 잠깐 손만 씻고 나올게."

오자마자 이리저리 기웃거리던 남편이 욕실로 들어간 다음
에야 나는 겨우 한숨 돌렸다.

찌개와 생선을 데워서 차리고 밥 두 그릇을 푸다가 불현듯
의아해졌다.

남편은 왜 아무런 말도 없이 갑자기 들이닥친 걸까? 어제 통
화할 때만 해도 남편은 내게 90일을 채울 것 같다고 말했었다.
진정 내가 바람났다고 의심이라도 하는 건가?

욕실에서 나온 남편은 곧바로 식탁 앞에 앉아 수저를 들었
다. 남편을 따라 수저를 들면서 나는 남편이 밥 먹는 모습을 새
삼스레 흘끔흘끔 훔쳐보았다. 영문 모르게 어색한 느낌이었다.

그 자리는 원래 이준환의 자리다.

"그러고 보니까 이 집에서 같이 밥 먹는 거 처음이네요."

"그러게. 출장이 너무 길었지. 지난번처럼 금방 돌아올 줄 알고 옷도 안 가져갔다가 낭패 봤어. 내가 아주 신물이 나서 싹 다 버리고 왔다. 우리 사모님은 빨래 없어서 좋겠네."

남편이 씩 웃었다. 나는 마지못해 따라 웃었다.

남편의 출장 얘기를 하자면 솔직히 나는 와인 좋아하는 여직원밖에 생각나지 않는다. 매일 저녁 뻗을 때까지 와인을 마신다는 그 여직원이 누구인지, 싱글인지 유부녀인지, 혹시 남편이 예전에 지적이고 세련되었다며 칭찬했던 영문과 출신의 번역 직원은 아닌지, 그 여직원이 과연 와인에 취해서 얌전히 잠만 잤는지 따위가 궁금해서 좀이 쑤신다. 이런 호기심에 시달릴 때마다 나는 전처의 심정을 진심으로 이해하곤 한다.

남편이 모르고 있을 그 전처의 별명은 '빗자루 공장 사모님'이었다. 그녀가 뽑은 회사 여직원들의 머리털만 모아도 빗자루 공장을 차릴 거라는 우스갯소리에서 비롯된 별명이었다. 내가 입사하기 전, 전처는 몇 번이고 회사에 찾아와 여러 여직원들의 머리채를 휘어잡았다고 한다. 그녀에게 머리채를 잡힌 여직원은 백이면 백 회사를 그만두었다. 내가 들어오기 전에 근무했던 경리 여직원도 같은 이유로 퇴사했다. 그러니 따지고 보면 내가 그 회사에 취직할 수 있었던 건 그 전처의 덕이 크다.

남편과 바람났던 여직원을 퇴사시키고 나면 전처는 항상 남편에게 '자숙의 시간'을 주었다. 숙려 기간이라는 제도가 생긴 다음에는 숫제 이혼 신청을 하고 법적으로 자숙의 시간을 주었다. 나라에서 그 제도를 만든 취지는 성급한 이혼을 막아 보려는 것이라던데, 그게 실제로 효과가 있는지는 의문이다. 적어도 남편의 경우에는 그 제도로 인해 이미 이혼 신청을 한 상태였기 때문에, 나와의 결혼 결정을 비교적 쉽게 내린 터였다.

우리 부부의 역사라는 게 이러하다 보니, 나도 내 남편의 바람기를 모르지는 않는다. 남편은 어떤 여자에게나 친절한 사람이다. 특히 그 여자가 싱글이고 곤란한 지경에 빠져 있는 경우에는 친절을 넘어서 무한한 희생정신을 발휘한다. 예컨대 무일푼이 될 각오를 하고 나랑 결혼해 줬듯이. 그러니 모종의 '혜택'을 본 나로서는 남편의 그 친절하고 착한 심성에 부수적으로 딸린 바람기도 묵인해야 할 의무가 있다.

잠시간 와인 좋아하는 여직원과 남편의 바람기에 대해 생각하다가 나는 기억해 냈다. 그리고 보니 나는 얼마 전부터 남편과 이렇듯 마주 앉기만을 학수고대해 왔다. 이 엉큼한 변태 중년 아저씨!

"있잖아요, 그 로망."

"어?"

"파라솔 딸린 테이블에서 러브샷 한다는 얘기요."

"아하, 그거! 그게 뭐?"

"거기서 제가 왜 에이프런을 입고 당신 무릎 위에 앉아 있는 거예요?"

"내 와이프니까. 그럼 와이프도 아닌데 그러고 있으리?"

남편이 하도 당당하게 대답하는 바람에 나는 말문이 막혔

다. 역시 김 부장님의 야한 환상에 대해서 사모님은 토를 달 수
없는 건가 보다.

하긴 따지고 보면 내가 남편의 로망을 알게 된 시기도 절묘
했다. 남편이 그 얘기를 하기 직전 우리는 혼인신고를 하지 않
았던가. 하지만 그때만 해도 남편은 나를 '아껴' 주는 거라며 첫
날밤도 그냥 흘려보냈었는데.

우리는 심사숙고해서 신혼집을 고르느라고 결혼 초 몇 달간
은 찜질방에서 살았다. 그렇지만 대망의 신혼집에 들어가고 나
서도 약 한 달쯤, 우리 부부는 관계를 갖지 않았다. 그렇다고
해서 침대 한복판에 금이라도 그어 뒀던 건 아니었다. 같이 보
내는 시간이 많아질수록 남편의 스킨십도 정도를 더해 갔다.

그날 밤 남편은 서로 전라가 되고도 막바지에서 멈추며 신
음했다.

'내년 성인식 날까지는 아껴 주고 싶은데. 하, 미치겠다.'

내가 남편을 사랑하기 시작한 때가 아마도 그때부터였을 것
이다. 그는 나 자신조차도 아끼지 않는 나를 아껴 주느라 장장
몇 달을 욕구불만에 시달리고 있었다. 기실 나는 그때쯤 슬슬
의아해지던 참이었다. 남편이 어째서 밤마다 어중간한 상태로
그만두고 잠들어 버리는지.

그때 나는 남편에게 담담하게 말했다.

'저 남자 친구 있었어요.'

남편은 허무한 기색을 역력히 드러내며 중얼거렸다.

'하여튼 요즘 애들은 빠르다니까.'

남편에게 그 얘기를 한 직후에 나는 남편에게 그렇게 말했던 것을 조금 후회했다. 왜냐하면 남편이 내 몸에 들어온 순간, 나는 버릇처럼 침대가 되어 버렸기 때문이다.

모든 게 깜깜하고 무덤덤해졌다.

그래서 나는 몇 달 만에야 가졌던 우리 부부의 기념할 만한 첫날밤을 제대로 기억하지 못한다. 그날 이후로도 마찬가지였다. 그러지 않으려고 무던히 노력했건만 오랜 습관은 쉬 고쳐지지 않았다. 지금은 오히려 더 심해져서 아예 전희조차 기억나지 않는다. 종종 남편과 몸을 섞으면서도 나는 남편의 그 다정스럽던 손길이 그립다.

"이야! 나 없는 동안에 오이무침만 만들었어? 웬일이냐. 이거 진짜 맛있게 잘됐다."

남편이 아삭아삭 소리를 내면서 말했다. 나는 겸연쩍은 미소로 대꾸하곤 남편처럼 오이무침 한 젓가락을 집어 먹었다.

이 오이무침은 진짜 맛있게 잘됐다. 이준환은 못하는 음식이 없다. 그는 오믈렛이나 파스타도 잘 만들고, 오이무침 같은 반찬도 아주 잘 만든다. 그가 요리하는 모습을 보면 절대로 맛있는 음식이 나오지 않을 것 같은데 참 신기한 일이다.

그는 뭐든지 다 대충 한다. 파스타나 계란을 삶을 때 그는 나처럼 시계를 보면서 초를 재지 않는다. 그저 두어 번 들여다보고 '적당한' 때에 꺼낸다. 간을 할 때도 숟가락이나 계량기 따위는 이용하지 않는다. 그는 심지어 손가락조차 더럽히지 않는다. 단지 양념통을 열어서 '적당한' 양을 훌훌 뿌릴 뿐이다. 아울러 그는 푸드 프로세서 신봉자다. 특히나 볶음밥을 만들 때면 그는 모든 야채를 '적당한' 크기로 뚝뚝 끊어서 푸드 프로세서에 넣고 한꺼번에 돌려 버린다.

요리는 정성이고 손맛이라지만, 정성과 손맛 없이도 얼마든지 맛있는 음식을 만들 수 있다. 이준환이 산증인이다. 그는 푸드 프로세서를 십분 활용하여 대충대충 적당하게 요리한다. 그래서 그가 요리하는 모습을 보고 있노라면 요리가 무척 쉽다는 착각에 빠지곤 한다. 재료를 푸드 프로세서에 넣었다가 냄비로 옮기고 양념통을 휘두르기만 하면, 저절로 맛있는 음식이 나와 줄 것만 같다.

물론 실제로는 그럴 리 없다. 그가 그 정도 경지에 이르기까지 얼마나 많은 음식을 만들었을지, 전업주부인 나는 능히 짐작할 수 있다. 어느 날인가는 그가 만든 새우크림파스타를 먹었는데 '남자가 어쩜 이렇게 요리를 잘해요.'라는 감탄이 절로 나왔다. 그러자 그가 쓴웃음을 지으며 말했다.

'중학교 때부터 자취했어요. 아버지랑 사이가 안 좋아서. 처음 한 달은 도우미 아줌마가 있었는데, 이러다간 집에 영영 안 돌아온다 싶었는지 아버지가 끊어 버렸어요. 사실 그 전까지만 해도 신 난다고 치킨하고 피자만 시켜 먹고 있었거든요. 근데 막상 도우미 아줌마가 안 오니까 오기가 생기더군요. 그래서 제 손으로 해 먹다 보니 이렇게 됐네요, 남자가.'

그는 아버지랑 사이가 안 좋다고 했지만, 나는 그의 이야기를 들으면서 진정 사이가 안 좋았던 사람은 그의 새어머니가

아니었을까 생각했다. 중학생밖에 안 된 아이가 집을 나간다는
데 오냐 하며 방을 구해 줬다는 것만 봐도 가히 짐작할 만했다.
그 아버지도 후처와의 사이를 갈라놓는 아들이 귀찮았나 보다.
만일 그 아버지가 진심으로 아들이 집에 돌아오기를 바랐다면,
도우미 아줌마를 끊을 게 아니라 생활비를 끊었어야 했다.

"근데 있잖아, 화내지 말고 들어."

남편이 문득 머뭇머뭇 운을 떼었다. 나는 의아한 눈초리로
남편을 쳐다보았다.

"그거 못 샀다. 딸기잼 든 과자."

나는 가벼운 한숨을 쉬곤 대꾸했다.

"괜찮아요. 후렌치파이로 때우죠, 뭐."

"그래그래, 후렌치파이 열 박스 사. 암말도 안 할게."

"참, 가계부 별로 쓴 게 없어요. 세입자랑 주방을 같이 쓰다
보니까 그 사람이 많이 사더라고요."

"그래?"

입을 다문 남편은 잠시간 묘한 침묵을 지켰다. 나는 점점 숨
이 막혀서, 그예 불평하듯 입을 열었다.

"다행이지요. 그동안 월급도 안 들어왔는데. 가정의 달 보너
스도 안 넣어 줬잖아요."

남편의 월급과 보너스는 남편의 월급 통장으로 입금된다.
남편은 전처에게 양육비를 먼저 보낸 다음에야 내 통장으로 나
머지 백만 원을 송금한다. 그러니 남편이 프랑스에 있었던 지
난 두 달 동안 월급이 안 들어온 건 당연한 일이다. 아마 지금

쯤 남편의 전처와 아이들은 손가락만 빨고 있을 것이다.

그런 생각이 들자 어쩐지 고소해졌다. 하여튼 내 성격 참 못됐다니까.

"알았어. 내일 보낼게."

남편은 귀찮다는 양 대꾸했다. 그리고는 행여나 내가 또 돈 달라고 조를세라 밥을 다 먹을 때까지 침묵을 지켰다. 하도 조용해서 '내 앞에 정말로 남편이 앉아 있는 걸까?' 하는 의구심이 들 정도였다. 이 집에서는 줄곧 이준환하고만 같이 있었기에, 남편과 함께 이 집에 있다는 사실이 영 실감 나지 않았다.

밥을 다 먹은 후 남편은 곧바로 일어나 욕실로 향했다. 그럴 줄 알았다. 내 남편은 내가 차려 준 밥을 먹고도 설거지 따위는 하지 않는 사람이다. 예전에는 당연히 그러려니 여겼건만, 아무래도 이준환이 내 버릇을 잘못 들여 놓은 모양이다.

남편이 욕실 문을 열더니 나를 돌아보았다.

"내일 새벽같이 회사 나가 봐야 돼. 당분간 밀린 일 때문에 바빠서 못 들어올 거야. 그래서 말인데, 내 가방 좀 싸 줘. 트렁크 있지? 셔츠 같은 것만 넣지 말고 슬리퍼랑 편한 옷도 몇 벌 챙겨 놔. 내일 가면 또 한 달쯤 못 올지도 모르니까."

"예."

옷장 위에 올려 둔 트렁크는 남편이 '자숙의 시간'을 보낼 때 썼던 것이다. 내일 남편이 그 트렁크를 끌고 회사에 가면, 회사 사람들은 또 자숙의 시간이냐며 농을 걸지도 모른다. 나와 결혼하기 전까지 남편은 몇 번이나 자숙의 시간을 보냈을까?

나는 설거지를 마치고 방에 들어가 남편의 트렁크를 끄집어
내렸다. 이사 오면서 헌 옷들을 정리했기에, 남편의 옷을 몽땅
다 쌌는데도 가방에 여유가 있었다. 나는 뒤늦게 구두를 떠올
리곤 신발도 모조리 집어넣었다.

현관 앞에서 트렁크를 닫고 있는데 남편이 욕실에서 나왔
다. 내가 무거운 트렁크를 들고 낑낑거리자, 남편이 허리에 수
건만 두른 채로 다가왔다. 트렁크와 서류 가방을 미닫이문 바
깥쪽에 내놓은 남편이 기운차게 외쳤다.

"자, 이제 2세 좀 만들어 볼까!"

남편은 나를 번쩍 들어 어깨에 메고 방으로 들어가면서 불
을 껐다. 나는 침대에 던져지다시피 풀썩 누웠다.

이후로 우리 부부는 암흑 속에서 2세를 만들고자 시도했을
테지만, 침대에 누운 순간부터는 기억이 잘 나지 않는다. 자다
가 꿈도 꾼 것 같은데 그것도 기억이 영 가물가물하다. 다만 꿈
속에서도 사방이 암흑으로 둘러싸여 있었다. 그저 어둡기만 해
서 그게 꿈인지 생시인지 분간도 안 될 정도다.

그 칠흑 같은 어둠 속에서 나는 남편이 아닌 이준환의 얼굴
을 보았다. 그러니까 그건 아마도 꿈이었을 것이다.

왜 꿈에서 그를 보았는지는 나도 잘 모르겠다.

＊

이튿날 아침에 깨어 보니 남편이 곁에 없었다. 이미 떠났을

터였다. 나는 어쩐지 외로워져서 남편의 베개에 코를 묻었다. 남편은 잠도 안 자고 곧장 회사로 나간 모양이었다. 남편의 베개에서는 여전히 세제 향기뿐이었다.

나는 미적미적 일어나 밖으로 나갔다. 남편 대신 이준환이 있었다. 그는 간밤에 집을 비운 사람 같지 않게 태연히 잘 잤느냐는 인사를 건넸다. 나는 잘 잤느냐고 되물어야 할지, 잘 다녀왔느냐고 해야 할지 몰라서 말없이 꾸벅 고개만 숙였다.

욕실로 향하는 길에 현관의 미닫이문을 슬쩍 열어 보았다. 남편의 트렁크와 서류 가방은 역시나 없었다.

"왜요? 뭐 찾으세요?"

현관 쪽을 기웃거리는 나를 향해 이준환이 물었다.

"아, 남편이 잘 갔나 하고요. 출장 갔다가 어제 돌아왔거든요. 오늘 새벽에 도로 회사 나간다고 해서 현관에 트렁크를 내놨었는데, 갔나 보네요. 혹시 못 만나셨어요?"

"못 만났어요. 제가 왔을 때는 트렁크도 없었고."

"몇 시에 들어오셨는데요?"

"글쎄요, 그때가 몇 시였더라? 시계를 안 봐서."

나는 허전함을 느끼며 욕실 쪽으로 미적미적 발길을 돌렸다. 욕실로 들어간 나는 어젯밤 일이 기억나지도 않는 주제에 기분이 찜찜해서 샤워를 했다. 남편을 사랑하기는 하지만, 나는 정사가 끝난 다음의 내 몸이 불쾌해서 견딜 수가 없다.

온몸을 보디클렌저로 떡칠했다가 헹궈 내고 수돗물을 잠갔다. 그런데 물소리가 그치는 순간, 2층에서 쿵 하는 소리가 들렸다. 나는 급한 마음에 수건을 두른 채로 문을 열고 빠끔 내다 보았다. 계단 위쪽을 올려다보았으나 중간에 꺾인 형태의 계단 이라 2층은 보이지 않았다.

"괜찮아요?"

나는 큰 소리로 물었다.

"별일 아니에요!"

이준환이 즉시 대답했다. 내가 서둘러 옷을 입고 나왔을 때, 그는 멀쩡한 모습으로 내려왔다. 계단에서 엎어지지는 않았던 모양이다.

"닭 사 왔어요. 저녁에 삼계탕 먹으려고."

그는 정녕 별일 아니었다는 양 딴소리를 했다. 마치 어제 온 종일 마트에서 닭만 샀던 사람처럼. 나는 그의 능청에 장단을 맞춰 주었다.

"혹시 닭 속에 삼계탕 재료 다 들어 있는 그런 거예요? 그런 거 아니면 전 못 하는데."

아침부터 그의 옛날 여자 친구가 어떤 몰골로 술집에 있었 는지 캐묻고 싶지는 않았다.

"그런 거지만 제가 할게요. 전 착한 남자니까."

나는 어설프게 웃어 넘겼다.

2

그날 저녁 이준환이 삼계탕을 만들었다. 그는 닭과 함께 소 주도 한 병 사 왔다.

“한 잔 드실래요? 한 병밖에 안 사서 많이는 못 드리는데.”

그는 웬일로 내게 인색하게 굴었다. 그게 비싼 술이라도 되었다면 사양했으련만, 길거리 노숙자들도 나눠 마시는 게 소주이다 보니 어쩐지 치사해 보였다. 나는 오기로 잔을 꺼냈다.

“그럼 한 잔 주세요.”

내 잔을 채운 이준환은 남은 소주를 병째 들고 내 잔에 부딪쳤다.

“저를 위하여.”

그는 서슴없이 병을 입으로 가져가며 말했다. 소주 한 잔 주면서 무진장 생색내는 건배라 하기에는 그가 꽤 심각해 보였다. 그는 그 소주병을 한꺼번에 다 비울 심산이었다. 한 모금 마시고 잔을 내려놨던 나는, 그가 소주병을 다 비우는 동안 가만히 앉아 있기도 껄끄러워서 결국 그를 따라 잔을 비웠다.

이윽고 병을 내려놓으면서 이준환이 중얼거렸다.

“드디어 마셨다, 소주.”

소주 마시려고 단단히 벼르고 있었나 보다. 나는 그가 어제 옛날 여자 친구를 만났으리라 짐작하며 조용히 수저를 들었다.

한동안 삼계탕 먹는 데만 열중하던 그가 퍽이나 사납게 운을 떼었다.

“저 일 시작했다고 했잖아요.”

“예.”

“이정이 누나랑 같이 하거든요. 그때 파티에서 봤던 누나, 기억나요?”

나는 고개를 끄덕였다. 윤이정은 벌써 나를 잊었을지 몰라도 나는 그녀를 똑똑히 기억하고 있다. '자위 기구'라는 단어를 그토록 깜찍하게 말할 수 있는 사람은 아마도 그녀밖에 없을 것이다. 윤이정 덕분에 나는 소위 '엄친딸'이라 불리는 사람들에 대한 선입견이나 은근한 열등감 따위를 많이 버렸다.

"처음 해 보는 일이어서 그 누나가 가르쳐 주고 있어요. 작업도 누나 작업실에서 하고요. 이제 거의 막바지인데, 남은 작업이 노가다뿐이라 어제처럼 늦게 들어오는 날도 있을 거예요. 그래도 들어오긴 할 테니까 귀신 걱정일랑 말고 먼저 자요."

"그런 걱정 안 해요."

나는 퉁명스레 대꾸했다. 어제도 나는 그런 걱정은 하지 않았다. 물론 밤이 되기 전에 남편이 와 준 덕분에 그런 걱정을 할 필요도 없었지만 말이다.

피식 실소한 이준환은 이내 진지한 눈초리로 나를 보았다. 소주를 병째 마신 탓인지 그의 얼굴은 약간의 홍조를 띠고 있었다.

"솔직히 말해 봐요. 되게 무섭죠?"

"안 무섭다니까요."

"기분 나빠할까 봐 이런 얘기는 안 하려고 했는데, 사실은 은아 씨 방에 부적 하나 있어요."

"예?"

등줄기로 한기가 흘렀다. 온몸에 소름이 오스스 돋았다.

"원래부터 그 방에 있었던 건 아니고 제 방에 있었던 거예요. 사람들이 도배하러 왔을 때 안에 붙여 놨어요. 은아 씨가 귀신 무서워하는 것 같아서요. 예전에 은아 씨 어머님이 하나 써 주셨거든요. 제 방에 잡귀 들락거리지 말라고.”

나는 마른침을 삼키고 물었다.

“그럼 귀신이 안 들어오는 부적이에요?”

“그렇대요. 난 어차피 안 믿지만.”

나는 안도의 한숨을 쉬었다. 나도 귀신이 꼭 있을 거라고 생각하진 않았지만 어쩐지 마음이 놓였다. 문득 슈퍼 아저씨의 말이 떠올랐다. 그래, 엄마가 부적은 잘 쓴다고 했다. 효과는 확실할 것이다.

“떼실래요? 어디 있는지 가르쳐 드려요?”

“아뇨!”

그가 풋 웃음을 터뜨렸다. 나는 약간 민망해져서 변명처럼 주워섬겼다.

“벽지 뗐다가 다시 붙이면 안 예쁘잖아요. 그리고 부적 같은 건 있거나 말거나 상관없어요. 저도 어차피 안 믿으니까.”

“그렇죠, 맞아요. 어휴, 요즘 세상에 누가 귀신을 믿어요.”

그는 손자의 투정에 무조건 오냐오냐하는 할머니처럼 퍽이나 인자한 미소를 지은 채 건성으로 대꾸했다.

나는 발끈했다. 내가 양친의 사랑을 듬뿍 받고 자란 사람이 아니다 보니, 내겐 심하게 비뚤어진 구석이 있었다. 비뚤어진 정도를 넘어서 아주 배배 꼬였다. 다만 나는 못돼 처먹은 성질을 영악하게도 꽁꽁 숨기며 살고 있었다. 그러다가 가끔 못 참고 마각을 드러낼 때가 있는데, 지금이 바로 그런 때였다.

나는 냉랭하게 이죽거렸다.

"전 정말로 귀신 따위는 안 믿어요. 믿고 싶지도 않아요. 귀신 나부랭이가 씌어서 애 팽개치고 무당 됐다는 말을 내가 왜 믿어야 돼요? 무당 딸은 무당이 된다는 말 때문에 끔찍할 뿐이에요. 내 눈에 보이지 않아야 될 것들이 어느 날 갑자기 보이게 될까 봐, 엄마가 불러 냈던 귀신들이 나한테 들러붙을까 봐, 그래서 나도 엄마처럼 무당이 돼 버릴까 봐 그게 무서운 거라고요."

성질을 부린다고 해서 속이 후련해지지는 않는다. 남는 건 언제나 후회뿐이다. 나는 방금 전에도 참았어야 했고, 지난번에도 참았어야 했다. 한 번씩 그 못된 성질을 부릴 때마다 내 인생은 점점 더 나빠질 따름이다.

완전히 기가 질린 듯 입을 반쯤 벌린 채 굳어진 이준환의 얼굴을 보다가 나는 고개를 숙이고 숟가락을 움직였다. 국물을 한 숟가락 먹은 다음에는, 도로 고개를 들고 그의 얼굴을 마주 볼 자신이 없어졌다.

"미안해요."

뜻밖에도 그가 사과를 했다. 나는 더더욱 자신이 없어져 버렸다.

"은아 씨가 그렇게까지 심각하게 생각하고 있을 줄은 몰랐어요. 어머니랑 같이 살다 보니까 그 직업에 대한 감각이 둔해져서."

무당이 직업이라니. 그는 '그 직업'에 대한 감각이 실로 많이 둔해진 듯했다. 나는 천천히 눈을 들어 그를 바라보았다. 그는 슬그머니 고개를 낮춰 내 시선을 피했다.

"그런데 아마 무당 딸이라고 해서 누구나 다 무당이 되지는 않을 거예요. 부모는 부모고 자식은 자식이죠."

깊은 한숨을 쉰 그가 말을 돌렸다.

"실은 저 거짓말한 게 하나 있어요. 어머니 돌아가시고 새어머니가 계신다고 했는데, 사실 아버지는 재혼을 안 했어요. 저한테는 아버지밖에 없지요. 지난번 파티에서 봤던 이 선생님, 지금은 수술 받으셨지만 원래는 제 아버지예요."

나는 번개라도 맞은 것처럼 멍해졌다.

"아버지 얘기로는 어머니랑 결혼했던 것도 그냥 집안에서 시켜서 어쩔 수 없이 한 거였대요. 어머니 안 돌아가셨으면 아버지는 도대체 어떻게 살았을까 몰라요. 제가 어릴 때는 완전히 남자였는데 그때도 남자들하고 붙어 다녔거든요. 그런데 중학교 때 누가 그걸 알게 돼서 소문이 났어요. 내가 호모 아들이라고. 보나 마나 나도 호모가 될 거라고."

이준환이 쓴웃음을 지은 채로 고개를 들었다.

"지금 같았으면 '아, 저 무식한 새끼들. 아는 단어라곤 호모뿐이지.' 이러고 쿨하게 넘겼을 텐데, 그때는 심각했죠. 아버지 아들 안 하겠다고 집을 나와 버렸으니까. 솔직히 아버지처럼 될까 봐 겁도 났어요. 제가 어릴 때부터 예쁜 걸 되게 밝혔거든요. 여자애들이 좋아할 만한 거. 그런데 남자는 별로 안 예뻐서 그런가, 남자한테는 영 끌리질 않더군요. 적어도 아직까지는.”

그가 피식 웃으며 말을 이었다.

“지금만 해도 은아 씨 남편분보다는 은아 씨가 훨씬 더 좋거든요.”

나는 엊그저께처럼 그에게 무조건 ‘안 돼요!’라고 야박하게 말할 수 없었다. 하긴 남자가 여자를 좋아한다는데 그게 뭐 그리 큰 잘못이람.

내가 한숨만 쉬며 눈길을 내리자, 그는 웃음 섞인 목소리로 어리광 부리듯 말했다.

“그러니까 좀 좋아하게 해 줘요. 좋아하기만 하는 건 괜찮잖아요.”

어쩐지 그가 비겁하게 느껴졌다. 그는 자신의 약점을 십분 활용하여 내가 거절할 수 없게끔 만들어 놓은 터였다. 자기가 촐랑대며 뛰다가 넘어져 놓고는, 아프다고 울면서 까까 사 달라고 조르는 어린아이랑 무엇이 다르단 말인가. 그런 억지를 딱하다고 받아 주는 사람도 한심하긴 매한가지다.

“마음대로 하세요. 전 모르겠어요.”

나도 참 한심하다.

“후훗, 그럼 좋아하니까 얘기해 줄게요.”

준환은 마치 대단한 선심이라도 쓰는 양 운을 떼었다.

“어제 작업 끝내고 옛날 여자 친구를 만나러 갔어요.”

듣고 보니 꽤 큰 선심이었다. 나는 이내 눈을 말똥말똥 뜨고 그를 쳐다보았다.

"그런데 못 만났어요. 그저께 그만뒀대요. 아무래도 나 때문에 그만둔 것 같죠?"

"설마요."

"그끄저께 거기서 정배를 봤어요. 그리고 그저께 그만뒀어요. 어떻게 생각해 봐도 나 때문인 것 같지 않아요? 내가 또 스토커처럼 따라다닐까 봐."

"흠."

"그래서 저도 그만두기로 했어요. 헛걸음하니까 화가 나더라고요. 예전 같았으면 걱정부터 됐을 텐데……. 후훗, 완전히 끝난 거죠. 벌써 옛날에 끝난 일인데 내가 왜 이런 뻘짓을 했을까 생각해 봤더니……."

그는 빈 소주병을 한번 들었다 놓으면서 말을 이었다.

"……이걸 안 마셨더라고요. 원래 실연당하면 소주 마시는 거라면서요."

"저기, 그런데요."

나는 머뭇머뭇 끼어들었다.

"그 여자분이 준환 씨하고 정말 끝났다고 생각한다면, 그냥 계속 거기에 있지 않았을까요? 굳이 그만눌 필요 없잖아요."

준환이 나를 빤히 바라보았다. 아무래도 내가 괜한 참견을 한 것 같았다. 머쓱해서 눈길을 내리려는데, 돌연 그가 씩 미소 짓더니 엉뚱한 소리를 했다.

"은아 씨 방금 처음으로 내 이름 부른 거 알아요?"

"아……, 처음이었어요?"

“그동안 걱정하고 있었거든요. 내 이름 잊어버린 줄 알고. 그렇다고 새삼스럽게 ‘저 이준환입니다.’ 할 수는 없잖아요.”

“설마요. 그냥 부를 일이 없었던 거겠죠. 전 준환 씨 생일도 아는데. 2월 27일.”

“우와! 어떻게 알았어요?”

준환은 활짝 웃었다. 방금 전까지 뭔가 굉장히 심각한 얘기를 하고 있었던 것 같은데, 어느 틈엔가 분위기가 상당히 화기애애해져 있었다.

“주민등록번호 봤거든요. 계약서에서요. 제 생일도 27일이라서 그런지 금방 외워지더라고요.”

“하하, 나도 그랬는데. 그러고 보니까 곧 은아 씨 생일이네요. 6월 27일이잖아요.”

아직 20일 가까이 남았으니 ‘곧’이라고 말하긴 좀 뭐하지만, 어쨌거나 그가 내 생일을 알고 있다는 건 놀라운 일이었다.

“어, 어떻게 알았어요? 계약서에 제 이름은 없던데.”

“어머니께서 꼭 미역국을 끓이셨거든요. 케이크도 사 오시고.”

그래도 딸 생일은 기억하고 있었나 보다. 그래 봤자 나는 먹지도 못할 텐데.

준환은 엄마를 생각하는 듯 잠시간 말없이 씁쓸한 표정을 짓고 있었다. 그러다 문득 웃으며 내게 말했다.

“내가 파티 열어 줄게요. 크게. 아는 사람 다 초대해요.”

“그러실 것 없어요. 아는 사람도 없고요. 아니, 그보다도 내 생일 파티를 왜 준환 씨가 열어 줘요?”

“어머니 대신이라고 해 두죠.”

“필요 없어요.”

“그럼 내가 파티를 좋아해서 그러나 보죠. 주인공도 없는 생일 파티에 두 번이나 참석했어요. 얼마나 쓸쓸했는지 알아요?”

나는 일순 기가 막혀서 할 말을 잃었다. 주인공도 없는 생일 파티라니, 청승 떠는 방법도 참 가지가지다. 그러게 왜 자기 마음대로 남의 생일 파티를 여느냔 말이다. 자기 마음대로 낳고, 자기 마음대로 버리고, 또 자기 마음대로 생일 파티를 열고. 어이가 없다. 무슨 이런 사람이 다 있나 싶은데 그게 내 엄마다.

“어릴 때 딱 한 번 엄마를 만나러 이 집에 온 적이 있어요. 10년 전에요. 외할머니랑 같이 왔었는데, 그때 엄마가 막 화를 냈어요. 다시는 나를 데려오지 말라고. 그날 저를 정말 비참하게 만들었던 건, 엄마가 나한테 화를 낸 게 아니라 할머니한테 화를 냈다는 거예요. 내가 와서 기분 나쁜 거잖아요. 그럼 나한테 화를 냈어야지요. 나한테는 화조차도 안 냈어요. 나는 아예 그 자리에 없는 사람인 것 같았어요. 엄마한테 나는 도대체 어떤 존재인 걸까, 아무리 생각해 봐도 답이 안 나오더라고요. 그때 저도 그런 생각을 했었어요. ‘엄마가 내 이름이나 제대로 알고 있을까?’ 엄마는 내 이름을 한 번도 안 불러 줬거든요.”

“그럴 리가……. 어머니는 은아 씨 보고 싶다는 말씀을 입에 달고 사셨는걸요.”

“그러니 어이가 없죠. 엄마를 생각하면 저는 그냥 처음부터 끝까지 어이가 없어요. 자기 자식을 어떻게 그렇게 버릴 수 있는지도 모르겠고, 그럴 거면서 왜 굳이 낳았는지도 모르겠고. 애당초 임신했다는데 책임도 안 질 남자를 만난 것부터 한심하고요.”

준환이 고개를 갸웃하며 말했다.

“그건, 어머니께서 말씀을 못 하셨다고 하던데요. 아이 가졌다는 얘기를 할 만한 상황이 아니었다고…….”

그런 얘기는 금시초문이었다. 내가 들은 바로는 엄마가 ‘아무하고나 붙어서’ 나를 낳았다는 것뿐이었다.

“엄마가 제 아빠에 대한 얘기도 하던가요?”

“어렴풋이요. 그때 아버지께서 급하게 어딜 가셔야만 했대요. 어딜 가셨는지는 말씀 안 하셨지만 아무튼 헤어질 수밖에 없었나 봐요. 나중에 어디서 사진 한 장 겨우 구하셨다는 얘기를 들었어요. 내가 들은 건 그 정도예요.”

나는 앞뒤 잴 여유도 없이 벌떡 일어나 내 방으로 달려갔다. 황급히 핸드백을 찾아 안쪽 주머니를 여는데, 손이 떨려서 지퍼가 잘 열리지 않았다. 장장 23년을 모른 채로 살아 놓고 왜 갑자기 이렇게 마음이 급한지 모르겠다.

나는 그 속에 들어 있던 젊은 남자의 사진을 준환에게 내밀었다.

“혹시 그 사진이…….”

“맞아요, 이 사진.”

내가 미처 묻기도 전에 그가 대답했다.

“실은 보면서 기분이 좀 묘했거든요. 기시감이랄까, 어디서 많이 본 듯한 느낌? 분명히 처음 보는 사람인데 사진이 눈에 익어서요."

나는 그의 말을 흘려들으며 잠자코 사진을 들여다보았다. 이 사진을 처음 봤을 때부터 나랑 닮은 것 같다는 생각을 하기는 했다. 엄마가 아빠와 도대체 어떤 관계였는지 궁금해졌다. 어디서 겨우 구한 사진이 졸업 앨범 사진이라니, 엄마와 아빠는 사진 한 장 제대로 나눠 갖지 못할 관계였나 보다. 그러면서 어떻게 그 남자의 아이를 낳을 생각을 했을까? 같은 여자로서 도무지 이해가 안 된다. 하긴 엄마가 하는 일이 다 그렇지, 뭐.

"궁금하면 찾아볼래요? 사람 잘 찾는 심부름센터 아는데."

준환이 물었다. 아마도 그가 옛날 여자 친구를 찾을 때 이용했던 곳일 터였다.

나는 잠시 망설였다. 나는 정녕 아빠를 찾고 싶은가? 아니, 그보다도 이런 옛날 사진 한 장만 달랑 가지고 사람을 찾는다는 게 과연 가능할까?

어쩐지 서울에서 김 서방 찾기 같았다.

평생 모르고 살던 아빠를 찾게 된다는 부담감은 이내 사라졌다. 찾을 가능성이 원체 희박해 보였고, 만에 하나 그 심부름센터에서 아빠를 찾아 준다 해도 아빠를 만날지 안 만날지는 내 자유다.

"사진만 갖고도 사람을 찾을 수 있어요? 전 아빠 이름도 몰라요."

"한번 물어볼게요."

준환은 그 자리에서 휴대폰을 꺼내 전화를 걸었다. 그는 사진만으로도 사람을 찾을 수 있는지 먼저 물어보곤 곧 약속을 잡았다. 이튿날 오후 2시였다.

전화를 끊은 후 그가 내게 말했다.

"일단 사진을 보고 얘기하재요. 그쪽에서 가능하다고 하면, 이번 생일 선물로 은아 씨 아버지 찾아 줄게요."

나는 뒤늦게 돈 걱정을 하며 물었다.

"보통 얼마나 드는데요?"

"원래 선물은 가격표 떼고 주는 거잖아요. 혹시 그쪽에서 못 찾는다고 할지도 모르니까 너무 그렇게 큰 기대는 하지 마요."

준환이 피식 웃으면서 자리에서 일어섰다.

어쩌면 23년도 더 된 사진일 터였다. 기대가 될 리 없었다.

그렇지만 사진을 마냥 핸드백 속에 넣고 다니는 것에 비하자면, 조금쯤은 기대되는 일임에 틀림없었다. 나는 그날 밤잠을 설쳤다.

＊

이튿날 오후 2시 10분경, 나는 준환과 함께 광화문 근처에 자리한 커피숍에서 심부름센터 직원을 만났다. 약속 시간은 2시였으나 직원이 좀 늦게 왔다. 처음에는 웬 불량배가 시비라도 걸려고 우리 테이블에 와서 앉는 줄 알았다. 그는 평생 남의 심부름 따위는 해 본 적이 없을 것만 같은 인상이었다.

거들먹거리는 태도로 자리에 앉은 그는 자기 영역이라도 표시하듯이 한쪽 다리를 테이블 바깥으로 척 뺐다. 그는 그 다리를 시종일관 떨며 '실장 조병찬'이라 적힌 명함을 내게 건넸다.

"어우, 미인이십니다."

경상도 사투리가 섞인 억양으로 내게 공치사를 던진 그는 곧이어 준환에게 의미심장한 미소를 보내며 말했다.

"저희는 비밀 엄수입니다."

준환은 가벼운 한숨으로 대꾸하곤 내게 눈짓했다. 나는 꺼내 두었던 사진을 조병찬 쪽으로 밀었다. 사진을 앞뒤로 훑어보면서 조병찬이 노래를 흥얼거렸다.

"이름도 몰라요 성도 몰라, 헤이!"

혼자서 추임새도 넣은 그는 이내 고개를 끄덕거렸다.

"가능할 것 같기는 한데, 가격은 어떻게 말씀을 못 드리겠네요. 지역에 따라 차이가 나서요. 일단 사무실 가서 기본 정보부터 빼 보고 다시 연락드리겠습니다. 상식적으로다가 산간 도서 지역은 조금 더 붙고요, 해외는 미국, 중국, 일본, 동남아까지 커버됩니다. 행불은 별도로 추가 요금이 붙으니까 그 점 염두에 두시고요."

"그냥 어디 사시는지 정도만 가르쳐 주시면 되는데……."

나의 말에 조병찬이 하회탈처럼 인상을 구기며 웃었다.

"그렇게 되면 저희가 여타 업체랑 차별화가 안 되지 않습니까, 차별화가. 투명하고 합리적인 가격! 빼도 박도 못하는 물증! 이것이 저희 업체의 모토거든요. 고객님들께서도 그래서 저희를 많이 찾아 주시는 거고요. 아마 고객님께서도 손에 뭔가 들어오는 게 있어야 헛돈 쓴 것 같지 않고 좋을 겁니다. 남는 건 사진뿐이라고들 하잖아요. 최근 근황이라도 몇 장 찍어 드리겠습니다. 아, 근데 이게 몇 년 전 사진이지요?"

"글쎄요, 아마 20년도 더 됐을 거예요. 아빠 사진인데, 제가 스물세 살이거든요."

"아버지세요?"

조병찬은 눈을 휘둥그레 뜨곤 잠시간 사진과 나를 갈마보았다. 그러더니 심부름하기 싫은 투로 내게 말했다.

"여태 성함도 모르고 사셨으면 굳이 안 찾으셔도 될 것 같은데. 부모야 뭐, 키워 줄 때나 부모지요. 자식이 다 커서 이렇게 돈까지 쓰면서 찾아야 되는 게 과연 부모인가. 그런 생각이 살짝 들려고 하네요."

준환이 끼어들었다.

"이분은 따님이 계신다는 사실도 모르세요. 어머니 말씀으로는 예전에 아버지께서 급하게 어딜 가시게 돼서……."

"압니다. 안 봐도 비디오지요. 어떤 때는 갑자기 급하게 가기도 하고, 또 어떤 때는 영 안 가기도 하고. 그야 복불복 아니겠습니까. 뭐, 자식이 아버지 찾겠다는데 제삼자가 말리는 것도 좀 우습네요. 그럼 견적 뽑아서 문자로 날리겠습니다. 입금하신 다음부터 작업 착수합니다."

"이런 것도 선불이에요?"

준환이 묻자 조병찬이 다시금 하회탈처럼 얼굴을 찡그리며 웃었다.

"이거는 선불이고 저거는 후불이고, 이러면 일관성이 떨어져서 정산하는 애가 계산을 못 하거든요. 계산이 안 되면, 나이도 어린 게 너무 심하게 좌절을 해서요. 또 요새는 기름값도 비싸고요. 사정 아시지요?"

"확실하게 찾을 수만 있다면 선불이라도 상관은 없는데, 보시다시피 사진 한 장뿐이라……."

"견적이 나왔다는 건 벌써 주소 뽑았다는 거거든요. 사진도 사진 나름인데, 이런 사진은 제가 90퍼센트 보장합니다. 그럼 뭐 어떻게, 양심적으로다가 10퍼센트는 후불로 받아 볼까요?"

양심적으로라도 깎아 주겠다는 말은 절대 안 한다. 준환은 행여나 그 심부름센터의 어린 경리 직원이 좌절할세라 대금을 100퍼센트 선불로 지불하겠다는 의사를 밝혔다.

그러자 조병찬이 사진을 자신의 지갑 속에 넣으면서 자리에서 일어섰다. 음료를 주문하지 않았던 그는 우리에게 인사를 건네곤 곧 노래를 흥얼거리며 사라졌다.

"별들이 소곤대는 홍콩의 밤거리……."

나는 조병찬의 뒷모습을 물끄러미 지켜보다가 이윽고 입을 열었다.

"신기하네요. 사진만 가지고는 못 찾을 줄 알았어요. 혹시 동창생인가?"

"동창이요?"

"졸업 앨범 사진이잖아요."

“앨범 종이는 보통 더 두껍지 않아요? 저 종이는 꼭……. 어!”

고개를 갸웃거리던 준환이 별안간 벌떡 일어났다.

“잠깐만요.”

그는 쏜살같이 커피숍 밖으로 달려나갔다. 나는 졸지에 홀로 남겨진 채 멍하니 문 쪽만 바라보았다.

그는 나를 한참 기다리게 한 후에야 터덜터덜 걸어서 돌아왔다. 그러고는 자리에 앉으면서 한숨과 함께 중얼거렸다.

“요샌 하는 일마다 왜 이러지.”

“무슨 일 있어요?”

나를 돌아본 준환이 겸연쩍은 얼굴로 답했다.

“아, 미안해요. 아까 그 사람한테 뭘 좀 물어볼 게 있어서요.”

하마터면 반사적으로 ‘뭔데요?’ 하고 물을 뻔했다.

그가 심부름센터 직원을 굳이 따로 만나서 물어볼 말이 무엇이겠는가. 바로 며칠 전에 그는 여자 친구의 행방을 어렵사리 되찾았다가 잃어버렸다. 그러니 또 지난번처럼 심부름센터에 도움을 청했을 게 뻔했다.

여태 숨바꼭질하듯 숨고 찾는 그들의 관계를 과연 헤어진 연인이라 할 수 있을지 의문이었다. 그러면서도 그는 그녀와 닮은 나에게 좋아한다며 떼를 쓴다. 그렇게 하면 적어도 그의 마음에는 심심한 위로가 될지 모른다. 아무렇게나 던진 돌에 개구리야 맞아 죽든 말든. 그는 이기적이다.

나는 새침해져서 홧김에 일어났다.

“그만 가요.”

그는 자리에 앉자마자 도로 일어나야만 했다. 그런데도 나는 분이 덜 풀려서 조금 더 이기적으로 굴었다.

"가기 전에 서점에 잠깐만 세워 주세요."

"그래요."

"참, 은행에도 가야 돼요."

"그럼 은행부터 가요. 문 닫기 전에."

그는 내 심술에 굴하기는커녕 미소 띤 얼굴로 나를 배려했다. 그 미소는 심지어 젠틀하고 근사하기까지 했다. 얄미워 죽겠는데 싫어할 수가 없다. 정말 이기적인 사람이야.

3

이튿날 준환은 아침부터 모습을 보이지 않았다. 아마도 작업을 하러 갔을 터였다.

나는 일어나서 시리얼로 간단히 아침을 때웠다. 이 집으로 이사 오고 나서부터는 컵라면을 먹지 않는다. 내가 컵라면을 사려고 하자 준환이 질색하며 겁을 줬기 때문이다.

'이런 걸 박스로 사겠다고요? 라면을 먹고 싶으면 차라리 나한테 말을 해요. 내가 끓여 줄게요. 환경호르몬이 체내에 죽적되면 이다음에 태어날 아이한테도 영향을 미칠걸요.'

나는 생기지도 않은 아이를 위해 컵라면을 끊기로 했다. 더불어 이 사실을 반드시 육아 일기에 적으리라 다짐했다. '엄마는 하루 세 끼를 먹으래도 안 질리던 컵라면을 과감히 끊었을 만큼 너를 사랑한단다.'라고.

흰우유를 별로 안 좋아해서 처음엔 시리얼이 입맛에 안 맞았지만, 그가 권한 초코시리얼은 그럭저럭 먹을 만했다. 옛날에 봤던 광고에서처럼 우유가 정말로 초코우유가 된다. 식사는 안 하고 얌체같이 디저트만 먹는 기분이다. 설거지도 간단해서 좋다.

할 것도 없는 설거지를 마친 후, 나는 햇볕이 뜨거워지기 전에 마당 청소부터 해치웠다. 이불 빨래하기에 제격인 날씨였다. 나는 집 안으로 돌아와 세탁기와 청소기를 동시에 돌렸다. 스팀 기능이 있는 헤파 필터 진공 방식의 청소기는 아예 1층에 자리를 잡은 지 오래였다.

나는 청소를 마치고 시트를 넌 뒤 방으로 돌아왔다.

휴대폰이 깜빡거리고 있었다. 문자가 왔나 보다. 남편일 거라고만 생각하고 확인했는데, 뜻밖에도 웃고 있는 준환의 사진이 떴다.

작업실 도착! 헝그리 정신 발휘 중. 아침 먹었어요?

깜짝 놀랐다. 내가 그에게 휴대폰 번호를 가르쳐 준 적이 있었던가?

대충요. 번호는 어떻게 알았어요?

준환은 한 10분쯤 지난 후에야 답문자를 보내 왔다.

저는 장형섭 법무사의 조카입니다.

수긍할 만했다. 그렇지만 나는 이내 고개를 갸우뚱했다. 나는 맨 처음 장형섭이 나에게 전화를 했을 때부터 궁금했었다.

엄마가 도대체 무슨 수로 내 휴대폰 번호를 알아내 장형섭에게 가르쳐 줬는지.

사람 잘 찾는 심부름센터를 준환은 알고 있다. 그는 나에게도 그 심부름센터를 소개해 줬다. 심부름센터 홍보 요원으로 부업이라도 뛸 작정인가.

나는 흥분해서 재빨리 손을 놀렸다.

혹시 우리 엄마한테도 그 심부름센터 소개해 줬어요?

그는 찔리는 게 어지간히도 많았는지 한참 동안 묵묵부답이었다.

점심때가 다 되어서야 준환의 답문자가 도착했다.

전 단지 소개만 해 드렸을 뿐인데.

나는 답문자 내용과 상관없이 키득키득 웃었다. 답문자에는 짜장면 한 그릇을 한 젓가락에 다 들어 올리고 입을 크게 벌린 그의 사진이 첨부되어 있었다. 한입에 짜장면 한 그릇을 다 먹어 버릴 것만 같은 그의 표정이 우스꽝스럽고도 귀여웠다.

나도 그 심부름센터를 소개받아 놓고, 이제 와서 엄마한테 소개해 줬다고 뭐랄 수도 없는 노릇이었다. 뒤늦게 따져 봤자 소용없는 시비는 어느새 내 머릿속에서 지워져 버렸다. 그보다도 짜장면이 굉장히 맛있어 보였다.

중국집 전화번호 어디에 있는지 알아요?

그는 곧 우리 동네의 중국집 위치와 전화번호가 적힌 지도를 나에게 보내 왔다. 그와 더불어 메뉴도 추천했다.

여긴 짬짜면도 있음.

나는 즉시 중국집에 전화를 걸어서 짬짜면을 주문했다. 이 근방에서는 인기가 많은 중국집인가 보다. 주문이 밀려서 40분 정도는 기다려야 된단다. 이 중국집의 인기 비결은 '시장이 반찬'인 듯했다.

그래도 실제로는 5분가량 빨리 초인종이 울렸다. 나는 곧바로 지갑을 들고 현관문을 나가면서 물었다.

"누구세요."

"택배입니다."

김빠지는 대답을 듣는 순간, 갑자기 배가 확 고파졌다. 힘이 풀려서 다리까지 후들거리는 것 같았다. 나는 한숨을 쉬면서 터덜터덜 마당으로 내려섰다.

바로 그때였다. 인간은 허기지면 모든 감각이 예민해지는 게 틀림없다. 저만치서부터 가까워져 오는 오토바이 소리에 나는 귀가 번쩍 뜨였다. 짬짜면이다!

도로 힘이 솟구쳤다. 나는 입맛을 다시며 대문 앞으로 다가 갔다. 아니나 다를까 오토바이 소리가 우리 집 앞에서 멈췄다. 내가 문을 열었을 때, 중국집 배달원은 오토바이를 세우고 뒤에 실린 철가방을 여는 중이었다. 주문이 진짜 많이 밀려 있나 보다. 내 짬짜면을 꺼내고도 철가방 안은 그릇들로 빽빽했다.

"5천 원이요."

값을 치른 나는 짬뽕 국물이 짜장면 쪽으로 흐를세라 조심스레 짬짜면을 받아 들고 엉거주춤 대문을 닫았다.

현관문을 열고 들어온 후에야 나는 허전한 기분이 들었다.

나는 짬짜면을 바닥에 내려놓고 다시금 나가서 대문을 열었다.

대문 밖엔 아무도 없었다. 택배 기사는 어디로 사라진 걸까?

혹시 택배 올 거 있어요?

대문을 꽉 닫고 집에 들어오자마자 나는 준환에게 문자를 보냈다. 그는 곧바로 답문자를 보냈다.

전혀

그의 문자를 확인하고 있는데 전화가 왔다. 준환이었다.

— 택배 왔어요? 저한텐 택배 올 게 없을 텐데.

"그게 그러니까, 왔다가 갔어요."

— 그게 무슨 말이에요?

내가 자초지종을 설명하자 그는 잠시간 침묵을 지킨 끝에 말했다.

— 일단은 문을 잠그고……. 아, 면발 다 불겠어요. 문 잠그고 먹어요. 그릇은 안 내놔도 되니까.

"이 집은 그릇 안 찾아가요?"

— 아마 안 찾아갈 거예요. 혹시나 또 택배가 오면 112에 신고해요. 절대로 나가지 마요. 금방 갈게요.

나는 끊긴 전화를 멍하니 들여다보았다. 112에 신고하라니, 대체 뭐라고 신고를 한단 말인가. 집에 택배가 왔는데 잘못 온 것 같다고?

심심해서 장난 전화나 하는 한심한 아줌마 취급 받기 십상이다. 택배 기사나 수리공인 척 속여서 침입하는 범죄자에 대한 뉴스를 나도 여러 차례 본 적은 있었다. 그렇지만 살면서 그런 범죄자와 맞닥뜨릴 확률이 과연 몇 퍼센트나 될까? 아마 그런 범죄자보다도 번지수 잘못 찾아온 택배 기사를 만날 확률이 압도적으로 높을 것이다. 준환의 반응은 한마디로 오버였다. 누군가가 사과나무를 심는다고 해서 내일 지구의 종말이 오는 건 아니란 말이다.

나는 머리를 절레절레 흔들며 나무젓가락을 뜯었다. 그새 짜장면이 불어 있었다. 힘주어 비비다가 나는 홀연히 젓가락을 멈추었다.

그 택배 기사가 단순히 번지수를 잘못 찾아온 택배 기사라 치자. 그렇다면 중국집 배달원이 오거나 말거나 상관없이 나를 만나 번지수를 확인하고 갔어야 정상이 아닌가?

'벌써 세 명째야. 여기에 사람이 살아 봤자 얼마나 산다고, 1년도 안 돼서 셋씩이나 실종된다는 게 말이 돼요? 것도 젊은 여자들만.'

지난 1년 사이에 이 동네에서 젊은 여자 세 명이 실종되었다. 개중에는 가출할 리 없는 참한 새댁도 끼어 있다. 슈퍼 아줌마는 경찰이 수사를 제대로 하는지 걱정하고 있다. 부동산 아저씨와 슈퍼 아저씨는 나 같은 젊은 여자만 보면 노파심에 잔소리를 하는 지경이 되었다.

'어찌 살아야 잘사는지는 묻지 마라. 이 명은 잘 죽는 것이 복이다. 명줄은 길어야 10년. 늦어도 스물셋에는 기필코 죽을 테니, 그 전에 죽어야 이꼴 저꼴 안 보고 편히 죽겠구나.'

엄마는 내게 그렇게 악담을 했다. 나는 올해 스물세 살이다.

나는 젊은 여자다. 나는 젊은 여자 세 명이 실종된 동네에서 살고 있다. 그런데 오늘 우리 집에 수상한 택배 기사가 왔다?

그 택배 기사가 범죄자일 확률이 대번에 훌쩍 뛰었다. 뒷목이 서늘해졌다. 나는 부르르 몸서리를 쳤다. 때마침 중국집 배달원이 왔었기 망정이지, 하마터면 넙죽 문을 열어 줄 뻔했다.

아무래도 준환의 충고를 귀담아 듣는 게 좋을 성싶었다. 엄마의 악담이 백발백중의 예언이었음을 목숨 바쳐 증명할 생각이 아니라면 말이다. 그래, 제3차 세계대전이 발발하고 여기저기서 핵미사일이 날아다니는 와중에 UN 안보리 상임이사국의 국가 원수들이 일제히 사과나무를 심기 시작한다면, 내일은 정녕 지구의 종말이 올지도 모를 일이다. 몸을 사리자. 죽을 때 죽더라도 기필코 스물세 살은 넘기고 죽을 테다!

점심을 먹고 나면 은행에 갈 계획이었건만 무서워서 밖에 나갈 엄두가 나지 않았다. 나는 남편에게 문자를 보냈다.

돈은 부쳤어요?

어제도 내 통장 잔고는 그대로였다. 기실 남편이 월급을 넣지 않더라도 생활에는 여유가 있었다. 이제는 월세를 낼 필요가 없을뿐더러 되레 월세를 받는 입장이 되었기 때문이다. 그러나 월세는 월세고 월급은 월급이다. 남편이 나한테는 돈을 안 부쳐 놓고 전처한테만 양육비를 부친 게 아닐까 싶어서 나는 은근히 안달하고 있었다.

나도 안다. 나한테 먼저 부치든 전처한테 먼저 부치든 그게 그거다. 액수에는 차이가 없다. 그런데도 신경이 쓰이는 건 어쩔 수 없었다. 아! 그놈의 양육비. 내가 애를 네다섯쯤 낳으면 전처한테 이길 수 있으려나. 전처한테도 치이고, 와인 좋아하는 여직원한테도 치이고. 김 부장님의 사모님 자리를 지키기란 여간 피곤한 일이 아니다. 하물며 우리 김 부장님은 묵묵부답이었다.

점심을 먹으면서 아무리 기다려도 남편으로부터 답문자는 오지 않았다. 지금쯤이면 남편도 점심을 먹고 있을 터였다. 점심 먹으러 가는 길에 휴대폰을 회사에 두고 나갔나 보다.

나는 마음자리를 한량없이 넓히면서 남편을 이해하고자 애썼다. 당장에 돈이 궁한 것도 아니니 구태여 남편을 다그칠 필요는 없었다. 다그쳐 봤자 남편이 양육비를 줄일 것도 아니다. 내가 지금 은행에 갈 상황도 아니고.

오후가 되어서도 남편의 답문자는 오지 않았다. 정체불명의 택배 기사도 다시 오지 않았다. 준환의 말마따나 중국집 배달원도 그릇을 찾으러 오지 않았다.

나는 줄곧 혼자 집에 있었다. 혹시나 택배 기사가 오면 112에 신고할 작정으로 손길 닿는 곳에 휴대폰을 놓아둔 채 책을 읽고 있었다.

어제 서점에 들렀을 때 나는 육아 관련 책을 몇 권 샀다. 몇 권밖에 안 샀건만 10만 원이 넘는다. 책값이 너무 비싸다. 그런데도 나는 어제 책 사는 데 돈과 시간을 과감히 투자했다. 준환의 입에서 '이제 제발 그만 고르고 아무거나 사요!'라든가 '육아 관련 책을 사려거든 당신의 그 잘난 남편하고나 같이 와요!' 하는 불평이 나올 때까지.

그러나 투자한 것에 비해 성과는 별로 없었다. 그는 내가 육아 관련 책을 고르는 동안 내 옆에 딱 붙어서 같이 책을 골랐다. 무척이나 신중하고 친절한 태도로! 모르는 사람 눈에는 준환과 내가 부부로 비쳤을 것이다. 그는 심지어 한술 더 떠서 아빠를 위한 육아 책도 샀다. 그 책을 고르면서 그는 내게 멋쩍은 투로 말했다.

"혹시나 남편분이 원하시면 빌려 드릴게요."

나는 콧방귀를 뀌면서 대답했다.

"이런 건 벌써 졸업했을걸요. 애가 셋이거든요."

화들짝 놀라는 그를 보며 나는 약간 후회했다. 그래도 그는 '애가 셋씩이나 되는 남자를 이혼시키고 결혼하다니, 당신 제정신입니까!'라며 나를 꽃뱀 취급하지는 않았다. 대신에 서점을 나오면서 의기양양하게 한마디 했다.

"아자! 이준환 1승."

나는 유치해서 아무런 대꾸도 하지 않았다. 어쨌거나 그가 내 남편과의 승부에서 1승을 올린 기념으로 쏜 저녁 식사는 맛있었다.

어제 저녁에 나는 식사를 하면서 그의 불평을 듣기는커녕 내가 더 흥분하여 그에게 불평을 해 댔다. 양육비에다가 와인 좋아하는 여직원까지 얹어서 아주 속 시원하게 남편에 대한 불만을 토로했다. 그를 싫어하지는 못할지언정 최소한 거리라도 두고자 서점까지 가서 육아 관련 책을 샀건만, 우리의 거리는 오히려 더 가까워진 느낌이었다.

내가 도대체 왜 이러는지 모른다. 남편 흉볼 사람이 따로 있지, 하필이면 준환을 붙잡고 앉아서 남편 흉을 보다니. 바람이 나도 단단히 났나 보다.

정신 차리고 공부나 하자. 좋은 엄마가 되려면 배울 게 많다.

예방접종. 그래, 중요하지. 어디 보자. 생후 0개월에 BCG와 B형간염 1차를 접종하고, 생후 1개월에 B형간염 2차를 접종한다. 생후 2개월에는 DTaP 1차와 폴리오 1차, 추가로 뇌수막염 1차와 폐구균 1차와 로타 바이러스 1차를 접종할 수 있다. 그리고 4개월에 2차, 6개월에 3차. 6개월 때는 B형간염 3차도 접종, 또한 이때부터 인플루엔자 사백신을 접종할 수 있다. 12개월에는 MMR 1차와 수두, 그리고 뇌수막염과 폐구균을 추가로 4차 접종하며 일본뇌염과 A형간염을 접종…….

어마어마하다. 이대로라면 생후 6개월 때는 주사를 일곱 대씩이나 맞아야 한다. 예방 좀 하려다가 애 잡겠다. 이렇게 많은 주사를 맞고도 대부분의 아기들이 멀쩡히 잘 크는 걸 보면, 아기는 내 생각보다 훨씬 더 튼튼한 존재임이 틀림없다.

뭐? 아기를 어른답시고 흔들면 뇌가 흔들려서 죽을 수도 있다고? 그토록 연약한 아기한테 어떻게 그 많은 주사를 맞히란 말인가! 아무래도 이 책은 앞뒤가 안 맞는 것 같은데…….

어제 산 노트에 본격적으로 요약정리를 하며 좋은 엄마가 되기 위한 공부에 한창일 때, 현관문 열리는 소리가 들렸다. 나는 방에서 나오면서 시계를 보았다. 2시 반이었다. 설마 하며 돌아보니 정말로 준환이 집에 와 있었다. 윤이정의 작업실이 파티를 열었던 그 집이나 서울 쪽이라면, 준환은 내 전화를 끊자마자 총알처럼 날아왔을 터였다.

그는 바삐 신을 벗고 들어오면서 숨찬 소리로 물었다.

"별일 없었어요? 괜찮아요? 그 택배, 다시 안 왔어요?"

연거푸 물으면서 그는 내 팔을 잡고 행여나 어디 다친 데라도 있을세라 이리저리 나를 살펴보았다. 나는 택배 기사의 얼굴도 못 봤고, 사실 그 택배 기사는 그저 번지수를 잘못 찾아왔었는지도 모른다.

"안 왔어요."

안도의 한숨을 내쉰 그가 불현듯 내 팔을 잡아끌었다. 나는 얼결에 끌려갔다. 내 등에 팔을 두르며 그는 속삭이듯 말했다.

"걱정했어요."

방금 바깥에서 돌아온 그의 품에는 바람이 한가득 묻어 있었다. 6월의 바람은 여태 봄의 싱그러움을 간직한 채 태양을 머금기 시작한 황금빛이다. 아늑한 가운데 은근히 법석거리는, 곧 뭔가 즐거운 일이 생길 것 같은 기대감에 사람을 들뜨게 만드는 바람이다. 열기로부터 빗더선 척 넌지시 기다리는 그 바람의 냄새가 나를 숨 가쁘게 했다.

나는 어지러운 머리를 그의 품에 기대며 눈을 감았다. 잠깐, 아주 잠깐 동안만. 내가 이렇게 그에게 안겨 있어도 되는 사람이라면 얼마나 좋을까. 그 짧은 생각을 하는 동안만.

나는 곧 눈을 떴다.

"전 괜찮아요."

"그래도 조금만 더 이렇게 있어요."

나는 어색하게 늘어뜨린 양손을 웅크려 맨주먹을 쥐었다. 번지수를 잘못 찾아온 택배 기사, 그리고 번지수를 잘못 찾은 나의 세입자. 그의 그릇된 방문은 덜컥 겁이 날 정도로 바잡다.

"내가 불안해서 그래요."

그의 변명 같은 속삭임이 머릿결 사이를 헤치고 내 귓가에 닿았다. 간지러워서 어깨가 움츠러들었다. 그는 주먹 쥔 내 왼손을 볼모로 잡고는 느릿느릿 내게서 멀어졌다.

"은아 씨가 없어질까 봐 날아왔어요. 단속 카메라에 두 번인가 찍힌 것 같아요. 그러면서 줄곧 생각해 봤는데, 아무래도 이대로는 내가 너무 밑져요. 나만 좋아하고 나만 걱정하잖아요. 불공평하다고 생각하지 않아요?"

그는 농담인 양 웃음 섞인 소리로 말했다. 그런 감정으로 농담을 할 수 있는 그에게 슬그머니 화가 치밀었다. 나는 농담으로라도 그를 좋아한다고 말할 수 없다. 만에 하나라도 내가 그에게 그런 말을 한다면, 그건 농담이 아니라 고백이다. 내가 해서는 안 될 불륜의 고백.

"좋아하지 마세요. 그럼 되잖아요."

나는 그를 보지 않은 채 말했다. 그러나 나는 그의 손을 뿌리치지도 않았다.

“이혼하면 안 돼요?”

“안 돼요.”

그 말을 하면서도 내 손은 얌전히 그의 손안에 있었다.

“그럼 바람이라도 피워요.”

“안 돼요.”

“그래요. 그럼 그냥 가만히 있어요.”

그가 나의 손을 들어 올렸다. 나는 주문에라도 걸린 것처럼 가만히 있었다. 꼼짝도 하지 않았다. 그저 내 손등이 그의 입술에 가까워지는 것을 잠자코 바라볼 뿐이었다. 그러면서 나는 내 결혼반지에 그의 입술이 닿지는 않을까, 엉뚱한 데 신경을 쓰고 있었다.

그러한 나를 들여다보는 그의 눈빛은 사뭇 도전적이었다. 그는 나를 빤히 보면서 잡고 있던 내 손을 비틀어 돌렸다. 그의 입술이 내 손목 안쪽을 덮었다. 저릿한 느낌이 손목을 타고 순식간에 온몸으로 퍼졌다. 내 입에서 신음에 가까운 한숨이 흘러나온 찰나, 그의 입술이 벌어졌다. 나는 두근두근 세차게 뛰고 있던 맥을 고스란히 그에게 들켜 버렸다. 그의 혀는 주인을 반기며 팔딱거리는 강아지를 쓰다듬듯 여유롭게 내 손목을 어루만졌다.

나는 아찔해진 머리로 내가 말해도 되는 것과 말하면 안 되는 것을 필사적으로 가늠했다. 그러다가 깨달았는데, 지금 이 상황에서 그런 구분은 무의미했다. 어차피 우리는 안 되는 관계니까.

"제가 옛날 여자 친구랑 닮았다면서요?"

겨우 짜낸 내 목소리에는 어쩔 수 없는 원망의 감정이 섞여 있었다. 그가 고개를 갸웃하면서 입술을 떼었다. 나는 꿋꿋이 말을 이었다.

"친구분이랑 하는 얘기 다 들었어요. 어쩌다 보니까 들렸어요. 준환 씨가 어떤 감정으로 나한테 이러는지 알아요. 그러니까 그 여자분한테로 돌아가세요. 아마 그분도 아직까지 준환 씨를 좋아하고 있을 거예요."

"다 들은 거 맞아요? 정말로 내 감정이 어떤지 알아요?"

그는 정색을 하고 물었다. 나는 자신이 없어졌다. 아니, 자신이 없어졌다기보다는 내가 틀렸으면 싶었다.

그가 내 손을 놓았다. 곧이어 올라온 그의 손이 내 뺨을 감쌌다. 쉰 듯이 거칠고 낮게 속삭이는 목소리와 달리 그의 손길은 부드러웠다.

"아슬아슬해서 숨이 막혀. 내가 깨뜨려 버릴까 봐."

그는 정녕 내가 깨져 버리기라도 할 것처럼 조심스레 엄지를 움직여 내 눈 밑을 훑었다.

"그날 차 안에서 이 눈을 보지 말았어야 했어. 가끔은 그런 후회가 들어. 제대로 페인팅하면 걸작 나오겠다 흥분은 되는데, 너무 섬세하고 예민해서 몰드에서 꺼내지도 못할 원형을 보는 기분이야. 어디서부터 어떻게 건드려야 좋을지 모르겠어. 그런데 갖고 싶어서 미치겠어."

그의 얼굴이 다가오는 걸 보면서 나는 눈을 감았다. 그는 내

뺨에 뺨을 맞대었다. 몰아쉬는 숨결보다도 미약한 목소리가 힘겹게 내 귓가를 파고들었다.

"그러니까 누구하고 닮아서 좋아한다는 말은 하지 마요. 내가 은아 씨를 좋아하게 된 건 전적으로 은아 씨 책임이에요."

그가 천천히 멀어졌다. 나는 그와의 거리를 느끼며 눈을 떴다. 그는 가슴이 먹먹하도록 희미한 미소를 지은 채 내 머리를 한 번 더 쓰다듬곤 내게서 손을 떼었다.

그 순간 나는 나도 모르게 아쉽다는 생각을 해 버렸다. 곧이어 내 자신에게 화가 치밀었다. 이혼도 안 하고 바람도 안 피울 거면서, 도대체 그에게 무엇을 바라고 있는지 모른다. 나는 이러지도 저러지도 못한 채 완전히 비뚤어져서는 엉덩이에 뿔난 송아지처럼 애꿎은 그에게 불평을 했다.

"비겁해요. 그게 왜 내 책임이에요?"

"이러니까요."

그는 불뚝 내민 내 입술을 손끝으로 가볍게 두들겼다. 나는 그의 대답이 무슨 뜻인지 이해할 수 없었다. 내가 전혀 이해를 못 했는데도 그는 해명할 생각 없이 그대로 몸을 돌려 2층으로 올라가 버렸다.

6. 1차 소성 및 연마

　당신의 손에는 아기처럼 연약하고 물러 터진 슬립 덩어리가 있습니다. 1차 소성은 이것을 가마 속에 집어넣고 섭씨 700도로 초벌구이 하는 과정입니다. 초벌구이가 끝난 것을 편의상 소프트화이어 원형이라고 부릅니다. 예, 섭씨 700도는 '소프트'한 온도입니다.

　소프트화이어 원형은 가마 속에 들어가기 전에 비하면 상당히 단단한 편입니다. 그렇지만 아직은 무르고 연약한 상태입니다. 연마는 원형이 이처럼 무르고 연약하기에 가능한 작업입니다.

　몰드의 특성상 원형의 표면에는 당신이 의도하지 않았던 선들이 생겨났을 것입니다. 원형을 물에 넣고 불린 다음, 고운 사포로 문질러서 선들을 지우십시오. 이전의 과정에서 미미한 흠집이 생겼다면 경우에 따라서는 그러한 흠집들도 지울 수 있습니다. 연약해서 생긴 흠집이 연약하기에 지워진다니, 아이러니한 행운이 아닐 수 없습니다. 소프트화이어 원형의 '이 연약함은 당신에게 주어진 마지막 기회'입니다.

방문을 노크하는 소리가 들렸다. 나는 왼쪽 손목을 감싸 쥔 채 문을 가만히 노려보았다. 다시금 똑똑 소리가 들렸다.

문을 열자마자 준환은 내게 메모지 한 장을 내밀며 말했다.

"미안해요."

나는 잠자코 준환이 내게 건넨 메모지를 내려다보았다. 꽃이 그려진 수채화였다. 물감이 뭉친 부분은 아직 덜 말랐다.

꽃 그림, 미안해요. 어떤 의미인지 알 수가 없다.

나는 고개를 숙인 채 문을 도로 닫았다. 그리고 긴 한숨을 쉬었다. 그림을 보고 있으려니 마음이 점점 더 복잡해졌다.

어쨌거나 그림은 예뻤다. 하도 잘 그린 그림이라 버리기엔 아까웠다. 나는 손끝에 몇 번이고 힘을 주었다가 결국엔 화장대 유리 밑에 메모지를 고이 끼워 놓았다. 우유부단한 나. 가슴이 답답하다.

거듭 한숨만 쉬다가 나는 자리에서 일어났다. 슬슬 시트를 털어서 걷어야 할 때였다. 시트라도 팡팡 털다 보면 이 갑갑한 속도 조금쯤은 후련해지지 않을까 싶었다.

테라스에 널어놓은 시트를 털고 있는데 준환이 1층으로 내려왔다. 그는 잠시 멈추어 나와 눈을 맞추었다. 나는 곧 눈길을 돌렸다.

그때 그의 휴대폰 벨소리가 울렸다. 그는 주방 쪽으로 걸음을 옮기면서 전화를 받았다.

"어, 잠깐 꺼 놨었어. 운전하느라. 왜, 급한 일이야? ……가 봤어. 다음 날 바로 갔는데 그새 없어졌더라. ……네가 준 명함이 틀림없다면 제대로 찾아갔겠지. 그만뒀다고 그러던걸, 뭐."

휴대폰 건너의 상대방은 아마도 심정배일 것이다. 준환에게 옛날 여자 친구가 일하는 술집의 명함을 줘 놓고, 애프터서비스 차원에서 전화를 했나 보다. 친절하기도 하지.

"걔가 너한테 전화를 해? 왜? ……뭐? 그래서 가르쳐 줬어? 야, 인마! 아무한테나 주소를 가르쳐 주면 어떻게 해! ……아니, 걔가 아무나는 아니지. 그런데 지금 내 상황이…….."

나를 흘깃 본 준환이 한숨을 쉬었다.

"미치겠다. 그게 언제야? 언제 가르쳐 줬는데? ……야, 점심 때가 언젠데 이제야 전화를 하냐! ……아, 맞다. 꺼 놨었구나. 미안, 내가 나중에 다시 전화할게."

그는 전화를 끊자마자 거실 창문 쪽으로 다가왔다.

"은아 씨."

불러 놓고는 말이 없다. 나는 잠깐 기다리다가 물었다.

"왜요?"

"저녁 먹으러 가요. 내가 살게요."

시계는 4시 10분을 가리키고 있었다. 저녁 먹으러 가기에는 상당히 이른 시각이었다. 내가 뚱하니 쳐다보자 그는 난처한 얼굴로 얼버무렸다.

"어……, 갑자기 냉면이 먹고 싶어서요. 그 집이 좀 멀어서. 하여튼 나가요."

"전 집에 있을래요. 다녀오세요."

"아니, 냉면이 별로면 다른 거라도……."

방금 전에는 냉면이 먹고 싶다더니.

그는 단지 집에서 나가고 싶을 뿐이다. 통화 내용으로 미루어 보아 누군가가 우리 집 주소를 알게 된 모양이다. 아마도 그 누군가는 준환의 옛날 여자 친구일 터였다. 그녀를 찾아 헤맬 때는 언제고, 정작 그녀가 제 발로 온다는데 피하는 이유가 무엇인지 모르겠다.

"제가 꼭 같이 갈 필요는 없잖아요."

"오늘 무슨 일이 있었는지 기억 안 나요? 같이 가요."

그는 단호하게 말하곤 2층으로 올라갔다.

솔직히 나는 답답했다. 나 자신도, 지금의 이 상황도 답답했다. 이 애매모호한 관계를 어떤 식으로든 확실히 하고 싶었다. 우리는 집주인과 세입자 사이도 아니고, 서로 좋아하는 사이도 아니다. 물론 그는 나를 좋아한다고 말하지만 나 같은 유부녀를 그가 진심으로 좋아할 리 없다. 옛날 여자 친구와 닮지 않았다면 아마 나를 거들떠보지도 않았겠지.

그리고 나는 그를 좋아하지만, 좋아해서는 안 된다. 내게는 남편이 있다. 절박한 처지에 놓여 있던 내게 선뜻 기대라고 말해 줬던 사람. 그런 남편을 이제 와서 배신할 수 없다. 나는 남편을 사랑해야만 한다.

시트를 마저 털면서 나는 잠시 망설였다. 그러다가 방으로 돌아와 휴대폰을 확인했다. 문자를 보낸 지가 언젠데 남편은 여태 답문자가 없다. 미미한 두통이 일었다.

나는 그예 옷장 문을 열고 나갈 채비를 했다.

준환은 거실에서 나를 기다리고 있었다. 나가려는데 거실 창문 너머로 널려 있는 시트가 눈에 띄었다. 실컷 털어 놓고는 걷는 걸 깜빡했다.

"잠깐만요. 저것만 걷어 놓고 갈게요."

준환은 선선히 고개를 끄덕였다. 그러다 생각난 듯 말했다.

"참, 중국집에 그릇 갖다 주기로 했는데."

"아니, 그 집은 배달만 해 주고 그릇은 갖다 줘야 되는 거예요?"

"전화해서 그릇 가져가지 말라고 했어요. 은아 씨 괜히 나갔다가 위험해질까 봐."

돈 안 되는 일에는 본능적으로 주도면밀하다더니, 그 말이 사실인 것 같았다. 나는 한숨을 쉬며 비닐봉지 안에 중국집 그릇을 넣었다. 그러고는 시트를 걷으러 테라스 쪽으로 향하는데 별안간 초인종이 울렸다.

나는 멈칫했다. 우리는 누가 먼저랄 것도 없이 서로를 돌아보았다. 준환도 긴장한 기색이 역력했다.

우리를 재촉하듯이 또 한 차례 딩동, 초인종이 울렸다. 그가 나를 잡아끌었다.

"일단은 2층에······. 아, 2층은 지금 안 되는구나. 방에 들어가 있어요. 혹시나 무슨 일이 생기면 곧장 112에 신고해요."

나는 잔뜩 긴장한 채 그에게 떠밀리다시피 방으로 들어갔다.

초인종이 딩동딩동, 신경질적인 소리로 두 번 울렸다. 곧 현관문 열리는 소리가 들렸다. 이어서 그의 목소리가 들렸다.

"누구세요."

대문 바깥에 있을 사람의 목소리는 들리지 않았다. 준환이 한 번 더 물었다.

"누구세요."

나는 도저히 방에 있을 수가 없었다. 휴대폰을 쥔 채로 총알처럼 튀어나간 나는 곧장 주방으로 향했다. 식칼을 꽂아 둔 수납장 쪽에 손을 뻗은 순간, 활짝 열려 있는 거실 창문 너머로 어떤 여자의 목소리가 들렸다.

"놀랐지?"

아, 그러고 보니 우리 집에는 수상한 택배 기사 말고도 올 사람이 한 명 더 있었다. 준환의 옛날 여자 친구.

"내가 오빠를 피하는 것도, 생각해 보니까 웃기더라고. 사실 그때 오빠를 그렇게 보내 놓고 나서 후회 많이 했거든. 그때는 정말 오빠 얼굴 못 볼 것 같았는데······. 근데 보고 싶더라. 보고 싶었어, 오빠."

방문객은 준환의 옛날 여자 친구임에 틀림없었다. 그런데 그녀의 목소리가 왜 이다지도 귀에 익숙한지 모르겠다.

"그래서 이렇게 갑자기 온 거야? 연락도 없이, 집에까지?"

준환이 묻자 그녀는 발랄하기 그지없는 소리로 까르르 웃었다. 그 웃음소리를 듣는 순간 소름이 끼쳤다. 내가 아는 사람과 너무나도 똑같아서.

"연락도 없이 가게까지 찾아온 사람이 누군데. 후훗, 오빠 지금 나한테 복수하는 거야? 아유, 그래. 인정할게. 그땐 내가 잘못했어. 내가 다 잘못했다고. 그래서 이렇게 집에까지 찾아와 줬잖아. 그럼 된 거 아니야?"

"지금 그런 얘기를 하자는 게 아니야."

"알았어, 알았어. 오빠 얘기 다 들어줄게. 일단은 들어가자. 아! 오랜만에 오빠 파스타 먹고 싶다. 새우크림파스타."

현관문 열리는 소리가 들렸다. 그녀의 목소리가 이어졌다.

"하도 헤맸더니 발 아파 죽겠어. 어쩌다가 이런 촌 동네까지 온 거야? 하긴 우리 고모도 여기 어디서 산다더라."

그제야 이해가 갔다. 준환이 왜 난데없이 냉면을 먹으러 가자고 졸랐는지. 나는 경악해서 수납장 문고리에 손을 댄 채로 굳어져 있었다. 새삼 그녀를 마주 볼 생각이 들지 않았다.

"어? 오빠, 누구랑 같이 있었어?"

그녀가 먼저 내 뒷모습을 보고 물었다. 준환도 나를 보았을 것이다. 그는 난감한지 대답이 없었다. 나는 결국 몸을 돌렸다.

고모가 여기 어디서 산다고? 그래, 이 집이 바로 그 고모의 집이었다. 이제 그 고모는 죽었다. 그리고 고모의 딸이 이 집을 물려받았다.

월급 통장만 들고 외삼촌의 집을 뛰쳐나온 이후로 나는 그 집 식구들과 마주칠 일이 없을 거라고 생각했다. 우연으로라도 마주치기 싫었다. 그래서 엄마의 장례식에도 그들을 부르지 않았다. 그런데 어쩌다가 내 집에서 이렇게 박상희와 마주쳐 버렸는지 모르겠다.

내가 내 사촌 언니 박상희를 못 알아볼 리 없었다. 나는 그녀의 얼굴을 확인한 후 준환에게로 시선을 돌렸다. 왜 내 집에 박상희가 찾아왔는지, 내가 질문을 던져야 할 대상은 바로 그였다. 그런데 박상희가 물었다.

"어떻게 된 거야?"

그건 내가 준환에게 묻고 싶은 말이었다. 나한테 어떻게 된 거냐고 물어봐 봤자 답은 나오지 않아, 언니.

상희는 이내 준환을 돌아보았다.

"오빠가 왜 쟤랑 같이 있어? 쟤가 어떤 앤지 알기나 해?"

"상희야."

"오빠, 쟤랑 같이 있으면 안 돼. 큰일 나! 오빠도 죽어. 쟤는 사탄이 씐 애야!"

"뭐?"

준환은 자신의 귀가 의심스럽다는 듯 아연한 표정이었다. 그런데도 그녀는 진저리를 치면서 필사적으로 말을 이었다.

"저건 사람이 아니야. 사탄이야, 마귀라고! 우리 아빠가 누구 때문에 죽었는데! 우리 오빠는! 우리 엄마가 그렇게 된 게 다 누구 때문인데!"

그녀가 나를 손가락질하며 외쳤다.

"다 저년 때문이야! 박은아, 저년이 죽였어! 저년이랑 같이 있으면 다 죽는단 말이야!"

*

그날은 중학교 1학년 여름방학의 어느 일요일이었다. 날짜는 정확히 기억나지 않는다. 어쨌거나 일요일이었다는 것만은 확실하다.

매주 일요일마다 외숙모와 사촌들은 교회에 갔다. 사촌들이 학원 종일반에 다녔는데 그 시간을 맞추느라 늘 새벽 예배를 봤다. 어쩌면 외숙모가 너무도 바빠서 새벽부터 집을 나섰는지도 모른다. 버는 것보다 쓰는 게 더 많을 성싶은 건강식품 다단계를 비롯한 각종 모임, 또는 피부 관리실이나 미용실 예약 등 외숙모는 공사다망한 하루를 보내고는 해 질 무렵이 되어서야 저녁거리로 치킨이나 피자 따위를 사 들고 집으로 돌아오곤 했다. 외삼촌은 그런 외숙모에 대해 은근히 불만을 품고 있었으나 자주 내색하지는 않았다. 그래 봤자 외숙모로부터 바가지만 긁힐 뿐이었기 때문이다.

'나한테 뭐라고 하기 전에 애네 고모부터 어떻게 좀 해 보지 그래요? 내가 이 나이에 시집살이 하는 것만 해도 기가 막혀 죽겠는 사람이야. 지 애까지 봐야 되냐고. 아니, 그리고 왜 하필 무당이래요? 이건 어딜 가서 하소연도 못 해. 우리 애들까지 이상한 취급 받을까 봐. 내가 아주 화병 때문에 죽겠어요,

화병 때문에. 그래도 난 가만히 있잖아. 당신한테 암말도 안 하잖아. 근데 왜 건드려요, 왜? 이 사람이 오죽 답답하면 이럴까, 그런 생각은 안 들어요? 어휴, 꼴 보기 싫어.'

외할머니가 돌아가신 후, 더는 시집살이를 하지 않게 되었는데도 외숙모의 일요일 일과와 불평은 별다를 바가 없었다. 괜히 한마디 했다가 찍소리도 못 하고 얼굴만 굳히는 외삼촌의 못난 모습 또한 변함이 없었다.

외삼촌은 중소기업에 다니고 있었는데 그 회사의 소유주가 외숙모의 친척이었다. 그렇다고 그 부자 친척이 외삼촌을 푸지게 도와주는 것 같지는 않았다. 만일 도움을 많이 받았더라면, 외삼촌이 굳이 외갓집을 팔면서까지 아파트 평수를 늘리지는 않았을 터였다. 그랬다면 나와 외할머니 같은 군식구를 집에 들일 필요도 없었을 것이고, 외숙모로부터 시집살이 운운하는 불평을 들을 이유도 없었을 것이다. 그러나 그 도움 안 되는 부자 친척이 어쨌거나 외삼촌의 사장님이었기에, 외삼촌은 외숙모와 처가에 늘 저자세였다.

그날도 외숙모와 사촌들은 새벽부터 교회 갈 준비를 하느라 분주했다. 황금 같은 일요일에 새벽밥 먹고 집을 나서는 터라 사촌 오빠는 내내 똥 씹은 얼굴이었다. 결국 그날도 오빠는 나한테 괜한 시비를 걸었고 나를 흠씬 두들겨 팼다. 그건 일상다반사였지만 그날 일만큼은 유독 또렷이 기억난다. 왜냐하면 그때 외삼촌이 웬일로 사촌 오빠를 말렸기 때문이다.

"그만해라."

아주 점잖은 얼굴로, 무척이나 근엄한 목소리로.

나는 어이가 없었다. 외삼촌이 사촌 오빠를 말린다는 건, 뭐랄까, 나를 때릴 권리를 독차지하고 싶은 욕구 정도로밖에 해석이 안 됐다. 울음 대신 기가 막혀 헛웃음이 나올 지경이었다.

"시끄럽다. 계집애가 아침부터 재수 없게……, 쯧."

외삼촌이 혀를 찰 때마다 나는 겁에 질려 온몸에 소름이 돋을 지경으로 얼어붙곤 했다. 개처럼 길들여진 일종의 조건반사였다.

슬금슬금 방으로 피신한 내가 도로 나온 건 외숙모와 사촌들이 집을 나설 때였다. 외삼촌은 집이 휑해지자마자 거실 소파에 비스듬히 누워 TV를 켜고 볼륨을 한껏 높였다. 외삼촌의 눈치만 보던 나는 얼마간 안심하며 집안일을 시작했다. 산더미처럼 쌓인 설거지를 하고, 안방과 사촌들 방의 침구 커버를 새것으로 갈아 끼웠다. 세탁기가 돌아가는 동안 온 집 안에 청소기를 돌리고 걸레질을 했다. 할머니가 돌아가신 후로 언제부턴가, 일요일은 내가 대청소를 하는 날이 되어 있었다. 나는 그게 싫었지만 꼭 싫지만도 않았다. 내가 뼈 빠지게 청소를 하고 있는 동안만큼은 외삼촌의 비위를 거스를 일이 없었기 때문이다.

걸레질을 마친 나는 완전히 땀에 절어서 내 방으로 돌아왔다. 그때 시간이 11시 반쯤 되었던가, 곧 점심시간이었다. 점심을 먹고 나면 욕실 청소를 하면서 샤워를 할 생각이었지만 그때까지 기다리기가 힘들었다. 나는 속옷과 갈아입을 옷을 챙겨들고 욕실로 향했다. 그날따라 형광 연두색 끈소매 원피스가 퍽 시원해 보였다.

사실 나는 형광 연두색 따위를 입고 싶은 기분이 아니었다. 할머니는 겨울방학이 되기 전에 돌아가셨건만, 나는 이듬해의 여름방학이 되어서도 그 죽음의 그림자로부터 벗어나질 못하고 있었다. 기분도 칙칙해서 옷도 늘 칙칙한 것만 입었으면 했다. 그렇지만 그날은 유난히 덥고 끈적끈적했다. 끈소매의 타올지 원피스가 그렇게 시원해 보일 수 없었다. 내가 내 옷을 사 입을 형편이 아닌 이상, 옷 색깔을 따지는 건 사치였다.

나는 박상희의 얄궂은 취향을 탓하며 욕실로 들어가서 샤워를 했다. 샤워를 마치고는 그 길로 욕실 청소를 시작했다. 안방에 딸린 욕실 청소까지 모두 끝내고 밖으로 나와 보니, 언제 시켰는지 외삼촌이 짜장면을 먹으면서 대낮부터 반주로 소주를 마시고 있었다. 나는 그 모습을 보면서 내심 기대감을 품었다. 저 소주를 다 마시고 나면 외삼촌은 곧 낮잠을 잘 테고, 그럼 나한테 시비를 걸 일도 없으리라고.

그나저나 대낮부터 저러고 술을 마시고 싶을까. 점잖은 척, 근엄한 척, 성실한 척, 자상한 척, 온갖 척은 혼자서 다 하는 인간이 주변에 사람만 없어지면 180도로 바뀐다. 예전에는 나도 주변에 있는 사람들 중 하나였기에 외삼촌이 실제로 어떤 인간인지 몰랐다. 그래서 한때는 외삼촌을 동경하기도 했었다. 나한테도 저런 아버지가 있었으면 하고.

위선자.

외삼촌은 자기 처자식 앞에서도 늘 척, 척, 척하는 가면을 쓰고 있었다. 외삼촌의 그 돼먹지 못한 진면목을 아는 사람은 나와 할머니뿐이었다. 하긴 할머니는 당신의 아들이 처가 탓에 스트레스를 받아서 성격이 괴팍해진 것이라는 믿음을 끝까지 간직한 채 돌아가셨더랬지.

어쨌거나 외삼촌이 낮술을 마신다고 내가 토를 달 주제는 아니었다. 그러니 외삼촌도 내 앞에서는 거리낌 없이 행동했던 것일 테고.

나는 묵묵히 세탁기에 새로운 빨래를 넣어 두곤 곧바로 외삼촌 앞에 앉아서 짜장면을 먹기 시작했다. 그때 TV에서는 '전국노래자랑'을 하고 있었다. 내 쪽에서는 TV가 보이지 않았지만 요란한 소리만큼은 들을 수 있었다. 어떤 여자가 말했다.

– 우리 송해 선생님 주려고 이걸 가져왔지요.

나는 그게 뭔지 궁금해서 반사적으로 TV를 돌아보았다. 노래자랑 나온 아줌마가 무슨 꾸러미를 내밀고 있었는데, 순간 TV가 꺼졌다.

"얼른 먹고 치워라."

외삼촌이 리모컨을 내려놓으면서 말했다. 괜한 심술이었다. 외삼촌의 그릇은 이미 비어 있었다. 나 같으면 빈 그릇을 앞에 두고 앉아서 조카가 어떻게 먹는지를 감시하느니 차라리 소파에 편히 앉아 TV를 보겠다.

하지만 나는 외삼촌의 괜한 심술에도 한마디 불평조차 못한 채 짜장면 그릇에 코를 박았다.

"그릇 내놔라."

내가 짜장면을 다 먹자마자 외삼촌은 기다렸다는 듯이 명령
했다.

안 그래도 치울 작정이었다. 나는 공연히 부아가 치밀었으
나 말없이 일어나 그릇을 현관 밖에 내놓았다. 내가 들어올 때
까지도 외삼촌은 자리를 지키고 앉아 있었다.

"이것도 치우고."

그새 소주병이 비어 있었다. 나는 속으로 한심하게 여기면
서도 조용히 소주병을 분리수거하도록 내놨다.

"상 닦아야지."

구구절절 명령이었다. 행주를 가져다가 테이블을 닦고 다시
행주를 빠는데 외삼촌의 명령이 이어졌다.

"물."

어쩌면 외삼촌은 이 명령을 하기 위해서 여태까지 내가 다
먹기를 기다렸는지도 모른다. 두손 두발 다 달린 사람이 왜 물
한 잔을 못 떠먹는담.

그래도 나는 잠자코 물을 떠서 외삼촌 앞에 대령했다. 내가
무슨 말을 해 봤자 말대꾸밖에 안 되고, 말대꾸를 해 봤자 얻어
맞을 일밖에 없었기 때문이다. 그러나 내 인내심을 시험하려는
양 외삼촌이 이번에는 얼토당토않은 잔소리를 시작했다.

"넌 옷이 그게 뭐냐? 중학생씩이나 돼 가지고 꼬라지가 그
게 뭐야. 아무리 집에 있어도 그렇지."

나는 형광 연두색의 끈소매 원피스를 입고 있었다. 나라고
해서 그 옷이 딱히 마음에 들었던 건 아니다. 다만 나는 청소를

하느라 무진장 더웠고, 그 옷이 그나마 시원해 보여서 입었을 따름이다. 만일 나라면 형광 연두색 따위는 애당초 사지도 않았을 것이다. 그 옷은 어디까지나 박상희의 취향이었다.

나는 참다못해 마침내 한마디 했다.

"이거 원래 언니 옷인데……."

외삼촌이 물컵을 탁 놓더니 자리에서 일어섰다.

"언니 옷이야?"

질문과 함께 손이 날아왔다. 나는 머리를 맞고 비틀거렸다.

"언니 옷?"

내가 균형을 잡을 새도 없이 또다시 손이 날아왔다.

"언니 옷이 뭐? 어른이 말을 하면 그런 줄 알 것이지, 어디서 또박또박 말대꾸야?"

나는 연거푸 머리를 맞으면서 왼쪽으로 밀려 가 테이블에 부딪혔다. 그러고는 이내 머리채를 잡혀 테이블에 머리를 내리박혔다.

"누가 지 에미 딸 아니랄까 봐 어린년이 발라당 까져 가지고는, 쯧."

내 머리를 사정없이 짓이기던 손이 겨우 떨어져 나갔는데도 나는 혀 차는 소리에 흠칫 몸을 떨었다. 뒤이어 벨트를 끄르는 소리가 들려왔다.

설마 벨트로 때리려는 건가? 저걸로 맞으면 아플까? 얼마나 아플까?

그때 나는 혹이 빠르게 올라오기 시작한 머리로 그런 가늠을 보고 있었다. 지금에 와서 생각해 보면 참 한심한 노릇이지만 그때는 그랬다. 만일 지금 비슷한 상황이 닥친대도 나는 고작 그런 가늠밖에 할 수 없을 것이다. 그 상황으로부터 벗어나려는 노력 같은 건……, 글쎄.

만일 그 상황이 아니라면 다른 궁리를 할 수도 있겠다. 그건 자살하려는 사람한테 죽을 용기로 살아 보라고 말하는 거나 마찬가지로 씨알도 안 먹히는 얘기다. 누군 살기 싫어서 죽나. 죽는 것 외에는 아무 생각도 할 수 없는 상황이니까 어쩔 수 없이 죽는 거지. 살 만한데 죽는 사람 없고, 맞고 싶어서 맞고 사는 사람 없다. 그 상황에 닥쳐 보지 않으면 모를 일이다. 눈앞이 깜깜해서 아무 생각도 안 나게 된다. 어떻게든 빨리 이 고통이 끝나 주면 좋겠다는 생각밖에는.

"네년이, 네가 당해 봐야 정신을 차리지. 대가리에 피도 안 마른 년이 아무 때나 옷을 훌떡 벗고 꼬리를 치고 있어."

외삼촌이 상욕을 하면서 벨트를 끄를 때 나는 '진창 맞겠구나.' 그 생각만 했다. 그때만 해도 나는 외삼촌이 벨트를 끄르는 이유가 단지 나를 때리기 위해서인 줄로만 알았다.

하지만 그날 외삼촌은 벨트를 바지로부터 빼지도 않았다. 나는 벨트로 맞는 대신에 짚고 있던 테이블 위에 그대로 엎어뜨려졌다. 이내 뒤가 서늘해졌다. 얼떨결에 목을 꺾어 뒤를 돌아본 찰나, 몸이 앞으로 확 밀렸다. 칼로 찌르는 것처럼 강렬한 격통이 닥쳤다.

테이블이 벽에 부딪치면서 쿵 소리를 냈다. 내 앞에 놓여 있던 물컵이 내 꼴로 엎어졌다. 물이 주르르 흘러 유리판 사이로 스며들었다. 고통은 그칠 줄 모르고 계속되었다. 너무 아파서 나는 차라리 테이블이 되어 버렸으면 좋겠다고 생각했다.

어느 순간인가, 내 영혼이 눈물에 섞여 물처럼 주르르 흘러 내렸다. 그리고 나는 테이블이 되었다.

그날 나는 방금 깨끗하게 청소한 욕실에서 처음으로 샤워를 하는 호사를 누렸다. 다만 그 욕실을 청소한 사람이 나였고, 다시금 청소할 사람도 나였기에 좋다는 생각은 전혀 들지 않았다. 욕실 바닥으로 생리혈처럼 흘러내린 피가 더럽고 지저분해 보여서 나는 몇 번이고 물을 부셨다. 샤워를 마친 뒤에는 락스로 욕실 바닥을 박박 닦았지만, 내 눈에 잔상처럼 눌어붙은 주홍색 핏자국은 아무리 닦아도 지워지질 않았다. 욕실 바닥도, 내 몸도 예전처럼 깨끗해지지는 못할 터였다. 나는 결국 솔을 집어던졌다.

내가 욕실에서 나왔을 때 외삼촌은 집에 돌아와 있었다. 외삼촌은 쓰레기를 버리고 돌아온 길이었다. 그 쓰레기봉투 안에는 외삼촌이 자신의 욕구를 채운 후 뒤처리한 휴지 뭉치가 들어 있었다. 외삼촌이 곧바로 증거를 인멸하러 나가 준 덕분에 나는 욕실로 들어갈 수 있었던 것이다.

외삼촌은 나를 불러 세워 놓고 으름장을 놓았다. 아무한테도 말하지 말라고. 말해 봤자 아무도 안 믿을 거라고. 애당초 내가 먼저 홀딱 벗고 꼬리를 친 게 잘못이었다고. 함부로 입을 놀렸다간 집에서 쫓겨날 것이며, 그리되면 길바닥에 나앉아서 이놈 저놈한테 몸을 팔다가 결국엔 창녀가 되고 말 거라고.

나도 그럴 거라고 생각했다. 그래서 외삼촌이 '함부로 떠들고 다닐래?'라고 확인하듯 물었을 때, 아무한테도 말하지 않겠다고 대답했다. 그런데 외삼촌이 생색내며 하는 말을 듣고 있자니 슬그머니 의구심이 들었다.

"그래, 하긴 그만큼 먹여 주고 입혀 줬으면 이렇게라도 갚아야지."

창녀란 대가를 받고 몸을 파는 사람이다. 나는 내가 창녀와 무엇이 다른지 알 수 없었다.

다음 주 일요일, 외삼촌은 소주를 마시지 않았다. 그러나 그 다음 주 일요일에는 다시 소주를 마셨다. 그리고 나는 소파가 되었다. 그다음 주의 일요일에는 소주를 마시지 않았는데도 나를 침대로 만들었다. 이후로 나는 외삼촌의 음주 여부와는 관계없이, 매주 일요일마다 소파나 침대 따위가 되었다.

횟수를 거듭할수록 나는 가구가 되는 몽상에 익숙해져 갔다. 심지어 학교에서조차 책상이 되는 봉상에 잠겨 있었다. 누가 앉거나 누워도 아무런 불평 없이 버티는 TV 앞의 소파처럼, 두 사람이 뒹굴어도 자기는 싱글 사이즈라고 주장하지 않는 내 방의 침대처럼, 볼펜으로 긁고 커터 칼로 후벼 파도 옴짝달싹 않는 교실의 책상처럼 나는 매사에 무심하고 덤덤해져 갔다.

내가 미치지 않은 이상, 그것은 몽상일 터였다. 그러나 그게 정녕 몽상에 불과했는지는 솔직히 의문이다.

유달리 무더웠던 중학교 1학년 여름방학의 어느 일요일, 그날 이후로 내 기억은 종종 깜깜하다. 개중에 드문드문 남아 있는 기억들은 과연 내 기억이 맞을까 싶은 것들뿐이다. 대리석 테이블의 연한 회청색 입자, 쉭 소리를 내며 꺼졌다 일어나는 소파 스펀지, 암흑 속에서 열을 맞춘 채로 연거푸 낑낑거리는 침대 스프링, 똑같이 생긴 책상들의 끊임없이 반복되는 황갈색 나뭇결무늬……. 어쩌면 내 영혼은 산산이 흩어져 그 어딘가에 스며들어 있었는지도 모른다. 어쩌면 그건 몽상이 아니었는지도 모른다.

초조함, 급박함, 두려움, 답이 없는 의문과 연이은 고통과 끝내 찾아드는 절망. 나는 감당할 수 없는 현실로부터 필사적으로 도망치고 있었다. 내 기억이 도로 선명해지는 첫 장면은 고등학교 2학년 말, 담임선생의 심각한 얼굴이었다.

"대학을 갈 거야, 말 거야? 그것만 확실히 해."

나에게 내 자신에 대한 결정권이 주어진 건 그때가 처음이었다. 몽롱했던 모든 것이 그 순간 분명해졌다. 나는 그제야 비로소 앞으로의 인생에 대해 고민하기 시작했다. 인생, 사람만이 누릴 수 있는 바로 그 인생 말이다.

나는 고3 때 대학 진학을 포기하고 취업반으로 들어갔다. 빨리 돈을 벌어서 독립할 결심이었다. 그 지옥 같은 집에서 벗어날 수 있다는 생각만 하면 피곤하지도 않고 졸리지도 않았다. 나는 대한민국 고3 수험생들이 누구나 그러하듯 코피 터지게 공부했고, 졸업식을 일주일 앞두고 무사히 취직했다.

내가 면접 때 소심하게 불렀던 월급은 최저임금 기준치에도 못 미치는 박봉이었으나, 그래도 6개월만 벌면 월세 보증금을 마련할 정도는 되었다. 나는 한 달을 부지런히 일해서 드디어 첫 월급을 받았다. 누구나 첫 월급을 받으면 기쁘겠지만 나만큼 기뻐했던 사람이 또 있을까 싶다.

나는 희망에 부풀어 들뜬 걸음으로 퇴근했다. 퇴근하는 길에 거의 한 정거장쯤을 걸어 내려가 부동산에 들렀다. 마음이 설레어 벌써부터 공연히 월세방을 알아보았다. 땅값이 제아무리 비싼 동네라 해도 구석구석 잘 뒤져 보면 싼 방 한 칸 정도는 있다. 부자 동네에는 부자들을 위해 밤낮으로 몸 바쳐 일하는 사람들도 함께 살기 마련이니까. 이제 5개월만 있으면 나도 개중에 한 명이 될 수 있을 성싶었다.

이윽고 집으로 돌아가는 길에 나는 문득 박상희가 했던 말을 기억해 냈다. 내 취직이 결정된 날, 사촌 언니는 발랄하고도 붙임성 좋은 성격을 십분 발휘하여 나를 축하해 주면서 말했다.

"난 빨간 내복 같은 건 필요 없어. 빨간 팬티로 사 주라. 나도 나중에 취직해서 첫 월급 타면 너한테 빨간 팬티 사 줄게."

그래, 앞으로 5개월만 지나면 영영 남처럼 살게 될 텐데 팬티 한 장쯤은 기념으로 사 줄 수도 있다. 나는 그날 기분이 무지무지 좋아서 그 얄미운 박상희한테 줄 빨간 팬티를 사는데도 마냥 행복하기만 했다.

그러나 집으로 돌아와 그녀에게 빨간 팬티를 주자마자 내 행복은 박살이 나고 말았다.

"왜 이렇게 늦나 했다. 이거 사 오느라 늦었구나. 땡큐."

그녀는 거실에서 드라마를 보며 훌라후프를 돌리고 있었다. 그러다가 빨간 팬티를 확인하더니 마치 이날만을 기다렸다는 양 외숙모에게 말했다.

"엄마! 은아 월급 받았대."

나를 본 척도 않고 드라마에 빠져 있던 외숙모가 그제야 나를 돌아보았다. 외숙모는 기우뚱 일어났다.

"아휴, 드디어 나왔구나."

내게로 다가온 외숙모가 대뜸 내게 손을 내밀었다.

"이리 내."

나는 어리둥절해서 물었다.

"뭘요?"

"월급 통장."

"왜요?"

나는 진심으로 그 이유가 궁금했다. 외숙모는 코웃음을 치며 되물었다.

"아니, 왜가 어디 있어? 당연한 걸 갖다가."

"내가 뭐랬어? 엄마한테나 당연하지. 애는 그게 자기 혼자서 번 돈인 줄 안다니까."

상희가 종알거리자 외숙모가 고개를 끄덕였다.

"그러게. 이제까지 기껏 키워 놨더니만 저 혼자서 다 컸다

네. 이래서 머리 검은 짐승은 거두는 게 아니라는 건가 보다.”

“솔직히 엄마가 문제지, 뭐. 어렸을 때부터 내 거 뺏어다가 재한테 다 주고. 저 바지도 난 한 번밖에 안 입었다. 저 백도 얼마 들지도 않은 건데, 왜 엄마 맘대로 막 줘? 엄마가 그러니까 재가 뭐든지 다 자기 건 줄 알잖아.”

“얘가 제 엄마는 마귀가 씌어 가지고 성격은 비뚤어지고, 얼마나 영혼이 불쌍하니. 그리고 너, 저 바지는 재작년에 사서 한 번 입고 처박아 뒀던 거 아니야.”

“아끼느라고 안 입은 거지! 이럴 때 보면 진짜 계모 같다니까. 재가 불쌍한 게 아니라 내가 불쌍하다, 내가 불쌍해. 그나마 괜찮은 바지는 저거 하나밖에 없었는데.”

“알았어. 바지 새로 사 주면 되잖아. 은아 너, 언니 말 들었지? 오죽했으면 내 딸내미 입에서 계모라는 소리가 다 나오겠니. 내가 너를 그렇게 키웠다. 근데 어쩜 이러니, 응? 사람이 말이야, 사소한 것에도 항상 감사하는 마음으로 살아야 되는 거야. 내가 뭐라고 말하기 전에 네가 먼저 ‘이제까지 키워 주셔서 고맙습니다.’ 하고 통장을 내놔야지. 그만큼 먹여 주고 입혀 줬으면 지금부터라도 갚아야 될 것 아니야.”

“말도 안 돼요. 통장은 절대로 못 드려요.”

내 말이 떨어지기 무섭게 외숙모가 안방을 향해 소리쳤다.

“여보, 이리 좀 나와 봐요! 아, 빨리!”

외삼촌은 안방에서 고함만 질렀다.

“제발 사람을 가만히 좀 내버려둬! 아니면 당신이 직접 큰아

버님께 얘기를 해 주든지!”

“걱정도 팔자다. 그 집이 설마하니 망할까 봐? 만에 하나 망하더라도 우리 집 날려 먹을 일은 없네요. 부도가 나도 챙길 건 다 챙긴다고.”

“그걸 내 이름으로 챙겼다니까!”

“그게 무슨 상관이야. 그럴 수도 있지. 사람이 왜 이렇게 간덩이가 작아? 그러니까 당신은 평생 사업을 못 하는 거야. 아휴, 쓸데없는 소리 말고 빨리 나와서 보기나 해요! 지금 한 푼이 아쉬운 마당에, 얘가 월급 통장을 못 내놓겠다잖아요!”

“아니, 저 XX년이……!”

“어머머, 어쩜! 저이 욕하는 것 좀 봐. 애 듣는데 참 잘하는 짓이다. 허구한 날 부실해서 빌빌거리는 사람이, 양기가 입으로 다 올라오나.”

외숙모가 투덜거리는 사이에 외삼촌이 안방에서 나왔다.

“욕을 할 만하니까 하지. 얼른 내놔라. 집안 시끄럽게 하지 말고.”

믿을 수가 없었다. 외숙모야 아무것도 모르니까 내게 월급 통장을 내놓으라고 할 수 있다. 그렇지만 외삼촌이 이럴 수는 없다.

“그 정도 했으면 갚을 만큼 갚았잖아요! 뭘 더 갚으란 말이에요!”

“닥쳐!”

외삼촌이 손을 크게 휘둘렀다. 나는 목이 꺾일 정도로 뺨을 맞고 비틀거리다가 소파에 털썩 주저앉았다. 외삼촌은 무자비하게 내 머리채를 잡아 들었다.

"이 X년이, 누가 X년 아니랄까 봐, 미친개처럼 짖고 지랄이야!"

말이 끊길 때마다 손이 날아왔다. 나는 하마터면 버릇처럼 소파가 될 뻔했다. 그러나 소파와는 다른 싸구려 레자의 질감이 나를 가로막았다. 나는 그 와중에도 월급 통장이 든 핸드백을 꽉 쥐고 있었다.

"다 갚았잖아!"

나는 머리채를 꺼들린 채 절규했다. 미친개처럼 짖는 거래도 상관없었다. 그나마 짖지도 않는다면 나는 한낱 소파에 불과하다. 나는 고개가 돌아가도록 연거푸 따귀를 맞으면서도 아랑곳없이 울부짖었다.

"언제까지 갚으란 말이야! 도대체 얼마나 더 갚아야 되는데! 그게 얼마야, 얼마냐고!"

"이년 봐라. 이게 아주 죽고 싶어서 환장을 하지!"

외삼촌의 손이 또다시 번쩍 들렸다. 나는 덜덜 떨며 외쳤다.

"또 때리기만 해 봐! 폭행죄로 신고해 버릴 테니까!"

"아니, 이년이 미쳤나!"

"미쳤다! 그래, 미쳤어! 내가 지금 안 미치게 됐어!"

"하! 이년이 진짜……."

외삼촌이 손을 든 채로 어이없다는 듯 중얼거렸다. 그러나 끝내 나를 때리지는 못했다. 그런데도 내 몸은 사시나무 떨리듯 떨리고 있었다. 버텨야 하는데, 이왕 대들기 시작했으니 미친 척이라도 해서 어떻게든 버텨 내야 하는데 나는 아직도 따귀 한 대 맞는 것에 그토록 겁을 먹고 있었다.

"아유, 여보. 그만해요. 이러다 애 잡겠네."

외숙모가 머뭇머뭇 끼어들었다. 반쯤 정신이 나간 듯 주위 시선에도 아랑곳없이 폭력을 휘두르던 외삼촌은 그제야 힐끔 처자식을 돌아보았다. 외숙모와 상희는 늘 점잖던 가장의 급작스러운 변모에 어찌나 큰 충격을 받았는지 멍한 표정으로 굳어져 있었다.

"이게 자꾸 이상한 소리를 하잖아. 내놓으라는 통장은 안 내놓고."

외삼촌은 뒤늦게 변명조로 말하며 슬그머니 내 머리채를 놓았다. 그러고도 나를 노려보면서 씩씩거렸다.

"으이그, 지가 매를 번 거지. 오죽하면 아빠가 이렇게까지 폭발을 했겠어."

상희가 종알거렸다. 외숙모는 냉큼 고개를 끄덕였다.

"그러게 왜 그러고 매를 번다니? 그리고 네가 갚긴 뭘 갚아, 이것아."

"그런 소리 하려거든 내 핸드백이나 내놔. 이건 너나 입고. 내가 어디 무서워서 입겠니? 꼴랑 팬티 한 장 주고선 무슨 생색을 낼 줄 알고."

상희가 선물 상자를 내 쪽으로 던지면서 이죽거렸다. 얄밉기도 했지만 한편으로는 어쩐지 불쌍했다. 저런 인간도 아빠라고, 상희는 끝까지 믿고 싶어 하는 눈치였다.

"아휴, 정신 시끄러워. 말도 안 되는 소리 그만하고 통장이나 내놔. 안 내놓을 거면 이 집에서 나가든가. 네가 그딴 식으로 하는데, 우리가 왜 너를 먹여 살려야 되니? 아, 꼴도 보기 싫어. 당장 나가!"

신경질적으로 내뱉는 외숙모의 말에 나는 반신반의하며 잠시 외숙모를 쳐다보았다.

이 집에서 나가라니, 이 얼마나 고마운 말인가. 나는 엉거주춤 일어섰다. 다리가 부들부들 떨려서 하마터면 넘어질 뻔했다. 애써 현관문을 향해 걸음을 옮기는데, 외숙모가 뒤에서 빈정거렸다.

"저것 봐라. 진짜 나가네. 하, 나 참 기가 막혀서……. 얘! 너 나가려면 지금 입고 있는 그 옷이랑 백이랑 다 놓고 나가. 하여튼 못돼 처먹었다니까. 내가 저를 어떻게 키웠는데."

"홀딱 벗겨진 채 내쫓겨 봐야 고마운 줄을 알지. 이제까지 먹여 주고 입혀 줬더니만, 대가리 좀 컸다고 까불고 있어."

외삼촌이 장단을 맞추었다. 입 닥치고 넘어가는 데도 한계가 있었다. 그 말을 듣는 순간, 나는 그만 한계를 지나 버렸다.

분노는 폭발처럼 일어나 한순간에 내 안에 있는 모든 것을 태우고 사그라졌다. 나를 주저하게 만들던 알량한 수치심도, 내 몸을 송두리째 쥐고 흔들어 대던 공포도, 심지어 분노 그 자체마저도 한순간에 증발해 버렸다. 걷잡을 수 없이 떨리던 몸이 별안간 멈추었다. 현관문을 등지고 돌아서는, 아주 짧은 찰나였다.

눈앞에 서 있는 세 사람이 마치 TV 화면 속 사람들인 양 비현실적으로 비치고 있었다. 집 전체를 에워싼 공기의 흐름 속에서 나만 홀로 튕겨져 나온 것 같았다. 그들과 나 사이에 가로쳐진 투명하고도 질긴 막이 눈에 보일 듯 선명하게 느껴졌다.

그제야 비로소 그들이 바로 보이기 시작했다. 한 명은 자기가 했던 일도 까먹은 바보고, 또 한 명은 트래핑이 뭔지도 모르면서 무조건 트래핑을 부어야만 청소가 끝난 거라고 우기는 얼간이, 나머지 한 명은 빨간 팬티나 사 달라는 어린애다.

코웃음이 나왔다. 이런 사람들이 뭐가 무섭다고 그동안 숨죽인 채 눈치만 보며 살았지?

"어머, 뭐야? 쟤 진짜 미쳤나 봐."

피식피식 웃는 나를 보더니 상희가 겁먹은 얼굴로 외숙모 옆에 달라붙었다. 외숙모는 아연한 기색으로 말이 없었다. 왜? 또 내 성격이 못돼서 그런 거라고 말해 보시지. 지금이라면 나도 흔쾌히 인정해 줄 텐데.

그래, 나 못돼 처먹었다. 이 집에서 가구로 평생을 썩느니 차라리 못된 사람으로 살겠다.

"그런 식으로 일일이 따져야 되는 거였어요? 그럼 제가 아예 처음부터 다시 정산해 드릴게요."

나는 손가락을 꼽으며 말했다. 중학교 1학년 8월을 기점으로 대충 헤아려 보니 장장 5년 하고도 7개월가량이었다. 세상에나! 지겹기도 하지.

"쟤 갑자기 왜 저러니?"

내가 손바닥에 끼적끼적 숫자를 쓰며 계산을 시작하자, 외숙모가 상희에게 속삭여 물었다. 상희는 조그맣게 반문했다.

"119 불러야 되는 거 아니야?"

결국 외숙모가 내게 넌지시 물었다.

"너, 지금 뭐 하는 거니?"

1년은 52주, 5년이면 260주다. 나는 거기에 28주를 더하다 말고 차분히 대답해 주었다.

"외삼촌이 저랑 몇 번이나 섹스를 했는지 세고 있어요."

"뭐, 뭘 해?"

"그만큼 먹여 주고 입혀 줬으면 그렇게라도 갚아야 된다고 해서, 그동안 외삼촌한테 몸으로 갚고 있었다고요. 매주 일요일마다 꼬박꼬박, 어떤 날은 두세 번씩도 하고요."

"뭐가 어쩌고 어째? 아니, 여보! 애가 도대체 뭐라는 거예요?"

외숙모가 외삼촌을 돌아보며 물었다. 그때 막 계산을 끝낸 나는 외삼촌을 쳐다보았다. 외삼촌은 경악한 눈초리로 나를 보고 있었다. 멍하니 입 벌린 꼴을 보아하니 외숙모에게 무슨 대답을 해 줄 상태는 아닌 듯했다.

나는 으쓱도 않고 계산 결과를 말해 주었다.

"중학교 1학년 여름방학 때부터 엊그저께까지, 대강 288주네요. 가끔 빠진 날도 있지만 외삼촌이 두세 번씩 한 날이 더 많으니까 최소한 3백 번은 했겠네요."

“헉!”

외숙모와 상희가 입을 떡 벌렸다. 외삼촌은 더 이상 부인과 딸을 볼 면목이 없었는지 슬그머니 안방으로 들어갔다. 나는 아랑곳없이 말을 이었다.

“저도 정확한 횟수는 모르겠으니까 그냥 3백 번이라고 칠게요. 창녀가 하룻밤에 얼마나 받는지도 모르니까 그것도 대충 10만 원이라고 쳐요. 전 엊그저께까지 외삼촌한테 3천만 원을 갚았거든요. 그러니까 이제 와서 월급 통장 내놔라, 옷 벗고 나가라, 그런 식으로 말씀하실 것 같으면 그 3천만 원부터 먼저 내놓으세요. 옷값은 거기서 계산할게요.”

“하이고, 상희야! 얘가 지금 뭐라는 거니. 난 무슨 말인지 당최 알 수가 없구나.”

“엄마는 지금 쟤 말을 믿어? 헐, 내가 진짜 어이가 없어서. 아빠 이 상황에 도대체 어딜 간 거야? 아빠가 없으니까 애가 자꾸 이상한 소리만 하는 거잖아. 아빠, 아빠!”

상희가 자기 아빠를 부르며 안방으로 향했다. 외숙모는 진저리를 치면서 외쳤다.

“어쩜! 못됐다 못됐다 해도 너처럼 지독스러운 것은 처음 봤다! 입에서 나오는 대로 지껄인다고 다 말인 줄 아니! 거짓말에도 급이 있어. 어디서 돼먹지도 않은 거짓말이야, 이 독한 년!”

나는 내 말이 거짓이 아님을 증명할 만한 사실을 알고 있었다. 외삼촌에게는 정관수술을 한 자국이 있다. 언뜻 봐서는 알아채기도 힘들 정도로 작고 희미한 자국이다. 언젠가 내 생리가 두어 주가량 늦어져서 내가 임신했을지도 모른다고 걱정했을 때, 외삼촌은 나에게 그 자국을 보여 주며 내가 임신할 가능성은 전혀 없다고 장담했다.

내가 그 얘기를 하자, 외숙모는 곧 발작이라도 일으킬 것처럼 가슴을 움켜쥔 채 숨을 헐떡거렸다. 나는 외숙모가 쓰러지기라도 할까 봐 약간 걱정이 되었다. 그러나 외숙모의 그러한 반응이야말로 거짓이었다.

"엄마! 아빠가……, 아빠가 없어!"

상희가 비명을 지르며 안방에서 나왔다. 그녀는 곧장 슬리퍼를 꿰차고 현관문 밖으로 뛰쳐나갔다. 금세 쌩쌩해져서 안방으로 달려간 외숙모는 안방 문 앞에서 철퍼덕 주저앉았다. 상희가 현관문을 열고 얼굴을 들이밀었다.

"엄마, 뭐 해! 빨리 와!"

외숙모가 얼빠진 얼굴로 일어나 허둥지둥 달려나갔다.

현관문이 닫혔다. 엘리베이터 문소리가 희미하게 들렸다.

집 안은 홀연히 적막에 휩싸였다. 나는 슬그머니 안방으로 걸음을 옮겼다. 그리고 외숙모가 주저앉았던 자리에 멈추었다. 안방의 큰 장문 한 칸이 열려 있었다. 이 집은 1804호다.

나는 그대로 몸을 돌려 집을 나왔다. 엘리베이터는 상희와 외숙모를 태운 채 3층을 지나 내려가는 중이었다. 엘리베이터 버튼을 누를 때, 내 손은 다시금 부들부들 떨리고 있었다.

그날따라 엘리베이터가 유난히 느렸다. 기다리는 동안 나는 비상구 계단 문을 몇 번이나 돌아보았다. 쫓기는 도망자처럼.

게으른 엘리베이터는 내 애간장을 실컷 태운 후에야 겨우 문을 열어 주었다.

18, 17, 16……

18층에서 1층까지는 결코 가까운 거리가 아니다. 외삼촌이 내려가는 데는 몇 초나 걸렸을까?

나는 머리를 세차게 흔들었다. 그러다가 24층 위에 있는 R 버튼에 시선이 닿았다. 그 언젠가 내가 저 옥상에서 뛰어내렸다면, 내가 외삼촌보다 먼저 죽어 버렸다면 오늘 외삼촌이 죽는 일은 일어나지 않았을지도 모른다.

아니, 죽은 게 맞긴 맞나? 외삼촌은 정말로 죽은 건가? 왜? 나 때문에? 내가 외삼촌을 죽인 걸까? 내가 도대체 왜 그랬지?

나는 뭐에 씌었던 사람처럼 주절주절 잘도 지껄여 놓고는 뒤늦게 후회에 사로잡혔다.

1층에 도착해서 정신없이 아파트 입구로 나왔다. 아파트 앞에 주차된 차들을 가로질러 가는데, 라이트를 켜고 있는 차가 눈에 띄었다. 하필이면 외삼촌의 차였다. 나는 반사적으로 걸음을 멈추었다.

곧 라이트가 꺼졌다. 사촌 오빠가 차 뒷좌석에서 내렸다. 대리운전을 부른 모양이었다. 나는 엉겁결에 옆에 있던 차 뒤로 몸을 숨겼다. 박상철은 술 마시고 돌아온 날이면 꼭 내게 시비를 걸었기 때문이다.

박상철이 아파트 입구로 들어간 뒤에야 나는 도로 걷기 시작했다.

웃음이 나왔다. 바로 몇 분 전에 그의 아버지를 죽여 놓고 고작 몇 대 얻어맞을 게 무서워서 숨다니.

눈물이 나왔다. 빌어먹을 인간, 틈만 나면 욕하고 때리고 온갖 센 척은 혼자서 다 해 놓고 내 말 몇 마디에 그렇게 쉽게 죽어 버리다니.

'그래, 하긴 그 인간은 죽어도 싼 인간이었어. 나는 그때 겨우 중학교 1학년이었다고. 게다가 맞기는 또 얼마나 많이 맞았는데. 나는 그 인간을 죽일 만도 해. 설사 칼을 들고 그 인간을 찔러 죽였다고 해도 정상참작이라는 게 될걸. 그렇다고 해서 내가 그 인간의 등을 떠민 것도 아니잖아. 내가 무슨 거짓말을 한 것도 아니고. 죽여도 시원찮을 인간이 알아서 죽어 줬는데, 기뻐하지는 못할망정 이게 웬 청승이야.'

나는 애써 그런 생각을 했다. 그런데도 눈물이 그치질 않았다. 자꾸 딴생각만 들었다. 어떻게 해도 그 생각으로부터 벗어날 수가 없었다.

드디어 그 지옥 같은 집을 나오는 길이건만, 내 머릿속에는 온통 죽고 싶다는 생각뿐이었다.

2

상희는 알아들을 수 없는 괴성을 지르면서 내게 달려들었다. 몇 년이나 한집에서 같이 살았지만 나는 그녀가 그렇게 발악하는 모습을 본 적이 없었다. 얼굴이나 목소리는 분명히 박상희인데 꼭 다른 사람인 것만 같았다. 그녀는 심지어 얄미워 보이지도 않았다. 그래서 나는 마치 모르는 사람을 보듯 멍청히 그녀를 바라보기만 했다.

내게로 달려들던 그녀를 저지한 사람은 준환이었다. 그는 그녀를 안아 들다시피 하여 집으로부터 끌고 나갔다.

나는 홀로 집에 남았다. 소파에 털썩 주저앉아서 테라스에 널린 시트를 물끄러미 바라보았다. 지난 일들을 생각하니 한숨밖에 나오지 않았다. 내 인생은 왜 이 모양일까.

꺼질 듯 한숨만 쉬고 있는데 대문 열리는 소리가 들렸다. 준환이었다. 시계를 보니 5시 반이 약간 지난 시각이었다.

"버스 타는 거 보고 왔어요."

그는 묻지도 않았는데 말하면서 내게로 다가왔다.

"화났어요?"

그가 내 앞에 서서 물었다. 나는 천천히 그를 올려다보았다. 그는 선생님한테 혼나는 아이처럼 아랫입술을 깨문 채 긴장한 표정으로 나와 눈을 맞추었다. 그의 키가 하도 커서 목 뒤가 아파졌다. 나는 눈길을 내려 소파 옆자리를 돌아보았다. 잠시 망설이던 그가 내 옆에 앉았다.

나는 상희와 재회한 순간부터 줄곧 이런저런 의문에 휩싸여 있었다. 그에게 무턱대고 화를 내기에는 내가 모르는 게 너무나 많았다. 나는 가장 궁금했던 것부터 그에게 물었다.

"알고 있었어요? 언니랑 제가 어떤 관계인지."

그는 길게 한숨을 쉬었다.

"처음부터 은아 씨를 좋아하려던 건 아니었어요."

어쩐지 허탈해졌다. 그가 상희와 함께 집을 나갔다가 돌아온 지난 한 시간 남짓, 나는 되새기고 싶지 않은 내 인생을 차근차근 곱씹느라고 한 10년은 늙어 버린 기분이었다. 그가 아직까지도 나를 좋아한다고 말하는 게 좀처럼 믿기질 않았다.

준환은 느릿느릿 해명하기 시작했다. 2년 전, 그가 왜 이 집에 세를 들어 살게 되었는지.

*

그들은 주위로부터 시기와 부러움을 한꺼번에 사는 캠퍼스 커플이었다. 늘 붙어 다녔지만 100일이 지나고 200일이 지나도 그들의 입에서 권태기라는 단어가 나온 적이 없었다. 그런데 새 학기에 들어서면서부터 그녀가 변하기 시작했다. 발랄하기만 하던 그녀의 얼굴에 그늘이 생긴 것도 그 무렵이었다. 그녀는 그와 함께 있어도 딴생각을 하기 일쑤였고, 통금이라도 생긴 양 5시만 되면 부리나케 집으로 돌아갔다. 학교 끝나고 그녀와 느긋하게 데이트를 했던 게 까마득한 옛일처럼 느껴졌다. 그는 불안스러웠지만 그녀를 다그치지는 않았다. 그는 그녀가 미래를 준비하느라 바쁘다고만 생각했다.

그런데 기말고사가 다가왔을 즈음, 그녀가 갑자기 종적을 감추었다. 그에게 일언반구 말도 없이 학교에 휴학계를 던졌다. 집은 이사를 가고 휴대폰은 해지되었다. 매주 일요일마다 꼬박꼬박 다닌다던 교회나 헬스클럽, 피부 관리실에도 발길을 끊었다. 찾아 헤맨 지 석 달이 지나도록 그녀의 모습은 어디에서도 보이지 않았다. 그녀가 어디로 갔는지 아는 사람도 없었다. 그녀는 연락조차 없었다.

맨 처음 그는 자신이 왜 갑자기 버림받았는지 몰라서 그 이유라도 듣고자 원망스러운 마음으로 그녀를 찾았다. 늘 함께 있던 게 습관이 되어, 그녀를 안 보고는 견딜 수가 없었기에 맹목적으로 그녀를 찾았다. 그의 발신 메일함에 그녀에게 보낸 '미확인' 메일이 차곡차곡 쌓여 가던 어느 날, 그는 뒤늦게야 무서운 생각이 들었다. 혹시 그녀는 죽은 게 아닐까?

그는 심부름센터를 찾아가 그녀의 생사 여부라도 확인해 달라고 의뢰했다. 심부름센터에서 그에게 전한 정보에는 내가 모르는 사실이 더 많았다.

그해 3월, 그녀의 아버지 박경태가 자택에서 투신자살을 했다. 경찰에서 밝힌 자살 동기는, 놀랍게도 공금 횡령과 회사 부도로 인한 압박감 때문이었다. 박경태는 그간 기십 억에 이르는 회사 자금을 몰래 빼돌려 주식에 투자하고 있었는데, 그 와중에 회사가 부도날 지경에 이르렀다. 이에 박경태는 자신의 횡령 사실이 발각될 것이 두려워 자살을 택했다고 한다. 그 말이 정녕 사실이라면, 그날 나는 울고 싶은 사람 뺨 때린 셈이었다. 설령 그렇다 쳐도 외삼촌의 자살에 결정적인 역할을 한 사람이 나라는 사실에는 변함이 없겠지만.

박경태가 사망했던 바로 그날, 그녀의 오빠 박상철이 음주운전으로 사고를 내고 중태에 빠졌다. 이후 3개월가량 중환자실에 입원해 있으면서 수차 수술을 받았으나 끝내 사망, 박경태의 사후 유산 상속을 포기해야만 했던 가족들은 순식간에 빚더미 위에 올라앉았다. 그녀의 어머니는 아들의 장지에서 뇌졸중으로 쓰러져 반신불수가 되었으며, 그녀는 학교를 휴학하기 전날 이사를 했다. 박경태 사망 당시 주민등록상의 동거인이었던 박은아는 현재 행방이 묘연하다.

그 심부름센터에서 언제 그런 뒷조사를 했을지 대강 짐작이 갔다. 아마도 내가 찜질방에서 숙식하던 시절일 것이다. 그때 나는 주소도 없고 직업도 없었다. 심지어 온 국민이 다 가진 휴대폰조차 없던 때였다. 남편 주소라고 해 봤자 전처의 집이었으니 찾아간들 별 소득이 없었을 터. 결국 나의 근황에 대해 아무것도 밝혀내지 못했던 심부름센터에서는 대신에 서비스로 내 엄마의 주소지를 준환에게 알려 주었다. 이 얼마나 친절하고 책임감 투철한 심부름센터인지.

기실 준환에게 필요한 정보는 박상희의 새 주소지뿐이었다. 그러나 덤으로 알게 된 정보 덕에 그는 그녀가 얼마나 힘들었을지 짐작하게 되었다. 그동안의 분노와 원망은 물거품처럼 사라졌다. 그녀가 그를 버리고 싶어서 버린 게 아니라는 생각에 어떻게든 그녀를 돕고 싶었다. 아니, 그녀를 되찾고 싶었다.

그때 그가 생각해 낸 유일한 해결책은 결혼이었다. 그 전부터 결혼을 약속한 사이는 아니었지만, 또 결혼을 진지하게 생각해 본 적도 없었지만, 원래 다들 사귀다가 이런저런 일들이 생겨서 자연스럽게 결혼하게 되는 것 아닌가. 이럴 때 결혼을 안 하면 언제 결혼을 한단 말인가.

그래서 그는 그녀를 찾아가 청혼했다. 하지만 그에게 돌아온 답은 '됐어.'가 전부였다. 그녀는 마치 딴사람이 된 것처럼 차가웠다. 그녀가 왜 결혼을 거부하는지, 그녀가 왜 이토록 냉정한 사람이 되어 버렸는지 그는 이해할 수가 없었다. 무엇이 잘못되었는지 알고 싶었다. 어디서부터 어떻게 틀어진 건지 궁금했다. 그러나 그녀는 아무것도 알려 주지 않은 채 '됐어.'라는 말만 반복했다.

준환은 그녀의 집에서 일어났던 일련의 사고 때문에 그녀가 변해 버린 거라고 결론지었다. 틀림없이 그가 알지 못하는 무언가가 더 있을 것이다. 심부름센터에서 알아내는 정보에는 한계가 있기 마련이니까. 당시 그가 내릴 수 있는 결론은 그것뿐이었다. 그녀가 정녕 그를 버렸다거나, 그녀에게 새로운 남자가 생겼을 가능성 따위는 염두에 두고 싶지 않았기 때문이다.

자신이 알고 싶은 것이 정확히 무엇인지도 모른 채, 그는 무작정 그녀의 어머니라도 만나 보려고 시도했다. 그러나 실패했다. 그녀의 어머니는 전화도 받지 않고, 벨을 눌러도 인터폰에조차 나오지 않았다.

그제야 그는 서비스로 받은 내 엄마의 주소지로 눈길을 돌렸다.

"하이고! 드디어 우리 홍길동이가 왔구나. 얼른 들어와요."

엄마는 10년 전 나를 맞이했을 때와는 달리 대문 앞까지 그를 마중 나와 환대했다고 한다. 준환으로서는 얼떨떨할 따름이었다. 집안 내력 때문에 교회와 거리가 먼 그는 무속 같은 것에도 전혀 흥미가 없는 사람이었다. 그는 무당들이 원래 아무 손님한테나 이러는 건지, 아니면 엄마만 유별난 건지 의아해하면서 이 집에 첫발을 내딛었다. 어쨌거나 '홍길동'이라는 별칭이 아무 손님한테나 붙이기에 적절한 이름이라는 생각은 들었다. 동사무소 견본의 주인공도 대부분 '홍길동'이니까.

"아휴, 근데 생각보다 엄청 잘생겼네. 여자들이 줄줄 따라다니겠다."

사탕발림을 늘어놓으면서 그를 집으로 끌어들인 엄마는 대뜸 집 구경부터 시켜 주었다.

"얼마 전에 집을 싹 뜯어고쳤어요. 집이 너무 구질구질해서. 부엌이 이만하면 쓸 만하죠? 원래 이 자리에 방이 한 칸 더 있었는데, 부엌 넓힌다고 터 버렸지. 이런 냄비 같은 것도 다 백화점 가서 새로 산 거예요. 길동 씨는 남자라도 자기 손으로 밥을 해 먹잖아."

준환이 뭔가 이상하다고 느끼기 시작한 건 그때부터였다. 그래도 그는 심부름센터를 이용해 본 사람이라, 처음에는 혹시 엄미가 자신의 뒷조사를 한 선 아닐까 의심부터 했다. 고모라는 사람이 조카딸 남자 친구의 뒷조사를 한다는 게 흔한 일은 아니겠지만 말이다.

"욕실도 리폼하고, 내가 빚까지 내서 돈 많이 들였어. 그래도 그 뭣이냐, 그게 제일로 비쌌지. 내가 물어물어 어렵게 알아내서 큰마음 먹고 장만한 거예요. 2층에 있는데 그건 좀 이따가 보여 줄게. 길동 씨하고 얘기 좀 하려고 했더니만, 아휴! 우리 할매가 자꾸만 이렇게 부르고 야단이다.”

엄마가 그런 말을 하면서 방문을 열었기에, 그는 그 방 안에 실제로 할머니가 있을 줄로만 알았다. 하지만 그 방에는 아무도 없었다. 열을 지어 늘어선 불상과 신상들뿐이었다.

준환이 자리에 앉아서 전문가적인 시각으로 불상과 신상들을 차례차례 감상하는 동안, 엄마는 딴사람이 되었다. 그가 나중에 들은 얘기로는 엄마가 모시는 신이 바로 그 ‘할매’였다. 그 ‘할매’가 살아생전에 아주 용한 무당이었단다. 무당의 몸주가 무당이라니, 선뜻 이해가 안 되는 소리였지만 아무튼 엄마는 그렇게 주장했었나 보다.

“귀인일세, 귀인이야. 재주를 타고나서 만지기만 하면 천금을 얻는 형국이라. 요래 살짝만 건드려도 진흙탕에서 연화를 피워 내니, 세상천지에 대주 손만 한 보물이 없다. 어미를 일찍 잃었어도 어려서는 아비가 알뜰살뜰 보살펴……. 쿡, 쿡쿡.”

엄마는 이중인격 장애를 앓는 사람처럼 딴판으로 변해서 근엄한 목소리로 중얼거리더니, 별안간 손뼉을 치며 낄낄거렸다.

“하이고! 내가 참, 볼 때마다 웃겨 죽겠네. 아비를 아비라 부르지 못하니 홍길동이 따로 없지 뭐야. 흐흐흐.”

준환은 그제야 자신이 ‘홍길동’이라 불린 이유를 알고는 멍해졌다고 한다.

그가 아버지를 아버지라고 부르지 않는 건 사실이었다. 이 선생님의 주민등록번호 뒷자리는 2로 시작한다. 생물학적으로 나 법적으로나 완벽한 여성이다. 그런 이 선생님을 고집스럽게 아버지라고 부르는 건 이 선생님의 정체성을 무시하는 행위고 또 어떻게 따지면 불효였다. 그렇다고 아버지를 어머니라고 부를 수도 없는 노릇이라, 그는 마치 남인 양 아버지를 '이 선생님'이라는 객관적인 호칭으로만 부르고 있었다.

솔직히 나는 그 대목을 들으면서 반신반의했다. 엄마는 사이비 무당이 아니었던가?

좌우간 그는 엄마가 실력 있는 무당이었다고 믿는 눈치였다. 준환은 '그건 시작에 불과했어요. 나중에는 정말 소름이 끼칠 정도였죠.'라며 이야기를 계속했다.

엄마는 그의 집안 내력과 과거사에 대해서 이러쿵저러쿵 몇 가지를 더 맞혔다. 심부름센터의 뒷조사로 알아낼 만한 수준이 아니었기에, 그는 엄마가 혹시 이 선생님과 아는 사이가 아닐까 하는 의심까지 품었더랬다. 하지만 이 선생님은 연초에 토정비결조차 안 보는 사람이었다. 그리고 엄마는 박수무당이 아니었다. 어떻게 해도 이 선생님과 엄마의 접점을 찾아낼 수 없었던 준환은 결국 엄마가 '굉장한 무당'이라는 결론을 내렸다.

"……무시테펑이다. 다만 이세 여사 문제로 속이 좀 괴로울 수 있겠지. 갑자기 연줄이 끊겨서."

"상희요?"

"그래, 그 여자 말이야."

자기 조카딸을 '그 여자'로 지칭하는 엄마를 보면서도 그는 별달리 위화감을 느끼지 못했다. 그때쯤 그는 이미 엄마가 굉장한 무당임을 인정했고, 틀림없이 어떤 신적인 존재가 엄마에게 깃들어 있으리라 굳게 믿었기 때문이다.

당시의 그는 상희를 되찾기 위해서라면 무슨 짓이든지 할 수 있는 상태였다. 그래서 그는 앞뒤 가릴 것도 없이 무작정 엄마에게 매달려 버렸다. 물에 빠진 사람은 지푸라기라도 잡는 법이니까.

"어떻게 하면 다시 찾을 수 있을까요?"

그는 절박한 심정으로 물었다. 엄마는 암담하게도 머리를 절레절레 흔들었다.

"이쪽이 찾으면 저쪽에서 도망가고, 저쪽이 쫓아오면 이쪽이 돌아서지. 연줄이 끊어져서 그 여자랑은 당최 글렀어. 벌써 남남 됐다."

그러고는 아니나 다를까, 내가 익히 아는 엄마의 상술이 등장했다.

"그래도 그렇게 그 여자를 못 잊겠어? 내가 좀 도와주리?"

준환은 순진하게도 그 지푸라기를 덥석 잡았다.

"어떻게 하면 됩니까? 돈은 얼마가 들어도 좋습니다."

"뭐든지 다 돈으로 해결해 버릇하면 못써. 사람이 정성이 있어야지. 돈을 처발라 가지고 그 여자 찾아갔지만 좋은 꼴 하나도 못 봤잖아. 됐어, 됐어. 결국엔 본전도 못 건지고 여기까지 온 거 아니야."

엄마가 꼭 상희처럼 고개를 돌리곤 새침하게 '됐어, 됐어.'라고 말했을 때, 그는 온몸에 소름이 쭉 끼쳤다고 한다.

“그럼 제가 어떻게 하면 될까요?”

“딱 3년만 내 밑에서 살아 봐. 내가 앞길도 닦아 주고 여자도 붙여 줄게.”

“3년이요?”

“그래 봤자 눈 깜짝할 사이야. 3년 다 채우기도 전에 해결이 날 테니까, 그런 줄 알고 한번 믿어 보라고.”

갈등하던 준환은 그예 엄마가 제시한 조건에 응했다. 그때 그는 마지막 학기였기에 졸업하고 나서 이 집에 들어오마고 약속을 했다. 어차피 이 집은 군대나 감옥이 아니었다. 상황을 봐서 정 아니다 싶으면 그는 언제든지 여기를 떠날 수 있다. 그리고 그는 이미 상희를 찾기 위해서 별의별 짓을 다해 본 터라, 비현실적인 해결책이긴 해도 귀가 솔깃한 심정이었다.

엄마는 그에게 먼저 나가라고 손짓을 했다. 그를 따라 나온 후, 엄마는 도로 처음처럼 상냥해져서는 그에게 ‘할매’에 대해 간단히 설명해 주었다. 그러고는 2층으로 올라가면서 말했다.

“사실 우리 할매가 길동 씨를 방금 처음 본 게 아니에요. 아무래도 우리 집안하고 관계가 있으니까. 진즉부터 길동 씨가 여기에 들어와서 살 거라고 그러내요. 그래서 내 나름으로는 신경을 좀 썼지.”

“전 이준환이라고 합니다. 홍길동은 좀…….”

“아, 그래요? 우리 할매가 그저 홍길동이라고만 해서. 어때요? 여기서 지내게 될 텐데.”

2층에 올라간 순간, 그는 아주 오랜만에 손이 근질거렸다고 한다. 그동안 상희의 뒤만 쫓아다니느라 버려두었던 자기 자신을 되찾은 기분이었다. 뭔가를 만들고 싶어서 좀이 쑤시기 시작했다. 만사 제쳐 두고 작업에만 열중하여 기어이 하나의 작품을 완성해 냈을 때의 온몸이 전율하는 그 짜릿한 희열을 그는 익히 아는 사람이었다.

그의 창작욕을 자극한 것은 바로 가마였다. 엄마는 자신이 용한 무당임을 입증이라도 하듯 그를 위해서 미리 2층에 떡하니 가마를 설치해 두었던 것이다. 한 치의 오차도 없이 정확한 온도와 타이밍을 자랑하는 소형 전기 가마였다. 그 가마의 대여료를 생각하면 월세 30만 원은 거저였다.

＊

그때까지 그의 이야기를 잠자코 듣고 있었던 나는 하도 어이가 없어서 그예 끼어들었다.

"아니, 도대체 그게 얼마나 대단한 가마기에……."

"지금은 좀 곤란하고, 다음에 보여 줄게요. 굉장히 예쁜 빨간색이에요. 그게 그때 당시만 해도 우리나라에 세 대밖에 안 들어온 모델이었거든요. 그 세 대 중에 한 대가 이정이 누나네 집에 있고, 또 한 대가 우리 교수님 댁에 있는데, 둘 다 틈만 나면 어찌나 자랑을 했던지. 그런데 알고 보니 나머지 한 대가 바로 여기 있었던 거예요! 이건 뭐, 안 들어올 수가 없는 거죠."

그는 흥분해서 가마 얘기에 열을 올렸다. 방금 전까지만 해도 세상 고민 혼자서 다 짊어진 사람 같더니만.

나는 머리를 설설 흔들며 물었다.

"그런데 왜 갑자기 월세가 백만 원이 됐어요?"

"그건……, 음."

준환은 난처한 얼굴로 입을 다물었다. 역시나 내 예상이 맞나 보다. 그는 엄마에게 뭔가 약점을 잡혔던 게 틀림없다.

그의 약점을 굳이 캐낼 생각은 없었기에 나는 이내 말을 돌렸다.

"어쨌든 엄마가 어느 정도 맞히긴 했네요. 아직 3년 안 됐는데, 언니가 준환 씨 보려고 여기까지 찾아온 걸 보면."

그는 천천히 고개를 가로저었다.

"글쎄요. 그때 어머니는 그렇게 걔를 못 잊겠느냐고, 그럼 도와주겠다고 하셨죠. 실제로 그랬어요. 여기서 일에 빠져 사는 동안 나는 걔를 잊어버렸거든요. 결과적으로 따지면 어머니께서는 내가 걔를 잊을 수 있도록 도와주셨던 셈이죠."

그는 가볍게 실소하며 말을 이었다.

"후훗, 우습죠. 어느 날 갑자기 느꼈어요. 무슨 특별한 계기 같은 것도 없었어요. 그냥 아침에 일어났는데, 어쩐지 기분이 좋아서 잠깐 그대로 누워 있다가……. 아, 끝났구나. 정리가 됐다는 게 이런 건가 보다. 마음이 마냥 편한 거예요. 그동안 내가 내 자신을 얼마나 혹사시키고 있었는지 그제야 알게 됐어요. 그래서 다시는 그러지 말자, 앞으로 절대로 사랑 같은 건 하지 말자, 아예 아무도 만나질 말자 생각했죠."

그는 웃는 얼굴로 나를 돌아보았다.

"그랬는데 어쩌다가 이렇게 돼 버렸는지 모르겠어요. 왜 하필이면 은아 씨인지도 모르겠고."

대책 없이 낙천적인 미소였다. 보는 순간 나도 모르게 기분이 좋아져서, 나는 그만 눈길을 돌리고 말았다.

그렇게도 힘들게 박상희를 잊었던 그가 왜 하필 나를 좋아하는지 그 이유는 나도 모른다. 하지만 적어도 내가 박상희와 닮았기 때문은 아닐 터였다. 그 사실을 기쁘게 받아들일 수 없다는 점이 나를 우울하게 만들었다.

나는 곧 본론으로 돌아왔다.

"저 아까부터 계속 마음에 걸리는 게 있는데요, 제 사촌 오빠는 도대체 어쩌다가 그렇게 된 거래요? 음주 운전으로 면허 취소된 적이 있어서 다시는 음주 운전 안 할 것 같았는데."

"상희네 아버지가 돌아가신 날, 은아 씨는 집에 없었다면서요. 그래서 그 오빠가 은아 씨 찾으러 나갔다가……."

그가 말끝을 흐렸다. 그 이상은 말할 필요도 없었다. 내 의문은 말끔히 풀렸다.

나는 그날 박상철이 대리운전으로 무사히 집에까지 온 것을 보았다. 사고는 그다음이었다. 내 사촌 오빠는 외삼촌이 죽었다는 사실을 알고 나를 잡으러 뛰쳐나왔던 게 틀림없었다. 그 성격에 그럴 만도 했다. 그 성격을 번연히 알기에 나는 사촌 오빠의 눈을 피해 숨었던 것이다.

그러니까 결국은 나 때문이다. 만일 내가 그때 주차장에서 박상철을 보고 숨어 버리지 않았다면, 내가 그 자리에서 외삼촌의 죽음을 알려 줬다면 그런 사고는 일어나지 않았을지도 모른다. 외숙모가 쓰러진 원인도 따지고 보면 나 때문일 테고.

상희의 말은 모두 사실이었다. 내가 외삼촌과 사촌 오빠를 죽이고, 외숙모를 반신불수로 만들었다. 사촌 언니는 나 때문에 술집 여자가 되어 버렸다. 내가 그 집안을 송두리째 망가뜨렸다.

그렇게 엄청난 짓을 저질러 놓고도 늘 뒤늦게 후회하는 게 전부지. 나처럼 무서운 사람이 또 있을까?

스스로에게 환멸이 느껴졌다.

문득 준환이 내 손 위에 손을 얹었다.

"그렇지만 그게 은아 씨 때문은 아니죠. 상희 아버지가 돌아가신 것도 그렇고. 상희가 했던 말은 잊어버려요. 개로서는 너무 갑작스럽게 일어난 일이라 현실을 받아들이기가 힘들 거예요. 가면서도 은아 씨 때문이라고, 은아 씨에게 사탄이 씌어서 그런 거라고 하던데, 상식적으로 말이 안 되는 얘기잖아요. 무슨 광신도도 아니고."

준환이 한숨을 쉬며 머리를 흔들었다. 아마도 상희가 그에게는 그렇게 말했나 보다. 무당 딸인 내가 사탄이 씌어서 자신의 집안을 망쳐 놓은 것이라고. 자기 아빠가 죽은 이유를 말하기가 껄끄럽기도 할 터였다.

그의 오해를 풀어 주려다가 나는 멈칫 입을 다물었다.

오해를 풀어 주다니, 어떻게? 그에게 뭐라고 말할 텐가?

‘제가 외삼촌한테 5년 7개월 동안 강간을 당했는데요, 그 사실을 가족들 앞에서 까발렸더니 외삼촌이 그만 자살해 버렸지 뭐예요.’

이런 얘길 듣고 ‘아, 그렇군요.’라며 수긍할 사람이 몇이나 될까. 나라도 묻겠다. 그럼 그 5년 7개월 동안은 왜 가족들한테 말하지 않았느냐고. 그리고 또 물을 것이다. 혹시 너도 그동안 은근히 즐겼던 게 아니냐고.

나는 그런 질문을 받을세라 두려워서 그 5년 7개월 동안 입 닥치고 살았다. 가족들한테도 말하지 않았고, 신고도 하지 않았다. 물론 나도 신고할 생각을 하기는 했다. 나는 멍청하게도 3개월이 지난 후에야 그런 생각을 해냈다.

당시 나는 중학교 1학년이고 미성년자였다. 그러니 외삼촌이 나를 집에서 내쫓는다고 해도 내가 길거리에 나앉을 일은 없었다. 나는 어딘가의 시설이나 엄마에게로 보내질 터였다. 그 어디든 외삼촌의 집보다야 백배 나았다. 하지만 멍청하게 보낸 그 3개월이 내 발목을 잡았다.

‘석 달 전부터 당했다는 애가 왜 이제야 신고를 하니?’

누군가 그렇게 묻기라도 하면 나는 뭐라고 대답해야 하나.

‘가족들한테 말하지 않은 이유는 뭐니?’

그 3개월 동안 나는 외삼촌과 엄연한 공범이었다.

‘네가 정말로 그 상황에서 벗어나고 싶었다면, 하다못해 학교 선생님한테라도 도움을 청할 수 있었잖니.’

처녀가 아니면 놀아난 여자라고 단정 짓는 트위티한테 내가 무슨 도움을 바란담.

'너희 외삼촌 말로는 네가 먼저 옷을 벗고 꼬리를 쳤다던데, 네가 그러지 않았다는 증거는 있니?'

다들 내 말보다는 외삼촌의 말을 더 믿을 테지.

'너는 원래 밝히는 애라더라. 네가 먼저 외삼촌을 유혹한 거야. 네가 그동안 그 사실을 비밀로 하고 있었던 이유는, 외삼촌과의 관계를 남들한테 방해받고 싶지 않았기 때문이지. 자, 그럼 이게 과연 강간일까? 네가 원해서 같이 즐겼던 게 아니고?'

사실 나조차도 헷갈린다. 내가 강간을 당했던 건지, 아니면 내 스스로 원해서 키워 준 빚을 갚았던 건지.

그렇지만 나는 한순간도 즐긴 적이 없었던 것 같은데. 단 한 번도 원한 적이 없었던 것 같은데. 도움의 손길보다도 먼저 닥치게 될 폭력이 두렵고, 내 처지가 이보다 더 나빠질세라 겁이 났을 뿐인데. 그런데 이제 와서 누가 내 말을 믿어 주겠는가.

그렇게 망설이는 사이에 또 석 달이 가고 1년이 갔다. 내 입은 점점 더 무거워졌다. 그러다가 그예 못 참고 그 사실을 폭로한 끝에 사람을 둘이나 죽여 버렸다.

나는 준환을 보면서 또다시 망설였다.

아마도 상희는 죽은 자기 아버지의 허물을 그에게 들추지 않을 것이다. 나만 입을 다물면 이대로 진실은 묻힌다. 상희가 광신도로 낙인찍힐 뿐이다. 나는 그 집안에서 일어난 모든 사건들과는 무관한 사람으로 남게 된다. 적어도 준환의 머릿속에는. 그러면 우리는 아무 일 없었다는 듯 세 시간 전으로 돌아갈 수 있다. 세 시간 전보다도 오히려 더 좋아질 것이다. 그의 마음이 상희와는 상관없이 내게 끌리고 있다는 사실을 방금 전에 막 확인했으니까.

긁어 부스럼 만들지 말자. 진실을 몰라도 사는 데는 아무런 지장이 없다. 내가 진실을 밝혀 봤자 죽은 외삼촌의 명예만 더럽혀질 뿐이다. 진실을 말하지 않는 편이 모두에게 이득이다. 상희만 빼고.

그래, 상희만 빼고…….

침묵이 길어질수록 마음이 무거워졌다.

나는 왜 그에게 진실을 말하지 않는 걸까? 죽은 외삼촌의 명예라도 지켜 주고 싶어서? 그럴 리 없지 않은가. 나는 다만 두려울 뿐이다. 진실을 알게 되면 그도 내가 살인자임을 인정하게 될까 봐. 그의 눈에 내가 어릴 때부터 섹스에 길들여진 닳고 닳은 여자로 비치게 될까 봐. 그가 상희에 대한 오해를 풀고 도로 그녀에게로 가 버릴까 봐. 그가 더는 나를 좋아해 주지 않을까 봐.

움찔했다. 지금 도대체 무엇을 두려워하고 있는 것인가. 내가 가장 두려워해야 할 대상은 바로 나 자신이었다.

나는 마침내 입을 열었다.

"상희 언니 말이 맞아요. 그날 외삼촌이 뛰어내릴 때, 저 집에 있었어요. 외삼촌은 제가 죽인 거나 마찬가지예요. 제가 해서는 안 될 말을 해 버렸거든요. 이걸 어디서부터 얘기해야 될지 모르겠는데……. 이렇게 말하면 이상하게 들리겠지만, 전

한동안 제가 가구라고 생각한 적이 있었어요.”

“가구요?”

“예, 가구. 이런 소파 같은 거. 맨 처음에 되어 봤던 가구는 테이블이었어요. 그때가 중학교 1학년 때였는데…….”

3

내 이야기를 처음부터 끝까지 들은 준환의 반응은 내 예상 밖이었다. 내가 우려하던 반응이 아니라는 점에 있어서는 다행이었지만, 솔직히 그가 내 이야기를 제대로 듣기나 했는지 의문이었다.

“……때릴까 봐 무서워서 숨어 버렸어요. 그때 상철 오빠를 본 게 마지막이었어요. 그러고 나서 오빠가 나를 찾으러 나왔던 거예요. 그러니까 언니 말이 맞아요. 언니가 이상한 말을 하는 게 아니라, 그게 사실이에요.”

말을 맺은 나는 최후의 심판이라도 받는 것처럼 잔뜩 움츠러들었다.

그는 아랫입술만 깨문 채 한동안 말이 없었다. 그러다 이윽고 떨리는 한숨을 뱉으며 불었다.

“근데 배고프지 않아요?”

“아…….”

나는 당황했다. 시계를 보니 저녁 먹을 때가 되긴 했다. 그가 또 물었다.

“뭐 먹을래요?”

"그냥, 아무거나……."

나는 혼란스러워서 우물쭈물 대답했다. 내가 예상했던 반응은 이게 아니었다. 그가 한때 사랑했던 여자의 아버지를 옹호하면서 나를 비난하든가, 내 이야기를 다 듣고도 '그건 은아 씨 때문이 아니에요.'라고 선심 쓰듯 말해 주든가, 혹은 다 똑같이 한심하다며 우리 집안 자체에 진절머리를 내든가. 어느 쪽이든 간에 나를 대하는 그의 태도가 아무래도 전과 같지는 않으려니, 각오하면서 나는 은연중에 긴장하고 있었다.

그러나 그에게는 별다른 변화가 없어 보였다. 그는 단지 밥 때가 돼서 배가 고플 따름이었다. 나는 그가 변하지 않았다는 사실에 기뻐해야 할지, 아니면 그가 내 이야기를 완전히 무시했다고 화를 내야 할지 알 수 없었다.

어쨌거나 나도 긴 이야기 끝에 허기가 느껴지긴 했다. 나는 말없이 시트를 걷은 후 중국집 그릇을 챙겨 들고 그와 함께 저녁을 먹으러 나갔다.

차에 타서 그는 웬일로 신중하게 음악을 골랐다. 그러더니 음악을 틀고는 볼륨을 한껏 키웠다. 따분한 이야기는 집어치우고 음악 감상 시간이나 갖자는 듯. 나는 영 개운치 못한 기분이었으나, 그는 내 기분에는 아랑곳없이 흥얼흥얼 노래까지 따라 불렀다.

"……She's so vulnerable like china in my hands. She's so vulnerable and I don't understand. I could never hurt the one I love. She's all I've got. But she's so vulnerable.

Oh, so vulnerable……."[3]

　그 팝송은 가는 내내 반복되었다. 처음에는 듣는 둥 마는 둥 했던 나조차도 차에서 내릴 때쯤에는 'vulnerable'이라는 단어를 뜻도 모른 채 외웠을 지경이었다.

　우리는 중간에 중국집에 들러 그릇을 돌려주곤 시내로 나갔다. 준환은 음식점이 늘어선 골목 어귀에 차를 세웠다.

　"아, 진짜 여름이다."

　골목을 걸으면서 그가 태평스럽게 말했다. 나는 그제야 주위를 둘러보았다. 길거리에 나온 사람들 옷차림이 퍽 가벼웠다. 샌들과 플립플롭이 여기저기 돌아다녔다. 맨발에 반바지, 하늘거리는 원단의 스커트도. 흘깃흘깃 남들의 여름을 훔쳐보는 사이, 내 마음도 어쩐지 조금 가벼워지는 듯했다.

　얼마간 걷다가 그가 손을 들어 저만치 앞쪽을 가리켰다.

　"분위기 좋아 보이지 않아요?"

　골목 끄트머리, 야외에 테이블 몇 개를 내놓은 가게였다. 가게를 구분 짓는 울타리에 작은 전구들이 빼곡 매달려 반짝거리고 있었다. 식당인지 주점인지는 알 수 없었다. 어쨌든 분위기는 괜찮아 보였고 달리 가고 싶은 곳도 없었던 터라, 나는 순순히 그를 따라 가게로 들어갔다.

　메뉴를 보니 주점이었다.

---

3 Roxette의 'Vulnerable' 중

"차는 버리고 가야겠다."

준환이 메뉴를 들여다보며 중얼거렸다.

"아니면 밤을 새우든가."

한마디 덧붙이면서 그가 나를 바라보았다. 눈이 마주치자 그는 씩 웃었다. 농담인 듯, 농담이 아니라도 좋은 듯.

테이블 위로 바람이 슬몃슬몃 수줍게 지나다니고 있었다. 기분이 좋아지는 자리였다. 나는 가게를 잘 고른 그에게 마주 미소를 보냈다. 그러다 스스로에게 놀랐다. 웃고 있다니. 당분간은 웃을 일이 없을 줄 알았건만, 나는 어느덧 그에게 전염되어 천하태평인 사람처럼 웃고 있었다. 분위기 좋은 가게에 앉아 남들처럼 태연히 여름을 즐기면서.

오늘 무슨 일이 있었는지조차 잠깐 잊어버렸다. 도로 생각해 내고도 어쩐지 아까처럼 심각한 기분은 들지 않았지만.

'어제 우리 집 개를 목욕시켰거든요. 그런데 이 녀석이 물만 닿으면 자지러지는 거예요. 이리저리 뛰어다니고 난리를 쳐서 온 집 안을 물바다로 만들어 놓은 거 있죠. 게다가 글쎄, 이빨 닦아 주는데 내 손가락까지 물지 뭐예요! 너무 얄미워서 코를 확 깨물어 버렸어요. 서열을 확실하게 해 두려고. 근데 이거, 아무래도 동물 학대인 것 같지 않아요?'

준환은 흡사 그런 이야기를 들은 사람 같았다. '아하하, 글쎄요.' 하고 싱겁게 웃어넘길 법한 이야기. 지극히 평범하고 소소한 일상사. 그런 이야기를 듣고 괜히 혼자서 심각하게 개가 나쁘다는 둥 주인이 나쁘다는 둥 단정 지어 평가를 내려 버리면,

이야기한 사람이 오히려 황당할 터였다. 그저 그런 이야기에는 싱거운 반응이 제격이다.

요는 준환의 반응이 싱거운 게 아니라 내 이야기가 그저 그랬던 것이다. 이제 보니 내 과거도 그럭저럭 평범한 축에 드나 보다. 하긴 내가 한순간이라도 평범하지 않은 적이 있었던가.

뉴스를 보면 나보다 더한 일을 겪은 사람도 많고, 나보다 더한 짓을 저지른 사람도 많다. 나같이 뉴스에 나오지 않은 경우도 많을 테고. 나처럼 입 다물고 사는 사람들이 더 많아서 그렇지, 알고 보면 다들 고만고만하지 않을까? 어쩌다가 아파지기도 하고 억울한 일도 당하면서, 또 가끔은 못된 방법으로 앙갚음도 하면서. 대부분의 사람들이 아마도 그렇게들 살고 있을 것이다.

생각해 보면 나도 딱히 특별할 건 없다. 남의 중병보다도 내 손에 박힌 가시가 더 아픈 듯 여겨졌을 뿐이다. 그래 봤자 남들이 보기엔 별일 아니다.

그러니 이제 유난은 그만 떨자. 나만 아팠던 사람인 양 억울해 죽겠다고 하는 것도 우습고, 나만 못된 사람인 양 괴로워 죽겠다고 하는 것도 우습다.

나는 돌이킬 수도 없는 지난 일에 대한 죄책감으로 괴로워하느니, 차라리 조금 더 현실적이고 발전적인 방향으로 궁리해 보기로 했다. 상희 언니, 대학 졸업은 했나?

"전에 심 공방에 갔을 때, 혹시 둘이 아는 사이가 아닐까 하는 생각은 했어요. 언니가 대학을 그 근처로 다녀서."

준환이 고개를 끄덕였다.

"아주 잘 아는 사이죠."

"그런데 왜 말을 안 했어요?"

"왜냐하면……."

그가 난감한 얼굴로 한숨을 쉬었다.

"……걔한테서는 은아 씨 얘기를 들은 적이 없거든요. 별의별 얘기를 다 했던 것 같은데, 사촌 동생하고 같이 산다는 얘기는 안 했어요. 심부름센터에 의뢰하지 않았으면 둘이 무슨 관계인지도 몰랐을 거예요."

나는 고개를 끄덕였다. 하긴 상희와 내가 같은 중학교를 다니고 있을 때도 우리는 학교에서 서로 알은체를 하지 않았다. 학교 다닐 때도 따로 다녔다. 나처럼 재수 옴 붙은 애랑 같이 차를 타면 하루 종일 일진이 안 좋다는 이유로 사촌 남매는 나와 함께 등하교하기를 극구 거부했었다.

그 말이 그때 당시에는 참 야속하고 그야말로 재수 없게 들렸는데, 지금에 와서 생각해 보면 딱히 부정할 수도 없는 사실이다. 나는 일자리를 구해도 오래 다니질 못하고, 남편은 애가 셋에다가, 좋아하는 남자의 옛날 여자 친구는 박상희다. 어쩐지 불운이 나를 졸졸 따라다니는 것 같다.

준환이 싱긋 웃으며 말을 이었다.

"은아 씨를 알게 된 게 불법적인 경로라, 실은 처음에 엄청 찔렸어요. 은아 씨한테 반한 다음부터는 뭐……, 남편은 있지, 내 엑스는 친척이지. 차라리 먼 친척이면 좋겠는데, 이건 한집에 살면서 같이 산다는 얘기도 안 하는 친척이야. 그래서 도저히 말할 수가 없었어요. 내가 미리 말했어 봐요. 은아 씨가 나를 쳐다보기나 했겠나. 은아 씨한테 남편이 있다는 것만 해도 나로서는 감당하기 벅차요. 내가 은아 씨를 좋아하고 싶어서 좋아한 게 아니라니까요. 아, 내가 안구만 만들 수 있어도 안 반했을 텐데.”

“안구요?”

“눈이요. 인형은 만들어도 눈은 전문적으로 하는 업체에서 따로 주문하거든요. 눈만큼은 주어지는 대로 받아야 되는 거죠. 그래서 그런가, 예쁘다는 사람들을 보면 저 사람은 선이 어떻게 빠져서 예뻐 보이는 건지 관찰부터 하게 되는데, 눈이 예쁜 사람을 보면 그게 안 돼요. 어떤 신비감 같은 게 있어요.”

나는 고개를 갸우뚱했다. 내가 보기에 내 눈은 평범하다. 신비감씩이나 느낄 만한 눈은 아닌데.

“솔직히 은아 씨밖에 못 봤어요. 그런 눈을 가진 사람. 정배도 인정했잖아요. 은아 씨 느낌 독특하다고. 걔가 자타 공인 신의 눈이거든요.”

“잠, 그때 두 분이서 얘기했던 민선이가 오민선이에요? 제 친구.”

“맞아요, 오민선. 어릴 때 친구라고 했죠? 초등학교?”

“아……, 그렇게까지 어릴 때는 아니었을 거예요. 민선이한테는 미안한 얘기지만, 사실 전 걔가 잘 기억이 안 나요.”

어디까지나 민선이와의 약속을 지키기 위한 거짓말이었다.

그동안 나는 민선이를 기억해 냈다. 중학교 2학년에 올라와 맨 처음 짝이 되었을 때, 민선이의 첫인상은 수다쟁이였다. 학창 시절을 통틀어 나한테 그렇게까지 말을 많이 건 사람이 없었다. 하지만 그녀도 결국 나와 친해지기를 포기하고는 어느 날부턴가 내게 말을 걸지 않게 되었다. 그리고 얼마 지나지 않아 우리는 학교 옥상에서 마주쳤다.

지금에 와서 생각해 보면 나도 참 한심한 게, 나는 그때 민선이가 옥상에 놀러 온 줄 알았다. 즐거운 마음으로 옥상에 놀러 왔다가 자기 짝이 죽으려는 광경을 목격하곤 너무도 큰 충격에 빠져서 목이 메도록 펑펑 울던 아이. 파티에서 다시 만난 민선이가 옥상 얘기를 꺼냈을 때, 내 기억 속에서 찾아낸 민선이의 마지막 인상은 그러했다. 우리는 한동안 살 붙이고 나란히 앉아 있었으면서도 서로에 대해서 전혀 알지 못했던 것이다. 지금도 여전하고.

'우린 그냥 어릴 때 동네 친구'라 못 박던 민선이를 떠올리면서 나는 대강 얼버무렸다. 그러자 준환이 소리 내어 웃었다.

"아니, 어떻게 민선이 같은 애가 기억이 안 날 수 있어요? 걔도 어릴 때는 평범했었나 보죠?"

"그랬던 것 같기도 하고……. 근데 정배 씨는 왜 민선이를 안 좋아한대요?"

"그러는 은아 씨는 왜 나를 안 좋아하는데요?"

"그거야……. 아니, 저는 결혼도 했고……."

"후훗, 농담이에요. 건배."

뒤늦게 생맥주가 나왔다. 나는 머쓱해져서 그의 잔에 잔을 부딪치곤 투덜거렸다.

"농담이면 좀 농담답게 해요. 어떤 때 준환 씨가 말하는 걸 들으면 농담인지 진담인지 분간이 안 돼요."

"나는 진담이라고 했는데 듣는 사람한테는 농담인 편이 나을 때도 있잖아요."

"그럼 원래는 진담이에요?"

"중요한 건 내 말이 받아들여질 수 있느냐는 거예요. 나로서는 진심을 담아서 한 말이라도 상대방한테 받아들여지지 않으면 농담보다 못하니까."

"그게 뭐예요? 자기가 하고 싶은 말은 하여튼 다 해 놓고, 그때그때 눈치 봐서 바꾼다는 거 아니에요. 그러니까 내가 분간을 못 하지. 약았어."

"후훗, 인정. 살다 보니까 약아졌네요."

준환은 쓴웃음으로 말을 맺었다. 이어서 짓는 그의 가슴 먹먹한 표정이 나로 하여금 그의 과거를 떠올리게 했다. 프러포즈에 대한 답으로 '됐어.'라는 말을 듣는다면 조금쯤은 약아져도 괜찮지 않을까. 앞으로 덜 다치기 위해서.

우리에게는 큰 차이가 없다. 그는 다치지 않도록 약아졌고, 나는 다쳐도 버틸 수 있도록 무뎌졌을 뿐이다.

"그래서 그때 남편분하고 결혼했던 거예요?"

그가 느닷없이 물었다. 아까 내가 했던 이야기를 듣긴 들었나 보다.

“예. 그날 밤에 갈 데가 없어서 회사에 갔는데, 거기에 남편이 있었거든요.”

“야근?”

“자숙의 시간이었어요. 그런 게 있었어요, 우리 김 부장님한테는.”

나는 남편과 결혼한 경위를 이야기하기에 앞서서 ‘자숙의 시간’이 무엇인지부터 설명해 주었다. 그 설명을 하자면 내 남편의 바람기에 대한 언급을 피할 수가 없다. 나는 더 이상 준환에게 남편 흉을 보고 싶지 않았다. 그래서 마치 그때가 남편 생애 최초의 자숙의 시간이었다는 양 두루뭉술하게 남편의 허물을 쓸어 덮었다. 하지만 준환은 이미 와인 좋아하는 여직원의 존재를 알고 있는 터라 남편을 천생 바람둥이로 각인한 듯했다.

내 이야기를 다 들은 준환이 문득 잔을 들어 내 쪽으로 내밀었다. 나는 그의 잔에 새삼 또 건배를 했다.

“아자! 이준환 2승.”

그는 못내 기뻐하며 시원스레 잔을 비웠다. 한 잔을 더 주문한 후 그가 내게 물었다.

“만약에 은아 씨 남편분이 바람을 피우면, 그땐 어떻게 되는 거예요?”

“제 남편은 바람 안 피워요.”

내가 듣기에도 내 목소리에는 자신이 없었다.

“그야 모르는 일이죠. 어쩌면 남편분은 지금 그 여직원하고 같이 와인을 마시고 있을지도 몰라요.”

"그게 뭐 어때서요. 나도 세입자랑 같이 맥주 마시고 있는데."

"우리는 맥주만 마실 거잖아요."

"남편도 와인만 마시겠죠. 아니, 아마 와인도 안 마실 거예요. 괜히 이상한 소리 하지 마요."

준환이 턱을 괴면서 내 쪽으로 상반신을 기울였다. 그는 반짝반짝 눈동자를 빛내며 물었다.

"혹시 누가 증거샷이라도 들이대면, 그때는 어떻게 할 건데요? 그래도 이혼 안 할 거예요?"

"그 여자가 좋으면 그 여자한테 가라고 해야죠, 뭐."

나는 엉겁결에 대답해 놓고는 신경질을 부렸다.

"아니, 왜 자꾸만 이상한 소리를 해요? 바람도 안 피우는데 증거샷이 어디 있어요? 제 남편은 바람 안 피워요. 저를 놔두고 그럴 사람이 아니에요."

"어떻게 그렇게 확신해요? 이미 전적이 있는데."

"그 사람은 자기 거 하나도 안 챙기고 나랑 결혼해 줬던 사람이에요. 내가 의지할 데라곤 자기밖에 없다는 걸 아니까. 양육비를 그렇게 많이 떼어 주면서도 굳이 나랑 결혼을 했다고요. 그런 사람이 무슨 바람을 피워요? 돈이 없어서라도 못 피우겠다."

그러고도 그가 반박할 기세라 나는 유치하게 덧붙였다.

"우리 김 부장님 1승."

준환이 김빠진 얼굴로 게으르게 수긍했다.

"인정."

그의 앞에 새로운 잔이 도착했다. 그는 느릿느릿 바로 앉아서 맥주를 한 모금 마시곤 정색하며 물었다.

"혹시나 남편분이 눈 돌리면, 그때는 이혼하는 거죠?"

"그럴 리가 없다니까요."

"만일의 경우라는 게 있잖아요. 설마 남편이 바람피우는데도 계속해서 같이 살 건 아니죠? 자숙의 시간 같은 거, 절대로 주지 마요."

"저는 전처처럼 그럴 자신은 없어요. 아마 그냥 이혼할 거예요. 벌써 마음이 다른 데로 가 버린 사람을 제가 붙들고 있으면 뭐해요."

준환은 그제야 만족스러운 듯 씩 웃었다. 그러더니 손뼉을 짝짝 치면서 애 같은 목소리로 감탄했다.

"와, 은아 씨 쿨해서 좋다."

어쩐지 약 올리는 것처럼 느껴져서 나는 발끈했다.

"좋아하실 것 없어요. 우리 김 부장님은 바람 안 피우니까."

긁으면 부스럼 되고 알면 다치는 법이다. 남편이 와인 좋아하는 여직원과 함께 와인을 마시든 뭘 하든, 내가 모르고 있다면 그건 불륜이 아니다. 나는 남편에게 절대로 그 여직원에 대해서 묻지 않을 것이다. 내가 남편의 뒷조사를 할 리도 없다. 그러니 남편은 바람을 피우려야 피울 수가 없는 셈이다. 적어도 내가 아는 한도 내에서는.

"그래요. 그렇다고 해 두죠. 그건 그렇고 은아 씨, 이번 기회에 아르바이트 한번 해 보지 않을래요? 하루면 되는데."

일자리를 구할 때마다 나를 따라다니는 불운도, 하루 정도라면 눈감아 줄지 모른다. 커피숍 아르바이트를 하다가 도둑 누명을 쓰고 하루 만에 쫓겨난 적이 있긴 하지만 말이다.

"어떤 일인데요?"

내 목소리는 급히 상냥해졌다. 돈 벌 생각을 하자마자 화도 금방 풀렸다. 비굴하대도 좋다. 나는 아르바이트를 통하여 그 비굴함을 '서비스 정신'으로 승화시키련다.

"실은 이 선생님이 딱 하루만 은아 씨 모델로 쓰자고 두 번이나 물어봤거든요. 처음에는 농담인 줄 알고 넘겼는데 오늘 아침에 또 전화가 왔어요."

"아니, 모델은……. 저 160도 안 되는데요."

"피팅 모델이겠죠. 그냥 갤럭시 2층에 가서 옷 맞출 때 가만히 서 있기만 하면 될걸요. 어차피 은아 씨 혼자 집에 있는 것도 좀 위험하잖아요. 나 내일도 작업하러 가야 되는데, 불안해서 영 마음이 안 놓여요."

나는 냉큼 그의 제안에 응했다.

"저 그거 할게요. 일당은 얼마나 주신대요?"

"글쎄요, 그렇게 구체적인 얘기까지는 안 했는데. 아무튼 다른 데랑 비교해서 처지지는 않을 거예요. 그럼 내일 한다고 연락할게요."

"그러세요."

나는 배시시 웃으며 고개를 끄덕였다. 그가 휴대폰을 꺼내더니 불현듯 심각한 얼굴로 나를 바라보았다.

“그 전에 부탁이 하나 있어요. 은아 씨한테 남편이 있다는 거, 비밀로 해 줘요.”

“왜요?”

“그게……, 어쩌다 보니까 이 선생님은 우리가 사귀는 줄 알아요.”

“예?”

“나도 그렇게 안 되게 하려고 그날 무진장 노력했는데, 파티에 가서 눈도장을 찍혀 버린 바람에…….”

“우리는 그냥 같이 갔을 뿐이잖아요.”

“단순히 그 일 때문만이 아니에요. 이제까지 이정이 누나가 정배네 공방에 간 적이 없었거든요. 이번에 화분 들고 찾아갔대요. 기억하죠? 정배한테는 우리가 사귄다고 했잖아요. 이정이 누나가 그 얘기를 곧바로 이 선생님한테 옮겼는데, 이 선생님이 대번에 딱 집어서 파티 때 만났던 은아 씨냐고……. 휴, 미안해요.”

“아니, 이러는 법이 어디 있어요?”

“정말 미안해요. 내일 하루만 비밀로 해 줘요. 하루면 돼요.”

“그 하루는 심 공방에 갔을 때 끝났죠. 그것 때문에 지금 이렇게까지 된 거잖아요. 차라리 이번 기회에 솔직하게 말하고 오해를 푸는 게…….”

“안 돼요! 그러면 내가 유부녀를 좋아하는 게 되잖아요.”

“제가 유부녀니까 어쩔 수 없죠. 알았어요. 그럼 준환 씨가 나를 안 좋아한다고 할게요.”

“그건 싫어요.”

이게 웬 생떼인지 모른다. 황당해서 쳐다보자 그는 이내 머리를 흔들었다.

“그렇게 말해 봤자 어차피 이 선생님은 믿지도 않을걸요. 육감이 그런 쪽으로만 발달했거든요. 그리고 이 선생님은 파티 때 벌써 감 잡았다니까요. 그날 은아 씨 못 가게 붙잡는 거 보면 몰라요? 겨우 스토커질 관두고 정신 차렸나 싶었더니 이젠 유부녀냐고 할 거 아니에요. 그러니까 제발요. 한 번만! 앞으로 잘할게요. 시키는 거 다 할게요. 진짜 맹세! 아, 제발…….”

별소리를 다 듣겠다. 그는 눈을 꽉 감은 채 양손을 기도하듯 모으곤 숫제 빌고 있었다. 목소리는 울기 직전이다. 그 절절한 모습이 왜 내 눈에는 우습고 귀여워 보이는지 모르겠다. 나는 그의 억지에 그만 넘어가 버렸다.

“그럼 결혼 안 했다고 하면 되는 거예요?”

“그냥 결혼이라는 말 자체를 안 하면 돼요. 누가 은아 씨를 유부녀로 보겠어요? 아침에 눈 부은 거 보면 딱 중학생인데.”

“어머!”

나는 얼결에 눈두덩을 꾹꾹 눌렀다. 그가 휴대폰을 귀에 대고 일어나면서 웃음 섞인 소리로 말했다.

“그럴 거 없어요. 완전 귀여우니까. 거기에 머리까지 헝클어지면 대박.”

“헉!”

“저예요. 아침에 말씀하셨던 거요.”

그는 통화를 하며 자리에서 멀어졌다. 나는 헝클어지지도 않은 머리를 감싸 쥔 채 충격에 빠졌다. 농담인지 진담인지 분간이 안 된다. 칭찬인지 욕인지도 분간이 안 된다.

"내일 9시까지 오래요. 러시아워니까 새벽에 출발하죠."

준환이 태연히 자리로 돌아와 앉았다. 그는 나를 보더니 고개를 갸웃하며 물었다.

"머리 아파요? 왜 그러지? 오늘은 날씨도 좋은데."

"괜찮아요. 얼른 먹고 가요. 일찍 자야 일찍 일어나니까."

나는 힘없이 말하곤 꾸역꾸역 계란말이를 입에 넣었다. 맥주는 그대로 남기고 가야겠다. 내일 아침에 또 눈이 탱탱 붓지 않으려면.

7. 본소성 및 채색 소성

소프트화이어 원형을 말끔히 다듬었다면, 바야흐로 본격적인 소성에 들어갈 차례입니다. 섭씨 1200도로 재벌구이를 하십시오. 이 뜨거운 열기를 견디고 나온 존재는 이제 더는 병아리처럼 연약하지 않습니다. 아마 당신이 죽고 난 다음에도 수 세기는 거뜬히 버텨 낼 것입니다.

그렇다고 해서 감상에 젖을 필요는 없습니다. 당신은 드디어 당신의 예술성을 마음껏 발휘할 튼튼한 캔버스를 얻은 셈입니다. 최초에 떠올렸던 이미지를 다시 한 번 상기하고, 알맞은 안료를 골라 원형에 색을 입히십시오. 색을 입힌 후에는 섭씨 700~800도로 채색 소성을 합니다. 장밋빛 뺨이나 혈색 좋은 손바닥을 표현하고자 한다면, 알맞은 안료를 덧칠한 후에 또다시 채색 소성을 합니다. 한 차례 페인팅을 할 때마다 이 과정을 되풀이합니다. 대부분의 제작자들이 기본적으로 3~4회는 채색 소성을 하고 있습니다.

한 번 가마에 들어갔다가 나올 때마다 이전에 칠했던 색이 조금씩 더 아름다운 빛을 발하는 광경은 볼 때마다 신비롭습니다. 이즈음이면 아마 당신도 느끼고 있을 것입니다. 당신은 이미 이 존재를 만드는 주체가 아닙니다. '이 존재가 스스로 완성되기를 추구하고 있을 뿐'입니다.

1

이튿날 새벽 3시 45분, 나는 휴대폰 알람 소리에 잠을 깼다.

나는 알람을 끔과 동시에 휴대폰을 확인했다. 남편은 밤새도록 답이 없었다. 내가 은행에 못 갔다는 사실을 알고 일부러 약이라도 올릴 작정인가 보다. 돈 부쳤다, 아니면 안 부쳤다. 네 글자면 충분할 답문자를 왜 여태 못 한담.

"이러니까 내가 바람이 나는 거야."

나는 볼멘소리로 변명처럼 중얼거렸다. 어젯밤 일이 떠올랐다. 나는 손끝으로 넌지시 이마를 더듬었다. 불에 덴 듯 화끈거린다. 불륜이라는 낙인이라도 찍어 놓은 것 같다.

어젯밤 집에 돌아와 샤워를 마치고 나왔을 때 나는 준환과 마주쳤다. 그는 딱히 하는 일 없이 1층에 있었다.

소파에 앉아 있던 그가 나를 돌아보았다. 그는 소파에서 일어나 내 방문 앞에 섰다. 나는 그의 앞에 섰다. 손을 내민 그는 내 손을 마치 그의 것인 양 태연히 가지고 갔다.

"어설픈 위로는 하지 않는 편이 나을 것 같아서……."

뒤이어 그의 입에서 흘러나온 한숨은 그 깊이만큼 망설였던 그의 마음을 짐작케 했다. 내 이야기를 듣고도 저녁 내내 아무렇지도 않은 척 나를 대하느라 힘들었나 보다. 그래도 그의 말마따나 어설픈 위로보다는 그 편이 내겐 더 나았다. 덕분에 나도 남들처럼 고만고만하게 평범할지 모른다는 생각이 들었고, 그로 인해 오랫동안 가슴에 지고 있던 비밀의 무게도 한결 가벼워졌으니까. 위로는 그 한숨 정도면 충분했다. 그의 한숨은 알맞은 깊이의 위로였다.

"내 과거를 너무 미워하지 마요. 그런 과거가 없었으면 은아 씨를 만나지 못했을 테니까. 과거에 누구를 만났든, 또 어떤 일이 있었든, 내가 은아 씨한테 반한 건 불가항력이에요."

슬며시 올라온 그의 손등이 내 뺨을 훑고 내려갔다. 지나치게 조심스러운 손길이었다. 닿을 듯 말 듯 애가 타도록. 조금만 더, 구차하게 애원하고 싶도록.

"이제까지 몰랐던 사실을 겨우 알게 됐을 뿐이잖아요. 달라질 건 아무것도 없어요. 그러니까 이제까지처럼 그렇게, 은아 씨를 좋아하게 해 줬으면 해요."

"그건……, 제가 어떻게 하면 되는 건데요?"

"내가 좋아한다는 사실을 알고 있으면 돼요. 은아 씨한테 빠져서 정신 못 차리는 사람이 한 명 있다는 걸 잊지 않으면 돼요. 힘들 때, 살기 싫어질 때, 어디론가 도망가고 싶은데 갈 곳이 테이블이나 소파밖에 없는 것 같을 때, 그럴 때만이라도 나를 생각해 줘요."

"지금도 그보다는 더 많이 생각하고 있어요."

스스럽게 꺼낸 고백에 그는 빙그레 웃었다.

"그럼 나, 전부터 은아 씨한테 꼭 해 보고 싶은 게 하나 있었는데…….”

“뭔데요?”

내가 묻는 사이에 그의 입술이 내 이마에 닿았다 떨어졌다.

“굿나잇 키스. 잘 자요.”

인사를 건넨 그는 입술을 말아 넣으며 옆으로 한 발짝 비켜 섰다. 나는 아무 말도 못 하고 쪼르르 방으로 들어와 버렸다.

어젯밤 일을 떠올리자 다시금 심장이 쿵쾅거렸다. 굿나잇 키스……. 꺅! 내 생애 최초의 굿나잇 키스였던 거, 알까?

이마에 은근슬쩍 닿았다가 떨어진 그 싱거운 키스가 나를 그토록 설레게 한 까닭은, 그게 끝이라는 걸 알기 때문이다. 그 키스에는 다음이 없다. 그 싱거운 한 번이 전부다.

아무도 나한테 그런 건 해 주지 않았다. 물론 남편과는 밤에 키스를 할 때도 있었지만 그건 어디까지나 전희였다. 키스한 다음에 ‘굿나잇!’ 하고 쿨쿨 자 버린 적은 한 번도 없단 말이다. 3년이나 같이 살면서 그런 것도 한 번 안 하고 도대체 뭘 했는 지 모른다.

“그러니까 잡은 물고기한테도 관심 좀 달란 말이지. 남편이 라는 사람이 어떻게 세입자보다도 나한테 관심이 없어.”

나는 하릴없이 투덜거리며 휴대폰만 들여다보았다. 아무리 남편이라도 이 새벽에 전화하기는 뭐하고, 돈에 환장 들린 사 람처럼 돈 부쳤냐고 거듭 캐묻고 싶지도 않았다. 그저 한숨만 나왔다. 생각할수록 기가 막힐 따름이다. 내가 양육비 많이 준다고 바가지 긁기를 하나, 돈 빨리 안 부친다고 닦달을 하나. 나는 단지 돈을 부쳤는지 안 부쳤는지 물어봤을 뿐이다. 그런데 왜 답문자를 안 보내느냔 말이다. 나한테는 자기 없는 사람 아니라며, 바람나지 말라며 으름장을 놓더니만 가만 보면 오히려 내가 없는 사람 취급을 당하고 있다.

다른 문제도 아니고 왜 하필 돈 문제로 사람을 이렇게 무시한담. 내가 회사를 그만둔 것도 알고 보면 다 자기 때문인데. 정말 너무하신다, 김 부장님. 내가 더럽고 치사해서 돈을 벌고 만다. 오늘 아르바이트 열심히 할 테다!

나는 엉뚱한 각오를 다지며 자리에서 발딱 일어났다. 거울을 보니 눈이 약간 부은 것 같아서 두 번씩이나 찬물로 세수를 했다. 서둘러 나갈 채비를 마치고 시계를 보니 4시 20분이었다. 나는 의기양양하게 2층을 올려다보았다. 위에서는 아무런 소리도 들리지 않았다. 혹시 아직 자나?

일단 4시 반까지 기다려 보기로 하고, 나는 시리얼을 먹었다. 설거지를 마친 뒤 다시 시계를 보니 4시 35분이었다.

'러시아워니까 새벽에 출발하죠.'

그렇게 말한 사람이 언제까지 삼만 살 작성인지 모른다. 순환이야 늦어도 상관없겠지만 나는 아르바이트생이라 꼭 9시까지 가야 할 텐데.

나는 계단 앞에서 2층을 향해 물었다.

"준환 씨, 아직 자요?"

2층은 여전히 조용했다. 내 목소리가 너무 작았나 보다. 나는 조금 더 용기를 내서 목청을 높였다.

"준환 씨! 아직 자요?"

아무런 변화가 없었다. 아무래도 그는 꿈속을 헤매고 있는 것 같다.

"저 올라가요!"

나는 쭈뼛쭈뼛 계단 위로 발을 내딛었다. 처음 있는 일이었다. 계단에 문이 달린 건 아니지만, 어쩐지 이 계단부터는 그의 공간인 듯해서 나는 한 번도 이 계단을 밟은 적이 없다. 나는 세입자의 사생활을 존중하는 집주인이다. 그렇지만 그 아르바이트는 그가 알선한 것이므로 이 정도 사생활 침해는 이해해 줘야 한다. 나는 나 좋을 대로 생각하면서 2층으로 올라갔다.

2층은 생각보다 넓었다. 안쪽에 방문이 하나 있고 나머지는 거실처럼 트인 공간이었다. 제일 먼저 눈에 띈 것은 2층 중앙에 놓인 커다란 작업대였는데, 보자마자 간담이 서늘해졌다. 그 위에는 새하얀 인형이 놓여 있었다. 몸 마디마디가 나뉜 채, 꼭 난도질당한 시체처럼 조각조각으로 누워 있었다. 눈알 없이 휑한 눈구멍 두 개가 마치 나를 노려보는 것 같았다. 작업대 밑에 있는 쓰레기통 속에는 인형의 머리통과 팔다리 일부분이 몇 조각 들어 있었다. 으슥한 새벽 어스름 속에서, 그로테스크하다 못해 공포감을 자아내는 광경이었다.

나는 오싹함을 느끼며 서둘러 시선을 돌렸다. 빨간 오븐 같은 게 눈에 띄었다. 아마도 그가 말했던 가마인 듯했다. 나는 잠깐 가마를 구경하다가 다시금 주위를 둘러보았다. 벽 한구석

378

에 러닝머신이 놓여 있었다. 그 옆으로는 두 개의 선반장이 나란히 서 있었다. 각각 책과 액자, 시계 등이 얹혀 있었는데 맨 밑 칸에는 모두 똑같은 디자인의 상자들이 차곡차곡 쌓여 있었다. 보아하니 인형 케이스인 듯했다.

선반장 옆에는 책상과 노트북이, 그리고 그 옆 구석진 자리에는 짙은 색 커버를 씌운 침대가 있었다. 준환은 그 침대에 없었다. 방에 침대가 하나 더 있는 모양이었다.

나는 방문으로 다가가 심호흡을 한 후 똑똑 노크를 했다.

"준환 씨, 자요?"

그는 묵묵부답이었다.

"4시 반이 넘었어요."

조금 더 힘주어 노크 했으나 안에서는 여전히 응답이 없었다.

"우리 언제 가요?"

그는 도통 깨어날 생각을 하지 않았다. 나는 살그머니 문고리를 돌려 보았다. 문고리는 부드럽게 돌아갔다. 잠겨 있는지 확인만 하려고 했는데 어쩌다 보니 문이 약간 열렸다.

이왕 열린 김에 나는 방 안을 슬쩍 엿보았다. 벽을 둘러 선반장이 쭉 늘어선 가운데, 흰 상자 같은 것늘이 가지런히 정렬되어 있었다. 방 한가운데에는 작업대가 하나 더 있었다. 어쨌거나 내 시선이 미치는 범위 내에는 그가 없었다.

"저 들어갈게요."

나는 머뭇머뭇 말하곤 방문을 열었다. 그곳은 이미 짐작했던 바대로 작업실이었다. 침대도 없고 그의 모습도 보이지 않았다. 나는 혹시나 싶어서 방 안으로 발을 들였다. 설마 그가 문 뒤에 숨어 있을 리는 없겠지만, 그래도 살짝궁 문 뒤편을 들여다보았다. 역시나 그는 없었다.

"혼자서 가진 않았을 텐데."

나는 고개를 갸웃거리면서 몸을 돌렸다. 그러다 문득 뒤를 돌아보았다. 문 뒤에 여행용 트렁크 하나가 놓여 있었다. 그 위에는 서류 가방이 얹혀 있었다.

언뜻 남편 것인 줄 알았다. 둘 다 남편 것과 똑같은 디자인이었다. 신기했다. 여행용 트렁크 디자인이 거기서 거기고 서류 가방도 마찬가지겠지만, 두 개나 똑같은 물건을 고를 확률은 그다지 높지 않을 터였다. 물건 고르는 취향이 내 남편하고 비슷한가 보다. 아저씨 디자인이라고만 생각했는데…….

"어?"

나는 살며시 손가락을 내밀어 트렁크 모서리를 만져 보았다. 푹 패여 있었다. 얼룩이 아니라 흠집이다. 남편의 트렁크와 디자인도 똑같고 흠집 난 자리도 똑같은 트렁크다.

다시 보니 서류 가방 앞주머니가 불룩했다. 나는 설마 하며 그 안에 손을 넣었다. 매끈하고 네모난 것이 만져졌다. 남편은 항상 그 안에 휴대폰을 넣어 둔다.

그것이 정말 남편의 휴대폰인지 꺼내어 확인하려는 찰나, 밑에서 준환의 목소리가 들렸다.

"은아 씨, 자요?"

나는 황급히 방에서 나왔다. 나오자마자 내 눈에 보인 건 작업대 위에 널브러져 있는 인형 조각들이었다. 그리고 괴기한 쓰레기들.

'자려고 했는데 쓰레기가 하도 많아서요. 좀 묻느라고.'

그는 언젠가 그런 말을 했다. 그때 그는 한 손에 삽을 들고 있었다.

일순 터무니없는 생각이 뇌리를 스치고 지나갔다. 나는 몸서리치듯 고개를 세차게 흔들었다. 아니다. 준환은 내 남편을 묻었을 리 없다. 그는 그럴 사람이 아니다. 게다가 그때 내 남편은 출장 중이었다. 그날 이후로도 멀쩡히 집에 와서 밥만 잘 먹었단 말이다. 준환이 그 말을 했던 건 한참 전의 일이다. 그러니까 그때가 언제였냐 하면 내가 여기에 이사 온 직후, 마당을 보다가 외할머니 생각이 나서 국수를 사러 갔던 날이다.

'혹시 그 얘기 들었어요? 얼마 전에 또 한 명 없어졌다고. 벌써 세 명째야. 여기에 사람이 살아 봤자 얼마나 산다고, 1년도 안 돼서 셋씩이나 실종된다는 게 말이 돼요?'

엉겁결에 비명을 지를 뻔했다. 나는 급히 입을 틀어막았다.

얼마 전에 실종된 사람, 삽을 들고 있던 준환, 그의 방에 있는 내 남편의 소지품, 답문자를 안 보내는 남편⋯⋯.

생각해 보면 남편은 그날 집에 왔다가 나간 뒤로 연락 두절이다. 남편의 휴대폰은 준환의 방에 있다. 회사에 전화가 있으니 전화는 할 수 있겠지만, 남편이 서류 가방을 놔두고 회사에 갔을 리는 없다. 어디로 갔는지 모르고 연락도 안 된다. 네 번째 실종자다, 내 남편이.

택배 기사가 다시 오면 112에 신고하라고? 나는 그 말을 믿었다, 바보같이.

그때 또다시 준환의 목소리가 들렸다.

"은아 씨, 아직 자요? 우리 곧 출발해야 되는데."

그의 목소리는 태연하기 그지없었다. 소름이 끼쳤다. 나도 모르는 새에 손이 덜덜 떨리고 있었다.

어쩌면 좋지? 남편은 여기 없다. 전화를 해도 받지 못한다. 남편의 휴대폰은 준환의 방에 있다. 남편은 그래서 여태껏 내게 답문자를 보내지 못했던 것이다. 그런 줄은 꿈에도 모르고 나는 남편을 원망하기만 했다. 그러면서 심지어 나 자신을 합리화하고 있었다. 남편의 관심이 모자라 바람이 나는 거라고. 답문자는커녕 남편은 내 문자를 받지도 못했을 텐데 말이다.

"은아 씨, 안에 있어요?"

준환이 거듭 나를 부르고 있었다.

나는 애써 심호흡을 했다. 이 집에는 그와 나, 단둘뿐이다.

나는 그가 그러하듯 태연함을 가장하여 1층으로 향했다. 그는 내 방문을 노크하고 있었다.

"어……, 자는 줄 알았어요."

내가 2층에서 내려오는 모습을 본 준환이 경직된 얼굴로 말했다. 나는 억지로 미소를 지었다.

"저도 준환 씨 자는 줄 알고요. 불러도 대답이 없어서……."

"어제 택시 타고 왔잖아요. 차 찾으러 다녀왔어요. 콜이 늦게 와서 좀 오래 걸렸네요."

나는 말없이 고개만 끄덕였다. 그가 이내 인상을 풀고 웃는 얼굴로 말했다.

"준비 다 됐으면 갈까요?"

"예."

나는 냉큼 그를 따라나섰다.

차에 타서 나는 잠이 든 척 눈을 감고 창 쪽으로 고개를 돌렸다. 깜깜한 눈앞에 피투성이로 죽어 있는 남편의 모습이 떠올랐다. 마치 영화의 한 장면처럼, 일찍이 본 듯한 데자뷔처럼 선명하고도 참혹하게.

그럴 리가……. 설마 남편이 죽었을 리가…….

말도 안 돼.

나는 눈을 뜨고 준환을 돌아보았다. 내 시선을 의식한 그가 나를 향해 슬쩍 미소를 흘렸다. 언제나 그러하듯 젠틀하고 근사한 미소다. 햇살처럼 반짝거리는 미소. 저런 미소를 짓는 사람이 사람을 죽인다고? 불가능한 일이다.

남편은 아마도 회사에 있을 것이다. 서류 가방을 세입자의 방에 놔둔 채로? 그것도 불가능한 일이다.

"휴게소 들러요?"

준환이 물었다.

"예."

나는 얼른 대답했다. 그러고는 행여나 그가 의심할세라 괜히 한마디 덧붙였다.

"화장실이 급해서요."

"어, 그럼 빨리 가야겠네."

그가 중얼거리며 속력을 높였다. 나는 휴게소에서 남의 차라도 얻어 타리라 결심했다. 혹시 택시를 부를 수 있다면…….

맙소사! 핸드백이 보이지 않는다.

2층에서 내려오자마자 정신없이 집을 나오는 바람에 핸드백을 방에 놓고 왔다. 내겐 휴대폰도 없고 지갑도 없었다. 하필이면 이럴 때에 이런 어처구니없는 실수를 저지르다니!

절망적이다.

＊

"은아 씨, 오랜만이다. 너도 오랜만. 이리로 와서 앉아요."

이 선생은 바가지를 쓰고 구입했을 명품 응접세트의 스툴에 앉아 우리를 맞이했다.

무일푼인 나는 우선 갤럭시까지 어영부영 따라왔다. 뭘 어떻게 해야 될지 감이 잡히지 않았지만 어쨌든 이곳은 다른 사람들도 있으니 안전할 터였다. 나는 완전히 얼어붙은 채로 뻣뻣하게 다가가 앉았다. 이 소파, 어쩌면 남편이 팔았던 소파인지도 모른다.

준환이 내 옆에 앉으면서 이 선생에게 한마디 툭 내뱉었다.

"어젯밤에도 통화했는데."

이 선생이 양미간을 좁히며 비꼬았다.

"자기는 언제 봐도 오랜만인 것 같아요. 그리고 그 전화는 내가 걸었네요. 네가 건 게 아니라. 넌 어쩜 그렇게 전화를 안 하니? 휴대폰 요금을 그냥 아빠 앞으로 돌려. 그리고 전화를 하란 말이야.”

이 선생이 준환의 아버지임은 익히 아는 사실이나, 이 선생의 입에서 나온 ‘아빠’라는 단어는 나로 하여금 무지막지한 위화감을 느끼게 했다.

“어제 저녁에 제가 전화했잖아요. 그런데 새벽 2시에 왜 또 전화를 해야 돼요? 아침 9시에 이렇게 만날 건데. 아, 피곤해 죽겠어요. 제발 잠 안 온다고 전화 좀 하지 마세요.”

이제 보니 준환은 의외로 까칠한 성격 같았다. 여태껏 같이 지냈으면서도 전혀 몰랐다. 나에게는 언제나 상냥하고 친절했으니까. 사람이 무섭다.

준환이 볼멘소리로 불평하자 이 선생은 손을 흔들며 단호하게 말했다.

“하여튼 내가 열 번 하면 너는 한 번밖에 안 해. 그리고 너는 어차피 그 시간에 작업하잖아.”

“요샌 낮에 일이 있어서 밤에는 작업 안 하거든요.”

“참, 안 그래도 이정 양한테 들었다. 너희 무슨 공동 프로젝트를 한다며? 뭘 만드는데?”

“이정이 누나가 말 안 하죠?”

이 선생이 느닷없이 활짝 웃었다. 이 선생은 한껏 격양된 어조로 손뼉을 딱 치며 말했다.

“그러게 말이야. 걔가 왜 나한테 말을 안 할까? 솔직히 말해 봐. 나 주려고 만드는 거지? 일본 론칭 기념 선물 아니야?”

“어…….”

나를 슥 돌아본 준환이 곧 이 선생에게 물었다.

“그게 정확히 언제예요?”

“8월 15일.”

준환이 황당하다는 듯 눈을 동그랗게 뜨고 물었다.

“아니, 왜 하필이면 광복절이에요?”

“일본 론칭이니까! 될 수 있으면 일본하고 관계가 있는 날짜로 하는 게 좋잖아. 뭔가 의미가 있는 것 같고. 근데 삼일절은 너무 빠듯하더라. 그래서 광복절로 잡아 봤어. 것도 빠듯하긴 하지만.”

“광복절이야 우리만 좋은 날이죠. 그쪽은 패전한 날이라서 인식이 별로 안 좋을 것 같은데.”

“그게 무슨 상관이야. 옷 장수 마음이지. 의미는 나한테만 있으면 돼.”

이 선생이 별안간 벌떡 일어나 문 쪽으로 하느작하느작 달려갔다.

“어머, 정혁 씨! 왜 이렇게 빨리 왔어? 늦는다더니.”

선바이저를 쓴 근육질의 남자가 위엄 있는 걸음걸이로 들어왔다. 뒤이어 너덧 명의 사람들이 우르르 떼 지어 들이닥쳤다.

“조명 대타가 마침 들어왔더라고요. 모델이 오늘 하루밖에 안 된대서 서둘러 왔습니다. 귀하신 모델 분은 어디에……?”

근육질의 정혁 씨는 물으면서 나와 눈을 맞추었다. 나는 그저 눈만 깜박거렸다. 이 선생이 나를 부르며 오라고 손짓했다.

"은아 씨!"

나는 엉거주춤 일어나면서 준환을 돌아보았다. 얼떨떨한 표정의 준환도 슬그머니 일어나 내 등을 떠밀다시피 하며 이 선생 쪽으로 향했다.

"이쪽은 송정혁 씨, 그리고 이쪽은……, 무슨 은아더라?"

"박은아요."

이 선생이 묻자 준환이 내 대신 대답했다.

"응, 맞다. 박은아 씨. 자기는 이만 가 봐요. 우리 오늘 무지무지 바쁘거든. 가서 내 프레젠트……, 아니, 그 프로젝트나 열심히 추진해 봐. 알러뷰!"

이 선생이 준환의 등을 마구 떠밀었다. 준환은 엉겁결에 미끄러지듯 밀려 나가면서 내게 인사를 건넸다.

"이따 데리러 올게요. 파이팅!"

나는 습관처럼 아쉬운 마음으로 그의 뒷모습을 바라보았다. 그러다 흠칫했다.

적응이 안 된다. 자꾸만 헷갈린다. 내가 알고 지내던 이준환과 오늘 새벽에야 알게 된 이준환. 한 명은 속없이 착한 사람, 또 한 명은 무자비한 사이코패스일지도 모르는 사람. 그는 대체 어떤 사람인 걸까?

"이야! 이 선생님이 고집하신 이유를 알겠습니다. 표정이 막 돋네요."

송정혁이 말하자 이 선생이 배시시 웃었다.

“키가 문제가 아니라니까. 느낌 묘하지?”

“이 정도쯤 되면 얘기가 달라지죠. 비율도 괜찮은걸요, 뭐.”

“내가 말했던 게 바로 이런 필이야. 사차원, 안드로메다, 그딴 거 아니라니까. 기본에 플러스알파면 돼. 그게 대박의 정석이지. 이것 봐. 은아 씨처럼 이렇게 말이야. 흔한 것 같은데 살짝 핀트 어긋난 느낌 있잖아. 그 ‘살짝’이 사람을 미치게 만드는 거거든.”

“보니까 이제야 이해가 되네요. 아니, 그런데 뭘 하시느라고 이렇게 바쁘세요?”

송정혁이 내게 꽤 공격적으로 물었다. 나는 내 어디가 핀트 어긋난 느낌인지 생각하면서 여싯여싯 대답했다.

“저 별로 안 바쁜데요. 그냥 집에 있어요.”

“그럼 왜 시간이 오늘 하루밖에 안 돼요? 하루로는 어림 반 푼어치도 없는데.”

“하루밖에 안 되는 건 아닌데……. 저기, 제가 정확히 무슨 일을 하는 거예요?”

내가 멍하니 묻자 이 선생이 화들짝 놀라며 반문했다.

“준 군한테 얘기 못 들었어? 모델이라고 말 안 해요?”

“예. 모델이라는 얘기는 했는데…….”

“그런데?”

“저는 피팅 모델이라고 들었거든요.”

그러자 이 선생이 나를 툭 치며 겸연쩍게 웃었다.

“아하하, 자기 얼굴 팔릴까 봐 그러는구나. 괜찮아. 이건 어차피 일본에밖에 안 나가. 자기가 일본 가서 살 것도 아니잖아.
혹시 일본에 아는 사람 있어?”

“아뇨.”

“그럼 상관없네. 아유, 참. 누구는 모델이 못 돼서 안달이다.
은아 씨 부모님이 좀 엄한가 봐? 그때도 일찍 들어가야 된다고
그러더니.”

“아니에요. 부모님 안 계세요.”

“어머…….”

당황한 듯 잠시 말을 잃었던 이 선생이 이내 눈빛을 반짝거
리며 물었다.

“그럼 앞으로도 한 사나흘쯤 시간 되겠네?”

나는 망설였다.

시간이야 많았다. 그 많은 시간 동안 내가 어떻게 살아가야
할지 알 수 없을 따름이었다. 그저 막막하고 눈앞이 깜깜했다.
나 몰라라 도망가 버리고 싶은데 갈 곳도 없다. 이럴 때 준환은
자신을 생각해 달라고 했다. 어처구니없는 모순이다. 머릿속은
온통 의문투성이였다.

준환을 경찰에 신고해야 하나? 그는 내 남편을 도대체 어떻
게 한 걸까? 남편이 혹시 나 몰래 준환에게 짐을 맡겨 놓고 잠
깐 어딜 간 건 아닐까? 만일 그랬는데 신고를 하게 되면 나만
이상한 사람이 되겠지? 남편의 트렁크와 서류 가방이 왜 그의
방에 있느냐고, 준환에게 먼저 물어보는 게 순서가 아닐까? 그
랬다가 그가 화를 내면 어쩌지? 그가 정녕 사이코패스였는데

그의 화를 북돋우면 큰일이겠지?

무엇 하나 답은 떠오르지 않고 머리만 지끈지끈 아팠다. 가뜩이나 머릿속 복잡해 죽겠는데 두통까지 겹쳤다. 에라, 모르겠다.

"시간은 되는데……."

며칠간 상황을 봐 가며 찬찬히 생각해 보자. 그동안 이곳에 빌붙어 있으면 적어도 안전은 보장될 것이다. 보는 눈이 한둘도 아니고.

"……집이 너무 멀어서요. 왔다 갔다 하기가 힘들어서……."

이 선생이 기다렸다는 듯 내 말을 끊었다.

"걱정도 팔자다. 설마 잘 데 없으려고. 내가 다 책임질게. 돈 워리! 일단은 우리 찍자, 응?"

2

준환이 갤럭시를 떠난 다음, 패닉 상태에 빠져 있던 나는 얼마간의 여유를 되찾았다. 그러고는 곧 스스로가 우스워졌다.

조각난 인형 쓰레기를 보고 그 쓰레기의 임자가 토막 살인마라도 되는 양 겁을 먹다니. 터무니없는 오버였다. 인형은 인형일 뿐이다. 그리고 준환이 인형을 토막 낸 이유는 그의 인품과는 하등 상관없는 문제다. 관절이 움직이는 인형을 만들려면 당연히 관절을 분리해야 할 것이다.

만에 하나, 그가 우리 동네에서 실종된 여자들을 납치한 장본인이라 치자. 그가 정녕 이중인격자에 사이코패스라서, 그 여자들과 내 남편을 죽인 다음에 토막 내곤 파묻었다 치자. 도대체 어디서 토막을 낸단 말인가? 도자기 인형과 달리 사람은 죽어서도 피를 흘린다. 그런데 2층에는 그 피를 처리할 만한 공간이 없다. 욕실도 없고 수도꼭지도 없다. 더불어 나는 그가 손에 피를 묻히고 돌아다니는 광경을 단 한 번도 본 적이 없다. 그가 조각난 인형 쓰레기처럼 시체를 처리하는 것은 현실적으로 불가능한 일이다.

게다가 평상시의 준환을 생각해 보라. 그가 퍽도 사람을 죽였겠다. 그는 내가 아는 사람 중에서 가장 평화롭고 친절하며 헌신적인 사람이다. 그는 내 남편보다도 더 착한 사람이다. 내 남편이 사람을 죽일 리 없듯이 그도 사람을 죽였을 리 없다.

하지만 이런 생각을 하고도 여전히 꺼림칙한 부분은 남아 있었다. 어쨌거나 그의 방에 내 남편의 소지품이 있는 것은 사실이고, 굳이 손에 피 묻히며 토막 내지 않더라도 시체를 파묻을 수는 있는 거니까. 그리고 그는 마음만 먹으면 태연하게 거짓말도 잘할 사람이다. 그의 옛날 여자 친구 이야기를 들으면서, 단 한 번이라도 그 여자가 내 사촌 언니일 거라고 짐작한 적이 있었던가. 박상희가 집에까지 찾아오지 않았더라면, 나는 아마도 여태 그 여자 친구의 정체를 모르고 있었을 터였다.

일이 생소하여 정신없는 와중에도, 내 머릿속 한구석은 그를 위한 변명을 찾느라 분주했다.

"여긴 어디? 나는 누구? 그렇지, 좋았어! 계속 그렇게 멍 때리고 있어 봐요.”

“이 고기 누가 사 온 거야? 선혈이 뚝뚝 흐르는 걸로 사 오랬잖아. 삼겹살을 사 오면 어떡하니! 빨리 가서 다시 사 와!”

“아니, 너무 갔다. 1킬로만 지구로 돌아와요.”

“바꾸긴 뭘 바꿔? 삼겹살은 놔두고 가. 집에 가서 구워 먹게. 참, 가는 김에 상추도 좀 사다 줄래?”

“그냥 삼겹살이라고 생각해요. 먹음직스럽다, 먹음직스럽다, 나는 피를 원한다. 오케이!”

이 선생과 송정혁은 진종일 큰 소리로 떠들어 댔다. 나는 그들이 대관절 무엇을 바라고 나를 모델로 선택했는지 알 수가 없었다.

그들이 말하는 그들의 콘셉트는 21세기로 타임슬립을 한 로코코 시대의 귀족 소녀, 그리고 21세기까지 생존한 고식 시대의 흡혈귀 소녀였다. 로코코는 멍 때리고 고식은 피를 원한다. 그 둘의 공통점은……

“우린 다 알고 있지만 이 콘셉트는 비밀이야. 얼핏 보기엔 평범해 보여야 된다고. 그러다가 ‘어라?’ 하고 돌아보게 만들어야 된단 말이야.”

“튀지 마. 은근하게! 은근하게 미쳐 줘요.”

……대략 ‘흔한 것 같은데 살짝 핀트 어긋난 느낌’인 듯했다. 세련된 표현일 뿐이지, 직설적으로 말하자면 내 인상이 나사 하나 풀린 애 같다는 소리다.

어쩌면 그들이 내게 바란 건 단지 그 인상뿐이었는지도 모른다. 내가 내 나름대로 그들의 콘셉트에 맞춰 주려고 애를 쓰면 그들은 탐탁지 않은 표정으로 이상한 주문을 해 댔다. 그러다 머릿속이 복잡해서 잠깐 한눈팔고 있으면 그들은 곧바로 입을 모아 찬사를 퍼부었다.

“바로 그거야! 그 미니멀한 똘끼!”

“저거 봐, 가슴까지 미니멀하잖아. 완벽해!”

글쎄다. 그게 과연 찬사인지는 생각해 봐야 할 문제인 것 같다.

나는 오전에 갤럭시 지하의 메르헨 세상에서 몇 벌의 옷을 걸쳐 보곤, 2층에서 헤어와 메이크업을 했다. 직업 정신이 투철한 양치기 소녀 리사는 나를 기억하고 있었다. 그녀는 심지어 내가 전에 신고 왔던 펌프스와 똑같은 펌프스를 신고 왔다는 사실까지 알고 있었다.

전혀 특이할 점이 없는 나 같은 사람까지 손님이랍시고 기억해 준 것은 나로서는 사뭇 감동적인 일이었다. 그렇지만 단순히 좋아할 일만은 아니었다. 그녀는 내가 옷을 입어 볼 때마다 잊지 않고 한마디씩 했다.

“블랙은 워낙에 무난해서요, 그때는 그냥 무난해 보이셨는데요, 이렇게 핑크를 입으시니까요, 무지무지 잘 받으시고요, 얼굴이 확 살아 보이세요.”

“리사가 보기에는요, 모태 아마로리[4]신 게 확실하고요, 역시

---

4 일본의 조어. 고식 앤 로리타에 대비되어 보다 밝고 소녀다운 스타일의 로리타 패션. 혹은 그러한 패션을 추구하는 사람들을 지칭한다.

프릴만이 살 길이신 것 같아요.”

“아담 사이즈도 좋긴 한데요, 이 정도 굽이 딱 예뻐 보이는 높이거든요. 다리 길이까지 아담하면 너무 암담하잖아요.”

여기 사람들은 욕을 칭찬처럼 하며, 칭찬으로도 시비를 걸 줄 안다. 나는 옷을 고르는 내내 가시방석에 앉은 기분이었다.

이후 나는 송정혁의 스튜디오로 끌려가 사진을 찍다가 간단히 점심을 먹고, 그 근처 길거리에서 야외촬영을 한 후 다시금 스튜디오에서 사진을 찍었다.

하루가 바삐 지나가는 와중에 저녁이 되었다. 일이 아직 끝나지 않았는데 준환이 스튜디오로 찾아왔다. 그는 일식집에서 인원수대로 도시락을 사 들고 왔다. 사람들은 이 선생의 아드님보다도 도시락을 더 반겼다.

“난 솔직히 로리타는 너무 오글거려서 별론데…….”

준환이 도시락 두 개를 들고 와 내 옆에 앉으면서 말했다.

“……은아 씨가 입으니까 되게 귀엽다. 후훗.”

그는 멋쩍은 듯 내 눈을 피하며 웃었다. 오늘따라 그의 웃는 모습이 유달리 밝고 환해 보였다. 에메랄드그린의 PK티셔츠가 보면 볼수록 그에게 잘 어울린다. 뉘 집 아들인지 참 번듯하게도 생겼다. 일평생 못된 생각은 해 본 적 없는 사람처럼, 나쁜 짓 한 경험이라곤 아빠 카드 훔쳐서 치킨 사 먹은 일밖에 없는 사람처럼.

남편은 혹시 그에게 가방을 맡겨 두고 여행이라도 간 게 아닐까? 두 달 넘게 출장이 길어져 그동안 애들도 못 봤을 테니.

그래, 어쩌면 전처랑 애들이랑 다 같이 가족 여행이라도 갔을지 모른다. 그런 일은 이제까지 한 번도 없었지만 말이다. 만약에 애들을 보러 간 거라면 나도 얼마간은 이해해 줄 수 있다. 애들 문제라면 내가 이해해 줘야 한다. 양육비를 왕창 퍼 주고 있긴 해도 돈이 전부는 아니니까.

애들 문제라며 이처럼 이해하고 넘어갈 수 있는 일이라면 얼마나 좋을까. 남편이 애들하고 같이 여행이라도 간 것이라면, 여행 가겠다는 말을 차마 나한테 못 해서 준환에게 나 몰래 가방을 맡겨 둔 것이라면…….

관자놀이가 콕콕 쑤셔 왔다. 나는 눈을 찡긋하며 하릴없이 한숨만 쉬었다.

"피곤하죠?"

웃음을 거둔 그가 걱정스러운 눈초리로 나를 보며 물었다.

"아뇨. 전 별로 한 것도 없고."

그가 초밥 하나를 집어 내 입술에 갖다 대었다. 괜찮다고 말하려 입을 연 순간, 초밥이 내 입으로 밀려 들어왔다.

"밥 먹을 때 말하기 없기."

그는 밥 먹는 게 무슨 놀이라도 되는 것처럼 장난스럽게 말했다. 그러더니 초밥 하나를 더 집으면서 또 유치하게 굴었다.

"남기기 없기."

내 남편의 트렁크와 서류 가방이 그의 방에 있건만, 그 때문에 나는 하루 온종일 억장이 무너진다는 말을 실감하고 있건만, 그는 어쩜 이토록 즐거울까.

“놀고들 있네. 아주 깨가 쏟아지는구나, 깨가 쏟아져. 아빠도 하나 줘 봐. 아!”

별안간 이 선생이 우리 사이로 얼굴을 들이밀었다. 흡사 립글로스 광고 모델인 양 반짝반짝 광택이 살아 있는 입술을 자못 섹시하게 헤벌린 채로 말이다. 나는 잠시간 얼이 빠졌다. 준환의 아버지가 준환에게 당신을 일컬어 ‘아빠’라고 하는데, 듣는 내가 왜 당혹스러운지 모른다.

뚱한 눈초리로 이 선생을 돌아본 준환이 곧 옆에 있던 새 도시락을 건네면서 말했다.

“두 개나 드시면 살찔걸요.”

“으이그, 내가 말을 말지. 너나 먹어라. 먹고 빨리 가! 늦었어. 밤에 운전하면 위험하다.”

“전 은아 씨 데려다 줘야…….”

“자기네 은아 씨는 오늘 집에 안 가시거든요. 내일 모레까지 숙식 제공하기로 했어. 그러니까 아빠 신경 쓰이게 하지 말고 얼굴 봤으면 얼른얼른 가. 오늘 밤샐 거니까.”

“아니, 왜 사람을 잠도 안 재우고 일을 시켜요?”

“나만 새울 거야, 나만! 은아 씨 포즈가 너무 미숙해서 스크랩 좀 해 주려고 그래. 아니, 근데 자기가 은아 씨 매니저예요? 응? 왜 여기서 알짱거리면서 사람 신경을 긁니? 안 그래도 예민해 죽겠는데. 으으!”

“전 그냥 가만히 있잖아요. 신경 쓰지 마세요.”

“너는 가만히 있어도 신경이 쓰여. 네가 있으면 자동으로 신경이 쓰인단 말이야. 이것 봐! 남들 밥만 잔뜩 사다 놓고 말이지, 남의 입에 밥 넣어 주면서 말이지, 정작 네 건 아직 뜯지도 않았잖아. 네가 이러는데 내가 어떻게 신경을 안 쓰니?"

"알아서 먹습니다. 이런 사소한 것까지 일일이 챙기실 필요 없어요. 제가 무슨 어린애도 아니고."

"어린애가 아닌 애가 이러고 있으니까 문제인 거야. 으으, 짜증나. 아! 몰라 몰라. 나 너 모르는 애 할래. 너 앞으로 나 알은체하지 마."

이 선생이 찬바람을 일으키며 가 버렸다. 뒷모습을 바라보던 준환이 고개를 설설 흔들었다.

"하여튼 저 히스테리는……."

그새 나는 그가 내려놓은 새 도시락을 가져와서 열었다. 그에게 주려고 젓가락을 뜨는데, 그가 씩 웃더니 입을 벌렸다.

"아!"

내가 물끄러미 쳐다보기만 하자, 그는 겸연쩍은 얼굴로 입을 다물곤 나와 도시락을 맞바꾸었다. 그러더니 내게 먹으라고 재촉하듯 턱을 한 번 까딱했다.

나는 그의 눈길을 피해 고개를 숙였다. 그리고 조밥 하나를 집었다. 열 개들이 초밥 세트에서 내 것은 이제 여덟 개가 남는다. 그의 것은 아홉 개. 내 것이 일곱 개 남으면 그의 것은 여덟 개. 내 것이 그의 것보다 한 개 더 적건만, 이상하게도 한 개를 빚진 기분이다. 입안이 깔깔했다.

"고마워요."

어색하게 말하자 그가 낮게 웃었다.

"그럼 남기지 말고 다 먹어요."

"이것뿐만이 아니라, 그동안 여러 가지로 고마웠어요."

"후훗, 왜 그래요? 다시는 못 볼 사람처럼."

"그냥……."

고마운 건 고마운 거니까.

준환이 가려고 일어섰을 때, 이 선생이 도로 하느작하느작 다가왔다. 언제는 알은체하지 말라고 하더니만, 이 선생은 그새 기분이 풀렸는지 빙시레 웃으며 준환의 팔짱을 꼈다.

"아까는 미안했어. 그게 다 너를 사랑해서 그러는 거야. 아빠 이해하지?"

"알아요. 너무 무리하지 마세요. 저 그만 가 볼게요."

"그래서 말인데, 너 지금 어디 가니?"

"집에요."

"한가하구나! 그럼 숍 2층에 가서 네가 1차로 스크랩 좀 해 줄래? 은아 씨한테 어울릴 만한 포즈로 딱 3백 장만 뽑아 봐. 거기서 백 장만 추리게. 너도 알다시피 내가 지금 굉장히 무리를 하고 있잖아. 그렇다고 이런 일을 아무한테나 맡길 수도 없고. 믿을 사람이라곤 너밖에 없다, 진짜."

"알았어요. 여기로 갖다 드려요?"

"괜찮아. 끝나고 내가 그쪽으로 가지, 뭐. 수고 좀 해 줘. 오늘 밤에 은아 씨랑 묶어서 스위트룸에 넣어 줄게."

"헉!"

나와 준환은 동시에 팔짝 뛰었다. 그는 얼굴이 벌게져서는 다급히 손사래를 쳤다.

"저희 아직 그런 사이 아니거든요. 스크랩해서 거기다 놓고 갈게요."

"마침 잘됐네! 이번 기회에 진도 확 빼 버려."

"이 선생님, 제발 좀……. 오늘은 어차피 집에 가야 돼요. 갖고 올 게 있어서. 저 가요. 은아 씨, 수고해요."

그는 행여나 이 선생에게 잡힐세라 도망치듯 후다닥 스튜디오를 빠져나갔다. 그의 뒷모습에 대고 손을 흔들던 이 선생이 곧 나를 돌아보더니 샐쭉 웃었다.

"은아 씨가 이해해요. 쟤가 하도 착해서 그래. 제 딴에는 다 은아 씨를 위해 주고 있는 거야."

이 선생의 얼굴에 떠올랐던 미소는 금세 사라졌다.

"근데 아무리 위해 줘도 그렇지, 솔직히 좀 심하다. 그때가 언젠데 아직까지도 저러고 있대? 그런 건 남자가 알아서 확 리드를 해 줘야지. 여자가 해 달라고 매달릴 때까지 기다리겠다는 거야, 뭐야? 어우, 답답해! 난 저런 남자애들 정말 싫어. 남자애가 저렇게 매너가 없어서……. 어머!"

갑자기 준환이 되돌아오는 바람에 험담을 하던 이 선생이 당황한 듯 손으로 입을 가렸다. 준환은 성큼성큼 내게 다가오며 중얼거렸다.

"잊어버릴 뻔했다."

“뭘……?”

“잘 자요.”

그는 이내 돌아서서 스튜디오를 나갔다. 스튜디오의 육중한 유리문은 단번에 닫히지 못하고 잠시간 근드적근드적 흔들렸다. 흔들리는 그 문을 나는 물끄러미 바라보았다.

이윽고 유리문이 허무한 흔들림을 멈추었을 때, 이 선생이 탄식하는 어조로 내게 물었다.

“어쩜 좋아. 쟤 매일 저래요?”

“아……, 잘 모르겠어요. 어제가 처음이라.”

“웬일이니. 그럼 아직 딥 키스도 안 했다는 거잖아. 그때가 언젠데 이제 겨우 이마야. 나라면 감질나서 못 사귄다. 어후!”

이 선생은 신경질적으로 손사래를 치며 송정혁에게로 갔다.

나는 어지러워서 잠시 휘청거렸다. 이 선생은 나와 준환이 사귀는 줄 알고 있다. 우리는 그런 사이가 아니다. 나에게는 남편이 있다. 그런데 내 남편은 지금 어디에 있는지 모른다. 남편의 소지품만이 남아 있을 뿐이다. 그것들은 모두 준환의 방에 있다. 남편의 휴대폰도 그곳에 있기에 나는 남편에게 연락할 수도 없다. 이러한 상황에서도 준환은 나를 좋아한다고 말하고 내게 굿나잇 키스를 한다.

머릿속이 빙빙 도는 것 같다. 그의 거짓말, 그리고 나의 변명, 굿나잇 키스와 이준환의 얼굴, 처음 그를 만났던 엄마의 빈소, 서늘한 안치실, 엄마의 시체, 피투성이로 누워 있는 남편, 검은 옷을 입고 늘어서 있는 사람들, 가지런히 배열된 침대 스프링, 열을 맞춰 늘어서 있는 책상들, 끊임없이 반복되는 황갈색 나뭇결무늬, 대리석 테이블의 연한 회청색 입자…….

모든 게 뒤죽박죽이다. 나의 기억들과 내 것이 아닌 듯한 기억들이 어지럽게 뒤섞인다. 머리가 아프다. 익숙한 절망감이 스멀스멀 기어 나와 온몸을 옥죈다. 이대로 버틸 수 있을까? 묘한 조바심이 인다. 이대로 더, 얼마나 버틸 수 있을까?

＊

준환이 간 이후에도 촬영은 두어 시간 남짓 계속되었다. 나는 촬영 내내 두통과 복통에 시달렸다. 저녁에 먹었던 초밥이 얹힌 게 분명했다. 송정혁이 '마지막으로 딱 한 컷만 더!'라는 말을 네다섯 번쯤 반복했을 때, 나는 급기야 화장실로 달려가 구토를 했다.

이 선생은 급히 촬영을 중단했다. 소화불량으로 병원 응급실까지 간 사람이 있다는 이야기는 일찍이 들어 본 적이 없었는데, 내가 바로 그런 사람이 되었다. 이 선생은 꿋꿋이 내가 위급한 환자라 주장함으로써 내 내부까지 속속들이 촬영하는 데 성공했다. 결과는 물론 정상이었다.

"정상이라뇨? 아니, 정상이었으면 애초에 CT 같은 건 찍지 말았어야지. 검사란 검사는 다 해 놓고 이제 와서 정상이라면 다예요? 검사한답시고 조영제까지 찔러 놓고 이제 와서 정상이라면 다냔 말이에요! 이 사람들이 진짜! 여기 책임자 누구야? 원장 나오라고 해!"

찍을 필요 없다는데도 굳이 찍어야 한다고 야단법석을 피웠던 사람이 다름 아닌 이 선생이었다. 안 찍었다가 나중에 큰 문제라도 생기면 당신이 책임질 수 있냐는 둥 안전 불감증이라는 둥 별의별 소리를 다 해서 CT를 찍어 놓고는, 결과가 정상이라고 화를 낸다. 옆에 있는 내가 다 창피했다.

"전 괜찮아요. 정상이면 다행이죠, 뭐. 걱정해 주시는 건 고맙고요. 아, 너무 오래 있어서 죄송해요. 안녕히 계세요."

나는 주절주절 닥치는 대로 지껄이며 굽실거리곤 황급히 이 선생을 끌고 응급실을 나왔다. 내 평생에 이런 식의 수치는 처음이었다. 신학기 때 새 노트 한 권이 변변히 없다거나 소풍 날 호일에 말린 천 원짜리 김밥 한 줄을 꺼낼 적에, 운동회 날 점심시간에 홀로 후미진 학교 뒤편에 숨어서 어슬렁거리다가 같은 반 아이의 가족들과 마주쳤을 적에, 나를 뜨악한 시선으로 바라보던 그 아이의 엄마가 알량한 친절을 베풀어 같이 도시락을 먹자고 했을 적에, 그럴 때마다 나는 어쩔 수 없이 느껴지는 수치심에 진저리를 치며 손톱만큼의 관심을 갈구하곤 했다. 관심이 지나쳐도 수치스럽다는 사실은 난생처음 깨달았다.

차에 타서도 이 선생은 흥분한 어조로 떠들어 댔다.

"아니, 무슨 병원이 저따위야? 옷들도 어디 후진 데서 맞춰 가지고는. 내가 발로 만들어도 저거보다는 잘 만들겠다. 하여튼 감각이라고는 눈을 씻고 찾아봐도 없다니까. 은아 씨, 분하겠지만 이제 그만 잊어버려요. 병원이 다 그렇지, 뭐. 그래도 정상이라니 얼마나 다행이야?”

이 선생이 뜬금없이 내 손을 도닥거리며 나를 위로했다. 나는 전혀 분하지 않았지만 그래도 주춤주춤 고개를 끄덕였다.

“근데 은아 씨는 성격이 참 무던한가 봐. 잘 참더라. 나 같았으면 확 뒤집어 놨을 텐데.”

“아뇨, 뭐……..”

내 성격이 무던한 게 아니라 이 선생의 성격이 유별난 거라고 말해 주고 싶었으나, 나는 또 꾹 참고 그저 입을 다물었다.

“우리 준 군도 무던해. 애가 착하지. 자기 엄마를 닮아서.”

이 선생은 자연스럽게 아들 자랑을 시작했다. 이제 보니 그럴 의도로 나를 먼저 칭찬해 줬나 보다.

“그 여자가 성격이 그렇게 좋았거든. 이해심도 많고. 왜, 있잖아. 전형적인 한국의 어머니 스타일. 난 그 여자 인간적으로 좋아했어. 답답한 면이 있긴 했어도, 같은 여자로서 참 존경할 만했지.”

나는 무심코 고개를 끄덕이다가 멈칫했다. 같은 여자…….. 적응이 안 된다.

“그 여자 생각하면 지금도 아까워. 엄마 되고 싶다고 그 고생을 해서 아들 낳아 놓고는, 어떻게 그렇게 허무하게 가냐. 조금만 더 살지. 준 군도 되게 좋아했을 텐데.”

조용히 듣던 나는 호기심에 물었다.

“준환 씨 어릴 때는 어땠어요? 착했어요?”

“지금이랑 똑같아. 너무 착해서 탈이지. 애가 자기 걸 못 챙기잖아. 걔는 사업하면 상장하는 그 순간부터 망할 애야.”

“그래도 남자애들은 왜, 다들 어릴 땐 말썽 피우고 그런다면서요.”

“걔는 평범한 남자애들하고 달랐어. 로봇이나 자동차 같은 건 쳐다보지도 않았고. 안 예쁘대. 그래서 애가 혹시 날 닮았나 싶어서 인형을 사 주려고 데리고 갔다. 근데 잠깐 이러고 보더니 유치하다고 그러더라. 여섯 살짜리 꼬맹이가 인형 디자인이 유치해서 갖고 놀기가 싫다는 거 있지. 진짜 웃기는 애야.”

“그럼 어릴 땐 뭘 하고 놀았어요?”

“그냥 그림 그리고 조작조작 뭐 만들고, 아니면 놀이터 가서 모래성 쌓고 놀았지. 저 혼자 노느라고 바빠서 애들이 와도 쳐다보지도 않아요. 근데 애들은 이준환만 떴다 하면 환장을 하는 거야. 모래성 쌓을 때 보면 애가 진짜로 성을 쌓거든. 거기다가 누가 공룡 만들어 달라면 공룡 만들어 주지, 강아지 만들어 달라면 강아지 만들어 주지. 애들이 어떻게 안 좋아하겠어. 인기 폭발이었지.”

아들 자랑을 신 나게 하던 이 선생이 잠시 말을 끊고 한숨을 쉬었다.

“그래서 그런가 봐. 친구를 너무 쉽게 사귀었거든. 어릴 때 보면 항상 주변에 애들이 있었어. 맹목적으로 쫓아다니는 애들. 준 군이 뭘 해도 무조건 좋다 좋다 해 주는. 그런데 머리가 크면 애들이 그렇게 순수하게 누굴 좋아하고 그러지 않잖아.

좋아하면 자기도 그만큼 받고 싶어 하지. 자기 마음대로 기대하고, 그래 놓고선 실망하고. 혹시 알고 있어요? 준 군 중학교 때부터 자취한 거.”

“예, 얘기 들었어요.”

“나는 그게 나 때문이라고 생각하지 않아. 자기 인기에 자기가 치인 거지. 인기는 많았는데 자기가 노력해서 얻은 게 아니었거든. 언젠가 한 번은, 어떤 식으로든 겪었어야 할 일이야. 후훗, 내가 이렇게 생각하니까 걔가 나를 싫어하지.”

“싫어하는 것처럼 보이지는 않았는데…….”

나는 부지불식간에 중얼거렸다. 그러자 이 선생이 나를 돌아보며 싱긋 미소 지었다. 이 아버지와 아들은 미소가 서로 닮았다.

“은아 씨는 어릴 때 어땠어? 인기 많았죠?”

“아뇨, 저는 전혀……. 그냥 평범했어요.”

“왜? 쫓아다니는 남학생들 많았을 것 같은데.”

“여중, 여고 나왔어요.”

“어머, 좋겠다! 혹시 교복 아직도 갖고 있어?”

“교복이요? 없는데…….”

뜻밖의 질문에 말끝을 흐리자 이 선생은 아쉬운 표정으로 한숨을 쉬었다.

“하긴 은아 씨는 나랑 사이즈가 달라서 빌려 봤자 입지도 못하겠다. 내가 옛날에 꿈이 여고생 되는 거였거든. 교복 입고 친구들이랑 같이 길거리에서 떡볶이 먹는 거, 그거 꼭 해 보고 싶었는데.”

의외로 소박한 꿈이었다. 이 선생으로서는 절대로 이룰 수 없는 꿈이었겠지만 말이다. 모든 여고생들이 교복 입고 친구들이랑 같이 길거리에서 떡볶이를 먹지는 않지만, 가까운 예로 나만 해도 그런 적이 없지만, 그런 말을 해 봤자 이 선생에게 위로가 되지는 못할 성싶었다.

무슨 말을 해야 할까 고민하고 있는데, 이 선생이 팔짱을 끼면서 내게 먼저 말했다.

“교복 한번 만들어 볼까 봐. 어쩐지 나, 되게 잘 만들 것 같아. 그런 느낌 막 들지 않아?”

“예. 이 선생님이 만드시면 예쁠 것 같아요.”

“만약에 만들면, 맞춰 입고 나랑 같이 떡볶이 먹어 줄래?”

같이 어디 가자, 같이 무엇을 사자, 같이 밥을 먹자. 뭐든지 같이 하기를 좋아하는 준환이 떠올랐다. 은근히 닮은 구석이 많은 부자지간이다. 이 선생이라면 혹시 이유를 짐작할 수 있지 않을까? 왜 준환의 방에 내 남편의 짐들이 있는지.

나는 이 선생에게 준환에 대해 진지하게 상의해 보고 싶은 마음이 굴뚝같았으나, 차마 말을 못 하고 한숨만 쉬었다. 이 선생은 내 한숨의 의미를 오해한 듯 말했다.

“아유, 나도 참 주책이다. 이 나이에 웬 교복. 미안해, 은아 씨. 못 들은 걸로 해.”

“아니에요. 잠깐 딴생각을 하느라……. 떡볶이, 좋아요.”

이 선생은 쓴웃음을 지었다.

"괜히 맞춰 주려고 애쓰지 않아도 돼. 벌써부터 그렇게 살면 나중에 남는 거 하나도 없다. 이 세상에 내가 없으면 아무것도 없는 거야. 난 그걸 너무 늦게 깨달아서 좋은 시절 다 보냈지. 자기는 그러지 마."

그 순간 나는 처음으로 이 선생을 받아들였다. 눈에 보이는 이 선생의 여성스러운 형상과 귀에 들렸던 '아빠'라는 어울리지 않는 단어가 처음으로 내 안에서 하나가 되었다. 그녀는 천생 여자였으며, 아들을 위해 자신의 좋은 시절을 희생한 아버지였다. 그녀는 여성이면서도 자신이 아버지임을 잊지 않았고, 한 아들의 아버지이면서도 자신이 여성임을 잊지 않았다. 나는 그녀가 훌륭한 아버지인 동시에 멋진 여성이라고 생각했다.

나는 그녀처럼 '나'를 지키고 있는가? 나에게는 '나'가 있는가? 테이블이 된 그 순간부터 나는 이미 '나'를 잃어버린 게 아닐까?

"고등학교 때 누구랑 같이 떡볶이를 먹은 적이 없었어요. 같이 먹을 친구도 없었고, 그땐 돈도 별로 없었고요. 그래서 저도 꼭 한 번 해 보고 싶어요."

이 선생은 소녀처럼 활짝 웃었다.

3

나는 갤럭시 근처의 호텔에서 하룻밤을 묵었다. 잠은 두어 시간밖에 자지 못했다. 이 선생이 새벽 3시 반부터 호텔로 들이닥쳤기 때문이다. 그녀는 검정색의 두툼한 파일 하나를 내게 건넸다.

"지금부터 거울 보고 연습해."

피곤에 절어 있는 목소리는 확연히 중후했다. 곧장 돌아서서 나가려던 이 선생이 이내 나를 돌아보았다.

"참, 휴대폰 꺼 놨어? 준 군이 연락 안 된다고 걱정하던데."

"집에 놓고 왔어요."

"웬일이니."

중얼거린 이 선생은 인사할 틈도 주지 않고 그대로 나가 버렸다. 일당은 언제 줄 건지 물어보고 싶었으나, 그럴 기회도 없었다. 아무래도 일이 다 끝나면 한꺼번에 줄 심산 같았다. 이렇게 된 바에야 끝까지 열심히 하는 수밖에.

나는 파일을 들고 침대에 털썩 앉았다. 펼쳐 보니 처음부터 끝까지 모델들 사진으로 점철된 스크랩북이었다.

첫 장에는 고개를 옆으로 돌린 채 양손을 뒤로 하고 다리를 살짝 꼰 자세로 서 있는 모델의 사진이 ①이라는 번호를 달고 있었다. 더불어 그 옆에 도발적인 미소를 짓고 있는 모델의 얼굴 사진이 2번이다. 그 사진 밑에 동글동글한 글씨체로 쓴 메모가 있었다.

이 표정. 시선 각도 ① 유지

1번 사진의 모델은 고개를 옆으로 홱 돌리고 비스듬히 아래쪽을 내려다보고 있다. 표정이 어떤지는 제대로 보이지도 않는다. 그러니 이 선생의 세심한 주문을 따라 봤자 내 표정은 보이지 않을 게 빤했다. 그럼에도 불구하고 나는 미적미적 일어나

거울 앞으로 다가갔다.

포즈는 따라 할 만했지만, 표정은 생각보다 쉽지 않았다. 누군가의 표정을 따라 한다는 게 과연 가능한 일일까? 그 사람과 내가 일란성쌍둥이가 아닌 이상, 어떻게 해도 다를 수밖에 없지 않나. 아무리 비슷한 표정을 지어 봐도 모델은 모델이고 나는 나였다.

2번 모델의 표정은 짓궂은 장난을 계획하면서 혼자서 재밌어하는 듯한 느낌이다. 그렇지만 그 장난은 도를 지나치지 않을 것이다. 발칙하긴 해도 상대방은 귀엽게 받아 줄 성싶다. 그러나 내 표정은 어딘지 모르게 음침하고 사악해 보였다. 꼭 상대방의 커피잔에 독을 탈 것만 같은 인상이다. 그래 놓고 피를 토하며 죽어 가는 상대에게 '장난이었어.'라고 말할 듯한…….

도대체 왜 비슷한 표정이 안 되는 건지 고민하면서, 나는 한동안 거울을 뚫어지게 들여다보았다. 보면 볼수록 점점 더 이상한 기분이 되었다. 나인데도 내가 아닌 것 같았다. 내가 아는 내 얼굴은 이렇게 어둡지 않았다. 나는 원래 평범하고 무난한 인상이었다. 길거리를 걸어 다녀도 누구 하나 거들떠보지 않고, 나를 몇 번씩이나 보았던 사람들노 나를 제대로 기억하지 못하곤 했다.

'은아 씨라고 했나. 느낌 상당히 독특하시네요. ……평소에 주로 무슨 생각을 하세요? ……혹시 도 닦으신 적 있어요?'

'이것 봐. 은아 씨처럼 이렇게 말이야. 흔한 것 같은데 살짝 핀트 어긋난 느낌 있잖아.'

‘바로 그거야! 그 미니멀한 똘끼!’

남들 눈에도 내 인상이 묘하게 비치는 게 틀림없다. 미미한 두통이 일었다. 나는 도대체 언제부터 이렇게 변한 걸까?

‘하긴 넌 그때도 굉장히 어른스러웠지. 세상 다 산 사람 같아서 함부로 말 걸기도 어려웠다, 야.’

민선이는 내게 그런 말을 했었다. 중학교 2학년 때도 이미 평범해 보이지 않았던 건가. 나는 평범하다고 생각했는데.

나는 두통으로 인해 눈살을 찌푸린 채 거울 저편의 나를 가만히 쏘아보았다. 언제부터 나를 속이고 있었는지 추궁이라도 할 심산이다. 쏘아보면 쏘아볼수록 거울 저편의 나는 고집스럽게 입을 다문다. 나를 마주 쏘아보다가 문득 내 머릿속에 대고 속삭여 묻는다.

‘그걸 알아서 무슨 소용이 있지?’

그리고 달콤하게 한마디 덧붙인다.

‘기억에도 수납이 필요해.’

나는 이윽고 고개를 끄덕였다. 거울 저편의 나도 고개를 끄덕였다.

쓸모없는 기억들을 되새김질하면서 스스로를 괴롭히는 건 무의미한 짓이다. 기억은 낡거나 사라지거나 바뀔 수 있지만, 현실은 언제나 그대로다. 감당하기 힘든 현실로부터 도망치기 위해 가구가 되느니, 차라리 힘든 기억을 수납하는 편이 낫다.

나는 거울을 보며 씁쓸한 미소를 지었다. 거울은 늘 그러하듯 나의 모습을 그대로 비추어 주었다.

＊

아침에 나는 갤럭시에서 장형섭 법무사를 만났다.

"안녕하세요."

반가운 마음에 인사를 하자, 장형섭은 가뜩이나 딱딱한 인상을 더욱 경직시키며 마지못해 인사하는 양 대꾸했다.

"아, 예. 그동안 잘 지내셨죠?"

"뭐야? 서로 아는 사이야?"

이 선생이 끼어들어 물었다.

"아는 사이랄 것까지는 없고, 전에 이준환 군이 부탁해서 일한 번 했습니다."

"하여튼 준 군은, 쯧쯧. 제 여자한테 하는 거 반만 나한테 해봐라."

이 선생의 불평에 장형섭이 안경 너머로 눈을 크게 뜨며 물었다.

"두 사람이 그런 관계예요?"

"밀도 마. 둘이 노는 거 보면 우습시도 않아. 에ㄴ, 서 때가 좋은 때지. 그나저나 그 아가씨랑은 어떻게 돼 가? 참한 아가씨 하나 찾았다며. 진도 좀 나갔어?"

장형섭이 나를 흘깃 보더니 펄쩍 뛰며 고개를 저었다.

"웬걸요. 일찌감치 접었습니다."

"어머, 왜? 나이 마흔 넘어서 이상형 발견했다고 입에 게거

품을 물더니.”

“아, 그때야 잘 몰랐으니까 그런 거고요. 아무튼 어서 계약서나 작성하죠. 제가 오늘 좀 바빠서요.”

“또 자기만 바쁘단다. 쳇.”

코웃음 친 이 선생은 이내 내 쪽으로 계약서를 밀었다.

“은아 씨, 대충 읽어 봐. 모델료는 여기, 3천5백. 이 정도면 나는 적절하다고 본다. 사실 좀 많지. 은아 씨가 전문 모델은 아니잖아. 경력이 있는 것도 아니고. 완전 생짜 데려다 쓰는 건 나로서도 모험이거든.”

계약서에는 35000000이라는 숫자가 명기되어 있었다. 3천5백만 원. 사흘치 보수치고는 엄청난 액수였다. 순간적으로 얼이 빠져서 멍하니 듣고 있는데 이 선생이 말을 이었다.

“준 군한테 미움 살까 봐 왕창 올렸다는 것만 알아 둬. 이게 최선이야.”

나는 멈칫했다.

“원래는, 한 얼마 정도 되는데요?”

“나야 천5백쯤 생각했지.”

“그럼 그것만 주세요. 그 정도만 해도 부담스러워요.”

준환에게 더 이상 빚을 지고 싶지 않았다. 천5백만 원만 해도 충분히 양심의 가책을 느낄 만한 수당이었다. 준환이 아니었다면 이런 일자리가 생기기나 했을까. 그래서 그에게는 또 한 번 고맙지만, 여기가 끝이다.

가슴이 미어진다는 게 이런 느낌인가 보다. 각양각색의 감정이 속에서 우글거려 터질 듯 빡빡하게 심장을 옥죈다. 나는 그에게 받기만 한 것 같은데, 갚을 수가 없어서 미안하다. 좋아하지 않고는 못 배길 사람인데, 좋아하지 못해서 애가 탄다. 남편은 사라지고 나는 명백한 증거를 그의 방에서 보았는데, 그를 위한 변명을 궁리하며 눈앞의 진실을 의심한다. 마음 같아서는 무작정 그를 믿고 싶은데, 나는 그가 두렵다. 그런데도 여전히 그를 좋아한다. 그래서 남편에게 미안하고 내 자신이 혐오스럽다.

그러니까 여기가 끝이다. 내가 감당하기에는 너무 벅찬 현실이다. 나는 진실을 마주할 자신이 없다. 그를 신고할 마음도 없고, 남편이 지금 어디서 어떻게 되어 있는지 확인할 용기도 없다. 그러니 늘 하던 대로 현실로부터 도망치고 그만 잊어버리자. 자꾸 치받치는 미련도 그만 접어야 한다. 그에 대한 기억을 모조리 수납해 버릴 수 있다면 좋으련만.

"부담스러워?"

이 선생이 고개를 갸우뚱하며 물었다.

"예. 생각했던 것보다 너무 많네요."

"아니 뭐, 은아 씨 본인이 그렇게 말한다면야……."

의아한 눈초리로 나를 보던 이 선생이 이내 활짝 웃었다.

"그래! 사실 모델료 너무 세. 전문 모델도 아니지, 경력도 없지. 솔직히 은아 씨 조건이면 천5백도 적은 게 아니거든. 그럼 이번에는 우리 천5백으로 하자. 대신에 론칭 성공하면, 내가 은아 씨 전속으로 써 줄게. 그때는 뭐, 검증이 됐다는 얘기니까 나로서도 망설일 게 없잖아. 전속 계약할 때는 억 단위로 줄 거야. 이건 내가 확실히 보장한다.”

이번 일이 끝나면 이 선생을 다시 볼 기회가 있을지 모르겠다. 그러고 보니 떡볶이 같이 먹자는 약속은 괜히 했나 보다.

계약서를 가져간 장형섭은 액수를 고친 뒤, 계약서를 도로 내 쪽으로 밀었다. 나는 그의 지시에 따라 고친 부분에 지장을 찍었다. 아울러 내 이름과 주소 등을 적어 넣었다.

“계좌 번호는? 계약금은 어디로 넣어야 돼?”

이 선생이 옆에서 서류를 들여다보며 물었다. 나는 주저 없이 대답했다.

“그냥 일 끝나면 한꺼번에 주세요. 계좌 번호는 못 외워요. 지금 확인할 수도 없고요.”

“이준환 군한테 전화해서 물어보시죠.”

장형섭이 끼어들자 이 선생이 코웃음을 쳤다.

“준 군이 그걸 어떻게 알아? 자기는 여자 사귀면 계좌 번호까지 외우고 다녀?”

“한집에 살잖습니까. 통장 찾아보면 되죠.”

“뭐? 그게 무슨 소리야? 너희 동거하니?”

나는 뻣뻣이 굳어졌다. 장형섭이 나를 대신하여 대답했다.

“개가 세 들어 살던 집의 주인이 별세하셨거든요. 박은아 씨가 상속받은 겁니다. 제가 그래서 박은아 씨를 아는 거고요.”

“아하! 그렇게 된 거구나. 그럼 그 지리산……, 뭐라더라?”

이 선생도 엄마를 아는 눈치였다. 난 한숨을 쉬며 대답했다.

“계룡산 박 보살이요.”

“아, 맞다. 계룡산 박 보살. 이사하던 날 그 근처까지는 갔었는데 무서워서 못 들어갔어. 난 그런 거 찜찜해서 안 보거든. 어쩐지 옮을 것 같잖아.”

나도 내 엄마가 결코 자랑스럽지는 않지만, 옮을 것 같다는 말은 꽤 충격적이었다. 무당은 무슨 병이 아니다. 무당 딸이 무당 된다는 말은 들어봤어도, 무당집 갔다가 무당병 옮았다는 소리는 아직 못 들어봤다.

내 기분에는 아랑곳없이 이 선생은 장형섭 쪽을 돌아보며 말을 이었다.

“그런 거 보면 준 군은 참 희한해. 걔는 아무렇지도 않은가 봐. 나더러 글쎄, 뭐랬는지 알아? 그 무당이 엄마 같대. 우리 장 여사가 어떤 사람이었는지 알면 절대로 그런 말 못 하지.”

“그럼요. 누님 같은 분은 다시없죠.”

장형섭이 냉큼 고개를 끄덕이며 수긍했다. 곧 그의 표정이 어두워졌다. 이 선생이 위로하듯 장형섭의 손등을 톡톡 쳤다. 그러는 이 선생의 얼굴에도 슬픈 빛이 감돌고 있었다.

나는 얕은 한숨만 쉬곤 계약서에 서명을 마쳤다. 그들은 내 엄마를 폄하한다기보다는 죽은 가족을 그리워하고 있을 뿐이었다. 죽은 엄마를 그리워하기는커녕 여전히 떠올릴 때마다 증오심만 곱씹는 나로서는 할 말이 없었다.

나는 새벽에 받았던 스크랩북의 포즈를 32번까지밖에 외우지 못했다. 점심시간에 여섯 장을 더해서 38번까지 외웠다. 그 정도만으로도 충분했다. 촬영은 전날보다 더 순조로웠고, 5시 쯤에 일찌감치 끝났다.

"기대 이상이다. 수고했어. 내일은 다 외워 오겠네."

이 선생은 웃으며 촬영을 마쳤다. 송정혁은 촬영 내내 틈틈이 들여다보던 스크랩북을 내게 건네면서 이 선생에게 말했다.

"밤새운다고 하지 않으셨어요? 이건 하룻밤 사이에 뚝딱 만든 자료가 아닌 것 같은데."

그녀는 송정혁을 향해 싱긋 웃었다.

"내가 원래 좀 잘하잖아. 후훗, 농담이고, 실은 우리 준 군 작품이야. 내가 포즈 백 장 추린다고 우선 3백 장만 뽑아 달랬더니, 이런 식으로 150세트를 뽑아 놨더라. 센스 죽이지? 내 아들이라서 하는 말이 아니라, 걔 일하는 거 보면 진짜 직원으로 앉히고 싶어."

"은근히 아들바보라니까."

송정혁은 머리를 절레절레 흔들었다. 그러다 스튜디오 입구를 돌아보더니 너털웃음을 지었다.

"하하, 저 친구도 양반은 못 되겠네. 식사하실 거죠?"

준환이 스튜디오 입구로 들어서고 있었다. 그의 손에는 내 핸드백이 들려 있었다. 휴대폰을 놓고 왔다는 말을 듣고 챙겨 온 모양이었다. 전날 내가 병원 응급실에 갔었다는 소식을 뒤늦게 들은 준환은 나를 보자마자 괜찮으냐며 수선을 피웠다.

그러더니 한 손에 쏙 들어오는 사이즈의 귀여운 구급상자를 꺼내어 내 핸드백에 우격다짐으로 집어넣었다.

나를 쩔쩔매게 만드는 과도한 친절. 이토록 친절한 사람의 방에 왜 내 남편의 소지품이 있는지 나는 도무지 이해가 안 된다. 그에게 까놓고 물어보고 싶은 충동을 나는 벌써 여러 차례 참고 있었다.

"경찰이 엄청 왔어요. 평생 볼 경찰을 오늘 하루 동안 다 본 것 같아요. 알고 보니 우리 집에서 5분 거리도 안 되는 곳이더군요."

사람들과 함께 식당에 앉아서 나는 멍하니 준환의 말을 듣고 있었다.

그의 말에 의하면, 우리 동네에 출몰하던 납치범이 어젯밤 체포되었단다. 우리 집은 동네 끄트머리 외딴곳에 위치해 있는데, 그보다 더 안쪽으로 들어가면 나지막한 야산이 나온다. 범인이 납치한 사람들을 살해하여 그곳에 묻었다는 얘기였다.

나는 준환의 말을 곧이곧대로 믿어야 할지 감이 잡히지 않았다. 그런데 송정혁이 문득 식당 TV 쪽을 가리키며 외쳤다.

"어! 저거 아니야?"

뉴스 화면에 검은 모자를 푹 눌러쓰고 마스크를 낀 남자의 모습이 스쳐 지나갔다. 그 와중에 기자는 계속해서 떠들고 있었다.

― ……한씨는 택배 기사로 위장하여 피해자들의 집에 침입

한 후, 피해자가 가출한 것처럼 꾸미기 위해 피해자의 옷가지와 소지품을 챙기는 등 치밀하고 계획적인 수법으로 그동안 경찰의 눈을 피해 온 것으로 밝혀졌습니다. 그러나 피해자 신모 씨가 납치되는 현장을 목격한 한 시민의 제보로 지난 1년여간에 걸쳐 이어진 한씨의 범행은 마침내…….

그 택배 기사임에 틀림없다. 중국집 배달원이 오자마자 사라져 버렸던 택배 기사. 그때 중국집 배달원이 오지 않았다면, 그날 내가 배달을 시키지 않았다면 나는 어떻게 되었을까?

문득 옆에 앉아 있던 준환의 손이 내 손등을 덮었다. 나는 나도 모르는 사이에 부들부들 떨고 있었다. 핏기가 식은 손등 위로 그의 체온이 전해져 왔다.

"그럼 그 트렁크는 어떻게 된 거……."

멍하니 묻다가 제풀에 놀라서 준환을 돌아보았다. 준환이 고개를 갸우뚱하며 콧소리로 되물었다.

"음?"

"아……, 아니에요."

나는 황급히 고개를 돌렸다.

내 손을 잡고 있던 준환의 손이 느릿느릿 등을 타고 올라와 어깨를 감쌌다. 크고 따뜻한 손이 나를 단단히 붙들었다. 이대로 있으면 안전할 것만 같다는 착각이 일었다.

"이제 괜찮아요. 아무 일도 없을 거예요."

그가 내 귀에 대고 넌지시 속삭였다. 나는 아무런 대답도 할 수 없었다. 다만 혼란스러울 따름이었다.

이제 정녕 괜찮을까? 그에게 솔직하게 물어봐도 될까? 왜 남편의 소지품이 그의 방에 있느냐고. 내 남편은 지금 도대체 어디에 있느냐고.

묻고는 싶은데, 그의 대답을 들을 자신이 없다.

저녁을 먹고 사람들과 헤어져 호텔로 가는 길에 준환이 말했다.

"참, 심부름센터에서 연락 왔어요. 은아 씨 아버지 건으로."

나는 우뚝 걸음을 멈췄다. 그리고 이내 도로 걸음을 옮기면서 물었다.

"벌써 찾았대요?"

"어어, 그게……, 못 찾겠다고……."

거짓말.

거짓말에는 두 가지 종류가 있다. 하나는 거짓을 말하는 것, 또 하나는 진실을 감추는 것. 준환은 후자의 거짓말에 능하다. 전자 쪽은 그다지 소질이 없어 보인다.

호텔 정문 앞에서 나는 걸음을 멈추고 나지막이 물었다.

"혹시 돌아가셨내요?"

준환은 황망한 얼굴로 나를 응시할 뿐 답이 없었다.

"괜찮아요. 어차피 내가 알지도 못하는 사람이니까. 그냥 얘기해 줘요."

그가 한숨을 쉬며 눈길을 딴 데로 돌렸다. 나는 작정하고 추궁했다.

“돌아가신 거 맞죠? 맞나 보네.”

“아니…….”

말과는 달리 그는 곧 느리게 고개를 끄덕였다.

“언제 돌아가셨대요?”

“그게……, 옛날에……. 벌써 20년도 넘었대요.”

거짓말을 급조하느라 말을 더듬거리는 건지, 아니면 내게 진실을 말하기가 어려워서 그러는 건지 알 수 없었다. 나는 나 편할 대로 후자라 생각했다. 이왕에 죽은 아빠라면 빨리 죽은 편이 낫다. 아빠는 나를 만나고 싶지 않았던 게 아니라, 나를 만나고 싶어도 만날 수가 없었던 것이다.

그렇게 결론을 내리자, 아빠가 죽었다는 이야기를 듣는데도 묘하게 가슴 한구석이 뜨뜻해졌다.

“어쩌다가 돌아가셨대요?”

“글쎄요. 거기까지는 잘……. 무슨 사고가 있었던 것 같은데, 외국에서 돌아가셨대요. 시신도 안 왔다고 들었어요.”

“외국, 어디요?”

“독일…….”

“그렇구나.”

나는 남의 아빠 이야기를 듣는 듯이 멍했다. 독일, 굉장히 먼 나라다. 유럽에 있는 건 알겠는데 정확히 어디에 있는지는 모른다. 그저 막막한 기분만 들었다.

아빠가 독일에 간다는 얘기를 들었을 때 엄마의 심정이 이랬을까? 아빠가 독일에서 죽었다는 사실은 알고 있었을까? 혹시 아빠로부터의 연락이 끊겨, 버림받은 줄로만 알고 평생 원망만 하며 살았던 건 아닐까?

나는 엄마를 어렴풋이 이해했다. 어쩌면 엄마는 아빠에 대한 복수로 아빠의 딸인 나를 버렸는지도 모른다. 버림받은 자기 자신과 똑같이……. 그래서 나 보기 싫다고 그토록 길길이 날뛰었나 보다. 자기가 내다 버린 나를 생각할 때마다 버림받은 자기 자신이 떠올랐을 테니까.

그래, 그럴 수도 있겠지.

머리로는 이해할 만한 일이었건만, 습관이 되어 버린 증오심 때문에 나는 잠시 울컥했다.

"우리 아빠, 이름이 뭐래요?"

"한종……, 김한종이요."

"김씨였구나. 그럼 원래는 김은아였겠네."

"아니……."

난처한 눈길로 나를 보던 그가 이윽고 천천히 말을 이었다.

"……그러지 마요. 박은아가 예뻐요."

김은아보다는 박은아가 예쁘다니. 성이라는 게 예쁘다고 선택할 수 있는 건 아니지 않은가. 엉뚱한 소리…….

그런데 갑자기 속이 파르르 떨렸다. 울음이 왈칵 치솟았다.

여태 몰랐던 아빠의 이름을 이제 겨우 알게 된 까닭은 아니었다. 만나 본 적도 없는 아빠가 영영 못 만날 사람임을 알게 된 까닭도 아니었다. 억울할 것도 없고 딱히 슬픈 줄도 모르겠는데, 울음보에 구멍이라도 난 것처럼 자꾸만 눈물이 났다. 흘끔거리는 사람들의 시선이 느껴지는데도 좀체 흐느낌을 그칠 수가 없었다. 그예 준환이 내 팔을 끌어 자신의 품으로 잡아당겼다. 그는 그러지 말았어야 했다. 그의 품에 닿은 순간, 부걱부걱 괴던 설움이 터져 버렸다. 나는 그의 팔 속에 숨어서 엉엉 소리 내어 울었다.

나도 김은아는 어쩐지 어색하다. 내가 아닌 느낌이다. 태어나 이름 주어진 순간부터 지금까지 나는 줄곧 박은아였으니까.

박은아. 미혼모의 성을 딴 사생아. 아빠가 없는, 엄마의 딸. 엄마가 내팽개쳐 버린 딸인데도, 엄마가 이제는 죽고 없는데도, 나는 변함없이 박은아고 무당 딸이다. 어쩐지 옮을 것 같아서 근처에도 가기 싫은 존재의 산물이다.

그래서 나조차도 가끔은 끔찍한데, 그게 아무렇지도 않은 사람이 있다. 김은아보다는 박은아가 예쁘다는 사람이 있다. 무엇 하나 내세울 것 없는 고졸 유부녀가 좋다는 사람이 있다. 어린아이에서 곧바로 여자가 되어 버린, 때문에 한순간도 처녀인 적이 없는 나를, 마치 소녀 대하듯 이마에 입 맞추고 고이 재우는 사람이 있다.

그 모든 게 사무치도록 고마워서, 그런 그가 가슴 저리도록 좋아서, 그런데 정작 나는 그의 마음을 받을 자격이 없는 사람이라서 나는 어쩔 줄 모르고 울기만 했다.

"저, 준환 씨한테 물어볼 게 있어요."

나는 한참이 지난 후에야 그로부터 한 발짝 떨어져 나와 운을 떼었다. 그는 선선히 고개를 끄덕였다.

"실은 저, 준환 씨 방에 들어갔었어요. 우리 서울 오던 날 새벽에요."

그가 말없이 양미간을 좁혔다. 나는 변명처럼 주저주저 말을 이었다.

"준환 씨 자는 줄 알고……. 몇 번을 불러도 대답이 없어서요. 그래서 준환 씨 깨우려고 들어갔는데, 거기 제 남편 트렁크랑 서류 가방이 있더라고요."

그는 뭔가 할 말이 많은 양 숨을 크게 들이쉬었다. 그러나 이내 한숨처럼 뱉어 버리곤 맥없는 소리로 말했다.

"안 그래도 은아 씨한테 얘기하려고 했어요. 내일 얘기할게요."

"내일이요?"

그는 말없이 고개만 끄덕였다. 나는 그에게 졸랐다.

"그냥 지금 얘기해 줘요."

"지금은 내가 얘기를 해도, 은아 씨가 믿어 줄 것 같지 않아요. 내일 은아 씨 눈으로 직접 봐요."

"뭐를……."

나는 흠칫 입을 다물었다. 그리고 다음 순간 다급히 그의 팔을 붙들었다.

"우리 남편, 지금 어디에 있는지 알아요?"

"그러니까요."

그는 팔에 얹힌 내 손을 부드럽게 잡아 내리며 말을 이었다.

"내일 봐요. 잘 자요."

"아……."

호텔 정문을 오가는 사람들의 시선에 아랑곳없이 그는 꼿꼿이 굿나잇 키스를 건네고 돌아섰다. 생각 같아서는 그를 붙잡고 꼬치꼬치 캐묻고 싶었으나, 나는 차마 그를 잡지 못하였다.

엘리베이터를 타고 방으로 올라오는 동안, 내 머릿속은 온통 의문투성이였다. 내일 직접 보라니, 대관절 무엇을 보란 말인가. 남편이 죽지는 않은 모양이다. 그런데 왜……? 내 남편은 왜 세입자에게 짐을 맡겨 놓고 어디론가 사라진 걸까? 그러면서 왜 나에게는 연락이 없는 걸까?

나는 뒤늦게 휴대폰에 신경이 미쳤다. 방에 들어가자마자 꺼내어 확인해 보니, 준환의 번호만 잔뜩 찍혀 있었다. 메시지함도 마찬가지였다.

나는 미확인 메시지를, 먼저 도착한 순서대로 차근차근 확인해 올라갔다.

어떤 모델이에요? 피팅 모델 아니죠?

전날 아침 9시 26분, 준환이 이 선생에게 등 떠밀려 갤럭시를 나갔을 즈음에 보낸 메시지였다. 나는 답문자를 보내기는커녕 이제야 이 메시지를 확인하고 있지만, 어쨌거나 그는 이 선생을 통해 답을 알아낸 눈치였다.

일본 론칭 카탈로그! 대박! ㅣㅇ

다음 메시지는 11시가 조금 지난 시각에 보낸 것으로, 도넛 한 박스를 찍은 사진이 첨부되어 있었다.

도넛이 점심이라고 우기는 이상한 종족과 작업 중. 도넛은 간식이라네!

그로부터 한 시간이 채 안 되어 도착한 다음 메시지에는 텅 빈 도넛 박스 사진이 붙어 있었다.

윽! 속이 느글느글. 그쪽은 어때요? 이 선생님한테 맛있는 거 사 달라고 해요.

바쁘죠? 힘내요. 은아 씨, 파이팅!

오후 2시 반쯤에 도착한 메시지였다. 줄곧 답문자가 없는 내게 그는 응원을 보내고 있었다.

나는 네가 점심에 무엇을 먹었는지 알고 있다. 저녁으로 특별히 원하시는 메뉴는? 원숭이 뇌만 빼고 다 배달 가능.

은아 씨 엄청 바쁜 듯. 그럼 내 마음대로 산뜻하게 갑니다.

그래, 그 초밥이 산뜻하긴 했다. 먹고 나서 다 게워 버리긴 했지만.

그다음 메시지는 그가 저녁을 먹고 스튜디오를 나간 후에 보낸 것이었다.

은아 씨의 팬이 되기로 했어요. 카탈로그 나오면 팬카페 개설해야지♡

직찍! 여신 자태 은느님의 귀염 돋는 짤─ 이 사진의 저작권은 모델 박은아님의 공식 1호 팬인 이준환에게 있습니다.

언제 이런 사진을 찍었는지 모르겠다. 손발 오그라드는 제목의 사진은, 내가 턱을 괴어 고개를 삐딱하게 기울인 채 앉아 있는 모습이었다. 사진으로 보니 그제야 이 선생의 표현에 수

궁이 갔다. 흔한 것 같은데 살짝 핀트 어긋난 느낌이란, 바로 이런 느낌이다.

나는 사진 속의 꺾어진 내 얼굴이 똑바로 놓이도록 휴대폰을 비스듬히 기울여서 들여다보았다. 객관적으로 말해서 '여신'이나 '귀염' 따위와는 거리가 멀었다. 옷이나 헤어스타일, 화장이야 당연히 귀엽고 화려하겠지만 얼굴에는 별달리 개성이 없었다. 다만 눈빛이 영 신경에 거슬린다. 은근히 초점이 어긋나 있다. 아니, 초점이 아예 없는 것 같다. 눈은 뜨고 있는데 아무것도 보지 않는 듯, 마치 어딘가 다른 세상으로 건너가 다른 차원의 것을 보고 있는 듯한 느낌이랄까.

내가 딴생각에 빠지면 이런 표정이 되나 보다. 이때 도대체 무슨 생각을 하고 있었더라? 하긴 이때만 해도 준환이 내 남편에게 해코지라도 했나 싶어 전전긍긍하고 있었던 때니, 아마도 남편 생각에 빠져 있었겠지.

그나저나 우리 김 부장님은 대관절 어떻게 된 걸까, 연락도 없이. 휴대폰이 준환의 방에 있으니 전화를 걸어 봤자 받지도 못할 테고. 답답해 죽겠다.

나는 한숨을 쉬며 준환이 전날 보냈던 메시지를 마저 확인했다.

폭풍 스크랩. 기대하시라. 개봉 박두!

스크랩 작업 끝! 은아 씨, 이 포즈는 꼭 해 줘요! 꼭꼭꼭꼭꼭!

아직 일 안 끝났어요?

아, 집에 은아 씨가 없어. 보고 싶다.

똑똑. 살아 있어요?

이 선생님까지 연락 두절. 무슨 일 있어요? 점 하나라도 찍어
줘요. 현기증 난단 말이에요.

지금 내 머리를 콕콕 찌르고 있는 이 두통은, 아마도 남편과
의 연락 두절로 인한 현기증인가 보다.

나는 만 하루가 지나서야 준환에게 답문자를 보낼 요량으로
머뭇머뭇 손을 놀렸다.

미안해요. 휴대폰을 놓고 와서

그래서 그가 가져다준 휴대폰으로 답문자를 보내는 중이다.
아무래도 괜한 변명 같았다. 나는 이내 지우고 새로이 문자를
찍었다.

고마워요. 그리고 내일

나는 다시금 문자를 지웠다.

남편이 어디에 있는지 그것만이라도 알려

물어봐 봤자 내일 알려 준다고 하겠지.

나는 몇 번이고 문자를 찍었다 지우기를 반복했다. 그러다
가 그예 할 말이 없어져 버렸다.

한참을 고민한 끝에 나는 결국 그가 밀한 내도 점 하나만 덜
렁 찍어서 보냈다. 무수히 많은 말을 담아 보낸 내 점에 그는
눈웃음으로 대답했다.

4

촬영 마지막 날, 새벽부터 비가 내렸다. 내가 투숙한 호텔은

갤럭시로부터 걸어서 5분 정도 거리에 위치해 있었다. 나는 우산을 사러 반대편 편의점으로 가는 대신 갤럭시를 향해 냅다 뛰었다. 그런데 아뿔싸! 중간에 길을 한 번 건넌다는 사실을 깜빡했다.

신호는 빨간색이었다. 나는 그 자리에 멈춰 섰다. 아쉬운 마음에 블록 끄트머리 지하철역 쪽을 흘깃 보았지만, 거기까지 오락가락하기는 너무 멀었다. 어차피 맞게 되는 비의 양은 비슷할 성싶었다.

나는 비를 쫄딱 맞으며 서서 신호가 바뀌기를 기다렸다. 빨간 신호등 불빛 앞으로 빗줄기가 죽죽 빨간 선을 그었다. 어스름한 차도로 빨간 미등을 켠 차들이 씽씽 달리고 있었다. 잠에서 깨어나 빗소리를 듣는 순간부터 미미하게 일기 시작했던 두통이 점차 심해지고 있었다. 빨간 빗방울이 뚝뚝, 핏방울처럼 뚜두두둑. 눈자위로 스멀스멀 핏빛 안개가 퍼져 나간다. 온 세상이 빨갛게 변한다. 누군지 알아볼 수 없을 정도로 갈기갈기 찢겨 피투성이가 된 얼굴이 눈앞에서 빙빙 맴돈다. 어지러워서 균형을 잡을 수가 없다. 속이 울렁거린다.

끽!

소름 끼치는 소리가 들렸다. 멍멍한 귓가로 다시금 비 쏟아지는 소리가 생경하게 들려왔다. 나는 어느 틈엔가 횡단보도로 밀려나와 흰 세단 앞에 서 있었다. 운전자가 짜증난 표정으로 클랙슨을 팍팍 때려 댔다. 때마침 인도에 서 있던 사람들이 횡단보도로 내려왔다. 파란불이었다. 나는 이내 도망치듯 사람들 사이에 끼어 길을 건넜다.

온종일 비가 내리는 가운데 나는 근근이 촬영을 마쳤다. 어젯밤 늦게까지 스크랩북을 붙들고 있었기에 촬영 자체는 순조로이 진행되었다. 다만 중간에 몇 번인가, 눈에 힘 좀 빼라는 주문을 받았다. 오늘따라 눈빛이 강렬해 보여서 좋다는 칭찬도 몇 번 받았다. 결국 똑같은 얘기였다. 비 오는 날이면 으레 닥치는 두통 탓에 내가 종내 눈을 부릅뜨고 있었기 때문이다.

무사히 촬영을 마친 뒤, 나는 무려 천5백만 원짜리 수표를 손에 쥐었다. 액수가 너무 커서 그런지 흡사 공돈을 받은 듯한 기분이 들었다. 돈을 받으면 어디론가 도망칠 계획이었는데, 이제는 그럴 마음이 사라져 버렸기 때문인지도 모른다.

나는 준환을, 엄밀히 말하자면 그가 전해 줄 남편의 소식을 기다렸다. 5시쯤 오겠다던 그는 작업이 늦어졌다며 한 시간 후에 오겠다고 메시지를 보냈다. 그러나 5시 반쯤에 다시 메시지를 보내 또 시간을 미뤘다. 이번에는 넉넉하게 두 시간 뒤였다.

그가 오기를 기다리는 동안, 나는 이 선생과 송정혁을 비롯한 스태프들과 함께 저녁 식사를 마치고 2차를 갔다. 주점에서 본격적으로 뒤풀이를 시작할 즈음에야 준환은 마침내 모습을 드러냈다. 온종일 얼마나 그를 기다렸던지, 그의 얼굴을 보자마자 반가운 마음에 나도 모르게 웃음이 나왔다. 이 선생은 나의 그런 표정을 놓치지 않고 콕 집어 말했다.

"어머, 은아 씨 웃는 것 좀 봐. 비 온다고 하루 종일 죽상이더니, 이제 비 그쳤니? 응? 아니, 왜 웃는 걸로 사람을 차별해? 웃는 데 돈 들어?"

"아뇨, 그게 아니라……."

뜻밖의 핀잔에 내가 쩔쩔매며 머뭇거리자, 이 선생은 나를 팔꿈치로 쿡 밀었다.

"으이그, 내가 무슨 말을 못 해요. 빨리 가. 얼굴 빨개져 가지고 그러지 말고."

설마 하면서도 황급히 양 뺨을 손으로 가렸다. 그런데 뺨이 뜨끈뜨끈한 게 정말 빨개지기라도 했나 보다. 나는 어색하게 작별 인사를 건넨 후, 쿡쿡거리는 사람들을 뒤로하고 준환과 함께 주점을 나왔다.

밖에는 여전히 비가 내리고 있었다. 그래도 새벽과 비교하면 한풀 꺾인 기세였다. 나는 하늘을 올려다보았다. 색색의 네온사인, 여기저기 사무실에 남아 있는 건조한 불빛들, 지나다니는 자동차의 헤드라이트, 그 위로 펼쳐진 하늘은 막막한 잿빛이다. 어디가 구름이고 어디가 하늘인지 알 수 없다. 그 가운데로부터 떨어지는 비는 온통 나를 향하고 있었다. 흡사 내 둘레로 둥글게 과녁을 그려 놓고 나만 겨냥하고 있는 것 같았다.

문득 왼팔에 준환의 셔츠가 닿았다. 그의 손이 내 손에 닿았다. 뒤이어 그의 입술에서 흘러나온 온기가 내 귓가에 닿았다.

"나 옆에 있어요."

나는 얼떨결에 그를 돌아보았다. 그는 코앞에서 나를 가만히 바라보다가, 이윽고 옅게 미소를 지었다. '나 옆에 있어요.'

라는 짧은 말 한마디가 굉장히 어려운 말처럼 느껴졌다. 무슨 뜻인지 모르겠다.

그는 내 손을 잡은 손에 지그시 힘을 주더니 이내 손을 놓았다.

"차 가져올게요. 여기서 잠깐만 기다려요."

나는 서둘러 그의 손을 도로 잡았다.

"같이 가요."

그는 자신의 손을 내려다보곤 의아한 눈빛으로 나를 보았다. 조금 체했을 뿐인데 응급실에까지 간 것처럼 무안해졌다.

"머리도 아프고……."

되는대로 변명하다가 슬며시 양심의 가책이 느껴졌다. 오늘 진종일 두통에 시달린 탓일까, 두통에 적응이라도 됐는지 더는 머리가 아프지 않았다.

"……기다리는 거 싫어요. 옆에 있을 거라면서……."

나도 모르게 그에게 투정을 부렸다. 그럴 자격도 안 되는 주제에.

그는 피식 웃었다. 그러더니 내 머리 위에 손으로 작은 우산을 만들면서 턱 끝으로 길 인편을 가리켰나. 그의 차가 길가에 서 있었다.

"하나, 둘, 셋!"

우리는 꼭 초등학교 운동회의 달리기 경주에 나온 아이들처럼 필사적으로 뛰었다. 비 한 방울이라도 맞으면 큰일 날 것처럼. 차에 타고 나니 웃음이 나왔다. 뭐가 그렇게 즐거운지 모르겠는데, 하여튼 그저 우습고 즐거웠다. 앞 유리창으로 떨어지는 투명한 빗방울이 퍽 경쾌해 보였다.

순간의 감상이란 얼마나 경박한가. 마음속에 걱정이 한가득 들어 있는데도, 그 순간 나는 마냥 유쾌했다.

"미안해요. 오늘 많이 기다렸죠? 예상보다 사진이 늦게 나와서……."

준환은 운전석에 앉자마자 오늘 늦게 온 것에 대한 변명부터 했다. 그의 사과를 받기에는 내 기분이 썩 좋았다. 나는 그의 말허리를 자르며 물었다.

"이제 어디로 가요?"

"무슨 사진인지 안 물어봐요?"

준환이 되물었다. 나는 고개를 갸웃하며 그를 쳐다보았다. 오늘 하루 종일 사진을 찍은 사람은 나인걸.

그는 시동을 걸면서 말했다.

"작업실로 가요."

나는 뒤늦게 이상한 생각이 들어서 주춤주춤 물었다.

"우리 남편 만나러 가는 거, 아니었어요?"

차가 슬쩍 뒤로 빠졌다.

"뭐……."

그는 기어를 바꾸고 액셀을 밟았다.

"……그렇게 말할 수도 있고요."

나는 준환이 모는 차에 무방비하게 몸을 맡긴 채 눈을 감고 있었다.

'그게 무슨 뜻이에요? 우리 남편이 왜 거기에 있어요? 그 작업실이 어딘데요?'

연달아 던진 내 질문에 그는 단순명료하게 대답했다.

'가서 직접 봐요.'

그러고는 내게 은근히 불평조로 말했다.

'내가 말해도 어차피 안 믿을 거잖아요. 그러니까 제발 나한테 묻지 마요.'

그 말에 왜 곧바로 '믿을게요.'라고 대답하지 못했는지 모르겠다. 나는 그를 믿지 못하는 게 아니다. 나는 거의 대부분 그를 믿는다. 그 증거로 나는 지금 그의 차를 타고 어딘지도 모를 작업실로 가고 있다. 그렇지만 내 남편에 대해서는, 글쎄…….

아니, 준환은 둘째 치고 내 남편은 도대체 뭐지?

우리 김 부장님이 나한테 어디 간다는 말도 안 하고 어딜 갈 사람인가? 이렇게 연락도 안 하고 사라져 버릴 사람인가? 처음부터 연락을 끊을 요량으로 준환에게 휴대폰까지 던져 놓고 갔다. 왜?

'그러면서 이혼을 왜 했어요? 왜 나랑 결혼했어요?'

'안 하면 어쩔 거야. 너한텐 나밖에 없는데.'

내 남편이 이렇게 나를 놔두고 어딜 갈 사람이 아니다. 나한테 자기밖에 없는 거 빤히 알면서 이렇게 사라져 버릴 사람이 아니다. 그럼에도 불구하고 이런다면 분명히 이유가 있을 텐데, 그 이유가 뭘까?

설마 와인 좋아하는 여직원하고 같이 있을 리는 없고, 지금 생각나는 건 아이들뿐이다. 하긴 그동안 아이들을 너무 안 만났다. 물론 나 몰래 잠깐잠깐 짬을 내서 만났을 수도 있지만, 아이들과 가족 여행 같은 건 못 갔으니까. 보나 마나 아이들이 졸랐을 것이다.

예전에 박상희 남매도 방학만 되면 어디로 여행 가자고 외삼촌 내외를 조르곤 했다. 그래서 3박 4일로 해외여행이라도 가면, 홀로 남은 나는 프리덤을 외치며 박상희의 방 책장 앞에서 거의 살다시피 했다. 마지막 날 대청소의 압박만 빼면, 가족 여행이란 내게도 참 즐거운 추억이었다.

그나저나 아이들과 여행 간다고 하면 내가 반대라도 할까 봐 이러는 걸까. 나도 남편의 딸들이 싫지만은 않다. 미안한 마음도 있다. 그러니까 그 터무니없는 양육비에 대해서도 아무 말 안 하지. 그런데 굳이 이런 식으로 따돌릴 건 또 뭐람.

'부끄럽지도 않으세요? 어떻게 여기 와서 이렇게 뻔뻔스럽게 앉아 있을 수가 있어요?'

문득 기억났다. 남편의 큰딸이 언젠가 내게 그런 말을 했다. 울어서 빨개진 눈으로 나를 노려보면서 말이다. 중학생이니까, 사춘기니까 그럴 만도 하다 여기며 잊어버렸는데, 갑자기 기억해 내고 나니 속이 쓰렸다.

나는 머리를 세차게 흔들어 기억을 떨쳐 버렸다. 쓸모없는 기억들은 차곡차곡 어딘가에 수납해 버리는 편이 낫다. 별의별 기억들을 죄다 끌어안고 곱씹으며 살려다간, 사람이 제대로 살지를 못한다.

나는 다시금 남편을 이해하려 애썼다. 가족 여행 정도면 내게 말하고 갈 만도 한데, 한마디 말도 없이 간 게 영 석연치 않았다.

'나 없는 사람 아니잖아. 바람나지 말라고.'

혹시 내가 바람나서 그런 건가? 그래서 남편이 작정하고 사라져 버린 걸까? 날 혼내 주려고? 그런데 소지품을 내가 바람난 상대인 준환에게 맡기고 가는 건 또 뭐람? 아니, 잠깐! 지금 남편이 준환의 작업실에 있다면, 그동안 준환과는 연락을 하고 있었다는 게 아닌가. 그래 놓고 이런 식으로 만나서 삼자대면이라도 하자는 걸까?

맙소사! 어쩐지 아귀가 딱딱 맞는 느낌이다. 기왕에 아이들과 가족 여행을 가는 김에 나를 골탕 먹이기까지 했나 보다.

밉다, 진짜.

"은아 씨, 자요? 다 왔어요."

준환이 나를 흔들었다. 나는 반짝 눈을 뜨고 안전벨트를 끌렀다. 차 문을 열고 니기면시 그제아 우리가 노작한 곳을 둘러보았다.

이곳에는 비가 오지 않았다. 어쩌면 비가 이미 그쳤을 수도 있다. 주변은 온통 암흑이었다. 불빛이 보이지 않는다. 우리가 타고 온 차의 헤드라이트만이 강렬한 빛으로 건물을 비추고 있었다. 단층의 건물에는 커다란 철문이 있었다. 두 쪽짜리 철문가운데를 지른 빗장에 자물쇠가 달려 있었다. 준환은 자신의 차 불빛에 의지해서 자물쇠를 따고 있었다.

그러니까 지금 저 건물 안에 남편이 있다면, 남편은 갇혀 있는 셈이었다.

나는 차 문을 연 채로 굳어져서 급히 주변을 둘러보았다. 어두컴컴한 국도변에 이 건물 한 채만 오도카니 서 있는 것 같았다. 저 멀리에 교회 십자가의 빨간 불빛이 보이는데, 어찌나 조그맣게 보이는지 걸어서 갈 수 있는 거리는 아닌 듯했다.

그새 쇳소리가 들리고 끼익 하며 철문이 열렸다. 미닫이로 된 철문을 반쯤 밀어서 연 준환이 암흑 속으로 걸어 들어갔다. 그리고 곧 건물 안에 불이 들어왔다.

준환이 도로 나와서 차의 시동을 껐다. 헤드라이트 불빛이 꺼지자 준환의 얼굴이 순식간에 어두워졌다. 건물 안의 빛을 등지고 선 그는 그림자만 있는 얼굴로 나를 보며 말했다.

"들어와요."

나는 다시 한 번 뒤를 돌아보았다. 빨갛고 아주 조그마한 십자가. 나에게는 구원이 되지 못할 것이다.

나는 천천히 차 문을 닫았다. 탕 하는 소리가 메아리치며 울렸다. 이 주변엔 정말 아무것도 없나 보다.

건물 안에 들어가자마자 나는 소스라치게 놀라서 그 자리에 주저앉았다.

"악!"

"왜 그래요?"

안쪽으로 들어갔던 준환이 놀라서 내게 뛰어왔다. 그러더니 내 시선을 따라 뒤를 돌아보았다. 도축장에서 쓸 것만 같은 커다란 갈고리들이 천장에 매달려 있고, 거기에 사람의 몸통으로 보이는 무언가가 대여섯 개 걸려 있었다.

“아, 저거?”

그는 나를 일으키며 말했다.

“이정이 누나가 요새 작업하는 거예요. 요즘엔 실리콘에만 꽂혀서……. 좀 으스스하죠?”

좀 으스스하다고? ‘좀’ 으스스하다고!

나는 부르르 진저리를 치곤 눈길을 돌렸다. 준환의 뒤를 따라 건물 한구석의 테이블 쪽으로 가다가 나는 다시금 까무러칠 뻔했다.

“으악!”

테이블 근처에 박스가 하나 있었는데, 그 속에 시커먼 털들이 잔뜩 들어 있었다. 준환이 이내 돌아보곤 설명을 했다.

“그건 머리카락이에요. 가발 씌우면 아무래도 부자연스러우니까. 이건 네일이고요.”

그는 내가 또 놀랄까 봐 테이블 위에 있넌 삭은 박스를 가리키며 미리 말해 두었다. 그러더니 테이블 밑에서 동그란 의자를 뺐다.

“앉아요. 뭐 마실래요?”

“아, 아뇨.”

“화장실은 저쪽…….”

“괜찮아요.”

급히 말한 나는 의자 앞으로 다가가서 건물 안을 둘러보았다. 크기가 다른 박스들과 여기저기 실리콘 인형을 만드는 흔적은 보이는데 인기척이 느껴지지 않았다. 아무래도 남편은 여기에 없는 것 같았다. 그런데 준환은 왜 나를 이곳으로 데려온 걸까?

테이블 한쪽에는 문서들이 쌓여 있었다. 준환이 맨 위에 있던 누런색 서류 봉투를 들고는 자리에 앉았다. 나는 그제야 주춤주춤 그가 빼 준 의자에 앉았다.

“이거부터 볼래요?”

물으면서 준환이 서류 봉투 속에 손을 집어넣었다. 뒤이어 그는 커다란 사진 한 장을 내 앞으로 내밀었다.

대낮의 강가다. 사진 오른쪽 밑에 오늘 날짜와 ‘14:22:38’이라는 숫자가 찍혀 있다. 오늘 오후 2시 22분에 찍은 사진이다. 오늘 서울에는 비가 내렸는데 사진 속 날씨는 맑았다. 그러니 배경이 한강은 아닐 터였다. 어딘지 모를 강가에 검은색 세단이 서 있다. 운전석 쪽에서 시폰 블라우스에 타이트한 스커트를 입은 어떤 여자가 내리고 있다. 웨이브가 들어간 갈색의 긴 머리 여자다. 커다란 선글라스를 끼고 있어서 얼굴은 잘 보이지 않는다.

내가 보던 사진 위로 다른 사진 한 장이 얹혔다. 시각은 14:27:16. 같은 배경이다. 여자는 차 앞쪽에 서 있다. 그리고 조수석 차 문에서 한 남자가 내렸다. 뒷모습이어서 얼굴은 잘 보이지 않는다. 다만 캐주얼한 느낌의 얇은 바람막이 점퍼가 눈에 익었다. 예전에 내가 남편 주려고 사 놨던 것과 비슷한 디자인이었다. 짙은 하늘색이 마음에 들어서 샀는데 색깔도 똑같다. 코코아색 면 슬랙스도 똑같고. 아, 내가 너무 쓸데없이 예민한 건가. 아저씨들 옷 디자인이란 어차피 다 거기서 거긴데.

14:40:28. 차 앞 잔디밭에 흰 클로스가 깔려 있다. 그 위에 두 남녀가 앉아 있다. 그들 사이에는 피크닉 바구니가 있다. 여자는 그새 선글라스를 머리 위에 얹었다. 내가 모르는 사람이다. 남자는 피크닉 바구니에서 무언가를 꺼내고 있기에 얼굴이 잘 보이지 않는다.

그 남자가 무엇을 꺼냈는지는 그다음 사진에 잘 나와 있었다. 14:47:54. 7분 동안 그들은 무엇을 하고 있었을까? 어쨌거나 사진에서 그들은 와인잔을 들고 러브샷을 하고 있었다. 참 한가한 커플이다. 피크닉 가면서 저런 본격적인 와인잔을 들고 다니는 사람도 있나 보다. 괜스레 눈살이 찌푸려지는 까닭은, 아마도 남자의 옆얼굴이 꼭⋯⋯.

14:58:37. 장장 11분 동안 와인을 마신 그들은 이윽고 와인잔을 내려놓고 키스를 한다. 남자는 어느 틈엔가 바람막이 점퍼를 벗었다. 안에 입은 미색 줄무늬의 반팔 티셔츠도 눈에 익은 옷이다. 15:04:21. 키스를 하던 두 사람이 비스듬하게 누웠다. 남자의 다리가 여자의 몸 위로 올라갔다. 15:07:48. 여전히 비슷한 자세로 키스를 한다. 다만 카메라의 앵글이 바뀌었다. 여자 위에 올라탄 남자의 얼굴만 잘 보이게. 그런데 그 얼

굴이 꼭…….

그런데 이 사진, 도대체 어떻게 찍은 걸까? 아마도 줌을 이용했겠지. 그나저나 강가에서 이러고 싶을까? 지나다니는 사람 아무도 없나? 두 남녀의 키스는 점점 더 농도가 짙어져 가고 있었다. 차라리 차 안에서 하지.

15:22:22. 남자의 오른손이 여자의 블라우스 속으로 들어가는 중이다. 그런데 내 시선은 그 음흉한 오른손보다도 체중을 지탱하고 있는 왼손에 집중되었다. 왼손 약지에 끼고 있는 반지가 내 반지와 비슷해 보였다. 하긴 결혼반지가 다 이렇게 생겼지, 뭐. 그나저나 이 커플은 키스를 도대체 몇 분씩이나 하고 있는 건가. 거의 30분이 다 된 것 같은데.

나는 마침내 못 참고 사진 위에 손을 얹었다.

"이게 도대체 뭐예요?"

준환이 새 사진을 위에 놓으려다 말고 나를 보았다.

"글쎄요. 내 생각엔 은아 씨 남편분 사진인 것 같은데."

"우리 남편이 오늘 이러고 있었다고요? 말도 안 돼."

준환이 들고 있던 사진을 내게 내밀었다. 15:25:13. 남편의 얼굴이 정면으로 찍혀 있다. 여자의 손이 내 남편의 뺨을 쓰다듬고 있는 것 같다.

"이거 어디서 났어요?"

준환은 대답 대신 서류 봉투 속에 손을 넣어 나머지 사진들을 모조리 꺼냈다. 그리고 빠른 속도로 차곡차곡 내 앞에 놓았다. '15:59:20'이 찍힌 마지막 사진은 차 안이었다. 조수석에 앉은 여자 위에 남편이 올라타 있었다. 도저히 묻지 않을 수가 없다.

"이런 사진들은 도대체 어떻게 찍은 거예요?"

"잘……."

그는 농담이라도 하는 양 빙그레 웃었다. 그러더니 뿌듯한 얼굴로 내게 물었다.

"이제 이혼할 거죠?"

"하! 내, 내가 왜요?"

"그때 그렇게 말했잖아요. 증거샷 나오면 이혼한다고."

"이건 우리 남편 아니에요!"

남편이 이러고 있었을 리 없다. 애들하고 가족 여행이라면 모를까, 다른 여자랑? 말도 안 돼.

준환은 남편의 얼굴이 정면으로 찍힌 사진을 찾아서 제일 위에 올려놓으며 말했다.

"맞는 것 같은데. 설마 쌍둥이 형이 있는 건 아닐 테고, 그렇다고 도플갱어일 리도 없잖아요."

나는 다시금 그 사진을 뚫어지게 들여다보았다. 어떻게 봐도 남편이고, 남편의 뺨을 쓰다듬는 손의 주인공은 내가 아니다.

그런데도 이상하게 확신이 들었다. 이건 내 남편이 아니다. 절대로 아니다.

고개를 흔드는 내게 준환이 얄밉게 이죽거렸다.

"부정하지 마요. 이 사람, 은아 씨 남편 맞아요. 둘이 와인 마시는 걸로 봐서는 아무래도 와인 좋아한다는 그 여직원인 것 같죠?"

"아니라니까요! 이 사람은 우리 남편 아니에요. 어쩌다가 닮은 사람 하나 찾았나 보죠. 절대로 제 남편은 아니에요."

"이렇게 증거가 있는데, 어떻게 그렇게 확신해요?"

"하여튼 이 사람은 내 남편이 아니래도요."

"근거를 대 봐요. ……없죠? 이제 그만 인정해요. 은아 씨 남편, 원래 이런 사람이잖아요."

"나랑 결혼하고 나서는 그런 적 없어요. 단 한 번도!"

"그야 신혼 초니까. 그렇지만 이젠 은아 씨한테도 싫증이 났나 보죠. 사실 3년이면 권태기가 올 때도 됐잖아요."

준환이 차곡차곡 쌓인 사진 더미를 손가락으로 쿡쿡 찌르며 말을 이었다.

"이래도 모르겠어요? 은아 씨 남편은 더 이상 은아 씨를 사랑하지 않아요. 이렇게 다른 여자하고……."

"아니에요! 이거 내 남편 아니라고요! 우리 남편이 이럴 리 없다니까요!"

"왜요? 충분히 그럴 수 있죠. 그 증거로 이렇게……."

"아니란 말이에요! 이럴 리가 없어요! 왜냐하면……."

내 남편이 나를 버리고 다른 여자랑 이러고 있을 리가 없다. 있을 수 없는 일이다. 다른 사람은 몰라도 내 남편은 이러지 않는다.

내 남편은 나를 놔두고 바람을 피우지 않는다. 절대로, 절대로 그러지 않는다. 그렇게 할 수가 없다. 그렇게 하고 싶어도,

아마 하지 못할 것이다.

“……왜냐하면 남편은, 내 남편은…….”

왜냐하면……, 왜냐하면…….

왜 이렇게 서러운지 모르겠다. 가슴속에 퍽 하고 구멍이 뚫린 것 같다. 눈물과 함께 빨간 기억들이 벌컥거리며 쏟아져 나왔다. 응급실의 빨간 간판, 피로 얼룩진 빨간 거즈, 피투성이의 빨간 얼굴. 그 빨간 소용돌이에 휩쓸려 어디론가 사라져 버릴 것만 같다.

나는 남편을 닮은 누군가의 사진을 하릴없이 붙들었다. 그 언젠가 그러했듯 사진을 품에 꽉 끌어안았다. 그러나 막막하게 차오른 슬픔은 나를 여지없이 절망의 심연으로 이끌었다. 숨이 제대로 쉬어지질 않았다. 흡사 문을 열었는데 앞에 벽이 서 있는 것처럼, 입을 한껏 벌렸는데도 목구멍은 막혀 있었다.

“……벌써…….”

차라리 숨을 쉬지 말았으면. 내가 이러고 어떻게 살았을까. 내가 이러고 어떻게 견뎠을까.

“……죽었으니까요.”

비가 쏟아지고 세상이 빨갛게 물들고 남편은 나를 떠났다.

5

나는 상주가 되었다.

김 기사 출발! 오늘 저녁은 뭐야?

오늘도 제가 밥하는 거였어요?

이 사람이 와이프 생일도 까먹었나 싶어서 토라지려는 찰나, 남편이 다시금 메시지를 보냈다.

뭐 먹고 싶으냐는 거지. 오늘은 뭐든지 다 사 준다. 예쁘게 꽃단장이나 하고 있으라고.

꽃단장은 벌써부터 하고 있었다. 나는 웃으며 답문자를 보냈다.

기다리고 있을게요. 빗길 조심. ^^

그게 마지막이었다.

믿을 수가 없었다. 나는 회오리바람에 휩쓸려 갑작스레 딴 세상으로 날려 온 도로시와 같은 기분으로 멍청히 빈소 한구석을 지키며 앉아 있었다. 도로시와 나의 차이점이라면, 내게는 친구가 없다는 점이었다. 내게 있어서 남편의 친지들은 낯선 사람들일 뿐이었다.

나와 남편은 결혼식을 하지 않았고, 나는 시댁이라는 곳에도 가 본 적이 없었다. 더불어 남편은 나를 자신의 형제자매들에게 소개시켜 주지도 않았다. 나는 서류상의 부인이었다. 그리고 서류상의 상주일 뿐이었다. 친척들이 입을 모아 '네가 상주를 해야지.'라고 말한 사람은 내 옆에 앉아 있는 남편의 큰딸이었다.

맨 처음 병원에서 전처와 아이들을 만났을 때, 나는 그들이라도 붙들고 울고 싶은 심정이었다. 우리는 모두가 남편을 사랑한 가족들이었다고 생각했다. 하지만 나는 열외였다. 남편의 큰딸은 내게 그 사실을 두고두고 일깨워 주고 있었다.

"부끄럽지도 않으세요? 어떻게 여기 와서 이렇게 뻔뻔스럽게 앉아 있을 수가 있어요? 아줌마는 여기 있을 자격 없어요. 있어 봤자 우리 아빠 얼굴에 먹칠하는 것밖에 안 되고."

내가 중학생 때는 별생각 없이 멍하게 지냈던 것 같은데 얘는 참 똑똑하다. 차분하게 제 할 말 다 하는 모양새를 보면, 다짜고짜 내 머리채부터 휘어잡았던 제 엄마보다도 훨씬 더 똑똑한 것 같다.

나는 그 애의 말에 수긍했다. 대놓고 '네 말이 맞아.'라고 하지는 않았지만 다 옳은 말이었다. 난 뻔뻔스러워서 부끄러움을 모를 뿐, 여기에 앉아 있을 자격이 없는 사람이다. 어쩌면 애당초 살 자격조차 없는 사람인지도 모른다.

＊

내가 등을 떠밀다시피 하여 외삼촌이 자살했던 그날 밤, 나는 잠시 길바닥을 헤매다가 회사로 갔다. 내가 하던 일을 마무리하기 위해서였다. 이번에야말로 나는 정녕 죽을 결심이었다. 엄마를 향한 반항심 때문에 죽지 않고 버티는 것도 이제는 지겨웠다.

엄마한테서 버림받았다. 아빠도 없다. 사랑하던 할머니와 할아버지는 이미 세상을 떠났다. 나를 필요로 하는 사람은 아무도 없다. 그나마 한 명 있었다면 외삼촌 정도? 중학교 1학년 때부터 지금까지 3백 번도 넘게……. 사람들은 나 같은 여자를 걸레라고 부른다.

이러고도 살고 싶을까? 이렇게 끈질기게 살아서 무슨 의미가 있을까? 내가 살아서 대단한 성공을 할 것도 아니고, 갑부 재벌이 될 것도 아니다. 그렇다고 해서 내가 마더 테레사같이 훌륭한 사람이 될 것도 아니다. 나 같은 사람이 살아 있어 봤자 세상은 변하지 않는다. 하물며 나는 영원히 살지도 못한다. 언젠가는 어차피 죽게 되어 있다.

내가 사는 데에는 아무런 의미가 없었다. 구차스러운 내 삶에 대한 환멸감을 더는 참을 수가 없었다.

그런데 회사 문이 잠겨 있었다. 나는 문을 두어 번 흔들어 보다가 고민에 잠겼다. 상사가 금요일까지 정리해 놓으라고 했던 숙제를 그냥 포기해 버려도 될까.

잠시 그 자리에 서 있는데 별안간 문이 벌컥 열렸다. 그때 문을 열어 준 사람이 바로 내 남편이었다.

"어! 미스 박도 집에서 쫓겨난 거야? 아싸! 동지 만났다."

어쩌면 사람이 이렇게 경박스럽고 가벼울까? 나이도 나보다 훨씬 더 많은 사람이……. 하도 어처구니가 없어서 헛웃음이 나왔다.

기실 그때까지만 해도 소문 탓에 '김 부장님'을 보는 내 시선은 그다지 곱지 않았었다. 그렇지만 그날만큼은 눈앞에 있는 사람이 바람둥이거나 말거나 신경 쓸 여유가 없었다. 그게 누구든 상관없었다. 만일 그때 회사에 아무도 없고 회사 문이 잠겨 있었다면, 나는 숙제를 포기하고 정처 없이 헤매다가 찜찜한 기분으로 생을 마감했을 것이다. 외삼촌처럼.

침침한 사무실로 올라가 컴퓨터를 켜려고 하는데, 김 부장님이 내 데스크에 엉덩이를 걸치고 앉아 훼방을 놓았다.

"설마 일하러 온 건 아니지?"

"정리해야 될 게 있어서요."

"무슨 정리를 이 시간에 해? 그런 건 내일 아침에 하고, 저녁은 먹었어요?"

김 부장님의 질문에 나는 고개를 가로저었다. 그러다가 울음을 터뜨리고 말았다. 생각해 보니 그 집 식구들 중 어느 누구도 내게 '밥 먹었니?' 한마디를 물어본 사람이 없었다.

"배고프면 밥을 먹으면 되지, 울긴 왜 울어? 어휴! 누가 고졸 아니랄까 봐 이거 완전 애기네. 뚝! 밥 사 줄 테니까 그만 울고 나갑시다. 동지 만난 기념으로 내가 한턱 쏜다."

그날 김 부장님은 내게 삼겹살을 사 주었다. 조명이 밝은 곳에 들어간 다음에야 김 부장님은 내 얼굴을 보고 깜짝 놀랐다.

"아니, 얼굴이 왜 그래? 누구한테 맞았어요?"

나는 두루뭉술하게 대답했다. 친척 집에 얹혀살고 있었는데, 월급 통장을 내놓으라며 때려서 집을 나왔다고. 외삼촌이 일요일마다 내게 무슨 짓을 했었는지는 말하지 않았다. 그 때문에 외삼촌이 방금 전에 죽었다는 이야기도 하지 않았다. 굳이 그런 얘기까지 하지 않아도 김 부장님은 충분히 납득했다.

"이야, 진짜 너무하네. 어떻게 외삼촌이라는 사람이 코흘리개 조카 돈을 못 뺏어서 애를 때리고 그러냐. 미스 박 월급이 많기나 하면 내가 말을 안 해. 박봉이잖아, 박봉. 아니, 근데 왜 그렇게 월급을 조금 불렀어요? 미친 척하고 확 불러 보지."

"그럼 취직을 못 했겠죠. 제가 고졸인데."

"에이, 그래도 칼을 뽑았으면 무라도 베야지. 월급 고만큼 받아 가지고 생활이 되나?"

"그러니까요. 깍두기는 못 담가도 무는 베야죠. 괜히 월급 많이 불렀다가 취직도 못 하면, 그게 뭐예요."

"흐흐흐, 보기보다 농담도 잘하네? 마셔, 마셔! 이럴 때 안 마시면 언제 마시냐."

소주를 권한 김 부장님은 곧 쌈도 싸서 내게 건넸다.

사람이 참 이상한 게, 죽으려고 생각하면서도 입에 음식이 들어간다. 그게 맛있으면 죽으려던 생각을 또 잊어버린다. 이렇게 맛있는 거나 계속 먹으면서 고만고만 사는 것도 나쁘지 않다고 생각해 버린다. 사람이 기본적으로 동물이라서 그런가 보다. 살기 위해서 사는 동물.

고기와 야채와 쌈장이 적절하게 배합된 쌈을 먹다가 문득 그런 생각이 들었다. 죽으면 나만 손해라고. 이제까지 그렇게 구질구질하게 걸레처럼 살아 놓고, 이대로 죽으면 그거야말로 의미 없는 삶이지 않은가.

그래, 칼을 뽑아서 무라도 베면 그게 어딘가. 깍두기야 누군가가 잘난 척하면서 담그면 되는 거고.

꾸역꾸역 먹고 있는데, 돌연 김 부장님이 정색을 하고 내게
물었다.

"집에서 쫓겨나 가지고, 갈 데가 없어서 회사로 온 거야?"

나는 입에 음식을 가득 넣은 채로 고개만 끄덕였다.

"받아 줄 사람도 없고?"

나는 또 고개를 끄덕였다.

"어떻게 하나. 쯧쯧, 정 갈 데 없으면 나한테라도 기대든가."

기대라는 그 말이 정확히 무슨 뜻인지, 당시의 나는 깊게 생
각하지 않았다. 내가 기댐으로 인하여 김 부장님의 인생이 어
떻게 변할 것인지에 대해서도 생각하지 않았다. 그러면서도 나
는 고개를 끄덕였다. 나는 기댈 만한 누군가가 필요했다기보다
는 혼자 있고 싶지 않았다. 혼자 있게 되면 이번에야말로 정녕
죽을 것 같았다.

그래서 나는 어영부영 김 부장님과 같이 회사에서 지냈다.
그러다가 김 부장님이 나 때문에 이혼을 했다며 책임지래서 김
부장님과 결혼하기로 했다. 그 상태로 내가 회사를 계속 다니
면 전처가 찾아와 내 머리채를 잡고 깽판 칠지도 모른대서 회
사를 그만뒀다. 그 이튿날 혼인신고를 한 다음에야 신혼집을
구하느라 몇 달을 찜질방에서 지냈다.

지금 생각해 봐도 참 대책 없는 결혼이었다. 나야 당시 제정
신이 아니었으니 그렇다 치자. 내 남편은 도대체 생각이라는
걸 하고 사는 사람인지 모르겠다. 전 재산을 부인 명의로 돌리
고, 월급도 백만 원만 남기겠다는 조건으로 이혼 합의서를 썼

다면 애당초 이혼할 생각은 없었던 게 분명했다. 내가 그 얘기를 듣고 놀라서 '그러면서 이혼을 왜 했어요? 왜 나랑 결혼했어요?'라고 묻자 남편은 쓴웃음을 지으며 대답했다.

"안 하면 어쩔 거야. 너한텐 나밖에 없는데."

그렇게 착한 사람이 내 남편이었다. 그런 사람을 어떻게 사랑하지 않을 수 있을까.

＊

입관 절차가 시작되었다. 나는 전처와 친척들에게 밀려 한쪽 구석에 서서 그 과정을 지켜보았다. 온몸이 상처투성이인 남편의 시신이 나오는 순간, 전처는 오열했다. 그런데 나는 묘하게도 마음이 편해졌다. 끊임없이 흐르던 눈물도 그 순간만큼은 나오지 않았다. 슬프지도 않고, 그렇다고 기쁘지도 않았다. 그저 평온했다. 하도 마음이 편해서 나 스스로가 당황스러울 정도였다. 우는 척이라도 해야 되는 건 아닐까 하고.

입관을 하기 직전, 마지막 인사를 할 때도 마찬가지였다. 나는 담담하게 남편의 얼굴에 입을 맞췄다. 차갑게 얼어붙은 입술. 남편이 죽었다는 사실을 실감할 만한데도 나는 여전히 평온했다.

그러다가 입관을 하고 관을 치우려 할 즈음에야 나는 관 한 귀퉁이를 붙들고 무너졌다.

"왜 또 가요. 왜 자꾸만 가……."

그제야 알았다. 남편이 그저 내 곁에 있어 주기만 해도 괜찮다는 사실을.

나는 이 사람이 없으면 안 된다.

'죽었어도 좋아. 나랑 같이 있어 줘요. 어려운 거 아니잖아요. 어떻게 이래요. 나한테 어떻게 이럴 수가 있어. 나한테 자기밖에 없다는 거 빤히 아는 사람이, 어떻게 나만 버려두고 또 이렇게 가려고 해. 왜 자꾸만 떠나려고 해요.'

같이 있다고 해서 죽은 남편이 되살아날 리 없다는 건 안다. 예전과 똑같이 사랑할 수 없다는 것도 안다. 하지만 그래도 좋은걸. 그래도 사랑하는걸. 그런 건 다 사소한 문제들일 뿐이다. 나는 남편과 같이 있고 싶을 따름이다.

남편에게 애가 셋이라고 해서 우리가 서로 사랑하지 않았던 건 아니다. 내게 처녀막이 없었다거나, 남편에게 공공연히 바람기가 있었다거나, 매달 양육비가 엄청나다고 해서 우리가 서로 사랑하지 않았던 건 아니란 말이다. 완벽한 사람이 없는 것처럼 완벽한 사랑도 없다. 조금씩은 장애물이 있게 마련이다. 그럼에도 불구하고 우리는 사랑했다.

그런데 이제 와서 남편이 죽었다고……, 그게 뭐 어때서. 그래도 같이 있을 수는 있잖아.

부인의 시신을 몇 년씩이나 방에 모셔 뒀다는 어느 할아버지의 이야기가 더는 남의 일로 느껴지지 않았다. 그 뉴스를 처음 봤을 때는 징그럽다고 생각했으나 막상 내 일이 되고 나니 이해가 되었다. 나라도 할 수만 있다면 그렇게 하고 싶은 심정이었다.

그러나 애먼 원망의 끝은 공허함이었다.

남편의 관이 사라지고 전처와 친지들이 빈소로 돌아간 후, 나는 다음 사람이 있으니 나가 달라는 관리인의 말을 듣고서야 비칠비칠 입관실을 나왔다.

'이제 두 번 다시는 못 보는 걸까.'

그 생각만 하고 있는데 어떤 중년 여인이 내 팔을 붙들었다.

"아이고, 은아야. 이를 어쩌면 좋니."

나는 멍하니 그 아줌마를 돌아보았다. 검은색으로 아무렇게 나 옷을 맞춰 입은 아줌마는 한 손에 자판기 종이컵을 든 채 눈물이 그렁그렁한 눈으로 나를 쳐다보고 있었다.

'누구세요? 절 아세요?'라는 말이 나오지 않았다. 어쩐지 나는 이 사람을 알고 있는 것만 같았다.

"진즉에 말렸어야 됐는데. 에고, 내 탓이지. 다 내 탓이야."

맞다, 나는 이 사람을 안다. 내 기억이 틀림없다면 이 사람, 내 엄마다.

"아휴, 내가 이러고 있을 때가 아니지. 은아야, 얼른 이거 좀 마셔."

엄마는 빠른 속도로 말하면서 들고 있던 종이컵을 내 입술에 드밀었다. 나는 얼떨결에 한 모금 마시곤 인상을 찌푸렸다.

"이게 뭐예요? 나한테 왜 이래요?"

"그냥 종이 태운 물이야. 내가 걱정이 돼서 그래. 너 마음 편하라고. 나쁜 거 아니니까 얼른 마셔. 내가 너랑 이러고 오래 있으면 안 돼."

"날 좀 가만히 놔둬요. 평생 알은체도 안 하더니 왜 하필 이런 때에 나타나서……."

"아이고! 얘가 왜 이렇게 한가해? 너랑 오래 있으면 안 된대도! 내가 이제까지 어떻게 살았는데! 얼른 마셔. 쭉……. 아, 얼른!"

엄마는 계속 주위를 두리번거리면서 막무가내로 내 입에 종이컵을 들이밀었다. 꼭 누가 쫓아오기라도 하는 것처럼. 나는 어리둥절한 채 우격다짐으로 그 물을 마셨다. 종이 태운 물을 마신다고 해서 내가 죽을 것 같지도 않았고, 사실 죽어도 별 상관없었다.

엄마는 내가 다 마신 걸 확인하고는 도망치듯 장례식장 뒷문 밖으로 뛰어나가 버렸다.

남편은 선산 대신 전처가 준비했다는 가족 납골묘로 들어갔다. 내가 한 번도 만난 적이 없었던 남편의 남동생이라는 사람과 전처는, 그 와중에 내게서 각서를 받아 냈다. 내가 그 납골묘와 남편의 유골에 대한 소유권을 주장하거나, 죽은 다음에 그 납골묘에 안치해 달라고 요구하지 않겠다는 내용이었다. 남편이 죽은 상황에서 그런 게 뭐가 그리 중요한지 알 수 없었다. 나는 그들이 요구하는 대로 각서를 써 주고 지장을 찍었다.

더불어 전처는 내게 남편의 유산에 대한 이야기도 했다. 아이들의 몫이 있다고. 그래서 나는 가진 재산이 얼마나 되는지 순순히 말해 주었다. 월세 오피스텔 보증금 천만 원과 이달 생활비, 그리고 통장 잔고 52만 원. 나도 벌이가 없고 남편도 매달 양육비 때문에 월급을 백만 원밖에 안 가져와서 집에 돈이 별로 없다고 하자, 전처는 한숨을 쉬며 나더러 '그럼 그거 먹고 떨어져. 다시는 나나 우리 애들 앞에 나타나지 마.'라고 말했다. 말하지 않아도 그럴 생각이었다.

장례식장 버스는 장지에서 돌아오는 길에 나를 오피스텔 앞에 내려 주고 떠났다. 나는 오피스텔 앞에서 우리 집 창문을 올려다보았다. 불이 꺼져 있었다. 저 집에 다시 들어갈 용기가 나지 않았다. 모든 게 다 저주스러웠다. 도무지 이해할 수 없는 짓만 하고 돌아간 엄마를 생각하니, 마치 내가 운이 나쁜 아이라서 남편마저 죽은 것 같다는 생각이 들기 시작했다. 하여튼 인생에 도움이 안 되는 엄마다.

엘리베이터에 올라타서 나는 R 버튼을 눌렀다. 더 살아야 할 이유가 생각나지 않았다.

'이번만큼은 진짜 뛰어내리는 거야.'

그런 생각으로 엘리베이터에서 내렸다. 옥상으로 향하는 계단을 올라갔다. 그런데 문이 잠겨 있었다. 나는 몇 번인가 철문을 밀어 보다가 맥없이 돌아섰다. 작심하고 죽으려 했더니만 이번엔 문이 잠겨 있다니. 이렇게 허무할 데가!

나는 터덜터덜 계단으로 내려와 집에 들어왔다. 현관을 들어서자마자 눈에 보인 것은 남편과 나의 결혼사진이었다. 나는 가만히 그 사진을 보다가 뒤늦게 현관문을 닫으며 말했다.

"다녀왔어요."

적막감에 숨이 막혔다. 사람이 울다가 죽을 수도 있을까? 그것도 나쁘진 않겠다고 생각하면서 나는 들고 있던 남편의 서류 가방을 현관 옆에 놓았다. 그리고 또 말했다.

"이제 왔어요? 기다렸잖아요."

'길 막히는 거 알잖아. 내가 설마 늦고 싶어서 늦었겠어?'

남편이 있었다면 아마도 이렇게 말했겠지. 나는 새침하게 대꾸했다.

"그래도 이게 뭐예요? 생일 그냥 지나가 버렸잖아요."

'에이, 생일이 이번 한 번뿐이냐? 내년에 근사하게 하면 되잖아.'

"선물 같은 것도 없어요?"

'선물은 무슨. 내가 선물이지.'

"진짜 너무해."

'원래 잡은 물고기한테는 먹이를 안 주는 법이거든, 후훗.'

항상 입버릇처럼 하던 소리. 어쩐지 남편의 웃음소리가 귓가에 들리는 것처럼 생생하게 떠올랐다. 나는 그 자리에 주저앉았다.

"아무리 그래도 이건 너무 심하잖아요. 어쩜 이래요?"

'혹시 모르니까 가방 속을 한번 봐.'

꼭 남편이 귓가에 대고 이야기하는 것 같았다.

나는 한숨을 쉬곤 서류 가방을 열었다. 평소보다 두툼해 보이는 것이 영 신경 쓰였다. 그런데 가방을 열어 보니, 그 안에 정말로 선물 상자가 있었다. 노란색의 얇고 작은 상자였다.

나는 떨리는 손으로 선물 상자를 꺼냈다.

"내가 설마 사모님 생일을 건너뛰겠냐?"

남편이 말했다. 나는 눈앞에서 웃고 있는 남편을 보곤 부지불식간에 상자를 떨어뜨렸다.

"열어 보지도 않고 왜 막 버려?"

"어, 어떻게 된 거예요?"

나는 주위를 둘러보고 다시금 남편을 보았다. 남편은 현관에 떨어진 상자를 집어 올려 털고는 다시금 내게 건네주었다.

"어떻게 되긴 뭐가 어떻게 돼? 빨리 들어와서 열어 봐."

나는 남편의 재촉에 엉거주춤 일어났다.

헛것이 보이는 걸까? 나 혹시 미친 건가?

"왜 그렇게 멍해? 너 혹시 꿈 꿨냐?"

"꿈……?"

꿈이었던 건가?

평소와 똑같은, 몹시도 태평해 보이는 남편에게 나는 차마 '당신 죽었던 거 아니에요?'라고 묻지 못했다. 그런 말을 했다가는 남편이 다시 어디론가 사라져 버릴 것만 같았다.

이미 맛본 절망은 두려움이 되어 내 입을 막았다.

그래, 꿈이기를……. 제발 꿈이었기를…….

"빨리 그거나 열어 봐."

침대에 앉은 내 옆에 바짝 붙어 앉으면서 남편이 재촉했다.

나는 얼떨떨하게 상자를 열었다가 이내 도로 닫았다.

"이게 뭐예요?"

"끈팬티. 히히, 입어 봐."

"싫어요! 이런 걸 어떻게 입어요?"

"왜 못 입어? 입혀 줘?"

"어우, 징그러워! 몰라요. 난 이런 거 절대 안 입어."

"왜? 사 온 사람 성의를 좀 생각해라. 한 번만 입어 봐."

"아니, 이런 걸 지금 생일 선물이라고 사 온 거예요?"

"너 끈팬티는 하나도 없잖아."

"이게 어떻게 제 생일 선물이에요? 내가 이거 입어서 좋은 게 뭐가 있어. 자기만 좋은 거 사 와 놓고 생일 선물이래."

"에이, 얼마나 예쁜지 봐 줄게. 빨리 입어 봐."

"제가 지금 이런 거 입게 생겼어요? 아, 갑자기 막 피곤해진다. 저 잘래요."

"입고 자자, 응?"

"꿈도 꾸지 마세요. 흥!"

나는 불을 끄고 이불 속으로 쏙 들어갔다.

아니, 어쩌면 불은 남편이 껐던가?

잘 모르겠다. 이게 지금 꿈인지 아닌지도 모르겠다. 어느 쪽이 꿈인지도 모르겠고.

무슨 상관이람.

지금 내 옆에는 남편이 있다. 남편은 죽지 않았다. 그러니까 나는 아주 기분 나쁜 꿈을 꾸었던 것이다. 죽고 싶을 만큼 슬픈 악몽.

　그딴 꿈은 기억 속 저 깊숙이 수납해 버리자. 쓸모없는 기억들을 끌어안고 끙끙대는 건 바보짓이다. 어차피 기억이 현실을 바꾸지는 못한다. 내 기억이야 어떠하든, 지금 내 옆에는 남편이 있지 않은가.

　한잠 자고 나면 나쁜 기억들은 모두 다 잊어버리겠지.

　그래, 그럴 거야.

　굿나잇.

8. 관절 연결 및 기타 마무리 작업

당신에게 새 구두 한 켤레와 반창고 두 개가 있습니다. 당신은 새 구두를 신고 발뒤꿈치가 까진 다음에야 부랴부랴 반창고를 붙일 수도 있지만, 구두를 신기 전에 미리 반창고를 붙임으로써 고통을 미연에 방지할 수도 있습니다. 이번 작업에서는 후자를 택하기로 합시다.

각 관절의 연결 부위에 석소 점토같이 내구성 강한 소재를 덧붙입니다. 그 작업과 동시에 텐션 연결 고리를 단단히 박는 것도 잊지 마십시오. 반창고를 붙이는 작업이 끝났다면, 안구부터 헤드 안쪽에 고정시킵니다. 속눈썹을 그리지 않고 부착할 경우에는 속눈썹을 먼저 붙이도록 하십시오. 이어서 적절한 굵기의 텐션을 이용하여 헤드로부터 보디, 하반신, 팔 등의 각 부위를 연결합니다. 텐션에도 반창고를 붙이듯 부드러운 재질의 호스를 덧씌울 수 있습니다. 여기까지 완료되었다면 이 기나긴 작업도 바야흐로 끝입니다. 마지막으로 가발이나 의상 등의 액세서리를 이용하여 세부적인 표현을 마무리하십시오.

완성되었습니까? 그렇다면 이제 비로소 시작할 때입니다. '당신과 그 존재의 만남'을. 행운을 빕니다.

　- 여기 차 좀 빼 주세요.

　일요일 오전, 준환은 옆집 남자의 전화를 받고 현관문을 나섰다. 오늘은 옆집 트랙터가 오랜만에 움직일 모양이다. 주말 농장식으로 간간이 들러 근처 밭을 가꾸는 옆집 남자는 이럴 때만 불쑥 전화를 하곤 했다.

　그나저나 벌써 봄이던가. 일 때문에 달포가량 한국을 떠나 있었던 터라 계절감이 둔했다. 마당으로 내려서면서 준환은 주위를 휘 둘러보았다.

　이 집에서 맞는 세 번째 봄. 올해도 마당 한구석에는 영산홍이 다홍색 꽃망울을 소복소복 피워 올리고 있었다.

　기실 봄이 왔다는 감상을 느끼기에는 다분히 늦은 감이 있다. 그깟 돈 몇 푼 벌어 보겠다고 바빠서 봄이 이리 훌쩍 온 줄도 모르고. 잘난 이름 석 자 알려 보겠다고 들떠서 집에 사람이 죽어 나간 줄도 모르고……

　'요게 피면 이제 진짜 봄이려니 해. 옛날 우리 집 마당에 영산홍이 지천이었거든. 내가 봄을 타나. 이 꽃만 보면 마음이 싱숭생숭하니……. 그때가 좋았지.'

　박경술 여사는 볼이 꽃처럼 붉은 소녀 같은 얼굴로 이 꽃을 오래오래 들여다보곤 했다.

사람 하나가 죽어 사라졌건만, 아무렇지도 않게 봄이 오고 또 꽃이 핀다. 그게 못내 무정하여 준환은 쓸쓸한 눈길을 돌렸다. 그러고는 대문 앞에 서서 그예 한숨을 쉬었다.

'이 문이 이래 보여도 튼튼해요. 난 철문에는 이상하게 정이 안 가더라고. 도둑이 담 넘어 들어오지 대문 부수고 들어오나. 옛날 우리 집 대문도 딱 요런 나무 대문이었는데, 밤손님 맞은 적 한 번도 없어. 걱정 마요.'

온화한 색감의 나무 대문. 그 '옛날 우리 집' 얘기를 할 때 아주머니의 표정이나 눈빛은, 보는 사람으로 하여금 안타까움을 느끼게 하는 무언가가 있었다.

당신은 그 '옛날'을, 혹은 '우리 집'을 얼마나 그리워하고 있었던 걸까. 대문 바깥쪽에 달린 조그마한 초인종도 아주머니의 향수를 불러일으키는 것 중에 하나였다. 흔한 전자음 대신 오르골같이 청량한 소리를 내는 기특한 초인종이다.

딩동.

그때 문득 머리카락을 헝클어뜨리고 지나간 봄바람에 섞여 초인종 소리가 들린 듯했다.

"아……."

"어……."

그가 잘못 들은 게 아니었다. 대문 밖에는 낯익은 여자가 서 있었다. 그녀를 어디서 봤는지 준환은 금세 기억해 냈다.

그녀의 이름은 박은아다. 이 집 주인아주머니의 딸이다. 준환은 그녀에 대한 이야기를 하도 많이 들어서, 그녀를 만나기 전부터도 이미 잘 아는 사이 같았다. 때문에 얼마 전 빈소에서 그녀를 처음 봤을 때는 약간의 괴리감이 들기도 했다. 그녀가 남편과 사별한 사람치고는 퍽이나 어려 보였던 까닭이다. 하지만 그녀의 작은 키나 오밀조밀한 생김새에서 풍기는 앳되고 귀여운 느낌이야말로 그녀와 아주머니의 닮은 점이었다.

박경술 여사도 참 귀여운 사람이었다. 귀염성은 나이나 직업하고는 무관한 것이다. 일이 있는 날이면 아주머니는 새벽부터 목욕재계를 한 후 화장을 곱게 하고 나갔는데, 그런 날 그는 일부러 '오, 어머니 오늘 데이트?'라든가 '큰일이네. 누가 업어 가겠는걸.' 하고 짓궂게 농담을 던지곤 했다. 그를 노려보면서도 자못 뿌듯한 표정이 되어 그예 행복감 어린 웃음을 배시시 머금는 아주머니의 얼굴이 무척이나 보기 좋았기 때문이다. 환갑이 되어서도 여자는 여자라던데 그 말이 사실인가 보다. 그게 아버지가 여자로서 뭔가를 요구할 때 하는 말이기에 인정하고 싶지 않을 뿐이지.

그러나 이제는 그 가벼운 농담 한마디에도 행복해하던 아주머니의 얼굴을 어디에서도 볼 수 없게 되었다.

"화장장에서 산골했어요. 여러모로 형편이 안 돼서."

아울러 꽃 한 다발 들고 찾아가 아주머니를 추억할 곳도 없다. 정말이지 애석한 일이다.

"그런데 엄마랑은 어떻게 아시는 분인지……."

아주머니랑 닮은 것 같으면서도 속은 딴판인 듯한 이 딸은 그에게 명백히 거리감을 두며 묻고 있었다. 어쨌거나 그녀에게 있어서 준환은 생면부지의 타인이었다. 그녀의 경계심 역력한 질문에 그는 간단한 소개로 답하며 그녀를 집 안으로 들였다.

"들어오세요. 집 보러 오셨나 봐요?"

"집도 치울 겸, 겸사겸사요."

아주머니의 유품을 정리하러 온 모양이었다. 설마 이 집도 아주머니의 유품 중 하나로 취급하여 정리할 생각은 아니겠지. 이 집은, 제아무리 딸이라 해도 그렇게 쉽게 정리해 버릴 만한 것이 아닌데.

"혹시 이 집 파실 건가요?"

팔겠다고 한다면 그는 한 20분 정도 그녀를 좁은 마당에 세워 놓고, 이 집이 아주머니의 '옛날 우리 집'과 어디가 어떻게 닮았는지 찬찬히 알려 줄 작정이었다. 그래도 통하지 않는다면 아버지에게 아쉬운 소리를 해서라도 이 집을 사 버릴 의향이 있었다. 그러나 다음 순간 그는 아연해졌다.

"모르겠어요. 남편하고 얘기는 하고 있는데……."

"남편이요?"

그녀의 남편은 작년 여름에 세상을 떠났다. 준환이 알기로는 그러했다.

작년 여름, 서울에 다녀온다며 이틀간 집을 비웠던 아주머니는 그를 붙들고 어렵사리 운을 떼었더랬다.

'저기 있잖아, 미안한데 2층의 그 가마 말이야. 그거 준환 씨 아니면 어차피 쓸 사람도 없을 것 같은데, 준환 씨가 그걸 좀 사 주면 안 될까?'

'저야 좋지요. 그런데 갑자기 그건 왜요? 무슨 일 있으신 거예요?'

'아, 그게……, 에그, 불쌍한 것.'

아주머니의 말로는 사위가 죽어서 딸의 생활이 어렵게 되었다고 했다. 하여 준환은 당신의 부탁대로 그 가마를 할부로 사기로 하고, 다달이 월세를 합쳐 백만 원씩 지불해 왔다. 아주머니는 그 돈을 꼬박꼬박 딸에게 생활비로 부치고 있었다.

아니, 근데 그때가 언제라고 벌써 재혼을……?

하긴 생활이 어려울 정도였다면 앞길이 막막해서라도 재혼을 서둘렀을 수 있겠다. 나이도 젊은데다 외모도 귀엽고 예쁘장하니, 옆에서 침 흘리던 누군가가 후다닥 채 갔을 수도 있고. 재혼하기에는 이른 감이 없지 않지만 사람마다 사정이 있게 마련이니까.

그때 기다리다 지친 옆집 남자로부터 다시금 전화가 왔다.

"죄송합니다, 잠깐 일이 있어서……. 둘러보고 계세요."

준환은 영문 모르게 껄끄러운 기분을 뒤로한 채 집을 나섰다.

차를 빼 주다가 조수석에 놓인 인형을 보고 그는 뒤늦게 생각해 냈다. 며칠 전 외삼촌과 통화를 했을 때, 외삼촌은 평소와 달리 매우 들뜬 목소리로 여자 이야기에 열을 올렸더랬다.

'이야, 이준환! 남자는 진짜 모르는 거다. 네가 지금은 그렇게 침체기에 빠져 있지만, 여자한테 덴 걸로 치면 너보다 내가 더해. 막말로 걔가 딴 놈하고 붙어서 살림을 차렸냐, 애를 낳았냐? 또 만약에 그랬다 한들, 너희가 무슨 결혼한 사이도 아니었잖아. 내가 이혼하고 나서 그랬지? 이제 내 인생에 여자는 없다고. 그랬던 내가 이 나이에 이상형을 발견할 줄 누가 알았겠냐.’

얼마 전 일 때문에 만나게 된 여자에게 한눈에 반했단다. 그녀의 첫인상은 여리고 신비로운 느낌인데, 찬찬히 뜯어볼수록 여리고 귀여운 편이며 언행 또한 여리고 순진하다. 그녀는 하여튼 여리기에 남자로 하여금 보호 본능을 솟구치게 만든다.

‘나이 차이가 좀 나긴 하는데, 이 여자 전남편도 나이가 많았더라고. 나이 많은 남자가 취향인 것 같아. 나한테도 가능성이 있다는 얘기지. 아니, 솔직히 까놓고 말해서 여자가 시집 안 간 처녀인데 이렇게 어리면 내가 양심상 꿈도 안 꾼다. 그런데 이 여자는 남편 잃고 혼자서 살고 있잖아. 이건 인도적으로라도 내가 구제를 해 줘야 된다고 본다. 네 생각은 어떠냐?’

그 여린 여자가 바로 박은아였다. 준환의 외삼촌은 법무사다. 그녀의 집에 밥그릇이 몇 개인지는 알지 못해도, 그녀가 언제 결혼을 했고 언제 남편과 사별했는지, 또 그녀의 가족 관계가 어찌 되는지 정도는 알고 있다. 그녀가 만일 재혼을 했다면 장청섭 법무사기 그 사실을 모를 리 없었다. 빈소에서도 그녀는 혼자였기에 당연히 남편이 없는 줄로만 알았다.

아직 혼인신고를 안 한 건가?

고개를 갸우뚱하며 도로 집에 들어갔을 때, 은아가 아주머니의 방문 앞에 서 있는 게 보였다. 준환은 뭔가 도와줄 일이 없나 해서 옆으로 다가갔다. 그런데 그녀는 미동도 하지 않고 가만히 아주머니의 방을 들여다볼 따름이었다.

그는 흘깃 그녀의 얼굴을 곁눈질했다. 그러고는 무심코 물었다.

"괜찮으세요?"

은아가 창백한 얼굴로 스르르 그를 돌아보았다. 넋이 반쯤 나간 표정이었다.

"아……."

금방이라도 쓰러질 것처럼 핏기 없이 서 있던 그녀가 이윽고 정신을 차리고 방으로 들어섰다. 그녀는 이내 변명조로 말했다.

"정리를 해야 되는데 어디서부터 해야 좋을지 몰라서요."

"버릴 건 그냥 놔두세요. 제가 분리수거할게요."

"저런 불상 같은 것도 수거해 가나요?"

제단 쪽을 가리키는 그녀의 가느다란 손가락은 티가 확 나게 떨리고 있었다. 준환은 설마 하며 고개를 갸웃했다.

"저런 것까지 다 버리시게요? 저거 되게 비싼 건데."

그의 농담은 먹히지 않았다. 은아는 어처구니없다는 표정으로 그를 쳐다보곤 곧 돌아서서 방을 기웃거렸다.

그녀는 정리를 하러 온 사람치고는 상당히 게을러 보였다. 방을 기웃거린다고 해서 방이 저절로 정리될 리 없건만, 그녀는 눈길로만 모든 정리를 해치울 기세였다.

보다 못한 준환이 먼저 나서서 벽에 붙은 부적들부터 떼어냈다. 그가 부스럭거리자 그녀는 그제야 미적미적 옷장 쪽으로

다가갔다. 그러더니 갑자기 옷장 옆쪽에 찰싹 달라붙었다. 그녀는 애처로울 정도로 덜덜 떨면서 옷장 문을 열곤 그 안을 살그머니 엿보았다.

"풋."

웃음을 참느라 안간힘을 썼으나 준환은 그예 웃음을 흘리고 말았다.

설마는 사실이었다. 그녀는 귀신을 무서워한다. 방문 앞에서 도통 들어가지 못하고 서 있었던 것도, 방 안의 물건들에 쉽사리 손을 뻗지 못한 채 기웃거리기만 했던 것도 다 그 때문이었다.

아주머니의 딸이 귀신을 무서워한다니……. 아, 웃겨.

아주머니의 집이 새로운 주인을 맞이했다. 나무 대문이 오랜만에 양쪽으로 활짝 열렸다. 이삿짐 트럭은 굉장히 작았다. 몇 안 되는 짐이 들어오는 광경을 지켜보다가, 준환은 문득 아주머니가 살아 계셨다면 얼마나 기뻐했을까 하는 생각을 했다. 하긴 만일 그랬다면 이 집의 주인이 바뀔 일은 없었겠지만 말이다.

은아는 이사를 다닌 경험이 별로 없는 듯 영 서툴렀다. 그 사실을 먼저 눈치챈 건 이삿짐센터 인부들이었다. 그들은 아직 11시도 안 됐는데 밥을 시키라는 둥 커피를 내놓으라는 둥 이것저것 요구가 많았다. 준환이 원두커피를 내리기 시작하자 인스턴트커피는 없나 보다며 자기들끼리 수군수군 불평도 했다.

그들이 원하는 건 카페인이 아니라 당분인 것 같았다. 그는 말 없이 커피에 우유와 설탕을 듬뿍 넣곤 그 위에 휘핑크림을 잔뜩 얹어 주었다.

이삿짐센터 인부들은 혈당치를 한껏 올린 후에야 만족스러운 표정으로 움직이기 시작했다. 그들이 일을 하는 동안, 은아는 별로 할 일이 없더라도 여기저기 쫓아다니면서 일의 진행 상황을 지켜봐야 한다. 인부들이 아무렇게나 박스를 집어던지지는 않는지, 가구나 마룻바닥을 마구 긁어 놓지는 않는지.

그런데 그 바쁜 와중에 그녀는 준환에게서 망치를 빌려 거실에 못을 박고 있었다. 하물며 못조차도 제대로 박지 못하여 자기 손가락만 찧기를 수차례였다. 보다 못한 준환이 나서서 대신 박아 주었다. 그러자 그녀는 거기에 결혼사진을 걸었다.

"헐."

그런 건 인부들이 돌아간 다음에 걸어도 늦지 않다. 이삿짐을 전부 정리한 후에 한숨 자고 일어나 내일 아침에 해도 될 일이다.

기실 준환이 황당해한 까닭은, 그녀가 일의 순서를 모르기 때문이 아니라 그 결혼사진 때문이었다. 결혼사진 속의 그녀는 퍽이나 앳되어 보이는 단발머리였다. 귀 밑으로 3센티미터나 될까 말까. 지금 그녀의 머리는 등허리를 뒤덮을 정도로 길다. 그녀가 연예인처럼 머리카락을 길게 덧붙이지 않았다면, 저 사진을 찍은 이후로 최소한 1~2년은 지났을 터였다.

그녀의 남편이 죽은 건 작년 여름이었다. 아직 1년이 채 되지 않았다. 그녀가 아무리 재혼을 서둘렀다 해도 남편이 죽기 전에 재혼할 수는 없는 노릇이다. 설령 남편이 죽자마자 바로 다음 날 재혼하여 사진부터 찍었다 해도 저런 결혼사진이 나올 수는 없었다. 그 사진은 어찌 봐도 초혼 때의 결혼사진이었다.

은아는 재혼을 하지 않았다. 그녀가 재혼을 했다면 초혼 때의 결혼사진을, 것도 거실 한복판에 떡하니 걸어 놓을 리 없다. 생각해 보면 그녀는 자신이 재혼했다고 말한 적도 없다. 단지 그에게 남편이 있다는 식으로 얘기했을 뿐이다. 그녀의 남편이 죽었다는 사실을 몰랐더라면, 준환은 감쪽같이 속을 뻔했다.

아니, 대관절 왜 그런 거짓말로 사람을 속인단 말인가? 엄연히 남편이 살아 있는 유부녀가 다른 남자를 만나서 자신에게 남편이 없다고 거짓말을 한다면, 그 이유는 대충 짐작할 만하다. 한데 남편도 없는 여자가 남편이 있다고 거짓말을 하는 경우는 도대체 어떻게 받아들여야 되는 건가?

하긴 남자가 살고 있는 집에 젊은 여자가 혼자 들어와 살 생각을 하면 그녀로서는 꺼림칙할 수도 있다. 그 남자가 꼬부랑 힐아버지도 아니고 혈기왕성한 20대 남자라면 더더욱……. 그러니 그에게 남편이 있다고 거짓말을 하면서, 이사 오자마자 딴 거 다 제쳐 두고 보란 듯이 결혼사진부터 걸었을 테지. 아니, 근데 이 여자가 사람을 뭘로 보고!

기실 준환은 그녀에게 관심이 있었다. 하지만 그건 어디까지나 인간적인 관심이었다. 박경술 여사가 입버릇처럼 얘기하던 '우리 은아'니까. 초 한 개 달랑 꽂은 생일 케이크를 보고 있노라면 돌잔치도 못 해 줬다는 그 아기가 어떻게 자랐을지 궁금하고 관심 가는 건 당연지사다. 단지 거기까지다. 막말로 그녀를 어찌 한번 건드려 볼 생각 따위는 눈곱만치도 없었다.

솔직히 그는 한때 폐인이 될 정도로 쓰디쓴 연애를 했던 터라 두 번 다시는 그딴 걸 하고 싶지 않은 심정이었다. 그래도 그런 경험 덕분에 이 집 주인아주머니처럼 좋은 사람을 만나 평생 간직할 만한 추억을 쌓았다는 점은 감사할 일이지만. 그렇지만 첫사랑 애인의 고모님과 이래저래 정이 들어서 잘 지낸 것은 별개의 문제고, 그 첫사랑과 관련된 것이라면 이젠 그만 잊고 싶었다. 설령 그가 어느 날 갑자기 마음이 동해서 다시 연애를 하고 싶어지더라도 그 상대는 어딘가에 있을 이름 모를 누군가일 터였다. 첫사랑 애인의 사촌 동생이나 예비 외숙모는 애당초 열외란 말이다.

그나저나 그녀가 머리를 붙이지 않은 건 확실한가?

"결혼사진이에요?"

이사를 마친 후 저녁을 먹으러 나가는 길에 준환은 은근슬쩍 운을 떼었다. 은아는 무슨 그런 당연한 질문을 하느냐는 양 대꾸도 없이 그를 흘깃 쳐다볼 뿐이었다.

"몇 년이나 됐는지 궁금해서요. 지금과는 꽤 달라 보여서."

"3년 됐어요."

"흐음."

즉 저 결혼사진은 3년 전에 찍은 것이 틀림없다. 어이가 없었다. 아오! 이 여자가 진짜 사람을 뭘로 보고!

이대로는 불편해서 같이 생활을 하기가 힘들 성싶었다. 주방도 하나요 욕실도 하나뿐인 집이다. 매일 오며 가며 서로 마주칠 일투성이였다. 계속 이런 식으로 경계하며 지내는 건 그녀로서도 무리일 테고, 애꿎게 예비 성범죄자 취급을 받는 그도 불쾌하고 피곤했다.

준환은 치사하고 더럽다며 자리를 박차고 집을 나가는 대신, 이 집의 새로운 여주인과 인간적인 친분을 쌓음으로써 이 문제를 해결하기로 마음먹었다. 그가 당장 이 집 2층을 비우고자 하면 일단은 부동산에 가서 새로운 세입자를 찾아야 하고, 그동안 할부로 지불하던 가마 값을 일시불로 내기 위해 은행에 가서 적금도 깨야 한다. 이런 현실적인 문제를 떠나서라도 그는 집주인과 그렇게 소원한 관계로 이 집을 나가 버리고 싶지 않았다. 먼 훗날 이 근처를 지나다가 문득 박경술 여사가 떠오를 때, 그는 과일이라도 한 박스 사 들고 잠시 이 집에 들러 추억을 돌아볼 수 있길 원했다. 정이 들어서…….

그래, 솔직한 심정을 말하라면 이유는 단지 그놈의 징 때문이었다. 그는 이 집에 정이 들어서 그런 식으로 횡하니 떠나 버릴 수가 없었다. 아주머니에게 정이 들어서 그 아주머니가 오매불망 그리워하던 그 딸을 나 몰라라 내버려둘 수가 없었다. 이제까지 그가 아주머니에게 다달이 지불했던 돈이 고스란히 은아의 생활비가 되어 왔음을 아는 터라, 그가 떠나 버리면 이 딸이 앞으로 어찌 생계를 유지할지 걱정부터 들었다.

게다가 이 딸은 좋게 말하자면 남자로 하여금 보호 본능을 불러일으키는 사람이며, 엄밀히 말하자면 보는 이로 하여금 걱정이 절로 우러나오도록 만드는 사람이었다. 죽은 남편을 보호자로 내세우질 않나, 그 나이에 귀신이 무섭다고 쩔쩔매질 않나. 이사도 제대로 못하고 망치질조차 못 하는 주제에, 청소한답시고 멀쩡한 배수구에다가 트래펑을 퍼붓는 용자다.

게다가 생긴 건 또 어떠한가. 어릴 때 못 얻어먹고 자란 사람처럼 뼈대는 가늘고, 최근에도 못 챙겨 먹은 사람처럼 배싹 말라서 핏기가 없다. 얼굴에서 눈만 도드라지게 커 보이는데, 사실 눈이 유달리 큰 게 아니라 그녀의 얼굴 골격이 워낙 작고 볼에 살이 별로 없어서 상대적으로 눈이 커 보일 뿐이다. 똑같은 사이즈의 안구를 끼우더라도 인형의 크기에 따라 눈 크기가 달라 보이는 것과 비슷한 이치다.

이 '걱정 유발자'를 끌고 저녁을 먹으러 나간 준환은 밥을 먹으면서 좀 부드러운 분위기로 이런저런 이야기를 할 작정이었다. 자신이 그동안 박경술 여사와 얼마나 친하게 잘 지냈었는지, 또 어떠한 연유로 이 집에 세 들어 살게 되었는지 등등. 아울러 그녀의 사촌 언니 때문에 실연의 아픔을 곱씹느라 폐인 생활을 하다가 얼마 전에야 정신을 차린 터라 당분간 다시 연애를 할 계획 따위는 없으며, 행여나 연애를 한다 하더라도 그 대상이 그녀는 아닐 거라고. 그에게 있어서 그녀는 박경술 여사의 딸이거나 박상희의 사촌 동생일 뿐 이성적인 호감의 대상이 될 수 없다고. 설령 그녀가 사귀어 달라 울며불며 떼를 써도 싫다고! 결론인즉슨 죽은 남편을 보호자로 내세우면서까지 그를 경계할 필요는 없다고 말이다.

그러나 준환은 그 많은 말들을 조용히 집어삼키고 말았다.

"어머니도 여기 버섯전골을 좋아하셨거든요. ……은아 씨 어머니요."

은아는 잠시 숨 쉬는 것조차 멈춘 채 그를 빤히 바라보았다.

이후로도 준환은 간간이 그녀가 그런 표정을 짓는 걸 보았는데, 그때마다 그는 할 말을 잃어버리곤 했다. 괴로워서 울고 싶은 건지, 증오심에 가득 차서 누군가에게 화를 내고 싶은 건지, 그것도 아니면 세상 다 산 사람처럼 허탈감에 젖어서 쓴웃음이라도 지으려는 건지 알 수 없는……, 무어라 한마디로 표현하기에는 너무나도 많은 감정을 담고 있는 표정이었다.

그는 아무 말도 못 한 채 계산을 한 후 차로 향했다. 차 문을 열어 주면서, 차에 올라타는 그녀의 뒷모습을 그는 자기도 모르게 눈여겨보았다. 반쯤 닳은 그녀의 펌프스 뒤축을 보곤 그녀가 그 펌프스를 얼마나 신었을지 궁금해졌다. 목 부분이 후줄근하게 늘어진 티셔츠를 보고 저 티셔츠는 얼마나 입었을지 궁금해졌다.

마트에 가서도 그의 시선은, 그의 의지와는 상관없이 종내 그녀를 따라다녔다. 고작 토마토 한 팩 사면서 마트에 있는 토마토들을 전부 살펴볼 기세로 집었다 놨다 한다든가, 계란을 고를 때 맨 끄트머리에 있는 계란부터 꺼내어 유통기한을 확인해 본다든가 하는 것을. 물건을 그렇게 꼼꼼하게 고르는 사람이 어떤 기준으로 남편을 선택했던 건지 또 문득 궁금해졌다.

집으로 돌아오는 차 안에서 그녀의 조용한 숨소리에 귀를 기울이다가 준환은 뒤늦게 깨달았다. 옆에 앉아 있는 그녀를 향해 연이어 일어나는 이 주체할 수 없는 호기심이 어떠한 감정에서 비롯된 것인지. 그 깨달음은 불똥처럼 팍 튀어 따갑게 심장 한구석을 찔렀다. 그의 마음은 급히 움츠러들었다.

어떤 한 사람을 사랑하고 그 사람과 가까워지고 그 사람과 관계를 맺는 것이 그 당시에는 얼마나 즐겁고 행복한 일인지 그는 안다. 그래서 그 사람을 잃어버렸을 때 몇 배로 괴로워진다는 사실도 그는 뼈아픈 경험을 통해 알고 있었다. 그는 정말이지 그걸 다시 하고 싶지 않았다. 아예 시작조차 하고 싶지 않았다. 아니, 적어도 옆에 앉아 있는 이 사람만큼은 절대로 피하고 싶었다.

"잠시만 얘기해요. 중요한 얘기예요."

집 앞에서 그는 차를 멈추고 그녀를 붙들어 앉혔다. 그녀, 친애하는 박경술 여사의 딸이자 첫사랑 애인의 사촌 동생이며 오랜 시간 홀로 지내 온 외삼촌이 비로소 만난 이상형인 그녀, 박은아 말이다.

"은아 씨를 더 깊이 알게 되면 이런 얘기 어려울 것 같아서요."

"말씀하세요."

은아는 차 앞 유리창만 바라보며 무덤덤한 척 말했다. 그러나 그는 옆얼굴에 와 닿는 그녀의 시선을 또렷이 느꼈다. 무릎 위에 얹은 양손을 꼭 모아 쥐는 그녀의 긴장감도 온전히 전해 져 왔다. 간간이 끊기는 그녀의 숨소리가 마이크라도 켠 것처 럼 커다랗게 들려왔다. 그의 몸에 있는 세포 하나하나가 안테 나가 되어 그녀의 모든 것을 감지하는 듯, 그는 20~30센티미 터 정도 떨어진 거리에 있는 그녀의 체온까지도 고스란히 느끼 고 있었다.

문제는 그것이 단순한 감각의 인식에 그치지 않고, 그다음 의 어떠한 행위를 요구한다는 점이었다. 피가 제멋대로 내달리 고 있었다. 입안이 바짝 말랐다. 워, 이 망할 호르몬. 그는 속 으로 하릴없이 혀를 찼다. 이러니 그녀가 경계할 만도 하지.

서둘러 그녀와 담판을 지어야만 했다. 그녀와 확실하게 선 을 그어야만 했다. 그녀가 우려하는 바가 현실로 일어나지 않 도록, 아울러 그 자신이 떳떳할 수 있도록……

"난 은아 씨가 남 같지 않은데. 얘기 많이 들었거든요."

그는 마음만 급하여 아무렇게나 되는대로 주절거렸다. 자신 이 무슨 말을 하고 있는지, 이 상황에서 이런 말이 타당한지조 차 가늠치 못했다. 다만 옆얼굴에 닿는 그녀의 시선이 짐짐 디 간질거려서 견딜 수가 없을 지경이었다.

"은아 씨 어머니께서 저한테 말씀하시기로는……."

그녀의 시선이 어느 틈엔가 오롯이 그를 향하고 있음을 깨 달은 순간, 그는 그대로 멈추었다. 그녀의 얼굴이 정면으로 그 를 향하고 있었다. 그는 직업적인 버릇으로 그녀의 얼굴을 관찰했다. 피부의 질감과 색감, 눈과 눈 사이의 거리, 이마 끝과 연결된 콧날의 길이와 각도, 윗입술과 아랫입술의 밸런스, 턱의 구조와 광대뼈의 크기, 눈썹의 생김새 등등.

그녀는 예쁜 얼굴도 아니고 못생긴 얼굴도 아니다. 대개 그처럼 인간의 얼굴을 구조적으로 뜯어서 관찰하다 보면, 예쁘다거나 못생겼다는 식의 주관적 판단이 서지 않는다. 관찰 대상은 그저 또 하나의 얼굴일 따름이다.

어쨌거나 그녀의 얼굴을 관찰하는 사이에 그의 이성이 제대로 기능하기 시작했다. 그로서는 다행한 일이었다. 그는 망할 호르몬의 난동을 잠재우곤 겨우 한숨 돌렸다. 그리고 이윽고 그녀의 눈에 눈을 맞추었다.

까맣게 윤나는 눈동자에 흐린 조명이 반사되어 가닥가닥 무수한 빛깔의 스펙트럼을 그리고 있었다. 인간의 눈이 이렇게 찬란하게 반짝거릴 수도 있다는 사실을 그는 그때 처음 알았다. 제아무리 정교하게 커팅한 다이아몬드라 할지라도 빛을 이토록 다채로이 반사해 내지는 못하리라. 그 황홀한 색채의 향연 속에서 그는 아무렇게나 뭉뚱그려진 하나의 그림자에 불과했다.

그녀의 눈은 어떠한 감정이나 생각도 내보이지 않은 채, 그러하기에 절대적인 아름다움으로 그의 앞에 존재하고 있었다. 그것은 순수하게 공허했다. 사람이 죽어 사라져도 아랑곳없이 피어나는 봄꽃처럼 무심했다. 그래도 그는 좋았다. 인생에 단한 번만이라도 이런 눈을 만들어 낼 수 있다면, 그는 영혼을 팔아도 좋을 것 같았다.

1

"우와, 도너츠다! 역시 너밖에 없어, 쮼!"

준환이 작업실에 들어서자마자 윤이정은 열렬한 기세로 환영했다. 그러고는 곧 큼지막한 도넛 박스에 탐욕스럽게 달려들었다.

이정이 한 사나흘쯤 굶은 사람처럼 힘없는 목소리로 '나 진짜 죽을 것 같아, 쮼. 작업실에서 내 시체를 찾아 줘.'라며 전화를 한 바람에 준환은 헐레벌떡 그녀의 작업실로 달려온 길이었다. 계획을 세워 하나하나 찬찬히 작업해 나가는 준환과 달리 이정은 즉흥적으로 이것저것 마구 벌여 놓는 스타일이었다. 때문에 예전에도 작업실에서 과로로 쓰러진 채 발견된 적이 여러 차례였다.

다행히도 이정은 도넛 반 박스를 게 눈 감추듯 먹어 치우곤 금세 기운을 차렸다. 그사이 준환은 그녀의 작업실을 둘러보며 입을 쩍쩍 벌리고 있었다.

"이야! 장동원, 주인성, 임수현, 민근영……. 미쳤네. 누나, 이 사람들 초상권은 다 딴 거야?"

"그럼 내가 설마 그런 것도 없이 이 개고생을 하겠니."

"이 리스트로 실리콘 작업을 하면……."

"대박이지. 야, 애 되게 착하다. 내가 실리콘 인형 좀 만들겠다니까 '그럼 본을 떠야겠네요.' 하면서 스케줄을 막 빼 주려고 하는 거야. 애가 진짜 생긴 것도 착하고……. 아, 하늘은 불공평해."

"어울리지 않게 왜 이래? 살만 빼면 누나도 민근영이라며."

"내가 이번에 작업한다고 실제로 가서 봤잖아. 걔네는 인간이 아니더라. 인간하고는 종족 자체가 달라. 야, 그리고 정동건 완전 끝판왕! 내가 그 유부남한테 홀려서 이렇게 예술혼을 불사르다가 처녀귀신 될 뻔했다는 거 아니니."

딱히 그렇지는 않은 것 같았다. 작업실을 둘러보니 한 대여섯 개를 동시에 작업하는 중인 듯했다. 정서 불안도 아니고 왜 꼭 여러 개를 벌여 놔야 직성이 풀리는지 모른다.

"전시회는 언제쯤 열 건데?"

"올해 안으로 해야지. 그래서 나 좀 도와 달라고. 내가 작업실 대고 재료 다 대고 노하우까지 팔고 70대 30. 어때? 괜찮지 않아?"

"어?"

"공동 작업 좀 하자고. 이게 발로 만들어도 20킬로는 나가거든. 그렇지만 발로 만들면 안 돼. 우리가 작업을 그런 식으로는 안 하잖아. 근데 한두 개도 아니고 내가 이 많은 걸 어떻게 드니? 내가 아는 애 중에서 네가 제일 크단 말이야. 힘도 세고, 무거운 것도 잘 들고. 응? 쭌, 싫어?"

"저 무지 바쁘거든요. 차라리 일꾼을 고용하세요, 누나."

"아이, 왜. 너도 실리콘 작업 해 보고 싶다며. 여덟 명만 실제 인물 넣고 나머지는 그냥 작업해서 넣을 거야. 네 작품도 나오는 거 봐서 두어 점 넣어 줄게. 네 이름도 박아 줄게, 응?”

“작품 들어가면 이름이야 당연히 올리는 게 맞는 거고…….”

“내 이름이 먼저야. 네 이름은 두 포인트 작게 쓸 거고. 그리고…….”

“그리고 또?”

“……인터뷰는 내가 다 해. TV에도 나만 나갈 거야. 나만 유명해질 거야!”

“그리고 또?”

“그리고 또……, 없네. 끝이야. 콜?”

잠시 생각에 잠겼던 준환이 이윽고 고개를 끄덕였다.

“좋아. 대신 나도 한 가지 조건이 있어.”

“잡지도 나만 나가. 네가 뒤에서 배경으로 찍히는 것까진 봐줄게.”

“그런 거 말고. 전시회에 넣을 작품은 아닌데, 내가 꼭 만들어 보고 싶은 게 있거든. 누나가 좀 도와줘. 그럼 누나 작업하는 동안 내가 몸 바쳐서 노가다 뛸게.”

“뭘 만들고 싶은 건데?”

“어떤 사람. 그런데 작품이 어떻게 나오든 간에 전시회에는 못 넣어.”

“어떤 사람? 누구? 설마 지난번에 같이 왔던 그 여자애? 은아인가 뭔가 하는 개 말이야? 에라이, 이 변태 새끼야! 성기는 절대로 안 만들어 준다!”

“아, 쫌! 누나는 머릿속에 도대체 뭐가 들은 거야!”

＊

　박은아의 남편은 죽었다. 그러나 박은아는 자신의 남편이 살아 있다고 믿는다.

　"참, 아까부터 궁금했는데 남편분은 이삿날 어딜 가신 거예요? 집 보러 오신 날도 혼자 오시더니."

　언젠가 준환이 은아를 떠보려 물었을 때 그녀는 태연하게 대답했다.

　"프랑스로 출장 갔어요."

　이후로도 그는 틈만 나면 그녀에게 남편에 대해 물어보았다. 그녀는 단 한 번도 남편이 죽었다는 전제하에 대답한 적이 없었다. 그녀에게 있어서 남편이 살아 있다는 건 너무나도 당연한 사실인 듯 보였다. 적어도 그녀는 그렇게 행세했다. 그런 사람한테 대놓고 '당신 남편은 죽었잖아요.'라고 말할 용기가 준환에게는 없었다. 만약에 그런 말을 하면 그나 그녀, 둘 중에 하나는 이 집을 나가게 될 것 같았다.

　혹시 그녀가 정말로 자기 남편이 살아 있다고 믿는 건 아닐까 하는 의구심이 들기 시작할 무렵, 갑작스럽게 외삼촌이 집을 방문했다. 외삼촌은 모처럼 만난 이상형과 단둘이 있고 싶은 모양인지, 대뜸 파인애플을 사 오라며 준환을 집 밖으로 쫓아냈다. 준환은 대문 밖을 나서자마자 외삼촌에게 전화를 걸었다.

― 넌 사 오라는 파인애플은 안 사 오고 웬 전화질이냐. 아니, 그리고 왜 사람을 2층에 오라 가라 해? 귀찮게.

"꼭 부탁드릴 게 있어서 그래요. 은아 씨 남편이, 지금 살아 있는 걸로 돼 있거든요."

― 그건 또 무슨 뚱딴지같은 소리냐?

"거실에 결혼사진 걸려 있는 거 보셨죠? 은아 씨한테 있어서 남편은 아직 살아 있는 사람이에요. 그러니까 남편도 죽었는데 우리 한번 잘해 보자, 행여나 그런 식으로 작업 걸지 마시라고요."

파인애플은 못 찾고 그냥저냥 통조림이라도 사서 집으로 돌아올 무렵, 준환은 외삼촌으로부터 한 통의 문자를 받았다.

저렴한 부동산이다. 속히 방 빼라.

그 문자 끝에는 전화번호 하나가 덧붙어 있었다. 부동산 전화번호일 터였다. 준환은 인상을 구겼다. 뜬금없는 파인애플 심부름으로 자리를 비우게끔 하더니만 이젠 방까지 비우려 드는 모양이었다.

그런데 집에 돌아와 보니 외삼촌의 모습이 보이지 않았다. 은아의 말로는 이혼한 얘기를 하다가 돌아갔다고 한나. 짐직이 갔다. 여자한테 덴 사람은 자기밖에 없다는 양 절망감에 빠져서 허우적거리다가, 눈앞의 이상형조차 여자로 보인 바람에 또 델까 봐 두려워서 서둘러 돌아간 듯했다. 그 한 번의 이혼이 외삼촌한테는 너무나도 큰 상처였나 보다.

2층으로 올라온 준환은 부동산 전화번호가 적힌 문자를 보다가 외삼촌에게 전화를 했다.

"왜 그렇게 일찍 가셨어요? 좀 더 계시지."

어쩐지 외삼촌이 불쌍하게 느껴져서 준환은 마음에도 없는 소리를 했다. 그런데 외삼촌의 대답이 뜻밖이었다.

─ 그런 여자랑 어떻게 같이 있냐? 네 말 듣고 확인해 봤더니만, 맛이 가도 한참 갔더군. 긴말할 필요 없다. 너도 얼른 방 빼서 그 집에서 나와라. 위험하다.

"아니, 언제는 이상형이라고 하시더니……."

─ 이상형이라는 말이 이상한 여자라는 뜻인 줄 아냐? 일 없다.

외삼촌은 전화를 뚝 끊었다. 이후로 외삼촌이 은아를 입에 담는 일은 두 번 다시 없었다.

그게 그렇게까지 이상한 일인가? 준환은 고개를 갸우뚱했다. 여자라면 덮어놓고 멀리하는 외삼촌도, 그런 식으로 따지면 결코 정상적인 사람은 아니었다.

어쨌거나 은아는 준환에게뿐만 아니라 주위의 모든 사람들에게 남편 있는 유부녀인 양 행세하고 있었다. 특별히 준환만을 경계하여 거짓말을 하는 것 같지는 않았다. 그래도 준환은 반신반의했다.

그러던 어느 날 아침이었다. 그날 은아는 일찍부터 집을 나섰다. 먼 곳을 갈 요량은 아닌지 집에서 입던 옷 그대로 지갑만 챙겨 들고 나갔다. 준환은 그녀가 근처 슈퍼에라도 가는 줄 알았다. 그런데 돌아온 그녀의 팔목에 약국 이름이 찍힌 비닐봉지가 걸려 있었다. 어디 아픈 건가 싶어서 그는 걱정스러운 마음에 그녀의 손에 들린 박스를 보았다. 그의 걱정이 무색하게도, 그녀는 임신 테스트기를 들고 있었다.

죽은 남편을 산 사람 취급하는 그녀가 다른 남자와 관계를 할 가능성이 얼마나 될까? 차라리 죽은 남편의 아이를 가졌으면 가졌지, 다른 남자의 아이를 가질 사람처럼 보이지는 않았다. 적어도 그때까지 준환이 보아 온 박은아는 그러했다. 아울러 그녀는 임신도 아니었다. 준환은 그제야 확신이 들었다. 그녀는 자신의 남편이 살아 있다고 진실로 믿고 있다.

남들이 보기에는 말도 안 되는 믿음일 수 있다. 한데 이 세상에는 그런 믿음을 갖고 살아가는 사람들이 의외로 많다. 예컨대 2천 년 전에 한 청년이 죽었다가 사흘 만에 부활했다는 이야기를 수억 명의 사람들이 믿고 있다. 개중에는 의사나 과학자도 부지기수다. 인간의 믿음 앞에서 의학적 근거나 과학적 경험, 상식적인 현실 가능성 여부는 아무런 의미가 없다. 죽은 사람이 되살아날 리 없다는 지극히 당연한 사실을 몰라서 그 이야기를 믿는 게 아니다. 그들은 그럼에도 불구하고 믿는다. 그렇기에 그 믿음이 힘을 가지고 새로운 기적을 만드는 깃이다.

그녀의 믿음은 마치 종교와도 같이 그녀를 위로하고 그녀에게 하루하루를 살아갈 힘이 되어 주고 있었다. 그릇된 믿음에 의지하여 살아가는 그녀의 현실보다도, 남편의 죽음을 곧이곧대로 받아들이지 못할 만큼 힘들었을 그녀의 과거가 준환을 가슴 아프게 했다. 하지만 한편으로는 은근히 심술이 나기도 했다. 그 남편이 얼마나 대단한 사람이었기에, 또 그녀가 얼마나 남편을 사랑했기에 죽은 남편을 못 잊고 저럴까. 죽은 사람을 상대로 질투하는 것도 쉬운 일은 아니다.

그나마 그에게 희망을 주는 것은 이후로 차차 알게 된 사소한 사실들이었다.

"그런데 은아 씨는 꿈이 뭐였어요?"

"꿈이요? ……별로 생각나는 게 없는데……."

"혹시 현모양처라든가, 뭐 그런 거였어요?"

"아, 어쩌면 비슷할 것도 같아요. 좋은 엄마가 되고 싶다는 생각은 많이 했거든요."

기실 은아의 입을 통해서 전해 듣는 남편의 이미지는 그저 그런 아저씨였다. 요리나 설거지는커녕 자기 손으로 물 한 잔 따라 마실 줄 모르는, 청소 같은 집안일도 나 몰라라 하는 전형적인 한국의 아저씨. 그러나 그녀에게 있어서 남편이란, 단순한 한 남자가 아니라 그녀의 꿈을 이루어 줄 매개체였다.

"웬일이니. 그런 사랑을 하는 사람이 실제로 있구나. 와! 죽음도 갈라놓지 못한 사랑! 은아 걔 그렇게 안 봤는데 진짜 로맨틱하다. 나 걔랑 친하게 지낼래."

준환의 이야기를 들은 이정은 눈빛을 반짝거리면서 감탄을 금치 못했다. 혹시나 그녀가 은아를 미친 사람 취급하면 어쩌나 내심 걱정했던 준환은 그 열렬한 반응에 겨우 한시름 놓았다. 그러나 이내 은근히 불쾌해졌다.

아니다. 죽은 사람을 상대로 질투를 해서 어쩌자는 건가.

"하여튼 그래서 남편을 만들어 주면 어떨까 해. 좀 그런가?"

"좋아하지 않을까? 죽은 아기 똑같이 만들어 주는 데도 있잖아. 그 사이트가 은근 잘 나가더라고. 남들이 보기엔 어떨지 몰라도 당사자한테는 의미가 있는 거겠지. 나야 뭐, 그런 사랑을 안 해 봐서 잘 모르겠지만, 내가 만약에 그 정도로 누굴 사랑하는데 그 사람이 죽었다면 나는 실리콘으로 작업할 것 같아. 아니지. 나는 아마 사랑하는 그 순간부터 이미 작업 들어갔을걸."

"흠. 근데 이거 완제 나오는 데 얼마나 걸려? 두어 달?"

"이 작업은 베이킹이 없기 때문에 원형하고 몰드만 뜨면 금방이야. 몰드도 석고가 아니라서 그렇게까지 오래 안 걸리고. 문제는 심재인데, 주문해 놓은 것 중에서 사이즈 비슷한 게 있으면 너한테 먼저 빼 줄게. 그 남편 키가 몇인데?"

즉흥적으로 떠오른 발상이긴 하지만, 은아에게 남편을 선물한다는 건 나쁘지 않은 생각 같았다. 준환은 될 수 있으면 그녀의 생일 전까지 작업을 끝내고 싶었다.

"참, 남편분은 키가 몇이에요?"

"176이요."

"그럼 은아 씨는요?"

"160. ……실제로는 158이에요. 으음, 반올림해서 158. 그런데 키는 왜요?"

“키 크다고 자랑하려고요. 전 180이 훨씬 넘거든요.”

그는 지나가는 농담처럼 은아의 남편에 대한 정보를 수집했다. 키는 176, 결혼반지는 은아가 끼고 있는 것과 똑같은 디자인이다. 어느 가게에나 있을 성싶은 심플한 형태의 백금 반지였다.

준환은 거실에 걸린 그녀의 결혼사진을 그대로 찍어서 작업실로 가져갔다. 그 사진을 토대로 키가 176센티미터인 점을 감안해 얼굴 크기나 사지의 길이 등을 계산해 냈다. 그 수치에 맞추어 도안을 하고 원형을 깎아 나갔다. 옆에서 이정이 자기 작업을 팽개치다시피 한 채 도와줬기에 작업 자체는 순조로웠다.

문제는 준환 자신이었다. 선물을 받고 은아가 기뻐하리라 기대하면서 작업에 임해야 하는데, 그는 내심 이 선물을 주기가 싫었다. 차라리 그가 커다란 리본을 달고 선물 상자 속에 들어가고 싶은 심정이었다. 아니, 왜 그가 그녀의 남편을 만들어 줘야 한단 말인가. 심지어 죽은 남편을.

은아는 날이 갈수록 귀여워지고 점점 더 사랑스러워졌다. 남편이 죽은 뒤로 허구한 날 컵라면만 먹고 살았던 모양인데, 그걸 끊고 나니까 대번에 얼굴에 핏기가 돌았다. 뺨이 발그레한 게, 정확하게 표현하자면 라이트코럴색이다. 그게 아무한테서나 볼 수 있는 컬러가 아니다. 이즈음 들어서는 또 어인 영문인지 자꾸 그녀의 입술만 도드라지게 눈에 띄어서 준환은 오히려 스스로에게 ‘이 사람 남편이 살아 있어.’라고 세뇌를 시키곤 했다.

그는 그녀의 믿음을 깨뜨리고 싶지 않았다. 솔직히 그는 두려웠다. 그게 깨져 버리면 그녀도 함께 망가져 버릴까 봐.

혹독한 현실과 싸우느라 아슴푸레 무너져 가는 그녀를, 준환은 이미 본 적이 있었다.

새벽 2시쯤이나 되어 집에 돌아온 어느 날이었다. 현관문을 열었는데 어둠 속에 은아의 그림자가 서 있었다. 그녀는 가냘픈 어깨에 서류 가방 하나를 멘 채, 양손으로 커다란 트렁크를 밀면서 낑낑거리는 중이었다. 신발장에 맨발로 내려서서는 곧장 현관 밖으로 나갈 기세였다. 그러다가 준환과 마주쳐 그대로 멈추었다.

"밖에 내놓으시게요?"

준환이 물었으나 그녀는 대답이 없었다.

"이리 주세요. 제가 할게요."

그는 그녀의 어깨에 걸린 가방을 벗겼다.

"여기다가 놓으면 돼요?"

그녀는 입도 뻥긋하지 않고 오도카니 서 있을 뿐이었다.

현관 밖에 트렁크와 가방을 내놓고 도로 들어오던 그는, 희미하게 새어 드는 달빛에 비추인 그녀를 보았다. 그녀는 멍한 눈으로 준환을 응시하고 있었다. 단 한순간이었으나 그 장면은 흡사 사진처럼 그의 머릿속에 선명하게 각인되었다.

가녀린 쇄골의 깊이와 늘어뜨린 팔의 길이, 힘없이 축 처진 손가락들 하나하나의 각도를 그는 뚜렷이 기억한다. 그녀의 목선과 어깨선, 더불어 그녀의 실루엣이 위태로워 보일 정도로 가늘고 섬세했던 것도 기억한다. 그리고 그녀의 얼굴이 얼마나 공허해 보였는지도 기억한다.

늘 보던 얼굴인데도 그 순간의 그녀는 마치 처음 보는 사람인 양 낯설었다. 사람으로서 반드시 지니고 있어야 할 에센스가 빠진 것처럼, 영혼을 잃어버리기라도 한 것처럼, 그녀는 그렇게 인형같이 건조한 눈으로 그를 바라보고 있었다.

예전에도 간혹 그녀를 보면, 하도 작고 여려서 조금만 세게 건드려도 부서질 것 같다는 느낌을 받긴 했다. 그러나 그 순간만큼 그러한 불안을 절절하게 느낀 적이 없었다. 그녀는 도자기 인형처럼 금방이라도 산산조각으로 깨져 버릴 것만 같았다.

현실에서 한 발짝 주춤 물러나 있는 그녀가 다시금 무사히 현실로 돌아올 수 있을까? 어쩌면 이대로 그녀를 곁에서 바라보는 것만이 그녀를 지키는 유일한 길이 아닐까?

그 순간이 떠오를 때마다 준환은 부질없는 질투심과 불만을 털어 버리곤 도로 작업에 열중했다. 그래, 이런 거라도 그녀에게 위로가 될 수 있다면…….

＊

"요즘 애들 키우는 데 돈이 많이 든다는 것 정도는 저도 알아요. 그렇지만 남편 월급이 얼만데, 그걸 싹 다 떼어 가고 딸랑 백만 원 준다는 게 말이 되냐고요. 그리고 그 합의서는 실제로 이혼할 생각이 없을 때 쓴 거잖아요. 이혼을 하게 됐으면 그걸 조정을 해야지. 법적으로 해도 그런 양육비는 말이 안 된대요. 문제는 사모님이 아니라 우리 김 부장님이에요. 내가 중요해, 애가 중요해? 제가 진짜 그 말이 여기까지 올라오는데 참는다니까요."

한번 쏟아지기 시작한 불평은 끝없이 계속되었다. 가관이었다. 준환은 속으로 파이팅을 외치며 은아를 향해 열심히 고개를 끄덕여 주었다.

어쩌면 박경술 여사는 딸네 집 생활비가 백만 원이라는 사실을 알고 있었는지도 모른다. 아니, 그 아주머니라면 그 정도는 알고도 남았다. 딸네 집에 숟가락이 몇 개인지도 앉은자리에서 훤히 들여다볼 사람이었다. 그래서 준환에게 더도 덜도 말고 딱 백만 원만 받았나 보다. 남의 집안 가정사며 단둘만의 경험까지도 CCTV를 훔쳐본 양 속속들이 꿰뚫어 보던 그 용한 무당 아주머니를 떠올리자 준환은 새삼 소름이 돋았다.

"아니, 어떻게 허구한 날 술을 마셔요? 아무리 와인을 좋아해도 그렇지. 저도 밀키스 좋아해요. 그렇지만 그걸 매일 마시지는 않는다고요. 그리고 와인은 마시면 취하잖아요. 어쩌다가 가볍게 한 잔 마시는 것도 아니고, 어떻게 그렇게 맨날 정줄 놓고 뻗을 때까지 마실 수가 있어요? 그것도 남의 남편이랑. 그 여직원이 이번 출장에서만 그러는 게 아니에요. 처음 출장 갔을 때부터 지금까지 계속 그래, 계속! 벌써 3년째야. 그 정도면 알코올중독 아니에요?"

이번에는 남편과 함께 출장을 간 여직원이 와인을 많이 마신다고 불평이었다. 지금이야 물론 그 여직원도 은아의 남편과 함께 와인을 마시지는 못할 터였다. 그렇지만 은아가 그런 불만을 품게 된 까닭은, 남편이 살아 있을 적에 실제로 비슷한 일을 겪었기 때문이리라.

"한번 물어보지 그랬어요? 그 여직원하고 아무 일도 없었느냐고."

준환의 질문에 은아는 눈을 동그랗게 뜨더니 곧 고개를 설설 저었다.

"아휴, 그런 걸 어떻게 물어봐요?"

"물어볼 수도 있는 거죠, 부부 사이에. 아닌가?"

"그랬다가 무슨 일이 있었다고 하면……."

그녀는 침울한 표정으로 입을 다물었다. 그러더니 이내 또 고개를 흔들었다.

"에이, 그런 걸 물어보는 것 자체가 이미 남편을 의심하고 있다는 거잖아요. 긁어 부스럼 만들지 말자는 게 제 생활신조예요."

그럼 불만도 품지 말든가. 속은 이미 곪고 있는데, 긁어서 부스럼을 좀 만든들 무슨 큰 차이가 있는지 모르겠다. 그녀는 자기 어머니를 싫어한다지만, 이러고 혼자 끙끙대며 속병 키우는 걸 보면 아주머니랑 꼭 닮았다. 준환은 갑갑하여 입을 다물었다.

돌아가신 아주머니가 오늘따라 유난히 준환의 뇌리를 맴돌고 있었다. 아마도 오늘 오후, 은아의 아버지를 찾는답시고 심부름센터 조병찬 실장을 만났기 때문일 것이다.

"사진도 사진 나름인데, 이런 사진은 제가 90퍼센트 보장합니다."

조병찬의 90퍼센트는 남들의 120퍼센트였다. 그 아버지의 사진을 처음 봤을 때, 사진이 퍽 기묘하다는 생각을 하면서도 왜 진즉 깨닫지 못했던가.

얼핏 증명사진처럼 보이지만 기실 그 사진은 사람 부분과 배경을 합성한 사진이었다. 하늘색 민무늬 바탕의 합성사진. 어디서 많이 본 듯한 사진.

"별들이 소곤대는 홍콩의 밤거리……."

그래, 길을 지나다니다 보면 간간이 보이지 않는가. 수배자 전단에 붙어 있는 사진. 그 아버지는 별을 단 전과자다.

준환은 뒤늦게 그 사실을 깨닫고 조병찬을 쫓아가 확인했다.

"그거를 그렇게 이제야 알았다는 듯이 말씀하시면 저희로서는 좀 곤란하겠지요? 제가 고객님 입장도 이해는 되는데요, 어쨌든 제가 받은 일이니까 일단은 사무실 들어가서 이분이 누군지 알아보고 죄질을 확인해 보겠습니다. 20년도 더 된 사진이라고 하셨는데, 그때는 멀쩡한 대학생들이 네모하다가 끌려가서 터지고 그랬던 시절이거든요. 보아하니 나이도 젊을 땐데 뭐, 혹시 압니까. 국회의원이라도 한자리하고 계실지."

조병찬은 좋은 쪽으로 얘기했지만 준환의 기분은 영 개운치 않았다. 은아의 아버지가 국회의원씩이나 되는 인물이라면, 아주머니가 진즉에 은아를 아버지에게 맡기지 않았을까. 조카랍시고 데려다 키우면서 닭 다리 한 조각 양보할 줄 모르는 매정한 친척보다는, 전과자가 됐든 뭐가 됐든 그래도 친아버지가 낫지 않겠느냔 말이다.

오죽하면 아주머니가 딸에게 아버지가 누구인지 가르쳐 주지 못한 채 돌아가셨을까. 무슨 죄라도 지은 것처럼 딸을 남의 손에 맡기고 평생 속병만 앓다가……

생각하면 생각할수록 준환은 갑갑할 따름이었다. 은아는 그 와중에도 사이드 메뉴로 나온 닭 날개를 맛있게 먹고 있었다. 하고많은 사이드 메뉴 중에서 왜 하필이면 닭 날개를 시켰는지 별안간 후회스럽고, 왜 사이드 메뉴에 닭 다리는 없는 건지 문득 화가 났다. 그러다가 그 매정한 친척 집이 상희네 집이라는 사실이 떠오르자 그저 한숨만 나왔다.

그는 도대체 어쩌다가 이렇게 박은아에게 푹 빠져 버린 걸까. 하고많은 메뉴 중에서 하필 닭 날개를 골라 시킨 것만큼이나 바보짓이었다. 세상은 넓고 여자는 많건만 왜 굳이 박상희의 사촌 동생이란 말인가.

"제가 옛날 여자 친구랑 닮았다면서요?"

은아가 전화 통화를 하면서 집에 수상한 방문객이 왔었다는 얘기를 한 바람에, 준환은 하던 작업을 팽개치고 부리나케 집으로 달려온 길이었다.

요 몇 달간 동네 분위기가 심상치 않았다. 은아가 이사 오기 전, 형사들이 집으로 찾아와 준환에게 이것저것 묻고 간 적도 있었다. 준환이 그럭저럭 부유한 집안 태생에다가 외가 쪽이 전부 법조계라 경찰도 그 이상 귀찮게 굴지는 않았지만, 띄엄띄엄 일어난 사건들이 한 건도 해결되지 않아 골머리를 썩이는 눈치였다.

이 동네가 겉보기에는 조용하고 평화로워 보여도 실제로는 젊은 여자들이 셋이나 증발해 버린 동네다. 세 명 다 혼자서 집을 지키다가 사라졌다. 그런 동네에서 은아는 집에 혼자 있었다. 그리고 오후엔 웬 택배 기사가 집을 찾아왔다가 때마침 온 중국집 배달원과 맞닥뜨려 그냥 가 버렸다고 한다. 택배를 주지도 않은 채. 하물며 집에 배달 올 물건도 없었는데 말이다.

준환은 평균 시속 180킬로미터로 달려왔다. 평소 고속도로에서 정서 불안인 양 차선을 이리저리 바꾸며 달리는 차들을 한심스럽게 바라본 그였지만, 오늘만큼은 그도 무지하게 차선을 갈아타며 마구 액셀을 밟아 댔다.

그렇게 달리는 동안 그는 느꼈다. 그녀를 잃어버리면 딱 이런 기분이겠구나.

집에 돌아와 그녀가 무사함을 확인한 순간, 그는 안도감과 불안감이 뒤섞여 엉망이 되어 버린 심정으로 그녀를 품에 집어넣었다. 아무도 가져가지 못하게. 아무도 망가뜨리지 못하게.

그런데 그녀는 태평스럽게 그런 말이나 하고 있었다.

"제가 옛날 여자 친구랑 닮았다면서요?"

그래, 닮았겠지. 어떻게 안 닮을 수가 있는가. 피가 섞인 친척인데.

그렇지만 달랐다. 모든 게 달랐다. 무엇보다도 박상희를 만나던 시절의 이준환과 박은아를 만나고 있는 지금의 이준환이 달랐다. 그 어리고 한심한, 좋게 말하자면 순진한 남자가 멋모르고 사랑했던 여자와, 지금의 그가 사랑하는 여자가 닮은들 얼마나 닮았겠는가.

2

상희가 집에까지 찾아올 줄은 몰랐다. 그 바람에 준환은 이제껏 은아를 속이고 있다가 들킨 꼴이 되었다. 은아의 남편 문제만으로도 그는 머릿속이 복잡스러웠다. 우선 그것부터 해결을 한 후, 상희에 대해서는 찬찬히 말해 줄 계획이었다. 어차피 그건 과거일 뿐이니까. 그러나 세상사가 마음대로 되지는 않는 법이다.

"도대체 어떻게 된 거야? 오빠, 설마 나 찾으려고 쟤랑 같이 있었던 거야? 쟤 사탄이 씐 애야. 가까이 있으면 안 된다고."

상희를 버스터미널로 데려다 주는 길에 준환은 공연히 백미러를 흘끔거리고 있었다. 더는 집이 보이지 않게 되었는데도 그 집에 혼자 남아 있을 은아가 걱정이었다. 상희가 일방적으로 난동을 부려서 놀랐을 텐데. 그가 속였다는 걸 알고 화가 났을지도 모르는데. 그나저나 그 망할 택배 기사가 또 오면 어쩌지? 이 와중에도 그는 그런 걱정뿐이었다.

"나는 그 집에 들어가서 산 지 꽤 됐어. 우리 헤어졌을 때, 어떻게든 너 잡아 보려고 너희 고모님한테까지 찾아갔었거든.

그런데 얼마 전에 돌아가셨잖아.”

“어머, 진짜? 우리 고모가?”

“몰랐구나.”

“응. 고모랑은……. 오빠도 봤으면 알겠지만 우리 고모가 좀 그렇잖아. 집안에서 고모 얘기는 잘 하지도 않았거든. 근데 어쩌다가 돌아가셨대?”

준환은 슬며시 눈썹을 찡그리며 대답했다.

“기도하러 가셨다가 그렇게 되셨나 봐. 나도 자세히는 모르겠어. 아무튼 그래서 은아 씨가 그 집을 상속받아서 들어온 거야.”

“하! 나쁜 년. 우리 집안 싹 말아먹고 나가서는 잘 먹고 잘사네, 혼자서.”

준환은 다시금 눈살을 찌푸리며 말을 돌렸다.

“너는 어떻게 지내? 어머니는?”

“엄마야 뭐, 요새는 집안일도 하시고 그래. 내가 무리하지 말라고 해도, 좀 움직이게 되니까 살 것 같으신가 봐. 다행이지. 수술비 안 나가는 것만 해도 어디야. 병원 한 번씩 갔다 오면 돈이 너무 많이 깨져서……. 그래도 이젠 내가 웬만큼 버니까.”

“너 그만둔 거 아니었어? 가게 사람이 너 그만뒀다던데.”

“오빠는 그 말을 믿니?”

“흠, 너희 어머니는 뭐라고 안 하셔?”

“자기가 죽어야 된다고 난리지, 뭐. 오빠, 나 이 일 진짜로 그만둘까?”

“그만둬. 아르바이트 필요하면 내가 괜찮은 자리 알아봐 줄게. 없으면 억지로라도 만들어 줄게.”

“에이, 됐어. 그냥 시집이나 갈까 봐.”

준환은 입을 다물었다. 잠시 그를 빤히 보던 상희가 팔꿈치로 그의 팔을 쿡 찔렀다.

“왜 말이 없어? 나 결혼하겠다고.”

“공부는? 학교는 영영 때려치울 거야?”

“결혼하면 오빠가 학비 다 대 주겠다며.”

“어?”

흘깃 상희를 돌아본 준환은 이내 도망치듯 시선을 돌렸다. 그녀는 웃음 섞인 목소리로 말했다.

“오빠 아직까지도 나 못 잊어버리고 내 뒤만 졸졸 쫓아다니고 있잖아. 내가 졌다, 졌어.”

준환은 말없이 아랫입술만 깨물었다. ‘나는 너 잊어버린 지 한참 됐는데.’라는 말이 좀처럼 나오지 않았다. 그의 침묵을 오해한 듯 상희의 목소리가 진지해졌다.

“나 그런 데서 일하면서도 이제까지 2차 한 번도 안 나갔어. 집 사 준다고 같이 살자는 사람도 있는데, 오빠 생각나서 그렇게는 못 하겠더라고. 그래도 설마 오빠가 아직까지 나를 찾아다니고 있을 줄은 몰랐지. 솔직히 이번에 진짜 감동받았어.”

“상희야, 나는…….”

그의 말이 이어지길 기다리던 상희가 이윽고 답답한 듯 입을 열었다.

“오빠는 뭐? 아니, 도대체 왜 이렇게 말을 못 해? 결혼하자고. 오빠가 그렇게 해 달라던 결혼, 내가 해 주겠다고.”

“아니…….”

“오빠, 설마 은아랑 그런 관계야?”

“그런 거 아니야.”

“그럼 따로 누구 만나는 사람 있어?”

“없어.”

“그런데 뭐가 문제야?”

마침내 버스터미널 앞에 도착하여 준환은 차를 세웠다. 그는 걸음을 빨리하여 매표소로 향했다. 그러고는 바로 다음에 출발하는 서울행 버스표를 사서 상희의 손에 쥐여 주었다.

“나 오빠 대답 듣기 전엔 안 가.”

버스는 문을 연 채로 손님을 기다리고 있었다. 출발 시각까지 12분 남았다.

준환은 한숨 끝에 입을 열었다.

“내가 너를 언제 잊어버렸는지는 잘 모르겠는데, 너를 완전히 잊어버렸다는 사실을 알게 된 날이 작년 3월 17일이야. 그날을 기념해서 ‘17th, March’라는 시리즈도 만들었거든. 합쳐서 열일곱 세트 한정 판매였는데 다음 날 바로 매진됐지.”

상희의 얼굴이 굳어졌다.

“그런데 정배가 우연히 그런 가게에서 너를 만났다더라. 헤어진 사람이라고 모른 척할 수가 없었어. 이상하게 죄책감이 들더라고. 내가 상대적으로 너무 편하게 살아 온 것 같아서.”

“그게 무슨 말이야? 그러니까 오빠가 가게까지 나를 찾아온 이유가 동정심 때문이라는 거야? 편하게 살다 보니까 내가 불쌍해 보여서?"

"내가 너한테 동정심을 품을 정도로 여유로운지 모르겠다. 내 인생이 편해진 날이 작년 3월 17일이거든. 나는 그 이전으로 돌아가고 싶지 않아. 그런데 네가 끝나지 않은 숙제처럼 남아 있잖아. 네 경력에 도움이 될 만한 아르바이트 자리를 알아봐 줄게. 네가 다시 공부를 한다면 졸업할 때까지 학비도 대 줄거야. 네가 네 인생을 제대로 살고 있어야 나도 편하게 내 갈길 갈 것 같으니까."

아랫입술을 꼭 깨물고 있던 상희의 표정이 차차 흔들리기 시작했다. 그녀는 짐짓 쌩하고 돌아서서 버스 계단에 한 발을 걸쳤다. 그러나 이내 돌아와 준환을 눈물 어린 눈으로 올려다보며 물었다.

"오빠, 왜 이렇게 변해 버린 거야?"

준환은 가만히 그녀를 내려다보다가 말했다.

"네가 학교로 돌아간다고 하면 아마 강재진 교수님이 굉장히 기뻐하실 거야. 넌 실력 있잖아. 꼭 성공해라."

"다시 돌아와 주면 안 돼? 내가 정말 미안해."

"미안해할 필요 없어. 난 얼마 전에 좋아하는 사람도 생겼거든. 너랑 헤어지고 나서 두 번 다시는 사랑 같은 거 못 할 줄 알았는데, 그 사람이 좋아졌어."

그때 버스 기사가 그들을 지나쳐 버스에 올랐다.

"버스 가겠다. 조심해서 올라가. 너 학교 간다고 정배한테 애기해 놓을게."

"오빠…….."

상희는 떠밀리듯 버스에 올라탔다. 표를 내고 자리에 앉은 그녀는 잠자코 고개를 숙이고 있었다.

이윽고 버스 문이 닫히고 시동이 걸렸다. 그제야 준환을 돌아본 상희가 버스 창을 통해 입모양으로 말했다.

'잘 있어, 오빠.'

붉어진 그녀의 눈가를 못 본 척 준환은 말없이 손을 흔들었다.

*

근래 들어 은아와 함께 있는 자리가 이렇게 어색하긴 처음이었다. 무슨 말을 해야 좋을지 하나도 생각이 안 났다. 방금 은아로부터 들은 이야기가 너무나도 충격적이어서, 준환은 단지 멍할 뿐이었다.

테이블이 되어 버렸다는 그 중학교 1학년짜리 꼬마가 불쌍해 죽겠다. 그런데 그 꼬마와 눈앞에 앉아 있는 여자가 머릿속에서 좀처럼 일치되질 않았다. 그 아이를 괴롭힌 인간 망종이 상희의 아버지라는 사실도 당최 연결이 안 됐다. 이제까지 알고 있었던 것들과 새롭게 알게 된 과거사가 준환의 머릿속에서 죄다 뒤죽박죽 따로 놀고 있었다. 게다가 그 과거사는 완전한 종결형이었다. 준환은 사회정의 구현을 위해 가해자를 고발할 수도 없고, 보다 손쉬운 방법으로 가해자를 직접 찾아가 응징

할 수도 없었다. 상희의 아버지는 이미 죽었으니까. 그러니 준환이 그 꼬마를 불쌍히 여긴들 그건 영양가 없는 동정심에 불과했다.

어쨌거나 그 아버지의 죽음으로 인하여 준환은 상희와 헤어졌다. 그리하여 박경숙 여사를 만나 그 집에 들어가 살게 되었으며, 지금 이렇듯 은아와 함께 있다. 과거야 어찌 되었든 준환은 나쁘지 않은 결말이라 생각했다.

솔직히 그는 당면한 문제를 해결하는 것만으로도 머릿속이 복잡했다. 해결할 수 없는 과거의 문제까지 끌어안기에는 그의 마음이 좀 급했다.

"그래서 그때 남편분하고 결혼했던 거예요?"

정말이지 할 말이 없어서 별의별 얘기를 다 하고 있던 준환이 이윽고 적절한 화젯거리를 찾아내어 은아에게 물었다. 그래, 그 당면한 문제 말이다.

"예. 그날 밤에 갈 데가 없어서 회사에 갔는데, 거기에 남편이 있었거든요."

"야근?"

"자숙의 시간이었어요. 그런 게 있었어요, 우리 김 부장님한테는."

어떻게 된 게 이 남편은 양파처럼 들출수록 새로운 허물이 드러난다. 자숙의 시간이라니.

"음, 그때가 처음이었어요. 우리 김 부장님은 허구한 날 바람을 피운다거나 하는 사람이 아니니까."

설마 그때가 처음이었으랴. 만일 그렇다면 그때가 처음이자 마지막 자숙의 시간이었을 텐데, 일생에 단 한 번 보낸 기간에 그런 식으로 거창한 이름까지 붙지는 않았을 것이다. 그 남편의 로망도 그렇고, 와인 좋아하는 여직원과의 출장 건도 그렇고, 심지어 자숙의 시간까지! 암만 봐도 그녀의 남편은 천생 바람둥이였던 것 같다.

그녀의 남편을 실제로 본 적도 없는 준환이 느끼는 바를 그녀가 모를 리 없다. 그는 은근슬쩍 그녀를 떠보았다.

"만약에 은아 씨 남편분이 바람을 피우면, 그땐 어떻게 되는 거예요?"

"제 남편은 바람 안 피워요."

그녀는 자신 없는 목소리로 대답했다. '제 남편이 바람둥이라는 것쯤은 저도 알고 있어요.'라는 대답이나 다름없이 들렸다.

그때 문득 어떤 계획이 준환의 뇌리를 스치고 지나갔다. 언뜻 터무니없는 계획 같았다. 그런데 생각해 보니, 그 계획을 구체화할 만한 것들이 이미 그의 수중에 있었다. 그가 마음만 먹으면 얼마든지 할 수 있는 일이었다.

준환은 눈빛을 빛내며 물었다.

"혹시 누가 증거샷이라도 들이대면, 그때는 어떻게 할 건데요? 그래도 이혼 안 할 거예요?"

"그 여자가 좋으면 그 여자한테 가라고 해야죠, 뭐."

곧바로 대답한 그녀는 이내 무엇이 켕기는지 자기 남편은 바람을 피울 사람이 아니라며 박박 우겼다. 그는 못 이긴 척 들어 주었다. 그래 놓고 그녀에게 확실히 못을 박았다.

"혹시나 남편분이 눈 돌리면, 그때는 이혼하는 거죠?"

"그럴 리가 없다니까요."

"만일의 경우라는 게 있잖아요. 설마 남편이 바람피우는데도 계속해서 같이 살 건 아니죠? 자숙의 시간 같은 거, 절대로 주지 마요."

"저는 전처처럼 그럴 자신은 없어요. 아마 그냥 이혼할 거예요. 벌써 마음이 다른 데로 가 버린 사람을 제가 붙들고 있으면 뭐 해요."

은아는 남편의 죽음을 끝끝내 인정하지 않을 심산 같았다. 준환도 그녀에게 남편이 이미 죽었다는 사실을 억지로 일깨워 줄 생각은 없었다.

그러니 아예 그 남편을 살아 있는 사람이라 치자.

'사랑이 변하니?'

예전에 그런 카피 문구가 있었다. 답을 말하자면 사랑은 변하지 않는다. 단지 사람이 변할 뿐이다.

살아 있는 사람은 끊임없이 변한다. 누군가의 기억 속에서 행복했던 시절만을 되풀이하며 살지는 않는다.

*

작업이 막바지에 접어들었다. 은아의 남편을 본뜬 실리콘 인형은 안구와 눈썹을 갖추고 점점 더 그럴싸한 모습으로 변모해 가고 있었다.

"이 사람 이마가 M 자인 걸 보면, 지금쯤 머리가 더 빠졌을 것 같은데……."

이정이 인형의 머리카락을 붙이다 말고 다시금 사진을 들여다보며 중얼거렸다.

"마흔한 살에 그렇게까지 빠지나?"

준환은 머리카락 한 올을 들어 붙이면서 대꾸했다.

"우리 아빠가 그러는데 빠지기 시작하면 금방이라더라. 대머리 전용 샴푸 같은 거 썼다니?"

"그런 건 못 봤는데."

"그럼 더 빠지지 않았을까? 앞에 요렇게, 한 3밀리만 빼 볼까?"

"에이, 그건 너무 대머리다. 그렇게까지 심각하게 머리가 빠지고 있었다면 전용 샴푸를 썼겠지."

"하긴 것도 그러네."

그들은 다시금 말없이 인형의 머리에 코를 박았다.

가발을 씌우면 간단하게 끝날 작업이지만, 그들은 미련하게도 머리카락을 한올 한올 붙이고 있었다. 정성이 하늘에 뻗쳤다. 준환이야 사심이 있는 작업이니 그리할 만도 했지만, 이정은 자기 일도 아닌데 아주 열심이었다.

그녀는 인형놀이가 재미있었다. 나이가 몇인데 인형놀이가 재미있냐고? 그리 따지면 축구라는 공놀이는 왜 그다지도 인기가 많은지 되묻고 싶다. 다 큰 어른들이 공 하나에 매달려 뛰어다니고, 그 모습을 구경하느라 비행기까지 타고 지구 반 바퀴를 날아다니지 않는가. 어린이들이 하는 공놀이와 프로들의 축구는 차원이 다르듯, 어린이들의 인형놀이와 윤이정의 인형놀이도 차원이 달랐다.

이번 작업은 제대로 된 인형놀이 한판이었다. 주역은 이 '김부장' 인형이다. 소품은 내일 준환이 가져올 것이고, 본격적인 작업을 도와줄 후배 두 명이 대기 중이다.

이정은 한껏 기대감에 부풀어 작업에 열중하고 있었다. 그녀는 하루빨리 작품을 완성해 내고 싶어서 안달이었는데, 이 작품의 유일한 관람객이 될 은아의 반응을 직접 볼 수 없다는 게 아쉬울 따름이었다.

작업을 마친 준환은 도시락을 사 들고 은아가 있는 스튜디오로 찾아갔다. 이 선생이 은아를 모델로 쓰고 싶다기에 그는 피팅 모델을 구하는 줄 알았다. 일본 론칭 카탈로그의 모델이라니, 은아에게는 필시 좋은 경험이 될 터였다.

스튜디오에서 제대로 메이크업을 하고 프랑스 도자기 인형처럼 차려입은 은아를 보니 정신이 다 몽롱할 지경이었다. 준환은 이미 반한 그녀에게 한 번 더 반하여 구름을 밟고 다니는 양 마음이 들떠 있었다.

그는 이 선생이 부탁한 스크랩을 완성하고 은아에게 문자로 보고했다. 지친 몸을 이끌고 겨우 집까지 와서는 또 집에 도착했다며 그녀에게 보고를 했다. 기실 그는 그녀에게 문자를 보낼 기회만 찾고 있었다. 시간이 너무 늦어서 전화를 하기는 껄끄러웠다. 그녀는 촬영을 마치고 피곤해서 잠이 들었을지도 모른다. 그래서 답문자도 없나 보다.

준환은 자신이 보냈던 다수의 싱거운 문자들을 훑어보다가 피식 웃었다. 워, 진짜 연애하는 것 같아.

그녀가 잠들었으니 그도 잠이나 자야 할 듯했다. 그는 불을 끄고 자리에 누웠다. 그러나 얼마 안 있어 벌떡 일어나 앉았다.

'이것뿐만이 아니라 그동안 여러 가지로 고마웠어요.'

촬영장에서 저녁을 먹다가 그녀는 문득 다시는 안 볼 사람처럼 그런 말을 했었다. 뒤늦게 그게 마음에 걸려 잠이 오질 않았다.

준환은 급히 이 선생에게 전화를 했다. 그런데 이 선생조차 전화를 받지 않았다. 이 선생은 이 시간에 잠을 잘 사람이 아니었다. 그제야 스튜디오에서 무슨 일이 생긴 건 아닌지 걱정되기 시작했다.

이 선생은 준환의 애간장을 다 태운 다음에야 느릿느릿 전화를 받았다.

– 웬일이야? 자기가 먼저 전화를 다 하고.

"왜 이렇게 전화를 안 받아요? 무슨 일 있어요?"

– 말도 마. 병원 갔다 왔잖아. 피곤해 죽겠다.

"병원이요?"

은아가 체해서 병원에 다녀왔다는 얘기였다.

준환은 그녀가 일부러 자신을 피한 건 아니라는 생각에 안
도한 한편, 그녀가 걱정되어 가만히 앉아 있을 수가 없었다. 하
여 그 야밤에 24시간 운영하는 이 도시 유일의 마트로 달려나
갔다. 저녁 먹고 좀 체한 것에는 딱히 약도 필요 없지만, 그래
도 그는 그녀에게 뭔가를 해 줘야 될 것 같은 기분에 사로잡혀
있었다.

마트로 가면서 그는 은아에게 전화를 했다. 그러나 그녀는
여전히 전화를 받지 않았다. 그는 도로 이 선생에게 전화를 걸
어 은아가 잘 있는지 확인해 달라고 닦달을 했다. 그리고는 휴
대용 구급상자를 사서 집으로 돌아오는 길에 이 선생의 전화를
받았다. 알고 보니 은아의 휴대폰은 집에 있었다.

그는 집에 돌아오자마자 은아의 방문을 열고 불을 켰다. 화
장대 위에 핸드백이 덩그러니 놓여 있었다. 그녀의 휴대폰은
그 안에 들어 있을 터였다. 그는 그것도 모르고 온종일 그녀에
게 싱거운 문자를 보냈더랬다. 혼자서 연애라도 하는 양 들떠
서는……. 허탈해서 기운이 쭉 빠졌다.

지친다. 솔직히 지친다.

지금 현관 앞에는 낡은 트렁크 하나와 서류 가방이 놓여 있
다. 은아 남편의 물건들이다. 그는 내일 그것들을 작업실로 가
져갈 계획이었다.

얼마 전 새벽에 그들이 현관에서 맞닥뜨렸을 때, 은아는 그
것들을 현관문 밖에 내놓으려 하고 있었다. 그러더니 다음 날
아침 준환에게 자신의 남편이 왔었다고, 혹시 보지 못했느냐

고 물었다. 그녀가 샤워를 하는 사이에 그는 부랴부랴 그 물건들을 2층 자신의 방에 감추었다. 물론 그는 현관문 밖에 내놓았던 트렁크와 서류 가방을 그녀에게 보여 주면서 '새벽에 당신의 남편을 봤느냐고요? 아뇨, 보지 못했어요. 이것들을 내놓는 당신만을 보았죠. 왜냐하면 당신의 남편은 이미 죽었으니까요.'라고 말할 수도 있었다. 하지만 준환은 그러지 못했다.

그래서 그들은 여전히 그대로였다. 그들의 관계에는 진전이 없었다. 그녀가 남편의 죽음을 인정하지 않는 이상 아마도 계속 그대로일 것이다. 차라리 그때 솔직하게 말해 버렸더라면…….

준환은 어깨를 축 늘어뜨린 채 터덜터덜 은아의 방으로 들어갔다. 몇 안 되는 화장품이 가지런히 놓여 있는 화장대로 다가갔다. 그녀의 낡은 핸드백을 보면서 그는 생일 선물로 그녀에게 핸드백을 사 줄까 생각했다. 어느 브랜드가 좋을지, 어떤 스타일이 그녀에게 잘 어울릴지 이리저리 고민을 해 보다가 끝내는 스스로가 한심해졌다. 떡 줄 사람은 생각도 없는데 또 이러고 혼자 불붙어서 야단이었다.

그녀가 놓고 간 핸드백이나 잘 가져다주면 그만이다. 그는 한숨을 쉬며 핸드백을 집어 들었다. 그러다가 문득 멈추어 화장대를 가만히 내려다보았다.

화장대 유리판 밑에 손바닥만 한 메모지 한 장이 끼워져 있었다. 색색의 꽃이 다채롭게 그려진 수채화. 그가 그린 그림이었다.

“후훗.”

방을 나오는 준환의 얼굴에는 어느덧 웃음이 번져 있었다.

3

아침부터 밖이 퍽 소란스러웠다. 무슨 공사라도 시작됐나 보다. 집 옆으로 난 좁은 골목 건너편에 집 서너 채가 들어설 만한 공터가 있는데, 드디어 그곳에 집이 지어질 모양이었다. 새로운 이웃도 옆집처럼 주말에만 가끔 올는지, 아니면 이곳에 아예 정착하고 살게 될는지는 모르지만 아무튼 저 시끄러운 공사만큼은 빨리 끝나 줬으면 하는 바람이다.

준환은 잊지 않고 가져가려고 미리 현관문 앞에 놓아두었던 트렁크와 서류 가방, 아울러 은아의 핸드백까지 챙겨 들고 집을 나섰다. 집 밖으로 나와 차에 짐을 싣다 말고, 그는 멍하니 주위를 둘러보았다.

이제 보니 그 공터에서 벌어지는 건 집 공사가 아니었다. 경찰차와 각종 언론사의 취재 차량들이 공터를 꽉 메우고 있었다. 차도 많고 사람도 많았다. 집 옆 공터로부터 이어진 야산에는 경찰들이 쳐 놓은 출입금지 테이프가 쭉 붙어 있었다.

준환은 무슨 일인가 싶어 고개를 갸웃거리면서도 마음이 바쁜 터라 차에 짐을 마저 실었다. 그러고는 차에 올라타 시동을 걸려는데 전화가 왔다.

“여보세요.”

― 안녕하십니까. 조병찬입니다.

심부름센터의 조병찬 실장이었다. 의뢰를 맡은 후로 한동안 연락이 없더니, 이제야 은아의 아버지를 찾은 모양이었다.

"아, 예. 안녕하세요."

― 혹시 뉴스 보셨습니까? 한종석이 나왔는데.

"한종석이요?"

― 지난번에 부탁하신 아버님 말씀입니다. 제가 그때 곧바로 보고를 드리려고 했는데요, 이 사람 죄질이 생각보다 더럽더라고요. 그래서 이 사람이 현재는 어떻게 지내는지 근황을 먼저 살펴보는 게 좋겠다 싶어서 이쪽으로 왔거든요. 그런데……, 혹시 시간 되시면 이쪽으로 좀 오실 수 있겠습니까?

조병찬이 전화로 준환을 불러낸 곳은 바로 그 집 옆의 공터였다.

사진 속의 아버지를 찾아 달라는 의뢰를 접수한 병찬은 곧바로 사무실로 돌아가 창고에 박힌 수배자 전단을 뒤지기 시작했다. 그 사무실은 원래 탐정 사무소였다가 흥신소로 바뀌었다가 지금의 심부름센터가 된 곳이었다. 시대의 유행에 맞추어 간판과 인테리어는 변했지만, 사무실 자체는 역사가 깊은 곳이었다.

병찬과 동료들은 케케묵은 수배자 전단들 속에서 마침내 그 사진을 찾아냈다.

한종석(24), 부녀자 강간 및 상해

이름과 나이만 알아내도 범위는 확 줄어드는데, 하물며 수배자 전단에 나붙었던 전과자라면 더 찾을 것도 없었다.

그나저나 병찬은 난감했다. 그는 실로 그 사진 속 인물이 국회의원이길 은근히 바랐다. 하다못해 어디 야당 사무소 직원이라든가, 아니면 차라리 죽어서 민주 투사의 반열에라도 올랐더라면 좋았을 뻔했다. 불합리한 시대와 싸우다가 억울하게 수배자 전단에까지 올랐던, 그러나 실제로는 훌륭하고 자랑스러운 아버지. 만일 그랬다면 이 얼마나 감동적인 부녀간의 상봉이었겠는가. 남의 사생활이나 캐고 다니는 병찬의 직업이 그래도 모처럼 보람찬 것이 될 수 있는 기회였다.

그런데 죄목이 부녀자 강간 및 상해다. 폭행이나 살인이라면 오히려 깔끔하겠다. 하고많은 죄목 중에서 왜 하필 부녀자 강간이란 말인가. 그 고객은 사진, 그것도 수배자 전단에 붙어 있던 사진 한 장만 달랑 들고서는 이름조차 모르는 아버지를 찾아 달라고 했다. 병찬이 보기에는 그 어머니도 숨은 피해자 중 한 명이었을 가능성이 다분했다.

한종석은 23년 전에 잡혀 들어간 이후로도 여러 차례 비슷한 죄목으로 교도소를 들락거렸다. 다시 들어올 걸 알면서 왜 또 세상에 내놓는지 모른다. 무엇보다도 갇혀 있는 기간이 너무 짧았다. 제 버릇 개 못 주는 놈이라 할지라도 한 30년 정도 푹 썩혀 두면 전체적으로 피해자 수가 감소할 터인데, 법원이 진득함이라고는 하나도 없이 무슨 토끼처럼 촐싹촐싹 범죄자를 빼내 주니 이제까지 겉으로 드러난 피해자 수만 열일곱 명에 이른다.

고객에게 이처럼 찜찜한 보고를 할 수는 없었다. 그건 병찬의 직업적 자존심이 용납지 않는 바였다. 하여 병찬은 이 일을, 그냥 평소에 하던 스타일대로 깔끔하게 마무리 짓기로 했다. 역시 남는 건 사진뿐이다.

병찬은 한종석의 현 주소지를 찾아갔다. 불행 중 다행으로 그 주소지가 교도소는 아니었다. 교도소가 제집인 양 출소만 했다 하면 1년도 못 되어 도로 찾아 들어가던 한종석이 이번에는 어인 영문인지 1년 반 가까이 잠잠하게 지내고 있었다. 그의 주소는 경기도에 위치한 어느 가구 공장 인근의 사유지였으며, 별달리 기재된 직업이 없는 걸로 보아 그 근방에서 일용직으로 생계를 유지하는 듯했다.

병찬은 다년간의 경험을 바탕으로 그런 추측을 하면서 한종석의 주소지를 향해 차를 몰았다. 실제로 가서 보니 그곳에는 집 대신 주거용 컨테이너가 덜렁 놓여 있었다. 그 앞 도로변에 불법 주차를 한 유명 택배 회사의 트럭 한 대가 눈에 띄었다. 마침 잘되었다 싶어서 병찬은 냉큼 그 트럭 뒤에 숨기듯 차를 댔다. 그러고는 조수석으로 자리를 옮겨 망원렌즈가 달린 카메라로 일단 컨테이너의 전경부터 찍었다.

잠시 기다리자 컨테이너 안에서 택배 기사가 걸어 나왔다. 유명 택배 회사의 마크가 찍힌 조끼를 입고 그 회사 모자를 푹 눌러쓴, 매우 평범한 택배 기사였다. 이제 저 기사가 트럭을 빼겠거니 생각하며 운전석으로 옮겨 타려던 병찬은 뒤늦게 급히 카메라를 들이댔다. 사진을 찍으면서 그는 택배 기사의 얼굴을 확인했다.

한종석이었다. 서류상 무직이라 기재되어 있는 한종석이 유명 택배 회사의 유니폼을 입고 유명 택배 회사의 트럭에 올라탔다. 그 순간 병찬은 오랜 감으로 알았다. 한종석이 지금부터 어디로 가서 무엇을 할지는 알 수 없으나, 어쨌든 병찬으로서는 바야흐로 본격적인 작업 시작이었다. 병찬은 한종석이 트럭을 뺀 이후로도 잠시간 멀어지기를 기다려, 천천히 그를 미행하기 시작했다.

트럭은 국도를 달리다가 옆으로 새어 인근 도시의 주택가로 향했다. 평일의 환한 대낮이었다. 그 시간의 주택가는 놀라울 정도로 고요하다. 남편들은 직장에, 아이들은 학교에 있을 시간이다. 특히나 대중교통이 발달하지 않은 중소도시의 주택가는 자가용을 기반으로 생활하다 보니 집들이 띄엄띄엄 떨어져 있고, 길거리를 걸어 다니는 사람은 좀처럼 눈에 띄지 않는다.

한종석은 그 주택가 끄트머리의 어느 집 옆에 트럭을 세웠다. 여기저기 기웃거리지도 않고 곧바로 그 집 옆에 차를 갖다 대는 걸 보면, 미리 봐 둔 곳임에 틀림없었다.

종석은 태연히 벨을 눌렀다. 곧 대문이 열렸다. 문을 열어 준 사람은 작은 키에 호리호리한 몸집을 한 젊은 여자였다. 그녀는 종석과 잠시 이야기를 하더니 대문 밖으로 나와 트럭 뒤쪽으로 다가갔다. 종석은 트럭 화물칸의 뒷문을 열고 무언가를 확인해 보라는 양 거기에 놓인 박스를 가리켰다. 그녀가 박스를 들여다보는 순간, 종석이 뒤에서 그녀의 머리를 가격했다.

그녀는 그대로 박스 위에 엎어졌다. 그리고 트럭 뒤에 실렸다.

그녀를 끌고 트럭 뒤에 들어갔던 종석이 다시금 밖으로 나왔다. 흔들리는 뒷문 사이로 그녀가 초록색 테이프에 묶인 채 누워 있는 모습이 언뜻언뜻 비쳤다. 뒷문은 이내 굳게 닫혀 빗장이 걸렸다. 종석은 주위를 휘 둘러본 후 그 집으로 들어갔다가, 잠시 후 여성용으로 보이는 붉은색 여행용 가방을 들고 나왔다. 그는 그 가방을 트럭 조수석에 던져 넣곤 도로 트럭에 올라탔다.

이 모든 일들이 매우 조용하게, 그리고 신속하게 이루어졌다. 종석이 그 집 옆에 트럭을 대 놓은 시간은 총 7분 42초였다. 채 10분도 안 되는 시간이다. 기가 막힐 정도로 짧은 시간이지 않은가.

그동안 이웃 주민은 아무도 나오지 않았다. 그 근처를 지나가는 도둑고양이 한 마리 없었다. 오직 병찬만이 그 모든 광경을 지켜보고 있었다. 그는 망원렌즈가 달린 최신형 카메라로 그 생생한 범행 현장을 모조리 기록했다. 그리고 다시금 트럭의 뒤를 미행하면서 휴대폰을 들어 버튼을 눌렀다. 1, 1, 2.

병찬은 알로하셔츠에 새하얀 바지 차림으로 그 많은 사람들 사이에서도 눈에 확 띄었다.

"아니, 어떻게 이렇게 금방 오십니까? 이 근처 사세요?"

"집이 바로 저기예요."

"코앞에 사시네."

병찬은 준환이 가리킨 집을 보고 혀를 내둘렀다.

"그런데 여기는 도대체 무슨 일이래요? 아침부터."

"경찰들 발등에 불 떨어진 거죠, 뭐. 이제까지 가출이라고 넘겼는데, 한종석 인마가 여자들을 토막 쳐서 파묻었다 아닙니까. 살인에도 급이 있잖아요. 이건 연쇄 토막 살인이 돼 버린 거지. 근데 내가 그 새끼 하는 걸 보니까 그 상황이, 여자들이 짐 싸 들고 제 발로 집 나간 걸로밖에 안 보이겠더라고."

준환은 입을 떡 벌린 채 병찬으로부터 사건의 전말을 전해 들었다. 택배라는 단어를 듣는 순간, 그는 며칠 전 집을 방문했다는 수상한 택배 기사를 떠올렸다. 어쩌면 그자가 한종석이었을지도 모른다. 아니, 시기로 보나 범행 장소로 보나 그럴 가능성이 컸다.

"그래서 지금 그 메모리 카드를 경찰서에 증거품으로 제출했거든요. 남는 건 사진밖에 없지만 상황이 이러니 뭐, 어쩌겠습니까. 어디까지나 공익을 위한 거니까, 고객님이 이 부분은 조금 감안을 해 주셨으면 좋겠네요."

"아, 예."

준환은 무심코 고개를 끄덕였다. 기실 그는 정신이 하나도 없었다. 이제 와 돌이켜 생각해 보면, 은아는 자신의 친부를 만날 뻔했던 것이다. 만났다면 어찌 되었을지는 상상하기도 싫었다.

"이걸 제가 말을 해야 되는 걸까요?"

병찬과 인사를 한 후 돌아서다가 준환은 엉겁결에 병찬을 붙들고 물었다. 딱히 병찬에게 무슨 대답을 기대한 건 아니었다. 그저 누구라도 붙들고 물어보고 싶은 심정이었는데 주변에 마침 병찬이 있었을 뿐이다.

"뭐를요?"

"은아 씨 아버지잖아요."

준환의 말에 병찬은 단호한 어조로 대답했다.

"그건 아닌 것 같습니다. '인마는 내 자식의 아비가 아니다.' 그런 생각을 하셨으니까 어머니가 이름도 안 가르쳐 주고 그렇게 키우신 거 아닙니까. 그런 어머니의 판단을 존중해 드리는 게 맞지 않을까 싶네요."

준환은 그제야 정신을 차리고 고개를 끄덕였다.

다시금 차로 돌아와 시동을 걸려다 말고 준환은 집을 물끄러미 바라보았다. 오늘따라 투박한 나무 대문과 조그마한 초인종이 퍽 쓸쓸해 보였다. 아주머니는 종종 그 앞에 서서 그의 차가 오거나 가는 모습을 웃는 얼굴로 지켜봐 주곤 했다.

"다녀오겠습니다."

그는 쓸쓸한 목소리로 인사를 건네곤 작업실로 향했다.

＊

드디어 은아의 남편을 본뜬 실리콘 인형이 완성되었다.

준환과 이정은 우선 작업실에서 실험 삼아 사진을 찍어 보았다. 일정한 각도와 거리만 유지하면 사진 속의 '김 부장'이 인형인지 실제 사람인지 아무도 모를 판이었다.

"좋아, 좋아. 실내에서 형광등 조명 받았는데도 이 정도면 아무 문제 없을 거야."

이정이 자신 있게 단언했다.

"야외에서 찍으면 질감이 확 살겠지. 저 인모가 얼마짜리니. 본전 확실하게 뽑아 보자."

불륜 커플이 어느 날 오후 야외에서 피크닉을 즐긴다. 설정은 그러했다. 그들은 작업 장소를 한강공원으로 정하고 이튿날 리허설을 해 보기로 했다.

그런데 이튿날 하필이면 서울에 비가 왔다. 그 와중에 준환은 리허설까지 해 가며 여유를 부릴 수 없는 상황에 처해 있었다.

"저, 준환 씨한테 물어볼 게 있어요."

전날 밤 그가 은아를 만났을 때였다.

"실은, 저 준환 씨 방에 들어갔었어요. ……거기 제 남편 트렁크랑 서류 가방이 있더라고요."

그것들이 그의 방에 있었던 이유를 해명하고자 하면, 그녀의 남편이 죽었다는 이야기를 먼저 해야만 했다. 그런데 그게 그렇게 가볍게 해 버릴 수 있는 이야기가 아니었다. 때문에 준환이 이 까다롭고도 지루한 작업을 진행해 온 것 아닌가.

그는 어떻게든 오늘 안으로 작업을 완성하여 은아에게 그 결과물을 보여 줄 작정이었다.

다행히도 이정의 작업실이 위치한 도시에는 비가 오지 않았다. 그리고 그곳에도 한강의 상류가 지나가고 있었다.

급작스럽게 일정이 앞당겨진 데다 촬영 장소도 변한 바람에, 은아와 만나기로 약속한 5시까지 작업을 끝낼 수는 없을 것 같았다. 그래도 준환은 서둘러 서울까지 가서 작업을 도와줄 후배들을 픽업해 왔다. 그사이에 이정은 작업 소품으로 쓰일 피크닉 바구니를 준비하고 '김 부장'의 옷을 골랐다. 미색 PK티셔츠와 코코아색 면 슬랙스, 그 위에 짙은 하늘색 바람막이 점퍼를 걸친 '김 부장'은 양말과 구두도 신었다. 마지막을 장식한 것은 결혼반지였다.

기실 이정은 준환이 일찍이 맞춰 두었던 결혼반지를 들고 혼자서 한참 고민했더랬다. 실제로 불륜에 빠진 남자라면 결혼반지는 빼고 있지 않을까?

그녀는 이 작업의 바탕이 되었던 은아의 결혼사진과 '김 부장'을 한동안 갈마보다가 이윽고 '김 부장'의 왼손 약지에 결혼반지를 끼웠다.

불륜은 하나의 수단일 뿐이다. 이번 작업의 궁극적인 목표는, 실리콘을 소재로 하여 제작해 낸 '김 부장'을 살아 있는 사람처럼 보이게끔 하는 것이다. 이 작품의 유일한 관람객인 박은아의 기억 속에서 '김 부장'은 필시 결혼반지를 끼고 있을 터였다.

점심 식사를 마친 그들은 본격적인 작업을 개시했다. 50킬로그램에 육박하는 인형을 옮기고, 그 인형으로 하여금 일련의 동작들을 취하게 하는 것은 고도의 집중력을 요하는 중노동이었다.

"어우, 정말로 이 아저씨랑 키스해야 돼요?"

한창 작업을 하다 말고 '김 부장'의 상대역을 맡은 후배가 볼 멘소리로 물었다.

"뭐 어때, 인형인데."

"너무 리얼하잖아요. 진짜 사람 같아. 으으, 징그러워."

투덜거리면서도 나이에 밀린 후배는 별수 없이 시키는 대로 '김 부장'의 목에 양팔을 감았다. 그래 놓고 또 투덜거린다.

"아니, 그리고 이왕이면 좀 잘생기게 만들지 이게 뭐예요. 웬 아저씨야."

후배들은 이번 작업이 정확히 어떠한 목적으로 이루어지는지 알지 못한다. 멋쩍어서 말없이 미소만 짓는 준환을 대신해 이정이 활기찬 목소리로 대꾸했다.

"잘생긴 인형도 있어. 너 김 부장이랑 잘하면 내가 나중에 장동원이랑도 키스하게 해 줄게."

"어머, 언니, 장동원도 만들었어요?"

"작업 중이야. 주인성도 있다."

"우와! 그럼 나 주인성. 또 누구누구 있는데요?"

"하여튼 이거부터 잘해. 주인성이라고 생각하고 좀 끈적끈적하게 쳐다봐 주란 말이야."

이정은 똑같은 포즈의 사진을 여러 각도에서 찍어 댔다. 같은 시간과 공간, 같은 조명 속에서 찍은 사진이라 할지라도 미세한 각도의 차이로 인해 실리콘의 질감이 살아난다든가, 유리 재질의 안구가 말 그대로 유리알로 보이는 경우가 있기 때문이다. 후배들을 보내고 작업실로 돌아온 준환과 이정은 사진들을 확대해 보면서 그러한 사진들을 골라냈다.

그런 식으로 꼼꼼하게 선별해 낸 사진들을 인화한 후, 이정이 준환의 어깨를 툭툭 쳤다.

"잘해 봐, 쭌. 난 먼저 들어갈게."

"고마워, 누나."

"그리고 있잖아…….."

"응?"

"……이따가 분위기 봐서 괜찮다 싶으면 은아한테 한번 물어봐. 김 부장 전시회에 세워도 되냐고."

"후훗."

준환은 대답 없이 웃기만 했다.

이정이 떠난 후 혼자 남은 준환은 조용히 사진들을 몇 번 더 훑어보았다. 그리고 사진들을 다시금 시간 순으로 차곡차곡 정리하여 커다란 서류 봉투 안에 넣었다.

'김 부장'은 살아 있다. 이 사진들 속의 김 부장은 누가 봐도 살아 있는 사람이다. 그러니 은아가 믿듯이 그렇게 한번 믿어 보자. 적어도 오늘만큼은.

준환은 크게 심호흡을 한 후 마침내 작업실을 나섰다.

4

이정과 준환의 전시회는 그들이 예상했던 대로 '대박'이었다. 전시회가 시작되자 매스컴에서 앞다투어 취재를 왔다. 인형이란 근본적으로 인간의 형태를 본떠 만든 것이다. 실리콘 인형은 인간과 최대한 유사하게 제작되었다는 점만으로도 흥미를 끌 만했다. 게다가 현존하는 유명 인사들의 인형을 즐비하게 앞세웠기에, 그 인지도까지 빌려 세간의 좋은 화젯거리가 되었다.

이정은 일찍이 단언했던 바와 같이 포스터에 준환의 이름을 조금 더 작게 쓰고, 인터뷰도 굳이 혼자서만 했다. 그렇지만 어쨌거나 전시회가 대대적인 성황이었으므로 준환의 이름도 덩달아 사람들 입에 오르내렸다. 아니, 마치 매스컴을 피하고 있는 것처럼 보이는 준환의 모양새가 신비감을 북돋워 오히려 더 유명해졌다. 준환이 운영하고 있던 인형 판매 사이트는 방문자가 쇄도해서 툭하면 마비가 될 지경이었다.

원래 그 사이트는 인형을 상시 판매하는 곳이 아니었다. 모든 것이 수작업으로 이루어지다 보니 제작을 할 때마다 10여 세트 내외로 한정 판매하는 식이었다. 때문에 게시판이 있어도 그곳에 글을 쓰는 사람은 극소수의 단골 고객뿐이었다. 글의 내용도 '이번 작품 역시 저를 실망시키지 않네요.'라든가 '다음 인형은 언제 나오나요?' 정도가 전부였다.

그런데 전시회 이후로 게시판의 양상이 눈에 띄게 달라졌다. 무엇보다도 하루에 올라오는 게시물의 양이 폭발적으로 늘어났다. 예전에는 2~3개월에 한 페이지가 넘어갈까 말까 했던 게시판이 이제는 하루에 두세 페이지씩 마구 넘어갔다. 글의 내용도 가지각색이었다. '준환 오빠 너무 잘생긴 것 같아

요.'부터 시작해서 '왜 오빠 사이트에 오빠 사진이 없는 거죠?'
라든가 '준환님은 인형을 안 만들 때는 주로 뭘 하며 지내시나
요?' 등등. 애석하게도 인형 판매와는 관련이 없는 글이 대부
분이었다.

전시회가 끝난 후로도 두어 달가량 준환의 사이트는 간간이
접속 불능 상태가 되곤 했다. 그때마다 준환은 컴퓨터와 전화
기를 붙든 채 골머리를 앓았다. 그나마 다행인 것은 갑작스럽
게 얻게 된 인기가 냄비처럼 금방 식었다는 점이다. 시간이 지
날수록 인기를 더해 간 쪽은 오히려 은아였다.

그해 가을은 무척이나 짧았다. 여름이 너무도 길었던 탓이
다. 단풍은 새침하게 붉은빛을 잠시 비추곤 이내 떨어져 버렸
다. 이러다가 이 땅에서 봄과 가을이 아예 사라져 버릴는지도
모른다.

준환은 학원가의 한 건물 앞에 차를 댄 채, 새로 구상 중인
작품을 스케치해 보고 있었다. 스케치를 하는 동안에도 그의
시선은 틈틈이 건물 쪽을 향했다. 마침내 건물로부터 걸어 나
오는 은아의 모습이 눈에 띄었다. 긴 목도리를 둥둥 휘감은 탓
에 가뜩이나 작은 얼굴이 더 조그마해 보였다. 가느다란 목이
하도 썰렁해 보여서 준환이 억지로 둘러매 보낸 목도리다.

"오늘은 웬일로 시간 딱 맞춰서 나왔네요."

은아를 보자마자 차에서 내린 준환이 말했다. 그녀는 겸연
쩍은 미소를 지으며 대답했다.

"오늘은 시험을 봐서 질문할 게 없었거든요."

그가 데리러 오는 걸 알면서도 그녀는 번번이 늦었다. 수업이 끝나고 나면 꼭 학원 선생에게 따로 질문을 했기 때문이다. 그녀가 그토록 학구열을 불태우는 모습이 싫지 않았지만, 준환은 괜히 장난스럽게 말했다.

"매일 시험만 봤으면 좋겠다."

"그건 좀……."

뒤이어 은아가 입속으로 무어라 웅얼거렸다. 준환이 조수석 문을 열려다 말고 물었다.

"뭐라고요?"

"잔인하다고요."

은아는 새침하게 대꾸하곤 운전석에 올라탔다.

운전면허를 따고 열 시간의 추가 연수를 마친 지 어언 일주일. 실제로 준환의 차를 몰기 시작한 지는 사흘이 되었다. 학원에서는 1톤짜리 트럭만 몰았기에 백미러만으로도 뒤가 잘 보였는데, 준환의 차는 차종이 밴인지라 뒤편까지 실내가 넓어서 아직 적응이 덜 되었다.

게다가 옆에 앉은 준환은 차선 변경만 하려고 하면 '어어! 흑!' 해 가며 사람 간 떨어지게 비명을 질러 댔다. 시속 50킬로미터가 되면 속도가 너무 빠르다며 성화였다. 왕복 2차선으로 들어와 뒤차들이 빵빵거리며 난리가 났는데도, 준환은 무조건 천천히 안전 운전을 하라고 차주로서 명령을 했다. 것도 모자라 신호등만 나왔다 하면 '빨간불이에요! 파란불이에요!' 하면서 일일이 색깔을 고지해 준다.

오늘도 은아는 준환에게 색맹 취급을 당하면서 간신히 집까지 차를 몰았다. 시동을 끄자 준환이 한숨을 푹 쉬었다.

"어우, 피곤해."

준환은 차 조수석에서 내리면서 뒷목을 잡았다.

그는 은아를 진심으로 좋아했다. 이즈음에는 단순히 좋아하는 정도를 넘어서 거의 숭배하는 지경에 이르렀다. 그는 박은아의 공식 1호 팬으로서 남들 손발이 다 오그라들도록 그녀를 찬양할 자신이 있었다. 그러나 그녀의 운전 실력에만큼은 도무지 칭찬이 나오지 않았다.

애당초 운전면허를 따라고 부추긴 게 실수였다. 한순간의 판단 미스로 목숨을 걸게 될 줄 누가 알았겠는가.

은아가 그를 픽 흘겨보고는 불만 가득한 표정으로 쿵쿵거리며 집에 들어갔다. 준환은 한숨을 쉬면서 그녀의 뒷모습이 집 안으로 사라질 때까지 응시했다.

그는 이윽고 검지를 이마에 올리며 버릇처럼 중얼거렸다.

"인간의 경지가 아니란 말이지, 후훗."

인간이라면 뒷모습마저 저토록 사랑스러울 수가 없다. 역시나 그녀는 여신이고 '은느님'이다. 이것은 진리다.

준환은 웃음을 머금은 채 그녀의 뒤를 따라 집으로 쏙 들어갔다.

은아는 저녁을 먹고는 또 일본 애니메이션 삼매경에 빠져 있다. TV를 구입하고 인터넷 TV를 설치한 이후로 근 두 달째 이 모양이다. 일본어 공부를 위해서라는데, 준환으로서는 그다지 탐탁지 않았다.

일본에 자신의 팬 사이트가 생겼다는 사실을 알게 된 이후로 은아는 일본어 공부를 시작했다. 그 사이트의 내용을 직접 읽어 보고 싶다는 이유였다. 그녀는 아침 일찍 학원에 갔다가 낮에는 방에 틀어박혀서 숙제와 예습, 복습을 했다. 오후에는 또 학원에 간다. 아침에 가는 건 회화반이고, 오후에 가는 건 JLPT 시험 대비반이다. 다녀오면 다시 숙제를 하고, 저녁을 먹은 다음에는 이렇듯 TV 앞에 붙어 앉아 일본 애니메이션이나 드라마를 시청했다. 실전 연습이란다. 그녀는 하루에 적어도 열 시간 이상을 일본어에 투자하고 있었다. 학원에서 모범생이라고 상이라도 줘야 될 것만 같다.

주방 쪽에서 잠시 지켜보던 준환이 슬그머니 눈살을 찌푸렸다. 이러다간 그의 '은느님'이 '은덕후'로 전락할지도 모른다.

일본의 어느 사이트에 그녀의 사진이 올라왔다는 사실을 제일 처음 알아낸 사람은 준환이었다. 인형에 대해 검색하다가 우연히 발견한 게시물이었다. 그 사이트는 인형 애호가들 사이에서는 매우 유명한 곳이었다. 인형뿐만 아니라 로리타나 펑키 패션에 대한 정보도 종종 올라오는 곳인데, 거기에 누군가가 '한류인가요.'라는 제목으로 게시물을 올렸다. 한국의 디자이너가 '미리내'라는 로리타 전문 의상실을 개업했다는 간단한 소개로, 미리내의 카탈로그 표지 사진이 첨부되어 있었다.

그 게시물 밑에는 한번 가 보겠다거나, 가격이 얼마 정도인지 묻는 댓글들이 이어졌다. 한데 그 와중에 누군가가 뜬금없는 댓글 한 줄을 던져 놓았다.

저기 가면 정근석 씨를 만날 수 있는 거니?

사람들은 그 댓글을 그냥 무시하고 지나치지 않았다.

한국에 가도 못 만나는 게 현실입니다.

어찌 봐도 그건 무리네요. 저 모델이라면 만날 수 있을지도.

모델도 한국인 아닌가요? 처음 보는 얼굴인데.

전 어디서 본 적이 있는 것도 같은데요.

그냥 평범하게 생겨서 그런 거 아님? 저 정도 얼굴은 일본에도 깔렸음.

실례로군요. 프로 모델이라고 하기엔 확실히 좀 평범한 감이 있지만.

지나치게 평범함.

게시판의 분위기는 어느덧 무명 모델을 폄하하는 쪽으로 흐르고 있었다. 그러나 그때 달린 한 줄의 댓글로 인해 게시판의 분위기가 일변했다.

저 시선이 뭐랄까, 어쩐지 기묘해 보이는 건 나뿐?

나도! 뭔가 이상한 느낌. 싫지는 않아.

그러고 보니 묘하네요. 어딜 보고 있는 걸까요.

이 사진 중독성이 있나 봐요. 또 보러 왔음.

나는 여기서 나가질 못하는 상황임. 벌써 30분이 넘은 것 같은데.

그 정도면 충분하네요. 이제 그만 나갑시다. 안 돼! 나갈 수가 없어!

위에 있는 화살표를 눌러 보세요. 그리고 다시 들어왔습니다.

뭐야, 이건. 리플 수가 엄청나네. 여기 뭐 있니?

수수께끼의 사진, 중독된 자들.

아까 저 모델이 지나치게 평범하다고 했던 사람입니다. 죄송합니다. 저도 빠져 버렸어요. 그래서 질문인데, 저 모델 이름은?

키는? 체중은? 신체 사이즈는?

어느 기획사예요? 저 가게에 가면 알 수 있는 겁니까?

------------절취선---------- 이 모델 이름 아는 사람!

며칠 후 누군가가 새로운 게시물을 올렸다. 이 선생의 일본 숍 카탈로그 전면을 스캔해서 올린 그 게시물의 제목은 '수수께끼의 모델 미리내짱 사진 전부 입수'였다.

그 게시물은 유례없이 엄청난 호응을 얻었다. 급기야 그 사이트의 관계자가 이 선생의 숍을 찾아와 취재하기에 이르렀다. 미리내는 그 사이트에 특집 페이지로 소개되었다. 로리타 패션과 같이 비주류 문화에 관련된 업체는 그 문화를 향유하는 마니아들의 마음을 사로잡는 게 급선무다. 그런 면에서 이 선생의 일본 론칭은 대대적인 성공을 거둔 셈이다.

이후 얼마 지나지 않아 '신비의 모델 미리내짱'이라는 은아의 팬 사이트가 생겼다. 이름이나 나이, 심지어 국적조차 불분명한 모델을 추종하는 그들의 열의는 의외로 오래 지속되고 있었다. 그 인기에 힘입어 이 선생의 숍 미리내도 안정적인 수익

을 거두며 승승장구했고, 이 선생은 애초에 약속했던 것보다
두 배 더 많은 금액으로 은아를 전속 모델로 채용했다.

　은아가 그 억대의 돈을 함부로 낭비하지 않고 본인의 발전
을 위해 쓰는 것은 매우 바람직한 일이다. 그렇지만 애들이나
볼 성싶은 이런 만화영화 따위가 그녀의 발전에 대관절 얼마나
기여할지는 의문이었다. 준환은 못마땅한 표정으로 미적미적
은아 옆에 들러붙어 앉았다.

　“재미있어요?”

　“예.”

　은아는 그를 돌아보지도 않고 건성으로 대꾸했다. 빨간 로
봇과 파란 로봇이 번갈아 가며 날아다니는 화면에 푹 빠져서
말이다.

　“이야, 로봇에 사람이 앉아 있네.”

　준환은 심드렁하게 말하고는 그대로 무시당했다. 이후로 그
는 그녀에게 말을 걸지 않았다. 아니, 민망해서 차마 입이 떨어
지질 않았다. 가만히 지켜보니 그 애니메이션은 결코 ‘애들이
나 볼 성싶은 만화영화’가 아니었다.

　그 애니메이션의 등장인물은 대다수가 미소녀들이었다. 글
래머러스한 미소녀들이 타이즈를 방불케 하는 옷차림으로 로
봇에 올라앉아 조종을 하는 장면이 전체 내용의 절반 가까이를
차지하고 있었다. 작가는 로봇을 그리고 싶었는데, 로봇만 그
리면 안 팔릴 듯하여 미소녀도 끼워 넣은 것 같은 분위기였다.
시청자들을 위한 서비스 장면도 틈틈이 나와 주었다. 미소녀들

이 샤워를 한다든지, 주인공인 남학생과 함께 제각각 로맨틱한 장면을 연출한다든지, 아무튼 남녀가 함께 앉아서 보기에는 꽤 민망한 장면들이 주기적으로 나오고 있었다. 내용 자체도 남자 고등학생이 어쩌다가 여자애들만 있는 고등학교에 입학하여 모든 여학생들의 사랑을 한 몸에 받는다는, 정리하자면 모종의 하렘을 구성하는 식이었다. 제작사에서 예상한 이 애니메이션의 시청 대상은 혈기가 들끓는 남자들임에 틀림없었다.

도대체 은아가 이 애니메이션의 어떤 부분에 흥미를 느끼는지는 알 수 없었으나, 그렇다고 해서 그걸 또 물어보기도 뭐했다. 결국 준환은 슬그머니 일어나 2층으로 올라갔다.

그는 머리를 절레절레 흔들며 작업대 앞에 앉았다. 방금 전에 봤던 화면을 떠올리자 괜스레 또 얼굴이 달아올랐다. 그가 마지막으로 봤던 화면은, 주인공인 남학생이 어떤 여학생과 함께 본의 아니게 목욕을 하는 장면이었다. 대사 한마디 없이도 서로 난처해하는 등장인물들의 심리를 매우 잘 표현해 낸 명장면이었으나, 그걸 은아와 함께 지켜보고 있었던 준환은 그저 민망할 따름이었다.

"하여튼 잘 그려."

그는 애꿎은 애니메이션 작가를 탓하며 스케치북을 펼쳐 들었다. 낮에 구상하다 만 스케치를 들여다보자, 일없이 벌렁거리던 심장이 그제야 좀 잠잠해졌다.

이번 인형은 이 선생과의 콜라보레이션으로 이루어질 예정이었다. 인형의 이름은 물론 '미리내짱'이다. 이 선생은 미리내를 개업한 8월 15일을 기념하여 815개를 한정 판매하자고 했다. 한정 판매라고 하기엔 지나치게 많은 수였다. 그러나 숍을 광고하겠다는 당초의 목적을 떠올리면 그 정도 개수가 적당해 보였다. 하여 준환은 관절의 개수를 줄인 8백 개의 인형을 우레탄 재질로 대량 생산하여 보다 싼 가격에 판매하고, 열다섯 세트만 평소처럼 수작업으로 제작하여 한정 판매하기로 했다.

두 장의 스케치가 완성됐을 무렵, 창밖은 이미 완연한 어둠이었다. 완성된 스케치를 점검하는 준환의 입가에 부드러운 미소가 맺혔다.

"미리내짱이라……. 후훗."

1층으로 내려가 보니, 은아는 오늘도 TV를 켜 놓은 채 소파에서 잠들어 있었다.

그는 혼자 놀고 있는 TV를 끄곤 그녀를 번쩍 안아 올렸다. 그때 그녀가 일순 숨을 멈추었다. 어쩌면 그녀는 잠에서 깼는지도 모른다. 그는 아랑곳하지 않고 그녀를 침대에 눕혔다. 이불을 목까지 끌어 푹 덮어 준 후, 그는 눈을 감고 있는 그녀의 이마에 살며시 입을 맞추었다.

"잘 자요."

일본에서 '미리내짱'의 인기가 얼마나 지속될지는 알 수 없다. 은아가 앞으로 얼마나 더 모델 일을 하게 될지, 또 모델 일을 그만두면 그녀가 과연 무슨 일을 시작할는지도 알 수 없다. 그녀는 몰드에서 잠자고 있는 원형처럼 아직 몰랑몰랑한 상태로 미래를 준비하고 있었다.

그녀가 어떠한 모습으로 몰드를 깨고 나와 향후 어떻게 살아가든지 간에, 그것은 그녀의 인생이다. 다만 준환은 그녀가 행복하게 살기를 원했다. 아울러 그녀가 지나쳐 가는 삶의 과정 한편에 그가 언제나 존재할 수 있기를 원했다. 지금 이 순간처럼.

✳

크리스마스를 앞두고 전국 곳곳에 폭설이 이어졌다. 이번 크리스마스는 아마도 화이트 크리스마스가 될 것 같다.

그런 낭만적인 예상과는 별도로 실생활에서는 불편한 점이 이만저만이 아니었다. 전전날 내린 눈이 녹지도 않았는데 그 위에 또 눈이 내렸다. 제설차가 부지런히 지나다니는 큰 도로는 상관없지만, 포장도 안 된 집 앞 골목길은 그대로 얼어붙을 상황이었다. 차를 몰지 못하면 당장에 장 보러 가는 것부터가 큰일이었다. 하여 준환과 은아는 아침 일찍부터 눈을 치우러 나왔다.

눈을 치우는 건 의외로 중노동이다. 한데 그 와중에 그들은 놀고 있었다. 눈으로 거대한 크리스마스트리를 만들자며 의기투합한 그들은 차가 다니지 않을 막다른 길 끝으로 열심히 눈을 끌어모았다. 아니, 모으기도 하고 치우기도 하는 중이었다.

그런데 그 악천후 속에 누군가가 그들을 찾아왔다. 목도리와 모자, 마스크로 얼굴을 다 가린 남자였다.

"여기 집주인이시죠? 아, 맞네. 안녕하십니까."

남자가 마스크를 벗으며 인사를 건넸다. 50대쯤으로 보이는 아저씨였다. 어디서 본 것도 같은 얼굴인데 어디서 봤는지 기억이 안 났다.

준환은 엉겁결에 머리를 숙여 보이곤 은아를 돌아보았다. 그녀도 이 아저씨가 누군지 모르는 듯 멍한 얼굴로 쳐다보고 있었다. 그러다 문득 떨떠름한 미소를 지으면서 인사를 했다.

"아, 예. 안녕하세요."

그녀는 이내 고개를 갸웃하며 물었다.

"근데 무슨 일이세요? 것도 이런 날……."

"아, 그게……, 내가 이걸 어떻게 얘기를 해야 될지 모르겠네."

어쨌거나 은아가 아는 사람 같았기에 준환은 일단 그 중년 남성을 집 안으로 들였다.

현관으로 들어선 남자가 집을 슥 둘러보며 말했다.

"어이구, 그새 집이 사람 사는 집처럼 바뀌었네요. 그때는 거실에 아무것도 없이 영 썰렁하더니만."

준환은 그제야 남자가 누군지 기억해 냈나. 은이기 이곳에 이사를 왔을 때, 이사를 도와준 이삿짐센터 인부 중 한 명이었다. 은아에게 침대 머리를 남쪽으로 놓으라며 잔소리를 했던 아저씨.

준환은 코코아 석 잔을 타 와 자리에 앉았다. 그사이에 이삿짐센터 아저씨는 은아와 이야기를 하고 있었다.

이샛날 은아는 어머니의 옷장을 과감히 버렸다. 그걸 이 아저씨가 트럭에 싣고 갔다. 옷장이 새것에 가까워 아직 한참 쓸 만하고 디자인도 괜찮아서 그냥 버리기엔 영 아까웠던 것이다. 올해 고등학생이 된 딸의 방에 여태 어린이용 옷장이 있었던 터라, 아저씨는 마침 잘됐다 싶어서 그 옷장을 딸의 방에 놓아주었다.

"그런데 딸내미가 계속 이상한 꿈을 꾼다는 거라. 꿈에서 어떤 여자가 나온대요. 모르는 여자인데 나이는 좀 있어 뵌대. 흰 소복을 입고 앉아서 말이지, 뭐라고 자꾸만 얘기를 한다는 거예요. 근데 이게 꿈이다 보니까 우리 애가 들어도 무슨 얘긴지를 모르는 거지. 그 여자 분위기가 깔끔해서 꿈을 꿀 때는 별 느낌이 안 드는데, 깨서 생각해 보면 이게 뭔가 심상치 않거든. 게다가 똑같은 꿈을 한두 번도 아니고 계속 꾸니까 이젠 애가 무서운 거지."

아저씨는 코코아를 한 모금 마시고 말을 이었다.

"내가 가만히 생각을 해 보니까, 우리 애가 그 꿈을 꾸기 시작한 게 그 옷장을 방에 들여놓고 나서부터인 것 같더라고. 근데 여기 원래 주인이 무당이었잖아요. 내가 여기 간판도 치워서 아는데, 이게 기분이 영 찜찜한 거야. 아가씨도 그래서 버렸던 거 아니에요?"

은아는 고개를 갸웃하며 대답했다.

"음, 꼭 그렇지는 않지만 그런 것도 약간 있어요."

"그렇지? 그래서 내가 그 옷장을 내다 버리려고……. 그런데 솔직히 내가 그걸 그냥 들고 간 거잖아요. 이놈의 나라는 공짜로 들고 온 옷장을 버리는 데도 돈 주고 딱지를 붙여야 돼. 그게 좀 아깝더라고. 그래서 그걸 서랍이랑 다 분리를 해 가지고 조금씩 잘라서 내다 버릴까 했지.”

아저씨는 이야기를 멈추고 두꺼운 다운 파카의 지퍼를 열었다. 그러더니 안주머니에서 누런 봉투 하나를 꺼내 들곤 준환을 보며 물었다.

“혹시 이름이 이준환이에요?”

아저씨의 입에서 뜻밖에 자신의 이름이 나오자 준환은 놀라 고개를 끄덕였다.

“예, 제가 이준환입니다만.”

아저씨가 봉투를 준환에게 건네주었다. 아저씨의 품속에서 꾸깃꾸깃해진 봉투 앞면에 준환의 이름 석 자가 볼펜으로 꾹꾹 눌러 쓰여 있었다.

“내가 그 서랍을 빼내 보니까 밑에 이게 들어 있더라고. 뭔가 싶어서 살짝 보긴 했는데, 편지인 것 같아요. 그 여자가 이 편지를 못 전해 줘서 꿈에 그렇게 계속 나왔었나 봐.”

아저씨는 오래 앉아 있을 생각이 없는 듯 코코아를 반 정도 남긴 채 자리에서 일어섰다. 그러더니 누구한테 하는 말인지 모르게 허공에다 대고 또박또박 큰 소리로 말했다.

“자, 나는 분명히 이렇게 전해 줬습니다.”

준환과 은아는 대문 앞까지 나가 아저씨를 배웅했다. 아저씨는 눈이 쌓인 길을 걸어서 돌아갔다. 눈 치우는 일이 시급하긴 했으나, 아무래도 그 일은 오후로 미뤄야 할 성싶었다. 그들은 말없이 집 안으로 들어왔다.

준환은 아저씨로부터 받은 봉투를 들고 2층으로 올라갔다. 한참 후에야 거실로 내려온 그의 눈가가 붉었다. 그는 그 편지를 은아에게 봉투째 건네주었다. 박경술 여사가 남긴 유서에 가까운 편지였다.

그 편지를 읽으면서 은아는 자신이 맨 처음 이 집에 발을 들였던 날을 떠올렸다.

그때 그녀는 아직 어린애였다. 엄마를 만난다며 설레는 마음으로 할머니의 손을 붙잡고 이 집에 왔더랬다. 그런 그녀에게 엄마는 만 원짜리 한 장을 던져 주며 말했다.

"옜다. 가는 길에 맛있는 거나 사 먹고 가라."

그건 엄마가 아이에게 주는 용돈이 아니었다. 무당이 곧 죽을 사람한테나 준다는 저승길 노잣돈이었다.

엄마는 키우지도 않고 버려둔 딸에게 저주에 가까운 악담만 퍼부었다.

"아이고, 갑갑해라! 성이 나서 못 보겠네. 백 년에 하나 나올까 말까 한 그릇이라고 좋아했더니만, 뚜껑을 탁 덮어 버리는 멍충이가 다 있어. 그러니 막혔지. 꽉꽉 막혔어! 첩첩산중에 갇힌 꼴인데 그 산이 북망산이라. 살긴 살되 북망산에서 살고 있으니 이게 사람이야, 귀신이야? 어찌 살아야 잘사는지는 묻지 마라. 이 명은 잘 죽는 것이 복이다. 명줄은 길어야 10년. 늦어도 스물셋에는 기필코 죽을 테니, 그 전에 죽어야 이꼴 저꼴 안 보고 편히 죽겠구나. 그러게 살 길을 끊는 게 아니래도, 쯧쯧. 아까워도 뭐 어째? 그저 운이 나쁜가 보다 해야지.”

악담을 그토록 신명 나게 하는 사람도 드물 것이다. 엄마는 ‘옳다구나. 너 잘 만났다.’ 하는 양 쉴 틈도 없이 주저리주저리 악담을 쏟아 냈다. 그러더니만 이내 또 사근사근 말을 돌렸다.

“어라? 이제 보니 동아줄이 있었네. 에그, 그러면 그렇지. 딴 년 머리맡에 놓였구먼. 그년이 먼저 잡겠다. 정히 이 애를 살리고 싶거든 나 통돼지 한 마리만 잡아 줘. 그럼 내가 그 줄 뺏어다가 얘한테 줄게. 생각 잘해야 돼. 이 명을 잇는다는 건 결국 저 명을 끊어서 갖다 붙이는 거야. 죽어야 될 놈을 잘못 살려 냈다가는 온 집안이 화를 입는단 말이지. 하물며 딴 년한 테 내려온 천복을 가로채 달라는 짝이니, 이 계집애야 그 복을 누리며 평생 호강하겠지만, 그걸 사주한 기주는 그 업을 받아 서 일신이 무사치 못하리라.”

말씨는 좀 부드러워졌을지언정 내용은 여전히 악담의 연속 이었다. 시집도 안 간 처녀의 몸으로 낳은 딸이 제발 좀 죽어 주기를, 하여 자신의 과오가 사라지기를 바라는 양 임미는 딸 에게 그저 죽어라 죽어라 악담만 퍼부었다.

은아는 어린 시절에 들었던 그 악담을 두고두고 되새기며 살아왔다. 사는 일은 결코 만만치 않았다. 스스로 목숨을 끊어 버리고 싶은 순간이 수시로 닥쳐왔다. 그래도 그녀는 죽지 않 았다. 사는 것이 아무리 구차할지라도, 차라리 죽는 것이 낫겠다 싶은 순간에도 그녀는 구태여 살았다. 엄마의 악담이 틀렸음을 증명하기 위해서, 그야말로 살아남기 위해서 기를 쓰며 목숨을 붙들고 있었다.

그리하여 그녀는 스물세 살이 되었고, 며칠 후면 스물네 살이 된다. 그녀는 살아남음으로써 엄마를 부정하는 데 성공했다. 적어도 그녀는 그렇게 생각하고 있었다. 그러나 엄마는 그러한 그녀의 삶을 아주 간단하게 부정해 버렸다. 달랑 편지 한 장으로. 심지어 자신은 이미 죽은 채로.

이준환 씨에게

준환 씨가 이 편지를 보고 있다면 아마도 나는 다른 세상에 있겠지요. 준환 씨한테는 죄를 참 많이 지었네요. 이 업보를 목숨으로 갚고 가려 합니다.

준환 씨가 전에 내게 그렇게 물은 적이 있지요. 왜 딸을 버렸느냐고. 또 그렇게도 물어봤지요. 어쩌다가 무당이 되었느냐고.

무당은 내가 되고 싶어서 된 게 아니에요. 할매가 나를 찾아와 그리된 것이지요. 어떤 때는 이게 이승인지 저승인지, 내가 나인지 다른 사람인지 분간도 안 돼요. 매일 꿈을 꾸는 것 같고, 꿈은 또 현실 같지요. 할매는 나를 그렇게 만들어 놓고 살살 꾀었어요. 몇 년을 그러고 지냈는지 몰라요. 그동안 부모님이 고생을 참 많이 하셨지요. 부모님을 생각해서라도 무당만은 될 수 없다고, 나는 정신이 날 때마다 그리 다짐했답니다.

할매는 도무지 안 되겠다 싶었는지 나중엔 사람을 아주 못

살게 만들데요. 그 바람에 나는 험한 꼴도 많이 보고 죽음의 문
턱을 몇 번이나 들락날락해야만 했지요. 그러다가 아이가 생긴
거예요. 그게 우리 은아예요. 하지만 나는 단 한순간도 은아가
미운 적이 없었어요. 이다음에 우리 은아를 만나거든 그것 하
나만은 꼭 좀 알려 주세요.

아이가 생기니 더는 가만히 당하고 있을 수만은 없겠다는 생
각이 들더군요. 그래서 할매한테 딱 부러지게 얘기를 했어요.
이젠 나를 좀 놔 달라고. 이만하면 충분히 괴롭히지 않았냐고.
어찌 되었든 나는 이 아이를 낳아서 키울 거고 엄마가 될 거니
까, 무당 같은 건 못 한다고요.

할매는 뜻밖에도 선뜻 알겠다고, 그만 떠나겠다고 하더군요.
그러면서 하는 말이, 뱃속의 아이는 백 년에 하나 나올까 말까
한 큰 그릇이니 나더러 이 아이나 잘 키워 달라는 거예요.

나는 우리 은아가 나처럼 되는 게 싫었어요. 나부터도 끔찍
한데 아이를 왜 그렇게 만들어야 돼요. 할매 말로는 아이가 그
렇게 될 운명으로 태어난다는데, 내가 엄마로서 해 줄 수 있는
게 아무것도 없었어요. 그래서 나는 무당이 되었어요. 아이의
운명을 바꿀 수만 있다면 나야 뭐가 된들 상관없었지요.

내가 세세히는 알 수 없지만, 우리 은아가 아마 나 때문에 참
힘들게 살았을 거예요. 아이의 운명을 바꾼다는 게 결국 아이
가 살 길을 죄다 끊어 놓는 것이었거든요. 그렇게 살 길을 끊고
도 모자라서 나는 아이를 영영 못 보고 이렇게 살아요. 행여나
내가 놓친 게 있을세라, 행여나 어디서 잡귀라도 옮아다 줄세

라 우리 은아 곁에는 갈 생각도 못 하지요.

나는 그저 우리 은아가 다른 여자애들처럼 평범하게 시집가고 행복하게 사는 모습을 보고 싶었을 뿐이에요. 어쩌면 그건 지나친 욕심이겠지요. 알면서도 엄마 맘이라는 게 어쩔 수 없이 이리되네요. 나 때문에 살 길이 끊어진 아이의 명을 이어 주려고 나는 또 욕심을 부렸답니다.

인간으로서 참 못 할 짓을 했어요. 무당으로서 해서는 안 될 굿을 했지요. 업을 하도 많이 지어서 목숨으로 이 업보를 갚아야 한다는 게 억울하지도 않아요. 다만 내가 좀처럼 죽어지질 않아 그게 걱정이네요. 지난 굿이 성공한 건지 틀어진 건지 당최 알 수가 없으니 매일 전전긍긍하며 이리 삽니다. 그러니 내가 떠날 때에는 필시 기쁜 마음으로 떠나겠지요. 이대로 은아를 못 보고 갈 것 같아 그것만이 한스러울 뿐입니다.

내가 눈물로 버린 딸입니다. 혹시 모자란 점이 있더라도 그저 예쁘게만 봐 줬으면 좋겠어요. 준환 씨가 참 좋은 사람 같아서 날이 갈수록 미안할 따름입니다. 그러면서도 염치없이 또 이렇게 부탁만 남기고 가는 이 어미의 마음을 모쪼록 헤아려 주기 바랍니다.

박경술 씀

은아는 그 편지를 읽고 또 읽었다. 몇 번이고 되풀이해서 읽었는데도 맺힌 마음이 풀리질 않았다. 그녀는 어쩔 줄 모르고 그예 어린애처럼 큰 소리로 엉엉 울어 버렸다.

"나는 그런 거 믿지도 않는데, 왜……."

'전 정말로 귀신 따위는 안 믿어요. 믿고 싶지도 않아요. 귀신 나부랭이가 씌어서 애 팽개치고 무당 됐다는 말을 내가 왜 믿어야 돼요? 무당 딸은 무당이 된다는 말 때문에 끔찍할 뿐이에요. 내 눈에 보이지 않아야 될 것들이 어느 날 갑자기 보이게 될까 봐, 엄마가 불러 놨던 귀신들이 나한테 들러붙을까 봐, 그래서 나도 엄마처럼 무당이 돼 버릴까 봐 그게 무서운 거라고요.'

믿지는 않았다. 그렇지만 엄마처럼 되기는 싫었다. 무당이 될까 봐 내내 끔찍했다. 엄마도 그게 그토록 끔찍했던 걸까. 그래서 딸에게만은 다른 운명을 주고자, 자신은 무당이 되어 버렸나 보다.

"죽으면 죽는 거지 그게 뭐가 어때서……."

'내가 죽나 봐라.'

구접스러운 삶을 여태 붙들고 있었던 게 과연 엄마의 악담 때문이었던가. 죽으려 마음먹은 순간마저도 본능적으로 살 길을 찾고 있었던 건 아닌가.

"도대체 뭘 한 거야, 바보같이……."

세상의 모든 엄마들은 바보다. 그녀의 엄마도 만만찮은 바보였나 보다.

닿을 데 없는 원망을 흘리며 우는 것 외에는 그녀가 할 수 있는 게 아무것도 없었다. 엄마는 이미 죽었고 무덤조차 없다. 그녀는 엄마를 찾아가서 따질 수도 없었고, 지금까지처럼 마음

놓고 엄마를 증오할 수도 없을 것 같았다. 이제까지 응어리질 대로 져 버린 이 마음으로 새삼스레 엄마를 좋아할 수도 없을 것 같았다.

격렬하게 흔들리는 그녀의 어깨를 준환은 잠자코 바라보았다. 그녀에게 위로가 될 만한 말이 아무래도 생각나질 않아서, 그는 다만 팔을 뻗어 그녀의 어깨를 감쌌다. 그리고 그녀가 실컷 울 수 있도록 조용히 품을 빌려 주었다.

그의 어머니는 그가 태어나자마자 돌아가셨다. 하여 그는 어머니를 본 적조차 없다. 그의 어머니는 도무지 여자와 관계를 하지 못하는 이상한 남편과 결혼하여, 불임 치료를 통해 어렵사리 그를 가졌다. 그는 수차례의 실패 끝에 간신히 착상된 시험관아기였다. 그 고된 노력의 결과물로 인해 그의 어머니는 임신중독증에 걸려 의사로부터 유산하라는 권고를 받았다. 어머니는 그 권고를 무시했고 결국 임신 8개월 만에 제왕절개로 그를 낳았다. 그러고는 마취에서 깨어나지 않았다고 한다.

그는 비록 어머니를 본 적은 없을지언정 어머니가 그를 얼마나 사랑했는지는 알고 있다. 어머니의 사랑은 막무가내라 뱃속에 든 아이가 설령 그가 아니었을지라도 무작정 사랑을 퍼부었을 테지만, 어쨌든 그는 운 좋게 그 사랑을 받고 태어난 존재였다. 그의 어머니는 단지 조금 일찍 그의 곁을 떠났을 뿐이다. 하여 그를 사랑해 줄 기회가 다른 어머니들보다 적었을 뿐이다. 그건 어머니에게 있어서나 그에게 있어서나 안타까운 일이었으나, 그래도 그는 그 정도로 만족했다. 어머니로부터 받은 사랑은 그 정도만으로도 넉넉했다.

지금 당장은 마음이 복잡하겠지만, 언젠가는 은아도 그렇게 느낄 것이다. 어차피 세상은 공평하다. 누구도 영원히 살지는 못한다. 제아무리 자식을 사랑하는 어머니라 할지라도 언젠가는 자식의 곁을 떠나기 마련이다. 어머니의 사랑을 받은 시간이 짧으면 짧은 대로, 또 길면 긴 대로, 남겨진 사람은 누구나 아쉽다. 그처럼 무조건적으로 자신을 사랑해 줄 존재가 결코 흔치 않음을 알기 때문이다.

"괜찮아요. 울어요. 울어도 돼요."

그의 주문 같은 속삭임은 그녀에게 묘한 안도감을 주었다. 그녀는 방금 엄마를 잃어버린 사람처럼 목 놓아 펑펑 울었다.

울면서 그녀는 간간이 엄마를 불렀다. 엄마라는 그 단어가 왜 그리도 입에 착착 달라붙는지 모르겠다. 그러고 보니 엄마를 엄마라고 제대로 불러 본 적이 없는 것 같았다. 하긴 엄마도 그녀의 이름을 불러 준 적이 없지 않은가.

'은아야, 얼른 이거 좀 마셔.'

아니다, 엄마는 그녀의 이름을 불러 준 적이 있다. 그녀의 남편이 죽었을 때, 장례식장에서.

'이게 뭐예요? 나한테 왜 이래요?'

'그냥 종이 태운 물이야. 내가 걱정이 돼서 그래. 너 마음 편하라고. 나쁜 거 아니니까 얼른 마셔.'

그동안 그녀가 기억을 가두고 산 탓에 잊고 있었을 뿐이다.

그나저나 그 물은 대체 무엇이었을까? 뒤늦게야 궁금해졌다. 종이를 태운 물이라니, 혹시 부적 같은 걸 태운 물이었을까? 엄마가 부적은 잘 쓴다고 했는데…….

어쩌면 그 물로 인해 그녀는 남편의 죽음으로 인한 절망 속에서 어떤 식으로든 버티며 살아왔는지도 모른다. 어쨌거나 의문을 품기에는 너무 늦었다. 그 물이 정확히 무엇이었는지 그녀는 영영 알 길이 없게 되었다. 엄마가 남긴 편지에도 그 물에 대한 언급은 없었다.

다만 그녀는 이제 확신할 수 있었다. 엄마가 그녀에게 해가 되는 걸 주지는 않았을 거라고. 엄마는 아마도 당신이 할 수 있는 한도 내에서 최선을 다했을 것이다. 그녀는 엄마가 사랑해 마지않는 딸이었으니까.

5

"헐. 1 더하기 1은?"

준환은 이 선생을 보자마자 당황한 얼굴로 물었다.

새해 아침, 그는 은아와 함께 인사차 이 선생의 집을 찾아간 참이었다. 이 선생은 한복도 아니고 홈웨어도 아닌 웬 교복 같은 차림새로 그들을 맞이했다. '새해 복 많이 받으세요.' 따위의 형식적인 인사를 할 때가 아닌 듯했다. 준환은 이 어르신이 노망이라도 났을까 봐 진심으로 걱정이 되었다. 호르몬제제의 부작용 중에 치매 유발도 있었던가.

"귀요미!"

이 선생은 빵시레 웃으며 대답했다. 이 선생으로서는 정상적인 반응이었다. 준환은 그제야 안도의 한숨을 쉬며 집 안으로 들어섰다.

"아니, 웬 스쿨룩이에요?"

이 선생은 그의 말에 대꾸할 새도 없이 바삐 방으로 들어가 커다란 쇼핑백 하나를 들고 나왔다. 그걸 은아에게 주자, 그녀는 그게 뭔지 묻지도 않고 덥석 받아 들더니 이 선생이 가리키는 방으로 들어갔다. 멀뚱히 홀로 남겨진 준환의 등을 이 선생이 밀었다.

"가서 앉아. 떡국 먹게."

"그냥 두지 그러셨어요. 제가 와서 하면 되는데……."

준환은 작년 새해에 먹었던 정체불명의 음식을 떠올리며 미적미적 자리에 앉았다. 이 선생은 그것이 '떡국'이라고 줄기차게 주장했지만 누가 봐도 그건 떡국이 아니었다. 맹물에 떡국용 떡과 계란, 파를 넣고 끓인 음식일 뿐이었다. 떡은 물러져서 죽이 되기 직전이고 파는 가닥가닥 섬유질로 풀어져 있는데, 계란은 또 막판에 넣고 끓이다 말았는지 계란 비린내가 진동을 했다. 그것이 과연 음식의 범주에 들어가는지도 의문이었다.

예전에 일하던 도우미 아줌마가 재작년에 그만둔 이후로, 이 선생은 내도록 마음에 맞는 사람을 찾지 못해 한 달이 멀다 하고 가사 도우미를 갈아치우고 있었다. 그러다 보니 명절에는 이 모양이었다.

이 선생은 준환의 걱정 따윈 나 몰라라 하며 꿋꿋이 떡국을 데우기 시작했다. 그러면서 지나가는 말처럼 준환에게 물었다.

“산소에는 다녀온 길이니?”

“아뇨. 이 선생님 먼저 뵙고 가려고 여기부터 들렀어요. 이 선생님은요?”

“나야 벌써 다녀왔지. 흠.”

이 선생이 냉장고에서 김치를 꺼내 왔다. 그래 놓고는 또 냉장고 문을 열어 이것저것 뒤적이며 물었다.

“근데 넌 언제까지 그럴 거니?”

“뭐가요?”

“아니다.”

이 선생은 아무것도 꺼내지 않은 채 냉장고 문을 닫았다. 그러나 수저를 꺼내 놓으면서 도저히 못 참겠는지 그예 준환에게 신경질적으로 말했다.

“그럴 거면 아예 오지 마. 그냥 안 보면 되잖아.”

“아니, 제가 뭘 어쨌다고 그러세요?”

“내가 남이야? 너 언제까지 나한테 이 선생님, 이 선생님 할 작정이야?”

“하……”

“기가 막히니? 기막힌 건 나야. 처음에는 나도 이해했어. 아빠 소리가 잘 나오지 않겠지. 근데 그때가 도대체 언제니? 이젠 적응할 때도 됐잖아.”

준환은 한숨을 푹 쉬었다. 그래, 그때가 도대체 언젠가. 그런데 왜 이제까지는 아무 말도 안 하다가 지금에 와서야 느닷없이 이러는지 모른다. 진즉 이야기를 했으면 해결을 봤을 문제건만.

"적응은 이미 옛날에 했어요. 제가 이 선생님을 아버지라고 부르기 싫어서 그렇게 부르는 게 아니에요."

"그럼 뭐야? 왜 이 선생님이야? 자기가 내 직원이에요?"

"원하신다면 지금부터라도 아버지라고 불러 드릴 수 있어요. 그걸 원하지 않으시는 줄 알았죠. 이 선생님이 그렇게 큰 결단을 내리셨는데, 제가 굳이 계속 아버지라고 부르는 게 어쩐지 옳지 않은 것 같았거든요. 아버지는 남자고, 이 선생님은 여자니까. 그렇다고 어머니라고 부를 수도 없잖아요."

이 선생이 새침한 표정으로 말했다.

"그런 거면 지금부터라도 그렇게 불러."

"예, 아버지."

준환은 냅다 대답했다. 이 선생이 슬쩍 콧잔등을 찡그렸다.

"근데 어쩐지 좀 징그럽다, 얘."

"그럼 아빠?"

"그래, 그게 좋겠다."

"제가 아버지를 아빠라고 부를 나이는 지난 것 같은데……."

"왜, 난 괜찮은데."

"에이, 그건 아닌 것 같아요, 아버지."

이 선생은 탐탁지 않은 표정으로 연거푸 고개를 갸웃거렸다. 그때 준환이 냄비 쪽을 가리키며 외쳤다.

"아버지! 떡국, 떡국!"

남의 떡국이 끓어 넘치는 양 느긋하게 돌아보던 이 선생이 이내 후다닥 달려가 불을 껐다. 그러고는 또 무슨 심통이 났는지 딸그락딸그락 요란한 소리를 내며 대접을 꺼냈다. 대접에 떡국을 담다 말고 이 선생이 결국 한숨 섞인 소리로 말했다.

"그냥 네가 부르고 싶은 대로 불러."

"예, 아버지."

"아니, 그거 빼고."

"그럼 뭐라고 불러요?"

"아휴! 그냥 원래 하던 대로 해. 이젠 내가 적응이 안 되네."

준환은 씩 웃었다. 그는 이 선생이 내오는 떡국을 보고 짐짓 탄성을 질렀다.

"워! 이건 진짜 떡국 같은데요."

실제로 그 떡국은 꽤 먹음직스러워 보였다. 아니나 다를까 그건 이 선생의 솜씨가 아니었다.

"새벽에 김 여사님이 와서 끓여 주고 갔어. 오늘 원래 쉬는 날인데, 설날부터 내가 혼자 있을 거 생각하니까 안됐다 싶어서 떡국이라도 해 주고 간다고. 사람이 참 괜찮지? 이젠 제대로 월급 주고 쓸까 봐."

준환은 웃으며 고개를 끄덕였다.

그때 은아가 방에서 나왔다. 그녀는 이 선생과 똑같은 교복을 입고 있었다. 같은 디자인이건만 이리도 달라 보이나 싶어서 준환은 넋 놓고 그녀를 바라보았다. 아, 그녀를 조금 더 일찍 만났더라면. 고등학교 시절의 박은아, 중학교 시절의 박은아, 초등학교 시절의 박은아, 유치원 시절의 박은아! 그 귀여웠을 모습들을 그는 아깝게도 그냥 놓쳐 버린 것이다.

"사진 찍어야겠다, 사진."

준환은 뒤늦게 주머니를 뒤적여 휴대폰을 꺼냈다. 은아를 찍으려 하는데 옆에 있던 이 선생이 눈치 없이 화면 안으로 들어왔다.

"떡볶이는 됐고, 우리 떡국이나 먹자."

사진을 찍은 후, 이 선생이 은아의 팔짱을 끼고 자리에 앉았다. 그러고 보니 자리 배치가 이상했다. 은아의 자리가 준환의 옆이 아닌 이 선생의 옆이다.

"뭐지, 이 분위기는? 왜 이 선생님이 은아 씨랑 같이 커플룩을 입고 있는 거예요?"

"그럼 벗어 줄까? 자기가 입을래?"

저런 체크무늬 스커트를 입으라고? 준환은 냅다 머리를 절레절레 흔들었다. 은아가 웃음 섞인 목소리로 설명해 주었다.

"이 선생님이랑 같이 교복 맞춰 입고 떡볶이 먹기로 했거든요. 저 고등학교 때 그걸 한 번도 안 해 봐서. 어쩐지 재미있을 깃 같더라고요."

"아하."

"이다음에 진짜로 떡볶이 먹으러 가요. 이거 입고."

은아가 이 선생에게 말하자 이 선생은 또 빵시레 웃으며 고개를 끄덕였다. 그 모습을 지켜보던 준환이 냉큼 손을 들었다.

"저도 거기 낄래요. 제 교복도 만들어 주세요. 제 건 물론 바지로."

“그럼 아예 사람을 몇 명 더 모아 볼까? 노점 하나를 우리가 완전히 장악해 버리는 거야. 그리고 떡볶이 파티를 여는 거지. 어때? 어때?”

하여튼 파티 좋아하는 이 선생이다. 준환이 어린 시절의 기억을 더듬어 보면, 개중 상당수가 집에서 벌어진 아버지의 파티였다. 시기에 맞춰 벌이는 보졸레누보 파티나 할로윈 파티, 크리스마스 파티 따위는 기본으로, 파자마 파티, 수영복 파티 기타 등등. 파티 열 구실을 찾지 못하면 하다못해 ‘홈 파티’라도 열었으니 말 다 했다. 그렇게 파티를 열어 놓고 아버지는 물 만난 고기처럼 신이 나서 여장을 했다. 때문에 아버지가 기어이 성전환 수술을 받겠다고 통보를 했을 때도 준환은 그다지 놀라지 않았다. 드디어 올 게 왔구나 하고 받아들였을 뿐이다.

파티도 가끔 한 번이나 즐거운 것이지, 허구한 날 집에서 파티가 벌어지면 이래도 흥 저래도 흥이 된다. 준환도 그러했다. 그는 집을 떠난 이후로 이 선생이 파티를 열거나 말거나 무관심으로 일관했다. 생일 파티에나 예의상 얼굴을 비쳤을 뿐이다.

그렇지만 이 떡볶이 파티만큼은 기대가 되었다. 물론 교복을 입고 떡볶이를 먹으러 길거리를 걸어가는 동안에는 주변의 따가운 시선을 감내해야 할 테지만, 무슨 상관인가. 혼자 가는 것도 아니고 단체로 가니 그만큼 시선도 분산될 것이다. 또 설령 남들이 쳐다보고 쑤군거린들, 그네들한테 해를 끼치는 것도 아니니 본인이 즐거우면 그만이다. 준환은 그런 자질구레한 문제는 염두에 두지 않았다. 그는 그저 은아와 같은 교복을 입게 되리라는 생각에 들떠 있을 뿐이다. 무려 커플룩이다, 커플룩. 중요한 건 그거다.

떡국을 먹은 후 차를 마시면서 준환은 이 선생에게 두 장의 도안을 보여 주었다. 은아를 본떠 만들어질 '미리내짱'의 도안이었다. 그사이 은아는 교복을 벗고 도로 입고 왔던 옷으로 갈아입었다. 이후 그들은 슬슬 이 선생의 집을 나섰다. 그들이 차에 올라탔을 때, 이 선생은 인사 끝에 한마디 덧붙였다.

"새해에는 우리 꼭 미리내짱을 대박 내자."

그들은 웃으며 고개를 끄덕였다.

준환이 운전을 하고 있는데 옆에 앉아 있던 은아가 불쑥 말했다.

"저도 고속도로 타 보고 싶어요."

"운전한 지 얼마나 됐다고 벌써 고속도로를 타요? 무조건 1년이에요, 1년! 그 전엔 어림도 없어."

"쳇, 치사하게……. 내가 차를 사고 말지."

"내가 지금 차 부서질까 봐 이러는 걸로 보여요?"

"흥."

은아는 목적지에 도착할 때까지 통통 부어서 아무 말도 안 했다. 어제 저녁에 미리 사 두었던 꽃다발을 들여다보며 간간이 만지작거릴 뿐이었다.

그 꽃다발이 채 시들기 전에 그들은 무사히 묘지공원에 도착했다. 사람은 달력의 빨간 날과 관계없이 태어나고 또 죽는 터라, 설날인데도 묘지공원에는 영구차들이 고만고만한 숫자로 서 있었다.

은아는 엄마의 유골을 산골한 위령탑으로 향했다. 틈틈이 비워지는 그 위령탑에 엄마의 유골은 이미 남아 있지 않을 터였다. 그래도 그녀는 그 앞에 꽃다발을 놓았다. 아마도 누군가가 엄마의 유골이 있을 적에 꽃다발을 놓았을 테고, 그 누군가가 그리워하는 사람을 위하여 또 다른 누군가가 꽃다발을 놓아 주었을 것이다. 그렇게 이 위령탑 앞에는 이처럼 향기로운 생화가 끊임없이 놓일 것이다. 지금에 와 은아에게는 그것만이 유일한 위안이었다.

"이제 스물네 살이에요."

침묵을 지키며 서 있던 은아가 이윽고 입을 열었다.

"나는 스물여덟 살."

옆에 있던 준환이 고개를 끄덕이면서 대꾸했다. 은아는 멀뚱히 그를 돌아보다가 피식 웃고 말았다. 기실 그건 그에게 한 말이 아니었다. 어디선가 듣고 있을지도 모르는 엄마에게 한 말이다. 이제 스물네 살이 되었다고, 그러니 걱정 말라고, 엄마가 바랐던 바와 같이 행복하게 살도록 노력하겠다고, 엄마에게 그리 말해 주고 싶었다.

그런데 그가 뚱딴지같이 끼어든 바람에 산통이 다 깨져 버렸다. 그녀는 엄마에게 하고 싶은 말들을 그저 가슴에 품은 채, 희미하게 웃는 얼굴로 돌아섰다. 굳이 입 밖으로 소리 내어 말하지 않아도 엄마는 다 알고 있을 것만 같았다.

그들이 발길을 돌려 찾아간 곳은 준환의 어머니가 묻힌 묘소였다. 그 앞에는 이미 꽃다발 두 개가 놓여 있었다. 하나는 물론 이 선생의 것이었고 또 하나는 장형섭네 집안에서 두고 간 것이다. 준환은 그 옆에 꽃다발 하나를 보탰다. 그는 잠자코 묘를 지켜보다가 은아를 돌아보며 물었다.

"나도 그런 얘기 해야 되는 거예요?"

"무슨 얘기요?"

"이제 스물여덟 살이 됐다거나, 뭐 그런 거."

도무지 숙연할 줄 모르는 덩치 큰 남자를 쳐다보면서 은아는 또 실소했다.

"때마다 찾아오긴 하지만 어머니가 이곳에 계실 거라고 생각하지는 않아요. 그럼 너무 쓸쓸하잖아요."

준환의 말에 은아는 그제야 수긍하며 조용히 고개를 끄덕였다. 한데 그는 그렇게 말해 놓고 별안간 그녀의 어깨에 손을 얹더니만 묘지를 향해 말했다.

"어머니, 이 사람이 은아 씨예요. 어때요? 예쁘죠?"

"아……."

"조만간 좋은 소식 들고 올게요. 편히 계세요."

묘소를 벗어나 차에 올라타기까지 그는 내내 은아의 어깨에 올린 손을 치울 줄 몰랐다. 그녀도 그의 손을 구태여 치우지 않았다.

『인형의 집으로 오세요』 끝